纪念人民币于 2015 年 12 月 1 日加入 SDR 这一具有里程碑意义的历史时刻

谨以此书
向共和国金融事业的奠基者
致　　礼

烽火银花

FENG HUO YIN HUA

宋文盛 著

山东城市出版传媒集团·济南出版社

图书在版编目（CIP）数据

烽火银花 / 宋文盛著 .– 济南：济南出版社，2020.11
ISBN 978-7-5488-4453-2

Ⅰ.①烽… Ⅱ.①宋… Ⅲ.①长篇小说–中国–当代
Ⅳ.① I247.5

中国版本图书馆 CIP 数据核字（2020）第 183943 号

出 版 人　崔　刚
选题策划　盛世肯特
出版统筹　柯久明　柯利明　林苑中
责任编辑　宋　涛　姜天一　张慧敏
装帧设计　侯文英

出版发行　济南出版社
地　　址　济南市二环南路 1 号（250002）
印　　刷　山东省东营市新华印刷厂
版　　次　2020 年 11 月第 1 版
印　　次　2020 年 11 月第 1 次印刷
成品尺寸　168mm×235mm　16 开
印　　张　26.5
字　　数　410 千
定　　价　69.80 元

（济南版图书，如有印装错误，请与出版社联系调换，电话：0531-86131736）

我的梦，我的情
——《烽火银花》题记

展望大地宛如多彩的画，
烽火硝烟中绽放着绚烂的花；
江山逶迤构成其壮丽的底色，
鲜血挥洒点燃了如火的芳华。
待到和平鸽飞翔在蓝天的时刻，
杜鹃花把春意涂满天涯。

聆听岁月宛如多情的歌，
铜瑟铁板伴随着婉约的小河；
高山流水构成其键盘的底座，
春雨秋风弹奏着心底的浪波。
待到胜利歌传遍大地的时刻，
小夜曲把深情娓娓诉说。

解读金融蜿蜒曲折的故事，
话里行间流淌着青春的心迹；
山川起伏组合成瑰丽的风景，
货币战争高扬起胜利的旗帜。
待到中国梦化为宏图的时刻，
钱币上流传着动人的传奇。

祖国——我的梦，
魂牵梦绕在我心中；
祖国——我的情，
情丝万缕为了你的振兴。

内容提要

1937年，抗日战争全面爆发后，中国抗日民主根据地的人民在与日军进行军事斗争的同时，还克服重重艰难险阻创办银行，发行货币，与敌人展开了针锋相对的全方位的货币战争。此举有力地打击了日伪货币的渗透和扰乱，粉碎了日军经济侵略、金融掠夺和以战养战的罪恶阴谋，维护了抗日民主根据地的金融秩序和币值稳定；从而为发展国民经济、繁荣市场贸易、服务战时需要、促进民生改善、坚定抗战信心、推动抗战胜利立下了卓越功勋，同时也为新中国金融事业的发展奠定了坚实基础。

1938年，创建于山东抗日民主根据地的北海银行，作为中国人民银行的三大奠基行之一，在抗战烽火中创建、发展和壮大，直至最后业务遍及山东全境及周边地区，这一曲折而光辉的历史，就是其中的一个范例。

重要人物名录

张佳欣——北海银行员工、副主任、主任

季文佳——北海银行员工、副科长、科长、副行长

赵云秋——八路军警卫员、骑兵排长、连长、营长（小名：小秋子）

夏洪波——又名张继明，齐鲁大学学生会主席，中共地下党员，掖城县县委书记，北海银行倡导人

郑华挺——八路军首长、北海银行倡导人

罗庆瑞——北海银行分行行长、总行副行长

单喜祥——北海银行分行印钞厂厂长、总行印钞厂厂长

沈晓静——北海银行员工、副科长

薛晴林——江淮银行赴北海银行实习员工

卢晓航——齐鲁大学学生会宣传部部长、国民革命军军官、军统驻济南联络站站长

贺玉婷——齐鲁大学美术系学生，出身四代书香门第，爱好绘画

唐启贤——青岛中鲁银行总经理，北海银行创始人、董事长

张玉吉——山东省民生银行董事，北海银行创始人、行长

卢驿笛——山东省议会高等参议

J.D.詹姆斯——美国纽约梅隆银行首席财务官

D.安德森——美国哈佛大学商学院教授、货币学家

原苯侍郎——日本横滨正金银行青岛支行副行长，日军大佐、少将，日本驻青岛商业联谊会副会长

闵仁雄夫——日本少佐、大佐

目　录

楔　子 ·· 001
2015年12月1日凌晨，人民币加入SDR货币篮子，标志着中国的货币从此登上了世界货币舞台的中心，彰显了国际社会对人民币、对中国经济的信心。

第一章　清晨·山风 ·· 005
身为银行家娇生惯养的女儿，却不愿意听从父亲的安排，到豪华奢侈的银行大厅里工作，年方二八的她在舞蹈着，窈窕的身体在山中急剧地旋转、伸展，像一捧美丽的花束，泪花滴落在她的脸颊，而她的心里渴望着的却是身赴硝烟弥漫处，持枪陷阵冲锋。

第二章　风云·古城 ·· 063
巍峨的古城墙上，满是弹孔的太阳旗民众的欢呼中颓然落地，城头上竖起了红旗。高扬的旗帜凝聚了民族灵魂，掌握了枪支就滋生了战斗力量，这只队伍还缺什么？

第三章　旗语·海风 ·· 099
南京城凌乱的街巷里，一个女孩，扎着围脖的女孩，在枪声中倒下，倒在其恋人的身旁。

第四章　山野·春情 ·· 125
《货币银行学》里面竟然是《红楼梦》？《银行财务学原理》蕴藏着姹紫嫣红的大观园。这是人性使然，还是天性使然？

第五章 舞台·树林 …………………………………… 183

　　月上柳梢的时光，河边的小树林子惊诧地看到了那个窈窕、欢快的身影投入了自己的怀抱。

第六章 诗韵·泉韵 …………………………………… 217

　　清澈的数百处泉水日日夜夜不息地喷涌着，滋润着、浇灌着这座古城，号称："家家泉水，户户垂杨"。

第七章 曲巷·峦峰 …………………………………… 257

　　古城的一个铺着青石板的弯弯曲曲的小巷，那个"撑着油纸伞的，丁香一般的姑娘"孤独的身影已经远去。她却来了，浅浅的酒窝上挂着微笑，机灵的眼睛扫描着四方。

第八章 水乡·山村 …………………………………… 299

　　河边草地上燃起了熊熊的篝火，河面上流淌着苏联民歌和江南民歌动人的乐曲。

第九章 烽火·远行 …………………………………… 359

　　告别了，那片热土；面对着，无边的海洋，她将系在颈上红红的纱巾取下，向着海岸挥舞着，巨轮在劈波斩浪，驶向远洋。

楔子

FENG HUO YIN HUA

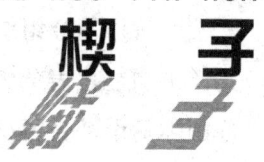

2015年12月1日凌晨,人民币加入SDR货币篮子,标志着中国的货币从此登上了世界货币舞台的中心,彰显了国际社会对人民币、对中国经济的信心。

2015年12月1日凌晨，位于美国首都华盛顿国际货币基金总部的大厦内灯火辉煌，在此时举行的国际货币基金组织执行董事会议上，来自世界各地与会的二十四位执行董事完成了五年一度的SDR货币篮子审议，经过审议，他们认为人民币符合"入篮"的所有现有标准，并一致投票通过人民币加入特别提款权货币篮子的决议。

按照决议，新的货币篮子将于2016年10月1日正式生效。届时，人民币将与美元、欧元、日元和英镑一起成为构成SDR货币篮子的五大货币之一。国际货币基金组织还将篮子货币的权重调整为：美元占41.73%，欧元占30.93%，人民币占10.92%，日元占8.33%，英镑占8.09%。

国际货币基金组织在当天发表声明，认为人民币"入篮"将使货币篮子多元化，并更能代表全球主要货币，从而有助于提高SDR作为储备资产的吸引力。

国际货币基金组织时任总裁克里斯蒂娜·拉加德在会上做总结发言，表示执董会的决定是中国经济融入全球金融体系的"重要的里程碑"，也是国际货币基金组织对中国过去几年改革货币和金融体系所取得进展的认可。

中国持续深化金融改革，不仅将为国际金融体系注入更多的活力，也将支撑中国和全球经济稳健发展。

在瑞银、澳新、汇丰、美银、美联等西方国家金融机构的分析报告中都一致强调，人民币纳入SDR货币篮子，是国际货币系统一个重大和积极的发展，反映了人民币作为贸易和投资结算货币的用途日益扩大。

中国人民银行随即在官网上发表文告欢迎此项决定，认为此举肯定了中国经济发展和改革开放的成果，承诺中国将继续完善汇率机制，推进金融改革。

总之，人民币进入SDR货币篮子，是一项具有深远历史意义的事件。它标志着中国的货币从此登上了世界货币舞台的中心，从而大大提升了中国的国际地位，彰显了国际社会对人民币、对中国经济的信心，增强了中国在全球经济格局中的声望；也加强了中国和全球经济金融体系的密切关系，进一步推动中国对外直接投资和金融企业迈向世界的步伐，为改善中国经济金融发展的外部环境，画下了浓墨重彩的一笔。

——这是在中华民族复兴进程中一个具有里程碑意义的时刻；

——这是中国金融业发展征途中一个灿烂辉煌的时刻！

回顾往昔的漫漫岁月，中国的金融业命运多舛，在经历过战争年代险恶的征途之后，又经过了几代人的努力，才终于在中国共产党的领导下迎来了今天的辉煌。

让我们铭记这一时刻吧：

——2015年12月1日的凌晨。

但是，我们不能忘记那些在艰苦卓绝的岁月中，为中国金融业今日的崛起而奠基的人们。

在共和国金融事业的巍巍丰碑中：

——蕴涵着他们的血和泪，

——传诵着他们的情和歌！

花开多枝，单表一朵。

就让我们的故事，从抗日战争时期创立在山东抗日根据地的北海银行开始吧——

1940年5月21日的清晨，如果不是被密集的枪炮声震醒，那将是一个普通而又带有一丝温馨的日子……

第一章 清晨·山风

FENG HUO YIN HUA

　　身为银行家娇生惯养的女儿，却不愿意听从父亲的安排，到豪华奢侈的银行大厅里工作，年方二八的她在舞蹈着，窈窕的身体在山中急剧地旋转、伸展，像一捧美丽的花束，泪花滴落在她的脸颊，而她的心里渴望着的却是身赴硝烟弥漫处，持枪陷阵冲锋。

　　南山上，美国的货币学家凭栏品茗赏美景，中国的银行家却眺望东海论金融。

> 春风吹来百花香，
> 山山水水披新装；
> 燕子飞来剪彩云，
> 北海银行（哎）
> ——送吉祥。
> ……

暮春时节，位于胶东名叫杏花峪的山村的村口打谷场上，悬挂着"北海银行业务宣传队"的横幅，北海银行的职员张佳欣、沈晓静和李滨等人在一起通过演唱的形式，宣传北海银行的业务。周边聚集起越来越多扛着铁锨、镢头，挽着裤腿、袖子的农民。其他北海银行的员工则在附近放上桌子、椅子，向农民苦口婆心地讲解农贷政策，一笔一笔地发放着春耕贷款、农具贷款。一阵阵悠扬的歌声在村庄上空飘荡着。

> 春雨过后百鸟唱，
> 山山水水映霞光；
> 牡丹花开十里香，
> 北海银行（哎）
> ——放贷忙。
> ……

突然，远处传来了枪炮声，此起彼落，硝烟滚滚。日军的炮兵齐射，马队掠过，街道上到处是起火的房屋和横陈的尸首。百姓们扶老携幼地开始逃难，不时还能看到利用掩体阻击日寇的八路军和民兵。

张佳欣被人从炕上拽了起来："快、快！日本鬼子来了，警卫排正在村口阻击，我们抓紧时间往村子的东头跑！"

张佳欣蒙眬中睁开眼睛，才明白自己刚才是在做梦。

一班长冲出门，转身摘下挂在门前的北海银行的牌子递给一个战士："我带全班前往右翼掩护，你立即领着大家按照预定方案往东山转移！"

战士："班长，这——"

一班长："服从命令！"

战士："是！"

一班长："全班同志们跟我来！"说完，就带领着全班战士向右翼冲去。

战士："北海银行的员工注意，不要到处乱跑，跟紧我往东山转移！"

张佳欣确实是太疲惫了，昨天宣传完银行业务，吸收完存款，发放完农贷后就已经临近半夜，之后她又临时去印钞厂顶岗印了一个多小时的钞票。才回到屋子里，头刚刚靠上枕头睡了不到两个多小时，她就被人拽了起来。幸好晚上睡觉时累得顾不上脱衣服，要不然她还不知道会有多么狼狈呢。

杏花峪是一个四面环山的小山村，村子周边只有几条崎岖的山路和外界相通，因为春季到来时漫山遍野开满了红红的杏花而被命名。北海银行昆玉分行正是看中了这一点才转移到了这里，谁知才刚刚过了三天就遇到了鬼子的袭击。

"难道我们这么快就暴露了？"刚从屋子里冲出来的北海银行昆玉分行行长罗庆瑞一边冷静地观察着周边的情况，一边紧张地思索着。突然，罗庆瑞注意到头顶的峭壁上有手电的灯光在一闪一闪的："有奸细！"他连忙转身对紧随在身边的警卫一班班长交代说："你马上派人爬到峭壁上，把那个日本鬼子的眼线给我干掉！"

"是！"一班长答道。

"注意，行动一定要隐蔽！动作一定要利落！明白了吗？"罗庆瑞交代道。

"明白！——老李、小赵你们过来！"一班长下命令道。老李、小赵连忙靠拢过来。一班长正欲交代任务，突然从头顶上传来"啊——"的惨叫声，一道人影从峭壁上滚落了下来。

"谁？！"一班长立即率战士们上前按住此人。

"别动手，别动手！我是鞠士彬。"那个人影趴在地上，摆动双手。

"鞠士彬？——这么晚你爬到峭壁上做什么？"罗庆瑞问道。

"我半夜里肚子突然疼得厉害,想上去采点草药。没想到突然被一个不知道什么人给踹了下来。"鞠士彬解释道。

"胡说!"罗庆瑞捡起从峭壁上滚落在地上的手电筒说,"对着鬼子来的方向,灯光两长一短,这件事情刚才是你干的吧?你到底是什么意思?"

"这——这——"鞠士彬由于紧张,变得结巴起来。

"一年前你在印钞车间工作时,在衣服里夹带刚刚印好的北海币想混出车间,结果被查了出来,给了你一个开除公职留用察看的处分,还调你到后勤部从事杂务的工作。组织上是想给你个重新做人的机会。你当时表态也很好。可是现在你竟然堕落到勾结敌伪、为虎作伥的地步!"罗庆瑞已经变得怒不可遏,"你难道想用我们北海银行同志们的鲜血和生命为你的荣华富贵买单吗?"

"罗行长,这——这——这是误会,这真的是误会呀!"鞠士彬突然跪在地上,抓住罗庆瑞的胳膊辩解道。

枪声突然间变得激烈起来。鞠士彬趁着罗庆瑞转头观察敌情的时候,猛然掉头就跑。"站住!"一班长端起枪瞄准了鞠士彬,正欲射击,却被罗庆瑞压下:"不能开枪,以防暴露目标,引来敌人。立即派人去追!"罗庆瑞说,"鞠士彬刚刚从那么高的峭壁上摔下来,身上的伤不会轻,他跑不快,也跑不远。"

这时,只听到"啊——!"的一声惨叫,只见鞠士彬的身影晃了几晃,然后栽倒在了地上。罗庆瑞和一班的战士赶过去,发现鞠士彬已经气绝身亡。

"罗行长,您看,"一班长指着鞠士彬脖颈上插入的镖头对罗庆瑞说,"这小子中了飞镖。"

"嗯,"罗庆瑞沉思了一下,"先不要管这些,组织同志们立即往深山转移!"

五月的清晨,空气里弥漫着硝烟,四周不时响起密集的枪炮声。张佳欣的衣裳早就被露水打湿了,头发上也沾着晶莹的露珠。她抹了一把脸,趴在洞口往外看,山下的村庄里还有许多人正在往山上跑,在隔着有十四五里路远的将军岭上,枪声最为密集,不时还会升起一股股浓浓的硝烟和隐隐的爆炸声。张佳欣知道那是八路军正在阻击鬼子,掩护机关和主力转移。身后的洞穴里,行长罗庆瑞、印钞厂长单喜祥正在与十几个同事挖坑要掩埋印钞机的零件和刚刚印出来还没有来得及运出去的钞票。

张佳欣用眼睛巡视着周围,看见沈晓静正从肩膀上往下卸背在身上的钞票票版,就急忙跑过去帮忙,她想:光一个票版就有十几斤重,晓静却背着它跑了那么远,还真是辛苦。

张佳欣想起来了,她刚跑出院子门口时,就发现刚刚还躺在自己身边的沈晓静已经从隔壁院子里赶了过来,原来她是去隔壁的印钞厂背票版。看人家那动作多么麻利,想得多么周到,哪儿像自己,连自己都照顾不过来。

沈晓静卸下票版后,张佳欣低头一看,突然愣了:"晓静,怪不得我老是找不到自己的鞋,原来是被你穿上了!快脱下来吧。"

"那我的鞋呢?"沈晓静傻眼了。

张佳欣低头一看,乐了:"我脚上的鞋正是你的,咱们快换过来吧。"

张佳欣和沈晓静连忙解开鞋带,互相换过鞋子,匆忙中,张佳欣又发现自己只穿了一只袜子,连忙对着沈晓静调皮地吐了一下舌头,竖起指头在嘴唇上对着她"嘘"了一声。

清晨,小河的转弯处,原苯侍郎大佐骑在马上,阴沉着脸巡视着周围,从旁边跑来一个伪军军官,向他敬礼报告:"报告太君,弟兄们发现了一个北海银行的木牌!"

"呦西,拿过来我看看!"原苯侍郎说完,从伪军军官的手中接过了写有"北海银行"四个字的木牌,"这个是从哪里搞到的?"

"报告太君!是弟兄们从前方右拐约五十米处的山路上捡到的。"伪军军官讨好地回答道。

原苯侍郎把写有"北海银行"的木牌扔到地上:"骚嘎!"他用手指指脑袋说:"你们这个的不行!共党的东西会这么容易被你们找到?"原苯侍郎接着说:"这就是你们国家古老兵法中常用的疑兵计,你们的明白?正所谓无中生有、声东击西。"

"太君——"伪军军官还要开口再说些什么。

"哼!"原苯侍郎轻蔑地看了他一眼,对传令官说,"传我的命令:立即掉头往北，向纪家堡方向前进！"

午后两点多钟，原苯侍郎骑在马背上观察着周边的形势，突然他看到不远处的一个树枝上挂着一张不到一个手指头大的纸片，心中一动，马上叫身边的日军士兵去将那张纸片取过来。待那位日军士兵将挂在树枝上的那张小小的纸片递给他后，他眯起眼睛仔细端详了一下，阴沉刻板的脸上一时变得舒展起来："呦西！"

在他身边的伪军旅长注意到原苯侍郎表情的微妙变化，立即驱马来到原苯侍郎的身边："太君，请问您有何吩咐？"

原苯侍郎把那张纸片递给伪军旅长："你的看一看，这个什么的干活？"

"一张小小的纸片，"伪军旅长疑惑了，"太君这……？"

"骚嘎！你的这个的不行！"原苯侍郎指了指脑袋，对伪军旅长说，"这不是普通的纸片，报纸、书籍、小孩子用的课本和作业本岂会用这样高档的纸。"

"太君，这是？"伪军旅长问道。

"这是道林纸！是从国外进口的专门印刷钞票用的纸张，是禁用物资，你的明白？"原苯侍郎说着，从身上挎着的公文包里取出北海币的票样，对伪军旅长说，"你的看到了没有，这个北海币就是用这样的纸张印刷的！"

"太君大大的高明！"伪军旅长谄媚地说。

"这个位置和鞠士彬送来的情报十分吻合，你们要抓紧时间和他取得联系！"

"嗨！"日军中队长和伪军旅长并立脚跟答道。

原苯侍郎下了马，用望远镜观察着四周的境况，此时，他的心里稍显宽慰——十多天前上级训斥他的一幕再次出现在他的脑海里。而他之所以受到如此严厉的训斥，恰是因为一次在东京举办的日本外相的新闻发布会。

日本东京，日本外务省会议厅，日本外相的新闻发布会上，会议厅内正放映着纪录片。

纪录片有日本军队行进及日军占领区繁华商埠、农村集市、儿童上学等图像呈现。

画外音："大东亚圣战取得辉煌战果，皇军所到之处受到该地居民的热烈欢迎。"

画面中，一些市民在银行办理存取款业务，数着手中的钞票笑逐颜开。

画外音："大东亚新秩序已经建立起来，民众安居乐业，工商业得到恢复和发展，金融稳定，市场繁荣……"

纪录片播放结束，身穿西装的日本外相对在座的各国记者讲话："下面，欢迎到会的各位记者提问。"

许多记者纷纷举手，一位碧眼金发的西方记者应邀站起身来："尊敬的外相阁下，我是美联社驻亚太地区的记者，我注意到阁下放映的影片中所展示的在日军占领区内繁华的商埠和农村集市贸易的景象。但是，我在本人刚刚采访过的中国山东，却无意间发现了一种钞票。"

日本外相："先生所指的是日元、军用票，或者是联银券吧？"

美联社记者："No!No! 这种钞票并不是贵国发行的日元、军用票，也不是所谓临时政府发行的联银券，而是中共在其管辖区内发行的北海币。"

美联社记者一边说着，一边举起了一个镶着北海币票样的纸板："据我所知，这就是在中国山东省由中共管辖区内的北海银行发行的北海币！"

各国记者纷纷上前拍照，镁光灯闪成一片。

美联社记者："这些北海币是我在离山东省省会济南30多英里处的集市里收集的，还有的是在青岛、烟台、威海、临沂、潍县、博山、泰安的农村集市里收集到的。"

日本外相及官员不知所措，一脸窘态。

日本新闻发言人："这——是绝不可能的！"

美联社记者没有理会日本外相，继续说："更加不可思议的是，在山东省省会济南的南门集市上，人们私下里用这种北海币做交易，好像比日元、军用票、联银券等更受人欢迎。"

日本外相满脸震惊："简直是岂有此理！"

美联社记者继续说："由此可见，北海币在山东的流通是相当普遍的。尊贵的外相阁下，请问这北海币的出现和北海币在山东省广大区域内的流通，对于贵国所倡导的大东亚新秩序意味着什么？谢谢阁下！"

英文、法文、德文、俄文、西班牙文、阿拉伯文、意大利文的报道纷沓而至。

在北平，日军司令部内，日军司令官把参谋部送来的一沓报纸重重地摔在办公桌上，面对站成两排的日本军官吼道："八嘎！知道这是什么吗？这是我们大日本帝国的耻辱！"

日军司令官来回踱着步："这同样是一场战争——货币战争！"

日军司令官回到办公桌后坐下："能否在这些地区彻底取缔这类钞票，决定了我们大日本帝国以战养战的政策能否得以顺利实施，决定了大东亚圣战的成败！"

日军司令官重新站了起来："这个，你们的明白？"

众日本军官："嗨！"

在青岛海滨，花石楼日军指挥部里，日军少将指着办公桌上的一摞外文报纸对原苯侍郎说："让这样的报道出现在各国媒体上，让我们大日本帝国大失颜面呀。"

原苯侍郎："是在下失职，请将军给予处罚！"

日军少将："原苯君，关键不是对你的处罚，而是如何执行本指挥部的计划，彻底地剿杀北海银行！"

原苯侍郎："嗨！"

日军少将从办公桌的抽屉里拿出一沓文件递给原苯侍郎，说："原苯君，你前天上报的方案我们已经审阅批准，看来原苯君对此是经过严密的侦查和筹划的。关键不在于方案的拟定，而在于方案的实施！你的明白？"

原苯侍郎："嗨！"回到自己的指挥部后，原苯侍郎立即召集部下进行了严厉的训斥，把上司赏给自己的怒火和耳光加倍地还给了自己的部下。经过严密的侦查和筹划后，原苯侍郎拟定出新的计划上报并获得批准。

原苯侍郎这次决心要把北海银行彻底消灭，以在上峰面前展示自己的才华。"北海银行，百密一疏呀！"原苯侍郎道，"曾经挖地三尺都没有找到的线索，就这样被我们轻易地捕捉到了；真是踏破铁鞋无觅处，得来全不费工夫！"原苯侍郎立即下达命令："北海银行印钞厂的位置就在周边的这几个村庄中，给我挨家挨户地进行严密搜查！还有，对这附近的几座山也进行严密搜查！一个也不要放过！"

"嗨！"日军中队长和伪军旅长同时答道。

随着时间推移，张佳欣的心跳得更厉害了，她发现许多人在山野中漫无目的地乱跑，有三四十个鬼子骑着马来到山下，有几个军官模样的人往山上比画着什么；其他鬼子则是骑在马上向着山野中乱跑的人群瞄准射击。

"那不是我们北海银行的人吗？"山洞里有人惊呼道，"他们怎么到处乱跑呀？"

"哪里？"罗行长和单厂长走过去问道。

"就在那东边山沟附近。"那人用手指着说。

"是呀，那正是小李和小刘他们。"罗行长用望远镜看了看说。

"这些人呀，光知道跑，但是不知道往哪里跑！"单厂长焦急地说。

"不对！"罗行长纠正道，"他们和警卫排三班长在一起，当时我们在这里选择转移路线时，三班长来过，他是知道这个地方的。此时他们往其他方向跑，是因为他们已经被鬼子黏上了，摆脱不了鬼子的追击，担心把鬼子引到这里来，于是……"

"那我们该怎么办？"单厂长问道。

"我过去告诉他们往这里来。"有人蠢蠢欲动，就要冲出山洞。

"胡闹！这些同志不是不知道这个地方，而是为了不把鬼子引到这里来才往其他地方跑的。此时，谁也不得乱动！"

"大家注意隐蔽！"单厂长黑着脸命令道，"没有罗行长和我的命令，谁也不许乱跑，不许开枪！谁要是沉不住气，暴露了咱们，看我不拧下他的脑袋来。"

有几个日军骑兵向北海银行东边山沟里的员工追了过去，很快那几个北海银行的员工和警卫排的三班长就被日军骑兵撵上围了起来。日军骑兵叫嚷着让他们投降，三班长端起枪向日军骑兵冲了过去，刚刚冲到日军骑兵跟前，就被日军骑兵用马刀劈死，小李和小刘等四五个员工见状紧抱在一起拉响了手榴弹。

张佳欣的眼泪噗噗掉了下来，心里怦怦乱跳。当初她父亲张玉吉叫她跟着孙叔叔一家去武汉，她没有去，而是去了胶东；后来，她从胶东送患重病的父亲经过数千公里辗转到了重庆，在重庆那个漂亮的别墅里，她度过了五个月闲逸温馨的生活。

同样的清晨，张佳欣原本可以出现在位于重庆锦山丽萍湖畔的那个绿茵遮掩着的橙白相间的别墅三楼的阳台上，穿着橘色的汗衫和短裤，沐浴着阳光，眺望着郁郁葱葱的竹林，伸展着纤细的腰肢，做做体操伸伸腿，也可以在绿树环绕的山径上跑步。

父亲曾经托人给她介绍过一个男青年，一个英俊帅气、风度翩翩的青年，他们两人常常一起去爬山、游泳，参加聚餐、鸡尾酒会、派对、舞会……

重庆科士琳高档酒店舞厅内华丽的吊灯，光怪陆离的饰物，时而高昂时而低迷的音乐声，张佳欣与那位英俊帅气、风度翩翩的青年一起伴着音乐翩翩起舞。

张玉吉与几位穿着西装、衣冠楚楚的先生坐在餐桌前饮着高档饮料。

张玉吉看着与英俊青年翩翩起舞的女儿。

一位身着西服的嘉宾一边喝着咖啡，一边说："张老板，我看您的女儿和纪家的公子真是天生的一对儿。您家的小姐从日本留学归来，美丽活泼，皮肤吹弹可破，称得上是秀色可餐；而纪家的二公子在美国留学，风度翩翩，前程无量，何况您和纪老板又是生意上的合作伙伴，您不早点安排一下他们的婚事吗？"

一位嘉宾端着鸡尾酒来到张玉吉的身边："哈哈，张行长您看，纪家二公子和您家三小姐舞步配合得多么默契呀！真的是天生佳偶呀！哈哈哈哈！"

一位政府官员问："张老板，什么时候能喝上你们两家这一对金童玉女的喜酒呀？"

张玉吉说："谢谢诸位的关心，这是两位年轻人的事情，我可不强行做主呀！"

一位军官打扮的说："是呀是呀，不过我看这一对呀，很快就会修成正果，水到渠成！大家都等着喝这一对佳人的喜酒吧！"

日子原本可以这样一天一天地过下去，直到两人步入婚姻的殿堂。可是后来她却像被施了魔法一样，偷偷地离开了重庆，再次回到了胶东农村，回到了北海银行。结果回来后不到半个月，就遇到了鬼子的扫荡。而现在，她正穿着军服趴在山洞的边缘，眼望着山下冒着滚滚硝烟的村庄和逃难的人群，聆听着密集的枪声和隆隆的炮声，心脏急剧地跳着，白皙的脸庞上渗出颗颗汗珠——摸摸腰上，那里别着一颗手榴弹。

如果不是遇到了鬼子扫荡，这里的山景还是很不错的，张佳欣在村子的那个四合院里，常常看着这座山发呆。村前的河边那一簇簇灌木和杨柳树，更是给这里的风景增添了几分妩媚。

她是在睡梦中被叫醒的，被人连拉带拽跌跌撞撞地爬到了这个山洞里。

此时，天色已经大亮，方圆几十里的山山水水都收拢在眼下。

记得那是三年前——

清晨，伴着一阵悦耳的闹钟铃声，张佳欣在床上伸了伸懒腰坐了起来，拉开窗帘后，就起身穿着拖鞋来到了洗漱间。不一会儿，洗漱间里传来了流水声，洗漱间的毛玻璃上映出了一个刚刚开始发育的少女的剪影。

剪影中的少女一边洗漱，一边看着镜子，镜子中出现了一张洋溢着青春朝气的脸庞，白皙而清丽，圆圆的眸子转动，像秋水般掠过一阵波光，还有两颊上镶嵌着浅浅的酒窝，透出了少女抑制不住的天真、单纯而又活泼的性情。

餐厅里，一个 30 岁左右的优雅女性将烤制好的面包、煎好的鸡蛋和热好的牛奶端上了餐桌。

张玉吉坐在餐桌一旁，一边系着餐巾一边说："小欣，听说这几天晚上你都九点多了才回家？老是这样可不行。"

"老爸，这几天晚上我们学校里有活动，我得积极参加是吧？"张佳欣解释道。然后回过头来对那个正往餐桌上端食品的优雅女性说："阿姨，听人说总是喜欢打小报告的人，舌头上会长一些小疹子，对吧？"

阿姨看了张玉吉一眼，对张佳欣说："小欣你怎么这么说话呀？你爸爸出差好几天，回来后能不问问你的情况吗？他问你的情况我能不如实告诉他吗？"

张玉吉一看此情景，连忙说道："小欣，爸爸和阿姨这也都是为你好不是吗？"

张佳欣嘟起嘴巴："为我好，为我好！我干什么你们都恼！"

"哪里有恼啊，我们没有恼啊！"张玉吉说道，突然他盯着张佳欣的脸看了一会儿，"小欣，你脸上怎么了？"

"怎么了？"张佳欣问道。

"好像那里长了几个痘痘。"张玉吉说。

"真的？！"张佳欣连忙放下餐具，跑到镜子前端详了半天，"哪有哇？"

"好啊！爸爸你骗我。"张佳欣来到餐桌旁说。

"真的没有吗？"张玉吉笑了，"也许是我刚才看花眼了，不过你这个年龄的孩子如果脸上起了些痘痘，会特别不好看，你得注意哈。"

"是呀，我们学校里的一些男生女生脸上生了些痘痘，大家都说这叫什么青春美丽疙瘩痘呢。"张佳欣说。

张玉吉见已经成功地把张佳欣的注意力给转移了，对着阿姨会意地笑了笑，然后掉过头看着张佳欣问："小欣，你们学生年纪小，那些什么反帝爱国呀、抗日呀、枪呀、炮呀、大刀呀，等等，都是大人们的事情，你们现在的任务是好好学习，可不要跟着瞎掺和呀。"

"知道了，爸。"张佳欣道。

"听说你最近又参加了什么剧社？排练什么节目？"张玉吉问道。

"就是那个唱歌呀、跳舞呀什么的。"张佳欣说完就从椅子上站了起来，边唱边用手比画起来：

　　山清水秀花儿开，阿哥阿妹进山来。
　　暖风吹得少年醉，山花映妹笑颜开。

阿姨禁不住笑了起来，心里想：你们父女俩就相互骗吧。

张佳欣比画着唱完后，又对着张玉吉解释道："这就是我们排的那个节目，叫什么鸳鸯蝴蝶派。"

"嗯，一会儿是鸳鸯蝴蝶派，一会儿又是烈火金刚派；你们这些年轻人呀，一会儿风一会儿雨的，真叫人搞不明白。"张玉吉说，"现在有些青年学生上街又是演讲，又是喊口号，又是演出的，热情可嘉，但是这管用吗？这样能吓跑日本鬼子吗？爱国是对的，但是现在年轻人最主要的任务是要好好学习，这样才能在将来报效国家，让国家强大起来，不再受人欺负。"

"是的，爸。"张佳欣喝了两口牛奶，然后笑着说道。

"玉吉，昨天你去青岛期间，孙经理来过几次电话，讲了几件事情，都挺着急的，请你指示。"

"嗯，你说说我听听。"张玉吉一边吃着早餐一边说。

"一是东亚面粉公司问他们的货款到账了没有，该公司正等着给员工发工资呢，并且要购进生产用的设备及原材料。"

"哦，该公司三十七万的货款已经到账了二十一万，可以通知他们明天派人来提款，剩下的十六万对方说下个周三一定会到账，他们可以再落实一下，也可以叫孙经理打电话帮他们催办一下。"张玉吉道。

"二是振东机器厂急需二十三万美元的外汇贷款，现在已经在别的银行解决了七万美元，剩下的十六万美元希望你们银行能帮忙调剂一下。"

"哦，关于这件事情，赵老板已经来过十几次电话了，省政府韩主席的秘书也来电话催办此事。我已经和中国银行的沈行长联系了，振东机器厂是军工企业，在当前形势下一定会尽力帮助他们的，沈行长这里能给解决八万美元，我们把原准备给裕源纺织公司的八万美元贷款暂且停下，贷给振东机器厂——具体手续就叫孙经理去办吧。"张玉吉道。

"三是交通银行青岛分行有一个额度为二十五万元的银行承兑汇票，持票人为山东冶金公司，下周三前来办理承兑。"

"知道了，让孙经理通知业务二部办理。"

"爸爸，我都蒙了，这里到底是家呀，还是爸爸在银行的办公室呀？怎么老是来这一套，哼！"张佳欣不高兴了，噘起了小嘴。

"好好好，暂且不谈这些。小欣今天起得早是有什么事情呀？"张玉吉问。

"我吃过早饭得去学校，一大早有演出呢。"张佳欣道。

"好好好,爸爸也得去银行看一下,处理一下相关的事务。这样吧,爸爸捎你一程。"张玉吉道。

"好的,好的。刚才起床有点晚,正担心可能会迟到呢。"张佳欣很高兴地回答道。

此时,电话铃响了,阿姨拿起电话:"您好!哦,是唐行长呀,玉吉在呢。"说完,她把电话递给了张玉吉。

张玉吉接过电话:"哦,唐行长呀。我马上去行里处理一下相关事务,九点钟一定会赶到的。好好好,就这样,一言为定。"

放下电话,张玉吉就来到餐桌旁,取下餐巾,穿上阿姨递过来的白色西服,系好领带。一听张玉吉马上要走,张佳欣也立刻从餐桌旁站了起来,用餐巾纸擦了擦嘴,来到衣柜前,拿出白底橙花的连衣裙套上,跑到穿衣镜旁系好纽扣,然后拿起梳子梳理起头发来。

别墅的五环花瓣状水池前,张佳欣身穿白底橙花的连衣裙跑到凯迪拉克汽车前,就像一只彩色的蝴蝶。她刚刚拉开车门把右腿迈进去,就听阿姨手里拿着东西打开别墅的玻璃门跑了出来:"小欣,你的演出服和午餐都忘记拿了。"

张玉吉在汽车里说道:"你看看你,幸亏有你阿姨,你什么时候才能改了你这丢三落四的毛病呀?"

"爸爸,我已经改了不少了好吗?"张佳欣撒娇地说道。

张玉吉笑了:"小欣,人家说一句,你总有十句等着呢。"

"哎呀,爸爸,哪里有十句呀,我就说了一句!"张佳欣说道。

凯迪拉克疾驶而去。

张佳欣和济南湖畔中学的几位同学,以及齐鲁大学的学长学姐们组成的桃李剧社来到了位于济南南部郊区千佛山半山腰的兴国寺,他们沿着山径一路攀爬,很快,张佳欣红润的圆脸上便浸出了晶莹的汗珠。此时,她和同学们趴在石栏上,指点着静静地躺卧在山北的那个古城,第一眼看到的便是那蔚蓝的大明湖,像一颗晶莹的宝石镶嵌在古城的腹地上。再往北还能看到弯弯的像带子一样的黄河，华山和鹊山夹黄河而立。这是五月份的一个星期天，因此来山上游玩的人很多。他们这帮学生的到来，吸引了许多游客的目光。

张佳欣注意到离自己有一百多米远的人群，对身边桃李剧社的社长、齐鲁大学学生会的主席夏洪波说："你看那里，那些应该也是你们齐鲁大学的同学吧？"

夏洪波说："是他们，他们是美术系的，来这里写生。咱们不要管他们，抓紧找个空地好演节目。"接着，夏洪波指着一块比较平坦的空地喊道："同学们，我们往那边去！"然后转过脸对张佳欣说："你准备得怎么样？"

张佳欣说："好紧张。"

夏洪波说："排练过那么多次了，你应该有把握才对。"

此时千佛山清风阁的百泉厅中，几位身穿西装的人正陪着两男一女三个金发碧眼的美国人一边饮茶，一边观景。

"济南的景色确实有独特之处，临窗观景，令人神清气爽啊！"来自青岛中鲁银行的总经理唐启贤感慨道。

"唐总好雅兴！"陪同唐启贤前来的山东省议会高等参议卢驿笘一边喝着茶观赏山景，一边说道。

"国事如此，成天愁眉苦脸、长吁短叹谁不会？可是这样有用吗？"他们刚刚对当前的形势进行了热烈的讨论，此时唐启贤再发感慨，"唉，国家和国家之间的较量，看起来是兵戎相见、刀光剑影，其实胜负早在战场之外就决定了。"

"唐总说的是'运筹于帷幄之中，决胜于千里之外'吧？"卢驿笘显然是想把这个话题延续下去。

"不仅仅是。"

"在下愚钝，还望唐总指教一二。"

"驿笘兄过谦了，我这只不过说的是鄙人的一点思考，也算是抛砖引玉吧，"唐启贤说道，"你就说古代战争吧，看起来打的是骑术、刀术、箭术和战术，其实拼的也是政治、经济、文化、民气。以宋朝那样高度发达的经济文化水平，在当时世界上没有能超过它的，但是一旦对外作战，就先败于辽，后败于金，最后灭于元。表面上看起来，宋朝的失败是由于军事上的无能，但其根源却是失败在政治上、民气上。"

这时那个身材魁梧,年约五十岁,略有秃顶的美国人插话了:"这次来中国山东考察,总是听到你们在谈论战争这个十分沉重的话题,这使得本来很晴朗的天空布满了阴云。我知道你们这是在谈论你们中国和中国东边那个像鳄鱼一样的邻国日本的纠纷。在本人看来,这个日本确实是一个不可小觑的国家,它的野心很大。它张开了大口,一口一口地吞下了冲绳、韩国、中国的台湾和东北,还想再一口吞下中国本土,它的野心大大地膨胀了。"

卢驿笳和唐启贤转头看去,发现说这话的是美国纽约梅隆银行的首席财务官J.D.詹姆斯先生。

"但是,我觉得日本的野心膨胀得有些过分,中国虽然贫穷落后,但却是一头大象,日本想要一口吞下这头大象,会把它的肚皮撑破的。所以,各位朋友,我建议在这次旅行中,我们能有一个轻松愉快的氛围,聊一些有趣的话题,不要总是被那些诸如战争之类的沉重话题搞得我们就像是一匹骆驼在旅途中担负着过分沉重的货物。"

唐启贤和卢驿笳互相对视了一下,说道:"驿笳兄,你看你看,你这东道主当的,让越洋而来的美国朋友不开心了。你难道就不能和我们聊一些轻松愉快的话题,让我们的客人轻松一些、愉快一些吗?"

"启贤老弟,刚才的话题是你引起来的吧?你看看,现在倒成了我的不是了。"卢驿笳看着唐启贤摇摇头,然后对着J.D.詹姆斯等人说,"对不起,J.D.詹姆斯先生,你从美国来中国考察,从青岛登陆后,来济南已经两天了……"

唐启贤打断了卢驿笳的话:"驿笳兄,J.D.詹姆斯先生在青岛考察时,对青岛的风光很有兴趣。现在到了济南,你就介绍下济南的风光名胜如何?"

"好吧,既然来到了济南,我们济南就不应该让尊贵的客人失望。"卢驿笳看看身边的山东省民生银行的董事张玉吉、交通银行周村支行的行长刘新东,以及齐鲁大学的副校长李梦竹,"诸位先生都在济南生活多年了,你们谁能给咱们的客人介绍下济南的风光名胜呀?总不能叫我们尊贵的美国客人乘兴而来,败兴而归吧?"

张玉吉和李梦竹连忙看着卢驿笳说:"卢参议学富五车,才高八斗,又富有口才和辩才，对济南风光名胜的介绍非君莫属，您就不必推辞了。"

"那么在下就献丑了。"卢驿笛对张玉吉、刘新东和李梦竹说道。他把目光投向清风阁内侧正堂悬挂的对联，只见上书：

重筑大风歌，远眺鹊华双峰，夹河对峙明湖秀；
轻吟小夜曲，细品佛山苍翠，竹林绕径映月辉。

卢驿笛略微沉思了一下，对J.D.詹姆斯等人说："济南是一个古老的城市……见诸史籍记载就有两千多年的历史。和世界其他城市相比较，济南这个城市最大的特点便是泉水众多。处处泉水，喷珠吐玉，悦人耳目；泉水成溪，穿街绕户，润泽苍生；泉水成河，护卫城池，抵御外寇；泉水成湖，平明如镜，鱼戏莲生；而这莲花和鲤鱼又对应着中国人的美好期盼——连年有余。据说在济南城区内外拥有泉眼八百多处，其中有七十二名泉，因此，济南又称'泉城'。"

"哦，用你们中国人的话说，这可真是诗情画意，"J.D.詹姆斯咧开了嘴，回头看了看身边另外那个美国中年男子和年轻的女翻译，笑了笑，"这很有趣，我很喜欢听。"

那位美国中年男子和年轻的女翻译笑着对J.D.詹姆斯先生点点头，表示赞同。

卢驿笛思索着，此时他已经打开了话匣子，情不自禁地把话题展开："传说在远古时期，济南这里平平常常，和别处没有什么不同。后来由于掌管着世间行云布雨的天神喝醉了酒，玩忽职守，连续多年忘记了履行职责，加上有着三头六臂，手持十八般火器的喷火魔怪旱魃的横行，使得这一片土地雨水枯竭，赤地千里，河道干涸，土地龟裂，寸草不生。"

"哦，这个能喷火的旱魃确实厉害，后来它又怎么样了？"J.D.詹姆斯问道。

"这时有一个天神出现了，他遍访众神，学得出众本领，下凡世间。经过激烈的战斗，第一战先是缚住了旱魃生着五爪的三只赤虎，将属火的赤虎变成属水的黑虎，使得这片土地变得风调雨顺，草木繁茂；第二战又降服了旱魃生着双翼的五条火龙，让这五条火龙变成了水龙，使得这片土地百泉喷涌，溪水淙淙；最后在天上众神和仙女的帮助下，他终于经历重重曲折斩杀了旱魃，打开了位于泰山顶峰的泉水之门,使得泰山七十二峰蕴藏的泉水通过地下泉道汩汩从济南涌出。这样,降临人间的仙女在经由泰山南天门和天街返回天庭前,就可以在这里梳洗打扮,洗尽身上的人间凡尘,然后再升入天庭。这就是济南这里八百多处泉水,七十二名泉的来历。"

"卢驿笳先生,你是说济南的七十二名泉正好对应着南部泰山的七十二峰?"李梦竹问道。

卢驿笳笑了:"当然,这只是一个流传多年的古老传说。"

"这个传说真是太有意思了,这是一个有趣的传说。"J.D.詹姆斯开心地耸耸肩膀,咧开了嘴,"这个天神很了不起,他叫什么名字?"

"大家都不知道他的名字。"卢驿笳摊开双手,摇了摇头。

"那该多么遗憾啊!"

"如果非得知道他的名字的话,姑且就叫他泉神吧。"卢驿笳道。

"再往下会怎么样呢?"J.D.詹姆斯兴趣大发,他追问道。

"有众多仙女在此洗浴,这是需要注意安全的。尤其是在玉皇大帝的孙女和仙女们降临人间洗浴时,遇到牛郎因爱生情,结为夫妻的事情发生后,玉皇大帝认为她们触犯了天条,于是震怒不已。为了杜绝此事再次发生,玉皇大帝加强了防范。他在泉群的南边竖起了一座座画屏,以遮挡人们的视野,日久天长,这些画屏化为南部的座座青山。佛祖安排了上千菩萨罗汉轮流镇守在山上,护卫着南部由群山构成的画屏,这座山后来就被人们称为千佛山,这就是我们现在登临的山峦。"

"哦,那么说我们现在在这座山上,我们也成佛了?"

"是的,是的,凡是到这山上来的人,都会得到佛祖的保佑。"

"卢先生,请你接着说,你说的这些太有意思了,我们很想听。"站在J.D.詹姆斯旁边的那位年轻的女翻译S.艾米丽接过话道。

卢驿笳手指着位于济南城区北边东西耸立着的两座山峰,把话题继续了下去:"刚才说的是位于泉城南边的千佛山,而在泉群北边,玉皇大帝则将在织女下嫁中因为疏忽大意而犯有过失的两员天庭大将和七员小将贬下凡世,驻守在当时的济水河两岸,站岗值班。这两位因为疏忽大意而被贬下凡的天庭大将,从此以后兢兢业业，忠于职守，经过无数年的日月时光，这两员天庭大将就化作华山和鹊山两座山峰，相隔五十余里，一东一西矗立在泉群的北部。因为中国传统的地图绘制法是坐北朝南，所以济南北部黄河一带的华山和鹊山一东一西与南部的千佛山构成了一个"品"字形的阵容。同时，这华山和鹊山脚下也都有大片水面，名称分别为华山湖和鹊山湖，据说分别是这两位天将的恋人春兰和秋菊所化。而其他七员小将则化为七座小山，排列在北部，它们一起日夜不懈地守护着泉群。这就是济南北部著名的景观齐烟九点。"

"OK！这个传说特别神奇、美妙，太有趣了，我要把它记下来。"J.D.詹姆斯的兴致还是那么高。

"我是老济南了,这还是第一次听到这个传说。"站在卢驿笳身边的李梦竹道。

"呵呵，老兄真是枉为济南人啊！"卢驿笳笑了。

"没有想到济南有这么有趣的传说，有这么多美丽的风光，我们这次来一定要好好地看一看。"J.D.詹姆斯说道。

"济南的趵突泉，再加上大明湖和千佛山，被称为济南三大名胜。不过这样的说法并不能概括济南风光的特色，我看有一首诗对济南风光的概括好像更加全面和准确。"卢驿笳说完，让人拿来笔墨纸砚等文房四宝，仔细地磨了一会儿墨，然后提笔写下一首诗：

三山五水一环连，泉水人家居柳烟。
画舫摇曳莲花碧，风光潇洒赛江南。

写完后，卢驿笳放下手中的笔，解释道："这三山指的就是济南古城南边的千佛山，古城北边黄河两岸一东一西遥遥相对的华山和鹊山。这三山形成鼎足之势，构成了济南风光的基石。所谓五水，是指济南古城周边的趵突泉、黑虎泉、珍珠泉和五龙潭四大泉群，加上泉水汇聚的大明湖，它们是济南的灵魂。一环就是环城河，它像项链一样把四大泉群和大明湖全部勾连起来，所以叫一环连。"卢驿笳看看大家，接着说道，"至于这首诗中的其他词句，意思很浅显，大家都明白，我就不再一一解说了吧。"

"这是一首很有意思的诗,用你们中国人的话来说,这首诗表现出了真正的诗情画意。"J.D.詹姆斯点头赞许道。

"驿笳兄不愧是三代书香门第出身,有着深厚的家学渊源,再加之古典诗词的涵养深厚,吟诗作画,信手拈来,一气呵成,落笔皆成佳作呀,在下真是佩服。"唐启贤感叹道。

"刚才在下讲的是济南古老的传说和传统的风景。进入当代以来,济南还出现了新的景点……"卢驿笳滔滔不绝,依然兴致不减。

"卢先生,拜托你继续给我们说说,我很想听。"

卢驿笳伸手向西北方指去:"那里是济南老城稍偏西北的地方,有一组带有浓郁巴洛克风格的哥特式建筑群,就是你们来时的济南火车站。这可是亚洲最大的火车站,被人们誉为远东第一站。那巍峨高耸的钟楼,由彩色玻璃组成巨大拱顶的候车大厅,高低起伏、错落有致的整体风格,赢得无数人们的赞叹,并荣登许多大学的建筑类教科书。"

"是这样的,我们下火车后还真没有想到济南火车站的建筑这样高耸气派,给人以美的震撼和享受。"

"济南火车站和位于济南东部的洪家楼天主教堂,再加上南边的齐鲁大学建筑群,又形成了济南近代三大建筑群,它们同样构成了一个不规则的'品'字形。它们怀抱着构成四边形的泉水喷涌、流动和汇聚系统,彰显着这个古城的自然风光和走向现代化的点滴成就。"

J.D.詹姆斯侧脸对着卢驿笳说道:"卢先生是济南人吧?可以看出你对家乡的感情。"

"对不起,我不是济南人,"卢驿笳说道,"不过一个人在一个地方待的时间长了,总会对这个地方有一些了解。"

"没有想到这个看起来很平常的城市,在卢先生的口中娓娓道来,顿时使人感受到无尽的诗情和画意。"那个很少开口的D.安德森忍不住插话道。他是美国的货币学家,供职于美国哈佛大学商学院,此次是受齐鲁大学的邀请,前来山东讲学和考察的。

"其实,中国的每一寸土地都那么可爱,每一个城市和乡村都有着美好的传说。可是，现在中国竟然有这样的人——"卢驿笳突然提高了语气道，"手中拥有装备精良的三十万大军，他却能够不打一枪，把东北一百三十万平方公里的大好河山拱手让给日本人，使三千万同胞陷入敌手。"

"山河破碎呀！"齐鲁大学的副校长李梦竹不由感慨道，"说是虽然军队人数是日军的二十几倍，但是武器不如人；可是他们手中还有一支精良的履带式坦克部队，其性能远胜日本关东军装备的轮式装甲车。然而就是这样一支坦克部队，竟然也在不放一枪、不发一弹的情况下落入日军之手。另外，还有近三百架在欧洲列强购买的具有世界先进水平的战斗机、轰炸机，竟然也在没有起飞的情况下就拱手资敌，使其成为轰炸中国军民的利器！"

卢驿笳接过话题继续说道："还有那被称为远东克虏伯工厂的沈阳兵工厂，仅此一处就存有最新制造的步枪十五万支，子弹三百万发；迫击炮约六百门，炮弹约四十万发；山炮、野炮和重炮约二百五十门，炮弹约十万发，上述装备性能优良，足够装备十五个整编师，却全部被日军一日间全部缴获！"

"这些年来，日本一区区弹丸小国为什么敢一而再，再而三地对中国动手！就是因为我们中国这些握有军政大权的人过于懦弱、腐败和无能，从而鼓励、纵容了日本的军国主义！"李梦竹说到这里，不由得加重了语气。

"卢参议，"唐启贤若有所思地说道，"诸位先生看到了中日两国之间在领土和主权方面的流血和战争，但是，鄙人结合自己在商界和金融界经营多年的体会，感到国家之间的战争并不仅仅局限在战场上的交锋。纵观中外历史，工业革命以来，决定战场胜负的看起来是大炮、枪械、弹药和铁甲舰，其实在这背后却蕴含着综合国力的较量。如果把中国比作巨龙，那政治就是它的头脑，文化就是它的灵魂，民气就是它的意志，现代工商业就是撑起它身躯的骨架，现代金融业就是滋养它身躯的血脉。"

"唐总经理不愧是做金融的，三句话不离本行。"卢驿笳笑了。

唐启贤看出卢驿笳有些不以为意，然而他却继续说着自己的思绪："在中国，现在有多少人知道金融的真正分量？他们认为银行就仅仅是发发票子、拉拉存款、放放信贷、拨弄拨弄算盘、记记账簿，或者是到工商企业翻翻资产负债表、看看合同、估估抵押品和质押品。"

唐启贤转身面对着J.D.詹姆斯和D.安德森等美国同行道:"一般人们所能看到的也就是银行员工出入于高楼大厦之间,往来有洋车代步,西装革履,衣着时尚。"

"其实仅仅是这样吗?"唐启贤笑了,"哈哈,有些人把金融看得太简单了!——这里面其实蕴藏着强国富民的密码。"

唐启贤正欲接着往下说,一个侍者却端着盘子走到唐启贤面前,说道:"唐先生,这里有您的请柬。"

唐启贤拿起请柬看了一眼,不由得一怔:"日本驻济南领事野板宇三,他现在在哪里?"

侍者回答道:"隔壁的百溪厅。"

唐启贤站起身,笑着说道:"J.D.詹姆斯和D.安德森先生,对不起各位,在下失陪一会儿,日本驻济南领事野板宇三有请。他就在隔壁,我去会会他,很快就会回来,请各位继续刚才的话题。"

说完,唐启贤向各位在座的客人摆摆手,走了出去。

在清风阁的百溪厅里,日本驻济南领事野板宇三见到唐启贤的到来,连忙起身与唐启贤握手相迎:"唐先生驾到,有失远迎啊!回忆起前几年夏天我们在青岛八大关那次小聚,转眼已经过了数年,时光恍惚,不知启贤兄是否还记得在下?"

"哪里敢忘呀,野板宇三先生的海量和对茶道的精通,以及对我国宋代词人李清照、辛弃疾词作的精湛点评,给本人的印象十分深刻,让在下受益匪浅。这次野板宇三先生热情相邀,不知有何贵干?"

"不敢不敢,早晨我们上山时,就远远地看到有人像您;到了清风阁以后,经过打听果然是您,这令在下感到由衷的高兴。虽然多年不见,但您还是那样潇洒干练,风范不减当年呀。在下邀请唐先生来此一坐,一是要和唐先生一叙当年的情谊,重睹先生的风采;二是顺便介绍几位朋友和先生相识。"

野板宇三握着唐启贤的手,转过脸说道:"我先介绍一下,这位是日本大使馆的经济参赞栗栩友孚先生。而他身边这位,想必你们已经认识许久,现在他是栗栶友孚先生的助理，原苯侍郎先生。"

唐启贤握住栗栶友孚的手说道："幸会幸会，参赞阁下来济南多久了？"

"在下先是在野板宇三的陪同下去了烟台、威海、青岛、潍县和博山，昨天才刚刚到达济南。"野板宇三回答道。

"这么说参赞阁下来山东考察已经半月有余了？"唐启贤问道。

"差不多吧。山东是个好地方呀，海岸线曲折漫长，有青岛、烟台等诸多良港，可以发展海外贸易；又有广阔的平原和山丘地带作为其腹地，有丰富的煤、铁、油等矿业资源；还有着中国最大的金矿及粮食、水果、蔬菜、油料等多种多样的农产品；此外，胶济和津浦铁路呈'丁'字形交错其间，交通便利，四通八达，在经济上可以自成一体，经济发展的潜力非常巨大。"

"栗栶友孚先生不愧为经济参赞，目光犀利，眼界独到，在下十分佩服。"

"哪里哪里，平时曾多次听到我的助理原苯侍郎先生提及您，早就仰慕至极。今天听到野板宇三先生提及您，终于能一睹先生的风采，在下感到十分荣幸。"栗栶友孚说道。

说话间，原苯侍郎将手向唐启贤伸过去，说道："幸会幸会，唐先生。"

"啊，没有想到，在这里能遇到原苯侍郎先生。"唐启贤握着原苯侍郎的手说道，"原苯侍郎先生不是身为横滨正金银行青岛支行的副行长、日本驻青岛商业联谊会的副会长吗？何时又成为栗栶友孚先生的助理了？我得恭喜您呀！"

"谢谢！谢谢！唐先生不必客气。"原苯侍郎说道。

唐启贤看到在座的还有几位在金融界和商界任职的中国同仁，于是便一边打着招呼，一边和他们一一握手后落座。宾主各方一再相互敬酒，就许多话题展开了交谈。当谈及中日两国从日本明治维新以来产生的巨大差距的原因时，唐启贤说道："日本国土狭小，人口不多，人们对问题容易形成一致的意见，又历来以善于学习和模仿先进文化而著称。比如日本在开化年间派出大批的遣唐使，学习中国唐代的先进文化，就大大推动了日本社会的进步；在明治年间进行明治维新后，日本又大力学习欧美的先进文化、先进技术与先进的经营管理经验，使得日本的工商业进步迅速，在短短几十年内，一跃成为世界列强之一。而中国则由于幅员辽阔，人口众多，对一些问题的认识不容易达成一致，再加上作为有着五千年光辉灿烂文明史的文化古国，长期以来以原创的中华文明而自居，总是作为文化的输出国，把自己看作是天朝上邦、泱泱大国，形成位居中央、四方来朝的大国心态；把外国看作是化外之地、蛮夷之邦，鄙视外部文明，更不知道学习外国的先进文化；长期以来，闭关锁国，过着相对丰饶、自给自足的日子。如果说在西方工业革命之前，这种心态还无碍大局的话，在西方工业革命之后，这种心态就十分不利于中国自身的发展了。所以，形成了自清朝道光年间鸦片战争以后，在对外作战和交涉中一败再败、割地赔款、丧权辱国的严峻局面。直到今天，中国现代化的进程仍然是步履维艰。相比之下，你们日本却由一个偏居一隅的小小岛国，一举崛起成为世界强国，作为一个中国人，在下深感惭愧呀。"

"从贵国清朝时期的道光年间到现在，贵国和西方列强打交道也将近一百来年了吧？可是直到今天，贵国不但在现代化进程上没有取得好的成绩，反而却形成了对内社会混乱、军阀混战、官场腐败、民不聊生，对外割土失地、一败再败、丧权辱国的局面，可以说是危机四伏啊！在下想请教一下唐先生，这说明了什么问题？"栗栖友孚问道。

"参赞阁下提出的问题很大，在下一时难以圆满地进行回答。就本人所从事的银行业来说，稍加考察就可以发现，贵国从明治维新前中世纪时期的钱庄、银号到现代银行业的转换就进行得十分成功，仅仅几年时间就涌现出众多的现代银行。而正是这些现代银行业的诞生，真正发挥了其在国民经济中的杠杆作用，为贵国的工商业发展注入了强大的金融动能，产生了源源不断的资金血液。而在我所在的青岛市，就有贵国的银行机构登陆，设立网点，并通过强制发行银票、发放贷款等方式，以强大的资金实力和大量的贷款，为贵国在青岛的商民开厂设店，为贵国企业开拓业务、控制贸易、垄断市场提供服务和支持。"

"唐先生不愧为贵国的精英干才，您的所见所闻和思考的独到性、犀利性也正合鄙人的心意。"栗栖友孚接过话题说道。

唐启贤接着说道："一个国家在世界上的实力和地位，看起来是由它的军队在战场上决定的，其实在很大程度上是由它的经济和科技实力奠定的。正是强大的经济和科技实力，才为这些国家军事力量的发挥奠定了雄厚的物质基础。

而在这些国家所创造的经济奇迹背后，所隐藏着的，也正是现代银行业所能够为该国的公民和企业从事经营、开拓市场而提供的无微不至的资金服务和支持这一密码。

"中国在洋务运动和甲午战争中的失败，固然有很多原因，但是洋务派在建立近代工商业的同时，却没有兴办起近代银行业，这使得我国近代工商业运作的资金来源受到了极大的制约，因此在之后与西方列强激烈的市场竞争中，不得不逐渐萎缩并最后关门大吉。

"事实证明，光凭着传统的银号、钱庄，是不可能支撑起近代工商业的发展的，而没有近代银行业的支持，就没有近代工商业的发展，就没有国家的振兴。贵国近代的经济发展及国力的崛起也恰恰证明了这一点。"

"啪啪啪"，栗栩友孚拍起手来："唐先生果然见解不凡，在下对唐先生十分佩服！怪不得原苯侍郎和野板宇三先生多次对本人谈起先生。今天总算能够领教唐先生的不凡谈吐，真是三生有幸。"

"原苯侍郎先生以前在横滨正金银行青岛支行任行长期间，我们曾有过多次交往。原苯先生在支持日本驻青岛企业开拓市场上的金融韬略，可谓是用心良苦、辛辣老到。"唐启贤道。

"哪里哪里，比起唐行长主事的中鲁银行对当地产业发展的支持力度，我们还有力所不能及之处。汗颜，汗颜。"原苯侍郎略带尴尬地说道。

"听说唐先生和原苯先生在青岛期间有过几次误会？"栗栩友孚问道。

"没有参赞阁下说得那么轻松，也不仅仅是误会那么简单。"唐启贤接过话题，想继续说下去。

栗栩友孚赶紧说道："日中两国是近邻，尽管有过许多误会，但还是应该相互亲善、相互提携的。过去的一些不愉快就不要总是挂在嘴上了。"

这时栗栩友孚看到原苯侍郎的嘴唇嚅动了一下，想要说些什么，连忙制止了他："我这次应敝国驻华大使之命前来山东考察，发现这里确实是有着巨大的经济发展潜力。我想为了更好地协调日中两国工商业和银行业的关系，准备在山东发起成立一个由日中两国工商业和银行业的知名人士组成的商界联谊会，由原苯侍郎先生任会长，至于副会长的人选，鄙人有意推荐唐先生，并兼任秘书长，不知唐先生意下如何？"

"承蒙栗栖友孚参赞阁下的厚爱，阁下所提之事，鄙人实在不敢接受。回想起一九一九年贵国在巴黎和会期间提出接收德国在山东的权益之事所引发的全国性的五四运动，一九二八年贵国在现在这所城市制造的济南惨案，以及所触发的全国性的抗议浪潮，直到现在，这些事情仍是国民心中巨大的心结；更何况中日两国近年来纷争不断，前几年还有'九一八''一·二八'等，我想这些就不必一一列举了吧。总之，现在中日之间势同水火，请阁下扪心自问，在这种情形下鄙人能够出任此职吗？"唐启贤扫视了一下在座的所有中国同仁一眼，接着说道，"我想所有有点儿良知和血性的中国人，都不会出任贵国所推荐的任何团体的任何职务。我们即使再难，也是有底线的，无论如何，也不能做出辱没祖先、贻羞子孙的事情来！"

唐启贤压抑着心中的愤怒，拱手对栗栖友孚和在座的各位说道："对不起，栗栖友孚先生、野板宇三先生和在座的各位先生，唐某还有要务在身，就失陪了！请各位多多包涵！"言罢，转身扬长而去。

在唐启贤告辞后，百溪厅里的气氛顿时变得尴尬起来。不久，在座的几位中国客人也都寻各种理由一一告辞离去。

原苯侍郎贴近栗栖有孚的身边说道："我说这家伙软硬不吃吧？"

栗栖友孚气得脸都成了绛紫色，他使劲地拍了一下桌子，大叫一声："八嘎！"并将手中的茶杯摔得粉碎。

回到百泉厅中，唐启贤仍是余怒未消，连喝了几口茶水，才总算将怒气稍稍平复了一些。面对厅里各位的询问，唐启贤把在百溪厅发生的情况简单地说了一下，大家都对唐启贤的做法赞赏有加。

卢驿笤说道："这个日本驻华大使的经济参赞栗栖友孚到山东来考察的事情值得注意，我看有必要报告有关部门对其活动进行严密的监视。"

唐启贤借此机会，将日本银行在青岛的经营情况和日本通过其银行业提供的金融支持，实现日本企业对青岛对外贸易、纺织业、渔业等市场的垄断情况做了一番介绍。随后，他介绍了驻青岛的中国银行业的发展情况，讲述了银行业的金融支持对民族经济生存和发展的重要意义，还讲了他所领导的中鲁银行如何通过渔业贷款扶持中国渔民摆脱了日本水产组合的挟制，并迫使日本在青岛的渔业生产接受中国公司管理的情况。

D.安德森道："唐先生所讲的这一切很有意思，用贵国的佛学理论来说，就是一张小小的纸币里面可以包含着大大的世界。我现在正在写一篇关于货币学的论文，唐先生刚才的讲述，给我提供了大量鲜活的资料，对于我的论文写作是大有裨益的。"

唐启贤道："美国是个制造业强国，虽然看起来美国的政治中心是华盛顿，但是真正能决定美国兴衰的密码，却掌握在华尔街大亨们的手中。那些花花绿绿的美元和英镑合在一起，几乎能决定半个世界的命运。因此，从某种意义上讲，金融决定国运！"

"这话说得好！"J.D.詹姆斯不由赞叹道，"你们中国不缺货币学家呀，虽然现在贵国的金融业不是很发达，但是贵国却也有对货币的作用有着深刻认识的专家学者。看起来我得邀请唐先生来我们美国讲学了。"

"哪里哪里，詹姆斯先生过奖了。其实对货币或金融等一些问题的认识，中国跟欧美诸国以及东洋诸世界先进国家相比，差的何止是一两个指数，"唐启贤环顾周围，发现大家都在看着他，于是他的话匣打开了，"中国其实并不仅仅是农耕民族，它还是一个商业民族。早在西汉时期，我们的先人就在万里荒漠和草原中开辟了通往地中海沿岸古罗马帝国的丝绸之路，畅通了沿路各民族的商贸通道，促进了各国人民的经济文化发展。在商贸发展的同时，中国的金融业也曾经在世界上处于领先水平。"

齐鲁大学的副校长李梦竹接过话题道："在我们中国悠久的文化传承中，就蕴含着许多智慧的宝藏，尤其是春秋时期三位圣贤的学说和实践，我们都应予以足够的重视，不可偏废。"

"春秋时期的三位圣贤指的是谁？"D.安德森好奇地睁大眼睛，注视着李梦竹道，"希望李校长多加指教，本人愿闻其详。"

李梦竹道："春秋时期的三位圣贤及其学说，具体地讲就是中国春秋时期，齐国丞相管子的治国理财学说、至圣先师孔子的修身处世学说和兵家鼻祖孙子的治军用兵学说，这三者如鼎之三足，缺一不可。可是两千年来，我们仅仅对孔子的修身处世学说、孙子的治军用兵学说有着充分的重视，而不注重对管子治国理财学说的学习和研讨，这是中国思想界的一个重大缺憾。当时的管子就提出并成功地实施了货币战争，推动了齐国九合诸侯、一匡天下的大业，成为春秋首霸。管子留下的遗产，对于今天的我们来说依然是弥足珍贵的。"

交通银行周村支行的行长刘新东也对此表示赞同："我每次去齐国故都临淄，看到那些历史遗址和斑驳的齐国货币齐刀，心里总是翻腾出无限的感慨。管仲在当时提出的颇有建树的货币理论，不但是世界上最早的货币学说，即使是放在两千多年后的今天，也仍然闪烁着真理的光芒。"

"哦，原来是这样。"D.安德森转身对李梦竹道，"校长先生，我到贵国本来是讲学的，可是我却在与贵方的交谈中学习到了许多闻所未闻的知识，真的是不虚此行。"

"你看看，你看看，我们刚刚约好只谈些轻松有趣的事情，本来卢参议讲的泉城济南的名胜就很好嘛，怎么谈着谈着又把话题转到如此严肃的内容上了呢？"张玉吉说道。

"对、对，玉吉兄的提议很好。"卢驿笳对大家说道，"那么我们还是多多欣赏这美好的山水风光，只谈风月，不谈风云好了。"

大家听了都笑了起来。

千佛山峰顶的东侧，一群学生正坐在画板前临摹风景，他们是齐鲁大学美术系的学生，利用周末的空闲来此采风。那个穿白上衣黑裙子的女孩叫贺玉婷，她的老家在著名的陶瓷之乡博山，那是一个有着浓郁文化气息的古镇。这时，她一边俯瞰着山下的景色，一边不时地用手中的画笔蘸着调色板上的油彩在画板上涂抹着，粉红色的纱巾围在她的脖颈上，映衬着她白皙的脸庞，显得文静而俏丽。

"呵，好漂亮！"一位男生来到她的身旁说道。他叫卢晓航，是山东省政府高等参议卢驿笳的二公子，此时他正在齐鲁大学的文学院上二年级。

"你说的是景漂亮，还是画漂亮？"贺玉婷转头看了男生一眼，脸稍稍一偏，然后轻声说道。

"景漂亮，画漂亮，还有人也很漂亮！"卢晓航笑了笑说道。

贺玉婷没有再说话，她对这样的恭维虽然司空见惯，但心里还是很享受的。

"这幅画叫什么名字呢？"

"名字还没有想好。"贺玉婷询问卢晓航道，"都说你是齐鲁大学的大才子，要不你给起个名字吧。"

"你可是出身名门的大家闺秀，秀外慧中，在你面前我可不敢卖弄。"卢晓航看着贺玉婷道。

"别再说这些了，你就起一个吧，起得好，本小姐就题在画上；起得不好，本小姐也不用。"

"你看叫"泉城五月天"如何，或者叫"泉城山水图"？"卢晓航问道，心里不由得感到忐忑。

贺玉婷略微思索了一下，就在画幅的右上角处题写上"泉城五月天"几个字，然后转过头来对卢晓航说："都说你出口成章，再在画上题几句话吧。"

"婷婷，你这是给我出难题呀！这我可得好好想一想。"卢晓航挠了挠头，心里有些紧张。

此时，贺玉婷已经把笔递到卢晓航的眼前："不着急。"

卢晓航只得无奈地接了过来。他虽然平时喜欢诌几句古诗，写点文章，用在大学的教室里和校园里的墙报上，但是此时这个贺玉婷却让他备感压力。

"在下才疏学浅，怎敢在您的大作上胡乱涂鸦。"卢晓航的心怦怦跳着。

"卢大才子就不必自谦了，即使我真的对你的题词不满意也没有关系，你没看到吗？这是习作！"

"可惜了，这篇习作本来好好的，让我一涂鸦……呵呵。"

卢晓航看看贺玉婷，见对方正用鼓励和期待的眼神盯着他。他只好走近画板，仔细地看了看贺玉婷的画作，再看看山下的景色，考虑了一番，才在画板上写了起来。

不一会儿，卢晓航题写完毕，转过头把画笔递给贺玉婷。

"你怎么写这么多字？"贺玉婷有点儿吃惊地问道。

"不好意思，献丑了！"

贺玉婷走近画板，偏着脑袋端详写在画上方的题词：

千佛山麓五月天，阡陌纵横车马闲。
远眺明湖琉璃碧，鹊华对峙黄河边。
七十二泉润古域，城楼参差绿荫间。
山风袭来红纱起，妙笔蘸云绘新篇。

"哈！不愧是卢大才子呀，出手果然不凡！"不知何时跑来了几个同学，一边看着贺玉婷的画，一边把卢晓航的题词念了出来。

贺玉婷和卢晓航的眼神对撞在一起，又连忙闪开。

"哪里呀，我这只是把婷婷画中的风景用文字诠释一下而已，最多算是应景之作、应时之作，很是担心会把婷婷的大作弄丑了。"

"好虚伪呀！"同学们笑了起来。

旁边一个男生鄙夷地对另一男生说："呵呵，一首效仿古律的诗作，其实没有什么新意！"

另一男生说："这样的句子是个人就会写！"

还有一男生说："我最喜欢读的是小说，从来就不喜欢读诗。"

"这是抄的！"一个阴冷的声音从旁边一个个头矮小的同学嘴中发出。

这时候，一个同学跑了过来，看了一眼画幅，即兴来了一段快板书：

哎哎！
话说泉城五月天，惹得仙女下凡间。
随笔临摹画一卷，引诱千佛下了山。

千佛下山做什么？济南府里转几圈。
芙蓉街上品油旋，大明湖里划花船。

好米干饭把子肉，佛门戒律搁一边。
历下古亭饮美酒，罗汉观音大联欢。

七十二泉现佛影，环城河边舞蹁跹。
转瞬日近西山顶，赶快窜回了千佛山。
……

这位同学诙谐幽默的快板书加上有趣的动作表演，引起了大家的一片嬉笑声和掌声。

贺玉婷对卢晓航说道："你看，把你给比下去了吧？"

卢晓航有些脸红，尴尬地点点头道："是，确实是这样。"

"他的快板书比你的诗怎样？"

"好像在生动性上高出一筹。"卢晓航说道。

"对，他的快板书生动、形象、鲜活，还运用了很多植根于民间的生活性语言，通俗易懂，而且他思维敏捷，口语诙谐幽默，所以，他的风头要比你足，对吧？"

"嗯。"卢晓航点点头。

"所以，你就甘拜下风了是吧？"

"是的。"

"他叫什么名字？"

"王世平，也是文学院二年级的，算起来我们还是老乡。"

"可是并不怎么见你们在一起呀！"

"他特不服气我。"

"为什么？"

"他出身贫寒，祖上曾经也出过进士，做过钱庄和银号，到他爷爷那辈就衰败了。"

"哦。"

"他读书特别刻苦，只上过几年小学，虽然后来因为家贫而辍学，但是每天做完农活后，还是拼命苦读。晚上家中点不起油灯，就跑到有钱人家的后窗台上借着灯光看书，冬天常常被冻得浑身僵硬，夏秋两季身上又常常被蚊虫叮咬得体无完肤……"

"你好像很同情他。"

"我哪里敢同情他，我是敬佩他。"

"所以你就对他敬而远之了？"

"哪里哪里，是他根本就不理我。"

"你们老家是一个村的？"

"不是，相隔有六七十里路。"

"你们以前认识吗？"

"不认识，但是知道他。"

"怎么知道的？"

"他的刻苦、他的好学、他的勤奋方圆百里闻名，而且还很有才气，经常给一些民间艺人写作鼓词和快板词，常常一挥而就，许多人家拿他做榜样教育自己的孩子。"

"是一个有志气、有骨气、有毅力、有才气的穷孩子。"贺玉婷说道。

"是的。"

"他为什么不理你，你们两家有仇吗？"

"我问过我的父亲，因为他的祖上也曾经是大户人家，我父亲知道他家，但我们两家并没有仇。"

"他为什么不理你？"

"他说：'你上齐鲁大学还不是指望你家里有钱，我上齐鲁大学，则全是凭着自己的本事考上的！'"

"其实你也是考上齐鲁大学的呀，为什么不向他解释一下？"

"没有办法解释，他根本就不相信我的解释，我也无意对此进行解释，何必呢？再说我这种家境考上齐鲁大学，和他那种家境考上齐鲁大学，明摆着他的努力、他的勤奋、他的天资要远远高过我，所以，我对他很服气。"

"他还经常在你出现的场合有意无意地打压你，对吧？"

"也可以这样说吧，刚才那一幕你也看到了，我觉得很有意思。"卢晓航道。

"压抑吧？窝囊吧？"贺玉婷问道。

"这倒是谈不上，主要是有点儿膈应，也有点儿滑稽。我觉得凭着他的才气，他应该做些更有意义的事情。"

"他看起来的随意之作其实是对你有备而来的，而你对他却毫无防范，对吗？"

"我为什么要防范他？"

"其实你可以通过自己的关系给他点颜色的，但为什么没有呢？"

"我不能那样做，我和他即使有竞争，也只能是两个人自身素质和自身努力的竞争，我不想借助任何外力。"

"……"

"婷婷，你看出来了吧？他很喜欢你。"卢晓航准备摊牌了。

"你怎么知道？"

"我当然知道，他经常谈起你，刚才的快板书里他还把你比作下凡的仙女，你不会听不到吧？"

"傻瓜！"

"婷婷，你是在说我吗？"

贺玉婷点点头。

"……"

贺玉婷看到卢晓航那一副窘态，不由得笑了："刚才你的每一句话，都和我的想法很吻合，都说在了我的心坎里。"

贺玉婷看着卢晓航，继续说道："其实，你也是一个有天资、肯努力的人，你看像你这样家境的孩子有多少不是声色犬马、花天酒地的？王世平他如果处在你这种家境，他能够抵制得住诱惑而努力学习吗？

"再说了，你学习也很努力，也经常学习到夜间很晚，甚至到天亮，但是因为你是在自己家里学习，别人并不知道。我也是听到我父亲和卢伯伯交谈的时候，才偶然知道这一点的。

"还有，他生活在民间，对于民间生活中的语言耳熟能详，所以才能信手拈来。像你这样的生活圈子里，怎么会知道那些民间的俚曲和街头小吃，像'引诱千佛下了山''罗汉观音大联欢'这样的词句，打死你你也做不出来。

"你的题诗虽然平淡了些，但是也只有你这样的诗，才和我的画作相吻合。如果把王世平的快板书题写到我的画作上，那幅画可就真的毁了。"

"婷婷，你的意思是……"卢晓航反应不过来了。

"晓航，你知道在刚才我们的对话中，我最喜欢的是你说的哪句话吗？"

"不知道。"

"我最喜欢的就是你说的：'我不能那样做，我和他即使有竞争，也只能是两个人自身素质和自身努力的竞争，我不想借助任何外力。'"

"你从来不炫耀自己的家世和身世，你不论是对穷人家的孩子，还是富人家的孩子，都能做到一视同仁。你感到自己不行的地方，能老老实实地承认。

"而且，人家再为难你、排挤你、嫉妒你，你也肯承认人家的优点和长处。"

"你是说，他是在嫉妒我吗？"卢晓航问道。

"当然是！百分之百是！他怎么能和你比？虽然他的才气可以和你一拼，有的方面可能还胜过你，但是他的心胸、他的境界、他的品位却绝对达不到你的水平！"贺玉婷说道。

"其实，我知道他，我也收到过他的情书，而且还不止一封。我还知道他到处败坏你，说你这个不行、那个不好的坏话。但是，我从来没有听到你说过他的坏话，即使他是你的情敌，你对他也没有一个字的差评。这就是你的胸怀、你的实力。"贺玉婷一字一顿地说道，"晓航，今天我要告诉你的只有一句话——你其实很强大！

"他当然也很聪明，并且他的聪明表现在更多的方面。比如，刚才他给人们的印象是只看了我的画作一眼，就即兴来了一段快板书，看起来脑子特快是吧？其实，真实的情况是我在画板上题写下《泉城五月天》并把画笔交给你的时候，他就和其他同学一起来看过我的画板，并立即跑到一边去。这一点许多人都没有注意到，你也没有注意到，但是我看到了。所以，他创作快板书的时间，其实应该包含你创作题诗并且在画板上书写题诗的时间，以及后来同学们议论的时间。因此可以这样说，他的创作时间实际上要比你长很多。但是，他装作只看了一眼画板就脱口而出快板书的这种'宵小式的聪明'，你就没有了。

"另外，这首题诗对你是命题作文，对他则是自选动作，所以他可做可不做。

即使做起来，也可以比较随意发挥，肆意想象；而你却因为要在我的画板上直接题诗，就显得拘谨得多。所以，你们两个在这方面即使有竞争，这个竞争也是不平等的。

"虽然他的作品也流露出些许才气，但是却没有人称呼他是才子；你有时候也写些平平之作，但是大家却公认你是才子，你知道这是为什么吗？"贺玉婷问道。

"……"

"有些人确实很努力、很有才，也很有学问，但是他斤斤计较、锱铢必较，这样的人最终就脱不掉一个'小'字、一个'穷'字、一个'矬'字。

"而你却从不计较别人如何对你不好，只知道一个劲儿地去努力！再努力！！

"所以，今天我才在众多的男同学中，众多的爱慕者中，只选择你在我的画作上题诗！"贺玉婷一字一顿地说道，"所以,我们是天造的一对,地设的一双！"

"……"

"晓航，你知道今天是什么日子吗？"贺玉婷问道。

"5月21日。"

"晓航，让我们都记住这一天吧！今天，我要向全世界宣布：晓航——吾爱伊！我爱你！！"贺玉婷大声地说道。

卢晓航一时蒙了，他被贺玉婷一连串的话语击晕了。他想不到这样一个矜持的女孩子今天会说那么多话，她心思之细腻，言语之条理，分析之透彻，都令他感到吃惊，使他感觉到贺玉婷的内涵已经远远超过了她外表的美丽，更想不到的是她今天会在千佛山上做出这样一个直白大胆的宣言。

他张开双臂，紧紧地拥抱着贺玉婷，在风中，在山上。

两人来到山巅的亭子上，卢晓航紧紧地拉住贺玉婷的手，对着寥廓的蓝天大声喊道："婷婷——吾爱伊！我爱你！！"

"你要记住，这一天是我们这对恋人在心心相印了许久之后，彼此发布爱情宣言的日子！"贺玉婷说道。

"这一天是我们携手登高望远，永结同心的日子！"卢晓航说道。

一阵山风袭来，系在贺玉婷颈上的红纱巾随风飘舞，映衬着贺玉婷如玉的脸颊红扑扑的。她仰脸注视着卢晓航，眼中溢满了幸福的泪水，分外动人。

卢晓航也凝视着贺玉婷，用手帕轻轻地拭去贺玉婷脸上的泪花。

此时，在千佛山兴国禅寺的东边，迎风飘舞着"桃李剧社"的杏黄色横幅。一阵阵弦乐声、歌声和笑声、掌声此起彼落，给人的感觉十分热闹。

很多在山上游玩的游客循声赶了过去。

一男一女两个学生走上前来报幕："下一个节目，舞蹈《故乡——东北望》，领舞者张佳欣。"

"张佳欣？她是齐鲁大学的女生吗？"

"不是的，这个桃李剧社是由齐鲁大学、湖畔中学，还有其他几个学校的同学组成的，前面的节目是齐鲁大学和其他学校表演的，而现在这个领舞的女生好像是湖畔中学的。"

在起伏的群山和松涛中，张佳欣和其他女同学伴着清澈的女声翩翩起舞：

大兴安岭，莽苍苍，梅花鹿儿徜徉；
镜泊湖，水荡漾，暮归千帆满舱。

故——乡，东北望，魂牵梦绕的地方。
故——乡，东北望，生我养我的故乡。

麦苗儿青，稻花儿香，千顷青纱帐；
鱼儿肥，鸟儿唱，暮归炊烟飘荡。

故——乡，东北望，灯光下是我爹娘；
故——乡，东北望，千里莽苍苍。

炮火燃，敌寇狂，践踏着我的家乡。
同胞血，染河山，耻辱痛彻心房。

"这是什么破节目呀！不好看，不好看，换一个！！"

人们循声望去，见到几个人正指手画脚地对着跳舞的女孩子吆喝。

"嫌不好看，就一边趴着去，别在这儿捣乱！"人们的心情被这几个小痞子搞坏了，纷纷谴责道，"没人请你们来看，滚一边去！！"

"这是破坏和邻国的关系！这是煽动！"

"什么狗屁邻国！"

"你们是什么人？是汉奸还是日本人？！"

"现在是国共合作，一致对外，你们是从哪儿冒出来的？！"

"你们是中国人吗？！"

这时，一个年轻人突然从人群中冲了出来，抓住那个叫嚣得最凶的人的衣领，一拳打得那人跌跌撞撞地摔出去五六步远。

那人被打蒙了，用手捂着腮帮子说道："你怎么打人？！"

"打得好，狠揍这些臭小子！！"此时旁边又出来几个人大喊，"揍他们这些臭小子！！"

说完，就向他们冲了过去。那几个人见势不妙，连忙转身四散而逃。

节目重新开始了，张佳欣和同学们来到场地中央，伴随着清澈的歌声，继续开始舞蹈：

故——乡，东北望，山河何时重光；
故——乡，东北望，何时见我爹娘。

山风吹拂着张佳欣和同学们那月白色的衣衫和黑色的裙摆，旋转的形体和挥舞的双臂把人们带入那一片苍茫辽阔的黑土地上。

人们看到两滴晶莹的泪花在领舞者的眼睛中闪烁着、闪烁着，最终滴落了下来，挂在她如玉的腮边。

舞蹈结束了，喝彩声和掌声响成一片，张佳欣和同舞的女生们眼里含着泪花，微笑着一再向观众谢幕。此时,在观众席里隐隐传来了哭声,而且声音越来越大,最后竟然变成了号啕大哭。

人们循声看去,突然从观众中跑出来十几个蓬头垢面、衣衫褴褛的男子,他们一个个跪倒在张佳欣等女生们的脚下,把张佳欣她们吓了一跳。

"同学!同学!!谢谢你们啦!!谢谢啦!!"他们抬起头来,黝黑的脸庞上涕泪纵横。

一个中年男子突然膝行几步,一把抱住了张佳欣的双腿说道:"姑娘,谢谢!谢谢!!谢谢你们啦!我们就是东北来的,我们就是东北人,我们是东北军的!谢谢你们的舞蹈,道出了我们多年来对家乡的思念,也让我们对家乡的父老兄弟、对咱们中国的父老兄弟充满了愧疚。"

"我们该死呀!我们对不起你们,对不起乡亲们,更对不起咱们中国人呀!"

"我们早就不想在那个不抗日的军队里干了!"

"我们从那支军队里跑出来,就是要回老家干义勇军去!!"

"不狠揍这帮日本鬼子,我们就枉为男人!!!"

"打倒日本帝国主义!"

"誓死不当亡国奴!"

"还我河山!"

"枪口对外,一致抗日!"

口号声此起彼落。

人们纷纷上前扶起这些东北军的士兵,一边倾听着他们的诉说,一边拿出随身携带的食品和水果让他们果腹。

此时,齐鲁大学学生会的宣传部部长卢晓航已经带着在千佛山上写生的同学们前来会合,卢晓航对夏洪波说道:"祝贺你们桃李剧社演出成功!"

夏洪波道:"你写的歌词可是立下了一大功呀。"

卢晓航道:"舞蹈是门综合艺术,你的导演,还有小欣的领舞都功不可没!"

夏洪波道:"那就共同祝贺吧!"

一些学生和观众们捧起鲜花,涌向演员们,祝贺他们演出成功。

夏洪波道:"对那些东北军的士兵应该想办法安置一下,不能让他们居无定所，衣食无着，到处流浪，也不能让他们盲目地返回东北，和日本鬼子硬干。"

卢晓航点点头道："可是我们能怎么办呢？"

"我现在就先发动同学和市民解决一下他们的居住问题，但是，最终解决是否可以通过政府的有关方面……"

"洪波兄，这年头政府还能指望吗？"卢晓航道。

"你看能否通过你父亲的关系，呼吁一下……"

"哎呀，他们有职无权，说话顶个屁用！"

"试一试嘛。"

"好吧。"卢晓航只好点点头答应下来。

夏洪波看着卢晓航笑了笑，他是发自内心地欣赏这位同学，因为他热情、正直、爱国、有才气，在同学当中也有很大的影响力。他的父亲虽然身居高位，但是他从不掩饰对当局腐败专制的不满，只是他目前对共产党的了解还很不够。自己以后会多多接触这样的同学，既不能暴露自己的身份，又要逐渐地把党的方针和政策对他进行不动声色的宣讲和解释，争取更多的好同学团结在党组织的周围。

夏洪波的公开身份是齐鲁大学四年级的学生、学生会主席、济南学生联合会桃李剧社的社长，但同时他还是齐鲁大学中共秘密地下组织的负责人。想起前些日子他在东流水中共山东省委秘密联络点上，听负责人介绍说："现在的形势十分紧张，日本全面侵华战争随时都有可能爆发。在我们国家，目前国共合作，共御外辱的格局已经初步形成。我们山东省位于平津和宁沪之间，东临大海，西接中原腹地，战略地位非常重要，最近延安将要派彭雪枫等许多同志到我们山东来开展统战工作。此时此刻，我们必须通过各种形式宣传和发动民众，团结可以团结的一切力量，结成广泛的抗日民族统一战线，为即将到来的民族解放战争做好政治上、思想上和组织上的准备。"

夏洪波心想：这些东北军官兵爱国爱乡，一腔热血，却报国无门。他们为了返回东北抗日，离开了队伍，衣食无着。我们应该关心他们，尽其所能地解决他们的实际困难，这同时也是为将来的抗战保存一支有生力量。

他又想：今天晚上我就去趟东流水，向组织上汇报这一情况。

卢驿笳、唐启贤和J.D.詹姆斯等一行此时也已经来到桃李剧社舞台前观看了节目，J.D.詹姆斯等人看出了卢、唐等人也很动容，不由得长叹一口气。

唐启贤对张玉吉道："张董事，那领舞的女孩子不是贵府的三小姐小欣吗？"

张玉吉道："是呀，这孩子被我惯坏了，总不喜欢在家里待着，成天就是排练节目呀、演出呀、宣传抗日救国呀，蹦蹦跳跳地到处跑，就是不肯在家待着，也不肯听话。"

卢驿笳道："没有想到啊，这个领舞的女孩子原来是贵府的千金。这孩子不但生得楚楚动人，而且能歌善舞，好是叫人羡慕呀！"

"这孩子和她二姐跟着她们的姑姑在日本待了几年，对日本社会中弥漫的轻华、辱华、仇华的情绪和侵华的叫嚣也有着切身的感受，'九一八'事变后的第二年就回国了。"张玉吉道。

"你对孩子将来是怎样打算的？是让她继续上学，还是给她找个工作？"卢驿笳问道。

"我是想叫孩子中学毕业后来银行上班，这工作适合女孩子干，而且工作稳定，收入也有保障。一个女孩子上学太多了，也没有多大意思。可是这孩子总想去个艺术团体，在济南有几个剧社是想叫她去的，不过这孩子最近又嚷嚷着想去当女兵。"

"呵呵，'十四万人齐解甲，宁无一人是男儿'！这么小的女孩子在国家面临危难时都想着要当兵报国，这可真使我们这些大男人感到无地自容呀！"

"孩子嘛，总是有着自己的梦想，尤其是这样处于花季的漂亮女孩子，她们正处于多梦的季节，以后会慢慢变得实际起来的。"卢驿笳道。

李梦竹道："就让她去我们齐鲁大学的文学院吧，我收下她了！"

"你看看，李校长一片爱才之心，我看玉吉老弟就成全了李校长吧。"卢驿笳道。

"听说贵府的少爷现在在齐鲁大学的文学院，这孩子可是才子呀！孩子现在怎样了？"张玉吉问道。

"是学生会的宣传部部长,社团工作太多了,有些耽误他的学业。"卢驿笳道。

"我看贵府的少爷和刚才玉吉老弟的千金倒是天造地设的一对呀!"唐启贤插话道。

"是呀,刚才我也这么想过。不过这孩子最近回家总是提起他的一个叫贺玉婷的女同学,据说出身于书香门第,琴棋书画无一不通,性格也温柔娴雅,落落大方,我和太太猜测他对这个女孩子可能是情有独钟了。"卢驿笳感慨道。

这时,附近出现一阵骚动,他们循声望去,发现许多学生和市民正围着刚才那些流浪的东北军官兵,给他们提供衣物和食品。

唐启贤走过去,拿出一张支票来,唰唰写了几个字,告诉领头的那位东北军士兵道:"我是青岛中鲁银行的总经理,我叫唐启贤,这是一张五千大洋的支票,你们可以凭这张支票去银行领取大洋。你们都去洗个澡,把身上的衣服也换了,吃点好的。你们一路上辛苦了,不过打日本不能光凭你们这十几个人,这是全中国民众的事情!"唐启贤转过身来对卢驿笳道,"这都是一些热血男儿,落到现在这步田地,你看看政府能否给想个办法。"

卢驿笳道:"我刚才也在考虑这个事情,我已经叫秘书下山安排饮食和住处了。韩主席最近正准备筹办一个为期三到六个月的军事人才短训班,我想请示一下,让他们去到那里,一是有一个安身落脚之处,二是因为东北军还是很有战斗力的,他们中的一些人既可以接受训练,又可以从中选出军事素养好的当教官。"

看到青岛中鲁银行的总经理唐启贤向流浪的东北军官兵捐款,夏洪波心中一动,想起头一天晚上,他去位于五龙潭东流水的中共山东省委秘密办公场所汇报工作时的情况。

晚上11点多,夏洪波沿着弯曲低矮的小巷,准时来到一个石头砌成的二层小楼前。进门后,他和门卫打了声招呼,就踩着木质的地板来到了二楼。此时,楼上已经到了七八个人,气氛深沉静穆。夏洪波感到了异样,他想问一下,但是地下工作严格的纪律告诉他,很多事情是不能随便打听的。

夏洪波对着同志们摆摆手笑了笑,算是打了招呼,可是那几个同志的神情却仍然十分严肃。他们互相对视了一下，一位负责的同志站了起来，拿起放在桌子上的几张纸，语气沉重地说道："洪波同志，这是一位东北抗联同志写的报告，是一份用他的生命和青春热血写就的最后的报告！你拿去看看。"

夏洪波接过报告，打开那几张信笺，手不由得颤抖起来，热泪溢满了他的眼眶。那熟悉的笔迹挥洒着热情和自信，这份报告正是出自他最崇敬的山麓中学历史课教师龙原的笔下。从1931年"九一八"事变以后，他就没有再见过这位教师，直到现在才知道，原来龙原老师当时是受中共山东省委的派遣远离家乡，远离他所挚爱的夫人和幼子，去了东北，参加了抗联。

亲爱的同志们：

你们好！这是我最后一次向你们书写报告，我十分想念你们。

我首先要检讨的是我没有做好工作，没有完成好党交代给我的任务。

自从接受省委的派遣到今天，五年的时间过去了，我们一起来东北的22位山东同志仅剩下了我一个人。今天凌晨，戴自强同志想给饿了好几天肚子的同志们找点吃的，可是他刚刚打开屋门，就被敌人狙击手的冷枪射中头部而永远地离开了我们。

在敌人疯狂的围剿和严密的封锁下，我们和满洲省委失去联系已经有一年多了。一年多来，我们的队伍由最初的352人，到现在仅剩下11人，而且所有的人都挂了彩，染了病，得了冻疮，丧失了战斗能力的重伤号也有4个。

我们已经好几天没有粮食了，同志们用树皮和从雪底下抠出的草根充饥，用冰冷的雪水解渴，才坚持到了今天。我们现在已经再次进入饥寒交迫、无医无药、弹尽粮绝的境地，而且这一次绝对不可能再出现奇迹了，因为我们已经被三百多敌人包围在一个院落里，我们的11位同志准备用刺刀和匕首，以疲惫饥饿的身躯和敌人做最后一搏。

回顾过去的五年时间，我觉得同志们不缺乏爱国的热忱、拼搏的勇气和献身的精神，而他们最缺乏的是那些物质上的东西，比如枪炮、弹药、粮食、药品和盐等。在这里我要检讨自己，作为一个主管后勤工作的负责人，我没有解决好这些问题。

曾经流传着这样一句话："没有吃，没有穿，敌人给我们送上前；没有枪，没有炮，敌人给我们造。"

可是每次从敌人的手中夺取枪支弹药、被服衣装和粮食药品都得牺牲许多同志的生命，还有更多的同志挂彩。

为了解决队伍的吃饭问题、被服问题、伤病员的医药治疗问题、作战用的枪支弹药问题，我们曾经多次袭击敌人的后勤和辎重部队，虽然屡有斩获，但是为此所付出的同志们的生命和鲜血的代价也是不可估量的。

很多战斗都是为了解决部队的供养问题而发起的，许多同志就是在这样的战斗中而流血牺牲的。

有一次，为了夺取日寇手中的一挺歪把子机枪，我们先后有五位同志牺牲，七位同志负伤，但是最后缴获来的却是被敌人砸烂了的机枪。

敌人是凶悍的、野蛮的、狡猾的，他们装备精良，训练有素，纪律严明，作风强悍，他们不但在军事上围剿我们，在政治上污蔑我们，在经济上封锁我们，而且还布置下了许多陷阱和诱饵。

一次，我们伏击了日寇的运输车队，日军几乎未做多少抵抗就屁滚尿流地逃跑了。同志们被胜利所鼓舞，立即爬上被敌人抛弃的三辆大卡车，高高兴兴地往下卸枪支弹药。司令员和其他首长发现情况不对，连忙命令同志们回撤，可是已经晚了，此时有三发日军的迫击炮弹飞来，不偏不倚地击中了三辆装满弹药的卡车，顿时爆炸声不断，我们一百多个忠诚勇敢、身经百战的指战员，就这样牺牲在了一片爆炸声中。等到爆炸的硝烟散去，遍地只见同志们的断肢残躯和斑斑血迹。

还有一次，敌人大张旗鼓地用汽车和马车将大批粮食、肉类、鸡蛋、药品存放在一个村庄的村公所大院里。地下党的同志特意送信来，告知这是鬼子的一个阴谋，要同志们千万不要轻举妄动。可是被饥饿折磨许久的一些同志还是禁不住诱惑，他们心存侥幸心理，在一个晚上，偷偷纠集了三十多人摸进了村公所。结果进去后就发现情况不对，解开盖着粮食的毡布一看，发现里面全是被捆绑着堵住嘴的老百姓，整整有二三百人。当他们恍然大悟时已经晚了，四周墙头上站满了日本鬼子，大门也早就被日本的机枪封锁住。日军命令他们放下武器，停止抵抗，否则就把他们和被捆绑着的老百姓一起打死。

为了保护老百姓不受伤害，他们只好全部放下武器，赤手空拳地被日本鬼子捆了起来。第二天一早，就被日本鬼子押到村口，绑到大树上，全部做了日本鬼子练习劈刺的活靶子。同志们得知情况后，纷纷要去营救他们，但是却被日本鬼子的机枪死死地压制在村口的高粱地里，许多同志一抬头就被击中，这样又白白牺牲了几十位好同志。其他同志只能眼睁睁地看着自己的战友被日本鬼子一个又一个地刀劈枪挑，狼狗撕咬，活活地被折磨致死。

相信你们看到此处后，也会心痛不已。而上述的一切，无不是由于残酷的战争环境和生活物资的匮乏所造成的。

当然，我们的思想政治工作、军事指挥工作都有亟待改进的地方，但是我们更需要改进和加强的是后勤物资的供应工作。严酷的事实就是，由物资的匮乏所造成的非战斗性减员，长期以来远远高于战斗性减员。

五年多来，我们无时无刻不在十分窘迫的境地中生存和作战，只记得最好的一个多月，是在我们袭击了一个银行网点，夺得了大批日伪票子后。那些日子里，我们用这些票子到敌占区采购了大量的粮食和药品，终于让大家吃了几天饱饭，也让伤员得到了有效的治疗。那是我们最宽裕的日子，只是很可惜，这样的日子仅仅维持了一个多月就结束了。

这一切使我认识到：抗日救国不但需要信仰的支撑、枪杆子的支撑，而且还需要钱袋子的支撑。从敌人那里夺取钞票是解决战争中燃眉之急的重要手段，但是由于敌人防守得非常严密，这样的机会以后就再也没有出现过。

我在想，什么时候我们能创办自己的银行，发行自己的票子？

我相信，抗日救亡的事业一旦插上了银行的双翼，她将会飞得更高更远。

很可惜，我永远都不可能看到这一天了。

我们每天都在冰天雪地里和日寇周旋，由于天寒地冻，伸不出手来，即使伸出手来，也拿不住笔，写不出字。当余下的十几位同志知道我要写这份报告交给你们的时候，他们不惜冒险进入村子，其目的就是为了能有一间温暖的屋子和火炕，让我给你们写下这份报告，并写下我们这支东北抗联队伍最后的历史。

　　枪声又响起来了，这是敌人对我们发起的最后一次进攻，因为在这次进攻之后，我和我们的同志、我们的这支东北抗联队伍都将永远地进入历史当中。

　　这份报告我将会藏在一个只有交通员才知道的隐秘地方，等待几天后来取。也许你们能见到这份报告，也许你们永远也见不到这份报告。

　　亲爱的同志们，永别了！此时此刻，我还有许多话要对你们倾诉，但是眼前的形势已经不允许我这样做了。

　　以下是我们这十一位同志的姓名……请转告我们的亲友，我们无愧于中国人的称号。

　　当神州光复的那一天到来的时候，请不要忘记告知我们。当胜利的礼花升腾在天空的时候，我们会在天堂上微笑的。

龙原——龙的原野
一九三七年大年初二凌晨

　　大颗大颗的泪水从夏洪波的脸颊上滑落，滴在那信笺上，最后他不由得抽泣起来。在山麓中学上学期间，龙原是他和同学们最爱戴的老师，每次讲起鸦片战争以来的中国历史，龙原老师就慷慨陈词，有时甚至声泪俱下。现在，他终于以自己的热血和生命践行了自己的信念。

　　这是一个真正的中国人，一个大写的中国人！夏洪波在心底默默地说道。

　　负责人走到夏洪波的身旁，拍着他的肩膀宽慰他道："洪波同志，坚强起来！龙原同志不愧是一个好老师，他是我们立身处世的楷模和榜样！"负责人转过身对其他领导同志说道，"龙原同志的这份最后的报告，我们要立即安排秘书誊抄一份上报延安，同时我们还要下发文件，号召同志们向他学习。在当前形势异常严峻,中日全面战争一触即发的情况下,我们尤其需要学习龙原同志的这种精神。"

这次看到银行家唐启贤用支票向东北军捐款的情形,夏洪波不由得在脑海里浮现出龙原同志在最后的报告中写下的那句话:

"抗日救国不但需要信仰的支撑、枪杆子的支撑,而且还需要钱袋子的支撑。"

"我相信,抗日救亡的事业一旦插上了银行的双翼,她将会飞得更高更远。"

他的眼睛不由得再次湿润起来。此时,夏洪波虽然对"办银行""发票子"这几个概念的了解还不是很清楚,但是却从此在他的脑海里有了比较深刻的印记。

"张行长!张行长!"上面的山径上突然跑过来两个人,来到张玉吉跟前后,其中一个一边掏出手帕擦着汗,一边说道,"张行长,终于找到您了。"

张玉吉问道:"杨经理,什么事这么慌?又是资金的事吧?"

"是呀是呀,眼看就得停工待料了!"杨经理气喘吁吁地说道。

"要多少呀?"张玉吉问道。

"得这个数!"杨经理伸出了三根手指头。

"三百万?这可做不到,现在头寸太紧了。"张玉吉道。

"这、这,张行长,您无论如何也得帮帮兄弟我呀。"杨经理道。

"杨经理,不瞒您说,您自己有的是钱,哪里需要找我呀?"张玉吉冷冷地回答道。

"我哪里还有什么钱?一旦合同不能按期完成,兄弟我就得破产,您知道吗?"杨经理急了。

"杨经理,您的公司仓库里囤积的那些毛巾呀、围脖呀、衬衣呀、裤子呀、袜子呀,那不都是钱吗?别再留着了!抓紧时间低价卖出去,钱不就回笼了吗?"张玉吉两手一摊道。

"可是那些都是常年积压的尾货,不好销呀!"

"在大城市不好销,就销往中小城市;中小城市不好销,就销往乡下。"张玉吉道，"哦，我有一个朋友正在筹备着在启县创办一家百货公司，现在正忙着寻找货源呢，您可以把自己库存的那些纺织品交给他销售。启县是一个山区县，交通不便，工业品很难下乡，而且那里用传统工艺生产的纺织品工艺粗糙，质量低下，花色单调，价格又昂贵，和您的产品相比是没有什么竞争力的。您的这些在大城市里的积压品，是很容易在那里找到销路的。"张玉吉继续说道："还有您杨经理的产品质量虽然不错，但是受生产能力的限制，怎么可能接那么大的订单呢？三百万？我不信。"

"张行长，您说我的订单有多少？"杨经理问道。

张玉吉道："杨经理，我可不是小看您呀，我看您的订单有二百一十八万就不错了，对不对？把合同拿来我看看。"

"呵呵，真人面前不讲假话。"杨经理一边说着，一边示意身边的秘书从公文包里拿出合同递给张玉吉，"合同金额是二百一十二万。"

"哈哈！杨经理，您看我说得八九不离十吧！"张玉吉看了看合同道，"合同是三月份签署的，你们已经做完了的那一部分可以先立即给他交货，这样不就又能回笼了一部分资金吗？"

"可是合同上要求的是一次性交货。"杨经理道。

张玉吉说："哦，这个公司的库房可能一时腾不出来，但也是可以想办法的，我那次去这个公司考察，看到他们有一间房子堆放着一些过时淘汰的机器和材料，可以把这些处理掉，把房子打扫打扫，腾出来提前进你们的货。"

杨经理一愣："哦。"

张玉吉对杨经理说："合同中有的条款是不能通融的，但是有的条款则可以通融。再说那个高老板也是我多年的朋友，如果不行，我再给他打个电话。合作这么多年了，这个面子他总会给的。"

杨经理既高兴又有点半信半疑："哦。"

张玉吉盯着杨经理问："我再给您五十万贷款做短期周转，帮您购进原料，为期三十天，咱们本息两清，您看如何？"张玉吉向杨经理伸出右手："若同意的话，给我纸和笔。我给您开个条子，您回去立即找我们信贷部的叶主任办理相关手续。"

杨经理流露出失望的神情："五十万？"

张玉吉瞥了杨经理一眼："怎么了？您不同意是吗？"

杨经理突然一拍脑袋，高兴地笑了，说道："嚯！人们都说张行长精明强干，佩服！佩服！OK，成交！"杨经理连忙紧紧握住张玉吉的手，一边督促着秘书从公文包里拿出纸和笔，一边不停地啧啧称赞道。

待张玉吉开完条子交给杨经理后，杨经理又握着张玉吉的手真诚地连连称谢，然后才和秘书匆忙离去。

"张先生的大脑简直就像是一个精密的算盘，还没有看到算珠是怎么拨弄的，就已经出现了准确的运算结果，堪称神奇。"J.D.詹姆斯看到这一幕，也不由得夸赞起来。

"我怎么看着就像是一个银行的综合办公精算系统在运作。"D.安德森说道。

"爸爸！爸爸！！"张佳欣在人群中看到了张玉吉，立即喊着像小鸟一样蹦跳着跑了过来。

张玉吉心疼地看着小女儿："星期天也不回家，还到处乱跑，知道不知道你阿姨整天挂着你呢！一会儿和爸爸一块儿坐车回家，阿姨今天包饺子吃。"

"不！我得和同学们一起回学校。"张佳欣倔强地说道。

"呵呵，这就是贵府的千金呀。"李梦竹问道。

"小欣，这就是我常跟你说起的齐鲁大学的李校长，快叫李叔叔。"张玉吉向孩子介绍道。

张佳欣忙说："李叔叔好！"

"这是卢伯伯。"张玉吉指着卢驿筘对张佳欣道。

张佳欣连忙问候道："卢伯伯好。"

"孩子不但舞跳得好，而且聪明、有礼貌。"卢驿筘赞扬道。

"这孩子驿筘兄就不必夸奖了，她任性起来，可够你喝一壶的。"

"哎呀——爸爸！"张佳欣嘟起嘴来。

"有没有见到你唐伯伯？"

"见到了，刚才还看见他给东北军捐款呢。"张佳欣笑着说道，"另外，他还给我们剧社捐了款！"

"哦，你唐伯伯可真是热心肠呀！还不快谢谢你唐伯伯？"

"谢谢唐伯伯！"张佳欣对唐启贤鞠了一个躬。

"哎呀，哎呀！"唐启贤对张玉吉道，"刚才孩子都已经谢过了，还谢起来没完了。"唐启贤继续说道："这些孩子可不简单呀，他们的演出道出了我们的心声，也道出了民众的呼声呀！"

张佳欣转头对张玉吉说道："爸爸，我先和同学们在一起玩一会儿，晚上还有排练呢。拜托你回家后给我把上个星期刚买的小金鱼换一下水好吗？"

"这个我可没有工夫，要换还是你自己换吧。"

"爸爸！"张佳欣搂着张玉吉的脖子撒娇。

"好吧，好吧。"张玉吉疼爱地看着自己的孩子。

"还有咱家里的小兔子，你得喂喂它，这是我刚刚在山上剜的野菜。"张佳欣提起一个袋子，放在张玉吉的眼前。

"你看你看，我这工作就够忙的了，回到家还得为你那小金鱼、小兔子忙活，爸爸得让你累死呀！"

卢驿笞、唐启贤等人不由得笑了起来："有这样聪明懂事的孩子，可真是玉吉老弟的福气呀！累死也高兴，对吧？"

张玉吉感慨说："我这个当行长的呀，回到家里就成了她的员工了。"

卢驿笞说："年轻人嘛，是家庭的希望、祖国的未来。正是因为辛亥革命以来，有这样一批批头脑中具有新思想、新理念、新文化，怀揣新理想的年轻人的加入，我们这个衰弱不堪、步履蹒跚、岌岌可危的老迈国家，才一步步有了新希望。这个过程尽管还很漫长，但是看到这些生机勃勃的年轻人，我们就看到了希望。老迈中国一定会变成少年中国的！"

卢驿笞把目光转到张佳欣的身上，又转过头问张玉吉："玉吉老弟，前几年我曾去过贵府，见到你的几个孩子，怎么好像没有见过她？"

"这孩子以前曾经和她的二姐在日本上学，居住在日本的大姑姑家，刚刚上完小学，就赶上了九一八事变。此时在日本已经掀起了一股排华、反华、轻华、辱华的浊浪。她们姐妹于第二年的年初返回国内，在上海港下船后，却只见到了我，而没有见到来迎接她们的妈妈。后来才知道她们的妈妈是在来接她们的途中，被日本鬼子的飞机给炸死了。唉！"张玉吉长叹一口气，眼里变得湿润起来。

卢驿笳和唐启贤互相对视了一眼，说道："这国仇家恨，我们要一笔一笔地记在心里，总会等到和小日本算总账的一天！"

这时，桃李剧团的同学们见到了李梦竹，连忙上前把他围了起来。

李梦竹很是高兴，一再赞扬同学们的演出，并鼓励大家再接再厉，演出更好的节目，宣传祖国的大好河山，宣传抗日救亡的思想理念。

卢驿笳把周边几个卖花的孩子叫过来，问了下价格，便把花买下来。随后他捧起花送给张佳欣，并一捧一捧地一边分发给剧社的孩子，一边连声说道："孩子们，谢谢你们！"

鲜花分发完了，卢驿笳站起来对剧社的学生们说道："孩子们，谢谢你们，谢谢你们的演出！星期天你们牺牲了自己的休息时间，来这里给我们义务演出了一场很好的节目，我们有幸能观看到你们的精彩演出，我们从中也看到了中国的希望，感动得我们这几位都老泪纵横啊！"

"你们的演出不仅感动了我们，感动了东北军官兵，也感动了所有观看节目的市民，所以，我再次谢谢你们！"卢驿笳向剧社的学生们鞠躬致礼，然后继续说道，"你们的演出说明了一个真理：中国不会亡！"

"中国有句古话，叫作国家兴亡，匹夫有责！只要我们每一个中国人都承担起自己的责任，团结起来，我们就一定会打败日本强盗，收复故土，还我河山！"

"打倒日本帝国主义！"

"誓死不当亡国奴！"

"还我河山！"

"枪口对外，一致抗日！"

口号声再次响起，此起彼落，人们群情激昂。

走在下山的山径上，唐启贤对卢驿笳说道："刚才看到驿笳兄的演说，眼前仿佛又出现了辛亥革命、二次革命、护国运动和护法运动期间,驿筘兄站在街头上,演讲抨击专制统治,宣传共和的身影。驿筘兄真是慷慨激昂不减当年呀!"

卢驿筘摇摇头,感慨地说道:"转眼二十多年过去了,我们当年许多先烈抛头颅、洒热血所追求的民主共和制度、富民强国梦想仍然还是像画一样,仅仅停留在纸面上,让人感慨系之,唏嘘不已呀。而我也早就不是当年的我了。"

这时,一些青年学生从他们的身边纷纷跑过。

卢驿筘对李梦竹说道:"今天看到这些年轻学子的爱国热情,又回想起本人那段燃烧着激情的岁月。可是瞧瞧现在的自己,不也是浑浑噩噩,蝇营狗苟,饱食终日,无所用心,随波逐流,一事无成吗?"

李梦竹说道:"这些年轻学子正处于有梦的季节,可是现在风云多变,世事艰难,我这个当校长的既得教育他们忠贞爱国,支持和引导好他们的爱国行动,又得教育他们沉下心来学习知识,保护好他们的安全。这个校长不好当啊!"

太阳已经偏西了,千佛山山径上的人群仍然熙熙攘攘,络绎不绝。卢驿筘一行陪着美国客人往下山的路上走着,耳边不时传来各种议论声。

"中国幅员辽阔。人口世界第一,却总是被人欺负,被人瞧不起,知道是为什么吗?"

"因为他们总是勇于内斗,怯于外斗;精于内斗,拙于外斗;以内斗为荣耀,不惜投靠外人、借助外人之手对付同胞。"

"对内镇压争斗不息,对外妥协退让不止。"

"对内强硬,对外软弱。"

"对内凶残如虎,对外怯懦如鼠。"

"说来说去就是一句话,这都是因为咱们老百姓手中没有选票。"

一句一句的议论声,句句刺痛着卢驿筘的心,作为山东省议会中的国民党参议员,他常常为此纠结至心痛。

"中国不团结,那是以前的事情,现在国共合作,中国就一定能打败日本!"

"就是,以前国共合作,取得了北伐的胜利;现在国共合作,一定能打败日本,光复旧河山,建设新中国!"

J.D. 詹姆斯和 D. 安德森二人一直默默地走着，他们一边观赏着周边的风景，一边倾听着女翻译将卢驿笛等人的对话及周边人们的议论翻译给他们听。

"今天到这里来，我们感到收获很大。"J.D. 詹姆斯转身对卢驿笛道，"我们不但看到了济南的风光名胜，听到了济南优美的历史传说，我们还感受了中国人民发自内心的爱国热情。"

"在这里，我们看到了中国人万众一心，同仇敌忾。这是我们以前所没有见到的。"D. 安德森补充了几句。

"说实话，以前我们看不起中国人，"J.D. 詹姆斯继续说道，"以前我们认为中国的政府专制无能，中国的官员贪污腐败，中国的社会贫穷落后，中国的民众愚昧无知，中国各派别之间内战不已，致使生灵涂炭，百业萧条。近百年来，中国人在对外作战中总是被动挨打，妥协退让，割地赔款，忍气吞声，屡战屡败；中国人是'东亚病夫'。现在看来，我们错了。现在中国有了这样的年轻人，有了这样的民众，中国大有希望。"

"以前我最看不懂的是贵国政府的政策，遇到挑衅者总是一再地妥协退让，割地赔款，拿着领土主权的割让和民族的尊严换得一时的苟安。这实际上是鼓励和纵容了敌人，鼓励敌人一而再，再而三地向贵国狮子大开口，得陇望蜀。如果不能满足他们的胃口，他们就会再次以各种借口向贵国大动干戈。这样下去，何时是个头儿？"D. 安德森道，"其实以贵国辽阔的国土、众多的人口、五千年的璀璨文明和无穷无尽的发展潜力，是完全可以和任何强大的对手周旋到底的。即使一时战败了怕什么？只要不妥协、不投降、不让步，贵国就能够把世界上任何所谓强大的对手都消耗殆尽，并最终赢得胜利和尊严！"

"谢谢 J.D. 詹姆斯先生和 D. 安德森先生！"卢驿笛说道，"不知两位朋友对中日关系及将来的发展趋势是如何看的？"

J.D. 詹姆斯沉思了一会儿，说道："看来中日必有一战。一方面是源于日本的强大和称霸东亚的野心，来源于中国的过于贫困和落后；另一方面源于中国近代以来对外作战，包括对日本的战争总是屡战屡败，再加上日本 1931 年 9 月在东北的轻易得手，这实际上对日本的鹰派是一个鼓励。从此，在日本政坛上，不主张对华用兵的政治家一蹶不振，主张对华用兵的势力很快就占据了日本的军政要职。因此中日必有一战。"

"那先生对中日战争的结局如何看待呢？"卢驿笳再次问道。

"这场战争将是十分残酷的，要流许多血，要死很多人，许多城市和乡村将会化为焦土。中国能否取得胜利，首先在于自己的政府和人民是否有着坚持到底的信念，只要中国不再妥协，不再只与敌方谈判，不再签约承认敌方的任何有损于中国领土和主权完整的条约，坚持作战到底，像中国这样一个幅员辽阔、人口众多、历史悠久、文化璀璨，且有着雄厚发展潜力的大国，是有着翻盘的可能的。"

"美国、英国、法国、苏联在这场战争中会支持谁，会支持中国吗？"张玉吉问道。

"日本对中国的野蛮侵略，是会受到国际社会强烈谴责的。但是，仅仅谴责是不会让日本收敛的。国际社会对中国的支持能否取得成效，取决于中国抗战的决心和业绩。只要中国坚持打下去，并且打得很好，就一定会赢得来自国际社会越来越多的尊重和支持。打得越好，支持的力度就越大，直至中国取得彻底的胜利。"

唐启贤道："鄙人的感受是——中国和日本之间的战争其实早就开始了，除了东三省，我在青岛也处处感受到日本通过各种形式，力图控制中国经济的种种努力，其实在青岛，工商行业已经有日本的经济势力入侵。"

唐启贤接着说道："中日之间的这场战争平时是在政治、工业、科技、教育、文化、交通、金融等领域和层面上进行着的，终有一天，这场战争的胜负将在战场上变现。人们只看到了流血的战争、显性的战争，而对那些隐性的、不流血的战争缺乏深刻的认识，这也是中国人一败再败的悲剧性根源所在。"

"唐先生所言可谓是振聋发聩，但并非虚言。我和我的同事们也曾经对这个问题进行过讨论，尤其是货币和金融在国家兴衰中的作用，我正准备写一篇论文对其进行阐述。"D.安德森道，"对唐先生刚才的言论，我又产生了新的启迪。"

"关于中国应该走什么道路的争论，多少年了，始终就没有停止过。"李梦竹道，"我有两个好友，一个在苏联留学，一个在美国留学。回国以后，他们见了面就争吵。那个从苏联留学归国的人说：'中国要发达，孔子加牛马。'那个'牛马'的'牛'指的是牛顿，那个'马'指的是马克思。另一个从美国留学回国的说：'中国要前进，孔子加两顿。''两顿'是什么意思呢？'两顿'指的是牛顿和华盛顿。"

"你这两个好朋友太有意思了。"J.D.詹姆斯笑了，他接着说道，"看来他们最主要的分歧点还是在到底是走马克思的路，还是要走华盛顿的路。"

"你看，J.D.詹姆斯先生，今天我们的话题绕了一个大圈子，最终又回到那些过于严肃的话题上，缺少了您所认为的有趣和有意思的内容。"卢驿筅道。

"没有关系的。现在虽然还是春天，可是贵国正值多事之秋，诸位又是贵国的精英，哪里能置身事外呀。"J.D.詹姆斯说道，"其实我们虽然身在大洋彼岸，但是我们的民众也十分关注贵国的形势。拿破仑曾经把中国比作沉睡的雄狮，我现在看来，这头睡狮已经醒来了。中国人只要团结一致，就会战胜一切敌人，赢得民族的复兴。"

在"齐烟九点"牌坊下，J.D.詹姆斯俯瞰着脚下的城市，说道："这样一个国家，它一旦重新崛起，将对整个世界的格局带来巨大而深刻的改变。"

山风袭来，刮起了他们的衣襟。午后的济南像是一幅画，呈现在人们的面前。

看到山下的鬼子端着枪一边搜索着，一边往山上行进，张佳欣的心里愈加紧张起来。自从日军占领济南后，父亲就带着哥哥和她来到了老家叶城县，因为这里有一大处田产和十几间宅屋要处理。可是没想到的是，这里的县长早在两个多月前就变卖财产，携带家眷跑回原籍了。于是这里出现了十几支武装部队，既有国民党的，也有共产党的，还有其他不知什么来头的。各类武装部队的头头都找到她的父亲，希望张玉吉能够在财力上或是其他方面给予他们以支持。她的父亲虽然也想为抗日救国贡献力量，但是却并没有立即表态。

前几天，她刚刚收到信，知道一家人都很惦记她。爸爸在来信中一再叮嘱她早日回到重庆和家人团聚，并派出人做了安排。可是北海银行里的事务繁忙，她到底没有能够离开这里。看今天这个形势，她想她会牺牲在这里，难道和家人会再也见不到了吗？

早春的清晨，丝丝缕缕的山风一阵阵地吹着，随风摇摆的树枝间和草叶上镶嵌着点点露珠。如果不是那密集的枪炮声，这将是一个多么美好的早晨啊！

将军岭上的枪炮声逐渐稀疏了。远远地看到日本鬼子的膏药旗出现在了将军岭上，形势愈发严峻。

八路军团长耿子辉此刻心里特别焦虑，该派出去的队伍都已经派出去了，但就是没有打探到北海银行具体消息和所在的位置，这可是老领导郑华挺司令员和县委张继明书记在任时一手创建的"宝贝疙瘩"。他们去延安马列学院学习之前，曾经就北海银行今后在"反扫荡"中的安全保卫问题，对他有过特别的交代，他无论如何都不能辜负了老领导的委托和信赖，更何况现任首长也特意向他布置了在此次"反扫荡"过程中加强对北海银行安全保卫的任务。首长特意强调道："北海银行的安全保卫工作，不能全指望着他们的警卫排。在如此残酷激烈的'反扫荡'战斗中，我们必须注意抽调专门的力量，加强对北海银行的安全保卫工作，绝对不能出一点儿差池！否则，我唯你是问！"

耿子辉、政委和他的参谋们围绕在地图前进行各种研判，但是从各处传来的消息中，却都没有北海银行的踪迹。他们不会遭遇不测吧？一想到这里，耿子辉的额头就青筋直冒，心里突突乱跳。

电话响起，上级又来电话催问此事。耿子辉走过去，接过电话大声说道："请首长放心，有我耿子辉在，就有北海银行在！否则，我提头相见！"

听到这话，政委和参谋们大吃一惊，团政委不由得拍了下桌子："老耿，你说话怎么不过脑子！现在北海银行的去向不明，消息不清，而且目前'反扫荡'的形势异常严峻，求援电话和消息接连不断，到处都需要我们队伍的支援，而我们手中能够调动的部队却几乎没有，仅仅剩下的一个排也是保卫团司令部所必需的！也就是说，我们面临的形势也十分危险。而你偏偏在这个时候给旅长夸下海口，你这是在拿自己的脑袋开玩笑呀！有你这样干的吗？啊！"团政委严厉地拍起了桌子。

"是我向旅长下的军令状，你拍的什么桌子？！要的是我的脑袋，又不是你的脑袋！"耿子辉道，"旅长才没有时间问你现在面临的是什么境况，他要求的是必须保证把北海银行转移到安全地带。你还需要讲什么条件吗？"

"可是我们现在既不知道北海银行的下落，也不了解相关的情况，另外，我们手头上也确实没有多余的队伍可以调动，这也是实际情况呀！"团参谋长道。

"实际！实际！什么是实际？"分管后勤的马副团长站起来说话了，"在座的各位可以看一看自己，你们身上穿的军装，睡觉时铺的盖的被褥，一日三餐所吃的粮食、蔬菜、肉类和鸡蛋；我们每天开门七件事：柴米油盐酱醋茶，和你们有些大烟筒喜欢抽的烟，都是从哪里来的？这些不是从天上掉下来的！其中有些是在战场上缴获敌人的，有些是老百姓节衣缩食省出来支援我们的，有些是工商界和富裕殷实人家捐助的，也有政府无偿紧急征用的。上述办法确实解决了一些问题，但是，更多问题的解决则主要是通过市场的渠道，通过票子去市场上、去民间采购！没有北海银行在如此艰难的情况下所做的艰苦卓绝的工作，没有他们印制发行的北海币，我们哪里来的钱去采购那么多的布匹、棉花、粮食、蔬菜、肉类、鸡蛋，保证我们的战士们吃好、喝好、穿好、休息好，保持充沛的体力和精神头儿去训练、行军、打胜仗，啊？这难道不是实际情况吗？

"现在我们面临着日本鬼子的残酷'扫荡'，我们的人可以扛起枪，背起背包就出发，多么潇洒！可是北海银行的同志还得拆卸机器，找地方掩藏机器、纸张、油料和印刷好的北海币，有的来不及隐藏的就自己背起来跑，他们因此不但要透支更多的体力、精力，而且还要面临着更大的生命危险，他们是为了谁？难道他们不是为了我们吗？这难道不也是实际情况吗？

"上级领导为什么对北海银行的安全这么牵挂？在'反扫荡'斗争的紧急关头还一再来电话询问和嘱托，这还不是因为北海银行对支持我们的战争所做的贡献有目共睹吗？上级领导的命令和决心难道就不是最大的实际吗？为什么到了这个节骨眼上，我们就只知道强调自己困难的实际，而忘记了更多、更大、更根本的实际了呢？"马副团长激动地用手敲着桌子质问道。

团政委站起来，接过话题道："刚才我错了，我刚刚从沦陷区调过来，不了解情况。刚才马副团长讲得够透彻了，如何贯彻上级的指示，保护北海银行的安全转移，就是目前摆在我们面前最大的实际问题！尽管我们现在的兵力捉襟见肘，但是我们必须千方百计地克服困难，贯彻落实好上级的指示，保护好北海银行的安全！"

"护送北海银行特勤分队①去延安运送黄金的那两个连正在返回途中，前些天已经到了沂水，看看是否能联系上他们。"一个参谋提议道。

"不必了！派个通信兵骑着马去找他们，光这一来一回得耽误多少时间？情况紧急，时不我待，刻不容缓！"耿子辉一边说着，一边大步地跨向门外，喊道，"小秋子！小王！小段！"

"到！"

"你三个给我过来！"

"是！"

见到面前站着的三个精神抖擞的警卫员，耿子辉亲切地问道："怎么样，昨晚都休息好了吗？"

"休息好了！"三个警卫员回答道。

"好！现在再交代给你们一个重要任务，你们有没有信心完成？"耿子辉退后一步，盯着警卫员大声地问道。

"请首长放心，我们保证完成任务！"三个警卫员齐声回答道。

"好！你们三个这就到我的指挥部里来，看一下地图。"耿子辉说着，抬腿走进了屋里，三个警卫员也跟了进去。

过了一会儿，三个警卫员从指挥部里出来，各自骑上了马，正欲分头离去，耿子辉赶出指挥部大声地说道："小王！小段！你们两个抓紧去！小秋子，你给我等一下！"

"是！"小秋子翻身从马上下来，双脚立正，朝着耿子辉打了一个敬礼，"请问首长有何指示！"

"你去把我的那匹最好的白马骑上，虽然叫你们三个兵分三路去寻找北海银行，但是我有预感，北海银行最有可能隐蔽在你去的那座山上。我已经再也拿

---

①北海银行特勤分队是由北海银行组建的专门负责向延安党中央及太行山八路军总部密送黄金的特勤分队。据不完全统计，1938年12月至1945年8月的六年多时间里，北海银行通过各种渠道向延安秘密划拨和输送黄金达13余万两，向太行山八路军总部输送黄金数万两，期间无一疏漏和差错，保证了中共中央和八路军的经费开支，受到了周恩来和朱德的赞许。

不出兵来给你了,你们三个都是一人一骑,但是必须保证给我完成掩护北海银行安全转移的任务!你听到了吗?"

"报告首长,保证完成任务!"小秋子行礼完毕,就接过耿子辉牵给他的那匹全团最好的白马。

"警卫排长!"耿子辉转过头喊道。

"到!"警卫排长跑步来到耿子辉的面前。

"你给小秋子一挺机枪,就把那挺最好使的给他!"耿子辉道。

"这……"警卫排长有些犹豫,"一共就三挺机枪,还有一挺正在维修。"

"我知道,我知道!你给我快点儿拿来!"耿子辉不耐烦了,大声地吼道。

"是!"警卫排长转身跑步抱来那挺机枪交给了小秋子。

"慢点儿!"小秋子正欲翻身上马,团政委赶了过来,将手里的一个布袋子塞到小秋子的挎包里,"这是你嫂子给我煮的鸡蛋,你带着路上吃!"

小秋子忙道:"首长,你刚刚养好伤,身体还没全好。"

"别啰唆了,快拿着吧!"团政委道。

小秋子感到肩上压着一副沉甸甸的责任,他把机枪放在马身上,给耿子辉和团政委敬了一个礼:"请首长放心,我保证完成任务!"

说完,小秋子就翻身上马,一骑绝尘,疾驰而去。

第二章 风云·古城

FENG HUO YIN HUA

巍峨的古城墙上，满是弹孔的太阳旗民众的欢呼中颓然落地，城头上竖起了红旗。高扬的旗帜凝聚了民族灵魂，掌握了枪支就滋生了战斗力量，这只队伍还缺什么？

——要创办人民自己的银行，印发人民自己的票子。

——要打破敌人的货币围剿，开拓人民的金融疆场。

——这就是结论。

在那个硝烟刚刚散尽的初春,在县城的鼓楼下,张佳欣第一次见到由家乡人民所组成的抗日军队的士兵。那一次,是她和父亲一起经过那里的。

她的父亲张玉吉以前是山东民生银行的董事,几年前,回到家乡后自己开了一家银行,在当地也算是一个小有名气的富裕家庭。

可是后来鬼子来了,张佳欣亲眼见到那个看起来儒雅的日本军官"死啦死啦"地吼着,一个劲儿地甩她父亲耳光,她想冲上去制止鬼子的暴行,但还没有冲到跟前,就被两个鬼子紧紧地扭住了双臂。当日本军官听到呵斥声,把目光投向她身上时,那目光中却多了几分下流,显得色眯眯的。

日本军官向张佳欣走去,狞笑着说:"呦西,花姑娘的大大的好!"

张佳欣看着日本军官那色眯眯的眼神和狞笑的嘴脸,不由得有些害怕:"快放开我!放开我!"

日本军官摘下手套,摸着张佳欣的脸庞说:"呦西,花姑娘的干活。"

日本军官双手抓住张佳欣的衣领一撕两半。

张佳欣蒙了,张玉吉扑过去要加以阻拦,却被几个日军士兵用刺刀逼住。

就在一个令人屈辱的夜晚将要降临时,耳边传来了枪响声,日军军官应声而倒,几个日本士兵端起枪一边对着外面开枪,一边冲了出去。

张佳欣踹了倒下的日本军官几脚,突然拔出日军军官的手枪想要往外冲,却被张玉吉拦下,把门关了起来。

枪炮声足足响了半个多小时,在街上、院子里横卧着六七具鬼子的尸体。天近过午时,他们得知消息,由国共两党组织的当地子弟兵已经于昨晚发动起义,收复了县城。

到了县城,虽然已近黄昏时分,但是古城里却洋溢着一股喜庆的气氛,到处都贴着标语:

"打倒日本帝国主义!"

"誓死不做亡国奴!"

"中华民族解放万岁!"

父亲领着她穿过还散发着硝烟味道的街巷,来到他们那个早就关闭的银行门前。

在经过那个著名的鼓楼时，见到鼓楼大门两侧一边两个哨兵精神抖擞地站在初春的雾气中，她父亲带着她深深地向他们鞠了一个躬。

后来他们才得知，这是一起由中共叶城县委领导，联合国民党县党部的部分委员共同组织发起的抗日武装起义。起义部队夺取了县城，活捉并处决了伪县长，成立了由国民党左派人士梁祥武为县长的抗日民主政府。

收复后的古城，一派欢天喜地的景象。经常见到刚刚成立的抗战剧团在演出，还有政工干部培训班和军事干部培训班在招募学员。

张佳欣刚刚拿到一份散发着油墨香气的刊物——《海涛》在马路上走着，突然看到一群人正在县一中对门观看抗战剧团的演出，她也立即挤进人群中。这时有一双眼睛注意到了她。

张佳欣正在观看节目，突然感到肩膀上被人拍了一下，她连忙回过身来，看到那是一个文质彬彬的小伙子，只见对方问道："姑娘，你不是本地人吧？"

"我是从济南过来的，到这里来探亲。"

"你看我们的节目怎样？看出你是懂行的，给提提宝贵意见吧。"

"不错，不错，我在济南还没有看到过这样的演出呢！"

"请姑娘原谅我的冒昧，我们剧团刚刚成立，演出任务很重，缺乏经验，人手又少，如果姑娘不嫌弃的话，我们想邀请你加入我们的剧团。"

"什么？什么？我们还都不认识呢。"张佳欣的眼睛由于惊讶而睁得更大了。

"都是年轻人，都热爱着我们的国家，我们这不很快就认识了嘛。"

"是呀，是呀，大家都不愿意当亡国奴。"

张佳欣这时才惊讶地发现，她的身旁已经聚集了好几个年轻的剧团演员。

"另外，要告诉你的是，我们抗战剧团里面也有许多外地人，有北平的、天津的、青岛的、烟台的、泰安的、临沂的、博山的，等等。"那人道，"听到我们玉皇顶起义胜利的消息，省内外许多地方的人纷纷来到这里，要参加抗日救国的斗争呢。"

"那我得告诉我父亲一声。"张佳欣道。

"那好，我们陪你一起去！"剧团的人们一起说道。

"……"面对着眼前这些热情的年轻人,张佳欣一时无语,她有点儿蒙了。

"姑娘,请教一下你的芳名?"

"就不要说芳名了,我叫张佳欣!"

"哦,你看起来年龄不大,我们叫你小欣好吗?"

"在济南的时候,他们也叫我小欣。"张佳欣笑了。

"哈哈,小欣!"大家一边说笑着,一边簇拥着张佳欣向她家跑去。

张玉吉正在书房里一边轻声地哼着京戏,一边品着茶,这段时间以来,是他心情最好的时期之一,以国共两党联合的抗日武装力量不但在危急时刻解救了他和他的宝贝女儿,而且还一举收复了古城,建立了新的抗日民主政府。不久后,又收复了瀛洲县城,连驻守在沂水县城的鬼子也被打得弃城而逃。在台儿庄的会战中,中国军队节节抵抗,已经取得了重大的战果。这让彷徨在苦闷中的他,由此看到了全中国人民团结抗战的巨大力量,也看到了古老中国复兴的希望。

"张叔叔!张叔叔!"张玉吉听到声音,突然看到女儿张佳欣被一群年轻人簇拥着来到他的面前。

"爸爸,他们是抗战剧团的人。刚才他们在县一中演出的时候看到了我,想让我参加他们的剧团呢!"张佳欣说着,眼睛里闪耀着兴奋的目光。

"你想去吗?"张玉吉明知故问道。

"这个我听爸爸的,爸爸说了算。"张佳欣讨好地回答道。

"你看吧,又在装乖孩子了!"张玉吉道,"你除了惹我生气,什么时候听过我的话呀?"

"爸爸!"张佳欣道,"你不要这么说话嘛,我什么时候都听你的话!"

"为什么这会儿这么乖呀?"

"爸爸,我是你的宝贝女儿呀,我一直都很乖呀,你忘了?"张佳欣忽闪着眼睛道。

"好了好了,去吧。"张玉吉摆摆手道,"整天在外面疯,家里哪能搁得住你呀,去吧。"

"谢谢张叔叔！再见张叔叔！"那些年轻人一起向张玉吉道谢后，裹着张佳欣一阵风似的跑了出去。

张玉吉望着这群年轻的背影，不由得思考起一个问题："共产党人怎么会把这么多的青年人吸引在自己的周围，这是为什么？"其实这个问题在他的头脑中出现过不止一次了，他也曾经思考出种种答案试图来解答这个问题：诸如政府对外敌入侵采取不抵抗政策，丧权辱国，导致东北三省大片领土的沦陷；官员贪污腐败的现象普遍，民不聊生；"七七事变"爆发后，军队在战斗中虽然也十分英勇顽强，但是军事指挥不当，造成了大规模的溃败现象；许多军政官员大敌当前不思守土有责，而是早早就被吓破了胆，纷纷逃跑……而共产党此时停止内战，一致抗日的政治主张，却得到了全中国人民大众的认可；另外加上共产党员深入民众、清廉朴素的作风等，使得共产党能够将广大人民群众紧紧团结在自己的周围。

张玉吉这时产生了一种预感，如果这种局面发展下去的话，将来抗战胜利后，中国将会出现一种崭新的形势。

来到抗战剧团的张佳欣每天都处在兴奋当中，她不但结识了许多新朋友，每天到许多场地去演出，宣传抗日救国的理念，而且还把自己在济南桃李剧社排演的节目教给他们。

不久，这个古城里的人们都知道了抗战剧团中有一个跳舞特别好的姑娘，她领舞演出的《故乡——东北望》，特别是唱到"大兴安岭，莽苍苍，梅花鹿儿徜徉"时，张佳欣昂首举起左臂，展开右臂，抬起的右腿突然落地伸向后方那个停顿的瞬间，那圆圆的脸庞上忽闪着的眼睛，特别像一头在树林子里受到惊吓的小鹿，引起无数观众的啧啧惊叹声。后来，人们都叫她"小鹿儿"。

张佳欣是在那天认识他的。

那天上午9点多钟，张佳欣刚刚拿着喷壶走出屋门，想给屋檐下的花儿浇浇水。突然，一部轿车停在门口，轿车门打开后，唐启贤陪同八路军首长郑华挺、县委书记张继明和县长梁祥武来到了她家。

张玉吉正在书房里一边拨拉着算盘,一边翻看着账簿,只听到张佳欣说:"爸爸,你看谁来了?"

张玉吉连忙走出门外,抬起头道:"啊,这不是启贤兄吗?怎么会是你呀?"张玉吉拉住唐启贤的手,连道,"想不到,想不到。"在叶城县见到唐启贤,张玉吉感到很兴奋:"你不是说要去武汉吗?怎么跑到这里来了?"

唐启贤笑道:"还不是因为这里有你吗?"

张玉吉道:"得了吧,说到底还不是你放不下那些产业吗?"

唐启贤道:"当然有这个因素,几十年辛辛苦苦打拼下那些家底,不容易呀,怎么能说扔就扔了呢?"唐启贤握着张玉吉的手道,"你老弟回来,不也是为了那些家业吗?当初你不是也告诉我要去武汉和我见面,这不也回来了吗?"

张玉吉道:"是呀,心里还是撂不下这些家业。"张玉吉接着说道,"不过,咱们在一起合作这么多年,感情一定是有的。谢谢老兄你的惦记。"

两人拉着手,互相打听和诉说着彼此近期的情况,寒暄了一会儿,唐启贤就将八路军首长郑华挺、县委书记张继明和县长梁祥武介绍给张玉吉。

张玉吉这是第一次和共产党人直接打交道。对于这个政党,多年来他虽然听到了很多传闻,但也仅仅限于道听途说,有的人将其涂抹成洪水猛兽,也有的人对其有所称道。可是张玉吉是不愿意和政治打交道的人,他虽然对国民党不满意,但是对共产党也同样保持一定的距离,敬而远之。如果不是前些日子在家中被共产党领导的武装力量将他和他的女儿在日寇的刺刀下营救出来,他还是会尽量避免和共产党打交道的。现在他一边仔细打量着站在眼前的共产党领导人,一边热情地和他们握着手表示欢迎。

客人分别落座后,张佳欣拿着茶壶上来给客人倒水。当倒到张继明那里的时候,她突然愣了,张继明也愣了。

两个人的眼睛互相盯了一会儿,张佳欣忽然放下茶壶笑了起来:"怎么是你啊,夏社长?"

张继明也笑了:"真是你呀,小欣!"

"你这大名鼎鼎的夏洪波社长、齐鲁大学的学生会主席,怎么变成张书记了？"张佳欣惊讶得睁大了眼睛。

张继明道："当时我在齐鲁大学因为组织抗日爱国宣传，引起了一些别有用心的人的注意，认为我是共产党，想要逮捕和暗杀我，于是党组织就给我改了名字，离开了齐鲁大学。"

"后来呢？"张佳欣问道。

"去年10月份，我受山东省委组织部的委派，从济南坐火车经过周村、张店、临淄到烟台和威海来寻找失去联系多年的胶东特委，传达山东省委制定的关于分区发动抗日武装起义的计划和山东抗日游击队的十大纲领。但是找了半个多月一直没有找到胶东特委，我就回到了叶城县老家。谁知在这里遇到了一个在周村开银号的老板，经过他的牵线搭桥，竟然见到了郑华挺同志。于是在郑华挺同志的主持下，叶城县委领导班子召开了会议，由我传达了山东省委的指示，郑华挺同志还提议推选我当了县委书记。"张继明道。

"郑叔叔在我们叶城县可是大名鼎鼎呀，我一回来就听人说起他。"张佳欣歪着脑袋说道。

张玉吉接上话道："郑司令员虽然被国民党通缉、追捕了许多年，可是这里的人，不管是国民党还是一些旧军人，一提起郑司令员，都特别敬佩。我就搞不太懂，这到底是因为什么？"

"夏，不，张书记在学校时，也有人怀疑他是共产党。"张佳欣道。

"这是为什么呀？"张玉吉问道。

"爸爸，这你就不知道了。凡是为人正派的、爱国热情高的、忧国忧民的、生活朴素的、关心同学的，就都有共产党的嫌疑。"张佳欣说道，"所以呀，张书记，那些人没有怀疑错吧？"

张继明道："小欣，你说的这个问题，确实值得引起我们的注意。一些同志就是这样引起敌人注意，才不得不转移的。以后我们还真得注意这些问题。"

"张书记，我还记得那次在济南千佛山山顶上演出的时候，你怕我冻着，把你的衣服脱下来披在我身上的事情呢。"张佳欣道。

"这么个小事，你怎么还记得。"

"这虽然是小事，但却说明了咱共产党都是好人，知道关心人！"张佳欣道。

"哎，小欣呀，你是不是回叶城县老家后，还经常表演节目呀？我常听到人们说那个跳舞特别好的'小鹿儿'，该不会就是你吧？"张继明问道。

张佳欣道："我怎么会成了'小鹿儿'，我觉得我更像一个'小猴儿'。"

"这话是什么意思呀？"张继明不明所以。

"我觉得我就像一只'小猴儿'，一个孙悟空，这孙悟空一个跟头十万八千里，从济南的千佛山一下子翻到了叶城县的玉皇顶，于是我在柱子上写了七个大字——'张佳欣到此一游'。结果却发现还是没有翻出你张书记的手心。我想着再翻一个跟头跳出你的魔掌来，结果你的五个手指头化作五行山把我压得死死的。"张佳欣说道。

张继明伸出他的手来，翻来覆去地看了看，说道："我的手很正常呀，怎么就成了魔掌了，还能变成五行山？哈哈，小欣，你说话也太邪乎了吧。"

"不过，话又说回来了，我们现在就是要把全中国的工农兵学商联合起来，化作五行山，把日本帝国主义死死地压在五行山下，让它永无出头之日！"张继明继续说道。

"看看，看看，到底是领导，三句话不离本行。"张佳欣开玩笑道。

"小欣，以前我们在桃李剧社时，我其实就是为你们服务的。那时候，你们一口一个学兄地叫着我，从来都不叫我社长，我很怀念那个时期。今后你也不要再叫我张书记了，这样我会感到自在一些，好吗，小师妹？"

"好呀，学兄。可是不管怎么说，还是你领导我呀，不过你是从齐鲁大学桃李剧社的社长，一下子变成了叶城县委张书记，管的人更多了，地盘也更大了。我张佳欣就一个小女子，怎么就翻不出你的手心呢？"随即，张佳欣做出了一个要抹眼泪的样子，把大家都逗笑了。

闲聊了一会儿后，唐启贤对张玉吉说道："玉吉老弟，我们都不是外人，刚才我都介绍过了，我这次陪郑司令员、张书记和梁县长来，也是有事要和老弟商量的。抗日民主政府成立起来以后，百废待兴，现在经费特别紧张，要保证这么多部队和政府工作人员的经费和给养，这是一个大问题。所以，首长对这个问题特别重视，不仅成立了财政经济委员会，还成立了盐务处和商会，就是想要解决部队的给养问题。首长还特意找到我，希望我们这些干过银行的人一起商量一下，协助共产党把银行办起来，这对于保证部队和民主政府的供给十分重要，这同样也是抗日的需要。这不，听到你回来的消息，我就直接领着首长找你来了，事先也没有顾得上和老弟你打招呼，这不算冒昧吧？"

"哪里哪里，郑司令员、张书记、梁县长和启贤兄能大驾光临，正是蓬荜生辉，求之不得呢。"

张佳欣发现首长旁边站着一个小伙子，十八九岁的模样，背着小马枪，脸蛋红扑扑的，很淳朴的样子，后来她打听到他的名字——小秋子。呵呵，小秋子！听起来像一株站在田野里的小白杨树，又朴实，又很有诗意。

小秋子此时也注意到了张佳欣，看出这是一个来自大城市的姑娘，虽然穿戴和县城的女孩差不多，但是举手投足间都流露出一种迷人的气质；圆圆的眼睛忽闪忽闪的，让小秋子心里产生一种说不出的感觉。

小秋子突然想起来了，他曾经看到过张佳欣的演出，那是在县城的鼓楼下，这个美丽的女孩从此就在小秋子的心里种下了她的影子。没有想到，在这里居然会遇到这个美丽而又可爱的女孩。

张继明喝了几口茶说："大家都看到了，目前民众的抗日热情十分高涨，纷纷报名入伍，参加抗日武装，现在部队已经发展到三千七八百人，这是我们党目前在山东省最大的一支抗日武装力量。才短短一个多月的时间，就发展到现在的规模，这很不容易，是值得我们高兴的。可是部队打仗需要给养，民主政府施政需要经费，工商企业进行生产经营也需要资金，地方上百废待兴，而这一切问题的解决都离不开钱。可是在目前的形势下，上级不发钱，我们自己也没有钱，更不能向老百姓要钱，该怎么办？所以，我们党在考虑抓抗日武装的同时，还要大抓财源，保障供给，搞活流通。因此，县委决定要创建人民自己的银行，要出人民自己的票子。"

听说是为了抗日，要创办人民自己的银行，张玉吉也激动了起来，连声对唐启贤说道："启贤兄，办银行可是咱们的拿手好戏，你看咱们该怎么办？"

唐启贤道："老弟，咱们也都看出来了，只有共产党才是真正抗日救国的党，才是真正为民撑腰、为民办事的党。"唐启贤拿起杯子喝了一口茶，对张玉吉继续说，"前些日子，郑司令员和张书记知道我从青岛回来，还听说我在回家的路上碰上了溃军、土匪，把我的汽车和许多财产都抢了，就立即来看望和慰问我，还给我送来了救济金、安家费。老弟你说，我虽然被坏人抢了钱，但是我能差那点儿钱吗？可是老话里说过：'千里送鹅毛，礼轻情意重。'共产党的经费那么拮据，刚刚成立的新政府又百废待兴，哪里不需要钱呀，但是却拿出钱来资助我，真是患难见人心呀！"

张玉吉道："是呀，是呀！不怕不识货，就怕货比货。"

唐启贤接过话道："据我所知，我们以前在青岛参加过银行工作的人，现在很多都回到咱们叶城县老家，我看咱们赶快联系一下他们，商量商量，把事情抓紧搞起来！"

张玉吉道："启贤兄说得好，我们这些人干别的不行，干银行却是轻车熟路。"一边说着，一边对站在一旁的张佳欣道，"小欣，你跑一趟，叫对门的邢叔叔过来一下。"

"隔壁的王叔叔以前不是也做过银行吗，是不是一块儿叫来？"

"这孩子考虑得还挺周到，那就一块儿叫来。"张玉吉道。

这时梁祥武站了起来，对张佳欣道："原来你就是贵府的千金呀，我经常见你在城里演节目，你的舞跳得可真不错，对于鼓动民众奋起抗战可起了很大作用，我得谢谢你呀！"

郑华挺司令员也说道："我们部队中有很多人看过你的演出，也有很多人是在看了你的演出后，才到部队报名当兵，决心抗日救国的。原来大家都在纷纷议论的那个'小鹿儿'就是你呀！"他转过头来对张玉吉说道，"你这个孩子聪明漂亮还热情，舞也跳得特别好，大家都夸奖她呢！"郑司令员又转过身对张佳欣道："近几天我想拜访一下你们剧团，请你们去部队演出可以吗？"

张佳欣道："我们大伙儿也议论着准备去部队演出呢，我们一定会去的。"

张继明道："是呀，我们的抗战不仅仅需要大批的军事和政治人才，还需要大批的金融人才、文艺人才，这样才能形成许多强大的力量，最终打败日本侵略者，建设新中国。"

张佳欣问张继明道："学兄，你看我是个什么人才呀？"

"你呀，能歌善舞，我看你绝对是一个不可多得的文艺人才！"

"难道说我就不能是个'武艺人才'吗？"张佳欣调皮地问道。

"什么叫'武艺人才'呀？"

"郑叔叔就是'武艺人才'呀！"

"我？"郑华挺一愣。

"郑叔叔你是带兵打仗的，你只要一挥手，'冲呀！'喊一嗓子，大家'嗷'地一下子，'砰砰砰'几声枪响，呼啦啦县城的大门就被冲开了，县城就给拿下来了。所以说，郑叔叔你绝对是一个'武艺人才'！"

"哈哈哈哈，这小嫚可真逗！这么说，你也想当兵打仗？"郑华挺问道。

"嗯。"张佳欣点点头。

"小秋子，把你的枪拿过来，让小欣比比看，看她比枪高出多少！"郑华挺吩咐道。

"没有关系的，我经常练练就行，再说我也可以配手枪嘛！"张佳欣道。

"说说看，你为什么想当兵？"郑华挺刚问完就有些后悔了，因为他发现张佳欣的眼圈突然红了，欲言又止，很快一串眼泪就从她的眼睛里滴落了下来。

郑华挺和张继明一见就慌了，连忙把目光转向张玉吉。

张玉吉道："孩子的妈妈在民国二十一年上海的'一·二八'事变中，被日本鬼子的炸弹炸死了。那时候她正从日本乘船返回上海，但是到达上海后，却没有见到原本答应来接她回家的妈妈。为了这件事，孩子在家蒙头哭了十多天，就是现在，一提起这事，都会落泪。"

"哦，原来是这样！"郑华挺和张继明连忙劝慰张佳欣，并表示一定想办法让她当上兵。

见到张佳欣抹抹眼泪破涕为笑了，郑华挺和张继明才终于松了一口气。

"郑叔叔，你们说答应我当兵了？"

"答应，答应。"

"可不许赖账啊。"

"小欣，怎么能这么和叔叔说话！"张玉吉责怪道。

"好的，好的，保证不赖账！"郑华挺道。

"那我们拉钩！"张佳欣说完，伸出自己的右手手指。

郑华挺一见这种情况，也只好伸出手指。

张佳欣把手指搭上去，一边摇着一边道："拉钩上吊，一百年不许变。"连说两遍后，张佳欣笑了，"好了！谁赖账谁就是小狗！"

"这孩子，都被我惯坏了！"张玉吉叹了口气。

郑华挺和张继明互相看了一眼，都笑了。

"好了，好了，还不赶快去叫你邢叔叔和王叔叔！"张玉吉再次说道。

"我这就去！"张佳欣连连点头，看着郑华挺道，"郑叔叔，咱们刚才说话可一定要算话啊。"她抹抹眼泪，笑了笑，然后一转身跑了出去。

小秋子看着张佳欣轻盈跃动的身影，心里想："真像一只活泼又让人心疼的小鹿儿。"

张玉吉家那天非常热闹，张佳欣出去跑了一圈，叫来五六个有过银行工作经验的人。郑华挺、张继明和梁祥武又是奇怪又是兴奋，奇怪的是张佳欣一个小女孩怎么会认识这么多从事过金融工作的人，兴奋的是没有想到在叶城县这个小小的县城里居然会有这么多做过金融工作的朋友。此刻，他们对创办银行的事情充满了信心。

看着人陆续到齐了，三位首长先后讲了话，他们再次讲了创办银行对于支持抗战的重要意义，勉励大家充分发挥自己在银行工作方面的经验和智慧，鼓足干劲，团结一心，群策群力，在唐启贤和张玉吉的领导下，把银行早早地创办起来。讲完后，三位首长对唐启贤和张玉吉单独吩咐了几句，然后站起来和大家一一握手后，就告别离开了张家。

郑华挺在和张佳欣握手时，转身对张玉吉道："张先生，我看你家这小嫚虽然年纪不大，可也是个大活宝呀！不但能歌善舞，还能在短短的时间内召集来这么多的人，不简单哪！"

张佳欣道："这些叔叔伯伯都是我爸爸的老朋友，我当然认识大家啦！对吧，各位叔叔？"

各位来者连忙点头称是。

张佳欣继续说道："首长看到了吧？他们都点头说是呢。找个人还会是个多难办的事呀？这么个小事小情的，本小姐还会搞不定？首长你就放一百个心吧，办一家银行没问题的！"

郑华挺调侃地说道："那你这是给我打保票了啊！如果办不成，我们可是得拿小欣你是问的，啊？"

"不敢不敢，本小姐只是给各位大官人跑跑腿，递个茶。办银行可是个大事情，大事大情还得各位叔叔伯伯们去办，小女子最多做些跑跑腿、递个话的小事小情。"

大家听了全都笑了起来。

大家送三位首长出了院门，三位首长告别大家刚要上轿车，张佳欣又跑上前去叮嘱道："郑叔叔，那件事情可别忘了啊！"

"哪件事情啊？"

"我们刚刚不是拉过钩了吗，叔叔您怎么就忘了呢？就是我当兵的事情呀！"张佳欣着急地说道。

郑华挺与张继明相视一笑，连忙说道："没忘没忘，我们都记着呢。"

汽车走远了，张玉吉对唐启贤道："启贤兄，我记得那部车好像是你的吧？"

"是的，是的。我从青岛回来时，带着三部车。没想到在回家的路上遇到一大帮国民党的溃兵，他们不但抢物品和钱财，还抢走了两辆汽车。到了叶城县后，县委书记和部队首长知道了我的困难，主动上门来看望我，不仅嘘寒问暖，还拿出钱来帮助我解决困难，我和这些共产党人不沾亲不带故的，真是患难见真情啊！为了感谢抗日民主政府对我的关心和资助，我就把最后这辆车捐献给政府了，这也算是我对抗日救国的一份心意吧。"

"看到这些年轻人的爱国热情，我真真切切地感受到了国家的未来和希望。"张玉吉感慨道。

"是呀，年轻人不但是新思想、新观念、新文化、新科技和新潮流的载体，他们更是一个国家实现思想创新、观念创新、文化创新、科技创新、产业创新、生活创新和制度创新的主导力量和主流力量。没有了年轻人，这个国家还有什么希望？"唐启贤也深有感触道，"只有心底里极端自私和变态的人才会害怕年轻人。"

"启贤兄的意思是国家要实现现代化，就必须实现年轻化吧？"

"是啊，归根结底，年轻人才是国家的未来。"唐启贤道。

汽车行驶在县城的街道上，郑华挺问张继明道："你对银行这事怎么看？"

"我看有谱。"张继明道，"随着形势的发展，我们已经可以越来越清楚地看出来，没有银行是绝对不行的。我们干革命、打日本、救国家，不但要紧紧抓住枪杆子，而且还要紧紧抓住钱袋子。"

郑华挺道："张书记这话说得好，你看看前些年红军战争时期，咱们的许多根据地就都建立了银行。这些银行成立起来以后，发行票子，吸收存款，发放贷款，对于支援前线、发展生产、改善民生都发挥了很大的作用。以前的苏维埃国家银行就成立在中央苏区，后来长征到了陕北以后，现在已经改名为陕甘宁边区银行了。"

张继明接过话道："是呀，干革命、打日本不能没有银行，这一步我们一定走对了。"

"张书记来我们叶城县已经有半年多了吧，对这个地方你现在是怎么看的？"郑华挺问道。

张继明道："叶城县这个地方有人才啊，你看就仅仅这一座小小的县城，就有这么多干过银行的人，不简单呀。"略微思索了一会儿，他继续说道，"郑司令，我听说胶东这个地方一直流传着这样一句俗语，就是什么'瀛洲腿子，篁城嘴子，叶城鬼子'。这话到底是什么意思，你能给解释一下吗？"

"这话的意思呀，就是说瀛洲人擅长行商，到处跑着做买卖，东北、华北、北平、天津等地，到处都是瀛洲人的身影，所以说是'瀛洲腿子'。所谓的'篁城嘴子'，就是说篁城县人擅长坐商，再不好出手的货，篁城县人坐在当地不动，仅仅靠翻动两片嘴唇子，就能把货物卖出去。"

"哦，好厉害呀！"张继明笑了。

"至于'叶城鬼子'嘛，就是说叶城县人聪明，做买卖心眼子特别多。"郑华挺接过话道。

"怪不得一个小小的叶城县城，就一下子冒出那么多做过银行相关工作的，确实不简单啊！"张继明感慨道。

"是啊,有时候某些人才会在一个地方扎堆儿出现,这是一个很有意思的现象,值得深入研究。其实他们中的很多人已经离开叶城县老家多年了,遇到什么事的时候还是会回到老家。你看那个唐启贤,在青岛当中鲁银行总经理那么多年,日本鬼子占领青岛后,他就回来了。你再看那个张玉吉,他好像是济南生人,但这时候还是得回到咱叶城县老家来。"郑华挺道,"还有他那个宝贝女儿,热情、勤快、麻利、聪明,心眼儿好,熟人多,头脑活络,特招人喜欢。"

"嗯,你真想招她当兵?"

"这女孩子呀,怎么能和老爷们儿那样当兵打仗,这也太显得我们这些大老爷们儿不中用了吧。"郑华挺发现张继明的嘴唇动了动,好像想说些什么,连忙道,"这个和封建思想可没有半点儿关系,我知道你又想说什么。"

张继明看了看郑华挺,笑了。

夜色已经很深了,但张玉吉家的客厅里却坐满了人。在座的各位还在商量着诸如寻找行址、物色员工、设立账簿、设计和印制票子等诸多事项。

看看时间已经不早了,唐启贤道:"刚才大家商谈了许多事情,这都很好,要抓紧去办。可是我觉得有一件事同样重要,那就是给这所银行起一个好名字。孔子说过:'名不正,则言不顺;言不顺,则事不成。'我看现在已经很晚了,有的事情我们已经讨论得差不多了,剩下的事情我们可以暂时搁一搁。当务之急,是我们一定要给这所银行起一个好名字。"

在座的人一时陷入沉思之中。许多名称提出了,经过讨论后,又都被否定了。

张玉吉道:"我想了一下,大家认为叫'北海银行'怎么样?"

"为什么呀?"有人问道。

"大家注意到了吗?咱们叶城县流传着一句俗话:'寿比南山松不老,福如北海水长流。'许多人家还把它当作春联贴在大门口上,这说明'福如北海'的意识在民众当中根深蒂固,起这个名字就迎合了老百姓祈求吉祥的心理。再加上咱们叶城县北临大海,海岸线将近一百八十多里,这个名字又道出了银行的地理位置。"张玉吉娓娓而谈,阐述了自己的意见。

"嗯,'北海银行'这个名字既道出了这家银行开设在北海之滨,又意喻着这家银行的寿命和抗击风险的能力就像巍巍南山上的不老之松,其发行的货币,也就是'北海币',将像大海一样波澜壮阔,奔流不息!"唐启贤继续诠释道。

大家纷纷点头表示赞同。

"总之,这个名字响亮、大气、吉祥,既迎合了老百姓祈求富贵的心理,大家也都很喜欢,我看就这么定了吧!"唐启贤就这样一锤定音道。

"唐总,我觉得将来设计北海币票样的人,制作北海币铜版的人以及为印制发行的北海币的版头题字的人,今晚也可以定下来了。"张玉吉提示道。

"现任琪和镇小学校长的季振闉,这个人我知道他能写善画,以前也给许多银行、钱庄、商号绘制过纸币票样和私贴,北海币的票样设计交给他绝对能办好。"唐启贤道,"另外,青岛有一家兴华制版社是专制铜锌照相版的,其工艺十分精美优良,我和他们的经理贾其林很熟,这个人很有爱国热情,办事又十分认真,他也一定会把北海币制版的事情办好。"唐启贤侃侃而谈,显得胸有成竹。

"至于为北海币刊头题字的人,玉吉老弟的字写得就蛮好,你来题写可以吧?"唐启贤问道。

"唐总其他的话我没意见,但是为北海币刊头题字的事我可不行,本人比较擅长写行书和草书,这样的字平时随便涂鸦几下还可以,要是用在钞票的票版上,我觉得还是邢松敏老弟的字最好。"张玉吉道。

"哎,这话倒不假。"唐启贤和在座的人都把目光投到一个刚30岁出头的年轻人身上。

邢松敏连忙推辞道:"这怎么能行呢?大家快别叫我献丑了。"

张玉吉道:"松敏老弟精明干练,博学多才,写的楷书、隶书和魏书端庄中透着潇洒,厚重中溢出灵秀,依我看,此版头题字非你莫属,老弟就不必再推辞了吧。"

"好,就这么定了!"唐启贤道。

大家说说笑笑地从客厅中来到东边张玉吉的书房里。这时,张佳欣不知从哪里跳了出来,跑到铺着宣纸的八仙桌前,对邢松敏道:"邢叔叔,这磨墨的事情就不劳您的大驾了，小女子我来给您磨墨！"

"哎，你怎么还没有睡觉？"张玉吉愣了，"这都几点了？"

"爸爸，你们在楼底下谈银行成立的大事情，吵得我睡不着觉，所以，就得罚你们让小女子我给邢叔叔磨墨！"

大家听后全都笑了起来。

"邢叔叔，您看，铺在您面前的纸张是宣纸，这纸因为产于古宣州，因此叫作宣纸。这纸有着一千多年的历史，比各位叔叔阿姨的年龄加起来都大！宣纸因为质地细薄、绵韧、洁白、紧密而著称于世，是世界上最好的纸！"张佳欣站在八仙桌前道。

"哦，领教了。"邢松敏突发奇想，面对张佳欣躬身抱拳答道。

"邢叔叔，您再看这支笔。"张佳欣从笔架上拿起一支毛笔，对邢松敏道，"这支笔可不一般，这是湖笔，产于浙江省湖州善琏镇。这笔是用上等的山羊毛经过浸、拔、梳、连、合等上百道工序精制而成的，具有尖、齐、圆、健的特点，号称'笔中之冠'。元代大书画家赵孟頫描绘济南风情的名画《鹊华秋色图》，就是用湖笔画的。"

"是吗，在下领教了。"邢松敏面对张佳欣，又躬身抱拳答道。

这一大一小二人的一说一应，颇具戏剧效果，逗得大家不由得笑了起来。

"邢叔叔，您再看这个砚台。"张佳欣指着放在八仙桌上的砚台道，"这可是四大名砚之一，名叫歙砚。歙砚因取石于古歙州的龙尾山而著名，具有石包青莹、纹理细密、坚润如玉、磨墨无声、不损笔锋、洗之易净的特点，北宋书法家苏轼、黄庭坚等名人都对歙砚做出过极高的评价，历史也有一千多年了。总之，这是世界名砚。"

"哦，在下谨记小姐的教诲。"邢松敏对张佳欣恭敬答道。

此时，旁边有人忍不住掩嘴笑了起来。

"邢叔叔，您再看这个墨石。"张佳欣拿起放在八仙桌上的墨石道，"这就是大名鼎鼎的徽墨，产于古徽州地区，用了二十多种原料精制而成，具有色泽黑润、坚而有光、入纸不晕、经久不褪、馨香浓郁、防腐防蛀的特点，号称世界第一墨。"

"哦，在下谨记小姐教诲。"邢松敏对张佳欣再次恭敬答道。

在场的各位又都被逗笑了。

"邢叔叔，你再看这磨墨用的水。"张佳欣放下墨石，提起放在八仙桌上的水壶，一边往砚台里倒水，一边说道，"这可是大名鼎鼎的欣水，产于古莱州地区，也就是现在的叶城县……"

"慢点，慢点。"有人忍不住问道，"这文房四宝早就听说过，这'心水'什么的还是第一次听说，请张小姐指教一二。"

"对呀，这是什么水呀？是心脏的'心水'呀，还是新旧的'新水'呀？"旁边有人附和问道。

"这就是本小姐张佳欣给北海银行浇的'欣水'，这'欣'字就是张佳欣的'欣'。各位伯伯、叔叔和阿姨们，你们看这水清而不浊，流而不滞，润万物而不争，这就是老子所说的'上善若水'的水，这也是常言道'肥水不流外人田'的水，这还是小欣给各位伯伯、叔叔和阿姨们祝福的水。所以，这水也可以叫作'心水'。

"就是这样，小女子张佳欣自不量力，今晚要用世界上最好的宣纸、湖笔、歙砚、徽墨，再加上我张佳欣的'欣水'，请邢叔叔为北海银行题写票版的版头。"

张佳欣往砚台里注完水，放下水壶，然后一边磨着墨，一边接着说道："我刚才可不是在各位伯伯、叔叔和阿姨们的面前卖弄学问，我这是在向邢叔叔表示小女子张佳欣是有一番书法功底的。我已经跟八路军郑司令郑叔叔说好了，明天一早就去他那里报名当兵，等打败了日本鬼子，我就来看你们，并拜邢叔叔为师学习书法。这会儿，邢叔叔用这上等的笔墨纸砚，再加上我一个小女子亲自浇灌的'欣水'，一定能写出最好的北海币版头题字来，我在这里祝伯伯、叔叔和阿姨们北海银行的事业蓬勃兴旺、万古长青！"

"好！"大家都被张佳欣的一番话感动了，齐声叫好。

邢松敏本来想多写几幅字，让大家从中选一幅最好的，可眼下他却打消了主意，他想：为这即将诞生的北海币版头题字，这会儿只能写一次，一定要一气呵成。

邢松敏站在八仙桌前，双手合十，两眼微闭，沉心静气，默默祈祷。待气定神闲后，他睁开双眼，然后拿起毛笔，饱蘸墨汁后，屏住呼吸，双手运笔，将"北海银行"四个大字一挥而就。旁边观者忍不住一起叫好。

大家围着八仙桌对邢松敏写的"北海银行"四个大字品头论足，称赞不已：不愧是用世界上最高级的笔墨纸砚加上"欣水"，写就的书法大作。

然而张佳欣就惨了，她被张玉吉推到三楼的闺房里，上上锁，哭着喊着都出不了门。张玉吉想起来就禁不住恼火：这小妮子怎么事先也不告诉自己一声，就背着他偷偷地找到郑华挺司令，要报名当女兵去？真是被惯坏了！

这时，门口传来了敲门声。

"谁这么晚了还来串门？"张玉吉走过去打开门一看，不由得怔了一下，"原来是郑司令员和张书记！怎么两位首长这么晚了还没有休息呀？"

"这不你们也没有休息嘛！"郑华挺说着，就和张继明来到了院子里，"我们俩刚刚开完会，在路上散步，看到你们这里还亮着灯，就猜你们可能还在忙活呢。果不其然，你看看，屋子里还有这么多人呢。"

"郑叔叔，洪波哥！"张佳欣在三楼打开窗户，探出头来喊道。

"这不是小欣吗？这么晚了，小欣你怎么还没睡觉，在上面喊什么呢？"张继明问道。

"我爸爸不让我明天一早去郑叔叔那里报名当兵，把我锁在屋子里啦！"

郑华挺看了张玉吉一眼，立刻明白了眼下的一切，于是对楼上的张佳欣说道："小欣，我来正是要告诉你，负责招兵的王主任去上边开会去了，明天暂时赶不回来。"

"那他什么时候能回来呢？"

"最少也得有个三五天吧。"郑华挺道。

"郑叔叔，你可不能骗我呀！"

"你看这孩子，怎么能这么说话！"张玉吉道。

郑华挺拉住张玉吉的手，对楼上的张佳欣道："小欣，你郑叔叔什么时候骗过你呀？好孩子，听话啊，负责招兵的王主任一回来，我就立马通知你去报名！今晚你就早点睡觉吧。"

"郑叔叔、洪波哥来了，我得下楼和你们说说话。"张佳欣道。

"我们这么晚来，有一些事情要和你爸爸，还有你唐伯伯商量，你就早点睡觉吧。如果你不听话,我可不会带你当兵的。"郑华挺道。

三楼窗户旁,张佳欣沉默了一会儿道:"好的,郑叔叔、洪波哥,我听你们的。"然后关上窗户,一会儿灯就灭了。

看到三楼熄了灯,张玉吉连忙感激道:"谢谢两位首长。"

"哪里哪里。"郑华挺道,"这个怪我,小欣这孩子这几天总缠着我,我事情一多,就没有来得及仔细思考,就随口答应了她当女兵的事,给张经理添麻烦了。"

"这倒谈不上多麻烦。孩子的母亲被日本鬼子炸死了,这孩子就一心想着上战场杀敌给母亲报仇,可她到底是一个女孩子呀,我一个做父亲的,怎么能放得下心呢?一旦出点差池,我怎能对得起她九泉之下的母亲?"

"这样吧,让孩子明天下午到我的办公室去,我再和她聊聊。"郑华挺转头又对张继明道,"要不张书记和小欣也聊聊,你们也是老关系了,你说话,她爱听。"

"好的。"张继明答应道。

他们一边说着话,一边步入张玉吉家的客厅。

其实这时候张佳欣在三楼卧室里根本没有睡着,听到郑华挺和张继明进了屋里以后,她重新打开了电灯,并从枕头底下拿出一部老舍写的小说《离婚》,翻了几页。那天在济南和老舍先生的巧遇再次浮现在她的面前。

这是一个星期天的上午,张佳欣在爸爸的书房里写了一会儿作业,因为觉得闷得慌,所以找了个借口,跟阿姨说了一声,就推着自行车出了院子。

张佳欣来到芙蓉街的东方书局,看到老舍的著作《离婚》,就从提包里掏出钱来买了一本,翻了翻后放到自行车的前筐里,骑着自行车来到位于齐鲁大学附近广智院旁边的一个民生银行点,找到了以前在一个大院里邻居家的姐姐姚虹。

"哎,小欣!你怎么来了?"姚虹很高兴的样子,赶快起身拿出一个杯子给张佳欣倒水。

"我来看看姐姐呀。"张佳欣嘻嘻哈哈地笑着说道。

"你得了吧,是不是又不想写作业了?"

"嘿嘿！写作业写得头疼，所以出来散散心。"

"嗯,这才是大实话！"姚虹把倒上水的杯子放在张佳欣面前的桌子上,说道,"星期天正是忙活的时候,我可没有时间陪着你闲扯呀。"

"姚虹姐,你有事就去忙,我来看看你,没事就看看书。"张佳欣说着,就把书从包里掏了出来。

"看的什么书呀？"姚虹好奇地问道。

"《离婚》。"张佳欣把手中的书扬了一下。

"离婚？"姚虹笑了,"小欣,你今年也就十六岁吧？现在最多也就是情窦初开,连恋爱都没有谈过呢吧,就先看起离婚的书了,这也太着急了吧。"

"怎么了,怎么了？"张佳欣放下手中的书,反驳道,"你也太小看小女子了,在古代年方二八,正是虚岁十六,前来提亲的早就踏破门槛了,更何况小女子今年已经虚岁十七了。"

"哈哈！"姚虹笑了起来,"小欣呀,你这小妮子说这话都不知道脸红,这么早就急着嫁人了？真是不知羞。"

张佳欣突然意识到了什么,脸腾地红了起来,忙道:"哎呀,姐姐,你在说什么呀！我拿的这本书是小说,老舍先生写的《离婚》。"然后翻开书的封面给姚虹看:"看到了吧？"

"可还是我说的那句话,你连恋爱都没有谈过,就看《离婚》,想得也太远了吧？"

"防患于未然嘛！"张佳欣道,"还有就是什么未雨绸缪呀,居安思危呀,平时省一口,一年省一斗哇！"

"好了,好了,你就别再胡说八道了。"姚虹拿过书翻了翻,若有所思道,"老舍先生可是文学大家,他如果能写一本关于恋爱、结婚方面的书,那该多好哇！"

"姚虹姐说得对,可是光这些还不行,还得请老舍先生写关于怀孕呀、生宝宝呀这方面的小说给姚虹姐看。"张佳欣哈哈大笑了起来。

姚虹被张佳欣笑得脸上挂不住了,她用手拍了张佳欣的肩膀一下:"你这个死妮子,就会拿你姐姐开心。"说完,就走到自己的柜台前坐下,翻着账本拨拉起算盘来。

张佳欣端起杯子喝了几口水,翻开小说正欲看下去,突然像发现新大陆一般将脑袋向窗口探了过去:"哎,老舍先生!真的是老舍先生!"张佳欣说完,立即把手中的杯子放下,拿起放在桌子上的书就往外面跑去。

身着蓝布长衫、夹着皮包的老舍先生刚刚迈出银行大门,就见到张佳欣气喘吁吁地跑了过来,嘴里喊着:"老舍先生!老舍先生!"直到跑到自己的面前。

"这位小同学,你是?"老舍先生问道。

"我是湖畔中学的,我叫张佳欣。我旁听过您的课,也听过您的演讲。"张佳欣把手中的书递给老舍先生,"真是太巧了,我刚刚在芙蓉街的东方书局买了您的书,就碰上了您,拜托您给签个字好吗?"

"从芙蓉街跑到这里,这么远的路,看不出你倒是挺能跑的呀。"老舍先生打开书,在扉页上签上字后,将书递给了张佳欣,"跑到这里来干什么?"

"看一个姐姐,三年前我们是邻居,住在一个院子里,我们可好了,就像亲姐妹一样。"张佳欣接过书,打开扉页,看着老舍先生的签名,显得特别高兴。

"看不出来,你小小的年纪,倒是有情有义。"

"不敢,不敢。"张佳欣连忙推辞道,"老舍先生,我有一个问题要请教您,不知是否合适?"

"你说给我听听。"

"现在中日两国的关系这么紧张,日本帝国主义的侵华野心昭然若揭,中国的亡国危机空前严重,您说,我们年轻人该怎么办?"张佳欣激动地问道。

"中国有句古话,叫作'天下兴亡,匹夫有责'!每一个中国人面对空前的亡国灭种的危险,都不能独善其身,都必须以生命和热血来保卫国家,抵御侵略。年轻人是祖国的未来,在这场即将到来的民族解放战争中,每一个年轻人都责无旁贷,他必须挺身而出,为祖国的命运而战,为自己的未来而战!"

"匈奴未灭,何以家为?"张佳欣接过老舍先生的话道。

"说得好!"老舍先生夸赞道,"看得出你虽然是个小姑娘,但是却有一腔热血,不让须眉!"

"是呀,是呀!我最崇拜的就是花木兰、穆桂英!"张佳欣受到老舍先生的赞扬，特别高兴。可是一转眼，她的情绪又低落了下来，"可是我父亲不想让我当兵，他一个劲儿地劝我去银行上班。"

"这位小同学不该不高兴，你爸爸的考虑是有道理的。到银行工作怎么了？"老舍先生问道，"到银行工作也是抗日救亡的一部分呀！"

"人们都觉得在银行工作舒服，工作环境好，薪水高……"张佳欣道。

"这种认识其实是一种偏见。银行工作也是一种艰苦的劳动，它需要人们全身心的投入和付出，才能做好，并不像人们所想象的那样轻松和简单。"

"可是，老舍先生，现在到处都是横幅标语，号召年轻人投笔从戎、杀敌报国。"

"你想当女兵，对吗？"老舍先生问道。

"嗯。"张佳欣点点头。

"所以你特别佩服花木兰、穆桂英，对吗？"老舍先生又问道。

"是的。"

"我们的抗战确实需要万千爱国青年奔赴战场，杀敌立功，报效国家。尤其是年轻人都希望在战场上轰轰烈烈地干一场，为国家雪耻，为同胞复仇，为民族前程拼血路，为祖国生存蹈敌营！"

"对！'生当作人杰，死亦为鬼雄。至今思项羽，不肯过江东！'"张佳欣听着老舍先生的话，也不由得激动起来，随口背诵起宋朝李清照的名诗，脸上泛起了红晕。此时，在她面前仿佛出现了无数中国古代的民族英雄高擎大旄、血染战袍、舍生忘死、冲锋陷阵、痛歼敌寇、保家卫国、金甲曜日的画面。

"小同学，你的爱国热情很让我感动。在中日之间将要发生的这场战争，将是两个国家的生死决战！中国能否一雪百年耻辱，走向富强之路，成为和世界列强并驾齐驱的煌煌大国，就在此一战。"老舍先生继续道，"这场战争的残酷性将是空前的，这场战争的持续时间也将是空前的。我们在这样的敌人面前，必须建立起各种阵地……"

老舍先生和张佳欣面对面地侃侃而谈着，他们谈得是那么专注，以至于他们并没有注意到周边已经聚集起一群青年学生和市民。

"老舍先生！"一个男青年此时插话了，"刚才您和这位湖畔中学同学的谈话说得太好了！我们很多人都在这里聆听了您的教诲，大家都受益匪浅，十分感动，谢谢先生！希望您再给在场的各位同胞和同学们讲几句话。"

张佳欣转脸看去，不由得吃了一惊，站在她身边的这位男青年竟然是夏洪波！夏洪波看了张佳欣一眼，转身跨到附近的一个高台上说道："同胞们！同学们！刚才的这位先生就是我国著名作家老舍先生，现在我提议由老舍先生发表演讲！"

在一片热烈的掌声中，老舍先生登上了高台，他大声地说道："同胞们！同学们！今天我不是来演讲的，我本来是来民生银行办理业务的，没有想到会碰上这位小同学，她认出了我，让我给她签字，才发生了刚才这番对话。"老舍先生继续说道，"我和这位小同学的对话并没有结束，大家还是请这位小同学问话好吗？"

"好！"大家齐声赞同道。

"谢谢老舍先生！"张佳欣立即接过话题，大声提问道，"老舍先生，抵御日本的大规模侵华战争现在已经迫在眉睫，身为中国青年应该怎样效命疆场，报效国家？"

"这位小同学现在提起问题来，就像是一位新闻记者。"老舍先生笑了，"好！我现在就回答这一问题。"

"这位小同学刚才和我谈到了她的苦恼，她现在正在湖畔中学读书，在民族危难的时刻，她想要效仿古代的巾帼英雄花木兰、穆桂英那般奔赴疆场，可是她的父亲却要安排她去银行工作，她为此感到非常苦恼。

"同胞们，同学们！可能许多人都面临着这一问题，这其实不是一个人的苦恼。在国家民族危难时期参军入伍，为国不惜抛头洒血、赴汤蹈火的精神是极为可贵的。'万里赴戎机，关山度若飞。朔气传金柝，寒光照铁衣。将军百战死，壮士十年归。'这是多么轰轰烈烈、慨当以慷！我们讴歌和赞美这样的英雄，他们永远是我们民族的图腾和精神力量！"

老舍先生的话音刚落，听众们就掀起了一阵热烈的掌声。

"但是，我们由于种种原因没有参军入伍，没有上前线，难道就不是为国效力了吗？错！大错特错！其实为国效力的渠道和方法有很多的，就像刚才那位小同学的父亲让她做银行工作，这同样是抗日救国的一个重要组成部分。有的时候，它同样要付出巨大的牺牲，付出热血和生命；有的时候，它的贡献不亚于军人在战场上流血拼搏的贡献；有的时候，它的激烈程度甚至胜过了硝烟弥漫的战场！

"我是一个教书匠，有时候写点文章，我并不懂银行，也不懂金融、货币等诸如此类的东西，确实是一个外行。但是，我曾经在英国讲学，深深地体验和感觉到，金融、货币这些东西不简单，它在某种程度上决定了一个国家的国计民生，决定了一个国家的国脉和国运！金融兴，则国运兴；金融衰，则国运衰。

"在英国伦敦的金融城，在美国纽约曼哈顿的华尔街，在这些区区不到一平方公里的狭窄的街巷里，积聚着世界上最多的资金和财富。在这里工作的大亨们可以喝着咖啡和鸡尾酒，在最短的时间内筹集、周转和运用数以亿万计的货币资金，成就或者摧垮某个产业；他们的每一个决策，都会引起这个国家甚至整个世界经济的波动。

"中国的金融业还处于刚刚起步的阶段，几十年来，它饱受摧残又不断向前，它风雨飘摇又风雨兼程，它摇摇欲坠又劫后重生。我们每一个中国人都应该知道：没有强大的金融产业，就不会有强大的中国经济。我们的抗战必须是全面的抗战，它不但要有军事战线，而且还要有政治战线、文化战线和金融战线。只有当各个方面我们都能粉碎敌人的进攻，并且在与日寇的斗争中不断地发展壮大时，只有在各个方面我们都能聚集起足以压倒敌人的强大优势时，日本帝国主义的灭亡之日也就为期不远了。伴随着邪恶帝国的崩塌和沦陷，我们将以双手托举起一轮给全世界带来光明和温暖的中国的太阳！这是一个崭新的太阳！"

老舍先生的话，再一次激起了听众们热烈的掌声。

"要夺取对日作战的胜利，我们不但需要无数优秀的政治家、无数优秀的将士，而且还需要无数优秀的银行家，无数战斗在各条战线上的优秀工作者。这就是我今天要说的话！在这里，我和各位共勉！"

在热烈的掌声中，老舍先生走下高台，和张佳欣紧紧地握了握手，说道："谢谢你，小同学！"

张佳欣激动得眼泪从眼眶里溢了出来，她也紧紧地握住老舍先生的手，一再地说:"谢谢您,老舍先生!"

张佳欣翻阅着手中的书,回想着和老舍先生的对话并听他演讲的一幕幕,心里感受到许多新鲜的启迪。可是在她的内心世界里,她还是希望穿上军装,去当兵打仗,面对面地和日本鬼子拼,那该是多么直接,多么痛快!

她就这样想着、想着,不知不觉间睡着了。

郑华挺和张继明来到客厅中和大家聊了一会儿,然后又到书房看到了邢松敏题写的"北海银行"四个大字,深感振奋。

郑华挺说:"北海银行这名字起得好,除了蕴含着地理位置,迎合了广大群众祈求富裕、吉祥的心理外,还可以让人联想起当年苏武在北海牧羊的故事。北海也就是现在的贝加尔湖,汉朝时期的使节苏武被流放到现在的西伯利亚贝加尔湖十九年,仍然不忘使命、心向祖国的故事和情怀,曾经感动过无数的中国人。"

张继明说:"庄子说过:北冥有鱼。北冥也就是北海,那里有种鱼,其名为鲲,化而为鸟,其名为鹏;鹏之背,不知其几千里也。怒而飞,其翼若垂天之云。扶摇而上九万里,其远而无所至极。我们现在进行的抗日救国事业也就像鲲鹏一样,她将养育在北海银行的襁褓里,一旦怒而飞,扶摇直上九万里,其前程至远至极。我们的事业就是鲲鹏,把她需要的银行命名为北海,确实十分贴切。我们期待着你们,人民期待着你们,抗日救国的伟大事业期待着你们!你们辛苦了。"

郑华挺、张继明的一番话说得在座的人热血沸腾。

张继明继续说:"古人云:其始乃简也,其成必巨。这北海银行就是这样,创办的时候特别简陋,大家面临的条件也特别艰苦,但是一旦开始创办,就一定会成功。它也一定会在今后的风雨岁月中,释放出日渐巨大的热能,创造出世人瞩目的辉煌。"

大家不由得激动地鼓起掌来。

张继明也就北海银行的筹建工作谈了一些意见,说了些鼓励的话。待了一会儿后，郑华挺和张继明和在座的各位一一握手，离开了张玉吉家。

郑华挺和张继明走后，唐启贤、张玉吉等人就北海银行筹建机构的人员和分工又做了安排。

当大家纷纷走出张家的四合院时，雄鸡已经开始头遍啼鸣了。

此后，人们开始看见一些人在这家四合院里进进出出，来来往往，忙忙碌碌，经常忙个通宵。

青岛海滨，在花石楼二楼灯火辉煌的客厅里，渡边正雄少将刚刚结束了会议，就招来原苯侍郎大佐，隔着大办公桌将一个文件夹递给他："这个你的看看。"

"嗨！"原苯侍郎连忙双脚并拢地接过文件夹。

"你看到了什么？谈谈你的意见。"渡边少将欠了欠身体道。

"这里面有六七条情报，渡边将军要给我看的是否是叶城县共产党要办银行的事情？"原苯侍郎问道。

"呦西。"渡边正雄点了点头。

"在下认为，叶城县的共产党要办银行、发钞票，这其实是痴人说梦，是绝对办不到的！"

"为什么？"

"办银行要有足够的金银储备和资本金，依靠他们现有的条件，无异于痴人说梦！"

"对于共产党人，我们绝对不能低估。他们虽然力量薄弱，但是这段时间以来，他们的行为已经给我们制造了很多麻烦，必须要认真地对付他们，以免造成难以遏制的局面。"

"嗨！"

"你分析一下，他们既然要办银行，要发钞票，仅仅靠一个小小的叶城县，肯定是难以成事的，他们需要调动广泛的资源。你必须把这件事尽快地扼杀在摇篮里！"

"嗨！"

"还有那个中鲁银行的经理唐启贤，他当初给我们制造了许多麻烦，我们早就把他列在刺杀的名单上，可是你是怎么执行这个任务的，竟然让他跑到了叶城县？"

"报告将军，唐启贤在青岛经营多年，人脉广泛，耳目众多。那次行动的失败，一定是咱们走漏了消息。"

原苯侍郎作为驻扎在青岛的日本特工部门的负责人，无疑是十分精明的，但是精明人也有疏忽的时候，他并不知道，唐启贤的逃脱其实并不是事先得到消息，而是由于原苯侍郎在那次行动中的一个细小的瑕疵，提前暴露了他的意图。

那是青岛春天的一个早晨，空气中弥漫着如雾一般的湿气，分外清新。林旭东按照事先的约定，提前来到龙口路25号唐启贤的别墅前。但是他并没有把车直接开进院子里，而是将汽车停在离别墅还有七八十米的路旁。离约定的时间还有十几分钟，他想借此机会再把头绪理一理，顺便步行着观察一下周边的动静。

作为唐启贤的助理，林旭东几年来陪着唐启贤与日本人周旋于银行、证券、水产等诸多领域，走过了风风雨雨，对于日本人的贪婪和狡猾有着深刻的体验。自这年一月份日军占领青岛后，过去处处和日本人作对的唐启贤的处境更加险恶了，只是忌惮于唐启贤在青岛金融界和水产业的名气，日本人才没有对他下手。现在看来，日军在三番五次的威逼利诱最终没有得逞的情况下，可能会使出最卑鄙的手段——暗杀！

现在这种迹象已经越来越明显了，空气中好像已经能够闻到血腥的气味。林旭东一边散着步，一边观察着、思考着。这几天，他已经和军统驻青岛秘密联络站的主任高军取得了联系，高军表示一定会帮助唐启贤平安脱身。以军统特务栾茂青科长为首组成的五人小组一直在紧张地秘密准备着，协助唐启贤总经理做好从青岛脱身的工作。而从朋友那边他也得到消息，日本人正在执行某种计划——要把迄今为止不与其合作的金融界、商界等名流一一加以铲除，杀一儆百。

今天早晨是约定好的撤离时间，现在已经是万事俱备，他们一定要帮助唐启贤平安地从青岛脱身离开。一旦唐启贤平安地脱身，将会立即按照预定的路线赶赴重庆，执行政府在西部大后方建设现代化金融体系以支持后方工商业发展，支持长期战争的计划。

林旭东采用了排除法，他要通过反复的推理比较，将心中的疑点一个一个地加以排除，把危机消除在爆发之前。但此时他却发现了新的疑点，在唐启贤的别墅前，增加了一个修鞋的摊子，还有一个烟贩，这种情况以前好像都没出现过。

他此时虽然不动声色，步履不紧不慢，但是全身却已经像绷紧的弦，处在随时爆发的状态。他走到那个鞋摊前询问着价格，鞋匠那细腻的双手、四处窥探的眼神终于证实了林旭东的怀疑。

林旭东又斜眼看了一下烟贩，明显地感觉到危机的迫近。

这两个人已经确定是盯梢的眼线，而且他们好像察觉到了什么，正在等待另一帮人的到来！林旭东明白了，此时自己已经不能按照原定的计划进入唐启贤的别墅了，但是，他又必须马上告知唐启贤目前隐藏的危险，通知他立即脱身！

"来包哈罗门。"林旭东走近烟贩，从右手提包里掏出票夹，将钞票递给烟贩。

烟贩接过钞票数好后，一边找着零钱，一边取烟。就在此时，林旭东从口袋里取出一个石子，并用藏在衣襟下面的弹弓射向别墅二楼东边的窗户，那里是唐启贤的客厅。做完这一切后，他在瞬间藏好弹弓，再接过烟贩递过来的香烟和零钱。

听到窗玻璃破碎和落地的声音，唐启贤立即起身向窗外看去。窗外，别墅的院落前，唐启贤和他的助手发现了林旭东的身影。

一切都明白了！林旭东已经不能按照计划进入别墅，唐启贤他们必须提前离开！

"唐总，我们必须马上行动！"来自军统驻青岛联络站的科长栾茂青盯着窗外，从口袋里掏出手枪，拉开扳机，急切地说道。

"走！"唐启贤立即拿起提包，和身边的十几个人起身离开。

唐启贤等十几个人刚刚走到别墅二楼楼梯口的拐角处，就见到院子门口已经疾驶来两辆小轿车和三辆卡车，并从卡车上跳下来几十个日本宪兵。

"砰——砰——"随着枪声响起，走在唐启贤前面的两个随从躲避不及，应声倒地。

栾茂青科长立即出枪击毙冲在最前面的两个鬼子宪兵，转身催促唐启贤道："唐总，快从别处撤离！"

唐启贤立即说道："快去208房间！"

随即率人往208房间跑去。

原苯侍郎叉着腿站在别墅楼前，听到楼内的枪声已经停止，立即一挥手，带着身边的日本宪兵往别墅里走去。他确定没有从别墅里跑出去一个活人，唐启贤此次必死无疑！

原苯侍郎是日本帝国大学金融系的高才生，毕业后在日本横滨正金银行实习两年。实习期间，他曾被安排在横滨正金银行青岛支行任行长助理，由此开始了他的职业生涯。原苯侍郎在两年实习期间，被日本特工部门看中。在实习结束后，接受了长达三年的残酷特工训练。训练结束后，他以优异的成绩获得特工部少佐军衔，并再次被派往青岛，其公开身份是横滨正金银行青岛支行副行长、日本某株式会社董事和日本驻青岛商业联谊会的副会长，但是其正式使命却是搜集中国的经济金融情报，协助日本商界和金融界扩张在华势力，控制青岛乃至山东的对外贸易，垄断当地金融。

在青岛期间，原苯侍郎的精明才智得到了充分发挥。这个受过高等金融专业教育和严格特工训练的日本人，凭着其精明的大脑和严密的逻辑，大大扩张了日本在青岛商界的领域。但是自从遇到唐启贤后，这个软硬不吃的中国人，使得他第一次感觉遇到了真正的对手。

此时穿着宪兵制服，已经升为日军大佐的原苯侍郎，头脑中再次浮现出他和唐启贤多年交往的场景。他和唐启贤打了多年交道，才真正搞透了这个人。原苯侍郎心里暗暗骂道：这个卑贱的支那人，他竟然敢蔑视大日本帝国，和我原苯侍郎作对，今天终于可以看到他那具沾满血污的尸首了。想到这里，原苯侍郎的嘴角泛起了一丝冷笑。

迈过倒在楼梯和二楼走廊上的几具尸体，原苯侍郎进入了208房间。在日本宪兵的指点下，他来到一个敞开的大衣柜前。大衣柜里立着一个铁柱，铁柱通过下面一个椭圆形的洞口通向一楼。

原苯侍郎从洞口往下看去，发现一楼的房间里有一个敞开的地道口。

"为什么还不下地道去追？"原苯侍郎问道。

"报告大佐！地道下面还有一个暗门，一时还无法打开。"

"八嘎！"原苯侍郎大怒，连着甩了宪兵小队长好几个耳光。

唐启贤带着随从在一处林草丰茂的地方爬出地道，此时林旭东已经驱车在这里等候一段时间了。

他们中有的人身上挂了彩，其中以军统科长栾茂青身上的伤势最重，已经昏迷不醒。

"小段，小段呢？"唐启贤连忙问栾茂青带来的那个下属的情况。

旁边有人回答道："他是在208室门口被日本宪兵击中的，当时就不行了。"

林旭东道："唐总，事不宜迟，您和栾科长先上我的车走，其他人按照既定的路线到指定位置会合。"

"可是有几个伤员的伤势很严重，需要抓紧治疗，否则会有生命危险。"旁边有人提醒道。

"唐总，把几个重伤员留下吧，抓紧治疗。"林旭东对唐启贤道。

"嗯。"唐启贤从手提包里拿出笔来签了一张支票，招呼旁边的两个人道，"小马、小王，你们两个留下来负责照顾好这些伤员。这是支票，大家为我唐某人流血，我绝不能亏待大家。我再写一封信给青岛红十字医院的辛院长，你们去找到他并把信给他，由他安排就是。这张支票上的钱疗伤应该绰绰有余，我再给你们留下些现金，以备零用。"

"栾科长！栾科长！"身边突然传来了一阵疾呼声，唐启贤和林旭东连忙上前探视，发现栾茂青已经没有了呼吸。

"栾科长告诉我们接头地点了吗？"林旭东问道。

"没有，真是没有想到，现在他和他的下属都牺牲了。"唐启贤感慨道。

"那我们该怎么办？"林旭东又问道。

"没有更好的办法了，要不我们先回我的老家叶城县吧。"唐启贤思考了一会儿，说道，"听说上个月国共两党合作领导起义，在那里打倒了伪政权，建立了新政府。我有亲属和朋友抗战前在叶城县国民党的政训处工作，抗战开始后，原来的县长跑回了老家，他们没有跑，也拉起了一支队伍，和共产党合作举行了武装起义，现在在新政府里任职呢。"

八月初的一个深夜，叶城县政府大院的会议室里灯火通明，八路军的司令员郑华挺和县委书记张继明、县长梁祥武正在主持联席会议，讨论当地的军政大事。会议已经连续开了三天，大家都在热烈发言。这时，一个警卫员开门进来，俯身附耳对郑华挺说了几句话。郑华挺站起身来，拍了拍张书记和梁县长的肩膀，三个人一起走出了会议室。会议室内顿时安静了下来。

过了一会儿，郑华挺和张继明、梁祥武一起走进了会议室，一块进来的还有唐启贤、张玉吉和张佳欣。

"大家可能都认识，但是我还是要介绍一下。"郑华挺对与会人员说道，"这是负责筹建北海银行的唐启贤总经理，这是张玉吉行长，这一位呢——"

郑司令员指着张佳欣刚想开口，大家七嘴八舌地说道："她是小鹿儿。"

"不是小鹿儿，她叫小欣，大名叫张佳欣！"郑华挺介绍道。

"她不就是那个小鹿儿吗？"

"对，就是小鹿儿！"

张佳欣笑了，她连忙挺胸昂首举起左臂，展开右臂，摆起抬起的右腿落地伸向后方那个停顿瞬间的动作，再加上那圆圆的脸庞上忽闪着的大眼睛，做出一头像在树林子里受到惊吓的小鹿的样子。

大家都笑了，有的还鼓起掌来。

"好了，好了。"郑华挺把双手往下压了压，说道，"现在是凌晨一点钟，这么晚了这三位同志还赶到这里来，是要给大家通报一个情况。"郑华挺的脸色立时沉了下来，把与会人员的心情也搞得紧张起来，郑华挺对唐、张二人说道："你们二位谁先说？"

唐、张二人相互看了一下，对张佳欣示意道："还是由小欣来说吧。"

张佳欣突然拿起牌子高举在手中，踮起脚来大声说道："各位叔叔阿姨，你们看！"

牌子上书写着"北海银行"四个大字的一元券、五角券、二角券和一角券四个票样。

"这就是北海银行印制的第一批北海币！"张佳欣一字一顿地笑着说道。

"北海银行？！"

"我们的票子印出来了！"

一时间掌声四起。

"同志们，这可是个好消息呀！"郑华挺接着说道，"这个消息告诉了我们什么呢？它告诉我们今年五六月份夏粮收购的时候，我们打给农民兄弟的白条终于可以兑现了，我们共产党、八路军没有失信于民！"

下面又响起一片掌声。

"它还说明，秋粮收购和棉花收购的资金可以得到圆满解决了！我们的被服厂可以开足马力生产了！在冬季来临之前，我们三千多人民子弟兵都可以穿上崭新的棉军装了！"

会议室里又是一片掌声。

"我提议，让我们以最热烈的掌声感谢北海银行筹建组的同志们！"

掌声变得愈发热烈起来。

"同志们！现在呈现在大家面前的是一张张钞票。"郑华挺面容沉重地站了起来，"有的同志可能赞叹她的精美，有的同志可能好奇她的身世。"

"是啊，就这样一张小小的钞票，自从来到这个世界，就有着不同凡响的身世。这一张张沉甸甸的钞票，她浸染着烈士们洒下的鲜红热血，她饱含着人们对祖国复兴的热切期待。请同志们不要忘记那一双双眼睛，那一双双眼睛是烈士们临终前对我们无尽的期盼和嘱托，是对抗战胜利坚定信念的默默诉说，更是对中华民族伟大复兴前景的无限憧憬和希望。"

张继明接着说道："北海币的诞生，其实就是一颗信号弹，她意味着从此以后，我们在抗日战场上开辟了一个新的战场，构筑了一道新的阵地，拉起了一条新的战线，这就是我们的金融战线！"张继明挥舞着手臂道，"货币是什么？尽管我们每个人都在使用钞票，但是大家并不懂得钞票是什么——这里面可蕴藏着一番大道理。以前我在齐鲁大学听完美国货币学家的讲课后，就找了许多这方面的书来读。东北抗联的失败原因，我们可以总结出很多，但是，他们没有有效的后勤保障，没有建立起自己的银行，发行自己的票子，就是其失败的重要原因之一。

"钞票是什么？尽管我看了很多书，包括西方经典经济学家的著作，但是说句实在话，直到今天，我也没有完全搞懂这个问题。但是我现在可以肯定地说，钞票其实就是一个政府、政党和军队的信用预支，人们为什么愿意用自己珍贵的物品、时间或行为换取这一张薄薄的、小小的纸张，就是因为认可了这张钞票中所具有的价值含量。正是因为钞票中的这种价值含量，她才能无脚走进千家万户，无风飘遍海角天涯。"

"钞票还是对未来的预期。同样的一张小小的、薄薄的纸张，老百姓认可她，认为她在今后可以预见的时间内仍然能够换取同等的价值，并愿意用物品、时间和行动去换取她，这样的她就是钞票；否则，她就是一张废纸。因此，钞票无言，却反映了老百姓对我党的信念、信仰和信心，反映了民心的向背！"此时，张继明越说越激动，他目光炯炯，说出的每句话都斩钉截铁，"现在，我们有了北海银行，有了北海币，我相信老百姓一定会更加拥护我们，接受、认可我们的北海币。从此以后，我们不但要在军事战线上不断地消灭敌人，在政治战线上不断地打击敌人，还要在金融战线上不断地向日寇发起进攻！

"我们一定要用我们民族的智慧和勇气，粉碎敌寇'以战养战'的罪恶阴谋，取得这场战争的最后胜利！中华民族复兴大业的灿烂前景，就在今天我们每一个同志的努力当中！"

会议室内响起了长久而热烈的掌声。

"张书记讲得太好了！"郑华挺激动地说道，"下面，我郑重提议在座的各位同志全体起立，向北海银行的同志们致以最崇高的敬礼！"

唐启贤、张玉吉和张佳欣也站了起来，举起右手向同志们回礼。

"北海银行的同志们筹建工作的辛苦，我就不一一赘述了。"郑华挺对唐启贤道，"唐总经理，我记得咱们第一次见面是在5月5号吧？这一天是写《资本论》的马克思先生的生日。也正是在这一天，我们决定筹建北海银行！今天是8月

8号，经过你们的辛勤工作和精心安排，经过三个月的努力，北海币终于诞生了，这北海币就是我们的资本！"

"在这北海币印制精美的图案里，浸润着北海银行员工们的心血和汗水，更有许多同志献出了自己宝贵的生命，在刚刚诞生的北海币里就渗透着先烈的鲜血，让我们永远记住他们的英名！"张继明说完后，向唐启贤点头示意。

"马少伟、徐振杰、段洪信……"唐启贤说着他们的名字，热泪盈眶。

与会人员不禁为之动容。

张佳欣的眼泪更是像断了线的珍珠似的滴落下来。她仿佛看到了这些英烈们被逮捕，被敌人在监狱里严刑拷打的场景；看到了隐藏在芦苇荡中，为了掩护他们运送印钞用的纸张和油墨，阻击敌人而倒在血泊中的年轻小伙儿；看到了被敌人绑赴刑场，英勇就义的叔叔……

"打倒日本帝国主义！"

"伟大的中华民族复兴万岁！"

"祖国万岁！"

先烈们英勇就义前的口号声，在与会人员的心中回荡着。

鬼子来了，张佳欣的思绪拉回到她所在的北海银行印钞厂被困在沂山深处的山洞里，四周都是日军和伪军，距离他们越来越近。

他们后来才知道，在这次行动中，日本鬼子专门布置了兵力要消灭北海银行。日本人觉得北海银行的钞票在他们的占领区内流行，甚至连他们自己人都在私藏北海币，并使用北海币购物，这件事连美国人都知道了，这让"大日本皇军"的颜面彻底扫地。

罗行长、单厂长、刘排长几个趴在洞口旁，张佳欣也爬了过去，看着外面的鬼子在一步步地逼近，她的心脏像小兔儿般怦怦乱跳。

她看看罗行长，他还是那样黑着脸；周围三十几个人，有十几人受伤；十二支步枪里还有六发子弹，再就是还剩下三颗手榴弹。

刘排长已经挂了彩，手中的驳壳枪早就成了摆设，身边的九个战士也大都负伤。

还有几个技术员和工人正在山洞里面用铁镐和铁锹挖着坑，掩埋印钞机和已经印制好的大捆北海币。

张佳欣是在当日凌晨的村子里被喊起来的，一路上连着爬过好几个山头，不知跌了多少个跟头，才终于跑了过来。来到这里以后，她才发现这里还有从其他地方赶到的北海银行的同事，他们冲过好几道封锁线才来到了这里，许多同事也都因此牺牲了。

她想再要一颗手榴弹，准备最后那刻来临的时候使用，可是当她看到全体人员只剩下三颗手榴弹的时候，就不再吱声了。

第三章 旗语·海风

FENG HUO YIN HUA

　　南京城凌乱的街巷里，一个女孩，扎着围脖的女孩，在枪声中倒下，倒在其恋人的身旁。

　　山上，一个女孩，站在山岩上的女孩，向在远方骑着白马的恋人挥舞着围脖，围脖在蓝天下画出了美妙的图型。

　　恋人的枪下，一个个鬼子栽倒在马下。

　　红红的阳伞，飘逸的裙摆，俏丽的眼睛眺望着海面，寻觅着那支装载着北海币票版的风帆。

鬼子和伪军越来越近了，连钢盔上的黄五角星都清晰可见。

"准备战斗！"罗行长说道，"到时候听从我的命令，用力往外冲。"

可是能冲得出去吗？鬼子和伪军加起来有上百号人，冲出去根本不可能！

张佳欣的心里怦怦乱跳，她的两个女同学因为家里有抗日军人，结果被日本鬼子从正在上课的教室里抓走，在鬼子的牢房和审讯室里受尽了摧残和屈辱而死。她早已打定主意和敌人同归于尽，绝对不能让自己像那两位中学的学妹那样任凭日本鬼子的凌辱。

想到这里，她的心里反而平静了一些，只是想到自己才刚满19岁，最美好的年华才刚刚开头，没有想到就这样……她的脑海里出现了这样一个词——"香消玉殒"。她知道这个成语常常用来描绘美丽女子的死亡，现在会用到她自己的身上吗？

张佳欣挎着书包，骑着自行车行驶在济南湖畔中学的校园里，她注意到路旁男同学投向自己的那火辣辣的目光，也听到了他们轻声赞美自己是校花的议论，她脸上有点小得意。咳——她把"可怜无定河边骨，犹是春闺梦里人"改了一下，改成"可怜沂蒙山中骨，尤是少年梦中人"。

此时，她又想起了另一个"校花"——齐鲁大学文学院的贺玉婷，她现在在哪里呢？

很多人把贺玉婷比作《红楼梦》里的薛宝钗，张佳欣觉得并不像，虽然她们都出身于大户人家、书香门第，都博学多识，但是薛宝钗世故平和，而贺玉婷则显得清高，对于那些过于世俗和势利的人，她常常流露出一种轻蔑的神情。

记得有一次张佳欣和一群女生相约去贺玉婷家玩儿，由于贺玉婷的父亲是从美国留学归来的大学教授，因此走进她家的客厅里，会发现明显带有一种西式的风格。客厅正面和左右两面各悬挂着油画，装在天花板上的吊灯，像一座流光溢彩的倒三角形的金字塔，靠着墙壁的博古架上，摆放着造型各异的瓷器和玉石，到处都充溢着一种书香气息。

贺玉婷刚刚洗浴完毕，披着浴巾从浴室里出来，一边擦着头发，一边和坐在客厅沙发上的同学们打招呼。那雪白粉润的肩膀，丰盈纤弱合宜的身材，细长光润的双腿，引得在场许多女生的啧啧称羡。张佳欣当时就在想，所谓薛宝钗之美，也不会超过她吧。

……

张佳欣就这样胡思乱想着，这时，她看到有的印钞机配件还没有埋藏好，就赶紧跑过去拿起小镐刨了起来。

"票版怎么办？"

"票版一定要埋藏好，现在这个时候，每个人都要做好牺牲的准备，任何人都不能当俘虏！"罗行长说道，"作为一个中国人，必须要活得有气节，至死都不能投降！大家能做到吗？"

"能！"

身在粗陋潮湿的山洞里，张佳欣的心里此时纠结得很，但她总是有一种预感。

突然，张佳欣发现对面的山脊上出现了一个身影。

那是小秋子，骑着白马！

只见那匹白马顺着羊肠小道疾驰而下，小秋子从背后取出枪支瞄准。

"砰！"枪声响了，山这边的一个鬼子应声倒下。

其他鬼子连忙卧倒，并瞄准那匹白马射击。

"砰！砰！"连着几声枪响，又有几个鬼子应声倒地。

打了几枪以后，小秋子骑着马往山脊上跑去。几十个鬼子连忙跑到树丛中牵出马来，骑马追去。

小秋子身子往后一仰，随着枪声，一个鬼子翻身落马。

小秋子侧身马腹，又是一枪，又一个鬼子从马背上栽下。

小秋子发现还有鬼子在搜山，又策马冲过来，从马背上拿起机枪对准还在搜山的鬼子一阵扫射。

那些鬼子恼羞成怒，纷纷骑上高头大马，挥舞着洋刀，追逐上去。

是他，是他！就是小秋子！

张佳欣清楚地记得，那是1938年12月1日，在县政府大院前扎起了一个台子，上面挂着一面红色的大横幅——"北海银行成立大会"。

县委书记张继明、八路军司令员郑华挺、县长梁祥武，还有银行的总经理唐启贤、她的父亲张玉吉等都坐在主席台上；台下面人头攒动，熙熙攘攘。

张佳欣和几个男女同学从那个挂着崭新"北海银行"牌子的四合院里走出来，拿着花花绿绿的《北海银行浅说》的宣传册来到会场里，发给聚集在场上的老百姓，并把印制的一角、二角、五角、一元的票样发给观众。

耳边只听到周围人的议论声：

"共产党就是有办法，才来这些日子，就搞起了银行。"

"你看看这票子印得多漂亮，咱们县城里的鼓楼、火神阁都印上去了。"

"共产党里人才多，将来肯定能成大气候哇！"

"这些小伙子、小嫚有文化，在银行工作可挣钱呢。"

张佳欣听到后面的话可不高兴了，她可不想去银行工作。

那个八路军首长曾经在她的父亲面前问过她，她当时说她想当女兵，直接上战场打鬼子呢！

不曾想到，在会场上她又看到了那个八路军，这时候她知道了他叫"小秋子"。她把宣传材料送给他，想趁机提出要求看看他背着的枪，然而这时候她的同学过来叫她："快点儿吧，一会儿首长讲完话，咱们要演节目的。"

张佳欣还不太甘心，可是一看到小秋子那执拗的样子、那倔强的神情，就只好赶快牵着同学的手一起跑向台后。

在一片热烈的掌声中，县委书记张继明开始站起来发表讲话："各位父老乡亲们，各位朋友们、同志们！今天是一个大喜的日子，是一个有着重要纪念意义的日子，我们老百姓自己的银行——北海银行于今天宣告正式成立了！"

"热烈祝贺北海银行成立！"

"北海银行是人民大众自己的银行！"

"坚决支持北海银行，努力推动经济发展！"

"坚决支持北海银行，打败日寇经济侵略！"

"坚决拥护北海币！"

……

口号声此起彼落。

待口号声停下后，县委书记张继明继续说道："北海银行其实在今年8月初就已经开展工作了，许多同志、许多乡亲们使用的北海币就是在8月初开始发行的，后来我们北海银行又在9月份和10月份两次发行了北海币。我们就是用这些北海币开展了夏粮、秋粮的收购工作，一方面解决了老百姓卖粮难的问题，改善了民生；一方面又购进了抗战急需的物资，发展了工业生产，促进了商贸流通。同时，北海银行的成立，对于取缔前段时间到处充斥着的'花票''小票''土票''杂票'①，抵制日伪的'联银券'②，整顿混乱的金融秩序，抑制通货膨胀，解决抗日民主政府的财政困难，补充部队作战和训练的给养，发挥了极为重要的作用。大家看到我们八路军指战员身上穿着的新棉军装了吗？这就是用北海币购买的今年刚刚产出的新棉花和新布料，由被服厂赶制的。在此，我代表政府，代表我们军队的全体指战员，代表我们曾经饱受金融紊乱、通货膨胀之苦的各位父老乡亲，向北海银行的全体工作人员表示感谢！

"正像我刚才说的，北海银行早在8月份就开始工作了，可是因为战事和政务繁忙，我们迟至今日才召开大会，向社会各界宣告北海银行的成立。在此，我还要对北海银行的全体工作人员说声对不起。

"乡亲们、同志们，我们抗日救国，不但需要一支过硬的、能打胜仗的武装队伍，而且还需要有一支过硬的金融队伍。日本对中国的侵略不仅仅是军事上的侵略，而且还有政治上的、经济上的、金融上的，总之，他们的侵略是全方位的！日本鬼子不但要在军事上消灭我们，在政治上奴役我们，而且还想要在经济上掠夺我们，在金融上吸吮我们，以实现其以战养战的罪恶阴谋。因此，

---

① 是指当时在市场上流通的由各种势力或商号发行的纸钞。

② 是指日本帝国主义扶持的以傀儡政府名义创办的伪中国联合准备银行发行的钞票。伪中国联合准备银行成立于1938年2月11日，实际上受到日本顾问室的控制。"联银券"是日本帝国主义对华进行经济侵略和掠夺，实现其以战养战阴谋的工具。

我们的抗日战争就不单是军事上的抗争，而且还包括政治上的、经济上的抗争，包括金融上的抗争！

"北海银行的成立，宣告着我们这支金融队伍的诞生，让我们大家用热烈的掌声向他们表示祝贺！"

会场上下顿时响起一片掌声和口号声：

"打倒日本帝国主义！"

"中华民族解放万岁！"

"发展金融，支援前线！"

"发展金融事业，促进工农业生产！"

"隆重庆祝北海银行开业！"

"粉碎日寇进行经济掠夺，妄图以战养战的罪恶阴谋！"

"发展金融事业，粉碎日寇的金融绞杀战！"

张继明继续说："父老乡亲们、朋友们、同志们，大家都看到自己手里的北海币了吗？北海币的印刷精美，图案靓丽，纸张上乘，口碑甚佳，这说明了什么？这说明了抗日民主政府的实力和信誉，说明了北海银行的实力和信誉！北海币在8月份刚刚上市发行，就得到了市场的认可，就深得百姓的认同。北海币发行以后，市面上的各种土钞、杂钞、伪钞，包括日伪的钞票都隐形遁迹，一扫而空。这说明了什么呢？这说明了北海银行的成立是人心所向、大势所趋！这说明了百姓对抗日政权的衷心拥戴！这更说明了人民对抗战胜利的无限信心！

"我们抗日民主政府自3月份成立以来，能够连续多次打退日伪部队的联合进攻，北海银行是出了大力气的。没有他们脚踏实地、默默无闻、卓有成效的工作，我们战士们的一日三餐、身上崭新的军服、铺盖的被褥就难以保证。让我们大家用热烈的掌声向北海银行的全体人员表示衷心的感谢！"

此时，张佳欣看到首长的讲话一时半会完不了，就又从抗战剧团里溜了出来，找到了小秋子："小秋子，小秋哥，你就给我看看好吧？"一边说着，一边用手去摸枪。

"不行，我这有任务呢！"小秋子一转身，枪又跑到另一边去了。

"什么任务呀，站岗吗？警卫吗？其实我就看一下子，就一小会儿，不会耽误你执行任务的。"

小秋子把枪从肩上取了下来，平端着。

"小秋哥，你真好！"张佳欣一笑，又现出那一对美丽的酒窝来，她看了小秋子一眼，连忙俯下身体。

小秋子"咔啦"一声把枪栓拉开又关闭，然后用右手隔开张佳欣的脸。张佳欣正奇怪呢，只听"砰"的一声枪响，一缕青烟从小秋子的枪口中冒了出来。

张佳欣连忙用手捂住耳朵，眼睛睁得大大的，满脸惊愕的样子。

人们循声望去，只见操场西边的墙头上耷拉下来两只胳膊，随即一支步枪掉了下来。小秋子、张佳欣和大伙儿都往那里涌去。

枪打得很准，那人从墙头上仰面跌了下来，一个弹洞正中其眉心，一股污血从中流了出来，在脸上像蜈蚣一样爬着。原来，这是一个敌人派来实施暗杀任务的狙击手。

"还有一个！"小秋子环顾四周，果断地说道。

话音刚落，突然从围观的人群中闪出两个人来，撒腿就往两边跑去。

小秋子一个箭步冲了上去，对准其中一人踢了一脚。那人踉跄了几步，最终跌倒在地，被小秋子和大伙儿五花大绑地捆了起来。另一位也没跑多远，就被附近闻声赶到的八路军和民兵抓起来了。

"小秋哥，你真不简单！"张佳欣十分敬佩地对小秋子说。

"那还得感谢你。"

"感谢我什么呀？"张佳欣听到小秋子这么说，又奇怪又高兴。

"其实呀，对那个坏人我已经盯了好久了，他就是害怕我发现，所以才迟迟没有动手。刚才你对我说话，让我给你看枪时，我就故意把枪取下来给你看。那个坏蛋还真以为我给你看枪呢，就放松了对我的注意力，连忙取枪瞄准了首长……"

"就是书上常讲的'说时迟,那时快'！你就端起枪来，连忙用手拨开我的脸，一枪就把他崩了！"张佳欣高兴地说道。

"对！所以说得谢谢你嘛。"

"那我到底算是干什么的呀？"张佳欣这时候回过味来，脸上的笑容消失了，"原来你刚才就是哄着我假装给我看枪，然后又拨开我的脸，又猛地一开枪吓了我一大跳的那个角儿？"张佳欣生气了，她嘟起嘴来说道："我这是不是成了戏台上抹着五花脸的一个丑角儿了？"顿了顿，张佳欣继续说道，"你还用手拨开我的脸，原来我的脸就这么让你烦，这么碍你的事儿啊！"然后她恼怒地瞅了小秋子一眼："气死我了！"一转身跑开了。

小秋子这时候也傻了，心里一个劲儿地责备自己：这么好的小嫚，自己怎么能这样对待她呢？更何况她这么小，还是小妹妹呢！人家还一口一个地叫着自己"小秋哥"！

望着张佳欣远去的身影，一种怅然若失的感觉从小秋子的心中升起。

经过一番骚动后，会议又重新开始了。

梁祥武县长接着讲话道："各位父老乡亲们，刚才大家都看到了，日本鬼子，还有那些狗汉奸，对于北海银行恨着呢！他们派出了特务企图暗杀我们北海银行的领导人，但是他们可耻的行动失败了。他们派出的三个人，一个被击毙，两个被活捉，没有一个跑得了。

"父老乡亲们、朋友们、同志们，其实北海银行成立的过程就是一个伟大的奇迹，就是一部不朽的传奇！大家只看到手中北海币的好看、好用，其实大家不知道的是，这里面蕴藏着许多惊险曲折的故事，渗透着很多人的心血。有的同志为了北海币的诞生，甚至献出了自己宝贵的生命，我们要永远铭记这些同志，是他们的努力和牺牲，才有了今天的北海银行，才有了今天的北海币，才有了我们现在的大好政治、军事和经济形势！他们的事迹是值得大书特书的。

"我们这里有位作家，他就是张岱先生，有机会的话，可以让他写写我们北海银行的故事。"

"哪里哪里，本人不才，还望梁县长多多赐教！"张岱先生谦逊地说道。

演出结束了，张佳欣没有卸妆就来到了台前，找了一大圈，到处都找不到小秋子，正在纳闷着急呢，突然一转身，就撞在了小秋子身上。

"哎，我们的节目怎么样呀？"

"好呀，不过演的是什么意思呀？"

"那是春天呀，花开了，草绿了，柳树在发芽，河水在奔流，小鸟在唱歌……总之，那是对北海银行的祝福。"

"这大冷的天，你演什么春天呀？"

"冬天到了，春天还会远吗？这可是名人说的，这是梦想，是希望，你懂吗？"

坏了，同学又来找她了。

"小秋哥，让我看看你的枪，好吗？"

"呵呵，那是不可以的，小心走火！"小秋子一点儿都不客气。

"那节目里摇摇摆摆的又是什么呀？"小秋子继续追问道。

"那是小草呀，在春天里舒展着肢体，拥抱着太阳，吸吮着大地的营养，迎接着春风春雨的洗礼，欢笑着、成长着……"

"快给我看看你的枪。"

"不行。那草有那个样子的吗？"

"那是文艺，你懂吗？"

"离离原上草，一岁一枯荣。野火烧不尽，春风吹又生。"张佳欣说着，又想动小秋子的枪，小秋子连忙背过身去。

"哼！没文化！"张佳欣一撇嘴，满脸失望，狠狠地白了他一眼，然后跑开了。

"你说我没文化，我还说你没武化呢！"小秋子对着她的背影说了一句。

雪花不知从何时开始纷纷扬扬地飘落下来，落在冬天的大地上，逐渐给这座古城披上了洁白的银装。

小秋子骑着马一会儿往东，一会儿往西，几乎每一声枪响，都将一个鬼子击落在马下。就这样带着鬼子离北海银行印钞厂所隐蔽的山洞越来越远。

"这个八路军真不简单，马骑得好，枪法也好！"

"勇敢，以一当十！"

大家议论纷纷道。

张佳欣此时看着远去的小秋子，眼睛都直了。

第三章 旗语·海风　107

"快点儿，这个八路军是来掩护我们的。我们已经暴露了，必须抓紧时间马上转移！"罗行长下了命令。

经过一番艰苦跋涉，大家终于来到大山后面的一块岩石后，疲惫地坐了一地，终于安全了。

"可是那个八路军还在和日本鬼子周旋，我们要怎么通知他赶快甩开鬼子呢？"罗行长道。

大家刚才还在兴奋呢，这时都沉默了。

打枪、放火，等等，大家都想过，但是这样做的效果不但不好，还有可能再次暴露自己。

"该怎么办呢？"

"我有办法了。"张佳欣说道。

"什么办法？"

"去年我不是去培训班学过旗语吗？我给他打旗语！"

"可是那个八路军懂吗？"

"那次培训班他也去了！"张佳欣很肯定地说。

山脊上有一块岩石耸立着，在午后透明的天空下十分惹人瞩目。张佳欣站在高高的岩石上，将红红的围脖取下，向对面挥舞着。

小秋子看到了。

张佳欣将双臂向上伸直，又左右放平，连续数次。

张佳欣将双腿伸开，又并起，围脖上下翻飞。

小秋子驻马观看，心里想："真美！"

张佳欣看到小秋子停下马，往这里观望，灵机一动，做出了在北海银行成立大会上的舞姿。

小秋子笑了：都这时候了，臭美什么！

他端起马枪，瞄准张佳欣的围脖，"砰"的一声。

张佳欣的围脖飞上了天。

张佳欣蒙了，这臭小子，怎么打我？

两只山鸡受到惊吓，扑棱着翅膀一前一后地飞了起来。

又是两声枪响，两只山鸡先后栽到岩石后面，挣扎着乱飞。

张佳欣一愣，连忙跳下岩石，去抓山鸡。

"你刚才在比画什么？"大家一边在火上烤着山鸡，一边问张佳欣。

"看出你不懂来了吧？那怎么能叫比画呢，那是旗语！"张佳欣一边端着茶缸吸吮着，一边说道。

"旗语？你在说什么？"

"我在让那个老八路赶紧撤离。"

"老八路？我怎么看着是个小伙子呀！"有人笑道。

"别打岔了！"刘排长问道，"你怎么叫他撤离的？"

张佳欣站起来说道："你们看好了！"她把双臂平行上伸，说"这是北"；然后双臂下行，与肩平行，作波浪状，说"这是海"。

"总之，我这些动作连贯起来，就是告诉他：北海银行，平安无恙！"

小秋子此时已经回到了耿子辉的身边。

耿子辉问他："任务完成得怎么样？"

小秋子打了一个敬礼，回答道："报告首长，北海银行已经安全转移！"

"有什么凭证啊？"

小秋子只好连比画带模仿地把张佳欣的动作重复了一遍。

耿子辉笑了："你们这两个小淘气！"

他知道，这根本就不是什么旗语，但是如果不是处在安全地带，张佳欣是不会做出这类连贯优美的舞蹈动作的。

小秋子也是这样认为的，他却不说。

晚上，小秋子做了一个好梦，梦中的张佳欣还是那样做着那些动作，那些动作分明是在说："小秋子，我爱你！"

张佳欣并不知道，小秋子刚学会骑马两年多一点儿，怎么可能会有那么精湛的马术和枪法呀！可是今天为了她张佳欣，小秋子竟然有了令他自己都想象不到的超水平发挥。

一匹马，一杆枪，二十发子弹，他竟然和鬼子的骑兵周旋了半个多小时，而且还消灭了十三个鬼子兵，成功地引开了鬼子，帮助北海银行印钞厂转移，并漂亮地摆脱了鬼子的追兵，回到了根据地。

月上中天，张佳欣躺在茅屋中的火炕上，瞪着双眼，望着窗棂外的皎月，反反复复地就是睡不着觉。她知道，小秋子用枪打掉她的围脖，其实是在督促她赶快隐蔽呢！后来又打下山鸡，其实是在进一步地督促她赶快隐蔽，另外，还用打下的两只山鸡给已经饿了好久的同志们提供了饮食，补充了营养，增加了体力……

这小秋哥是聪明，我张佳欣用围脖打的是旗语，他小秋哥用枪打的是"枪语"，"砰砰砰"三声枪响，无非就是告知她："知道了，赶快隐蔽！再打下两只山鸡给你们改善伙食。"张佳欣这样想着。其实这有什么了不起，类似这样的办法她也用过，不过那次是用日本鬼子的枪来"说话"的。

青岛光华制版社的工作间，唐启贤和张佳欣等人进入室内。唐启贤与迎上前的人紧紧握手："班经理，辛苦了。"

班经理说："唐老板辛苦。您订的货已经提前制作出来了，请过目。"

班经理一边说着，一边来到保险柜前，推开保险柜，起开下面的地板，取出一个铁匣子，递给唐启贤。

班经理说："这就是第一批北海币，共计四套，加正、反面共计八块的钞票铜版，都在这里了。"

唐启贤打开铁匣子，取出票版，一个一个地在灯光下用放大镜仔细端详着。

班经理拿出几张纸和印泥，然后对唐启贤说："启贤兄，你如果看不清，再印到纸张上仔细看看。"

唐启贤看了班经理一眼说："好。"

唐启贤和班经理分别印出了几张票样，班经理拿起票样告诉唐启贤："这张是一元券的正面，那张是五角券的反面——"

唐启贤在灯光下用放大镜一张一张地检验着，最后终于满意地笑了，他看着班经理说："不错不错，件件都堪称精品。——这一定是班经理亲自制作的吧。"

班经理说："这是启贤兄亲自订的货，兄弟我怎敢怠慢呀？"

唐启贤说："不瞒老弟你说，唐某人近来囊中羞涩，没有多少钱给兄弟你呀。"

班经理说："启贤兄见外了，兄弟我虽然愚钝，也知道启贤兄订这货是做什么用的。"

唐启贤问："你说做什么用的？"

班经理说："今年三月份，共产党在启贤兄的老家叶城县干了一仗，拿下了县城。谁不知道，那县城的北面就是大海。"班经理对唐启贤点点头说，"所以，您启贤兄一定是要和共产党合作，办一件大事。老弟我没有猜错吧？"

唐启贤笑了："果然这事瞒不住老弟，正是知道老弟你是个明白人，又深明大义，所以我才放心在你这里订货。"

班经理说："承蒙启贤兄这么看得起老弟，所以这钱兄弟我就更不能收了。"

唐启贤说："真人面前不说假话，现在我们正在筹办一家银行，就是这个北海银行，人员、设备、油墨、纸张、经营场所的确定等工作都在紧锣密鼓地进行，老弟精心制作的北海银行票版可是立了大功。"

班经理说："哪里哪里，启贤兄过奖了。这是兄弟我应该做的。"

唐启贤说："北海币的票版已经做出来了，下一个问题就是怎样将这批票版送往叶城县虎头崖。据我所知，日本鬼子检查得十分严密，他们不但在各个交通线上设置了检查站，而且还对邮局的往来包裹也进行严密的检查。我们必须想方设法把这八块票版运到叶城县，并且必须保证万无一失。"

夜深了，在青岛光华制版社的地下室里，班经理、张佳欣和几个工人在唐启贤的指导下，把镌刻好的北海币铜版装在一个金属箱子里，又叫人把箱子的缝隙焊接起来，然后找来一根铁链，扣在箱子上。

唐启贤对班经理说："老弟，那件事怎么样了？"

班经理说："我已经从外面联系好了一艘渔船，那艘船上的渔民都是我的好兄弟，绝对可靠。"

唐启贤说："好！就用这条铁链把金属箱子拴在船底，今天下半夜一点半趁着夜色将渔船摇回叶城县的虎头崖。"

班经理说："好！"

唐启贤指着身边的三个人对班经理说："这三个人是共产党，也是我的好兄弟，他们都是渔民出身，为了确保安全，他们和这艘船一起走。"

班经理说："好！"

唐启贤说："你买五张明天下午去天津的客船票，我和小欣及另外三人一起去天津一趟。"

班经理一愣："你们还要去天津？要知道那里日本鬼子控制得更严密。"

唐启贤说："可是印钞用的印刷机、道林纸和油墨等物资也只有在那里才能搞到手。"

班经理说："可是这些都是日本鬼子严密控制的呀。"

唐启贤说："不入虎穴，焉得虎子？"

海水是那样的无边无际，滔滔的海浪卷起一层层浪花从天边涌来，又向远方涌去。

正值中午一点多钟，人们在客轮上向西南方向眺望，瀛洲阁上那座高耸的塔楼正逐渐清晰地进入人们的视线。张佳欣身着一袭白底蔚蓝波纹的海魂衫，她跑到客轮顶部，撑开那红红的阳伞，向北边瞭望。那飘逸的裙摆，俏皮地斜扣在头上的遮阳帽，衬托着张佳欣白皙的面容俏丽而时尚。

大海北边的海平线上漂着几艘船，哪条是运票版的？他们不会有事吧？

张佳欣心里惦念着，一边在客轮的顶部着急地瞭望着，一边把手中的红色阳伞收起又打开，如是三次。突然，她看到远方的一艘船上，风帆降了一半，又升了上去，如此两次。张佳欣明白了，心里舒了一口气。她看看站在轮船顶部另一侧的唐启贤伯伯，微笑着说："平安无恙。"唐启贤也微笑着向张佳欣点点头。

张佳欣再次收起红红的阳伞，又重新打开，如是两次。那边的渔船将风帆降下，又再次升起。按照计划，如果不出什么意外的话，这艘渔船将于晚上9点多回到叶城县北部的虎头崖。终于快到家了，但愿不会再出现什么危险。

　　唐启贤安排张佳欣继续注意观察着四周的动静，然后扶着舷梯走下了客轮的顶部，这些日子太劳累了，他要回到客舱里好好休息一下。

　　大约过了半个多小时，突然，一艘挂着膏药旗的汽艇突突突地从客轮的左舷经过，向北边驶去。

　　"鬼子的巡逻艇！"唐海平提醒张佳欣道。他和周遥俊是按照唐启贤的安排，刚刚从客舱里过来的，他们站在张佳欣的身旁，眼看着巡逻艇越来越靠近那艘渔船，张佳欣等人的心又悬了起来。

　　远远地，张佳欣看见鬼子的巡逻艇靠近了一艘渔船，然后几个鬼子端着枪登上船只进行检查。此时，张佳欣感觉时间过得好慢。

　　"检查这么长时间，是不是得到了什么消息？"张佳欣看了看腕上的手表，问旁边的唐海平两人。

　　"不知道，但愿不会吧。"

　　"在一艘渔船上竟然检查了二十多分钟，这到底意味着什么？"张佳欣又问道。

　　几个鬼子终于从渔船上下来，登上巡逻艇，向刚才降帆的那艘渔船驶去。

　　"鬼子这样的检查法，不会出事吧？"

　　"他们很有经验的，估计不会出问题。"

　　"最好想个办法，把鬼子的注意力引开。"

　　"要不我找个地方，开上几枪。"周遥俊道。

　　"开枪？"张佳欣略微思索了一下，说道，"这是个好办法！但是怎么个开枪法？"

　　"我到轮船尾部找一个没人注意的地方开上几枪，然后马上藏起来。"

　　"不行，鬼子过来后会把船上的人都扣押起来，逐个审查，然后再把整艘船翻个底朝天，这样不就耽误了咱们在天津的接头时间吗？"张佳欣思索后，否定了这个方案。

"可是咱们总得有个办法呀!"

"打枪吸引鬼子是个不错的办法,可是刚才小欣说得也对,一旦让鬼子扣下这艘船,麻烦还真不小。"唐海平说道。

"赶快去告诉一下唐总,他的办法多。"张佳欣吩咐周遥俊道。

"可是唐总好几天都没有好好休息了,这才刚刚回到船舱里躺下。"

他们三人在紧张地议论着。突然,唐海平用手指小心地戳了张佳欣一下,让她朝自己示意的方向看去,只见一个腰挎指挥刀的日本军官正带着四个肩扛三八大盖的鬼子在客轮上巡逻。

真是逆水又碰顶头风,现在的局势是险上加险。

此时,五个巡逻的鬼子通过舷梯来到了客轮的顶层。

看到张佳欣等三人后,日本兵径直向他们走来。

三个人的心里打起了鼓,不由得望向对面海上日军巡逻艇对渔船的检查,再看看五个径直走过来的日本兵,身上顿时冒出了冷汗。

最严峻的时刻终于来到了,张佳欣在心里告诫自己:自己此时将会面对一群残忍的兽兵,他们杀人如麻,嗜血如命,他们每个人的手上都沾满着中国人的鲜血。自己如果稍有不慎,就将血染客轮。此时此刻,一定不能流露出一丝一毫的慌乱,更不能表现出任何惊慌。镇静,镇静,镇静!

"阁下,辛苦了。"张佳欣一边撑着阳伞向鬼子迎过去,一边用手帕擦拭着脸上渗出的冷汗,抑制着剧烈的心跳,躬身用日语问候道,"在下晋谒良子,前往天津度假,还望多多关照!"

"啊,是良子小姐,他们,什么的干活?"鬼子军官听到张佳欣一口流利的日语,心里顿时放松了警觉,他指着张佳欣身边的另外两人询问道。

"这位是我的中文翻译,台甫友良先生,另一位则是我的苦力。"张佳欣指着他们二人说道。

"呵呵,良子小姐,支那现在的形势并不太平,小姐此时来到支那,要多多注意安全。"

"有诸位大日本皇军在,本小姐是不必为安全担忧的。"张佳欣再次鞠躬笑道。

"哈哈哈哈,良子小姐过奖了!"鬼子军官道,"本人闵仁雄夫,愿为小姐效力!"

张佳欣看着这位身材短粗、相貌凶恶的鬼子做出彬彬有礼的样子,内心不由得更加紧张,脸色也变得愈发苍白。

"哦,原来是闵仁君,何时来到支那的?"张佳欣抑制住紧张的情绪,强作笑颜问道。

"两年有余了,以前曾驻扎在天津,后来又从上海登陆,经过苏州、无锡、常州、镇江、南京,现在奉调前来青岛驻扎。"

"闵仁君一路征战,为国效力,可谓战功显赫,乃是大日本帝国的功臣。"听到闵仁雄夫一再地炫耀他的赫赫战功,张佳欣的眼前仿佛出现了许多中国人支离破碎的尸首、遍地流淌的鲜血、累累的白骨、残破的家园、冒着硝烟的城镇……她禁不住哆嗦起来,牙齿开始上下打战。

"良子小姐,你这是怎么了,你为什么全身哆嗦?脸色也很不好。"闵仁雄夫问道。

"很抱歉,本小姐昨晚受了风寒,身体欠安,今天在船上又受到海风的侵袭,所以感到不胜寒冷。"张佳欣一边哆嗦着,一边解释道。

一左一右站在张佳欣身边的两位男士,此时也紧张极了,他们虽然听不懂张佳欣和闵仁雄夫的对话,但是从张佳欣的神色来看,他们意识到形势已经发展到最为紧急的时刻。如果最后一刻来临,他们必须先发制敌,争取立即出枪先干掉闵仁雄夫和他身边的几个鬼子,然后再跳船。但是跳船以后呢?他们不是被乱枪打死在海里,就是被日本鬼子的巡逻艇打捞上来,那样的话,他们将面临严刑拷打,将生不如死……

"良子小姐应该回船舱休息,或者是多加点衣服。"闵仁雄夫建议道。

"不必不必,让海风吹一吹,想来不会有什么大碍。何况本小姐在海边长大,特别喜欢大海……"此刻,张佳欣不是不想回船舱,而是她发现自己由于紧张,双腿发软,已经迈不开步子了。

"看一看海景,比起在船舱里待着,更能使本小姐的心胸开朗。何况在这里,在这客轮的最顶部,能迎着海风和帝国勇士闵仁君邂逅,本小姐深感荣幸之至!"张佳欣抑制着剧烈的心跳,对闵仁雄夫说道。

闵仁雄夫被张佳欣的这句话说得笑了起来,他很有风度地挥了一下手,说道:"弘扬国威于四海,乃是我大日本帝国臣民之本分。"然后他再次关切地问道:"良子小姐乘坐本次客轮有何贵干呀?"

"家父新近在天津购置了一些产业,只不过最近身体欠佳,来电让本小姐前去那里协理。"张佳欣一边回答着,一边将挎在肩上的包取了下来,在里面翻找着家父的"电报"。

"小姐不必找电报了。"闵仁雄夫再次摆了一下手,"良子小姐的家父是做什么产业的?"

"不敢说是什么产业,家父晋谒怡雄从事的是金融、证券、纺织和冶炼行业。"

"哦,原来是晋谒怡雄家的千金。"闵仁雄夫由然产生了一些敬意。

张佳欣敏锐地察觉到闵仁雄夫神态的变化,心里稍微舒了口气,她继续说道:"我的大哥也和闵仁君一样,作为帝国的军人在关东军效力,二哥在东京大学理学院上学。"

"呦西,晋谒怡雄家族人才辈出,堪称范例。"闵仁雄夫细细地端详着张佳欣,看着她绾在头顶上的那乌黑的头发,那蓝白相间的海魂衫上露出的细润如玉的脖颈和白白的胸口,那张细腻如玉的脸颊和她那双像月一样明澈动人的眼睛,还有她那弯弯的小嘴两边浅浅的酒窝,都让人不由得目眩神驰。他心里默念道:"这真是一个像富士山的樱花那样飘逸秀丽的女孩子。"

此时,张佳欣已经读懂了闵仁雄夫那色眯眯的眼神,也看出了他对晋谒怡雄家族的敬慕,心里一下变得平静了许多。她看到旁边日本兵身上背着的三八大盖,脑海中突然浮现出一种奇妙的想法:"闵仁君一路征战,战功赫赫,除了对大日本帝国的耿耿忠心和无与伦比的忠勇之气外,一定还有着精湛的作战技艺,十分高超的枪法。"

"哈哈,对于枪法,支那人曾经有百步穿杨的说法。在下虽然不才,但要论起枪法来,比起支那古代名将的百步穿杨,在下也不会逊色许多。"

"闵仁君跨江渡海,千里转战,为大日本帝国的开疆拓土立下汗马功劳,本小姐自小就十分仰慕英雄，今日得见冈仁君，更是敬佩不已。不知冈仁君能否展示一下高超的枪法，也好让本小姐目睹英雄的风采。"张佳欣看着冈仁雄夫，双眼放射出敬慕的神采。

冈仁雄夫显然被张佳欣那敬慕的目光打动了，他往海上瞭望了一番，随即从旁边的一个日军手中拿过步枪，拉开枪栓，端起来瞄准，向海面上漂浮的海带瓶胆打去。只听到"砰砰"两声枪响，两个瓶胆瞬间被打得粉碎。

冈仁雄夫意犹未尽，此时他感觉自己仿佛又回到了南京，他和他的小队在国民政府中央银行总行高耸的建筑前，将慌乱的溃兵和市民逼入死胡同中一枪一枪击毙的情景。那些在一二百米外慌不择路的溃兵和市民，一个个都成了他们展示枪法、训练瞄准的活靶子，在一声声凌厉的枪声中应声倒下。尤其印象深刻的是那个身着旗袍的妙龄少女，她提着手提箱慌乱地跑着。冈仁雄夫命令他的下属不得对该小姐开枪，由他本人亲自处理。

直到他们小队将这个胡同中慌乱逃跑的一百多溃兵和市民全部击毙，只剩下那位身着旗袍的妙龄少女。可以看出，她是一个富贵人家的千金，是一个正在上学的学生。刚刚倒卧在她身边的那位男士，或者是她的哥哥，或者是她的恋人，但是不管怎样，现在这个世界上仅剩下了她自己。

现在那位少女孑然一身，孤苦无依，身边倒卧着横七竖八的尸体。她转过身来，面对着十几位兽兵，漂亮的脸蛋上挂满了绝望、惊恐和悲伤，大颗大颗的眼泪挂满双颊。冈仁雄夫一枪击中少女的右手，她手中提着的手提箱掉落在地上，箱盖打开了，大把成捆的钞票随风飘散着；第二枪击中少女的右膝，少女的身体向右边倾倒，顾长的身段颓然矮了一截，两个膝盖跪了下去，神态显得像圣女一样。冈仁雄夫想：她这是在求饶吗？还是她知道自己已经到了生命的最后一刻，要向上苍诉说什么祈求。此时正是如花的季节，她对这个世界该有多少美妙的憧憬。可是这样美丽的少女，面对着十几位兽兵，其结局已经可想而知。冈仁雄夫已经看到他周边的士兵正在向那位少女扑去。不，不能让她活着遭到凌辱。冈仁雄夫再次拉开枪栓，随手打去。少女苍白的脸上的双眉中间，顿时出现了一个枪眼，黏稠的血水流在少女惊愕的脸蛋上，她那双美丽的曾经闪烁着多情目光的大眼睛,朝着翻滚着浓浓硝烟的城市上空投去了绝望而无比眷恋的光波,这是她对这个世界的最后一瞥……

闵仁雄夫准备下令收队,奔赴下一个目标。突然一声枪响,站在他身边的一位中士已经头部中弹,毫无声息地往前扑倒在地上。闵仁雄夫循声望去,在倒卧着横七竖八的尸体当中,伸出一个斜插着的枪管,枪口还在往外冒着一缕青烟。

闵仁雄夫立即下令卧倒,并紧盯着那支伸出的枪管。可是那支枪管仍然矗立在那里,那股青烟也很快地随风而去。

闵仁雄夫爬过去,发现那支枪管下面是一位身负重伤仰卧着的中国士兵,他已经死了。那双怒睁的眼睛,那副扭曲的面孔,仿佛在警告日本人不要为所欲为,刚才的那一声枪响,显然是他生前放出的最后一枪。

闵仁雄夫的身上冒出了一股寒意,从这位中国士兵的身上,他看到了一种不屈的灵魂。如果中国人都像这样的,那他们大日本帝国的扩张梦将永远地化为泡影。

闵仁雄夫立即下令士兵们挨个翻找倒卧在地上的尸体,并对尸体进行补刀和补枪。然后闵仁雄夫下令将那位中国士兵的尸体拖到附近的弹坑里进行掩埋,并用捡到的一个木板,上书"支那勇士之墓"插在弹坑上。闵仁雄夫下令士兵们在墓前站成一排,向这位中国勇士致以军礼。

要收队了,士兵们在尸体上翻找着黄金、白银和钞票,取出尸体上的黄金首饰和戒指,以及手表等贵重之物。最后他们不约而同地来到那位身穿旗袍,仰卧在地上的少女面前,几个士兵蹲在地上,用一块破布拭去少女脸蛋上的血污,啧啧称道着。

闵仁雄夫扭头走开了,他不愿看到这样美丽的躯体被践踏、被蹂躏的惨状,尽管她已经死去。少女头部中枪的那一刻,她惊恐的眼神、凄美的面容,在很长一段时间内总是一再地浮现在他的眼前。

望着苍茫的大海,闵仁雄夫的脸上现出了一丝狞笑。他在客轮顶部,再一次接连拉开枪栓,只听又是"砰砰砰"三声枪响,海面上漂浮的三个瓶胆又在瞬间被击碎。

张佳欣和身边的两位男士不由得高兴地鼓起掌来。她扭脸往渔船的方向望去，只见远处影影绰绰的几个穿着鬼子军装的身影急速地从渔船上跳到巡逻艇上，巡逻艇立时发动起来，一阵浪花从巡逻艇的前面翻起，又从巡逻艇的尾部划出一道翻滚着浪花的白线，开始往客轮的方向疾驶而来。

冈仁雄夫炫耀似的看着张佳欣，把手中的三八大盖扔给旁边的士兵。

"没想到冈仁君的枪法如此精准，竟然能在大海起伏的波涛中百发百中，不愧是大日本帝国的英勇武士！"张佳欣抑制住内心的激动，一再地向冈仁雄夫鞠躬恭维他，"大日本帝国有像冈仁君这样优秀的武士，一定能弘扬国威于四海。"

"此乃雕虫小技，何足挂齿！"冈仁雄夫对张佳欣的恭维显然很受用，不由得意地笑了。

大约过了20多分钟，巡逻艇来到客轮旁。艇上的鬼子兵见到站在客轮顶部的冈仁雄夫等人，大声吆喝着。冈仁雄夫率四位日本兵走下舷梯，来到客轮甲板上，和巡逻艇上的日本兵对话。

张佳欣俯首倾听着他们的对话，给旁边站立的二人翻译道："下面的人问刚才在船上为什么有人开枪？上面的人说船上没有任何事情，他们刚才在船上进行枪法练习，展示一下他们精湛的枪法。下面的人提醒他们说让他们注意，现在支那人反抗大日本帝国统治的意识很强，请务必保持警惕，对于不轨的行为要严厉镇压。上面的鬼子说他们就是秉持这一理念，才来到客轮上巡逻的。该轮上没有发现什么问题。下面的人说最近接到指令，叶城县的共产党正在筹建北海银行，一定要严加检查，绝对不能使违禁物资通过陆路或海路运往共产党的根据地。上面的鬼子说他们也在严加盘查，严禁违禁物资通过。下面的鬼子说据可靠情报，北海银行的票版就是在青岛制作的，近期可能运往叶城县，冈仁君在发自青岛的客轮上巡查，一定不要放过任何蛛丝马迹。上面的鬼子说海上过往的渔船数量颇多，这将是共产党运送违禁货物的重要渠道，野田君应该严格履行职责，把北海银行扼杀在摇篮里，掐断共产党的经济血脉……"

再往下，张佳欣就不再翻译了，因为她恼火极了，也恶心极了。下面的鬼子竟然对上面的鬼子说,那位穿水手装的花姑娘非常漂亮,询问闵仁雄夫是否好好地赏玩了一把。闵仁雄夫厉声斥责他们,说那是晋谒怡雄家族的千金,让下面的鬼子放尊重些,不得无礼,否则小心军法伺候!下面的鬼子果然瞠目结舌,面面相觑。他们向客轮顶部望了一眼,然后乖乖地钻进巡逻艇的船舱里。巡逻艇发动了起来,它在客轮前画了一个弧形,驶往已经被客轮抛在后面的瀛洲阁。

张佳欣看着巡逻艇远去,心里暗暗地骂了一句:"无耻禽兽!"当她看到在客轮上巡逻的鬼子兵离去以后,再次来到客轮顶部的左舷,一边瞭望着,一边把手中的红色阳伞收起又打开,如是三次。直到她看到远方的那艘船上风帆降了一半,又升了上去,如此两次,心里才终于舒了一口气。她看看站在身边的两个人,微笑着说道:"平安无恙。"他们也微笑着向张佳欣点点头。

叶城县的四合院里,张佳欣像小鸟一样,一蹦一跳地来到这里,然后打开屋门,笑着向张玉吉的怀里扑去:"爸爸,我回来了!"

张玉吉疼爱地看着闺女道:"好孩子,你可让爸爸想坏了。"

张佳欣突然眼眶里溢出了泪水:"爸爸,我差点儿就再也见不到您了。"

张玉吉的眼眶也红了,他连忙站起来,从脸盆架上拿起毛巾擦拭着眼睛。

"玉吉老弟!"此时,唐启贤带着那两位男士也来到了屋门口,一边打着招呼,一边走了进来。

张玉吉连忙让座上茶,两人寒暄一阵后,张玉吉就把他们怎样于深夜到虎头崖取回北海币的印制铜版,怎样组织人员进行印钞机调试的事向唐启贤汇报了一下,然后询问唐启贤关于印刷钞票用的道林纸及专用油墨的进货情况。

不一会儿,院门口又响起敲门声,张佳欣连忙蹦跳着跑去开门。县委书记张继明、八路军司令员郑华挺、县长梁祥武和小秋子等人正站在门口,看到是张佳欣开门后,他们惊奇地说道:"小欣,怎么是你!回来了?"

张佳欣连忙和他们打招呼、握手,然后跑回家,打开屋门说:"爸爸,唐伯伯,你们看谁来了?"

张继明、郑华挺和梁祥武落座后,开始听唐启贤、张佳欣和那两位男士讲述当时的情况。

"讲完了？"郑华挺问道。

"事情的经过就是这样。"唐启贤道。

郑华挺看看张玉吉，又看看张继明、梁祥武，彼此对了一下眼神，说道："真想不到，这个成天傻傻的，扎着小辫子蹦蹦跳跳的小鹿儿，竟然还是一个大英雄呢！"

大家哈哈笑了起来。

"这回儿小欣可是为北海银行的筹建立了大功！"唐启贤道。

"唐伯伯最厉害，我就特佩服唐伯伯，我就听他的。"张佳欣说道。

"哪里是你听我的，我当时还在船舱里睡大觉呢，根本就不在现场。当时发生的事，我也是事后才知道的。"唐启贤道，"当时听到打枪的声音，还真把我吓了一大跳！"

张继明道："这次要给小欣记上一大功！"

张玉吉急忙道："记什么功呀，小欣也就仗着有这么点儿小聪明。"

梁祥武说："张先生就不要客套了，小欣这次可是大智大勇呀！要是换了旁人，没准儿这戏就被演砸了呢！"

"梁叔叔可不要再说什么大智大勇的了，说得我都害臊了。"张佳欣被说得不好意思了，"你们不知道呀，当时吓得我心里像揣了个小兔子，一蹦一蹦的，跳得那个厉害呀！"

此时，当时站在张佳欣左右的那两位男士互相看了一眼，同时笑了。当时张佳欣那苍白的脸庞、渗出冷汗的额头，哆嗦的身体，仿佛还在眼前。可是他们也知道不应该笑话小欣，因为当时他们的恐惧感比起张佳欣也差不了多少。要不是张佳欣凭着自己的机智勇敢最终化解了危机，又用日本鬼子的枪声把日本鬼子的巡逻艇从运送北海银行钞票铜版的渔船上引回来，他们的命运是可想而知的。同时，在渔船上七八个人的性命，及北海银行钞票铜版的命运也是可想而知的。

"无论如何，我们要对小欣的英雄行为做出表彰。"郑华挺道。

张佳欣突然看到了站在那里的小秋子，小秋子背着小马枪在默默地看着张佳欣，双眼一眨不眨。张佳欣笑了，两颊露出浅浅的酒窝。

"郑叔叔、梁叔叔、学兄，你们怎么奖励我呀？"张佳欣掉过头来问道。

"怎么奖励？"郑华挺和张继明、梁祥武互相对视了一眼，说道，"我们还要再研究一下，你们一路上辛苦，我叫县政府食堂的师傅抓紧包水饺慰劳你们。吃完以后，洗洗澡，再睡上一觉。"

"哎呀，还得以后再研究呀，现在不行吗？"张佳欣问道。

"现在？小欣你这么着急吗？"张继明问道。

"嗯，我现在非常想看一看小秋哥身上背着的那杆枪，不知道可不可以？"张佳欣说道。

"你？！"小秋子愣了，这小欣干什么不行，怎么老是打枪的主意。

"小秋子，快把你的枪给小欣看看！"郑华挺道。

小秋子不情不愿地把小马枪从背上取下来，递给了张佳欣。

"小秋子的枪可是他的宝贝。这小伙儿是个神枪手，对枪可有感情了，白天背着上岗，晚上搂着睡觉，从不让别人碰。"郑华挺再次说道。

张佳欣接过枪，对小秋子说道："快来告诉我，这都是什么？"

小秋子对张佳欣讲了枪机、枪栓、枪身、扳机、准星、缺口、标尺之类的东西。

"小秋哥，你快告诉我怎样瞄准！"张佳欣又问道。

小秋子就告诉张佳欣如何"三点成一线"瞄准目标，怎么屏住呼吸，然后扣下扳机。

小秋子在做瞄准动作示范时，张佳欣倚在他的肩膀上，感受到小秋子的心跳好像和自己的心跳是一样的，不过小秋子的心跳更加沉稳有力。张佳欣眯着眼睛，仿佛在看着缺口和准星瞄准，其实心里正在享受和回味着这一刻。

"小秋哥，你拉开枪栓给我看看。"张佳欣再次说道。

"咔啦"一声，小秋子拉开枪栓。

"原来里面是这样的。好了，你再拉上吧。"张佳欣道。

"咔啦"一声，小秋子合上了枪栓。

"哎呀，对不起，小秋哥，你再拉开枪栓给我看看。"

"咔啦"一声，小秋子又拉开枪栓。

"好了，你再给我拉上吧。"张佳欣又一次说道。

"咔啦"一声，小秋子又合上了枪栓。

"哦，可是我还是想再看看，小秋哥，你再拉开枪栓给我看看。"张佳欣看着小秋子道。

小秋子满脸困惑："小欣，你……"

张佳欣哈哈笑着："不错，不错！小秋哥比较听我的话！"说着看了小秋子一眼，就蹦跳着跑开了。

大家都开心地笑了起来。

小秋子看着笑着离去的张佳欣，满脸困惑："这小嫚是怎么回事儿？"然后挠了挠后脑勺。

郑华挺看着唐启贤问道："这样一来，北海银行的成立日期可以大大提前了吧？"

唐启贤道："按照现在的进度，第一批北海币会在今年8月初正式上市发行。"

郑华挺和张继明、梁祥武互相对视了一眼，点了点头道："唐总经理和张行长为北海银行的筹建既殚精竭虑、运筹帷幄，又身体力行、四处奔波，甚至冒着生命危险前往沦陷区置办查禁物资，此心此情此功天日可鉴，我们共产党人和民主政府是不会忘记的。"

几天后的一个寂静的山村之夜，窗外的月亮是那样的皎洁，白白的云朵围绕着它，像一排排海浪。星星在蓝色的天幕上眨着迷离的眼睛。

沈晓静从院子里抱着几捆秫秸来到堂屋，塞到刚刚点燃的灶膛里，然后呼哒呼哒地拉开了风箱，不一会儿，东屋里的张佳欣就起身说道："晓静快别烧了，再烧我们就烤熟了！"

沈晓静道："你们都别急着上炕睡觉，我烧点儿水，你们都起来洗把脸、洗洗脚再睡，这样解乏。"

张佳欣的身子早就像散了架一样，钻在被窝里迷迷瞪瞪地将要睡去。此时，她又想起那天在北海银行成立大会上和小秋子的对话：

"什么什么呀？就看你一扭一扭，摇摇摆摆的。"小秋子说道。

"这你就不懂了吧,一看你就没文化,那叫作婀娜多姿,懂吗?"张佳欣打击他道。

"什么,什么?饿了多吃,这谁不懂?"小秋子满脸惊愕。

张佳欣愣了:这小秋子竟然把"婀娜多姿"听成"饿了多吃"!"吃!吃!你就知道吃,你还知道什么?"张佳欣抢白道。

"我还知道吃饱了不饿呢。"小秋子用手挠着后脑勺说道。

"哈哈!"

此时,张佳欣的脑海中又出现了一句小诗:

    爱,是初春的小草,摇摇曳曳……

第四章 山野·春情

FENG HUO YIN HUA

　　《货币银行学》里面竟然是《红楼梦》？《银行财务学原理》蕴藏着姹紫嫣红的大观园。这是人性使然，还是天性使然？

　　春风拂过了山岩，她梦见小秋哥骑着白马眺望前方，自己则穿着红红的裙子，在小秋哥的身后，用双臂轻轻地搂住小秋哥的腰，甜甜地笑着——

午夜时分,张玉吉站在阳台上,手里拿着几页信纸,任江风伴随着零星的雨滴吹拂着衣襟。面对着漆黑的夜色和嘉陵江上的点点灯火,他思绪万千。

阿姨来到阳台上,给张玉吉披上了外衣:"玉吉,你又在想你那个宝贝女儿了?今夜春风料峭,你还是回屋里休息吧。"

"哎!"张玉吉一边转身,一边说道,"听说那边的日本鬼子又开始'大扫荡'了,我真的很为她担心。"

回到屋子里,张玉吉在沙发上坐下,接过阿姨端来的茶杯抿了几口。

阿姨问道:"玉吉,你看这场仗到底要打多久才是个头儿?"

"战争打到这时候,我估计日本银行的准备金也该消耗得差不多了。"张玉吉略加思索后,说道,"日本国土狭小,资源匮乏,几乎完全依靠对外贸易来赚取外汇,以便于购买石油、煤炭等能源和工业原料等战略物资。现在日本对中国的侵略已经大大触犯了英美诸国在远东的利益,如果英美等国对其进行经济金融遏制和打击,日本是很难将这场战争继续下去的。"

"那日本会怎样做呢?"阿姨接着问道,"他们不会就此罢手吧?"

"当然不会!"张玉吉道,"他们很可能会狗急跳墙。"

"那会出现什么情况呢?"阿姨越发好奇地问道。

"我也很难预测,但是到了那个时候,这个大日本帝国的性命也就将终结了。"张玉吉说着,又重新拿起那几页信纸看了起来。

这封信是去年张佳欣临行前给他留下的,他也不知道读过多少遍了,可他还是一遍一遍地读这封信。一拿起这封信,他的眼前就好像出现了女儿那迷人的笑脸和甜甜的声音。

爸爸:

　　我要走了,您的女儿就要离开您,离开这光怪陆离的大重庆,回到那满是烽火硝烟的地方——我们的家乡。女儿知道爸爸的意愿,您怕我受苦,怕我受委屈,希望我在您的身边,在鲜花簇拥、阳光明媚的地方陪伴着您。

　　爸爸,我爱您。作为您的女儿,我庆幸有您这样的好爸爸,疼我、爱我、娇惯着我、呵护着我。

此时，我们的家乡却每天都在流血，硝烟遮盖了丽日，烽火掩映着月光。我忘不了妈妈临终时的眼神，我一看到家乡那倒在血泊里的乡亲们，我就会想起妈妈。

这里的工作舒适体面，待遇优厚，前程远大，可是却拢不住女儿的心在远方。

这里有许多家境富裕、衣着光鲜、谈吐优雅的男子，他们围绕着我，献媚于我，钟情于我，可是却只能收获我那鄙夷的目光。

爸爸，我要走了，北海银行来的信，询问您身体恢复状况的信，连同他们为您治病汇来的汇款单都附在信后。这些钱并不多，尤其是对您这样的银行行长来说；但是对于北海银行，却是一笔不小的金额。

您是知道的，北海银行的员工每天用几钱油，每月用几支笔、几张纸，都是计算分明的。

——其实这一切不是在于钱，而是在于心。

爸爸，您的身体在回到重庆以后，其实不到一个月就已经康复了。当时，您说等身体康复后，一定要回去工作。现在看来，您是不打算践约了。我知道您有许多难以言明的理由，所以才这样一直拖着。爸爸，从现在起，您就不必为难了，您的女儿回去，为您践约。

前方吃紧，后方紧吃，重庆的这些党国的官员们在国难当头、民族危亡的时刻，竟仍然每日沉溺于灯红酒绿、纸醉金迷当中，他们钳制舆论，任人唯亲，专制独裁，胡作非为，压榨百姓，漠视民生。中国如果落到这帮人的手中，哪里会有什么希望和未来？

爸爸，女儿我同时也非常感谢您带我来重庆的这些日子，尤其是您领着我参加红岩村八路军重庆办事处周叔叔主持的记者招待会，更使得我加深了对这样一些人的认识和理解。之后我又和几个同伴去找过周叔叔，他给我们讲长征的故事，讲抗战的形势，讲祖国的未来。他还询问了我在北海银行的情况，表扬了我们的工作，鼓励我们为中华之崛起而奋斗向前。

我想只有在这些人身上，才能看到祖国的希望和未来。

爸爸，女儿本来是想当面和您说再见的，可是您这次一出差就是一周多，离回渝还有好几天，而这辆重返家乡的车今天一早就要启程。和我一起走的，还有几个抗大毕业的青年学生和几个被派往山东工作的党员干部。爸爸您请放心，一路上我们会相互照顾的。

爸爸，女儿我只顾着奋笔疾书，无意间抬起眼，却见到东方的天际已经显出了缕缕的曙光。爸爸，我这就要关上台灯，告别我心爱的小金鱼、小白兔，出发去红岩村，然后开始我新的行程。

当胜利的捷报传来的时候，爸爸，请为您的女儿自豪吧。到了那个时候，女儿我会披着彩霞归来，天天陪伴在亲爱的爸爸身边。

如果女儿在烽火中不幸逝去，爸爸，也请您不要悲伤。当您想我的时候，可以和哥哥姐姐仰望天空。当你们看到天空上彩云飘起的时候，那就是您的女儿在天堂上依偎着亲爱的妈妈，微笑着漫步在彩云间，相拥于玉阶上，相守在金殿中。

爸爸，我和妈妈在天堂上是不会寂寞的，因为漫天的星星环绕着我和妈妈，闪烁着晶亮迷人的眼睛，陪我们在银河里荡舟，和我们聊着贴心的话语，为我们送来温馨的花束。

爸爸，那时候如果您看到山上那鲜红的花儿吐艳，那就是您的女儿在为您、为我们全家、为我多灾多难的祖国的富强康宁而默默地祷告和祈福。

另外，留下女儿在红岩村的近照一张。看到了它，爸爸您就像看到了我一样——我就在您的身旁。

顺颂，大安！

您的女儿小欣
1940 年 6 月 12 日

"小欣，你现在到底在哪里呢？"张玉吉低声喃喃道，几颗眼泪滴落在信笺和照片上。

阿姨道："前些日子我去了一趟红岩村，打听了一下山东的情况，还买了几张近期的《新华日报》。这里有一些山东反扫荡的报道，也有关于北海银行的报道，你可以看看。"说完，阿姨就把那几份《新华日报》递给了张玉吉。

张佳欣也不知道睡了多长时间，当她睡醒起来的时候，已经临近中午了。春天的阳光透过窗棂照在炕上，暖洋洋的。

在炕上一起睡觉的那三个女孩子都不在。

张佳欣吓了一跳，连忙穿上衣服，趿着鞋往外面跑去。

跑到屋外，她发现院子里的墙根上放着农具，几只毛茸茸的小鸡正跟在母鸡的身后唧唧地叫着奔跑，一左一右两棵石榴树枝叶繁茂，几只小鸟跳跃在树枝上。

张佳欣披上外衣，提好鞋子来到院门前，跑了出去。村落里的街道狭窄弯曲，不见一个人影。

"人都上哪里去了？"张佳欣纳闷道。

张佳欣沿着村中的小路走着，当走到拐弯处时，远远地看到村口站着几个人。他们是干什么的？张佳欣心里还是有点儿怕，心想这样到处乱跑也不好，万一碰上坏人，那就太危险了。于是，她又跑回院子里，回到刚才的屋子里。

这时她才注意看了看屋里的陈设。和当地普通的农户人家差不多，堂屋两侧各有一个火灶。厢房里除了有一个大炕靠着窗户外，其他地方依序摆设着三斗橱、大衣柜，墙上贴着华丽的年画。看这摆设，应该是一个较为盈实的家庭。这时她发现桌子上有一张纸条，上面歪歪扭扭地写着：小欣，我们有点儿事出去了，饭做好了，在锅里，你饿了就去拿。——晓静。

这时张佳欣的肚子确实感到饿了，她突然想起了小秋子的话：对！"饿了多吃"。她走到堂屋打开锅盖，从里面拿出一个玉米粑粑，就着咸菜和糊糊吃了起来。

正吃着，院子里传来说话声，张佳欣听出是沈晓静她们的声音，连忙放下饭碗迎了出去。"哎呀，你们到哪里去了，可把我急坏了！"张佳欣问道。

"小欣，你醒了。"沈晓静道，"我们当时怎么也叫不醒你，就先去了。"

"你们去哪里了？"

"就在后院，那个地下室。"

"干什么呢？"

"这不，忙着装印钞机器印票子嘛！"

"你带我去看看。"

"你自己去好了，就在后院。"沈晓静说道，"我们干到这会儿，累坏了，得歇一歇。"

张佳欣这才知道后面还有一个院子，连忙跑了过去。

迎面是一栋青砖到顶的房屋，张佳欣跑进去看到了单厂长、郭科长和刘排长都在这里。他们挽着袖子，身上满是灰尘，看来已经忙了一阵子。

"你们怎么不叫我呀！"张佳欣说。

"前些日子你立了大功，大家都想让你歇一歇。"

"我立了什么功呀？"

"是你想办法通知了那位骑白马的八路军安全撤离，那就是大功呀。"

"哎呀，那算什么。"张佳欣又问，"那些人呢？"

"在里屋的地下室里。"

张佳欣连忙跑进去，看到里屋地面上有一个洞口。再往底下看，一个斜斜的木梯子搭放在洞口上。

张佳欣试着往下探脚，一股有点儿发霉的味儿混杂着潮湿而又温热的气流迎面扑来。

郭科长突然喊道："小欣，你一个女孩子家就不要下去了。"

"我不能老在上面，我得下去帮帮忙呀。"

"你快点儿歇歇吧，昨天累得够呛。"

"我歇的时间可不短了，从昨天晚上都睡到今天中午了。"张佳欣心里感到不安，"再说大家都很累，凭什么叫我一个人歇着呀！"

"哎哎哎……"刘排长连忙过来，拽住张佳欣的胳膊往回拉，"下面都是男同志，你下去不方便。"

"干工作嘛，又怎么会不方便呢？"张佳欣感到莫名其妙。

"小欣，来来来。"张佳欣抬头看去，见沈晓静正朝着她招手呢，面部做出一种很奇特的表情。

"让我来告诉你吧。"沈晓静跑过来挽住张佳欣的胳膊，一边往屋外扯着，一边说道，"小欣，刚才我们几个女孩子也都下去了。"

"下面是个什么样子呀？"张佳欣好奇地问。

"下面地方倒是不算小，就是好长时间没人用，有点儿那个味道。"

"在里面干什么呀？"

"不是告诉过你吗，安装机器呀，印钞票呀。"

"那你们能下去工作，怎么不让我下去工作呢？"张佳欣困惑极了。

"你不知道，下面又潮又热又闷，不通风，还不透气。大家在下面安装机器呀、发动电机呀、印钞票呀，还得有人在地下室的窗口嗵嗒着衣服，扇风透气。后来，我们这几个女孩子特不受欢迎，就被人家撵了上来。"

"为什么呀，不是说'男女搭配，干活不累'吗？"张佳欣更疑惑了。

"咦！小欣，我不知道你是真的不懂呀，还是假的不懂。"

"什么真的不懂、假的不懂的，到底是怎么回事呀？"张佳欣有点儿急了。

"看来你是真的不懂呀，告诉你吧……"

"你怎么这么黏糊，快说呗！"

"从地下室上来以后，我们就往回走，偏偏有两个女孩有点儿好奇，在经过地下室那个又矮又窄的窗口时，就弯着腰往里面看……"

"看到什么了？"

"那里面的男同志见到我们走了，都脱了衣服干了起来。"

"他们脱光了吗？"张佳欣一怔。

"没有，最多也就是脱光了上衣。"沈晓静回答道。

"你怎么知道的？"张佳欣问道。

"……"沈晓静一时感到有些发窘，怔怔地看了张佳欣一眼，脸颊突然红了起来。

张佳欣看着沈晓静那呆呆的样子，突然笑了："原来是你看了！"

"好呀，小欣，我是对你好才跟你说的，你竟然这样对我……"沈晓静的脸上有点儿挂不住了。

张佳欣连忙道："好好好，我不说行了吧？你是我的好姐妹，我向你道歉。"

说着，连忙讨好地用胳膊搭上沈晓静的肩膀。

沈晓静道："这还差不多！"

她们搂着彼此的肩膀，一蹦一跳地往回走。

刚刚回到前院，那几个女孩子就嚷了起来："晓静，你干什么去了？衣服还没有换就又跑出去了！"

张佳欣直到这时才注意到沈晓静的衣服都被汗水湿透了，心里不禁有些感动：这个小姐妹虽然年龄和自己相仿，但是心眼特别好，知道关心人，为人实在，干活也麻利，如果不是她当时去找自己，还给自己做解释，自己不知道得有多尴尬。

沈晓静笑着说："我去找小欣呀。"

"小欣去哪里了？"

"小欣跑到后院的那个地下室里去了。"

"啊！"几个女孩子都愣了，张大着嘴巴道，"她下去了？"

"放心吧！还没有，让我把她硬拽回来了。"

"这还差不多，刚才听你一说，把我们吓了一跳。"

沈晓静说："你们是没有看到，刚才呀，我好说歹说不让她下地下室，她还跟我急，硬要往地下室里面钻，像一头小母牛，怎么拦都拦不住，还一个劲儿地怪我不该坏了她的好事。"

"真的吗？"女孩们瞪大了眼睛。

"小欣还振振有词，瞪着眼睛说：'男女搭配，干活不累。'"

"哈哈哈……"那几个女孩子一时笑得直不起腰，喘不过气，有的端着脸盆蹲在了地上；有的捂着腰倚在灶台边上；有的正擦着脸，笑得把毛巾都掉在了地上。

沈晓静的这一番话还没有说完，早就轮到张佳欣发怔了。她把胳膊从沈晓静的肩膀上拿下来，瞪着圆圆的眼睛看着沈晓静，脸蛋红红地说道："好呀，晓静！我以前还觉得你是个好心眼儿的女孩子，我把你当作好姐妹来看，原来你竟然这样耍弄我，还说我是小母牛，拿我开心是吧？"一边说着，一边挥起小拳头向沈晓静的身上打去，"叫你耍弄我！叫你耍弄我！"

沈晓静一看大事不妙，连忙用双手抱起头来，哈哈笑着，一转身，像受惊的兔子一样跑掉了。

"水缸里没有水了。"沈晓静说道,她手中的脸盆里刚刚泡上换下来的衣服。

其他正在洗脸和洗衣服的女孩围过来,看看露底的水缸,长叹了一口气。要知道这村子在半山腰上,虽然地势险要,便于隐蔽,易守难攻,但是挑水却要到山底下的水井里挑。

"走吧。"张佳欣拿出水桶和扁担,"我们几个下去担水上来不就行了吗?"

"可是你会在水井里打水吗?"

"这个还真不会。"

"就是说嘛。如果你把水桶掉到井里面,还得往上捞桶,可不好捞了。"

"如果天再暖和一些就好了,那时候山下的河水就融化了,我们可以直接到河里洗衣服。可是现在,河里的冰估计还没有化呢。"

"再过一会儿,到了中午,河水也就开始化了。"

正在这时,一个高高瘦瘦、麻秆般的身影从院门口闪了进来。

"你们要水吗?"那人抬起头来,擦拭着头上的汗水问道。

"哎呀,来水了,谢谢这位小兄弟。"大家纷纷把脸盆拿过来摆好。

那人放下肩膀上的扁担,提起水桶按照脸盆摆放的次序往里面倒水。一个、两个,当轮到第三个脸盆时,水桶却绕了过去,直接往第四个和第五个脸盆里倒开了水。

用手拎着第三个脸盆的正是张佳欣,当时她还在笑嘻嘻地拎着脸盆,脸上挂着甜甜的笑容,可当看到水桶绕过自己的脸盆,把别人的脸盆全都倒满,而只有自己的脸盆还是空着的时候,她那甜甜的笑容和浅浅的酒窝一下子就凝固住了。

那个人挑起水桶走了。

其他女孩子也愣了。她们奇怪地看着张佳欣,张佳欣也委屈地看着大家,眼眶立刻就红了,眼泪不停地在眼眶里打着转,眼看就要溢出来了。

"咦,刚才有一个脸盆漏下了是吧?"那个人走了几步,又转过头来问道。

"是!是!"其他女孩子连忙回答道。

那个人挑着担子又走了回来,然后提起水桶要往那只空着的脸盆里倒水。张佳欣不干了,她把脸盆抽出来藏到身后,恼怒地盯着挑水的人。

"你不让我倒水，那我可就走了啊。"那个人看着张佳欣说道。

"走吧，走吧！小狗才稀罕用你的水！"

"哎，你不用就不用吧，怎么还骂人呢？"那人笑着说道。

"我骂谁了？"

"你骂你旁边的这些女孩子都是小狗呀，因为她们都用了我的水。"那人仍然笑着。

"……"

"另外，你也骂了你自己。"

"我怎么骂自己了？"

"你想呀，你整天和这些女孩子们在一起，睡觉是钻一个被窝里，吃饭是在一个锅灶里，玩耍是在一个院子里，窜来窜去是在一座山里。如果她们都是汪汪叫的小狗，那你不也成了小狗吗？"那人笑着解释道。

张佳欣"扑哧"一声笑了。其他女孩子急忙从她手中抢过脸盆，让挑水的人倒上水。那人把水倒入张佳欣的脸盆里，就继续出了院门口挑水去了。

"这人是干什么的？一上午挑了好几次水。"沈晓静问道。

"不知道，第一次见。"

"看他挑水的架势，歪歪斜斜的，站都站不稳，叫人提心吊胆的，真不像个干活的。"

"听人说是咱们北海银行总行的，来这里当文书。"

沈晓静其实一见到他就认出来了。

张佳欣其实也是一见到他就认出来了。

那是在沂南县北海银行总行参加银行会计培训班期间，有一次下了课以后，张佳欣和同学薛晴林去老师那里交试卷。在去的路上，她们看到在村口井边上有一个高高瘦瘦的，像豆芽般的身影在打水，打上水后，又一路被扁担压得歪歪斜斜地往回走。

"这是谁呀？"张佳欣问。

"我们这里的一个文书，成天也不见他说话，就是一个书呆子，三棍子打不出一个屁来。还特别的酸，写起东西来特别能拽，什么'春天来了，像一个袅袅婷婷的少女，迈着曼妙的舞步……'"薛晴林说着，表情里还有几分讥笑。

回来时正好经过文书的办公室门口，张佳欣对薛晴林道："走，到你办公的地方去看看。"

薛晴林就带着她进去了，进了办公室，正看到那个人在桌子上写东西。

张佳欣走到他跟前，把右手伸过去道："我自我介绍一下，我叫张佳欣。"

"欢迎欢迎，我叫季文佳，认识你我深感荣幸。"那个人站起来，和张佳欣握了握手。

"你在写什么呀？"张佳欣好奇地探头去看。

"起草一份行长的会议讲话。"季文佳道。

"是不是就是那个'春天来了，像一个袅袅婷婷的少女，迈着曼妙的舞步，……'"张佳欣一边说着，一边做出舞蹈动作。

薛晴林在旁边抿着嘴笑。

季文佳愣了："我这是在写行长的讲话，怎么能写那个呢？"

"哦，那你怎么写？"张佳欣问。

"当然，文学作品可以这么写。"季文佳道。

"你挺爱好文学的，对吗？"张佳欣又问道。

"嗯。"

"那你一定喜欢这样写了？"张佳欣调皮地说道。

"谁说的？是不是又有人在编排我了？有些人也真是的，闲着没事干点儿什么不好，偏偏要编排别人！真是闲的！"季文佳有点儿激动，脸也红了，"不过话又说回来，我这个人再没有事干，也不会想着法子去败坏别人！"

张佳欣一时有点儿发囧，她看看薛晴林，薛晴林也朝她眨眨眼，一脸的窘态。

"我这人呢，确实有许多缺点，但是如果我只有一条优点的话，那就是写东西从来都不重复别人的，否则我宁肯不写！"季文佳较真地说道。

薛晴林连忙拉着张佳欣的手跑到屋外，说道："你是怎么搞的，我刚和你说的话，你就对他说。"

"我也没说是你说的呀。"张佳欣有点儿奇怪，上下打量着薛晴林，"你是不是闲着没事喜欢编排人呀？"

"我可没有编排人，我也是听别人说的。"薛晴林辩解道，同时脸也红了。

薛晴林是来自苏北抗日根据地江淮银行的学员，和她一起来的还有五个男同志、三个女同志，都是在城市学生中招收的。与此同时，山东北海银行也派出了九个学员去江淮银行实习。

"那个人一定不咋地！"张佳欣道，"看来咱们北海银行总行机关是大了点儿，有点儿人浮于事。"

此时，张佳欣看着季文佳挑着水桶去井边挑水的背影，心想：他这是在报复我吧？都半年以前的事情了，如果是这样的话，这个人的心胸也太狭窄了吧！可是也不像呀，头疼。

张佳欣这里正想着呢，沈晓静说道："我看咱们还是直接去井边洗衣服吧，别叫人家来回挑水了。"

"好呀。"女孩子们一起响应道，然后端着脸盆就跑出了院子。

女孩子到底是爱干净，不一会儿，院子里就挂满了衣服。张佳欣也跟着沈晓静学会了洗衣服，她把衣服挂在绳子上后，突然看见史芸科长领着两个女孩子进了院子。

"晴林！"张佳欣连忙跑过去，拉住薛晴林的手。

"你们认识呀。"史芸问道。

"认识，认识，她叫薛晴林，上次在沂南银行会计培训班上学习的时候，我们是同学。"张佳欣快人快语道。

"那你先把这里的女孩子都叫出来，我介绍一下。"史芸道。

张佳欣扭头对屋子里的女孩子喊道："来新客人了，你们都出来一下吧。"

大家纷纷从屋子里跑了出来。

史芸说："给大家介绍一下，这两个女孩子都是来自苏北抗日根据地江淮银行的员工，她们是到我们北海银行来实习的。她们中一个是小欣的同学，叫薛晴林；还有这一个挺腼腆的女孩叫徐静怡。大家可不许欺负她哈。"

张佳欣连忙指着薛晴林说:"不会的,不会的,我们不欺负人家老实孩子,我们没事的时候只欺负欺负她就是了。"

薛晴林一愣,把脸转向史芸这边:"啊!史科长,你刚才听明白了吧?小欣她竟然说要在没事的时候欺负欺负我,本女子在这里人生地不熟的,怎么可能打得过她呀,你可要给我做主啊。"

史芸一摆头,笑着说:"这我可管不着,谁叫你和她是同学呢,我又不是你们的老师。"

薛晴林忙说:"啊?史科长,我们现在就拜你为老师可以吗?"

薛晴林说完,连忙一手拉起张佳欣,一手拉起徐静怡,对她们说:"来,我们现在就拜史科长为老师。大家一起向史老师鞠躬,来,一起说——史老师好!"

史芸愣了一下,笑了:"真是个鬼丫头,我怎么会变成你们的老师呢?这我可不干哈。"

薛晴林说:"我们是来实习的嘛,实习就得拜师学艺,所以呀,从现在开始,您就是我们的老师了——您得负责教我们、带我们哈。"

史芸说:"好吧,我就收你和徐静怡为学生,小欣我可不收,她本来就是我们单位的。"

薛晴林说:"史老师,我们和小欣可是同学呀,我们实习还没有结束,小欣怎么就提前毕业了呢,所以呀,她现在也是在实习期,也得拜您为师,是吧,小欣?"

张佳欣连忙笑着说:"对对对。"

史芸说:"小欣呀,你还对对对,你可别想着欺负人家薛晴林,人家可比你聪明多了。"

张佳欣说:"哦——是是是。"

薛晴林说:"史老师,小欣她还会武功呢。"

史芸问:"谁说的?"

薛晴林说:"小欣她自己说的。"

史芸笑了:"她是吓唬你的,她会什么武功呀?她这是怕你欺负她,先给你一个下马威,知道吗?"

薛晴林转过脸对张佳欣说:"哈哈,小欣你这会儿全露馅了吧?还想欺负我呢，小心点吧你。"

张佳欣说："嗯，看你能的！"

史芸说："好了好了，你们怎么一见面就吵起来了？反正多余的话我就不说了，人家是从苏北抗日根据地来到我们山东北海银行实习的，人家大老远地来，人生地不熟的，大家都要多多关照哈。"

张佳欣笑了："没问题。"

史芸说："再说了，小欣这孩子连小猫小狗的都特别疼爱，怎么会欺负你们呀？你再说我也不相信呀。"

大家都笑了起来。

史芸走后，那些女孩子连忙把实习生的行李搬进了屋里。

薛晴林对张佳欣说："你真的说对了。"

张佳欣问："什么说对了？"

薛晴林说："就是上次你说的人浮于事呀。——这次反扫荡，首长说了，机关过于臃肿庞大，不但人浮于事，而且增添了部队和乡亲们的负担。这不反扫荡还没有结束，机关人员就缩减了一多半，我们几个实习的也跟着来到了基层。"

张佳欣拉着薛晴林的手欢快地说："好呀好呀，你高兴不高兴我不管；反正你来了，我高兴！"

张佳欣把薛晴林和徐静怡的行李放在自己身边，说："以后你们就睡在我这里，谁也不敢欺负你们。"

吴丽娟说："又多了几个做伴的，我们高兴还来不及呢。"

直到这时候，张佳欣才开始端详徐静怡，一个恬静腼腆羞涩，不多言多语，天性特别像其名字的漂亮女孩儿。

沈晓静在一旁对薛晴林和徐静怡说："特意提醒你们二位一下，我们这里睡的是火炕，和你们南方睡的床不同，冬天特别暖和，还能治疗感冒和风湿性关节炎呢。这个炕字是火字旁的炕，不是土字旁的坑，记得给家里父母写信的时候别写成土字旁的坑就是了。"

"晓静，你怎么想起说这话来了？"张佳欣感到很奇怪，不由得问道。

"这可不是无风起浪哈。两年前刚过完元宵节，有一个南方的女孩也是到这里参加业务培训的；一放下背包，就给父母写信报平安，不知道是由于写了错别字还是写了连笔字的缘故，她妈妈一看信上写的'有的屋里有一个大坑，有的屋里有两个大坑，她们就在大坑上睡觉'时吓了一大跳，认为这还不得把她闺女给坑苦了吗？也顾不上三九寒冬了，立马千里迢迢地从南方赶来，要把闺女领回家。到了这里才知道，原来她家闺女粗心大意，错把炕给写成坑了！"

大家顿时笑了起来。

薛晴林瞥了沈晓静一眼，悄声对张佳欣说："这个女孩说话可真逗！"

张佳欣一愣，扭头看了沈晓静一眼，笑了："哦，是吗？"

下午四点多钟，院子里突然热闹起来，大家一问才知道，原来村长、村自卫队长等村干部都来了。他们见了罗庆瑞行长、单喜祥厂长和郭科长，一再解释说由于逃避鬼子的扫荡，他们带着村民到附近的大山里躲了好几天，不知道银行的人来，所以慢待了同志们。现在他们回来了，一定会遵照县委区委的指示，保证同志们吃好、喝好、休息好。

和首长交谈完以后，村长和村自卫队长又来前面的院子里看望这些女孩子们，然后特意交代刚刚回来的房东大哥和大嫂一定要做好吃的，给同志们补充补充营养。

很快，热腾腾的油卷烧饼、香椿芽炒鸡蛋等饭菜就端上了桌子。吃过饭以后，房东大嫂还过来要给她们补衣服呢。

张佳欣好长时间都没有吃到这样的饭菜了，尤其是香椿芽炒鸡蛋，她吃得特别香，好像从来没有吃过这么好的美味。"嗯，不比阿姨包的水饺差。"她在心里暗暗想道。

吃完饭，几个女孩子相约在村里转一转。

一迈出屋门，张佳欣就扭着腰肢唱了起来：

> 我们都是神枪手，
> 每一颗子弹消灭一个敌人。

张佳欣唱着,用右手做了一个持手枪的姿势,回过头"啪"地瞄准薛晴林打了一枪。

薛晴林道:"小欣,你不要打我好吗?我可不是鬼子。"

　　我们都是飞行军,
　　哪怕那山高水又深。

张佳欣模仿着骑马奔驰的动作,一边唱着,一边不忘解释道:"其实骑兵才是真正的飞行军。"

沈晓静看到了,不由得哈哈笑了起来:"又想她的小秋哥了!"

　　在密密的树林里,
　　到处都安排同志们的宿营地。
　　在高高的山岗上,
　　有我们无数的好兄弟。

沈晓静道:"小欣,你有一个小秋哥就足够了,还要多少好兄弟呀?"

　　又有吃,又有穿,
　　顿顿有香椿芽炒鸡蛋。

"哈哈,香椿芽炒鸡蛋也进歌词了。"女孩子们都笑了起来,"还顿顿都有呢!"

"别笑,别笑,这可是小欣的远大理想。"

　　又有枪,又有炮,
　　敌人给我们造。
　　我们生长在这里,
　　每一个乡亲都是我们自己人。

"这话倒不假,乡亲们待我们可真是太好了,等将来抗战胜利了,我们可不能忘记他们。"女孩子们七嘴八舌地说道。

我们快印好北海币,
打跑那鬼子关好门。

"'我们快印好北海币'是对的,这是我们的本职工作嘛。我们一定要印好票子,因为只有这样,才能支援前线打胜仗,才能支持工农业生产,多打粮食多赢利。"罗行长、单厂长和郭科长不知何时走了过来。

"'打跑那鬼子'也是对的,'关好门'是干什么?"单厂长问张佳欣道。

张佳欣一愣,回答道:"单厂长,打跑了鬼子就关起门来,不让那可恶的小鬼子再进来,我们好建设我们可爱的国家,过上幸福美满的新生活!"

"关起门来建设国家,哈哈,我还是第一次听说,是谁这样告诉你的?"罗行长笑着问道。

"对呀,要不日本鬼子来了又砸门、又踹门、又踢门,杀人、抢东西、烧房子,我们怎么能过上幸福美满的好日子呢?"张佳欣强辩道。

单厂长板起脸来说道:"那得是一个多么大的门呀,日本鬼子才进不来。"

"关起门来,再插上门栓,人家小欣和飞行军里面的小秋哥好一起在热炕头上亲亲热热地过小日子呗!"沈晓静打趣道。

"哈哈哈哈!"大家都笑了起来。

"坏!坏!讨厌!!狗嘴里吐不出香椿芽!"张佳欣又挥起小拳头追打起沈晓静来。

"你看,你看,这'狗嘴里吐不出象牙来',在小欣嘴里变成了'狗嘴里吐不出香椿芽'!"罗行长看着单厂长道,"这个小欣呀,出身银行世家,什么山珍海味没有吃过,却偏偏喜欢这一口,看来这香椿芽确实是个好东西。"

"这是把孩子饿得呀!"单厂长有些心疼地说道。

"是呀,她那小脸又瘦了一圈。"郭科长补充道。

"过了这段时间,让她回趟济南吧,顺便可以好好补一补。"罗行长道。

"你是说今天晚上开个会?"单厂长问罗行长道。

"我看同志们基本到齐了,机器安装基本完毕,印钞工作也开始了。今天晚上开个会吧,做一下动员工作,也对下一步的工作进行一下布置。"罗行长道。

"我同意。"单厂长点头道。

"小欣!"罗行长对张佳欣她们几个说道,"你们去通知一下大家,今晚六点到行部这里来开会,全体人员都要参加。"

"行部在哪里呀?"

"就在这后院。"

"好,没问题。"张佳欣她们几个回答道。

"这样,我们一会儿先开个支部会,研究一下这次全行大会的会议内容。"

"好的。"单厂长点点头。

月亮刚刚爬上树梢,大家就三三两两地来到了后院的行部。罗行长、单厂长及各位主任科长都从屋里走了出来。

罗行长道:"今天我们开会,但是在会前有一项工作需要大家去做一下,就是到各个农户家去看一下他们今天晚上吃的是什么饭、什么菜。咱们现在有50多人,我和单厂长及各位主任科长分别带队,分成10个小组,到各个农户家考察一下他们的饮食情况。下面由郭科长宣读各个分组的名单和考察路线,每个小组的小组长都得进行书面记录,口说无凭。考察完后,到这里集中汇报。"

大约四五十分钟后,人们开始陆陆续续地返回到行部,将考察时记录的纸条交给郭科长进行统计。

看大家基本到齐了,罗行长开始讲话:"同志们,刚才我们50多人,分成10个小组对全村一百多家农户的晚餐情况进行了考察。咱们看看这些白天还给我们送来香喷喷的猪肉包子、馒头、花卷、葱油烧饼和猪肉炖白菜、香椿芽炒鸡蛋的农户,他们吃的是什么?我和单厂长带回来一些,大家也都看到了。"罗行长把带回来的食品拿了出来:"他们吃的就是这些麸皮窝头、糠菜团子,可以照出人影的野菜汤,和只有几粒小米的稀粥。"

"他们老的老，小的小，年龄大的有七八十岁，年龄小的有刚刚满月的婴儿，母亲的奶水都不够呀，同志们！他们有的家里还有长期卧床的病号、伤员。

"同志们，这个村庄位置偏远，是个远离日伪统治中心的边远山区，是三个县交界的地方，号称是'鸡鸣三县'。上级安排我们转移到这个地方扎营，主要是从保证我们北海银行印钞厂安全的角度上考虑的。这里是山区，山区的自然条件不如平原，石头多，耕地少；耕作条件也不如平原，土地分布零碎，很少有大面积的土地，因此不适合牲口耕作。何况现在是初春，储藏的秋粮剩下的已经不多了，夏季的粮食还得等一个多月才能打下来，正是青黄不接的时候，现在又赶上了日本鬼子的扫荡，实行恶毒的烧光、杀光、抢光的三光政策。"

这时候，会场下面已经传出了压抑着的抽泣声音。

"同志们呀，就是吃着这些的老百姓，他们刚刚从躲避鬼子扫荡的山上回到家里，就做了香喷喷的猪肉包子、馒头、花卷、葱油烧饼和猪肉炖白菜、香椿芽炒鸡蛋给我们送来，村长还一个劲儿地道歉。

"同志们，我们又有吃又有穿，还有香椿芽炒鸡蛋，可是给我们送来这些粮食的老百姓，包括他们的老人和孩子，却在勒紧腰带、节衣缩食，吃糠咽菜。大家有许多是从大城市来的，有济南的、青岛的、烟台的、天津的、北平的、南京的、上海的，也有很多人的家庭条件很好，到根据地来工作确实也付出了很多、牺牲了很多，但是比起这些农民来，我们这点儿牺牲又算什么呢？"

说到这里，会场下面的抽泣声已经响成了一片。

"其实这不怪大家，我也是来自城市的一个知识分子家庭，我父亲是一个教师，我也是今天下午在和单厂长在山里散步的时候，发现许多老百姓携儿带女地在山里挖野菜，才意识到这个问题。我们的抗战能坚持到今天，没有这些老百姓默默无闻的支持和奉献，是不可能的。

"过去都说我们的抗战是老百姓的抗战，对此，我今天才有了深深的体会。今天对我们的震撼实在是太强烈了。为了抗战的胜利，老百姓不但献出了自己优秀的子孙和夫婿，而且献出了自己须臾不可缺少的粮食，供养着革命。我们的伤员身上流淌着他们的鲜血，我们的队伍里有着他们的儿孙，这些优秀的儿孙和我们一样在前线、在后方，在流汗、在流血，甚至在牺牲。

"最后一碗米做军粮,最后一尺布缝军装,最后一个儿郎上战场,这就是乡亲们朴实无华的语言和信念!

"同志们,农民是淳朴的,他们不善言辞,却在用自己默默的实际行动,实践着自己爱国、爱家、反抗日寇侵略的理念。就我们自己来说,该怎样报答他们呢?我们只有通过努力工作,才能报答老百姓大海一般的深情。"罗行长说到这里,脸上已经是热泪纵横。

"敌人反复拉网,疯狂扫荡,环境如此残酷,但是乡亲们对北海银行和北海币就是不离不弃,这反映了什么?这其实反映了老百姓对民主政府的信任、对抗战胜利的信心、对美好生活的渴望。

"一张小小的北海币,其实并不简单,她是我们民主政府信誉的体现,是我们党执政水准的体现,也是民心向背的体现。这同时也是老百姓对我们北海银行工作的肯定,我们每一个同志都必须珍惜她。

"现在反扫荡作战已经接近尾声,日伪军节节败退,各个战场上捷报频传。我们必须开足马力,努力开展工作。今天下午,在我们印钞厂的机器基本上安装调试完毕以后,支部召开了会议,认为除了要继续抓紧解决印刷钞票的纸张、油墨和设备之外,还专门针对当前的形势,提出了目前我们亟待开展的工作,主要有以下三项:

"第一,营业部门要想方设法大力揽储,扩大资金来源。与此同时,要了解农民的需求,不耽误农时地发放春耕贷款、种子贷款、农具贷款、农药贷款和肥料贷款,沿海的营业网点要将渔船购置贷款、春汛贷款、渔船维修贷款、渔具贷款等及时发放到农民和渔民手中,支持农业和渔业生产。同时要根据市场情况,发放手工业贷款、供销社贷款、工商业贷款,支持他们扩大再生产。印钞厂则要多印票子、印好票子,支援前线、支援生产。另外,我们通过研究,决定向上级申请扶贫贷款额度,扶持我们所在村庄及周边地区的农业生产,帮助农民渡过春季青黄不接的难关。

"还有,保卫部门和警卫排要联合村里的民兵自卫队做好银行和印钞厂的警戒和保卫工作,要在印钞厂周围选择合适的地方埋设地雷,布置岗哨。现在反扫荡战争仍在进行,我们虽然在八路军的掩护下成功地跳出了敌人的包围圈,被当地党政部门安排在一个比较闭塞而又相对安全的地方，但是防止日军和日伪特务偷袭的意识绝对不可放松。我们北海银行在日军扫荡的过程中，有的地方损失惨重，印钞厂被敌人捣毁，工作人员被枪杀，印钞设备被敌人抢掠的情况已经出现，教训十分惨痛，所以我们必须提高警惕，采取一切必要的手段，坚决避免此类情况的再次发生。

"第二，我们的同志除了十几个伤员需要安排进行积极救治和养护以外，其他人都要在保证银行自身工作圆满完成的同时，要在村前村后、山上山下开垦荒地、种粮种菜、养鸡养鸭、养羊养猪，争取早日实现自给自足，减轻群众负担。如果有结余，还可以支援当地政府和农民，帮助他们解决实际困难。同时，还要帮助当地农民开展生产，密切和当地人民的感情和关系。

"第三，开展募捐活动，切实解决群众的困难。首先要保证当地农民目前的吃饭问题。我们支部成员要带头，党员也要带头，我是第一个，我把当月的工资150元全部捐出。另外，我的小灶也从今天晚上起撤销。下面请大家自愿进行捐助。今天，我就讲这些。"说完后，罗行长从自己的上衣口袋里拿出一卷北海币，伸开展平后放在桌子上，然后离开了会场。

单厂长、郭科长等依次掏出自己的票夹，拿出钞票。

捐款的人很快排起了长长的队伍，弯弯曲曲……

半夜时分，张佳欣再一次被叫醒了。今晚轮到她和沈晓静、薛晴林和徐静怡值班了。她们睡眼蒙眬中打着哈欠，穿好衣服，打开屋门，迎着凛冽的山风来到后院。后院里有一个后门，正通向崎岖的山路。淡淡的月光下，有一条逶迤的山路，可以看到路边有许多骡子、毛驴和大车，都在等着装钞票呢。

泛着粼粼波光的月牙河在山下拐了一道弯儿，绕过了沉睡的小山村。一座木桥搭在河上，不时有人牵着牲口走过。

张佳欣和沈晓静她们连忙从上一次值班的姐妹手中接过账簿和钢笔，统计着即将要装进袋子里的钞票。

"一元的200捆。"

"二元的150捆。"

"五元的100捆。"

"十元的100捆。"

……

"清点完毕。"沈晓静声音干脆地说道。

一阵山风袭来,吹得她打起了哆嗦。张佳欣看到眼里,赶紧将自己的外衣脱下来披在沈晓静的身上。

"小欣,这可不行,你的身子骨还不如我呢。"沈晓静说着,就要脱下张佳欣给自己披上的外衣。

"放心,放心,我里面还穿着毛衣毛裤呢。你穿得太单了,别感冒了,我可不伺候你。"张佳欣笑道。

"那是,你是千金小姐,都是被人家伺候的,等你病了我来伺候你。"沈晓静说着,在清单上盖上自己的印章。

张佳欣过去复查了一遍,也在复核一栏里盖上了自己的印章。

"你怎么伺候我呀?"张佳欣问道。

"其实,你也不难伺候,就顿顿给你吃香椿芽炒鸡蛋,你的病就能好一半;再给你一个小秋哥,你就能生龙活虎、百病皆消。"沈晓静说着,看到张佳欣又要打她,吓得一缩脖子。

张佳欣道:"你这小嫚真是会拿我开心。不过你是一个好小嫚,心眼实诚,心里总装着别人的事情,谁娶了你谁有福,不像我小姐脾气,还会武功。"

"你会武功?"沈晓静愣了。

"对呀,这几天你可没少挨我的打吧?"张佳欣回答道。

"哈哈哈,你那也叫武功呀?"沈晓静笑了,"你真是自我感觉良好呀。"

"晓静,我想给你介绍一个相好的,怎么样?"张佳欣问道。

"好呀!"沈晓静看着张佳欣,问道,"谁呀?"

"季文佳怎么样?"张佳欣说道。

沈晓静听了心中一动,但是表面上却是不动声色:"他呀,我再想想吧。"

其实,沈晓静早就和季文佳认识了。

去年七月,沈晓静在纵队肥皂厂做出纳工作,肥皂厂和北海银行总部住得很近。一天下午，临近下班的时候，沈晓静和同事一起去北海银行办理销售款的存款业务。办理完存款后，那位同事就直接回家了。在经过北海银行总部一间办公室四合院的门口时，沈晓静想起前两天看到这里新来了一个高高瘦瘦的年轻人，就拐弯走了进去。

院子里很静，沈晓静直接进了中间那间坐北朝南的屋子，往东边的屋里探探头，发现那里一个人都没有，于是就去了西屋。那个年轻人正在炕上整理被褥，见到一个女孩子突然闯了进来，虽然感到很奇怪，但却还是礼貌地向她微笑着点了点头，算是打招呼。

沈晓静的心突然乱跳起来，她探着头对西屋里的年轻人说了一句"原来是一个文化人"，稍微愣了一下，身子也没有进去，就掉头跑掉了。

季文佳也愣了，他今年才十六七岁，正儿八经的小学再加上一年多的初中，也只上了五年多的学，再怎么样也不能叫"文化人"。不过，他看到这个女孩子的第一眼就很喜欢，她朴实、文静，颀长的身材，秀气的脸庞，含情的眼神……

"这是谁呀？"他心里琢磨着，趴在窗户上看着沈晓静快步跑出去的身影，心里泛起一阵涟漪。

他并不知道，沈晓静以后再去银行取款存款，总是爱拐个弯儿，从那个四合院前走过，盼望着能和他再有一次邂逅。

张佳欣看着沈晓静呆呆的神情，问道："为什么呢？他爱学习，有文化，懂的特别多，脾气也不错。"

"你看他笨手笨脚的样子，什么也不会干。要是给他当媳妇，还不累死我。"沈晓静道。

"当媳妇是啥意思呀？"张佳欣好奇地问道。

"媳妇是我们胶东话，就是你们阔人家的太太、夫人的意思。"沈晓静解释道。

"他虽然笨手笨脚的，但是他肯干活儿，不偷懒，再加上爱学习，我看你给他当女媳妇是蛮不错的。"

"你这人看着很聪明，其实脑子也不好。"

"怎么了？"

"你看，山风那么大，我看你的脑子是进去风了。"

"你怎么这么说呢？"

"你忘了前几天中午他不往你的脸盆里倒水了吗？"

"那算什么，他是在开玩笑，这你还看不出来。"张佳欣解释道。

"反正这个人怪怪的。"

"我感觉这是一个好小伙儿，你嫁过去当他的女媳妇，是不会错的。"

"不是女媳妇，是媳妇。"沈晓静有点儿急了。

"哦，你嫁过去给他当媳妇一定不会错的。"

"才认识第一天，人家说不定还不知道我的名字呢，你呀，真是会拉郎配。"沈晓静白了张佳欣一眼。

"那我去把你的名字告诉他，好吗？"张佳欣盯着沈晓静问。

"去去去，你还是关照好你那个小秋哥吧。"沈晓静有些不好意思了。

"晓静是个实在人，可就是有的时候心口不一。"张佳欣笑了，表情变得有些狡黠。

"你什么意思呀？"

"从季文佳挑着担子走进院子里的那一刻起，我就看到你的眼神亮亮的，好像手电筒放着光；样子傻傻的，好像丢了魂；脸蛋红红的，好像一朵红云彩；手脚怎么放都不成个样子，都不知道该怎么摆放好！"张佳欣说到这里，扑哧一声笑了。

"你这死小嫚，怎么也学会了编排人！"沈晓静恼了，小拳头一个劲儿地朝张佳欣的身上打去。

"慢点儿，慢点儿，我还有话说呢！"张佳欣一边躲闪着沈晓静的拳头，一边笑着说。

"你还想说什么？"沈晓静停下拳头问道。

"记得在我们来的头天中午，你还把我们姊妹们都指使到井边洗衣服，对吧？"

"有啊，那又怎样？"

"别人不知道，我还不知道你那点儿鬼心眼？"

"我哪里有什么鬼心眼？"

"你还想着瞒我呀？你其实就是看到季文佳一趟一趟地去井边给我们打水太

辛苦，你心疼你的心上人，所以才鼓动着我们姊妹们傻呵呵地端着脸盆去山下井边洗衣服的。"

沈晓静显然蒙了，她怔怔地看着张佳欣，好像第一次认识她："好呀，小欣！看不出来你整天大大咧咧、嘻嘻哈哈的，原来还埋着这么深的心机呀！你也太坏了！"

"晓静，你可不能这么说我呀！我以前看着你心眼特好，但那天中午还不是让你把我弄得好狼狈、好尴尬，你还记得吧？"

"照你这么说，我也成了大坏蛋了？"沈晓静看着张佳欣，一时间愣了。

"对呀，你说我是大坏蛋，其实你也是大坏蛋！"张佳欣一点儿都不客气。

"照你这么说，我们两个都成了大坏蛋了？"沈晓静问道。

"是呀，是呀，就是因为我们两人都是大坏蛋，所以我们两人才是一对好朋友。"张佳欣笑了。

"……"

看着沈晓静恼羞成怒的样子，张佳欣连忙满脸堆笑，讨好地说道："晓静，你不要生气，我可没有在人前戳破你的那点儿小心眼，对吧？我还积极响应你的提议，立即端着脸盆去了井边洗衣服，对吧？"

沈晓静终于恼了："小欣呀小欣，你就小心点儿吧，这几天我挨了你那么多拳头，我都记着呢，现在我就得报复你。我也会武功！君子报仇，十年不晚；小女子报仇，今天也不晚。"说着，沈晓静挥舞着小拳头向张佳欣扑了过去。

"哈哈哈哈……"张佳欣一边得意地笑着，一边躲闪着沈晓静的拳头。

"下一个，八路军一九五旅后勤部。"
"一元的 20 袋。"
"二元的 20 袋。"
"五元的 25 袋。"
"十元的 20 袋。"
……

张佳欣和沈晓静四人就这样忙碌着，很快迎来了雄鸡的啼叫声，东方开始泛白了。

在分行行部，罗行长、单厂长、郭科长、史芸、刘排长、沈晓静等人围坐在桌子旁，气氛比较严峻，放在桌子上的油灯的光摇曳着。

罗行长向沈晓静问："原来小欣昨天下半夜一下班就走了，到现在都快一天了还没有回来？她这样不辞而别到底是因为什么？她之前就没有说过什么话吗？"

沈晓静说："没有，我反正没有听到。"

郭科长说："依我看呀，她就是过不惯我们这里的苦日子。你看呀，她是什么家庭出身的孩子，平时饭来张口、衣来伸手的，怎么可能和我们这些穷人家的孩子相比呀？"

史芸说："我看这个说法不成立，如果是这样的话，她完全不必再从重庆回到我们这里来。"

罗行长点点头说："说得对。"

单厂长说："要不就是她受那个资产阶级家庭出身的影响，根本就不会和我们无产阶级站在一起——"

罗行长说："不能光看出身，事实早已经证明，一个人的出身与其表现并没有直接的联系。"

刘排长说："难道她会是特务吗？去年就有一个机关，因为长期潜伏的日伪女特务的告密而受到日军的包围和袭击，最后全体牺牲的实例，这个事情后来还发了通报。"

罗行长说："不会的。小欣绝对不会是特务。"

郭科长说："那到底是怎么回事呢？她昨天下半夜走的，到现在已经接近二十个小时了，走了这么长时间都没有消息，即使真的不是特务的话，如果她在路上被扫荡的日伪军抓住怎么办？谁能保证她不会叛变？我们现在要不要做最坏的打算？"

单厂长激愤地说："等小欣回来后，一定要她做出深刻的检查，要狠狠地处理她！此风不可长。"

罗行长正要开口，突然听到敲门声，罗行长说："进来。"

门开了，大家一看，是季文佳。

罗行长问："小季，有什么事情呀？"

季文佳说："有一份材料，是史主任跟我要的。"

史芸接过材料说："这么快就弄好了？辛苦了。我抓紧看一下。"

放下材料后，季文佳转身开门想要离开行部。

罗行长连忙说："哎，小季，你等一下。"

季文佳问："行长，有什么事呀？"

罗行长问："小季，你应该了解，你看张佳欣同志怎么样呀？"

季文佳说："她爱国、开朗、积极、有工作热情，虽然年纪小，家庭条件好，但是不娇气，是个好同志呀。就是有时候有点小孩子脾气，有点任性。"

罗行长问："小欣昨天下半夜就不辞而别了，到现在都还没有回来，你看这是个什么情况？"

季文佳愣了："怎么，她不辞而别了？到现在都还没有回来？"

罗行长点点头："是的。"

季文佳此时看到沈晓静也在这里，就说："晓静和小欣住在一起，她应该了解情况呀。"

沈晓静："……"

季文佳问："晓静，小欣最近有什么反常的表现吗？"

沈晓静说："没有什么太反常的表现，就是这几天她听说在天井村时的房东田婶牺牲了，很难过，偷偷地哭过，还特别担心田婶的两个孩子的情况，不知道怎样。"

季文佳问："晓静，你再想想还有什么别的情况吗？"

沈晓静说："昨天下半夜下班回来时，我们都快睡下了，她突然从外面回来，跟我们借钱。"

季文佳问："你们借了多少钱给她？"

沈晓静说："我们会有多少钱呀，反正都给她了。"

季文佳说："这就明白了，小欣肯定不会去做不利于我们北海银行的事情。

她一定有什么事情不方便说，就自己单独跑去做了。"

罗行长听季文佳这么一说，顿时松了口气："有道理，我也是这么考虑。"

罗行长又问季文佳："你说小欣到底干什么去了，她还会回来吗？"

季文佳说："她去做什么了，现在虽然不敢肯定，但是我觉得一定是和田婶的牺牲有关，我觉得她很快就会回来的。"

单厂长问："小季你说说，我们现在需不需要立即拆卸机器，准备转移？"

季文佳说："我觉得先观察一下吧，先不要做立即转移的准备。"

罗行长站起来说："嗯，小季的话我赞同。——现在我们要做的工作是：第一，对小欣不辞而别的消息除了我们几个人外，一律不得扩散；第二，生产工作照常进行，不得中断；第三，由刘排长派出的在离村五里的路口上进行警戒的部队继续加强警戒，遇到情况及时报告；我们再根据情况酌情处理。另外，由郭科长、史芸同志各带几位同志，加上小季和晓静在周边村庄找一找小欣，但是现在正是敌人扫荡时期，你们去寻找小欣的时候一定要注意安全，还要注意保密。——大家听到了吗？"

大家一起说："听到了。"

听罗行长安排完毕后，郭科长、史芸、刘排长和季文佳、沈晓静等人就向外走去。刚打开门，大家都愣住了——原来张佳欣和几个八路军指战员及民工打扮的人正站在门外，准备敲门。

大家都惊叫起来："小欣！"

张佳欣和几个八路军指战员及民工打扮的人走了进来。张佳欣说："罗行长，是我不对，我没有请假就私自离队，这是错误的，违反了纪律。这个我做检讨，请求处分。"

罗行长说："先不要说处分不处分的事情，你快说说你干什么去了。"

张佳欣说："罗行长，自从听到田婶牺牲的消息后，我就一直担心她的两个小孩的情况，为此吃不下饭，睡不好觉。昨天下午见到几个来自天井村的老乡，了解到两个孩子的情况很不好，我也没心思工作了，下半夜一下班我就赶过去找。"

罗行长说："大半夜黑灯瞎火的，你就一个人跑出去了？不怕跑迷了路？不怕遇到个坏人，遇到条野狼吗？何况现在日本鬼子正在扫荡，到处是汉奸特务。——你这个小嫚胆子可真是不小呀！"

张佳欣说："所以我就自己去嘛！这样即使遇到危险，也就死我一个人呗。"

罗行长终于火了，他一拍桌子："你胡闹！"

气氛顿时紧张起来，史芸连忙在旁边用胳膊肘戳了罗行长一下，提示他不要太激动。

罗行长也意识到自己的失态，缓了一口气问道："怎么样，找到了吗？"

张佳欣说："嗯，——可是罗行长，说来话长，这些部队的同志和这些村干部有任务急着要回去，我把他们介绍一下吧，一路上多亏他们的帮助了。"

罗庆瑞他们这才注意到旁边的八路军和其他村的村干部们，连忙说："快快快，快让这些同志坐下，喝点茶。"

张佳欣对罗行长和单厂长等人一一介绍了八路军某团后勤部戴参谋、小秋子以及赵旺村的牛村长等人，然后说："罗行长，外面有几匹骡子和马，还有几辆大车，上面装着我们这次反扫荡在天井村埋藏的机器和钞票，咱们赶快找人把东西卸下来吧，人家还有任务呢，要急着回去。"

罗行长一愣，问道："什么什么？把我们埋藏在天井村的钞票和机器都拉来了？"

张佳欣点点头，回答说："嗯，都拉来了。"

罗行长说："快！快叫人卸车！——另外，同志们也不要着急回去。这么晚来了，怎么也得吃了饭再走。郭科长，你赶快安排食堂的同志下面条，炒个菜；怎么也不能让同志们饿着肚子赶回去。"

郭科长立即去食堂安排做饭去了。

单厂长、郭科长、史芸、季文佳和沈晓静立马叫了十几个同志，一起从骡马和大车上将钞票和印钞机卸了下来。

八路军某团后勤部戴参谋和几个外村的村干部对罗庆瑞说："罗行长，这个事你可不要怪小欣同志呀。一个姑娘家，冒了那么大的风险，大半夜地跑了那么多的路，受了那么多的罪，就是为了寻找田婶那两个孩子——这可是个有情有义的好姑娘啊，连表扬都来不及，你可千万不能处分她哈，也不要再批评她了。"

罗庆瑞说:"嗯,你们的意思我知道了,不过我要继续了解一下情况。"

钞票和印钞机卸下来后,八路军和其他村的村干部要告别回去。

罗行长等人连忙阻拦:"大家等一等,一会儿面条就做出来了,吃了饭大家再走。"

史芸问:"贺师傅,面条做得怎样了?"

贺师傅说:"还得稍微等一会儿、"

此时,八路军指战员和村民们又不想吃饭了,急着赶回去,实在挽留不下,罗行长只好叫郭科长安排食堂员工装了几十个凉馒头和窝头,并煮了些鸡蛋加咸菜让他们带着,好路上吃。

送走八路军指战员及民工后,罗行长、单厂长、郭科长、史芸、刘排长、沈晓静、季文佳和张佳欣等人回到行部屋子里。

沈晓静跑到张佳欣跟前说:"小欣,你这一天到底怎么回事儿呀,大家都急坏了!刚才还在开会研究怎么找你呢!"

张佳欣转过头对罗行长说:"罗行长、各位领导,对不起了,我也不知道要这么长时间才回来。"

罗行长问:"你到底上哪儿了,干什么去了?"

张佳欣回答说:"我们以前的房东田婶牺牲了,她是为了保护我们北海银行埋藏的物资才被敌人杀害的,在敌人的威逼利诱面前,田婶始终没有屈服,临死都没有向敌人吐露一个字。"说着,张佳欣眼睛红了起来。

罗行长看到张佳欣表情的变化,连忙说:"田婶的事情大家都知道了,我们已经向上级汇报了她的情况,并准备给她的家属和孩子予以必要的抚恤和慰问。"

史芸也连忙端起一杯热水送往张佳欣手边:"小欣,不要太悲伤了,你慢慢说。"

史芸的话刚刚落地,张佳欣已经忍不住把头伏在桌子上,肩膀一耸一耸地放声哭了起来,哭得史芸和沈晓静眼泪都止不住地流了下来。

张佳欣的脑海中再次出现了她在天井村和田婶见面的情景。

干部领着张佳欣和几个女孩子来到某个农舍前,对一个正坐在马扎上搓玉米的妇女说:"田婶,这几位北海银行的女同志分到你这儿了,你可要给人家安排好啊。"

那个叫田婶的妇女放下手中的玉米站了起来,爽朗地笑着说:"你放心,我早就安排好了,只是我们这儿穷,条件不好。可是只要人家不嫌弃,我保证她们住好吃好。"

张佳欣忙和田婶打招呼:"田婶,我们来你这里,给你添麻烦了。"

田婶忙说:"哪里呀?只要同志们不嫌弃就好。"

田婶说着,就去接张佳欣她们背在身上的行李。

突然,张佳欣和田婶都愣了。田婶说:"我好像在哪里见过这位小同志——哦,想起来了,你就是前几年冬天,在那个北海银行成立的大会上,那个发传单、演节目跳舞的小嫚吧?"

张佳欣说:"是的。原来你就是那位大婶呀?"

田婶问道:"你不是说你当兵了吗?还跟我说是主席台上那位郑司令亲自批准的呢。"

张佳欣的脸腾地一下红了起来,一时不知该说什么好。

田婶看出了张佳欣的窘境,连忙笑着说:"那次我是去县城赶集,正好碰上开大会,就去瞅了瞅,没想到碰上了你。——不过没当上兵也挺好,我就纳闷呢,你一个小嫚,身子骨又这样弱,怎么能当兵呢?这干银行不也是打鬼子、报效国家吗?那位郑司令不就说嘛,这个叫什么什么金融战线的,也是特别重要的。"

田婶看出张佳欣脸红红的样子,笑着说:"你看看,多么俊的闺女,就像画上的似的,到这里来大婶不会委屈你的。——来来来。"田婶一边说着,一边把她们的行李拿着往屋里走去。

田婶说:"到了我这里,我就把你当作我的孩子,一定不会亏待你们的。"

田婶叫正在院子里玩耍的两个孩子说:"你们都过来,叫姐姐。"

——在那以后,张佳欣切切实实地感受到田婶对她的关照,一些好东西,田婶都不舍得给自己的孩子吃,就偷偷地塞给她,搞得她很不好意思。还有那一次她生病了，躺在炕上发烧了几天几夜，田婶一直在旁边照顾她。

田婶那淳朴的面容，忙碌的身影，就像画儿一样，一次次地呈现在张佳欣的眼前。

张佳欣哭得更厉害了，肩膀一耸一耸的。史芸连忙把手帕递给张佳欣，沈晓静则轻轻地拍打着张佳欣的脊背。

过了一会儿，张佳欣逐渐平静下来，她用手帕擦干眼泪，慢慢地抬起了头，对罗行长说："罗行长，我知道我有错，我不该不请假就去寻找田婶的孩子，但是我实在是忍不住呀。"

罗行长问："田婶的孩子现在在哪儿？"

张佳欣说："昨天下午上班前，我到河边洗衣服，看见有几个人从村边走过，其中就有天井村的人，我就向他们打听情况，他们说是从里村过来的，田婶家的两个孩子可能也在那里。我就想里村离这里只有十几里路，就想趁下班后去找找他们。"

罗行长问："所以下半夜下班后，你就向几个同志借了钱跑去找田婶的孩子？"

张佳欣说："是的。"

罗行长问："为什么不叫几个同志搭着伴一块去？这样还安全一些。"

张佳欣说："不行，这样就更违反纪律了。"

史芸问："见到田婶的孩子了吗？"

张佳欣说："没有。"

罗行长问："那怎么不赶快回来？"

张佳欣说："可是见不到田婶的孩子我能回来吗？我当时想，不行，我一定要找到田婶的孩子，要不然我怎么能对得起田婶呀！"

罗行长问："后来呢？"

张佳欣说："后来我就到附近几个村子去打听，正好碰上小秋子的那个部队也在附近。我见到了小秋子，把情况一说，小秋子就领我去了团部。"

罗行长问："嗯，然后呢？"

张佳欣说："小秋子领我到了团部，只见几个首长都在那里——"

八路军一一三团团长耿子辉正和其他首长及几位村民打扮的人进行交谈，小秋子带张佳欣走了进去。

耿子辉一见，高兴地说："这不是小欣吗？怎么这么晚到这里来了？真是说曹操曹操就到，大家快看看这不是财神来了吗？"

马副团长说："你看看，刚才说着这几个月反扫荡，战事频繁，已经好几个月没有领军费了，现在那个后勤冯部长手里攥着一大把欠条，正愁着没法处理呢。"

冯副部长说："对呀对呀。刚刚这几位村里的干部又连夜送来了这么多粮食、蔬菜支援我们，可是我们不能老是欠着人家的呀？地方的干部同志能在这么困难的情况下，筹集那么多的粮食和蔬菜供给我们，也是非常不容易的！我们给村干部打欠条，村干部就得给老百姓打欠条，这样下去总不是个办法嘛。这下正好，小欣你来了，来得正是时候，这可真是财神下凡哈。你们北海银行现在转移到哪里了？如果离这里不远的话，我们马上就派人去你那里领回这几个月的军费。"

张佳欣心里一动，问道："你们好几个月没有领到军费了吗？谢谢你们的掩护，现在北海银行已经迁到新的地方了。但是，我们刚刚开始印钞工作，还不能马上满足部队和地方党政部门的需要。不过，我可以领你们去另一个地方取军费。"

冯副部长忙问："哪里呀？"

张佳欣说："就是我们以前的行址天井村呀。因为遇到鬼子的扫荡，我们把一些印出来还没有来得及发行的北海币就地埋藏在那里。你们如果需要，我可以现在就带你们去取。"

冯副部长说："那就太好了！"

耿子辉拿起放大镜看了一下铺在桌子上的地图，说："天井村离这里五十里路，冯副部长你派一个参谋，再叫小秋子带两个班的人一起去，马上把这几个月的军费抓紧给我取回来。"

冯副部长问张佳欣："你知道那些北海币埋藏的地点吗？"

张佳欣说："我就是参加埋藏北海币的，怎么会不知道呢？"

冯副部长说："好的，那就抓紧去！"

小秋子说:"慢着,冯副部长,我们光顾着说我们自己的事情了,小欣来还有其他事情呢?"

耿子辉问道:"哦,小欣有什么事呀?"

张佳欣就把田婶怎样为保护北海银行的埋藏物资而牺牲,以及她来寻找田婶两个孩子的事情讲了一遍。

耿子辉听到后说:"小欣,你放心!我们一定想方设法帮助北海银行找到田婶的两个孩子。"

耿子辉转过头对冯副部长说:"你们抓紧时间安排好人立即随小欣出发。"

冯副部长说:"是!"

罗行长、单厂长、郭科长、史芸、刘排长等人围坐在桌子旁,放在桌子上的油灯的光摇曳着。

罗行长问张佳欣:"后来呢?"

张佳欣说:"到了天井村后,戴参谋和小秋子通过村干部找到了隐蔽在山洞里的田婶的孩子,我担心一路带着有危险,就把孩子托付给了隐藏在藤甲村的部队机关托儿所,并把给孩子带的钱、食品和衣物都交给了托儿所的负责人。"

罗行长问张佳欣:"然后呢?"

张佳欣说:"然后我带他们挖开地洞,将埋藏的北海币取了出来,清点后交给了八路军一一三团的后勤部戴参谋。——你们看,这是戴参谋签收的收据,上面还有他们团后勤部的公章。"

张佳欣说着,将收据交给了罗行长。罗行长看了一下,又交给了郭科长,说:"马上叫财务会计小吴来做个账。"

张佳欣接着说:"剩下的北海币还有一些印钞器械,八路军一一三团的同志也一起给装上了车,架了骡马背上,给我们运回来了。——你们看,这是运回来的物资清单。"

张佳欣说着,从口袋里掏出清单来,交给罗行长:"咱们可以再清点核实一下。"

罗行长接过清单瞄了一眼,高兴地说:"还清点什么!这些日子因为反扫荡,欠了好多部队和党政机关的费用,现在抓紧赶制北海币都供不应求呢,何况现在还有一些单位在附近等着呢，有的单位都等了好几天了。——郭科长、史芸，你们抓紧安排人到附近村子里把还没有领到费用的部队和党政机关都叫来立马领取费用；将八路军他们运来的北海币赶紧发下去，再组织人手一边发放一边清点核实，切实做到钱款两清。同时，赶紧安排人手将小欣他们运来的印钞机械搬到地下室进行安装调试，争取早日投入生产。"

罗行长抓起小欣的手，激动地说："小欣，你这一下子给行里解决了几个大问题，可以说是一箭三雕呀，你辛苦了！"

张佳欣不好意思了："哪里呀，这都是由于部队和老百姓的支援，才把这些东西运来了，我可是没有那么大的本事，我当时不过是临时想到的，趁机来了个顺水推舟。再说，我还没有请假，违反了纪律——"

单厂长手里端着一大碗打着鸡蛋的热腾腾的面条走了过来："小欣，跑了一天累了吧，快抓紧吃饭。"

张佳欣一见，说："快别说了，还真是一天多没有吃饭了。"说着，就端起碗来大口吃了起来。

罗行长戳戳单厂长的胳膊，两人一起走到门外，罗行长问："老单，你这是怎么回事？不再急吼吼地要严厉处分小欣了，啊？"

单厂长的脸上有点挂不住了："老罗，你不要这样好不好？你这不是哪壶不开提哪壶吗？"

罗行长说："小欣这孩子心地善良，重情重义的，这次不但帮助我们解决了田婶的孩子抚恤和安置的问题，而且还顺便把我们隐蔽埋藏在天井村的北海币和印钞器械运了回来，帮助我们解决了另一大难题，还有将我们欠的八路军——三团的经费也解决了，可谓一举多得。我的意见是这次就不再追究她了，但是也不能对她做出奖励。另外，给田婶孩子的钱是她掏的，她还为此借了别人的钱，这样不行，我们要根据财务制度处理好这笔账单。还有，要抓紧整理上报有关田婶烈士待遇的材料，落实她的抚恤金和孩子的烈属待遇；同时，必须加强纪律教育。今后绝对不能再出此类问题。"

单厂长说："我赞同。"

已经临近清明了，柳树发出了鹅黄色的嫩芽，把远远近近的山野装点得像多了一些绿色的烟雾。这些日子以来，张佳欣特别兴奋，总是在工作之余抱着本小说看，可是又常常表现出坐立不安、心神不宁的样子。大家都知道，自从小秋哥所在的部队前两天驻扎到附近的村庄里进行休整以后，张佳欣就常常沉浸在爱海之中了。只要和八路军有业务往来，比如办理个存款呀、转账呀，以及给八路军兵工厂放款呀，诸如此类的事情，行长、厂长和主任总是交给张佳欣去办。张佳欣只要去了，也总得绕个弯子，去见见小秋哥，说一会儿话。

部队上的人见了张佳欣也都特别热情，热情得让她受不了。尤其是一到那里，总有许多人堵着门看她，搞得她总是和小秋哥亲近不了。有一次好像能亲近了，却差点儿被人撞见，搞得她很不好意思，心里突突乱跳，像揣着几只小兔子，脸上红得像一块布。"尴尬人免不了尴尬事！"她的脑海里不知怎么的，突然冒出了这么一句话。这句话是谁说的呢？对！好像是《红楼梦》。

张佳欣前几天曾偷偷地跑到山下七八里路外的一个镇子里，在镇子的西南边，面对着月牙湖的地方，找到了那个小学校。张佳欣知道那里有一个女教师，她的父亲是平津一带有名的富商，而她却独自一人来到这样一个小城镇，当起了小学教师。她人长得漂亮，家里还有许多的书。于是，张佳欣跑去敲开了校门，开门的正是那位女教师。

张佳欣刚想做自我介绍，那个女教师抬手打断她道："你不用介绍了，你就是那个小欣，方圆七八里没有不知道你的。有什么事，你就直接说吧。"

张佳欣一怔，连忙笑嘻嘻地说明了来意，然后跟着女教师穿过圆圆的月亮门，来到院子里的西南角，沿着狭窄的楼梯来到绣楼上。

刚进到屋子里，张佳欣立刻就被眼前的美景吸引了：那敞开的窗户外婆婆的杨柳，波光粼粼的水面，在水上嬉戏的鸭子，丛生的芦苇荡，湖里小岛上弯弯的垂柳，栖息的水鸟，古色古香的小亭子，七曲八拐的小木桥，还有那淡青色的远山，红红的夕阳，配上女教师那张白白的瓜子脸，略显抑郁的大眼睛，纤细苗条的身材，构成了一幅绝美的画面。

张佳欣心里一动，她想，等将来打败了日本鬼子，她和小秋哥也得找这么一个地方,有山、有水、有树、有书、有月亮门、有绣楼……

桌子旁边有一个女孩子正在静静地看书,看到张佳欣进来,朝她笑了笑,算是打了个招呼,然后就又埋头在书本中了。

女教师仰起鹅蛋脸,仍然笑眯眯地指着那位女生介绍说:"这是我的一个学生,家里虽然贫穷,但是她特别爱看书,所以我就跟她爹娘说了,别老是安排她干这个、干那个的,没事就让她到我这里来看书吧。"

张佳欣打量了一下说:"哦,真是一个看书的好地方,这里有一个喜欢书的知识渊博的女老师,还有一个文静漂亮喜欢读书的女学生,——真美!——老师您贵姓?"

女老师说:"我姓钱,——就是你们银行印刷、发行、经营的钱。"

张佳欣说:"哦,小钱老师,真的很巧合。"

小钱老师把脸一仰,笑着说:"小欣,书都在这里的书架上,你进去挑就是。"

过了一会儿,张佳欣抱着四卷本的《红楼梦》,谢过了女教师,跑回那个四合院。

她也说不清楚,以前她喜欢看《三国演义》《水浒传》《西游记》《杨家将》,就是不喜欢读《红楼梦》。她爸爸张玉吉曾经请家庭教师来给她补习国语课文,但她怎么也喜欢不上《红楼梦》。她爸爸就对那个国语教师说:"就不要给她讲《红楼梦》了,这个年纪,给她再讲她也读不懂;等再大一点儿,你不给她讲,她也会懂的,算了。"难道这本书小女孩读不懂,等长大了就会读懂了?张佳欣在心里这样想着。

回到屋里,她把炕头上自己的书都拿了出来,一看还真有几本书,什么《政治经济学》《中国革命问题》《货币银行学》《银行会计学》,等等。不行,这里放一套《红楼梦》显得太不协调了。于是,她想了个办法,跑到行长办公室里找了几张旧的《大众日报》,给书包上了书皮,然后在上面写上《银行会计须知》《货币学原理》等。

张佳欣觉得自己很聪明、很有办法,对自己的做法也很得意。她拿起刚刚包好的书翻看着,突然发现她以前的图书中已经有了《银行会计须知》《货币学原理》等,这还是上次在沂南总行培训班学习的时候发的,怎么会搞重了?人家会不会问你怎么会有两本同样的书？算了，不管它，不管它，到时候再说。想到这里，她在心里又得意了起来。

张佳欣正暗自开心呢，院子里突然传来了行长秘书的声音："大家有没有去行长办公室拿《大众日报》的？有没有啊？拿了的快交出来，行长急着用呢。"

张佳欣愣了，这是怎么回事呀？

看看大家都说没拿，秘书又过来问张佳欣拿没拿《大众日报》："有人看到你去行长办公室了。"

张佳欣忙道："我去找行长，见行长不在，我就回来了。我就探了一下头儿，没有多待。"

"你找行长有什么事吗？"

"没有没有，不过当时确实有点儿事，不过现在没有了。"张佳欣连忙解释道。

"那些都是旧的《大众日报》，行长还有用吗？"张佳欣问道。

"那是行长保存着做资料用的，那可是行长保存了好几年的心肝宝贝。"

"哦。"张佳欣的心乱了，她怎么会把行长保存了好几年的"心肝宝贝"拿来包书皮，而且包得不是革命书籍，而是《红楼梦》。这要是让行长知道了可怎么得了，不得了，不得了，这个打死也不能承认。

"哎，你怎么知道是旧的《大众日报》，不会是你拿的吧？"秘书突然瞪大了眼睛，盯着张佳欣问道。

"不是你刚才说的吗？是旧的《大众日报》，所以我才随便问问的。"

"我刚才有说是旧的《大众日报》吗？"

"你说了，说了，怎么一会儿你就忘了呢？"张佳欣强辩道。

"我怎么说的？"

"你说有去行长办公室拿旧的《大众日报》的吗？"

"我真是这么说的吗？"

"是的，是的，不信你去问问大家伙儿。"

"怎么还会有人偷行长学习资料的，这人的学问也太大了吧？"秘书疑惑道。

"那是，那是，这人一定是个有大文化的人。"张佳欣心眼一转，想起了季文佳。

哼哼，正好顺水推舟，狠狠地报复一下他。张佳欣又笑了。

不过这时候她又想起这件事做得是否有点儿像《红楼梦》中薛宝钗曾经用过的手法？咦，大家都说她像林黛玉，这次她竟做了一回薛宝钗……张佳欣感到有点儿不安，不过她又马上安慰自己：没关系，没关系，季文佳是个有大文化的人，面对行长秘书的质问，他一定会先来一个晕头转向、目瞪口呆、张口结舌、莫名其妙，然后再来一个义正词严证明自己，洗刷清白，金蝉脱壳。

活该！谁叫他是个男人呢！男人就得为女人活着，男人就得不怕难！可是她张佳欣怎么讲也不会是季文佳的女人呀，唉，不考虑这些了，头疼。

看到秘书挠挠头皮走了，张佳欣终于舒了一口气。

自从借到了《红楼梦》，张佳欣一有时间就捧起来读。沈晓静去会计科帮忙做账回来，看见张佳欣捧着书在读，就问："小欣，你看的是什么书呀？这么上瘾！"

张佳欣把书的封面给沈晓静看，沈晓静看了一眼封面，说道："哦，是《货币学原理》呀，小欣你可真用功！"

张佳欣笑了。

这天，张佳欣回到自己的屋里后，掀起褥子，翻开《红楼梦》，找到上次的章节：哦，原来是《尴尬人难免尴尬事》。

"这'尴尬'到底是什么意思？"张佳欣这时候想起了薛晴林，这可是一个女才子。记得薛晴林没来的时候，大家都说她张佳欣长得像林黛玉，可薛晴林来了以后，大家又都说薛晴林长得像林黛玉。难道薛晴林比她张佳欣还漂亮吗？她想了想，不是，只是薛晴林身上比她多了些书卷味，说起话来比较注意修辞。这可是没法儿比的，谁叫人家的爸爸是金陵大学的国语教授呢？

薛晴林去哪了？对了，她现在下了班就喜欢往季文佳那里跑，两人胡吹乱侃，什么《基督山伯爵》《俊友》《安娜·卡列尼娜》《羊脂球》《复活》云云。这会儿正好也去会会这季文佳，捎着撮合撮合季文佳和沈晓静的事，真是一箭双雕！

张佳欣来到另一个四合院里，到了东厢房一看，果然看到薛晴林和季文佳在里面聊天呢。

"果然不出我所料呀。"张佳欣刚想开玩笑说"一对狗男女果真在这儿鬼混呢"，一想这样说不妥，怎么好像是《水浒传》中的语言，于是到了嘴边改成了"你们两个大文化人果真在这儿聊天呢"。

"小欣来了，有什么事吗？"季文佳问道。

张佳欣正欲开口，屋子里突然进来了七八个人，有沈晓静、王兆凯、林子峰，和薛晴林一起来实习的江淮银行员工高洁、田保国也走了进来。

薛晴林问："呵，来了这么多人，大家有什么事吗？"

高洁问："小薛、小季，前天晚上听史主任讲课时做的笔记，你们谁记得比较全，我们想借来整理一下。"

薛晴林说："我倒是做了笔记，可是谁也不敢保证自己做的笔记就是全的。"

田保国说："那没有关系，我们都借来看看，尽量整理份全的。"

王兆凯说："大家都说你们两个学习最用功，听讲最认真；听说过几天要考试了，所以呀，大家都说要临阵磨枪，不快也光。"

季文佳说："学习这个事儿都是在平时，我的笔记也是不全的，不过大家先拿去整理整理，挺好的，整理完了我也拿过来抄抄哈。"

林子峰回答说："这个没问题。"

沈晓静问季文佳："小季，你的那本关于货币的什么书，我想借来看看行吗？"

季文佳说："行，不过这书翻译得不好，文笔过于晦涩，不好懂。不过，你可以拿去先看看。"说完，拉开抽屉把书递给了沈晓静。

高洁也走到季文佳那里准备借笔记本，突然很惊奇地问："咦，我说小季呀，你怎么搞来好几份地图，就像要指挥打仗似的？"

张佳欣说："哎，他就是这样子，什么书都看，本子上记的东西也是乱七八糟，不知道什么意思呢。"

季文佳说："不瞒各位呀，我这几天找了几份地图看了看，脑子里突然出现了几个问题，百思不得其解，所以想请教一下各位。"

薛晴林一愣："什么问题？"

季文佳说："你们看呀，不管是传统的当铺、钱庄、银号，还是现代的银行业，都是建立在城市，因为城市的工商业发达，市场发育充分，交通方便，资金的存量和流量都十分可观，这就为现代银行业的创办和发展准备了充分的条件。

大家看，不管是英国的伦敦、美国的纽约，还是我们中国的上海，以及我们山东的济南、青岛、烟台、潍县，都有这个特点。而我们北海银行却是建立在远离都市的偏远农村，而农村现在几乎还是停留在自给自足的小农经济阶段，和几千年前秦始皇时期相比差不了许多；交通闭塞、经济落后，既没有多少工商业，也谈不上有多少资金存量和流量，老百姓对于现代银行业和银行业务更是毫无所知。可以说，这是一片从未被现代银行的触角延伸到的区域。但是我们就是在这块贫瘠落后且封闭的土地上建立起了现代银行业，开展了银行业务。其他银行都是建在闹市区的办公大楼里，而我们的银行却是建在乡间的村头、田野、集市和老百姓的坑头上。这不是很奇怪吗？这是第一个问题。"

季文佳接着说："大家再看看，地图上这些红的标记是我用笔标出来的；其中红线是我们的行军路线，从中可以看出来，我们有时候化整为零，有时候化零为整；红圈是我们曾经驻扎过的地方，其中，一个圈的是表明我们驻扎过一天的地方，两个圈套在一起的是我们驻扎过两天左右的地方；三个圈套在一起的是我们驻扎过三天左右的地方；最多的时候，我们曾经驻扎过十天，驻扎的地方有时候是村落，有的时候是山洞、是森林、是荒野；而标着爆炸状图案的是我们曾经遭遇过日军、发生过战斗的地方。从地图上可以看出，自一月份日寇开始大扫荡以来，至今三个多月的时间，我们行从领导到一般员工，在反扫荡的过程中，冒着呼啸的寒风、漫天的风雪，翻越了六十多座大山，趟过了十二条冰河，穿过敌人十七条封锁线，三次被日军包围，六次遭到日军的袭击和追击，经过大小战斗二十余次，辗转经过了十几个县三千多里路，而且到达新的驻地后，基本上无需两三天就能够逐渐恢复业务的开展。这样的银行是不是闻所未闻？这是第二个问题。"

季文佳接着又说："在这样贫瘠险恶的金融环境中，在这样无比严酷的战争条件下，对于银行来说，金融风险都可以说是无时不在、无处不在，可是三年多来，我们北海银行不但没有被打垮、被消灭，或者关停、破产、倒闭，而且恰恰相反，我们北海银行在不断地发展壮大，现在已经建立了三家分行、一家办事处和三十余家支行、几百个营业网点，银行业务的数量和种类也在不断地增加。这是不是也是个奇迹？这是第三个问题。"

大家一时议论纷纷："小季，你这几个问题问得有点太深奥了，我们还真的没有考虑过呢。"

张佳欣说："可是这也说明了我们的金融事业是大有可为、前程无量的！"

大家纷纷附和说："对呀，对呀！"

林子峰问："哎，小季，你说该怎么解释这种现象，回答这些问题呢？"

季文佳说："我这几天也在琢磨这个问题，但是感觉脑子特不好用。要不能请教大伙吗？"

王兆凯说："这个问题确实不好回答，回去可以多找几本书来看看。"

罗庆瑞和秘书不知何时走进了屋子，听到大家的议论，罗庆瑞站起来说："同志们，小季提出的问题在书上是找不到现成答案的，现在还没有任何著作能对此类问题拿出现成的答案。因为小季提出的这三个问题，已经证明了我们现在所从事的金融事业，其实已经远远地超越了中外货币金融学家对货币金融运动的理解和认知水平。"

罗庆瑞接续说："我们中华民族是善于学习的民族，悬梁刺股、凿壁偷光、囊萤映雪的故事，都证明了我们民族是一个善于从书本中继承和汲取前人智慧并将其变成自身营养和动力的民族。但同时我们中华民族更是一个勤于探索、敢于实践、勇于创新的民族。——一句话，我们既不是仅知道皓首穷经的书呆子，也不是只会寻章摘句的老书虫。在我们党的历史上就有一些人，从国外带来厚厚的一摞大本子，并能够把一些名著倒背如流，俨然把自己当作绝对真理的化身，以此来指手画脚，发号施令，结果造成了巨大损失，甚至几乎葬送了革命，教训十分的惨痛。我们中华民族从来就不是只会躺在前人的本本上津津乐道、卖弄学问、故步自封的民族。当我们在前进的路上遇到新的课题，书本上没有现成的答案时，我们绝不会踌躇不前，相反，我们会以自己的勇气和智慧，通过自己的实践来不断打破各种桎梏，开辟新的道路，探索新的规律，书写新的答卷，创造新的境界。

"同志们，我们北海银行自成立以来，已经三年多了，我们所面临的难题、所面对的挑战、所应对的风险，都是金融史上前所未有的。期间，我们依靠党的领导,依靠人民群众的大力支持,依靠我们自己的艰辛努力,书写了金融史上前所未有的全新的篇章,创造着金融史上的奇迹。

"同志们,我们已经走过的路是一条艰难曲折、充满坎坷和血泪的道路,同时也是一条闪烁着金融开拓精神和创新智慧的道路;今后我们也许还会面临着新的更加复杂、更为巨大的风险和挑战,但是,有了这种精神,有了这个传统,有了这种力量,我们一定会战胜一切困难和敌人,创造人类金融史上更大的奇迹。"

罗庆瑞慷慨激昂地说:"对于小季提出的上述三个问题,我们也一定会拿出自己的答案!但是,我们的答卷不仅仅是写在书面上,我们的答卷将书写在我们从事金融实践、推进金融发展和金融创新的光辉征途上,将书写在我们中华民族伟大复兴的光辉历史上!"

罗庆瑞的讲话激起了大家发自内心的热烈掌声。

罗庆瑞说:"好了,小季,你把你画的那个地图拿给我,我得好好地看一看。另外,我有个会要马上参加,不再和大家聊了,刚才大家聊得很好,我走后大家接着聊。"

罗庆瑞说完,就和大家招招手,接过季文佳递过来的地图看了看,问了季文佳几个问题,然后塞到文件包里,随后带着秘书离开了屋子。大家一见,纷纷拥了出去,在院子里围着季文佳热切地聊着。

季文佳说:"罗行长说得太好了,真是激动人心呀。"

薛晴林说:"是呀是呀,你看看那水平!——不过,小季你也不简单呀,——行长表扬你了。"

季文佳说:"什么表扬呀?我就是拿个地图胡乱画了画,有什么值得表扬的?"

薛晴林站起来,模仿着罗庆瑞的姿势和语气说:"好了,小季,你把你画的那个地图拿给我,我得好好地看一看。"

季文佳和张佳欣不由得笑了起来。

此时,季文佳和薛晴林才发现原来屋子里还有一个张佳欣。

"哎,小欣,你找我有什么事吗?"季文佳问道。

"没什么事。"张佳欣看了薛晴林一眼,说道,"你们两个都是大文化人,想向你们二位请教一下一个词的意思。"

"什么词呀？"季文佳问。

"就是那个'尴尬'到底是什么意思？"

"怎么想起这个词来了？"

"……"张佳欣踌躇了一会儿，说道，"有人总喜欢说这个词，所以呀，我想了解一下。"

"谁呀，谁喜欢用这个词？"薛晴林问道。

"比方说坐在你对面的季文佳。"张佳欣灵机一动，看着季文佳的脸一字一顿地说道。不知道为什么，张佳欣总喜欢跟季文佳过不去，谁叫他当时不给她张佳欣倒水呢，那次搞得她好没面子。哼！大君子报仇，十年不晚；我小女子报仇，十天不晚！

"哈哈，小欣你怎么当面就敢造我的谣呀？我什么时候成天'尴尬、尴尬'地说了，我怎么不记得。"季文佳笑了。

"你不记得，但是我记得。"张佳欣还是看着季文佳的脸一字一顿地说道，"有一段时间，你总是说尴尬尴尬的。我就不明白了，这尴尬就那么可怕吗？以至于你整天挂在嘴上。"

"哎呀，小欣，看来你今天是专门找我来作对的是吧？"季文佳又笑了，不过他看到张佳欣那副较真儿的样子，倔强的神情，觉得是得认真地应付好这一突发的"事件"了。于是季文佳收起笑容，想了想，说道："其实尴尬没什么可怕的，但是有时候也是一个比较可怕的东西，大家都得尽量避免。"

"怎么可怕法儿，我倒想听听。"张佳欣用起了三十六计中的激将法。

"这个说起来太复杂，三句两句说不明白。"

"那就简单一点儿说。时间这么紧，你啰唆什么呀，我最讨厌的就是婆婆妈妈、唠唠叨叨、啰哩啰唆的，没有个男人味！"张佳欣说道。

"好，简单点儿说，比如咱们两个正在说话聊天对吧？"季文佳一边说着，一边琢磨着怎样解答好"尴尬"这个词语，以便解脱自己目前这一"尴尬"的境遇。

"是呀。"

"你站在那里，我坐在这里，是吧？"

"是呀。"

"可是咱们聊着聊着，你和我都突然发现咱们自己的身上根本就没有穿衣服，一丝不挂的，你说这事闹得尴尬不尴尬？"

"嗯，是有点儿尴尬。"

"是仅仅有一点儿尴尬吗？"季文佳追问道。

"是有那么些大尴尬。"

"那你觉得可怕不可怕？"季文佳又追问道。

"……"张佳欣一时被噎住了。她转头往门外瞥了一眼，正巧看到史芸从西厢房里走出来，往院子门口走去，于是就喊了一声："芸姐！"一转身跑了出去。了不得，得赶快离开这一"尴尬"的境地。孔子是怎么说的呢？对，"君子不居于危墙之下"，咱小女子也不能居于"尴尬"之下。

张佳欣一边往外走，一边在心里想：可是这人怎么会这样对一个漂亮可爱的女孩子说话，人家还是黄花大闺女呢！一走出屋门，她就恨恨地骂了他一句"真是狗嘴里吐不出香椿芽"！

史芸转过身来问张佳欣道："小欣，你找我有什么事？"

"哈哈，没什么事。"张佳欣勉强笑着说道。

"哈哈，没什么事，那你叫我干什么？"史芸学着张佳欣的语气追问道。

"这个……问这么一个词，什么叫'尴尬'？"

"尴尬？"史芸重复了一遍，又仔细地端详了张佳欣一眼道，"我怎么看着你就是一脸尴尬的样子。"

"是这样吗？"张佳欣尴尬地笑了。她连忙转身跑到西厢房，从桌子上拿起一面破镜子，用衣袖擦了擦，然后照起镜子来。

"哎哎，你跑到我屋子里照什么镜子？臭美吧！"史芸问道。

"我想看看'尴尬'是什么样子的。"张佳欣一边说着，仔细地在镜子里端详起自己的脸孔，一边还努力做着表情——"尴尬"难道就是这个样子？

突然，张佳欣想起来了：晓静的事还没有跟季文佳聊呢，算了，这副"尴尬"的样子，还是以后再聊吧。这可不能怪我，你季文佳一句话，就把我张佳欣这样一个漂亮可爱的小女子一下子打发到门外，连坐都没有坐下，所以要怪还得怪你季文佳没有福分！谁敢惹得姑奶奶我不开心，我不但不给他牵线搭桥，我还得棒打鸳鸯，让他们两厢分离，永不再见。想到这里，张佳欣的心里有些释然。不过转念一想，自己这会儿是否有点儿像神话传说中拆散许多人间好情侣的王母娘娘？唉，算了，不想了，头疼。

薛晴林看着张佳欣跑了出去，也不由笑了起来："这小嫚也有叫人噎得说不出话的时候啊，平时那伶牙俐齿的模样都干什么去啦！"

"真是尴尬人偏找尴尬事！"薛晴林笑着看向季文佳道，"小季，你可真厉害，这小欣来到这里屁股还没有坐下呢，就让你一句话给打发跑了。"

"谁叫她一个劲儿地逼我呢，我这也算是急中生智，总算用一句话把她打发跑了。"季文佳笑着说道，"不过吧，她好像还有别的事没有来得及说。"

"她现在正在偷着看《红楼梦》呢，里面有一篇《尴尬人难免尴尬事》，她可能就是为这件事来的。"薛晴林对季文佳分析道。

"你怎么知道她正在偷着看《红楼梦》？"

"她用旧报纸包的书皮，封面上写上《货币学原理》《银行会计讲义》，整天捧着看，装得很像钻研业务的样子。"薛晴林笑着说道。

"书皮是不是用旧的《大众日报》包的？"季文佳追问道。

"是呀，你怎么知道的？"薛晴林很奇怪。

"哈哈，这小嫚，看了《红楼梦》就用上了哈，竟然学会了薛宝钗的那一套，真是不学好。"季文佳看着薛晴林也觉得这人好生奇怪，怎么有时候那么聪明，有时候又那么笨。

"小欣还特别爱吹牛，常常夸耀她自己，还说她会武功。"薛晴林继续说道。

"小欣她还会武功？"季文佳皱起了眉头。

"是啊，你没见她经常抡着小拳头，打得人家晓静抱着脑袋满院子跑吗？"

"真的呀？哈哈哈哈！"季文佳笑了起来，"她张佳欣又会嘴功，又会武功，舞跳得还特别棒，她还觉得她自己是文武双全的穆桂英、花木兰呢。她还让不让人家活了，真得好好地治治她，杀杀她的威风。"

薛晴林一愣，看着季文佳道："怎么，你想治治小欣？你想怎么治她？"

"什么叫我想治小欣呀,我只是说着玩儿罢了。我治小欣干吗,人家挺好的。"

"要不你想办法娶了小欣。"薛晴林说道。

季文佳愣了:"小薛,你这是怎么想的呀,小欣和部队里的小秋子好的事你也不是不知道。你这倒好,还想着让我娶小欣?你可是蛮有想象力的,真是乔太守乱点鸳鸯谱!"

"你只要娶了小欣,她不就任你摆布了吗?到时候洞房花烛夜,男儿得意时,你还不是想怎么弄她就怎么弄她,还怕治不了她,会让她跑了不成?"薛晴林说到这里。脸上突然飘起了红晕。一个姑娘家怎么好说这话,她看着季文佳,有点儿不好意思地笑了起来。

季文佳的心里怦怦直跳,他看着薛晴林有点儿羞红的脸庞,心想这个看起来精致文雅、有着大家闺秀般风范的女孩,此时嘴里怎么能说出这样的话。

薛晴林和季文佳对视了一眼,彼此之间,都感觉到空气中有着一种暧昧、一种尴尬。为了化解这种局面,季文佳一边翻弄着桌子上的书籍,一边装作不经意地接着说道:"要说起小欣这小嫚,人真的不错,单纯、善良、聪明、漂亮,性格也好。这么一个从富裕的银行家庭里跑出来参加革命工作的女孩子,没有那么多的娇气和大小姐气,和谁都处得来,大家都喜欢她。可就是不知道她什么时候养成了一种小脾性,喜欢给人找茬儿,可是她找茬儿也不会找,老是给自己找来尴尬。"

"哈哈哈哈!"薛晴林笑得前仰后合。她看着季文佳,眼神里泛出了秋水般的波纹。

转眼到了谷雨时节,周边的枪炮声虽然不停地响着,远远近近的山野里的树枝上还是长出了繁茂的绿叶,青草上泛起一阵阵绿波。各色的花儿迎风摇曳着,北归的大雁一排排在天空中飞过,燕子则在田野里飞来飞去,留下漂亮的剪影。

上午8点多钟,张佳欣和沈晓静、薛晴林她们扛着铁锨和镢头出了村子。来到村口的大槐树下,只见行长秘书在那里搭了一个小黑板,正在给村民们讲解怎么办理存款和贷款这些事情呢。旁边的桌子上,几个信贷科的同志也在忙活着给村民们办理着春耕贷款、种子贷款、扶贫贷款的手续。行长秘书见到了张佳欣、沈晓静和薛晴林等人，连忙把她们都叫过去帮了一会儿忙。

在村口的石碾旁边，蹲着四五个村民，他们一边衔着烟袋锅，一边有一搭无一搭地聊着天。

一个年纪看起来挺大的村民说："跟人借钱的事可不能随便开口，借了钱不仅仅要还本金，而且还要还利息。当时借钱容易了，到还本付息的时候就作难了。远的不说，就说林格庄的那个林大虎，本来家中即使不算富裕，也有四五十亩地，有骡子有马，家里有六七栋房子，在县城还有几家店铺，日子过得还算红火。自从那次为了进货做生意，在旭昌钱庄借了几万大洋，这就给套上了；六七年下来，城里的商铺也卖了，家里的地也卖了四十多亩，现在家里只剩下四亩多薄地，还有三间茅草房，眼看着一个林大虎变成了一个小病猫。"

旁边一个村民插话道："这个林大虎还算是不错的。咱村里东头的那家，七八年前借了霍家几百块钱给老婆看病，后来老婆的病没有治好，最后被逼得把自家的闺女小兰卖给了东家抵债。"

"小兰今年多大了？"一个村民问。

"也得有十六七了吧？"有村民回答说。

"啧啧！这孩子进了霍家也就算进了狼窝了，这个当爹的怎么会这么做？"

"这还不是被逼无奈吗？"

沈晓静不知何时走了过来，她笑着对村民说："刚才的两位大叔说得也都是实情，但是这些借贷行为都属于高利贷，高利贷有两个特点：一个是利息高，再就是驴打滚，利滚利。这两条特别厉害，不知多少人因为背上了高利贷，最后被逼得卖房子卖地、卖儿卖女、妻离子散、家破人亡。"

沈晓静接着说："但是我们大家可以放心，我们北海银行是人民大众自己的银行，我们有借贷业务，但是我们绝对不搞高利贷。为了支持农业和工商业的发展，我们还开展了许多优惠贷款；对于抗日军烈属，我们还发放免息贷款。至于两位大叔刚才所说的高利贷，我们不但自己不搞，而且对于社会上的高利贷，我们还要给予打击和制止，以维护金融秩序，保护广大人民群众的切身利益。

就像刚才孙大叔说的债务人被逼得把自己的女儿卖给债主抵债的情况，我们早已经听到反映了，我们行已经派出了以史芸姐为组长的调查组对此进行调查处理，那个叫小兰的女孩子过两天就会回家和父母团聚的。债务人当时借了债主二百元大洋，这才几年时间，就变成了一千多元大洋，这太过分了，在我们根据地是绝对不允许出现这种情况的！"

沈晓静的一席话，立即在村民中引起轰动："看吧，果然是共产党好，真正为我们庄稼人办事情。"

沈晓静说："是呀，我们北海银行的许多业务都是为咱们老百姓量身定做的，我们有存款、有贷款，存款有活期，有三个月定期、半年定期和一年定期。大家把一时用不着的余钱存入我们北海银行，又安全，还有利息呢，存取也特别方便。另外，我们行还发放贷款，现在正是春耕大忙时节，我们发放了种子贷款、农具贷款、耕牛贷款，对烈军属的春耕扶持贷款，利率特别优惠。大家如果急需用钱的话，就到我们行里来，千万不要再借高利贷了，因为那都是坑人的。"

这时候人们已经把沈晓静围了起来，有人问："我这里有一些以前流通过的日伪币，现在咱共产党来了，不让用了怎么办？"

沈晓静说："大家听着啊，以前大家手中的钱，有的是可以用的，比如说国民政府发行的法币；有的是要坚决禁止流通使用的，比如说日币、伪币和各种土钞、杂钞，如果用日币和伪币做买卖，发现后不但要没收，还要对当事人进行调查和处罚。但是考虑到大家的实际困难，领导也正在研究老百姓可以用手中的日元和伪钞兑换北海币的事宜，但是兑换的数量有限，比价也很低，同时需要有关方面出具的证明；这个政策何时出台，大家可以等候通知。至于其他问题，大家可以到那边去听听课，老师讲得很明白、很具体，也很详细。大家也可以在晚上吃过饭后去夜校听听课，有什么问题就直接向夜校老师提出来。"

"晓静老师，你今晚讲课吗？"一个村民问。

"对不起，今天晚上是张佳欣和吴丽娟两位老师讲课。大家如果有什么不懂的问题，可以在课堂上提出来问她们。"

"上次有一个季老师讲课讲得挺好的，这次他怎么不去呀？"有村民问道。

"你们说的是季文佳老师吗？哦，是他呀。这个得告诉各位乡亲，我们这里的员工是有分工的，男同志由于体力比较好，像搬运个钞票呀、搬运个纸张、油墨呀，维修个机器呀，再就是挑水劈柴呀，这样的体力活儿，很多都是交给他们去干。像讲课这种不太需要下力气的活儿，我们女同志就多承担点儿。那天其实没有季文佳的课，是因为史芸老师晚上开会，就安排小季临时顶替的。"

"晓静老师，今晚怎么不来讲讲课呀？"

"这个不是早就告诉大家了吗？我们十几个人轮流讲课，今天晚上我得参加财务对账呢。"

"怎么这么忙呀？"

"忙是好事呀。我们忙说明了我们的军队在前线又打胜仗了，我们的根据地又扩大了，我们银行的客户增加了，我们银行的业务发展了；如果再这样忙下去，我们就会考虑招收新行员、增设新网点了。大家说是吗？"沈晓静问。

"是呀，是呀！"村民们异口同声地回答说。

"我们银行的发展离不开父老乡亲们的支持，今后有劳各位父老乡亲继续支持我们的工作，好不好？"

"好！我们一定支持银行的工作。"村民们回答完后，很快就三个一堆、五个一伙地把在场的北海银行员工围起来，咨询、了解和办理起各类业务。

罗庆瑞、单喜祥、史芸和郭科长此时也来到了村口的大槐树下，目睹了沈晓静的这番即兴演说。罗庆瑞转过头对其他三位领导干部说："看看吧，这就是我们的员工，她们其实也都是些孩子，天真任性、稚气未脱；有点空儿不是累得和衣而卧，就是打打闹闹、说说笑笑，有时候眼窝儿浅的还装不下几滴眼泪。我们常常为他们的工作、生活、学习、情感而担心，怕他们想家，怕他们承受不了这种艰苦的生活，可是你看看晓静刚才面对各位村民的那番演讲，虽然是即兴发挥，但是语言流畅、条理清晰，政策把握到位，业务水平娴熟，说话入情入理，那些村民们还会把她们当小孩子看吗？"罗庆瑞显然有些动感情了。

10点多钟，张佳欣、沈晓静和薛晴林扛着铁锹和镢头来到山上，看到季文佳他们那帮小伙子已经早早地来到这里干了一会儿了。一问，人家早晨7点多钟就来了。张佳欣、沈晓静和薛晴林立时变得不好意思，抓紧干了起来。今天，他们的任务是帮助房东等几家农户补种春玉米，要先在地里撒上肥料，用镢头或铁锨翻开泥土，开出一条条垅来，把玉米种撒进去，然后再浇上水，覆盖上土，等着种子发芽。

这些城市里来的孩子听完农民讲解的要领后，一开始还好奇得很，嘻嘻哈哈地撒着肥、翻着地、开着田垅，但是过不了多久，就累得腰酸背疼，不时地歇一会儿伸伸腰。季文佳和几个男同志则担起扁担和水桶，从十几米坡下的一个池塘里往地里挑水，用来浇灌刚刚播下的玉米种子。

"文佳，你说说看，我们到底算是干什么的？"一个面孔白皙、头发有点儿卷的小伙子接过季文佳挑上来的担子问道。

"这还用问吗？我们都是北海银行的员工呀。"

"哈哈哈哈！"那个小伙子笑道，"你看看世界上有过这样的银行员工吗？"

"哦……"季文佳一边用毛巾擦脸颊上的汗，一边问，"高庆勇，你说世界上应该有什么样的银行员工？"

"文佳，你也是从大城市里来的，应该知道呀。"高庆勇睁大了眼睛，不解地说道。

"知道什么呢？"

"你看看上海外滩，你再看看北平、天津、济南、青岛、武汉，哪个城市最好的建筑、最好的大楼不是银行的？"

"嗯，银行有钱嘛！"季文佳应道。

"是嘛，在现代社会，能到银行上班，那可是最叫人羡慕的。"

"羡慕什么呢？"

"你是真不知道，还是装的呀？"高庆勇反问季文佳道，"谁不知道银行的人有钱，办公条件好，上班衣冠楚楚，下班灯红酒绿；周末驾车兜风，平日里西装革履，油头粉面……"

"庆勇，我听说你是银行世家，家里很有钱的，对吧？"季文佳问道。

"那倒不是，我大伯给济南民丰面粉厂做粮食收购代理，也带着我去过很多地方。不过，我大伯家的堂兄弟初中毕业以后就去了交通银行济南支行工作。"

高庆勇解释道，"呵，你看那派头，上班前就有打杂的内勤事先把办公室打扫得干干净净，那桌子呀、地呀，擦得锃明瓦亮；上班后夹着皮包往办公桌前一坐，立即就有勤务给你倒上茶，续上水，端上来，嘴里还念念有词道：'先生，请用茶。'"

"上班办公还有佣人伺候啊，这可是属于剥削阶级的那一套，我们可不能羡慕。"季文佳劝诫道。

"可是人家的业务就是棒，一大把钞票拿过来，用手一呼啦就成扇面状展开，再一合上，就立马出数，把票子清点得一清二楚，一分钱都不差，看得你嘴巴都合不上。"高庆勇道。

"哎，是这样的，咱们北海银行总行有一个同事，原来是民生银行的员工，人家一边听人报账，一边拨拉算盘珠子，一大串数字刚刚报完，他的算盘就立马住手。旁边的几个人一复核，一分钱都不差。真是好佩服这些人呀！"

"另外，人家的分工也严密，干贷款的、收存款的、干出纳的、干会计的、干清算的、做外勤的、做内勤的，分工清晰明确。哪里像我们现在这样，又是存款，又是贷款，又是印票子，逮着什么就干什么。"高庆勇说着，皱起了眉头，"你看现在又种起了庄稼，刨起了地，都快成地道的庄户人家了。"

"是呀，是呀。"季文佳笑了起来，说道，"一旦遇到鬼子扫荡，我们还要拿起枪，立刻变成士兵。但拿起了枪还没有多少子弹，只能背着票子让鬼子漫山遍野地追着跑，这可能是世界上最独特的银行了吧？"

"你看人家张佳欣，本来长得和林黛玉似的，现在都快成小黑妞了。还有沈晓静，还有薛晴林……"高庆勇接着说道。

"庆勇呀，看不出来你倒是蛮惜香怜玉的。可是林黛玉有什么好？如果她能经常下地干点儿活儿的话，我想她的身体不至于成天病病恹恹的，精神上也不至于成天疑神疑鬼的，搞得自己不痛快，人家也不舒心。"季文佳道。

"哈哈！"高庆勇也笑了，"叫林黛玉、薛宝钗、探春、惜春、妙玉、贾宝玉他们扛着大镢头，挑着扁担，带着草帽，赶着驴屁股下地干活儿？刨田垅、敲土坷垃、播种、施肥？哈哈！文佳呀，你可真会想象！"

季文佳笑道："你可不能小看了林黛玉呀，她既然能扛着花锄葬花，还能一边葬花一边吟诗，并且一吟就吟了那么长的一首《葬花吟》，这就说明她是热爱劳动的。哈哈！中国农民好几亿，你见有几个农民一边劳动一边吟诗的？不过这也能看得出林妹妹性格中的致命伤：牢骚太盛，自恋太深，气量太小，情伤太重。就这样的性格，再加上有那种受迫害臆想症的缠绕，居住地即使是花园也会遍生荆棘，天堂也会变成地狱，就凭林妹妹那副不健康的身体，再加上不健康的心理，岂能不早早夭亡。"

"哈哈！有道理，有道理！"高庆勇道，"文佳呀，人家都觉得你怪，我也觉得你怪，不过怪得有道理。可是话又说回来，你看看我手上的这些泡，你看看你肩膀上肿成那个样子，一碰到东西就紧皱眉头；你再看看张佳欣、沈晓静、薛晴林这样的娇小姐干这样的活儿，你就真的无动于衷吗？"

"反正呀，我觉得不管是男孩子还是女孩子，都不能娇着、惯着、宠着。"季文佳道，"这样对孩子，使得孩子没有半点儿身体上的耐受力和精神上的承受力，只要碰上一点儿不如意，就如同遭到了灭顶之灾，不是身体垮了，就是精神崩溃，这样做其实是害了孩子。当然，由于男女之间在体力和体能上的差别，在从事体力强的活动时，对女孩子有所关照，那是另一个问题。"

"嗯，这话也有道理。"高庆勇道，"不过怎么说咱们也是银行的员工，一个个撸着袖子，挽着裤腿摆弄地，和老农似的，也有点儿太那个了。"

"这也得看情况。你看看八路军战士，除了打仗、练兵，不也得帮助老百姓种庄稼吗？政府机关干部除了做政府工作外，不也得开荒种地吗？所以，咱们做这些也并不奇怪。谁叫现在是战争年代，是非常时期呢？"

"对呀，对呀，什么时候打败了小鬼子就好了。"高庆勇感叹道。

"是呀，到了那个时候，你西装革履、油头粉面地夹着公文包往银行大楼里的办公桌前一坐，我马上过去给你倒上茶，续上水，端上来，嘴里还念念有词道：'先生，请用茶。'"季文佳笑道，"下班后，你看都不看我一眼，喝完咖啡，照照镜子，洒点儿香水，开上汽车，踩下油门，奔着灯红酒绿、莺莺燕燕的地方一路绝尘而去……"

"哈哈哈哈，文佳，你可真逗！"高庆勇拍了一下季文佳的肩膀，和其他的小伙子都笑了起来。

"哎呀！"季文佳的肩膀本来就由于挑水被压肿了，这时疼得他捂着被拍疼的肩膀不由得轻轻叫了一声。

休息时，他们几个人爬上了山顶，瞭望着春天的田野，起伏的山峦，逶迤的河流，绿荫遮掩着的村庄，山顶岩峰上摇曳的花朵，登时就陶醉了。

这春天可真是充满诗意呀，这个时候，如果小秋哥也在该多好啊！张佳欣望着山顶上的岩石，想象着她和小秋哥站在上面瞭望的情景：小秋哥牵着白马，穿着军装，腰间系着武装带，挎着驳壳枪，扎着绑腿，站在岩石上拿着望远镜看着远方，一定特别帅气；而她则穿着红红的裙子，甜甜地笑着倚在小秋哥的身旁，搂着小秋哥的腰，任山风吹拂起裙摆……

要不就是小秋哥骑在白马背上，站在山顶上拿着望远镜眺望远方，她却在小秋哥的身后，用双臂轻轻地揽住小秋哥的腰，将脸庞轻轻地贴在小秋哥宽阔的脊背上……

张佳欣想着、陶醉着，顿时产生了一种写诗的冲动。

一想到作诗，张佳欣的眼前又浮现出卢晓航和贺玉婷的身影，他们一个是齐鲁大学文学院的才子，一个是琴棋书画无所不通的淑女；一个出身于官宦之家，一个则出身于书香门第，有多少人羡慕他们，把他们二人比作金童玉女，把他们的恋情形容为珠联璧合。

张佳欣的思绪又回到了济南。自"七七事变"以后，卢晓航终于如愿以偿地穿上了军装，加入了国民革命军第三集团军韩复榘的手枪旅，任上尉参谋。据说马上就要北上平津，参加对日作战。在临行的前一天晚上，齐鲁大学和桃李剧社的许多同学都来给他饯行。

饯行的地点是贺玉婷订的，位置就在位于映月洲南岸她家二楼的客厅里。

客厅里摆放着两张圆圆的大餐桌，共有夏洪波和20多位同学到场。餐桌上的菜有的是贺玉婷亲手做的，有的是在酒店里订的，也有的是女同学们帮忙做的。

宴会开始，夏洪波先端起酒杯，向大家提议道："在中华民族生死存亡之际，让我们大家举起酒杯，为弃笔投戎、为国效力的卢晓航同学壮行，祝愿他旗开得胜！"

大家纷纷举杯向卢晓航敬酒，并表示也将效命疆场！

男生们的敬酒一杯接着一杯,女生们则围绕在贺玉婷的身边,说长话短。不过宴席间也有人说,时任山东省政府主席的韩复榘正在把储藏在民生银行金库里的金银等贵重物资往河南省转移,还派出了许多军队押运,等等。

贺玉婷的心情则复杂得很,心上人奔赴前线使得她肝肠寸断,但是,在国家生死存亡之际,对于卢晓航的选择,她又无力阻拦……

这一场宴会就是她含着眼泪操办的。

张佳欣她们看出贺玉婷的心情沉重,纷纷劝慰着她。

宴会进行了两个多小时,同学们突然发现贺玉婷不见了,就到附近的房间里寻找。只见贺玉婷站在书房里面,默默地面对着窗户,淡淡的月光洒在她的身上,显得她是那样的优雅和圣洁。大家连忙跑过去,只见贺玉婷脸上的泪水像断了线的珍珠一样,不停地往下流。在她面前的书桌上,有着一张用她那娟秀的字体留下的诗句——《惜别——致晓航》。

戏水亭街送君行,溪柳泉水依依。
满腹话语何处诉,只是泪眼迷离。

此去征战万千回,勿忘别离今日。
只待春雷伏魔障,栖凤桥上迎你!

同学们齐声念着,一种悲壮的心情油然而生。此时,卢晓航已经喝得满脸通红,他看完贺玉婷的诗以后,更是激动不已。他压抑住自己的心情,说道:"婷婷,好妹妹,谢谢你,你也给我拿几张纸好吗?"

贺玉婷用手帕擦了擦挂在脸颊上的眼泪,来到书橱旁拿出几张宣纸给了卢晓航。卢晓航在桌子上铺开宣纸,沉思了一下,奋笔写下几行凝重端庄的正楷——《惜别——致玉婷》。

映月洲里百花开,最美一朵是你。
娴雅如水怡似月,香气淡淡十里。

此去硝烟滚滚来，枪林弹雨何惧！

男儿挥剑荡魔障，为国！为家！为你！

"婷婷，我写好了，你看看吧。"卢晓航把笔放在砚台上道。

贺玉婷的肩膀却不停地抽动着，不肯转过身来。

张佳欣说道："婷婷姐，我的好姐姐，你擦擦眼泪，我们念给你听。"

于是，几个女生眼含着热泪，呜咽着念完了这首诗。

贺玉婷转过身来端详着卢晓航，饱含热泪的眼睛脉脉含情。

同学们相互示意着悄悄地退出书房，并轻轻地把门关上，书房里只留下贺玉婷和卢晓航二人……

张佳欣能感觉到，那天晚上婷婷姐和晓航哥的诗给他们这些同学留下的震动和感动是无法形容的，张佳欣好崇拜他们，也好羡慕他们。可是她也在想，自己怎样才能写出好诗呢？

——战争与爱情！

——春情与诗情！

又开始干活了，张佳欣注意到季文佳，看到他被挑水的担子压得晃晃悠悠地往坡上走，觉得这人也真是的，一看就是以前在家里没有干过活儿的，那干点儿别的就是了，非得挑水，还用手扶着扁担，看得出来，他的肩膀早就被压疼了。

张佳欣又偷眼看了一下沈晓静，看到沈晓静往季文佳那里瞥了一眼，就继续埋首干活了。待季文佳挑水上来以后，张佳欣笑着说道："小季，你去刨一下坡吧，不能挑水就别挑了。"

季文佳忙道："没事，没事，我行的。"说着，又要挑着扁担往坡下去。

张佳欣眼珠一转，突然想到了什么："小季，其实像你这样高高瘦瘦的个子，真的不适合挑水。你记得举重运动员都是又矮又敦实的吧，所以挑担子的人也不会长得太高太瘦，你这样的身材应该适合诸如跑步、跳高、跳远、游泳、投掷等田径类运动项目。"

季文佳道："你讲的确实有道理，可是这挑水的活儿总得有人做吧？"说完就挑着担子走下坡去。

"慢点儿。"沈晓静走了过来，解开季文佳衣服最上边的扣子，把搭在自己肩膀上的毛巾抽下来塞在他的肩膀上，然后又给季文佳系好扣子，才接着说道，"光知道傻干，就不会想一点儿办法吗？"说完后，就走到一边去了。

这一幕又被站在一旁的张佳欣看到了，她心里想：这个晓静真是个会心疼人的好媳妇。

远远地看到炊事班正往坡上送饭，大家就放下农具，迈着疲惫的步伐来到坡下的水池里洗手擦脸。

季文佳擦了几把脸后，看着周围的景色，突然发起了感慨："杨柳盈盈，芳草青青，一池春水映蜻蜓，燕子飞过田野绿，风儿轻抚山花红。"

张佳欣凑过去问："小季，你刚才出口成章，是念诗吗？"

季文佳一愣："这个算诗吗？"他沉思了一下，才说道，"其实春天本身就是一首诗，一首绝妙的好诗。这诗写在天地之间，陶醉了无数人的心。"

他们的议论声被沈晓静听到了，她心想："这真是一个有文化的人。"

炊事班的同志把饭菜挑到坡下水池边，告诉大家道："好好吃饭。今天大家很辛苦，领导慰劳大家，每人给发一个鸭蛋。"

季文佳手中拿着一个刚刚咬了一口的鸭蛋问："哪个是鸭蛋呀？"

炊事班的同志道："你拿在手里正在吃的那个就是鸭蛋。"

季文佳困惑了："这个怎么会是鸭蛋呢，鸭蛋不是咸的吗，这个可是淡的呀！"

大家全都哈哈大笑了起来。

沈晓静看了季文佳一眼："什么都不懂，简直就是个书呆子！"

张佳欣看了一眼季文佳，又偷看了一下沈晓静，笑着说道："大家快好好吃吧，上半夜还得给印出来的北海币打码呢，可不能出错呀！"

"咦，这一个多月以来，枪声炮声总是不断，大家都习惯了。尤其是昨天，枪声炮声响了一天一夜，打得那个激烈呀。今天早晨，枪炮声还是稀稀落落的，可是到了今天上午，好像再也没有听到枪炮声。"沈晓静疑惑地问道。

张佳欣想道：怪不得昨天一大早去找小秋哥，看到那里空落落的。一打听，才知道前天晚上就开拔了，原来那些人都去打仗了。

"是呀，这说明了什么？这说明了反扫荡战斗胜利结束，根据地里再也没有了鬼子兵！"季文佳肯定地说道。

"啊！我们胜利了！"大家兴奋得跳起来，把帽子和头巾抛到空中，山上传来了阵阵欢呼胜利的声音。大家情不自禁地紧紧拥抱在一起，高唱起《胜利歌》：

胜利，胜利，胜利！
你是迎风招展的旗帜，
你是雨后缤纷的彩虹，
你是喷薄东方的旭日。

为了迎接你，我们不惜栉风沐雨，
为了迎接你，我们宁愿劳作不息；
为了迎接你，我们不惜转战万里，
为了迎接你，我们宁愿血染大地。
……

分行行部的通讯员骑马奔来，对着山上喊道："张佳欣、沈晓静、薛晴林，行长叫你们立即前往搁笔寨，准备排练节目，分区党政军银要联合开会，庆祝反扫荡战斗的伟大胜利！"

"党政军银是什么意思呀？"沈晓静问季文佳。

"这是指共产党、抗日民主政府、八路军和北海银行的联合会议，简称党政军银。"

"知——道——了——！"张佳欣、沈晓静、薛晴林一起回答道。山风吹起了她们的秀发，中午的阳光映红了她们红润的脸庞。

第五章 舞台·树林

月上柳梢的时光,河边的小树林子惊诧地看到了那个窈窕、欢快的身影投入了自己的怀抱。

哦,印钞票的、发钞票的银行小嫚兜里并没有多少钱,一切都要为了前线。

月亮挂着蔚蓝的天幕上,抓来几个白白的云朵掩住羞涩的脸庞,月光笼罩白雾,这里有潺潺无尽的流水声,那里是延河边上巍峨的宝塔影。

搁笔寨是位于山东省中部淄川的一个规模比较大的村庄，四面环山，一条清澈的河流从村前流过，使得村庄在古朴中透着几分灵秀。

　　这几天，搁笔寨的夜晚天天歌声不断。六十多年以后，有历史学家在日本东京的档案里找到了日本特务当时发给军部的电文，上面写着：这里的人特别爱唱歌。

　　临时凑成的抗战剧团经过三天紧张的排练，终于确定了联欢大会上的节目单。其中有歌咏节目《黄河大合唱》《八路军进行曲》《游击队歌》《到敌人后方去》，有独幕讽刺剧《小鬼子进村》，有山东快板书《铁西瓜威力大》《夸夸北海银行的信贷员》，有小品《军民一家亲》，有乐器小合奏《五月的鲜花》，有歌舞剧《三唱英雄将军岭》《布谷布谷》……

　　这天晚上，大家来到一个宽敞的四合院里开始了集中彩排。当人员都集中以后，张佳欣却提出了自己的建议。她找到剧团的吕社长和段导演，提出要加上《骑兵舞》。张佳欣的提议一说出口，就得到了大家异口同声的拥护，都说在这次反扫荡战斗中，八路军新组建的骑兵部队以弱击强，杀敌无数，打出了威风，立下了大功。剧团的吕社长和段导演想到第二天就要演出了，担心来不及排练，但是看到大家的热情都很高，就立即组织乐队和舞蹈演员，开始了连夜排练。张佳欣义不容辞地当上了编舞。

　　在第二天下午举行的党政军银联合大会上，在相关领导的讲话及颁奖仪式完毕后，抗战剧团隆重推出的文艺演出也十分成功。特别在经济文化长期落后的农村，很多文艺节目都给了大家耳目一新的印象，成为相当长的一个时期内人们津津乐道的话题。张佳欣、沈晓静和薛晴林等人演出的女生小合唱《北海银行迎春来》，则第一次将银行、存款、贷款、票据等诸如此类的现代金融理念传播至敌后抗日根据地的广袤田野：

　　　　三月三来百花开，北海银行迎春来。
　　　　春耕贷款如春雨，浇灌幸福花儿开。

　　　　种子贷款洒金种，农具贷款含深情；

扶贫贷款情谊深，救助百姓出穷坑。

畜牧贷款养猪羊，鸡鸭满栏牛马强。
渔业贷款迎春汛，万千船帆出海洋。

还有存款定活期，闲钱可以生利息；
持有票据可变现，资金往来真方便。

……

三月三是艳阳天，北海银行送福来。
帮助人民搞生产，一年之计在春天。

据说当时参加党政军银联合大会的省战工会负责人和北海银行行长看了这个演出后，特意来到后台看望了抗战剧团的团长和演员，激动地对他们说道："通过文艺演出宣传北海银行和金融业务，这是一种很好的形式，也是一种崭新的尝试，十分感谢你们的工作。希望今后你们能想办法通过各种老百姓喜闻乐见的形式来宣传北海银行，普及金融知识，为在金融战线上、在货币战争中彻底击碎日本帝国主义以战养战的战略企图做出贡献，为我们金融抗战的大发展打好基础。"

文艺演出已经接近尾声，精彩的演出一再激起观众们的热烈掌声，特别是最后的《骑兵舞》，更是将联欢大会推向高潮。

"下一个节目——《骑兵舞》，谨以此舞蹈，献给骁勇善战、屡建奇功的八路军骑兵部队。"报幕员报完节目，退入幕后。

伴随着那急促快捷的乐曲，帷幕徐徐拉开。张佳欣第一个跃上舞台，其他舞蹈演员则以扇子形分排在张佳欣的两翼陆续出场。那疾驰的动作，严峻的表情，整齐划一的阵容，灵活多变的队形，别开生面的演奏，在人们面前再现了八路军骑兵队伍英勇杀敌的场景，赢来了一阵又一阵热烈的掌声。

在张佳欣的眼前，仿佛再次出现了小秋子单骑闯入敌人阵中营救他们的情景。张佳欣知道小秋子此时就在台下观看节目的人群当中，因此，她跳得特别投入、特别有激情，发挥得特别好，在众多的舞蹈者中，作为领舞者，一下子就抓住了全场观众的眼球。能为自己心爱的人领舞，张佳欣的心情可想而知。所以，她那矫健优美的身形、急剧多变的舞步和时而高举时而劈下的右臂转换得更加靓丽多姿，令人炫目。将要落山的夕阳晚霞把舞蹈演员那俊俏的脸庞和身上灰色的军装抹上了红色的元素，更衬托出八路军骑兵队伍精神抖擞、所向无敌的气度。

随着音乐，舞蹈接近尾声，演员们在舞蹈中开始逐步退入幕后。张佳欣却在即将退入幕后的瞬间，突然一个鱼跃，重新出现在舞台中央，再次展现出优美的舞姿和造型，让观众们眼前一亮，掌声立即像海潮一般从四方涌来，像要把整个会场都掀翻了。乐队指挥在愣了一瞬间后，立即指挥乐队重新奏响了骑兵舞曲。

这一场独舞，更加酣畅淋漓，再一次把联欢大会推向高潮。张佳欣以自己独创的舞蹈语言，再次展现了骑兵们英勇善战、痛歼敌寇的英姿和气魄。

演出取得了意想不到的成功，在一阵阵掌声中，党政军银的首长们依次登上舞台，和吕社长、段导演、张佳欣等演员们握手表示祝贺。

夜幕刚刚降临，山村的夜晚就点起了无数的灯。季文佳依旧在灯下看着书，在本子上记着东西。

薛晴林领着张佳欣、沈晓静、徐静怡来到这里，推开门对季文佳道："小季，还在用功啊，休息一会儿吧。"

"好啊，干什么呢？"

"到那屋去打打牌吧。"

"好啊。"季文佳转身往里屋走去。

"干什么去呀？"

"去找本书，一旦被淘汰下来，我就看会儿书。"季文佳说着，就跑到里屋去了。

张佳欣走过去，拿起放在桌子上的笔记本翻了翻，突然一首诗映入她的眼帘：

月下偶记

亭亭玉立现窗棂，碧叶舒展见琴筝；
飒飒淑女风，雅静兼从容。
一腔心语谁予诉？慢捻轻拢风雨中。

嘈嘈切切山溪水，婉转高低百灵鸣。
风来翻书叶，雨过琴瑟声；
举手投足情流露，娇羞妩媚月色中。

"这诗写的是谁呀？"张佳欣拿着笔记本，问刚刚走出里屋的季文佳。

"你先说写得咋样？"季文佳问道。

"不错。写的谁呀？"

"你猜。"

"不好猜，不会是……"张佳欣想说"是薛晴林，还是晓静？怎么觉得像薛晴林多一些"，但是到了嘴边就成了"哪个人吧？"

"不是。"

"那猜不出来了。"

此时，和薛晴林一起实习的江淮银行同事田保国、高洁也过来了。季文佳和他们打了招呼后，继续说道："告诉你吧，这不是哪一个人，而是一种植物。"

"是一种花？"薛晴林问道。

"不是。"季文佳回答道，"直接告诉你们吧，你们可不要笑话我，我写的是芭蕉，风中的芭蕉、雨中的芭蕉、月色中的芭蕉！你们觉得像不像那么回事？"

"还真有那么点儿意思，看不出来小季还有诗才哈。"薛晴林看着季文佳道。

"什么词牌？"高洁问道。

"《淑女风》。"

"哦，有这个词牌吗？"

"有。"

"即使有这个词牌，你写的也绝对不符合要求。"高洁说道。

"为什么？"

"因为古词牌对字数、平仄等都有着十分严格甚至苛刻的要求，你这个不符合规定！"

"你怎么知道？"

"不信你拿来书看看？"

"现在是战争时期，我们又在农村，上哪里去找书？"

"那你就不该这样写！"高洁有点儿急了，"没有看过书，就这样写，盗用古词牌，这是沽名钓誉、欺世盗名。"

"我没有盗用古词牌好吗？"

"你刚才还在说你用的是古词牌《淑女风》！"

"对不起，我没有说古词牌好吗？"

"你看，你这就不诚实了吧。"

"怎么讲？"

"你刚才还在说你用的是古词牌《淑女风》！"

"你问我用的是什么词牌，我说是《淑女风》，我没有说古词牌好吗？"

"那不是古词牌，还有现在的词牌吗？听都没听说过。"

"没听说过，是不是也就证明了你的孤陋寡闻。"

"我孤陋寡闻？哈哈。"高洁被气笑了，"不瞒你说，本人虽然才疏学浅，但是祖上也考取过功名，家中藏书无数，本人也不多不少地读过些书，怎么没有见过这一词牌？"

"我也不瞒你说，本人就是写这词牌的第一人，是不是不行？"季文佳也变得咄咄逼人起来。

"那怎么行？创立词牌的得是大家，最少也得是诗人。"

"呵呵，还有这个规定？"季文佳反问道，"本人这次就违反这个规定了，你怎么办？"

"你，你，我怎么办你？"高洁顿时结巴起来。

"好了，好了。"田保国劝解道，"我们是来打扑克牌的，怎么现在却为这个词牌的事较起劲儿来了，你们俩呀，真是一对书呆子！"

季文佳不屑地看了一眼高洁，把桌子收拾了一下，说道："我们就在这里打吧。"

张佳欣她们连忙觍着脸笑着说道："好的，好的。"

季文佳拿出几个茶杯来续上茶："这可是好茶叶哈，如果不是你们几位江淮银行的兄弟姐妹们光临寒舍，我还真不舍得拿出来招待贵客。"然后他拍了一下高洁的肩膀道："兄弟，别较真儿了，现在的诗都那样写了，我们还再为古词牌较真儿，值得吗？"

高洁连忙道："也是也是，确实不值。"

季文佳继续说道："你们江苏可真是个好地方，俗话说，'物华天宝，地杰人灵'，你们江苏却都给占了；又是鱼米之乡，才子佳人的故事特别多，我就觉得和江苏人特别聊得来。你们来了以后，把江淮银行的许多好做法、好经验也给我们带了过来，我们受益匪浅呀！你看我的笔记本上，记录着许多你们在座谈会上的发言，我自己觉得很受启发。我们行长也说了，江淮银行同志们的到来不但帮助了我们北海银行工作的开展，而且给我们的工作提出了许多宝贵的建议和改进的措施。你们身处异乡也真不容易，有照顾不到的地方，还请多多包涵。有空我也想请你们吃个饭，喝点儿小酒，表示下心意。"

田保国道："你看看，见外了吧！我们也学习了北海银行的很多好东西呢。"

高洁附和道："是呀，我们也得感谢你们的关照。"

"哎呀，你们都别客气了，来来来，抓紧摸牌。"薛晴林笑着催促道。

午后的阳光暖洋洋的，正是春光明媚的季节。张佳欣坐在地头上，捡来一根树枝去着铁锹上的泥土。转过头去，却发现沈晓静呆呆的样子。她随着沈晓静的目光看去，原来季文佳正扶着犁在耕牛后面犁地呢。"犁地这活儿可不容易做，季文佳何时学会的？"张佳欣想。只见季文佳挽着袖子和裤腿，穿着白色的背心，头上戴着草帽，肩膀上搭着毛巾，一副地道的乡下人打扮，但是怎么看也不像农民，整个就是一文化人的样子。可是严格来说，他正儿八经上学的时间并不长，也就五六年，可是他的知识面和见识又确实不同于一般人。

好像季文佳也很喜欢晓静，虽然手上干着活儿，但有时却会把目光投过来。嗯，我得给他们搭个线，张佳欣琢磨着。

终于犁完了这块地，季文佳卸下犁，将黄牛牵到树旁拴好，又用毛巾擦了一把脸上和脖颈上的汗，然后搭在肩膀上。望着飘在远方山上的悠悠白云，季文佳突然产生了一种创作的冲动，于是，他赶紧来到田埂旁，从挎包里翻出一个卷着边的笔记本，在上面写道：

印钞票

一

湛蓝如水的天空上，
一丝丝白云悠悠地飘；
碧绿如画的田野上，
我们赶着耕牛、扶着铁犁，
脚步一低一高。

田野如茵，是我们印钞的机床；
挑来的池水，扬起的农家肥，滴落的汗水，
那就是我们印钞用的油料。
那山风的缠绕，骄阳的烘烤，暴雨的狂浇，
把我们的性格铸造。
只待秋天那红红的高粱、金色的玉米，
还有那饱满的谷穗在风中含笑。

啊！那不仅仅是庄稼，
那分明是一沓沓散发着泥土香气的钞票。
它是对丰收的渴望、对富裕的期盼，
它是我们对辽远高天和苍茫大地的祈祷。
——我们在、在田野中印刷钞票！

二

深邃如漆的夜空里，
一颗颗星星轻轻地闪耀；
灯火昏暗的地下室里，
我们开动机器，续着白纸，
手臂一落一摇。

机床的平台，是我们耕耘的田野；
调好的油墨、兑好的染料、滴落的汗水，
那就是我们耕耘的法宝。
那憋闷的车间、发霉的空气、蚊虫的叮咬，
把我们的信念打造。
只待胜利时那翻卷的旗海、缤纷的焰火，
还有那母亲和孩子在歌声里的欢笑。

啊！那不仅仅是钞票，
那分明是一沓沓散发着油墨香气的喜报。
它是对复兴的渴望、对民族的期盼，
它是我们对列祖列宗、对子孙后代的祈祷。
——我们在、在地下室里印刷钞票！

  沈晓静又在发愣，张佳欣循着沈晓静的目光看去："哦，季文佳在笔记本上不知道又在写什么呢，是不是在写诗？"
  "走，过去看看去！"薛晴林好奇地说道。
  "有什么好看的，写诗有什么了不起。"沈晓静口不对心地说道。
  "就是，中国的好诗早在唐宋两朝写完了。小季就是会假斯文，你看他那装模作样的姿势，装都装不像。"张佳欣做出一副不屑一顾的样子道。

"那可不一定！唐宋以后也有好诗好吧，你怎么就知道人家写不出好诗呢？"沈晓静翻了张佳欣一眼。

"哈哈哈哈！"张佳欣突然笑了出来，"晓静呀，你露馅了吧，现在就知道护着人家了？哈哈哈哈！"

沈晓静也恼了："你真会瞎联想，谁护着谁呀？！"

立时，沈晓静的脸上腾起了红晕，心里却想着："他在写些什么呢？"她心想："他是在写诗，还是写爱情、写日记，还是在写我沈晓静？哎，什么时候把他那个笔记本偷出来看看，也许这会让自己的心里有几分平静。"从此以后，沈晓静的心里多了一桩心事，干起什么来都少了点儿心情。

因为晚上还要加班，所以今天不到三点就收工了。张佳欣叫着沈晓静、薛晴林和徐静怡来到树下的池塘旁洗手擦脸，季文佳也挑着担子过来了。到了池塘边，季文佳放下挑子，拿起毛巾洗起了脸。

张佳欣问季文佳："小季，我发现你的挎包里宝贝真不少哈，除了书本外，怎么还塞了这么多花花草草的？"

季文佳拿过挎包说："这些可不是一般的花花草草，它们都是些中药材。"

张佳欣问："你怎么知道是药材？"

季文佳说："我舅舅是一名中医大夫，我小时候常去舅舅家玩，碰上他在摆弄药材的时候，他就会告诉我那个是当归，这个是甘草，都有哪些治疗作用，时间长了，我还真记住了一些药名和药理。这些日子咱们到山上开荒的时候，我就发现这里的路边上、岩缝里、山溪边有许多这样的植物——"

季文佳一边说着，一边从挎包里掏出一些像杂草一样的东西来，接着说："你们看，这些都是我在上下山的路上和劳动间隙采的。它们看起来不过是一般的野花野草，其实都是很有用的药材。你们看，这个是沙苑子，具有补肝明目、益肾壮阳、强腰壮骨、抗炎镇痛、嫩肌悦肤、乌发美发等许多功用，特别紧俏，不论是在荒山、荒地、沙滩，还是在贫瘠的土地上，它都能生长，而且生长得也快。我觉得咱们现在住的这个村子，完全可以种植这样的药材，可以让当地的老百姓更快地富裕起来。

"你们再看，这里还有大叶蒲公英，可以治疗感冒发烧、胃炎肝炎等许多疾病，这是桔梗，这是红花，这是紫草，这是北沙参……这些都是很好的中草药，在这边的野地里都有生长，它们的医疗作用大，市场紧俏，收购价格高，而且特别适合在贫瘠的山地上生长。我觉得应该告诉村里的农民采集并试着种植这些中药材，在集市上出售，一定会卖出很好的价钱。我也可以写信告诉我舅舅来这里直接进货，这对于提高农民的收入一定会有帮助。另外，我觉得我们还可以发放贷款，支持当地农民开展中草药的生产，这对于解决我们野战医院和农村缺医少药的情况也一定会有不少的帮助。"

张佳欣说："哎，你说得确实很有道理。中草药确实很管用，我记得我三姑有一次得了一种怪病，到了北平、上海许多大城市的大医院都没有治好，花了很多钱都不管用，大家都以为没有希望了，谁知后来却被一个中医大夫给轻易地用几味中药治好了，而且没花几个钱。——这样好的事情，一定得跟罗行长说一下。"

季文佳说："是呀，我想今天回去后就去找罗行长说说这件事。"

张佳欣想起前几天行长把她叫过去，询问她在济南的亲戚等情况，还说以后有任务的时候，可能会安排她回济南和一个人接头。

"季文佳，你看过的书不少，我想问你一件事，你给出出主意怎么样？"张佳欣没话找话地问道。

"什么事呀？"

"好比说，我们姊妹几个到了敌占区，要和地下党接上头。"张佳欣打了个比方道。

"接头一定得有时间和地点吧？"

"那是一定的。"

季文佳想了想，说道："我觉得你们几个到了接头的地方，千万不能冒冒失失地直奔主题，也就是说，不要直接去联络点，而是事先要在周边多观察一下，看看有没有可疑的人和可疑的情况；并且一次只能过去一个人，其他人在后面或者周边掩护，一旦发生意外，也好相互策应，及时脱险。"

"嗯。"张佳欣点点头。

季文佳继续说："否则，万一那个联络点早就暴露了，让日本鬼子盯上并设下了埋伏，你们几个一下子就都进去了。呵呵，日本鬼子正好给你们来一个关起门来打狗，堵住笼子抓鸡，你们一个也跑不了！你们就是再使劲叫唤都没用，再扑棱着翅膀、舞扎着腿也白搭。"

"你看你怎么说话呢？我们怎么就成了狗、成了鸡了，让人家关起门来打、堵住笼子抓的？"张佳欣瞪大了眼睛生气道。

"就是就是，你这话说的什么意思呀，明明是拿我们姊妹不当自己人呀！"薛晴林也生气道。

"你是个文化人，说话从来都是文绉绉的，什么时候也变得这么难听了？把我们姊妹们编排的又是鸡呀、又是狗的，又让人打、又让人抓的，还弄得我们鸡飞狗跳的，这不是变着法子骂人嘛！"沈晓静也有些恼了。

"就是！"张佳欣质问道，"你不知道吗？我和晓静、薛晴林这些好姐妹不是属鸡的，就是属狗的，季文佳你竟然这样说话，也太不吉利了！搞得我们鸡犬不宁、鸡飞狗跳、鸡飞蛋打的，对你有什么好？"

"我这不是担心你们的安全嘛。我在提醒你们，无论到什么时候，都要注意安全，多长个心眼儿，这没什么坏处。"

"你看看，他明明是在骂我们，这倒成了好心了，我们还得对他感恩戴德是吧？"张佳欣对沈晓静和薛晴林说道。

"是呀，用得着你这样提醒吗？"

"你一个文化人，看着挺斯文的，就不会说句斯文的话吗？"

"好吧，我说我说。"

"这就对了，到底是文化人嘛！"

"你们到了那里，不要直奔联络点，小心那里已经暴露了，周围埋伏着好多日本鬼子，就等你们上钩呢。你们要多注意观察周边的动静，一旦全体误闯进去，立马就会让人家堵个正着，来一个瓮中捉鳖！"

"啊，我们又成了鳖了？"薛晴林瞪大眼睛道。

"你还会说话吗？"

"不是打比方嘛。"

"你这打比方好了，我们一下子不是成了狗，就是成了鸡！"

"刚才又说我们是鳖呢！"

"鳖是什么？"

"就是王八！"薛晴林伸出两只手，摆了一个划水的姿势。

"啊？！你怎么会把我们比作王八？"

"有这样打比方的吗？这不是变着法儿骂人嘛。"

"我真的没有骂你们。"季文佳连忙解释道，"你们知道吗？中国有八大菜系，鲁菜名列八大菜系之首。鲁菜中有一个很著名的菜叫'阳关三别'，就是用上好的精选羊肉，加上三只剥了皮的母鳖，用慢火炖成。这道菜滋阴壮阳，大补着呢，大家都爱吃。"

"我怎么只听说有著名的琵琶古曲叫'阳关三叠'，没听说还有著名的鲁菜叫'阳关三别'的？你这一改名字的意思，就不单把我们姊妹三个当作你'瓮中捉鳖'的鳖了，这还没完，你这一改名字，我们姊妹三个立马就成了你那所谓很著名的鲁菜'阳关三别'的食材了，不多不少，你那个'阳关三别'恰恰就少我们姊妹这三只母鳖，然后就凑齐了对吧？之后还怕我们姊妹三个死得太利索，还得把我们姊妹三个生刮活剥了皮用慢火慢慢地煨、慢慢地炖，对吧？"薛晴林看着张佳欣、沈晓静道，"看看这个季文佳对我们三姊妹该有多么恨吧！"

"是啊，你怎么会把我们姊妹三个当成你的下酒菜呢！"张佳欣也恼了，"这也太残忍了吧！"

"我可没有说你们姊妹三个是鳖。"季文佳连忙辩解道，"你们姊妹三个绝对不是鳖，这个我敢保证！你们姊妹三个也绝对不是下酒菜，这个我也敢保证！更不能剥了皮用慢火煨……"

"怎么没有，你刚刚还说要瓮中捉鳖呢。"张佳欣插话道，"你可真是'狗嘴里吐不出香椿芽'！"

"没有，没有，你们绝对不是母鳖，而且你们都是一表人才，绝对不是食材。"

"你们看看，他到现在还在说呢！"薛晴林更生气了。

"好了，好了，我说错了行吧，道歉道歉，小生这厢有礼了！"

"这还差不多。"

第五章
舞台·树林

"如果任务完成了,"季文佳接着说道,"你们回来的路上,也不能直奔你们休息的地方,小心后面带着尾巴。"

"姐妹们,你们听听,上次说我们又是狗呀、又是鸡的,还说我们是鳖,这下子可好了,我们又成了大尾巴狼了?还后面带着尾巴!"薛晴林道。

"我这是在说你们小心别让鬼子汉奸暗地里盯上,尾随着找到你们的住处,那样可就更糟了。"他一边用池塘里的水洗着胳膊,一边耐心地解释着,"这边你们刚刚喝了庆功酒,庆祝圆满完成任务,结果酒过三巡,喝多了、喝醉了,睡得和死猪一样。结果不到三个时辰,半夜三更,三个日本鬼子一下子钻到你们的屋里,端着三把雪亮的刺刀,刺刀后面还有三个正在冒烟的黑洞洞的枪口,把你们三个通通堵在被窝里,一掀被窝,啪啪啪三声枪响,打得你们人仰马翻。"

"去去去,你在说什么呀?!"薛晴林道,"大家听听他这话说的,我们喝了庆功酒,喝醉了,酒过三巡,睡得像三头死猪一样。结果不到三个时辰,三更半夜,三把刺刀进来了,刺刀后面跟着的三个日本鬼子也钻了进来,把我们三姐妹通通堵在被窝里,啪啪啪三声枪响,把我们打得人仰马翻。"

"好坏呀你!"

"在你的嘴里,我们姊妹三个就没个好是吧?一会儿是鸡是狗,一会儿是鳖,一会儿是大尾巴狼,一会儿又像喝醉酒的猪。"沈晓静气道。

"你季文佳真是'狗嘴里吐不出香椿芽'!"张佳欣她们撩起水向季文佳的身上泼去。

季文佳一看大势不好,连忙笑着抓起衣服跑开了。

张佳欣她们正要追过去,突然看到季文佳停住脚步,把食指手指放在嘴唇上,示意她们别闹了,有情况。

张佳欣她们顺着季文佳的示意看了过去,并没有发现什么。

季文佳道:"你们看到那个货郎挑子了吗?很可疑,我把他叫过来,你们去装作买东西,具体我来想办法。"

张佳欣她们点点头。

"另外你们想办法,叫后面的人堵住他往外跑的那条小路,再想办法通知村里来人堵住他回村的路。"

"嗯。"

季文佳把货郎挑子叫了过来,大家都围了过去,问这问那地挑选起东西来。

过了一会儿,大家买完东西都散了。季文佳把货郎叫过去,递上一支烟,两个人打着火,一边抽着烟,一边聊起来。

此时,季文佳见周边过来了不少同事和乡亲,就突然拿起扁担跳了起来,对着货郎大喝一声:"你跑不了了,你这个日本特务!"说着,就抄起扁担往货郎的身上戳过去。

货郎措手不及,被打了一个翻身,然后站起来掉头就跑,这时周边的人都四处围了上来。

季文佳拿着扁担,一边不停地追赶着戳着那个货郎,一边对大家说:"这家伙有枪,在脚脖子上,大家专门打他的胳膊和手,千万不能叫他掏出枪来!"说完,又打了货郎几扁担。大家也都拿着铁锨、锄把对着货郎的胳膊和手一个劲儿地猛打,逼得货郎节节后退,一不小心,脚一滑跌进了池塘。

货郎在池塘中只要一抬头,就会被人打下去,最后只好举起手道:"我投降,我投降!"他乖乖地让人们拽上岸,然后被结结实实地捆了起来。季文佳走过去,果然从他的脚脖子上搜出一把枪来。

大家围着季文佳问,怎么断定那个货郎就是个日本特务?季文佳解释道:"货郎挑子既然要卖货,就得往人多的地方去。而他见了我们,不但不过来招揽生意,还一见到我们就往别处掉头,而且慌慌张张的,于是我就觉得这个人不对劲儿。

"刚才聊天时,他心不在焉,眼睛四处打量。我问他去哪里,他说去李家铺子。我向他打听李家铺子的村长李国柱、黄玉明,他说他都认识,而且很熟,经常一起喝酒。其实这两个人名是我急中生智临时瞎编的。他的手还一个劲儿地摸脚脖子,我注意到那里鼓鼓囊囊的,猜着他怕到根据地来遇到岗哨盘查,可能会把枪藏在脚脖子上。后来,我又说起我的怀疑,说他看起来不地道,像一个日本特务,他表面上还在掩饰,但是他的眼神已经慌了。于是,我猛地站了起来,大喝一声:'你跑不了了,你这个日本特务!'一是为了震慑他,二是给大家一个动手的信号。

"后来我用扁担一个劲儿地戳他的前胸后背和胳膊，就是为了不让他掏枪。如果我举起扁担打他，由于动作幅度太大，就可能给了他出手掏枪的瞬间。另外，这个人既然是特务，就一定经过专门的特工训练，所以我们不能靠近他，给他以展示贴身肉搏功夫的机会。最后把他逼近池塘并失足滑落到池塘里，在池塘里活捉了他，也是我预先考虑好的最佳方案。"

"……"大家听完，全都愣住了。

"你不是不抽烟吗？小季哥，你是从哪里弄来的烟？"沈晓静突然改变了对季文佳的称呼。

"我就是从那个特务手里买的烟，要不怎么麻痹他，和他套近乎呢。"季文佳解释道。

"既然是特务，那一定有很强的心理素质，可是他为什么会发慌呢？"薛晴林不解道。

"他是缺乏心理准备。本来他已经完成了任务，所以不想遇见人，专门挑荒僻的山野小路走，一心想赶回去立功受赏，心里很放松。可是没有想到一拐弯，就遇见了我们在这里垦荒，出乎他的意料，一时应对失误，再加之碰上我无休无止的盘查，他一时想不出摆脱我的办法，就更加乱了方寸。"

"哦，对了，这个特务绝对不是孤身一人，其他路口一定要派人把好，只准进不准出。对于外出的人，一定要仔细盘查。"季文佳对保卫科的汤科长叮嘱道。

果然，不一会儿，又从另一个路口抓回来一个日本特务。

寂静的小山村又沸腾了起来。中共山东省战工会特意安排保卫局副局长到村里连夜进行审讯。不久，潜伏在胶东、鲁中和滨海等地区根据地内部和国民党友军内部的十几个日本特工秘密网点被全部清除。据地下党传来的消息称，日军数万大军频繁的军事和物资调动戛然而止，日军谋划的更加血腥和残酷的扫荡计划胎死腹中，根据地周边三十余个敌伪据点被日军主动放弃……

早晨，太阳光暖暖地照进屋里，院子里一帮人在议论着。张佳欣从屋子里走了出来，手里还拿着一个东西，往上抛去，又用手接住。

"小欣，你今天怎么起得这么早呀？不睡懒觉了？真是太阳从西边出来了啊！"沈晓静问道。

张佳欣将手中的物件又往天上一抛，接住后说道："看到了吗？这就是无利不起早。"

"什么事啊？这和无利不起早有什么关系？"薛晴林疑惑地问道。

"没长眼睛呀，你看看我手中拿的是什么东西？"张佳欣反问道。

"梨呀！"沈晓静回答道。

"对呀！所以说本姑娘是无'梨'不起早呀。"张佳欣一笑，脸颊上又现出那浅浅的酒窝。

"呵呵，以前觉得你是一个懒鬼，现在看来你还是个馋鬼呀！"大家都笑了。

今天张佳欣很得意，每天数着手指头，终于熬到了这一天。虽然昨晚加班到很晚，但今天还是一早就醒了。醒了就看到靠窗的枕头边有一个布包，里面放着梨、花生和大枣。"这一定是昨晚小秋哥从没有关好的窗户外放进来的。"张佳欣这样想道。

张佳欣知道小秋哥家在著名的梨乡，这个小布包一定是小秋哥从他父母那里带回来的。"他回家后一定把我俩的事情告诉他父母了，他父母一定是喜欢自己的，所以托小秋哥给自己带来了许多好吃的东西。"张佳欣心想。

"这个梨不是分离的意思吗？这可不好。"沈晓静道。

"哪里呀，这里是利益、利润、一本万利的意思，就是说我们两个人的结合是一个一本万利的买卖。"张佳欣刚说完就觉得不对了，怎么顺口说成"买卖"了！共产党最反对的就是买卖婚姻。

沈晓静、薛晴林和徐静怡都瞪大了眼睛。

张佳欣赶紧补充道："总而言之，我们两个的结合，这是于国于民都有利的事情。"

薛晴林嗔怪道："得了吧，这事还能扯上'于国于民都有利'，真是瞎联系。"

"那么花生和大枣是什么意思呀？"沈晓静问。

"这你就不懂了吧，这就是让我和小秋哥早生贵子呀！"张佳欣显出很得意的样子。

"哎呀，小欣你可真是不害臊，这八字都还没一撇呢，你先想着跟人家生孩子了!"沈晓静说。

薛晴林和徐静怡则弯腰吃吃地笑了起来。

张佳欣一愣,脸上立即飞起一片红晕。她连忙把花生、梨和大枣分给姐妹们,说道:"你们快吃吧。"

沈晓静、薛晴林和徐静怡连忙摆着手笑着道:"得得得,你还是留着自己吃吧,好早点儿给人家小秋哥生个贵子,我们可不想早生贵子!"

张佳欣到底脑子转得快,面对窘境,立时心生一计,话中有话地说道:"快别装了,我们中有的人做梦还叫'文佳哥'呢!"

"真的吗?"薛晴林和徐静怡转脸向沈晓静看去。

沈晓静的脸蛋又红了:"胡说!我说过这话吗?"

"你那天晚上说梦话的时候说的!"张佳欣点点头,做出一副认真的样子。

"我还说什么了?"沈晓静追问道。

"你还说呀——"张佳欣欲言又止,"算了,算了,我就不学了,反正你那天晚上说了好多梦话,我、薛晴林和徐静怡都听到了。"张佳欣朝着薛晴林和徐静怡挤挤眼睛:"你们说对吧?晓静才真的不害臊呢!你们说呢?"

"是呀!是呀!!"薛晴林和徐静怡连忙接过话茬儿,朝张佳欣挤挤眼睛,笑了起来。

沈晓静立时蒙了,窘得恨不得找个地缝钻进去。

看到沈晓静的脸都羞成了一块红布,张佳欣偷偷地笑了,心想:"晓静到底是一个实在人,姑奶奶我略施小计,就一下子把她搞定了。哈哈!!"

薛晴林和徐静怡是两个早熟的江南女孩,没有加入抗战队伍前,就在家中看了许多才子佳人的戏曲话本,心里灵透着呢。此时,她们看到张佳欣和沈晓静两个大红脸,互相递了一个眼色,心想:"这可真是戏中有戏呀!"两人都捂着嘴偷偷笑了起来。

张佳欣道:"现在天暖和了,晚上总是在做春梦。"

沈晓静道:"我也在总做春梦。"

"哎呀,快别说了!"薛晴林连忙制止道,"小欣、晓静,你们都说些什么呀!"

"怎么了?"张佳欣和沈晓静奇怪地问道。

"你们知道春梦是什么意思吗？"薛晴林问道。

"这个谁不知道，就是春天的梦呗。"张佳欣惊奇地睁大眼睛回答道。

薛晴林和徐静怡实在忍不住，都笑了起来。

张佳欣问："你们大家都笑什么呀？"

薛晴林好不容易忍住笑道："没什么，只是想起了小时候看过的越剧还有评弹。"

"什么越剧呀、评弹呀？"张佳欣追问道。

"剧名不记得了。"薛晴林说道，"不过有几句戏文，写得特别传神，我就记下了。"

"什么戏文？"张佳欣又问。

薛晴林笑了："那是一副对联，你可听好了，上联是'牡丹筛月影，沈小姐续写鸳鸯谱，恋情无限寄长空'；下联是'娇羞风解语，张小妹情定后花园，水转林静花落红'。"

"这是什么越剧呀，里面怎么又是沈小姐又是张小妹的，该不会是影射我和晓静吧？"张佳欣一时愣了，转念一想，"好你个薛晴林！你是在欺负我不懂越剧和评弹是吧？"

薛晴林和徐静怡终于忍不住互相对视了一眼，再次弯腰笑了起来。

月亮悄悄地升了起来，挂在东山上，用细碎的银光将山村笼罩在薄薄的雾色中。在村中通往河边小树林的山路上，偷偷地闪过一个窈窕、欢快的身影。

张佳欣来了，她趁着人们不注意的时候，将碗筷洗刷放好，然后悄悄地溜出了院子，来到了河边的小树林里。她的心在怦怦地跳着……

小树林里没有一点儿声音，只听到河中的流水在不停地流淌着。张佳欣终于看到了那个熟悉的身影，蹦蹦跳跳地来到他的身旁。

"小秋哥，你叫什么名字呀？"张佳欣问。

"赵云秋。"小秋子回答道。

"赵云秋？这么好听的名字！好帅！"张佳欣道。

"名字怎么还好帅呀？"

"赵云嘛，赵子龙！"张佳欣笑着道，"我看过三国，最喜欢的就是赵子龙！"

"为什么呀？"

"他在曹操的百万军中七进七出，救出了无数军兵和百姓，还怀揣阿斗，斩杀了无数曹营名将。他勇敢、忠诚、仗义、一身是胆、文武双全……"张佳欣崇拜地看着小秋子，大大的眼睛里充满了柔情，"小秋哥，你就是我心中的赵子龙！"

"我哪有那么厉害？"小秋子笑了，"不就是沾了一个名字的光吗？"

"哪里呀，你的名字和你的人一样好！"张佳欣道。

"你的名字也和你的人一样好。"小秋子道。

"为什么呀？"张佳欣问道。

"张佳欣嘛，就是加薪，哈哈，这多好！"小秋子也为自己的机智感到得意，怎么会想起"加薪"来呢？这两个字是多么的陌生，刚才却好像突然从他的脑海里蹦出来了一样，可是用到这个场合，却帮了他的大忙，否则，他还真不知道该怎样去应对张佳欣的提问。

张佳欣也笑了，笑得特别灿烂。她第一次知道对自己的名字还有这样一种解释，这是她意想不到的。

"你一个月挣多少钱？"张佳欣问道。话刚出口她就后悔了，这是他们的第一次正式约会，有满肚子的话想说，曾经把想说的话打了多少次腹稿，怎么一开口就问起这样的话，多俗气呀！

"哪里有多少钱呀，有的时候有，有的时候没有。"小秋子回答道。

"你呢？"小秋子问道，"在银行里工作的都一定很有钱吧？"

张佳欣道："银行的钱也不是我们自己的，我们印多少票子，都得报告上级首长批准，不能想印多少印多少，那是会导致通货膨胀的。不过听人说，我们挣的钱也许比政府部门稍高一些，但是高不到哪里去，也是有的时候有，有的时候没有。"

"为什么？"小秋子不解地问。

"一切为了前线嘛，要保证支援你们打胜仗！支援工人农民搞生产！支援商人搞活流通，保证供给！"张佳欣耐心解释着，"我还听说，我们和政府部门的钱都是最后才发到手里的，不能保证你们用钱，我们就得喝西北风。"

"我还以为你们都很有钱呢。"小秋子笑了。

"哪里呀,我们吃的、穿的还不是和你们一样?"张佳欣连忙掏自己的衣服口袋,结果在裤子口袋和上衣口袋里掏了半天,才终于掏出了几张皱皱巴巴的北海币,数了数,共计十五元二角。

"……"小秋子心疼地拉起张佳欣的手,一时说不出话来。

张佳欣的手凉凉的,小秋子握着张佳欣的手道:"小欣妹妹,怪不得你这么瘦,你可得好好吃饭呀!"

第一次听到小秋子喊自己"小欣妹妹",张佳欣的心里跳得更紧了,她有些不好意思,把她的手从小秋子的手中抽了回来,说道:"小秋哥,我知道你很厉害!"

"我厉害什么呀?"

"你能打仗、枪打得准、马骑得好、勇敢、聪明,另外,我还知道你现在当排长了,而且是骑兵排长!"

"你是怎么知道的?"小秋子颇感意外道。

"心里天天记挂着你,打听你呗。"张佳欣道,"每当遇到从前线回来的人,我就变着法子打听你……还有那个叫小王的战友,也经常回来跟我说你的事。"

"哪个小王呀?我们那里有好几个小王呢。"小秋子好奇地问道。

"就是那个叫王什么兵的。"张佳欣想了想,却还是没想起来。

"是王德兵吗?"

"对,就是叫王德兵。"

"我跟你讲过好几次他的名字,你怎么就记不住呢?"小秋子很奇怪。

"他的名字不好记嘛。"

"以后你就记住他的名字是姓王的德国兵就行了。"小秋子动了一番脑子道。

"对,以后就叫他姓王的德国兵!"张佳欣开心地笑了。

"其实,当个排长没什么了不起的。"小秋子说道。

"你别装傻了,我都听人说了,这个骑兵排长相当于副连长的待遇,而且有时候能参加营部的作战会议呢!"张佳欣道。

小秋子笑了，犹豫了一下，说道："还有一件事，我本来是不该说的，但是对你说应该没有问题。"

"什么事呀？"张佳欣问道。

"就在不久之前，我们在通往烟台公路上的一个山口上设下埋伏，伏击了日本鬼子的两辆汽车，消灭了十多个鬼子兵，并缴获了一挺歪把子机枪，还有一个掷弹筒、十几支三八大盖。"

"小秋哥，你真厉害！"张佳欣夸赞道。

"还有呢，这两辆汽车上装着满满的物资，其中有十一个带有手提把手的小铁箱，用气焊焊得特别严实。后来打开一看，里面全都是金条！共有三百多两呢！"

"哇！"张佳欣不由得惊呆了，"我们有个专门的秘密机构，每个月在玲珑金矿附近收购的黄金有二十多公斤，我们还蛮得意呢！而且这还得冒很大的风险。可是你们一次战斗，就缴获了三十多公斤黄金，你们太牛了！"

"所以军区首长得知消息后，立即来电表彰我们所有的参战官兵，并命令我们把这批黄金立即转移到山区藏好。"

"你是说军区首长都通电表彰你们了？"

"是呀！"

"越说你们越厉害了！"张佳欣惊叹道。

"你们北海银行也厉害呀，没有来自你们地下系统的秘密情报，我们怎么会打得这么巧！"小秋子道，"再说了，你们在日本鬼子控制得那么严密的招远玲珑金矿和河南铜井金矿附近，每个月都能收购到二十多公斤黄金，这确实也是了不起的成绩。你们确实不简单！"

"为了收购这些黄金，我们有的同志都被捕牺牲了。"张佳欣道，"你还记得北海银行成立大会上那个和我一起表演舞蹈的漂亮女孩叶娟吗？她就是在一次执行采购工作中，被日本鬼子抓住，不久就牺牲了。"

"你们真的是不简单呀！做了那么多的工作，却也牺牲了那么多的好同志！"小秋子感动道，"听说这些黄金都是通过秘密渠道运送到延安的？"

"那是，不过这些可得严格保密，不能到处乱说，你知道吗？"

烽火银花

"知道,知道。"小秋子保证道,"有一个营长是我的老乡,去年年底就参加了保护北海银行往延安运送黄金的工作,他们那个营每个战士都携带十两黄金,连以上干部携带五十两黄金,他自身携带一百两黄金,特别沉!一路上还得穿过敌人的重重封锁线,经过日本鬼子的许多检查站。有一次,他们还中了埋伏,被日本鬼子包围了起来,牺牲了好多同志才冲了出去。"

"这可是用烈士的生命和鲜血铺就的红色黄金路呀!"张佳欣感慨道。

"你也参加这项工作了?"小秋子关切地问道。

"这个我可没有,相关的情况我也一点儿都不知道。这个事情,行领导是安排别人参加的。"张佳欣感到有点儿失落。

"可是你也很厉害呀!"小秋子感觉到张佳欣的不快,安慰道。

"我哪儿厉害呀?"

"那天大会上,你的舞跳得特别棒,全场都为你鼓掌。"小秋子道。

"哦,刚才你的话还没有说完呢,还有呢?"张佳欣追问道。

"我的战友们说,为了你的舞蹈,再为北海银行打几仗也值!"小秋子道。

"还有呢?"

"他们都说你好漂亮,就像画上的仙女。"小秋子接着道。

"还有呢?"

"还有就是他们好羡慕我,说我好有艳福。"小秋子有些腼腆了。

"还有呢?"

"……"小秋子不说了,因为就是他的战友鼓动着他要早点儿把张佳欣追到手,还出了各种坏点子、歪主意告诉小秋子怎么把张佳欣这碗生米做成熟饭,别让煮熟的鸭子飞了,等等。他觉得这些话太亵渎小欣了,小欣是他心中的女神,怎么还要把她早点儿从生米煮成熟饭呢?这样的话怎么能说出口,为此,他好生战友的气,都发火了。

"好了,好了,我不问你了,看你为难的,别再编出什么瞎话来哄我。"张佳欣见好就收道。

"那天跳完舞,首长还特意表扬了我呢。他们登上舞台,握着我的手。邓书记说我跳得好,风头都盖过他了,他好嫉妒。周区长说我是一个光芒四射的小舞星。你们首长说,他代表全体指战员向我致敬,感谢我的精彩演出,还悄悄地附着我的耳朵说:'今天是周二,这个周六的晚上我给小秋子放假,地点我都看好了,你们就在河边的小树林里吧,时间是七点半。'"

"啊?怎么会这样!"小秋子惊愕万分。

"首长是怎么跟你说的?"张佳欣问。

"今天吃晚饭的时候,首长才把我叫到一边,交代我时间很紧迫,让我抓住战机,果断出击,以牛刀杀小鸡的气势,不得给敌人喘息的机会,迅速擒敌。"

"首长怎么会这么说话?"

"怎么了?"

"你是牛刀,我怎么就成小鸡了,他还让你杀我?还要你迅速擒敌,我又成敌人了,让你来擒我?这是什么意思呀?"

"不知道,反正我们首长一开口就是战略战术,三句话不离本行。"

"不过你们首长倒是挺聪明的。"

"你怎么知道的?"

"他怎么知道我是属小鸡的?"

"啊,原来你是属小鸡的?怪不得你成天总是把鸡飞狗跳、鸡犬不宁、鸡飞蛋打这些词挂在嘴上呢,原来你是属小鸡的。"小秋子恍然道,"不过,我们首长可真不知道你属什么,他那不过是歪打正着罢了。"

"我哪里成天把这些词挂在嘴上了,我是在说季文佳老是拿我们取笑。"

"神有天宫,鬼有地府,儒有文庙,佛有佛寺,道有道观,官有官衙,人有人屋,龙有龙潭,虎有虎穴,鸟有鸟巢,牛有牛棚,马有马厩,羊有羊栏,猪有猪圈,狗有狗窝,鸡有鸡舍,这话是你经常说的吧?"

"我哪里说过呀,这是我们那个房东经常说的。"

"你猜猜我是属什么的?"

"你当然属马呀?"

"哎,你真聪明,你是怎么知道的?"

"你成天骑着马,还能不属马吗?"

"骑马的就属马呀?这个道理可讲不通。"小秋子问,"你看我骑的是什么马?"

"千里马！"

"我问你我骑的马是什么品种的，产地是哪里的。"

"这个我可不管，反正你骑的马就一定是千里马。"张佳欣狡黠地笑了。

"要是我骑的不是马，而是牛呢？"

"那就是万里牛！"

"这么说，我骑着牛比马跑得都快呀？"

"小秋哥，你只要骑上牛，就一定会比马跑得还快！"

"哈哈哈哈，第一次听说还有这个道理。"小秋子开心地大笑起来。

"要不说你这人就是牛哄哄的嘛。"

"我牛哄哄的，不对吧？"

"见了人理都不理，比骑上了牛还要牛。"

"其实呀，那是我见了你吓得。"

"见了日本鬼子都不怕，还会怕我吗？"

"是呀，我不怕日本鬼子，可是一见到你，我的那个心跳呀，就好像揣着一只小兔子。"听到小秋子嗓音都变得不自然了，张佳欣得意地笑了。

"我以前还以为你属牛呢！原来你还是属兔的！"

"小欣，你告诉我，那天我们首长还和你们行长说什么了？"小秋子问。

"你们首长还开玩笑似的对我们行长说：'这个周六的晚上七点半以后，要调你们的小欣到河边的小树林里去，协助我们的小秋子共同执行一项十分秘密的作战任务。你们一定要配合好我们的作战行动，不得有任何干扰。'

"我们罗行长说：'哎呀，我们这样漂亮的小美女，晚上去河边的小树林，如果被人抢了该怎么办？'

"首长说：'那没关系，如果小欣被抢了，你找我要人，我们的骑兵排长骁勇善战，机智灵活，一定会把小欣抢回来的。'

"'那我得考虑考虑。'我们的罗行长说。

"首长说：'还考虑什么，邓书记和周区长刚刚表扬了北海银行支援前线的工作做得好，现在怎么就打折扣了呢，你就别考虑了，一切为了前线嘛。'

"我们罗行长说：'小欣就一个人，单身去小树林，中了埋伏怎么办？'

第五章 舞台·树林

"你们首长说：'中埋伏怕什么，现在反扫荡胜利结束了，方圆上百里不见一个鬼子兵，会中什么埋伏？要中也是中我们八路军的埋伏。你想想，你们的小欣来到小树林里，即使中了八路军的埋伏，又有什么好怕的？就像刚才抗战剧团演的那样，我们军民一家亲，团结打敌人！'"

"我们罗厂长说：'好了，好了，既然一切为了你们前线，就随你安排吧！'"

"你们首长握着我们罗行长的手说：'再次感谢北海银行对我们秘密作战行动的大力支持！'"

张佳欣惟妙惟肖地模仿着两位领导的交谈，把小秋子逗得捧腹大笑。

"那天你们都没有事吧？"小秋子问。

"哪天呀？"

"就是你们被包围在月牙口山洞的那天呀。"

"没事，没事，那天太危险了，你再晚来一小会儿，我们就全都完了。"想起当时几乎被日本鬼子堵在山洞里的情况，张佳欣还是有点儿后怕，她挽着小秋子的胳膊道，"我也会被日本鬼子捉了去。"

"那是首长特意安排我来的。"小秋子道。

"哦。"

"那几天，战事特别紧张，到处都是求援的电话，搞得我们首长焦头烂额，可就是没有接到北海银行的消息。首长问我北海银行是个什么情况，我说我也不知道。首长说你们可能就在月牙口，并立即把他最好的那匹马给了我，让我马上赶到那里去把鬼子引开。"

"真的很感谢你们首长，在那么危急的情况下，还能想起我们北海银行。我回去后，得把这件事专门告诉我们行长。当然啦，也得感谢你。那天我们趁你把鬼子引走的那段时间，全部安全转移，没有增加一个伤员。我代表北海银行全体员工感谢你！"张佳欣拉着小秋子的胳膊跳着说道，然后整理了一下衣服，向小秋子认认真真地敬了一个军礼。

"你们也蛮聪明的。"小秋子道，"有的机关单位就死板得很，我们的营救行动进行了好多次，但是他们就是不会见机行事，伺机转移，结果搞得我们很被动。我们牺牲了很多战士，他们也死伤了好多同志。"

"那天，你骑着白马从对面山上的小道上冲下来，一人一枪一骑打得日本鬼子人仰马翻，我们大家都为你喝彩呢！"张佳欣道，"你知道吗，当时我们银行里的好多小嫚看着你眼睛都直了。"

　　"有这样夸张吗！"

　　"怎么没有，你以为我在撒谎吗？"张佳欣嘟起了嘴。

　　"你不撒谎，我喜欢你。"当小秋子终于鼓起勇气说"我喜欢你"时，他的心里也怦怦地跳了起来。

　　"我也喜欢你！"张佳欣道，"你就是白马王子，你就是赵子龙！"

　　"哈哈，就你这个样子，你难道还是穆桂英、花木兰？"小秋子道。

　　"我就是穆桂英、花木兰！"张佳欣倔强地说道，"你说我漂亮吗？"

　　"漂亮。我长这么大，还没见过像你这样漂亮的小嫚。"小秋子道。

　　"那你当初为什么不理我？"

　　"那天我还有警卫任务呢，再说我哪里会认为你能看得上我这个穷小子。"小秋子解释道。

　　"不许你说自己是穷小子！"张佳欣捂住小秋子的嘴，"我慧眼识英雄，当我第一次见到你的时候，就觉得你了不起，一定会有出息。"

　　"……"小秋子一时语塞。他想，当初如果他不知道被围困在山洞里的有那个特别妩媚动人、特别活泼好看的小欣的话，他可能也不会表现得那样勇猛、智慧，更不会有那么出众的战场表现。那些纷纷落马的日本鬼子，与其说是毙命在他的枪下，倒不如说是毙命在小欣两颊浅浅的笑涡中。

　　张佳欣还陶醉在刚才的话题里，她滔滔不绝地说道："自古美女爱英雄，是穆桂英就得嫁给杨宗保，是花木兰就得嫁给……"

　　"花木兰嫁给谁了？"小秋子愣了。

　　"我也不记得花木兰后来嫁给谁了。"张佳欣有些发窘，她看着小秋子的目光，生搬硬套道，"花木兰嫁给了赵子龙！"

　　"有这个说法吗？"小秋子第一次听到这个说法。

　　"有的，有的，赵子龙一定得娶花木兰。"

　　"为什么呀？"

"不为什么。我就是花木兰,你就是赵子龙,我就愿意嫁给你!"张佳欣强硬道。

空气一时间仿佛凝固了,这话一出口,张佳欣也蒙了。

月光淡淡地洒在张佳欣的脸上,她轻轻地问小秋子:"小秋哥,你喜欢我吗?"

"喜欢。"

张佳欣用自己的手握住小秋子的手,问道:"你愿意和我在一起吗?"

"愿意!"

"每年、每月、每天、每分钟、每一秒都在一起,永不分开?"张佳欣一字一顿地问道。

"愿意!"

"抱住我。"张佳欣的眼睛睁得大大的,她盯着小秋子,那黑黑的蒙眬的瞳孔中放出迷人的目光。

小秋子强抑住怦怦乱跳的心,拉着张佳欣纤细的双手,一把把她抱了过来。

"你是属大马的,你那么大,可不要踩我呀!"

"你放心,我成天让你这只小鸡飞在我的背上,好驮着你到处乱跑。"

"跑到哪里去呢?"

"跑到天涯海角……"

张佳欣早就动情了,她张开柔软的嘴唇,和小秋子紧紧地吻在一起。

吃过晚饭后,罗庆瑞到地下室的印钞厂转了转。自从十几天前张佳欣和八路军从天井村拉回的五台印钞机全部安装调试完毕,并且陆续开机运转后,再加上在鬼子"扫荡"中失散的人员和负伤后痊愈的人员陆续归队,印钞厂的工作正逐渐步入正轨,罗庆瑞心想,下一步应该把行里工作的重点放在资金筹措和资金运营上了,另外,对员工的政治和业务技术培训,也得做个计划,抓紧落实。

到了办公室,罗庆瑞倒上一杯水,拉开椅子,准备起草个材料,这时传来了敲门声。

罗庆瑞一边问:"谁呀?"一边走过去把门打开。

单喜祥厂长、郭杰科长和高庆勇走了进来。

罗庆瑞一边拿起暖壶给他们倒水,一边问:"曬,你们这一走就是一个多星期呀!快说说下面的情况怎样了?——哎,你们还没有吃饭吧?"

单喜祥说:"不着急。"

罗庆瑞走到门口,拉开门喊道:"严秘书,你告诉一下食堂的孙师傅,单厂长和郭科长他们出差回来了,让他抓紧给做点饭菜端过来。"

严秘书回答说:"罗行长,知道了。"

等罗行长走过来后,单喜祥打开手中的笔记本说:"九天来,我们跑了十七个网点,除了两家网点由于各种原因还没有开展业务外,其他网点已经全部对外营业。十五家网点共筹措资金五百八十七万,发放各类贷款三百三十九万。其中,春耕贷款二百二十一万,春耕贷款中种子贷款三十二万,农具贷款五十六万;渔业贷款一百三十三万,其中渔船购置贷款三十七万,渔具贷款六十二万,和渔船、渔具维修贷款二十六万……"

这时,食堂的孙师傅把做好的饭菜端了上来:"来来来,开饭了,快趁热吃。"

单喜祥、郭杰和高庆勇连忙端起碗吃了起来。

吃了没几口,单喜祥突然像是发现了什么,问罗庆瑞:"罗行长,你桌子上放的那些花花草草是干什么用的?"

罗庆瑞拿起这些花草说:"这可不是普通的野花野草,这些都是当地生长的市场上十分稀缺的中草药。你们过来看看,这个是什么?这个是沙苑子,具有补肝明目、益肾壮阳、强腰壮骨、抗炎镇痛等功效,市场上特别紧俏,而且不论是在荒山、荒地、沙滩,还是在贫瘠的土地上,它都能存活,且生长得也很快。"

罗庆瑞又拿起另外几棵野草,继续说:"你们再看,这里还有大叶蒲公英,可以治疗感冒发烧、胃炎肝炎等许多疾病。这是桔梗,这是红花,这是紫草,这是北沙参……这些都是很好的中草药;根据考察,在这里的野地里都有生长,它们的医疗作用大,市场紧俏,收购价格高,而且特别适合在我们这样的贫瘠山地生长。"

单喜祥感到很惊讶:"罗行长,我们这才几天不见,你什么时候就变成中草药专家了?"

罗庆瑞说："这是小季首先发现的，那天他到我这里来，就带来一书包这些东西，全是他在上山垦荒种地的时候，利用闲暇时间在路旁、岩缝和山溪边采集的。他以前跟着他干中医的舅舅学过一些这方面的知识，知道这些中药材医疗效果大、经济价值高、部队和地方的医院奇缺、市场紧俏、资金周转和回笼快，而且这一带的地理和气候条件也适合这类中草药的生长，所以建议我们通过贷款支持和引导当地农民进行中草药的种植和生产。"

单喜祥问："这事儿可是新鲜呀，能行吗？"

罗庆瑞说："这不我也心里没底嘛，前几天我和史主任、小季先去腾甲八路军医院找到卢院长，卢院长看到我们带来的药材很惊讶，问我们从哪里搞到的，他们那里急需这些药材。回来后，我们又找到村长及当地的老人聊了聊，还开了一个座谈会。据他们说，当地有几户人家曾经搞过药材的采集和种植，但是由于交通不便，或者是流通渠道不畅，再加上长年的兵荒马乱，许多辛辛苦苦种植的药材不能及时出手，就烂在地里了。农民是最讲实际的，年年见不着多少收益，所以他们也都是有一搭无一搭地干着，没有搞出多大的名堂。"

单喜祥说："对呀！见不着收益我们怎么搞呀？"

罗庆瑞说："为此，我们又召开了由村干部、村里的老人、曾经的药材种植户和八路军医院代表联合参加的座谈会，大家觉得以前这个产业之所以没有做好，除了主观原因外，其他原因主要与资金、交通、销路、药材储存和加工有关。因为以前还不具备那些条件，现在有我们北海银行和八路军医院的加入，大家都觉得中草药种植这件事情可以干，大有可为、大有前途。"

单喜祥也提起情绪来了："哦，大家的热情这么高呀？"

罗庆瑞说："我今天上午已经打电话和总行联系上了，汇报了我们的想法，总行也对我们的意见表示支持，让我们起草一个书面意见供他们研究。——这不让小季拟定了一个《关于银行支持中草药种植和加工产业的申请报告》吗，对于我们开展这项工作的意义、必要性、可行性及相关措施拿出了意见。你们一会儿吃过饭以后，也抓紧看看，看还有没有需要什么修改补充的？修改定稿后，以行文的形式尽快上报给总行。"

单喜祥点点头，拿过罗庆瑞手中的材料，一边吃饭一边看："好的。"

罗庆瑞说："这件事情定下来以后，你们就抓紧时间休息，连着八九天在外面跑，够辛苦的。"

单喜祥说："罗行长，你们在家里也不比我们轻快呀。"

月色溶溶，张佳欣抱着小秋子的腰，乘坐在马背上。

"小秋哥，你给我讲个故事吧。"张佳欣看着小秋子道。

"我嘴笨得像棉裤腰似的，我可不会讲故事。"小秋子连忙推脱道。

"你就讲一个嘛！"张佳欣央求道。

"你爱听吗？"

"爱听，凡是你讲的我都爱听！"

"那我给你讲一个'牛郎织女'的故事吧？"小秋子道。

"牛郎织女一年只能见一面，我可不爱听。"

"那我给你讲一个'白娘子和许仙'的故事吧？"小秋子又道。

"不听，不听！"

"又怎么了？"

"白娘子后来被法海压在雷峰塔下面二十年，我可不干！"张佳欣说道。

"对呀，压你五天我都不干！"小秋子道。

张佳欣补充道："压五小时、五分钟、五秒钟都不行！"

"那讲个什么故事呢？"小秋子问道。

"你就讲一个你亲身经历的战斗故事吧。"

"好！"小秋子想了一会儿道，"一次我们执行任务回来，已经很晚了，大家肚子饿得咕噜咕噜叫，都想着早点儿回家吃饭休息，可是刚刚转过山口，就遇到了一百多属马的日本鬼子。"

"日本鬼子也属马吗？"张佳欣有些吃惊地睁大眼睛道。

"对呀。日本鬼子也是人，他们也属马。"小秋子的语气很肯定。

"古代打仗要报姓名，怎么现在改成报属相了吗？"

"没有啊！"

"那你是怎么知道这一百多个日本鬼子都是属马的？"张佳欣更加奇怪了。

"因为我们遇到的是日本鬼子的骑兵呀。你不是说我整天骑在马背上就一定属马吗？这些日本鬼子的骑兵也整天骑在马背上，所以，他们也一定是属马的呀。"

"啊？"张佳欣终于明白了，她双手攥起小拳头打在小秋子的胸膛上，"好呀，小秋哥，你好坏！"

"……"

"好了，好了……"小秋子一边笑着躲闪着张佳欣的小拳头，一边问道，"小欣，你怎么老是打我呀？"

"因为你说话我不爱听。"

"为什么不爱听呀？"

"什么又是属马的日本鬼子，又是姓王的德国兵，这都是哪儿跟哪儿的事儿呀？我不爱听！"张佳欣笑着说道，"你当我傻呀？"

"那怎样说话你才爱听呢？"小秋子继续逗她。

"那就说属马的德国鬼子，姓王的日本兵！"张佳欣忽闪着大眼睛道。

"说属马的德国鬼子你就信了？"小秋子问道，"不过我听说一个姓马的德国人和一个姓恩的德国人合伙儿写过许多书。"

"那是马克思、恩格斯合著的《共产党宣言》，还有《资本论》。"张佳欣道。

小秋子看着张佳欣，感到一时搭不上话，心想："有文化真好，懂的就是多。"

张佳欣此时也没有再说话，她突然想起那次在往山上种地的路上，季文佳和行长秘书的对话："亚当·斯密的《国富论》值得一读。"

张佳欣心里一动：《国富论》是本什么书？她放眼望去，小山村被笼罩在黑黢黢的夜幕中，只有两个地方亮着灯，一个是分行行部，另一个就是季文佳等人居住的房屋，此时，一定是季文佳还在看书。

"怎么会在此时想起季文佳呢？"张佳欣的心里感到怪怪的。记得那天，她看到沈晓静从季文佳的屋子里出来，手里拿着一本书，脸蛋红扑扑的透着红晕，忽闪忽闪的眼睛里闪烁着幸福的光，心里怦然一动，立时激起了一圈圈涟漪："他们两个发展得这么快呀，到底是在一个单位，隔得近，办事方便……"

这天晚上，罗行长办公室的灯光也亮了一个通宵。

晚上十点多钟，罗行长正在灯下起草文件，突然听到一阵马蹄声自远而近。他连忙起身打开屋门，原来是北海银行总行的领导派通讯员骑快马投递来一道书面指令。罗行长看后立即喊道："小季、小严，马上过来！"

季文佳和严秘书马上跑了过来："罗行长，有何指示？"

罗行长说："小严，你立即安排总行的通讯员就餐、休息，并让饲养员给马喝上水、喂上饲料，保证他们第二天清晨能及时上路。"

严秘书说："是！"说完，立即跑了出去。

罗行长对季文佳说："小季，你立即通知各中层以上的干部到我的办公室里开会，你在一旁做好会议记录，保证会议决议第二天清晨之前就能整理誊清完毕，由我签字盖章后交给总行的通讯员带回沂南。"

季文佳说："是！"也立即跑了出去。

北海银行该分行各中层以上的干部不一会儿就来到了行长的办公室。

罗行长说："同志们，今晚我们召开个紧急会议，就组织力量贯彻落实总行紧急指示精神往延安输送黄金一事，以及将采购的印钞纸张、油墨、器械等物资按照总行的指令及时运往有关机构的事宜进行研究。现在，我先念一下总行刚刚下达的紧急通知……"

村庄早已经睡熟了，四周一片寂静，只听到一阵阵此起彼落的蛙鸣。

第六章 诗韵·泉韵

FENG HUO YIN HUA

　　清澈的数百处泉水日日夜夜不息地喷涌着,滋润着、浇灌着这座古城,号称:"家家泉水,户户垂杨"。

　　孔子曰:"仁者乐山,智者乐水。"山和水这里都有,仁者和智者何在?

　　一个民族要自立于世界民族之林,必须要有钱,有诗,有剑!——这难道仅仅是一个日本军官的思考吗?

沈晓静站在洁白的浴盆里，拿着莲蓬头，将温热的水喷在自己的脖颈、肩膀、胸脯和腹部，她的全身感觉到从未享受过的惬意。当她在大衣镜里第一次看到自己的裸体时，感到十分惊讶，不知道为什么，还觉得很不好意思。沈晓静这是第一次来济南，也是第一次在这样豪华的浴室里洗浴，所以，她的整个身心都享受着从未有过的愉悦体验。

　　沈晓静的父亲以前是县城里一个印刷厂的技术员，抗战爆发后，她和哥哥一起来到北海银行胶东分行的印钞厂里工作。由于技术人员奇缺，渤海分行印钞厂筹备的时候，她哥哥被调去负责印钞机的安装、调试和维护工作。在一次反扫荡中，哥哥为埋藏好机器负了伤，组织上想办法把他安排到县城郊区的一个医院里疗伤，听说没有大碍。只是不知道父母现在怎么样了，父亲的老胃病好些了没有，这次到济南来，听说宏济堂的药材很好，她想借此机会给父亲抓点儿药，托人给家里带回去。

　　这时，张佳欣也穿着拖鞋，拿着毛巾跑进了浴室，一边说："晓静，一会儿我们相互帮忙搓搓背。"一边打开吊在浴盆上空的大莲蓬头，调试好水温，钻到下面洗了起来。

　　"小欣，以前你们家也有这些吗？"沈晓静问道。

　　"有啊。"张佳欣回答道，"但是现在我们家的房子让日本鬼子给没收了。"

　　"可是婷婷姐家的房子为什么没有被日本鬼子没收呢？"

　　"人家婷婷姐家里是四世书香门第，上百年来，出过好几个进士。她爸爸又是大学教授，属于社会名流。日本鬼子虽然野蛮成性，但是有时候为了收买民心，也得做出尊重文化的样子来，所以没怎么为难她们家。"

　　"小欣，说起来大家都很敬佩你，你这么好的家庭条件，整天饭来张口、衣来伸手的大小姐，为了打日本鬼子，居然跑到山里和我们同吃同住同劳动，你可真不简单！"

　　"这又不止我一个人。"张佳欣道，"其实你和你哥哥也不是山里人，还有你看看薛晴林的父亲，也是南京的大学教授，田保国出身于一个商人家庭，高洁出身于书香门第，徐静怡的父亲是好几家当铺的老板。还有许多来自济南、青岛、北平、天津、上海、南京的同志，不都是从城市来到山里的吗？"

"季文佳是什么家庭？"沈晓静一边给张佳欣搓着背，一边问道。

"这个他还真没说过。不过从他的知识面来看，家境应该也不错。"张佳欣回答道，"晓静，你心里是不是老想着他？"

"不想！"

"不想才怪呢。"张佳欣笑了。

贺玉婷此时正穿着睡衣，手里拿着汤匙，一边抿着咖啡，一边倚在浴室门口听张佳欣和沈晓静说话。突然间，她像是想起了什么，问道："小欣，当时你怎么没有去武汉呢？"

"火车站里那么多人往车上挤，哭爹喊娘的嚷成一片，我一看就烦。我才不凑那个热闹呢！就自己回家了。"

"那次去美国留学的机会多好呀，你怎么没去？"

"嗐，这时候我不想出国。"

"为什么？"

"国家都成这个样子了，我不想一走了之，我也想跟着受点儿罪。"张佳欣道，"我母亲是让日本鬼子的炸弹炸死的，不看着日本鬼子从我们国家滚蛋，我就绝不会离开！"

贺玉婷直到这时，才觉得真正开始认识张佳欣这个小妹妹了："小欣，虽然你看着是一个女孩子，其实你的心比有些爷们儿还要爷们儿。"

"就是呀。"沈晓静赞同道，"小欣总是把自己比作花木兰、穆桂英，老想着搞一杆枪直接上战场打鬼子。首长不同意她去，她还不高兴。有一次下大雨，我们下班后有在屋子里洗衣服的，也有看书聊天的，而她却不知道从哪里搞来了一本破破烂烂的，翻得像卷心菜一样的《木兰剑谱》。当时，她捡起一根树枝在屋子里照着剑谱比画起来，右腿往前猛地一个弓步，手中的树枝往前一指，说是'蛟龙出水'，然后就听到了'啪'的一声，人家房东的一个青瓷花瓶掉到地上摔碎了。大家手忙脚乱地好不容易给收拾干净了，她又拿着那本《木兰剑谱》琢磨起来，然后比画着来了一个转体向后，右手拿着树枝往后面一挥，说了一句'猛虎下山'，这次只见暖壶晃了几晃，然后'砰'的一声掉到了地上。这回声音更响了，把大家伙儿都吓了一大跳，还以为是鬼子进村了呢！值了一晚上夜班的警卫连长正在后面屋子里打盹呢，一听到响声，一个鲤鱼打挺跳了起来，掏出二十响的驳壳枪就冲出屋外，大喝一声：'按照预定方案，一排立即堵住大院门口，不准一个小鬼子进来；二排占领后山制高点，掩护分行行部和印钞厂转移；三排跟我来！'大家一阵忙乱。转过神来才发现，鬼子在哪儿呢，怎么连一根鬼子毛也见不着？一调查了解，发现原来是小欣把人家房东的一个暖水壶拨弄掉地上打碎了……"

"哈哈哈哈！"贺玉婷笑得口中的咖啡一下子喷了出来。

"这件事发生以后，行长直接就虎起脸来了，把小欣好一顿训！"沈晓静接着说道，"那个暖瓶打了还好说，可那个青花瓷瓶好像是人家祖传的不知是明代还是晚清的文物，值老鼻子钱了，虽说房东一再提出不要赔偿，可是我们能不赔吗？这可是涉及群众纪律问题的。"

"哎呀，哎呀！晓静你能不能少说两句，河边无青草，不要多嘴驴。"张佳欣有点儿急了。

"没事！晓静你说，我给你做主。"贺玉婷给沈晓静打气道。

"最重要的是搞得同志们虚惊一场。"沈晓静继续说道，"大家都知道狼来了的故事，放羊娃第一次撒谎喊狼来了，乡亲们都赶上山来帮助放羊娃打狼，结果发现是假的；放羊娃第二次撒谎喊狼来了，乡亲们又都赶上山来帮助放羊娃打狼，结果发现又是假的；等到放羊娃第三次喊狼来了的时候，乡亲们就不来了，说这孩子又撒谎呢，没有一个上山去帮他。结果这次狼真的来了，把放羊娃的羊全都吃掉了。

"还有周幽王烽火戏诸侯的故事。西周最后一个天子周幽王为逗美人褒姒一笑，在城楼上点燃了烽火，各路诸侯纷纷按照约定率兵前来勤王，结果却发现根本就没有外寇入侵，是周天子为博美人一笑点燃烽火，无奈之下，只好又带着奔波了上百里且疲惫不堪的士兵们再次回到了原驻地。结果真到外寇入侵的时候，尽管烽火台上硝烟滚滚，但是诸侯却以为是周天子在和褒姒一起开诸侯们的玩笑，所以没有一个诸侯率兵前来救援，最后搞得都城被攻破，国破人亡，褒姒也被外寇抢走了。"

贺玉婷听沈晓静讲这些觉得很有意思，尤其是沈晓静十分沉稳的语调，没有半点儿她见过的那些大家小姐们的娇声莺语，而是朴实中蕴含着灵秀。

"行长说：'你搞得同志们虚惊一场，下一次日本鬼子真的来了，只听枪声一响，同志们都会说，一定是你小欣在学习花木兰练剑时又砸了一个暖瓶。'"

沈晓静话音刚落，贺玉婷又"噗"的一下把口中的咖啡喷了出来，溅在了睡衣上。她忍着笑，连声说道："惨了，惨了，我这刚换上的睡衣，今晚又得换了！"

"'于是同志们翻了一个身，继续呼呼大睡，你想想后果该多么严重呀！啊？！'行长继续批评道。"

张佳欣在浴盆里使劲地瞪着沈晓静，气得脸都绿了。

"自从被行长训了一顿后，小欣就彻底稀稀了。"沈晓静不理会张佳欣的脸色，继续说道。

"'稀稀'是什么意思？"贺玉婷好奇地问道。

"那是她们那里的土话，就是'不行了'的意思！"张佳欣狠狠地报复道。

"对，谢谢小欣的解释。"沈晓静调皮地回话道。

"谢什么呀？意思都表达不清楚，老土一个！"张佳欣继续狠狠地道。

"那时候，小欣有一个多月没有唱歌，也不说话。大家也照顾她的情绪，平时小心翼翼的，要用到暖瓶的时候，也不敢说暖瓶，而是说拿那个竹皮茶壶来。

"平时大家也不敢提那个'砰'一声响的那个'砰'字，生怕犯了小欣的忌讳。就连那些比较相似的拟声词，比如'嘭'啊、'咚'啊、'咣'啊、'吭'啊的，大家都不敢说。"

"嗯，表面上看起来是小欣比较霸道，其实是大家在关照她。"贺玉婷端来法国精致的咖啡壶，一边往咖啡杯里续着咖啡，一边说道，"可是再怎么照顾，特殊情况下大家也有考虑不周或者是反应不及时的时候吧？"

"那当然有啦，但是大家一般都会避免的。比如有一次，印钞机坏了，正在维修的那位济南来的师傅不小心把扳手掉在了地上，正好砸在铜盆上。他怎么说呢？他说只听到'啪'的一声响。嗯，怎么样，没有那个'砰'字吧？"

沈晓静的话音刚落，只听"砰"的一声响，贺玉婷手中那个精致的法国咖啡壶已经失手掉到了大理石地板上，碎成了碎片。

只见贺玉婷蹲下身子，双手捂着肚子笑得前仰后合。过了好大一会儿，她才平静了下来,先是用手抚了抚头发,然后忍着笑从地上捡起一个咖啡壶碎片,端详着说道:"这下子可好了,只听到'啪'的一声响,我那精致的法国咖啡壶就掉到地上摔得粉身碎骨了。"

贺玉婷用纤细的手指点着身上满是咖啡污渍的睡衣,说道:"这一个晚上,我换了三件睡衣,也没捞着睡觉,还赔了一个精致的咖啡壶。你们知道吗?那只壶可是一件精致的工艺品,值五十多块大洋呢!这账算谁的?到底是算晓静的,还是算小欣的?"

"算晓静的!如果不是她乱讲话,人家玉婷姐能摔了那只咖啡壶吗?"

"算小欣的!没有她,哪有这些故事,你就是让我编我还编不出来呢。"沈晓静寸步不让道。

"哎哟,哎哟!"沈晓静突然一边叫嚷着,一边从浴盆里往外跑。

"怎么了?"贺玉婷一边笑得捂着肚子,一边问道。

"小欣朝着我的背开狠了,扭得我疼死了。"

"活该!让你再说我的坏话。"张佳欣说着,又要挥着拳头去追打沈晓静。

贺玉婷笑得把刚刚咽下去的咖啡又吐了出来,阻止她们道:"快算了吧,要打架也得穿上衣服呀,这样打架成何体统?"

沈晓静嘟着嘴对贺玉婷道:"婷婷姐,你不知道呀,她这个武功高强的'花木兰'就是会拿我撒气,如果真见到了鬼子,也是光知道跑。"

"我又没有枪,我不跑怎么办呀?你还想让鬼子把我抓走啊!"张佳欣不满地说道。

"你们的处境那么危险,为什么不给你们发枪呀?"贺玉婷奇怪道。

"部队的枪支弹药都很紧张,自己都不够用。有很多人想要当兵,可是部队就是不要人家,为什么呀?就是因为没有枪。哪里还能把枪发给我们呀!"

"哦,原来是这样。"贺玉婷好不容易停住了笑,再次问道,"你们平时在乡下都是怎么洗澡的?"

"我们平时在屋里烧水洗。现在天暖和了,我们有时候就端着脸盆,拿着毛巾和肥皂跑到河里去洗澡。"张佳欣回答道。

"在河里洗澡一定很有趣吧?"

"那是，天暖和的时候我们都喜欢跑到河里去洗澡。河水清澈得很，里面有许多小鱼、小虾在你身边游来游去，你想抓还抓不到它；水草轻柔地抚摸着你的身体，特舒服、特惬意！"张佳欣肯定道。

"真的是好浪漫啊！"贺玉婷的脑海里突然呈现出一个画面：河流、田野、树丛、阳光、远处的村庄，以及在河边洗浴的纯洁、漂亮的女孩子。她觉得这是一幅绝妙的绘画素材，于是向往道："有机会我一定去你们那里看看。"

"你又想画素描了，对吧？"张佳欣一边拿起洗发露涂在头发上，一边问贺玉婷，"史芸姐呢？"

"她在书房里看报纸呢。她说等你俩洗完澡后，你们一起研究一下明天的工作任务。"

"算了，我今晚不穿睡衣了。二楼南边我爸妈的卧室里正好有一张大床，现在我爸妈都到国外讲学去了，今晚咱们三个一起睡，也好聊聊天。"

"好呀，婷婷姐，咱们有好几年不见了，这回我们可得聊个够。"张佳欣高兴地蹦了起来。

"不是和你，和你早就聊够了，我是想和晓静聊聊。"

"那是为什么呀？"张佳欣不爽了。

"你看人家晓静多好呀，不但模样长得好，性格温柔脾气好，又从来不抢话，可是说起话来侃侃而谈、有条有理，小欣你想插话还插不进去，想打断还打断不了，只能干瞪眼，对吧？"

"……"张佳欣一时语塞。

"晓静这姑娘又温柔又贤惠，文文静静的，谁娶了她谁有福。哪里像你小欣呀，叽叽喳喳的，舞舞扎扎的，蹦蹦跶跶的，扑扑棱棱的……哎，哎，小欣！你到厨房去干什么呀？又饿了吗？"

"我找醋！"张佳欣头也不回，生气地说道。

"你吃谁的醋呀！"

"还能是谁，晓静呗！"张佳欣气道，"我就不该带晓静到你家来，你看你们俩现在亲的。"

"到了济南你不把晓静往我家带，还想把她往哪里带呀？"

"荣盛斋。"

"那不是烤鸡店吗？"贺玉婷疑惑地问道。

"对，对，我就是要把她带到烤鸡店里。"

"玉婷姐，我可爱吃烤鸡了。"沈晓静开心地说道。

"傻妮子！你以为小欣是想叫你吃烤鸡吗？"贺玉婷笑了，"她是想叫荣盛斋的师傅把你宰了挂起来当烤鸡。"

"哈哈，还是玉婷姐聪明，谁叫晓静是属鸡的呢？"

"啊！小欣你怎么这么坏、这么狠呀？"

"现在知道我坏、我狠了？刚才你说我坏话的时候怎么不知道呢？"

"可是小欣，你也是属鸡的呀？"沈晓静反驳道。

"好了，好了，那就把你们两个一起送到荣盛斋，让师傅们烤了吃！"贺玉婷笑着说道。

"怎么这话听着像是季文佳说的呀？"张佳欣一愣。

"季文佳是谁？"贺玉婷问。

"哦，那是一个特惹人烦的臭小子。"张佳欣一边说着，一边转过头，用双手扒开嘴唇，对沈晓静做了一个鬼脸。

"你要找醋也不能这样找呀。"见张佳欣还在厨房里东翻西找，贺玉婷就拿了一条浴巾，然后扔给厨房里的张佳欣，"快披上浴巾，别感冒了。"又找了一条浴巾递给还在浴盆里的沈晓静："接着，晓静妹妹。"

"谢谢了，玉婷姐姐。"沈晓静接过浴巾，甜甜地说道。

"不错，今天我又多了一个好妹妹。"贺玉婷看着沈晓静，很开心地说道。

"小欣，你手里拿的是什么东西呀？"贺玉婷问。

"醋！"张佳欣把手里拿着的花花绿绿的小瓶子对着贺玉婷晃了一下道。

"什么醋呀？"贺玉婷一把就把瓶子抢了过来，看了一眼后，说道，"原来是从法国进口的名牌香水香奈儿5号。"贺玉婷笑道："好呀小欣，看不出你当了几年的土八路，眼光却变得越来越挑剔了。"

张佳欣分辩道："谁说我们是土八路了？别忘了我们是银行员工，是白领。"

"你们还是白领呀？我怎么看着不像呢。"贺玉婷道，"你们长官每月给你们多少钱？"

"婷婷姐，我们不叫长官，而是叫首长。"沈晓静插话道。

"也就是称呼不同，意思都是一样的。"

"不一样好吧？长官是管人的，他要管着你、压迫你，而我们首长是领头的，是带领大家伙儿前进的。"沈晓静解释道。

"别再抠字眼了，带领你们前进就不管你们了？照样要管，不管怎么带领你们前进呀！"贺玉婷笑着说道，"像小欣这样淘气的，如果不管，那还不蹿上房去揭瓦。"

"不过，我发现你们用的词语和政府的某些词语不一样，对吧？"贺玉婷问。

"对，他们给部队发的叫'军饷'，我们给部队发的叫'津贴'。"张佳欣举例道。

"还有，我们讲'为人民服务'，他们把脚一跺喊'为党国效劳'！"沈晓静学着跺腿的动作补充道。

贺玉婷笑了："你们每个月发多少津贴呢？"

"一开始吧，每个月能有个两三块钱。后来物价上涨，为了保证同志们生活必需品的供应，每个月就按照二十斤小米折算给你发钱，另外还发点儿东西，比如每逢单月发半块肥皂，双月发一块肥皂……我们女孩子每人每月还发五张草纸。"张佳欣抢着回答道。

沈晓静接着道："其实呀，规定是规定，在战争环境里，谁都无法保证一定能把钱或者东西每个月都发到你的手里，可是大家没有一个计较的，也没有一个发牢骚抱怨的。"

听着张佳欣和沈晓静这两个被自己称作妹妹的女孩子的讲述，贺玉婷不由得鼻子一酸，连忙转过身子，不让她们看到自己滴落的眼泪。

"姐姐你怎么了？"张佳欣一边用吹风机吹着头发，一边绕到贺玉婷旁边惊诧地问道。

"没什么呀！"贺玉婷连忙掩饰道，"你刚才不是要香水吗？那就拿去用吧，姐姐的也就是你的。另外，还得送给晓静妹妹一瓶。哎，哎，小欣，你又往厨房里跑什么？"

"你看你一口一个晓静妹妹叫的，心里还有我小欣妹妹吗？不行，我还得去找醋！"张佳欣生气了。

"好了，小欣妹妹，姐姐能忘了你吗？快换上你的内衣吧，别着凉了。"贺玉婷从衣橱里找出几件衣服，在张佳欣的身上比试了一下。

"我偏不！"张佳欣倔强地说道，转身跑到厨房里打开冰箱，"婷婷姐，本姑娘抗战有功，今天有什么好吃的、好喝的，赶快拿出来犒劳犒劳本姑娘。"

"玉婷姐姐，还有我呢。"沈晓静一副嬉皮笑脸的样子，说完也踏着拖鞋往厨房里跑去。

"今天晚上你们吃得不少了。"贺玉婷摇摇头，看着张佳欣和沈晓静在厨房里的背影，感慨道："你们俩呀，真是一对小馋鬼！——可别撑着啊！"

第二天一早，史芸、张佳欣和沈晓静吃完饭，来到西临经二纬二路口东边的中国银行，三人在周边转了一下，史芸终于在一个不起眼的墙壁拐角处，发现了用红色的法币票样做出的暗号：一切正常。三人又观察了一下周边的情况，史芸对张佳欣道："按照计划行动，注意观察，随机应变。"然后安排沈晓静在马路对面继续观察周边的情况，史芸则留在中国银行对面，一边观察动静，一边准备策应。

张佳欣一边留意着周边，一边蹦跳着走进中国银行，径直来到三楼行长室敲门。

郭宏熙行长正在审读刚刚送来的资产负债表，听到敲门声后，说了声："请进。"

张佳欣推开门，像小燕子一样飞了进去，开口就叫："郭叔叔，你好！"然后把手伸了过去。

郭宏熙一愣，仔细打量了一下："你是……"

"郭叔叔，你不认识我了？我是小欣呀！"张佳欣急忙说道。

"小欣？"郭宏熙仔细打量了一下，终于认出来了，"原来是张行长的三小姐呀，几年不见，长得越发像个大姑娘了！"郭宏熙一边热情地倒茶让座，一边打听张玉吉行长及其家人的近况。

抗战爆发前几年，他在中国银行济南支行工作时，张行长在许多方面都对他很关照。此时能见到张行长的女儿，他感到很高兴，正想做进一步的交谈，不料张佳欣却岔开话题，问道："郭叔叔，您这里有一个名叫徐惠泽的叔叔吗？"

"有啊，他是我们行出纳科的经理。你找他吗？"

张佳欣点点头："嗯。"

突然，中国银行门前疾速驶来几辆汽车，车辆停下后，跳下来二十几个日本宪兵和三十几个伪警察。他们把银行的办公楼包围了起来，随后十几个日本宪兵和二十几个伪警察涌进了楼内。

史芸正装作若无其事的样子在中国银行门口溜达着，一见到这种情况，她的心里不禁怦怦乱跳，额头上也渗出了冷汗。事发突然，难道是走漏了消息？到底是怎么走漏消息的？小欣这会儿肯定是凶多吉少了！自己应该怎样掩护小欣，使其安全脱离危险呢？

史芸看了一眼在马路对面的沈晓静，沈晓静也十分着急的样子。史芸再次快速观察周边的地形，考虑能否通过开枪来吸引开敌人。看来也不可能，一来，敌人这次来是有着准确的目标的；二来，敌人来了几十个，开枪除了暴露自己外，是不可能保护张佳欣离开险境的。众多方案瞬间在脑海出现，又被快速否定。史芸明白，此时她和沈晓静只能冷静观察，伺机行事。

郭宏熙和张佳欣站在窗前，看到日本宪兵如狼似虎地闯进办公楼里，心里不由得一沉。

郭宏熙问道："小欣，你来的时候，有人跟着你吗？"

"我和芸姐、晓静三个人一起来的，我们来的时候都很注意观察，没有发现被人跟踪的迹象。"

"芸姐是什么人？"

"北海银行的科长，她不止一次地进入沦陷区执行任务，从来没出过问题。"

"她现在在哪里？"

"在大门对面观察敌情，并掩护我。"

郭宏熙点点头："遇到这种情况，她是来不及通知你的。"然后他看着张佳欣说道："要真问起来，你就说是我行财务科的会计，是接到我的电话后，来这里报送本行会计报表的。记住了吗？"

"嗯。"张佳欣点点头，脑门上也渗出了汗水。

中国银行办公楼的楼梯上响起嘈杂急促的脚步声，日本宪兵和伪警察兵分两路，一路直奔三楼行长办公室，一路奔向二楼的一间办公室，将正在处理文件的徐惠泽经理逮捕押了出去。几个日本宪兵和特务留在办公室里仔细搜查着。

行长办公室的门被推开了，宪兵队长大步跨了进来，面向郭宏熙问道："你是郭行长？"

郭宏熙点点头："正是在下，贵军到此，有何贵干？"

宪兵队长道："最近八路军北海银行活动得十分频繁，他们除了在其根据地印制和发行钞票、开展业务外，还将其业务渗透到我们这个城市。据可靠情报称，在我们的银行机构内，也有其人员渗透。"

郭宏熙沉思了一下，说道："贵军是否可以出示证据，给鄙人一睹？"

日军宪兵队长道："证据，我们很快就会出示给郭行长的。我们这次来，是要把贵行的徐惠泽经理带走。另外，本队长要正告郭行长，要严查本行内的各级员工，严密防范通共和反日分子！"

"徐惠泽经理是本行的重要业务骨干，你们为什么要带走他？"郭宏熙质问道。

"这个，我们宪兵队会给你一个满意的答复。"说完，宪兵队长一伸手，从旁边一位士兵手中的文件夹中取出一份文件，交给郭宏熙道："这是宪兵总队《关于强化治安，严防通共和反日分子利用银行渠道走私黄金、套取战略物资的通告》，请郭行长过目，并采取切实措施贯彻该通告。"

"在下一定认真拜读此项《通告》。"郭宏熙行长说道。

此时，宪兵队长将目光转向张佳欣："小姐，是干什么的？"

张佳欣从提包里拿出一个蓝色的证件："我是联合准备银行的职员，来到中国银行济南支行是为了履行本行对各家金融机构进行检查监督的神圣职责。"说完，把证件递给了日本宪兵队长。

宪兵队长仔细看了一下证件后，又递还给张佳欣："张小姐辛苦了！你是大日本帝国的忠实良民！"

张佳欣收起证件，对郭宏熙行长道："郭行长，尊奉上级的指示，我还要去财务科调查了解有关事项，你看……"

郭宏熙正在纳闷，就听到张佳欣这么说，立刻反应过来，做出诚惶诚恐的姿态道："张小姐，对于贵行的检查监督工作，我们向来是积极配合的，这次也一定配合！"说完，就拿起电话："请牛科长到我办公室来一下，领联合准备银行的张小姐去你们科了解有关事项。"

这边张行长放下电话不久，财务科的牛科长就走了上来。

张行长介绍道："这位就是联合准备银行的张小姐，遵照上级指示，要到你们科了解相关事宜，你们一定要搞好配合！"

张佳欣先后跟日本宪兵队长和郭行长握手后，跟随牛科长走出了行长室。

转眼一个小时过去了，张佳欣一边在财务科品着茶，一边来到窗户前往外看去。看到史芸和沈晓静一左一右在马路两边警惕地观察着情况，她心里也十分焦急。又过了一段时间，终于看到日本宪兵队长带着十几个宪兵和伪警察下了楼，登上汽车离开了中国银行，张佳欣这才终于松了口气。

电话铃响了，牛科长拿起听筒"喂"了一下，将听筒交给张佳欣。

张佳欣接过电话听筒，听到郭宏熙关切地问道："小欣，你没事吧？"

"没事，郭叔叔，您也没事吧？"

"我也很好。"郭宏熙答道，"我们马上去你隔壁的202室一趟好吗？"

"好的。"

当郭宏熙和张佳欣来到二楼202室时，日本宪兵刚刚离开。只见办公室里被翻得乱七八糟，张佳欣十分紧张。郭宏熙看到旁边有几位员工正在围观并窃窃私语，就连忙问："徐经理怎么了？"

"郭行长，徐经理是被刚刚进来的日本宪兵带走的，说他通共。"

"哦。"郭宏熙转头看看张佳欣，张佳欣眨眨眼睛，用胳膊肘顶了一下郭宏熙，悄悄说道："一个东西，是个纸袋。"

郭宏熙会意地点点头，走到徐经理的办公桌前。只见徐经理的办公桌前抽屉和椅子旁边的文件柜全部打开了，文件材料撒了一地，一片狼藉。郭宏熙蹲下身子，捡起那些文件材料翻阅着。

这时，一个员工走到郭宏熙的面前，悄悄说道："郭行长，徐经理在被抓走之前找过我，叫我把一个材料交给来找他的人。"

郭宏熙一愣，打量着眼前这位员工道："那是一个客户的账户资料，在你这里吗？"

员工点点头。

郭宏熙道："那你快抓紧交给我，我刚接到电话，客户催问这事呢。"

那位员工回到另一房间他的办公桌抽屉下，取出一个纸袋交给郭宏熙。

郭宏熙接过那个纸袋，回到了三楼行长室。张佳欣紧跟着郭宏熙走进行长室。

"是这个吗？"郭宏熙问张佳欣。

张佳欣拿过纸袋看了一眼，见几种暗记全都齐全，就点点头道："嗯，就是它。"张佳欣心里顿时平复了很多，她连忙道："谢谢郭叔叔！"

郭宏熙笑了："到底是大姑娘了，学会客气了。"郭宏熙又问："刚才日本宪兵队长询问你时，你递给他的那个伪联合准备银行的工作证是怎么回事？"

"那是一个伪警察副官趁着人不注意的时候，悄悄塞到我手里的。"

"哦。"郭宏熙恍然大悟，心有余悸道，"联合准备银行是日本扶持的伪政权成立的银行，对各金融机构的资金往来、业务运作和人事安排等，有检查监督指导之责，深得日寇的信任。幸亏你有了这个证件，否则那个宪兵队长真盘问起你来，还真可能有大麻烦。"

"郭叔叔，您也蛮机灵的，听到我的提示后，马上打电话叫牛科长把我接走了。"

"这也算是有惊无险，现在的形势十分险恶，你要马上离开这里。徐经理的事，我们得赶紧想办法！"

"刚才日本宪兵队长怎么在你这里待了那么长时间？"张佳欣问道。

"又是训话，又是强调中日亲善、反共防共那一套，要求我们积极筹措资金，为大日本帝国的大东亚圣战效力。同时说有情报证明共产党有部分黄金通过银行渠道流往延安和太行山的八路军总部，要我们积极协助进行查处，坚决摧毁这一渠道。这件事你回去后要抓紧向组织汇报。"

张佳欣走出中国银行，史芸高兴地说道："哎呀，刚才可吓死我了，后来看到抓的人不是你，才稍微松了口气。"

张佳欣也说道："好险！刚才抓走的那个人，就是我要接头取东西的人。幸亏紧急关头他把东西交代给他的一个好朋友，不然麻烦就大了。"

"哦，是这样啊。"史芸沉思了一下道，"不行！得让他的那位好朋友赶快离开这里。"

张佳欣一愣："对，我这就去！"话刚落地，她就已经飞跑进中国银行的办公楼。

郭宏熙对张佳欣的再次到来感到惊讶，问道："你怎么又回来了？"

张佳欣急促地说道："郭叔叔，刚才那个人不能再在这里了，能让他赶快离开吗？"

郭宏熙恍然大悟，立即拿起电话，可是一琢磨，又放下了，他对张佳欣道："那个人叫李斌海，你去那个办公室，悄悄叫他到我这里来。"

张佳欣转身跑了出去。

过了一会儿，李斌海敲门走了进来："郭行长，您找我有什么事？"

"那个东西徐经理什么时间交给你的？"

"刚刚给我，日本宪兵就进来了。"

"给你的时候，有人看到吗？"

"没有。"

"现在青岛交通银行有一笔业务，我想让你去办理一下。"

"什么时间？"

"现在，马上就去！赶中午11点的火车。"说着，郭宏熙在文件柜里找出一份文件来，又坐下写了一封信，粘好信封的密封口，对李斌海说道，"你拿着这两件东西，到青岛交通银行找这个人，然后把东西交给他。"

"可是我手头的这摊工作怎么办？"

"这个我跟你经理说。但是你走的时候千万不要跟任何人说。"

"好的，郭行长。"李斌海转身就要离开行长室。

"等等！"郭宏熙拿出便签，唰唰写了两行字，然后把便签递给李斌海，"你拿着这张便条去火车站找这个人办票。"

看到张佳欣再次从中国银行走出来，史芸终于松了一口气。

待张佳欣走近后，史芸靠近张佳欣简单交谈了几句，然后她转身来到那个墙壁的拐角处，发现法币的票样不知何时已经换成了警告，提示情况有变、原计划终止的褐色票样。史芸观察了一下周边的动静，在票样上贴了一张小纸条，然后和张佳欣转身离开，边走边谈。沈晓静则跟在她们两人的身后，一边观察着周边的情况，一边跟着她们。

等回到贺玉婷家，张佳欣从提包中取出袋子，打开缠绕着的绳子，只见里面有许多票据账表，又抓拉了许久，才发现纸包的底部放着一本薄薄的小册子，书名为《百泉诗韵》。她连忙翻开书，想要从中找到什么，可是翻来翻去，什么也没有。她又把袋子里的东西倒在桌子上，翻了个底朝天，可还是没有发现什么特别的东西，不由得着急起来："这可怎么办？"

"别着急，老徐在被捕前转交给我们，一定有其深意。好好想一想，解决问题的钥匙在哪里？"史芸说道。

"哎呀，我的好姐姐，都什么时候了，还钥匙呢，到哪里去找钥匙呀？"

"钥匙一定在书里。"史芸很肯定地说道，"第一，老徐被捕，情况突变，我们来的时候还一切正常，但我们走的时候，上级已经提示我们情况有变化，终止行动。这说明情况虽然发生突变，但地下组织还是及时地掌握了情况。第二，老徐得知情况后来不及离开，也来不及通知我们，就可能立即更换了密码本，将《百泉诗韵》替换了密码本。这就出现了第三种情况，秘密就在《百泉诗韵》中！"史芸果断地判断道。

史芸翻开《百泉诗韵》的封面，前面有一段简短的序言，序言中说：

济南自古号称泉都，仅市区一片就有泉水上百处，如果加上周边地区，泉水有八百余处之多，其中名泉七十二处，堪为天下之奇绝，世界之大观。为便于诵记流传，笔者特将泉水之名称镶嵌于诗中，连缀成篇，以飨读者。名为《百泉诗韵》。

再往下，就是一首首诗歌：

一

趵突雪涌珍珠娇，五龙腾空黑虎啸。
玉泉濯缨芙蓉碧，玛瑙净明梅花飘。

二

天镜月牙清冷泉，白石漱玉鸳鸯潭。
砚池墨泉书院里，林汲甘露双麻湾。

三

柳絮晓露溪亭泉，九女琵琶忆婵娟。
杜康饮罢泪满井，壮士回马复冲前。

四

观潭无影心无忧，金线拴起一卧牛。
玉河之滨望散水，避暑登州乐悠悠。
……

"小欣，你看这诗里都写些什么？"史芸问道。
"这还用看吗？这写的都是济南的泉水名。"
"你对济南的泉水熟吗？"史芸又问道。
"也熟，也不熟。"
"这怎么讲？"史芸追问道。

"济南的泉水这么多，我怎么可能都去过？何况我还在日本待了几年。"张佳欣说着皱起了眉头。突然，她像是想起了什么："找婷婷姐，她一定知道其中的奥妙！"

"慢点儿！"史芸坚决地制止道，然后悄声问张佳欣，"小欣，这事可非同一般，贺玉婷可靠吗？"

"绝对可靠，我打保票！"张佳欣盯着史芸的眼睛，一字一顿地说道。

史芸点了一下头："情况紧急，只好这样了。"

"晓静呢？"张佳欣问。

"晓静在院子前面的小巷里警戒，她没有进来。"史芸解释道。

贺玉婷正在书房里作画，看到史芸和张佳欣拿着书进来，就放下画笔站了起来。

张佳欣把《百泉诗韵》递给贺玉婷，也把事情的经过简单进行了介绍，问贺玉婷该怎么办。

贺玉婷拿起书来翻看了一会儿，说道："这《百泉诗韵》是一本诗集，它通过把济南泉水的名称镶嵌在诗中的笔法介绍济南的泉水。这里的每一首诗都镶嵌着好几个泉水名称，然后在后面的页码里，通过文字和图片对这些泉水的名称、来历、地理位置、周边景物，以及历史掌故与传说进行介绍和讲解。这其中还有一幅地图，标出了这些泉水所在的位置。"

"我觉得这绝对不会是徐经理的无心之举，你们可以根据这书中的内容及各种涂鸦，去寻找你们需要的线索。"贺玉婷说完，把书还给了张佳欣，"至于其他的，我就不好再参与其中了。"

"谢谢你了，婷婷，你做的这些分析太重要了。"史芸说着，从张佳欣的手中接过《百泉诗韵》，语气变得更加肯定道："秘密一定蕴藏在这本书里面！"

"可是从里面还是看不出什么。"张佳欣疑惑道。

史芸拿着书一边翻一边沉思，突然，她对张佳欣道："你看这书眉上有几个数字，这是什么意思？"

张佳欣把书拿过来看了一眼，只见书眉上胡乱地写着"3、2、1"几个数字和符号，她不解道："3、2、1、1、2、3，这能说明什么？还不是哪个小孩子信手涂鸦，胡乱画的。"

"你不要这么想好不好。是不是老徐在紧急时刻给我们留下的什么提示？"史芸分析道。

"有道理！"张佳欣连忙低下头研究起来，一边看一边琢磨，突然她灵机一动，对史芸道，"史芸姐，你看会不会是这样，3是指第三首诗，2是指第三首诗的第二行诗句，1是指第二行诗句中镶嵌的三个泉中的第一个泉——九女泉！"

史芸连忙拿过书，按照张佳欣的方法试起来。

"哎呀！"史芸高兴道，"小欣！你真聪明！一定是这样！一定是这样！"

张佳欣道："接头地点解决了，可是接头时间呢？"

她们连忙把头凑在一起，看起书来。

不一会儿，史芸指着书页里胡乱涂鸦的一幅画对张佳欣道："应该是上午十点三十分。"

"为什么？"张佳欣不解地问道。

"你看，这里有三棵树，两棵树上长着三个树枝，一棵树上的树枝是四个半，共计十个半的树枝，树后有一个太阳，这表明此时的时间应该是上午十点三十分。"

"为什么不是半夜十点三十分呢？"

"现在日本鬼子实行戒严，半夜十点三十分是不能上街的，再说这里画的是太阳。"

"可是这书上涂鸦了好多画，你怎么就看这一幅呢？"

"这书上是被小孩子涂鸦了许多画，但只有这幅画才表现出强烈的时间指示，别的画都没有。"

张佳欣又翻了翻书，突然恍然大悟："呀，史芸姐，你真的好聪明！"

史芸道："那首先我得感谢有贺玉婷和你这样聪明伶俐的小妹呀。如果不是你破解了数字密码，你姐姐我也不可能破解这图画里的密码呀？"

"哪里，哪里，还是姐姐聪明！小妹我自愧不如！"

"好了，好了！看看现在几点了？"她们连忙抬头看表，还有一刻钟就到十点了。

"快走！"她们跑到门外，叫上沈晓静，来到大街上，喊来黄包车，急忙道："去南门！"

济南南门外，巍峨的城楼上飘荡着膏药旗。

史芸、张佳欣和沈晓静下了黄包车，付款后，急忙向九女泉的方向走去。

"前面就是九女泉。"张佳欣告诉史芸和沈晓静道。

史芸和沈晓静抬眼望去，看到那是一个方圆有两三亩的泉池，清澈的泉水汩汩地往河里流淌着，周边有十几个妇女身边放着木盆，用搓板和木棒在捶洗衣物。在泉池的另一个角落，有几位上了年纪的老人正拿着蒲扇围在一起下棋。走到一个墙角处，史芸看到了表示情况正常的红色法币票样，心里思索道："老徐被捕，情况已经发生变化，这里为什么没有出现终止行动的提示呢？事到如今，只能随机应变了。"史芸对张佳欣道："你在这里观察动静，我过去看看。"

"不，你不熟悉这里的地形，还是我过去吧。"说完，张佳欣已经走出去好几步远。

史芸一见，连忙用眼睛瞄了一下四周，然后指着一个地方，让沈晓静过去警戒，自己则靠在一个亭子旁。

张佳欣看到九女泉旁边有好几个人，接头人会是哪个呢？她一边蹦跳地走着，一边观察着、判断着，心里不由得有些着急。

就在此时，她的脚碰在一位坐在街边石凳上的人的腿上，她转头看去，是一个学生模样的人，连忙说道："对不起，对不起，同学！"

那人笑道："鄙人在此观赏南山美景，没有想到竟然碍着小姐了，对不起，对不起！"

张佳欣心中一动，发现什么"南山"呀、"美景"呀、"观赏"呀这几个接头的关键词都在话里呢，她连忙说道："没关系，没关系，本小姐自胶东来，来找我交通银行的表哥，家里正等着用钱呢！"

"胶东哪个地方？"

"烟台。"

"烟台是个好地方。"

"是啊，靠着北海，有烟台山、芝罘岛、瀛洲阁……"
"不是有个长岛吗？"
"是的，那是在瀛洲阁北面，传说中八仙过海的地方。"
"你表哥在哪个银行？我也在银行，说不定我们还是同事呢。"
"你在银行？我怎么看着你是学生呢？"
"我去年刚刚被银行录用了，已经上班好几个月了。"
"你是哪个银行？"
"哦，兴鲁银行，你呢？"
"中国银行。"

暗号都对上了，张佳欣感到很舒心。

"这几本书，张老师让我交给你。"那人从书包里拿出几本书递给她。

张佳欣接过书，准备离开。

那人问道："你叫张佳欣，对吗？"

张佳欣一愣："不对，我叫李蕾。"

"你不认识我，我是你同学，不在一个班，但在一个年级，我叫吕成玉，五班的，看过你的演出。"

"哦，班里同学还好吗？"

"嗐，能走的都走了，实在没办法才留下来，每天都要学日语。"吕成玉说完就要走。

此时，张佳欣发现不远处有人在向自己这个方向靠近，她顿时警觉起来。她蹲了下来，一边用手撩着泉水，一边向吕成玉示意。吕成玉低头看着张佳欣，不明白她的意思。张佳欣将泉水撩起，淋到吕成玉的裤管上。吕成玉见张佳欣对他一个劲儿地眨眼，也立马警觉起来，蹲下来问："你干吗撩我呀？"

"你看看周边几个正在向我们这个方向走来的人可疑吗？"

吕成玉往周边一看，仅仅一瞬间，他就感觉到了紧张。

张佳欣连忙用水往吕成玉的脸上撩去，悄声说道："你也撩我！"

吕成玉将泉水往张佳欣的脸上撩去，几下子就弄得张佳欣一头一脸的都是水。

"好啊，你个臭小子！你竟然敢欺负我。"张佳欣猛地跳起来，推了吕成玉一把。

吕成玉措手不及，一个踉跄掉到了泉池中。

"哈哈哈！"张佳欣哈哈笑着，沿路跑开了。

吕成玉浑身是水，连忙爬上岸，抹了一把头上、脸上的水，就急着去追赶张佳欣。

高琪和张立钊两人正一边佯装着聊天，一边向张佳欣、吕成玉的方向靠近，他们没想到张佳欣突然往他们这个方向跑来，张立钊猝不及防地被撞了一个踉跄。

张佳欣转过身来，往他脸上连弹几下水花后，突然反应过来，连道："对不起，对不起，大哥，我错把你当作他了！"她把手向吕成玉那里一指，又咯咯笑着跑开了。

高琪和张立钊一愣神的工夫，吕成玉已经掠过他们，向张佳欣跑去的方向追了过去。

"清明时节雨纷纷，哪里来的桃花雨呀？"高琪对张立钊打趣道，"我看老弟要招桃花运了，要不哪里来的那么多桃花雨呀？"

张立钊抹了一把脸上的水，和高琪一起往张佳欣跑去的方向看。只见张佳欣的白裙子一闪，往边上的树丛中跑去，并捡起一根树枝，朝着吕成玉一边挥舞着，一边喊道："别过来，别过来，小心我打你哈！"

"你敢，你敢！"吕成玉一边说着，一边往前移动着脚步，企图靠近张佳欣。

"你看我敢不敢，你看我敢不敢！"张佳欣一边后退，一边挥舞着手中的树枝。

"你看，这一对小恋人！"高琪心生羡慕地看着。

"小妞不错，不会是反日分子吧？"张立钊说道。

"什么反日分子呀，你不会是想以反日分子的名义把人家捆来过把那种瘾吧？"高琪斜着看了张立钊一眼。

"老兄，你可不能这样说我呀，也太看扁老弟了吧。"张立钊辩解道。

"那次你领着人到二中抓来两个正在上课的女同学，非说人家是反日分子，最后你到底对人家做什么了？啊？"

"老兄，你这就不对了，对于反日分子，你还要讲什么客气呀？"

"别人五人六的，前两年你还不是镇西门那一伙儿的，那伙人都干了些什么，济南人谁不知道？"高琪道。

"老兄，我现在不是改邪归正了嘛。"张立钊继续辩解道。

"可别提改邪归正了，咱现在干的这一行，还不是更叫老百姓戳着脊梁骨骂吗？"高琪说道。

"老兄，这么说你还想怎么着？"

"能怎么着，干呗！也许过几年能混个一官半职的，来个衣锦还乡，光宗耀祖。"

"是呀，中国的老百姓不就是认官嘛。"

"不过话又说回来了，当这个官那不是更叫老百姓骂吗？"高琪叹道。

"老百姓算什么？要骂就骂吧，咱们的官还不是照样当。这年头，人的脸皮就不能太薄了。"

"唉！"高琪下意识地摸了一下后脑勺。

"老兄，你这是又怎么了？"张立钊问道。

"我担心我这老母亲的病呀……"

"前些日子你不是抓了几服药回家看老太太了吗？"张立钊又问道。

"我干的这差事不知道怎么就传到我家老太太的耳朵里去了，她躺在炕上气得把刚端给她的药汤碗摔地下了，又哆哆嗦嗦地摸索着满炕找笤帚疙瘩要揍我……"

"哦？你家老太太给气坏了？"

"可不嘛！唉，从来都没见老太太生这么大的气，我一看大势不好，拔腿就跑。刚跑出屋门，就迎面挨了老爷子一烟袋锅子。"

"哦？"

"你别看这老爷子平时腿脚不利索，眼神又不好，可是这一烟袋锅子砸得我满眼冒金星，我后脑勺立时就起了鸡蛋大的疙瘩。到现在都半个多月了，你看我后脑勺那块大包还没有消下去呢。"

"你家老爷子下手也太狠了吧？"

"这还不够，我跑出去好远了，都听得到他在骂我是孽障，说从此不认我这个儿子，不让我再进这个家门。"

"不进就不进呗,我就从来不管我老爹老娘那档子事。"张立钊道。

"那是,那是,你张立钊什么人呀,大伙儿谁不知道?"高琪有些蔑视地看了张立钊一眼,接着又长叹了口气,"可是我家老太太的病该怎么办呀?上个月我还说接她来济南看看病,这下子好了,别说接她来济南看病,她连我拿回家的药都给扔了。"

"前几天你不是又回了趟家吗?"张立钊问。

"那还不是担心老太太的病吗?"高琪道。

"没见到老太太?"

"别提了,回了家也不敢进门,大半夜的在院子门口转悠了大半天,后来没办法,敲开了一个邻居家的门,拜托人家把药给我家老太太送去,临走还千叮咛万嘱托,恳求邻居千万不要把药说成是我抓的,就说是邻居给她抓的药……"高琪说完,又长叹了一口气。

"……"

此时,张佳欣将手中的那一根树枝迎面打向吕成玉。

吕成玉连忙用胳膊挡住脸。待放下胳膊的一瞬间,张佳欣已经跑远了。

史芸此时正闪在树后,看到张佳欣和吕成玉二人跑远后,放在裤袋里扣动扳机的手终于放松下来:"鬼丫头!吓死我了!"

沈晓静在墙角后看到这一幕,也在出了一身冷汗后,长吁了一口气。

"吓死我了!"张佳欣惊魂未定,"你看那几个人是不是不地道?"

"确实不像什么好人!"吕成玉也有些心有余悸,"要是让这些家伙抓到了,那不就——"吕成玉用手掌做了一个划脖子的动作,"哼了吗?"

"那是你们男的!要是我们女的被那些坏家伙抓到了,就不仅仅是——"张佳欣用手掌也比了一个划脖子的动作,"哼了的问题,知道吗?"

吕成玉看到张佳欣脸上、头发上湿漉漉的凌乱的样子,生出一种又怜爱又可笑的情绪,不由得笑了起来。

再看看张佳欣白皙的脖颈上、凸起的胸脯上也是水迹,隐约呈现出乳房的轮廓线，他的心里又怦怦乱跳起来。

"小欣，你可真是不简单呀。"

张佳欣用手背抹了一下湿漉漉的脖颈和头发："怎么不简单了？"

"以前光觉得你跳舞跳得好看，没想到你还会推人下水。"

"那还不是急中生智，如果当时不把你推下水，说不定那几个坏人早就把你五花大绑抓起来——"张佳欣用手掌比了一个划脖子的动作，"哼了嘛！"

"你出来这么长时间，请假了吗？"张佳欣突然想起什么，向吕成玉问道。

"哦，我得抓紧回去了。"吕成玉刚转身跑了没几步，又掉过头来道，"给你的书可一定要拿好啊。"

张佳欣拿着书，和史芸、沈晓静再次回到贺玉婷的家中，发现新拿回来的书很杂，而且还有那《百泉诗韵》夹杂于其中。她们翻了翻《百泉诗韵》，看到了"6、3、3"几个数字及符号，确定了下一个接头地点是济南东边章丘县境内的百脉泉，时间为第二天晚上7点。

"还有一段时间，我们可以好好地休息一下了。"张佳欣真的感觉累了。

"可是老徐被捕，相关行动一定会有所变化，我们要想办法和上级取得联系。"史芸道。

"刚才去九女泉接头的时候，你怎么不说要赶紧和上级联系呢？"

"去九女泉联系是因为时间太紧迫，只好先赶到那里。因为那时我们还可以有侥幸心理，认为敌人不会这么快得知我们最近的行动地点。"史芸分析道，"难道你和那位同学在接头以后，发现的情况变化是偶然的吗？现在回想起来，多亏你急中生智，否则是很危险的。"

"你说现在我们该怎么办？"张佳欣问道。

史芸肯定道："应该尽快和组织联系，把我们遇到的情况通知上级。"

临近子夜时分，月色溶溶。

在济南十亩园街某院落门前，急速驶来两辆卡车。原苯侍郎从驾驶室内出来，站在院落的大门口，冷静地观察着周围，突然，他抓过旁边一个日本宪兵的步枪，哗啦一声压上子弹，朝着二楼偏东的那个窗口上一举，随着"砰"的一声枪响，一个从窗户上跳往另一处平房的屋脊上的人未曾落脚就一声不响地掉了下来。

未待大家回过神来，原苯侍郎又将子弹上膛，枪响之后，一支手枪从楼上的窗户里掉下来，紧接着传来一声惨叫。

原苯侍郎一摆手："曲柄君，你这边！篱夏君，你那边！"他的双手做了一个包抄的姿势，"其他的人给我进去仔细地搜查，一个也不准放过！"

日本宪兵和伪警察共几十人立即冲进楼里。楼里响起密集的枪声，不时传出惨叫声。

十几分钟后，枪声停止了，楼内的硝烟逐渐散去。日本宪兵和伪警察押着五位男士和二位女士从楼里走了出来，他们身上满是血迹和伤痕。

原苯侍郎带着卫兵进入大楼，大厅和楼道里倒卧着几具尸体，鲜血在他们身下流淌。看到这些倒卧的尸体和流淌的鲜血，一丝快感从原苯侍郎的心中升起。想起三个月前他计划通过烟台往日本输送黄金，计划布置得很周密，不料在前往烟台的公路上，押运黄金的两辆汽车却遭到八路军骑兵的埋伏，押运人员全军覆没，全部货物连同隐藏在货物中的30公斤黄金通通不翼而飞。当时他驱车匆匆赶往现场，看到被焚烧的汽车和倒卧在路边及车上的日军尸体时，不由得怒上心头。他明白这一切情报都是由北海银行设在玲珑金矿的地下工作人员提供给八路军的，于是立即驱车前往玲珑金矿，然后在金矿内部搜集线索，但是很快就得知消息，那几个怀疑对象在那几天内都早已不见了踪影。

在位于青岛海滨的花石楼二楼灯火辉煌的客厅里，渡边正雄少将恼怒地对原苯侍郎拍了桌子："头一次，你让唐启贤从你的眼皮底下溜走了，使得我们的刺杀计划变成泡影；上一次，我命令你派出军队，包围并消灭往延安输送黄金的北海银行特勤分队及其护送队伍，而你最后却让他们突围出去；这一次，我们计划从烟台往我国本土运送的黄金，又在你管辖的地盘不翼而飞！据推测，这些失踪的黄金最终会被北海银行通过各种渠道输送到延安。而据可靠情报称，北海银行近几年运往延安的黄金有几万两之多！大佐先生，你倒是很大方呀，可是你觉得如果这样下去的话，你将面临的是什么吗？"说着，有两个宪兵从门口走进来，一左一右地站在原苯侍郎的身边。

渡边正雄少将对站在原苯侍郎身边的宪兵摆摆手，让他们退下，然后说道："侍郎君，据我所知，你是日本帝国大学金融系的高才生，从事过多年的金融工作，有着丰富的金融工作经验。你还经历过三年严格的特工训练，难道对于一个小小的北海银行，你就真的束手无策吗？"渡边正雄少将来回踱了几步，然后坐在办公桌后对原苯侍郎道："看在你曾经为大日本帝国立过功劳的情况下，我再给你一次机会，希望侍郎君不要辜负我的厚望！"

"嗨！"原苯侍郎双脚跟并立，低头鞠躬，战战兢兢道。

"济南怎么样？"渡边正雄少将道，"那里虽然不如青岛繁华，没有胶东富裕，但那里是山东省政府所在地。到了那里，你在村野先夫大佐的领导下工作，希望你不要再辜负我的厚望！"

"嗨！"原苯侍郎再次双脚跟并立，低头鞠躬道，"愿为大日本帝国效力！"

此时，一个行动方案已经在他的头脑中酝酿形成。

三天后，在带着队伍前往济南的赴任途中，坐在轿车上的原苯侍郎探出头看了看前面的路段，又看了看展开在膝盖上的地图，然后对身边的副官下令说："往右边拐，到临淄兵站都给我加满油！"

车队开始转向，驶向临淄兵站加油。

原苯侍郎在兵站里看着地图。

有一个士兵前来报告："报告大佐阁下，车队所有车辆全部加油完毕！"

原苯侍郎说："好！命令全体人员立即掉头北上，疾驶一百七十公里，前往广饶北部的姜水村。"

副官感到奇怪，特意提醒说："大佐阁下，您要去的地方不是济南吗？"

原苯侍郎说："没错！我现在要去的地方不是济南，是博峡的姜水村。根据可靠情报，那里有北海银行清河支行的印钞厂。大家必须开足马力，两个小时以后，务必到达指定地点。"

副官双脚一并道："嗨！"

十几辆汽车的车队立即掉头，浩浩荡荡地驶向北方，车后扬起滚滚烟尘。

黄昏时分，正在地下室内进行印钞工作的北海银行清河支行印钞厂的员工突然听到阵阵枪声，一个银行警卫战士急急忙忙地跑进来说："前方发现鬼子，情况十分紧急，行长命令我们立即停止工作，马上转移。"

银行员工们听到命令后，立即关闭机器，有的拆卸机器，有的拆卸票版。

警卫战士急促命令道："行长命令，情况万分紧急，同志们的生命安全最要紧，立即停止拆卸，由我们警卫排掩护，其他同志放弃一切工作生活用品，只携带枪支弹药和可以与鬼子拼命的家什，化整为零，分组突围。"

警卫战士的话音刚落，只听"轰、轰"几声，几发迫击炮的炮弹落在了地下室的上面，地下室里哗哗地落下来一些尘土。

员工们纷纷拿起倚在墙上的步枪、鸟枪、抬枪、红缨枪、铁镐、铁锹、扁担和扳手，然后冲出了地下室。

原苯侍郎从轿车里走下来，拿起望远镜观察着不远处芦苇丛中的情况，然后狞笑了一声，拔出了指挥刀，下令说："进攻！"

日伪军端起刺刀冲了上去。

芦苇丛中，北海银行的男女员工用步枪、鸟枪、抬枪、红缨枪、铁镐、铁锹、扁担和扳手与敌人展开了殊死搏斗。

有的员工拉响了手榴弹，与敌人同归于尽。

有二十多名员工边射击边向海边撤退，不时地有员工中弹倒下。

北海银行的员工边打边退，终于来到了海滩上，他们解开缆绳，用力地把两只渔船推向海水中，然后爬上了渔船。

渔船拉起帆向大海中驶去，日伪军追到海滩上，用机枪、步枪和迫击炮向渔船射击，渔船周边激起了一个个水柱。

不一会儿，两只渔船先后被迫击炮击中，船上的人纷纷中弹落水，海面上漂荡着北海银行船只几片残破的船板。

原苯侍郎带着日伪军行进在芦苇丛中，看到位于芦苇丛中一具具北海银行清河分行印钞厂男女员工的尸体和被俘的男女员工，原苯侍郎的脸上露出了狞笑。

原苯侍郎带着日伪军进入地下印钞厂，见到一个受伤的女员工正准备躲在机器后向他射击，原苯侍郎挥手一枪，将那位女员工击毙。

原苯侍郎吹了吹冒烟的枪口，然后走出地下印钞厂。

原苯侍郎下令将印钞机器和搜出的北海币全部装上汽车，并将被俘的北海银行员工押上汽车。

原苯侍郎钻入轿车内，然后对副官下令："车队立即驶往济南。"

副官双脚一并道："嗨！"

车队疾驶而去。

夕阳洒在芦苇丛中，洒在那一具具年轻的北海银行男女员工的遗体上。

这一次对十亩园行动的再次得手，更使得原苯侍郎大佐信心爆棚。

"我们的人伤亡情况怎样？"原苯侍郎问道。

"有三位警察被打死，十二位警察负了伤。"

"八嘎！我问的不是支那人！"

"报告大佐阁下，大日本皇军除一人肩部受伤外，其他人无一伤亡！"

"好，给我仔细地搜！"原苯侍郎挥了一下手。

几十位日本宪兵和伪警察除了几位留在原地护卫原苯侍郎外，其他的立即往楼上涌去。

原苯侍郎也带着卫兵来到三楼，他看到侧卧在桌子上的那个人有些面熟，就掏出手帕将那人的脸擦了一下，然后下令道："给我把刘继链叫过来。"

"是！"一个日本宪兵立即喊道，"带刘继链上来！"

"你看看他是谁？"原苯侍郎指着侧卧在桌子上的人向刘继链问道。

"他叫范增旺，是共产党地下财经副主任。"刘继链仔细辨认了一下，回答道。

"好，他的父亲是谁？"

"这个我真的不知道。共产党的纪律很严，各自的身份、家庭和亲属情况都严格保密，在下确实不知。"

"他的父亲就是经三纬五路聚兴昶钱庄的经理范荣田！"原苯侍郎突然想了起来。在韩复榘主鲁期间的一次宴会上，他作为日本商界的代表之一，和范荣田父子有过一面之交。

"不错，就是他！"原苯侍郎肯定道。

"这个范增旺是范荣田的大公子，就学于齐鲁大学文学院财政系，是个反日的积极分子。"原苯侍郎继续推论道，"共产党地下财经组织此次聚会的一个重要议题，显然是要布置解决他们北海银行用来印钞的纸张、油墨及设备问题。"

"在前一个时期的扫荡中，我们破获捣毁了北海银行两个隐蔽的印钞厂，给了北海银行以重大的打击。"原苯侍郎分析道，"现在他们的财政十分困难，军队、政府的工作人员要发饷，秋收时节马上到了，他们要印票子收购秋粮，同时他们也要收购棉花，为他们的部队解决过冬的棉衣和被褥。否则，他们将过不去这个严冬！"

"大佐阁下，中共有在非常微薄的物质条件下生存的传统。据闻，在他们从江西根据地向陕北流窜的一年时间里，由于物资供应匮乏，他们的士兵不得不以嘴嚼草根和树皮的办法来充饥果腹，支撑着走完数千公里的路途。"

原苯侍郎说："所以，他们是不会满足于那种条件的。中共军队那时爬雪山、过草地、吃草根、咽皮带，既证明了他们的坚韧，也表明了他们的无奈。这种情况如果长期持续下去得不到改善的话，他们的部队最终会由于长期的营养不良而不战自溃。否则，他们为什么要办银行、要印票子呢？——这个你的明白？"

副官低头弓腰说："嗨！我的明白。"

原苯侍郎问："共产党的部队作战有一个特点，你注意到了没有？"

副官回答说："共军的战术历来是虚虚实实，飘忽不定，不拘一格。"

原苯侍郎摇摇头说："你并不明白，你看到的只是表面现象，共产党的部队作战其实从来就是务实不务虚的，也是有原则、有底线的。凡是他们主动出击打的仗，都有一个特点，就是说他们和企业一样，每次战斗结束后都要盘点，而且要求战斗缴获必须要高于战斗消耗。也就是说，每次战斗所缴获对方的枪支弹药一定要多于在战斗中消耗掉的枪支弹药，从而不但补充了这次战斗的损耗，还为进行下一次战斗做好更充分的准备。如果做不到这一点，缴获的不如损耗的多，他们就会认为这仗打得不合算；即使他们取得了战斗的胜利，也会被他们认为是败仗。因为这样的仗打得越多，他们手中的枪支弹药就会越少，所以他们是打不起这样的仗的；如果打了这样的仗，他们的指挥员是要被批评并可能受到严厉的处罚的。

"据我所知，山东的中共反日武装力量是没有得到支那所谓的国民政府承认的，也就是说重庆政府是不会给他们发饷的，而中共自身也没有财力供养这么多的军队，至于山东的农民，他们自己的生活也就仅仅在温饱线上勉强度日，也不可能有多余的财力供养军队。所以，中共终于通过自己办银行、发票子的办法找到了解决其经济问题的渠道和钥匙。通过自己办银行、发票子，中共解决了他们的政府采购、军费开支、农业扶持与开发以及工商运营等诸多方面的问题。这就是中共军队为什么在经历了我们优势兵力的多次反复'扫荡'后，不但没有被消灭殆尽，反而越打越大、越打越有金融和财政保障。"

原苯侍郎自信满满地说："中国有句古语，叫作'兵马未动，粮草先行'。这次我就是要掐住中共根据地的脖子，切断他们的血管，彻底摧毁北海银行以及用来印钞的技术和原料渠道。"

原苯侍郎嗅了嗅，发现在空气中淡淡地弥漫着一种燃烧过纸屑的味道。他嗅着气味，走到一个暗室的门前，地上有一堆尚未燃烧完的灰烬。他命令身边的宪兵仔细搜索一下，看还有没有未烧完的东西。

"报告大佐阁下，这里有几片还未烧完的纸屑。"一个宪兵将用白纸垫着的东西呈给原苯侍郎。

原苯侍郎戴着白手套拨拉了几下，从中捡起了一块东西。他转过头来，问身边的副官道："看看，这是什么？"

"好像是一本书，一本书的书脊。"

"对,这是一本书,但这绝对不是一本平常的书。你看看这上面写的是什么字？"

"好像是一个'诗'字吧？对，像一个'诗'字！"

"命令宪兵队和警察局立即搜查济南市的各个书店，把所有的诗集或者是诗选、诗评，反正是只要书脊上带有'诗'字的，都通通送到我的司令部来！"

"太君，现在是午夜11点40分了。这么晚了，市民们都已经休息了，待明天天亮后再搜如何？"

"不！就是今晚。"原苯侍郎的口气不容置疑，"那些反日分子不就是喜欢晚上活动吗？"

"你看看多好的夜景呀，月色如水，杨柳婆娑，富有诗意。"原苯侍郎从刀鞘里将刀拔出，用拇指仔细比量着刀刃道，"谁说我们大日本皇军只是赳赳武夫，只知道嗜血，我们也是懂得诗的。这不，我们正连夜派人满城找诗集嘛。"

"哈哈哈，哈哈哈！"原苯侍郎看了副官一眼，两人一起大笑起来。

"胡闹！谁叫你们这时候派史芸和张佳欣去济南的？"北海银行总行行长姜鲁在大发雷霆，"难道你们不知道现在出了叛徒，济南地下组织的联络点大多数都被破获了，很多同志被捕、牺牲了！"

办公室主任刘志国和营业部主任陈建波面面相觑，刘志国拿起暖壶往茶杯里续了一下水道："姜行长，你刚从清河、滨海等区视察工作回来，先喝口水缓缓气，我和陈主任把工作向你做一下汇报。"

"我不要喝水！你们先解释一下，为什么这个时候派史芸和张佳欣去济南。"姜鲁双眼炯炯地看着刘志国、陈建波二人。

刘志国看了陈建波一眼，说道："老陈，我先把情况向姜行长汇报一下，汇报不到的地方你做一下补充，咋样？"

陈建波点点头。

"前些日子，就是你去清河、滨海区后的第三天，省战工会开会，因为你不在家，所以我和陈主任参加的会议，会议专门对我们北海银行的工作做出指示。

"会议要求我们克服困难，尽快恢复印钞工作，以保证秋粮收购任务和棉花收购工作的完成，保证被服厂能购进足够的布料和棉花，从而保证子弟兵冬季被服的发放。同时，还要做好秋季农业贷款、渔业贷款、盐业贷款、手工业贷款和工商业贷款的发放工作，帮助老百姓尽快恢复生产，建设家园，扶持好工商业，提高根据地人民的生活水平，壮大根据地经济，为最后打败日本侵略者，建设新中国奠定雄厚的物质基础。

"会后，罗书记、省战工会负责人黎玉和财政经济领导小组的同志让我们二人留下，专门听取了我们的汇报，对我们的经营及业务开展情况、北海币的印刷和发行情况，以及在本次'扫荡'中的人员、设备等损失情况进行了详细的了解，并做了笔记。"

"罗书记、黎玉同志要求我们一定要想方设法克服眼前的严重困难，尽快恢复业务，印钞厂也要抓紧恢复生产。要联系沦陷区的地下党组织，尽快解决印钞机、印刷纸张、油墨及相关材料、技术工人不足的问题。新的印钞厂选址安排一定要坚持偏远、隐蔽、便于转移、有利于保卫工作的原则。"

"罗书记、黎玉同志还特地嘱咐财政经济领导小组的负责同志，要和济南、青岛、烟台等地的地下组织及我党控制的银行尽快取得联系，配合我们北海银行做好印钞厂的机器、纸张和油墨的购进工作，解决技术人员奇缺的问题。"

"罗书记、黎玉同志还特别强调了要保证完成向延安输送黄金任务的重要性和紧迫性。他们指出，由于国民党顽固派对陕北的封锁，陕北的财经形势十分紧张，目前中央已经做出了实施'精兵简政'，并开展'大生产运动'以克服财经困难的决定。我们以前往延安输送黄金的做法很好，对于缓解陕北的财经困难，支援全国抗战发挥了很大作用。上次徐向前司令员去延安，也同样组织护送了一批黄金到达延安，受到了中央领导同志的赞扬。"

"在这次'浚泉行动'中，我们同样要组织护送黄金到延安的工作。这些黄金都是我们北海银行鲁中分行、胶东分行的同志在敌人的眼皮底下辗转转移出来的，他们冒着极大的风险，付出了许多牺牲，这是一批染着鲜血的黄金。北海银行鲁中分行、胶东分行的同志已经提交了他们的行动计划，我们必须在这次'浚泉行动'中将这批黄金安全地输送到延安。这一段路程迢迢数千里，要通过敌占区、国统区，经过好几道封锁线，风险重重，困难重重，因此我们必须严密组织，精心布置，审慎执行计划，确保万无一失！"

"期间，罗书记、黎玉同志还叫来负责保卫和保密工作的同志，指示他联系活跃在济南和青岛郊区的游击队，随时配合我们的行动。"

"黎玉同志听取完我们的汇报后，直接叫我们留下，当天晚上就要求我们拟出行动方案。第二天一早，罗书记、黎玉同志再次和财政经济工作领导小组的负责同志听取了我们关于行动方案的汇报，在修改以后，当场拍板予以批准。

"这就是行动方案，因为此次行动的重点在济南，所以我们这个方案叫作'浚泉行动'。

"'浚'就是'疏浚'的意思,'泉'特指泉城济南,另外'泉'在古代还是钱的别称,于是此次行动就定名为'浚泉行动'。

"省战工会副主任委员石平东同志为此次行动的小组长,任命财政经济工作领导小组的负责同志曲品国和你为副组长,我们二人分任第一、第二行动小组的组长,保卫局程海涛同志任第三行动小组的组长。

"考虑到史芸曾经在莫斯科接受过半年的特工训练,本人性格沉稳、冷静、细腻;而张佳欣由于其父母的关系,在金融界和商界人脉广泛,而她本人又性格活跃,善于交往,有一定的地下活动经验,所以安排史芸任第一行动小组副组长,张佳欣做她的助手。

"程海涛同志比史芸、张佳欣提前一天到达济南,做了一些前期工作。从今天下午收到的情况得知,史芸、张佳欣二人头几天的行动顺利,延安急需的黄金已通过秘密银行分别划拨到上海和天津,她们正准备赶往下一个接头地点。但是由于暂时不明的原因,她们使用的原有密码已经弃用,她们是通过一个临时到手的小册子《百泉诗韵》破译密码,执行方案的。"

姜鲁道:"原有密码被弃用,这说明了什么?"他来回踱着步子:"这说明了我们的同志已经察觉到危险,临时采取了应急措施。"

"我们的志国同志也意识到这一问题,准备明天由他在家驻守,派我和季文佳前往济南和程海涛、史芸、张佳欣取得联系。"陈建波说道。

"嗯。"姜鲁盯着他的两位搭档道,"情况下一步会怎样?很难预测!"他端起茶缸喝了几口水后,继续说道:"先把'浚泉行动'方案拿来我看一下。"

刘志国把行动方案递给姜鲁,然后拧亮了马灯的灯芯。

原苯侍郎回到他位于大明湖南岸的官邸。

在他迈入客厅大门后,有两个日本侍女低头弯腰,碎步上前解下他的披风,在茶几上续上茶水。原苯侍郎挥挥手叫她们退下,然后给副官下命令道:"通知宪兵队,那几个抓到的反日分子要给我连夜审讯,明天一早就要给我口供!"

"嗨!"副官一个立正,然后转身退下。

此时是凌晨0时30分，原苯侍郎没有丝毫睡意。

他叫来侍女换上和服，然后来到琴台前盘腿坐下，弹拨起日本古乐《鸣凤谣》。随着一声报告声，副官带着宪兵队长及伪警察局长从楼下上来。

"审讯的情况怎么样了？"

"暂时还没有进展。"

"八格呀路！"原苯侍郎大为光火，"不要吝啬重刑，不要吝啬最新研制的全套刑具。难道你们不知道吗，我最喜欢听的，就是这些支那人的惨叫声。"原苯侍郎在客厅里一边踱步，一边说道："脚踏着支那人横七竖八的尸首，手提着支那人被砍下的头颅，擦拭着沾满支那人血迹的战刀，占有和享用着他们的妻子和女儿，哈哈哈哈，这该是一幅多么惬意的场景啊！"

原苯侍郎扭过头看了伪警察局魏局长一眼，说道："魏局长，你的良心大大的好！你的支那人的不是，你是我们大日本帝国的好朋友。你不像那些猪——支那猪！你的明白？"原苯侍郎笑着拍拍魏局长的肩膀。

"大日本皇军神勇无敌，横扫中国，不、不，横扫支那大地，战功赫赫，世界闻名。在下不才，愿为大日本帝国效犬马之劳！"魏局长连忙不迭地表态，以表达他对"大日本皇军"的忠诚。

"你为大日本帝国立下大大的功劳，我们一定会提拔你、重用你、奖赏你的。"

"嗨！"魏局长立马脚跟并立，鞠躬致礼。

原苯侍郎强调道："北海银行将万两黄金输送到延安的秘密通道，北海银行获取黄金的秘密通道，北海银行印刷钞票的纸张、油墨、器械采购和运输的秘密通道，他们的秘密印钞网点和业务网点，以及相关的工作计划，我们必须立即掌握。你们的明白？"

"嗨！"副官、宪兵队长及伪警察局长双脚跟一并，低头致礼。

"总之，对于这次抓获的反日分子，一定要通过肉体和精神的双重打击以及人格上的侮辱撬开他们的嘴！"原苯侍郎加重了语气。

"嗨！"副官、宪兵队长及伪警察局长又双脚一并，低头致礼。

"还有什么事情？"原苯侍郎看到他们没有退下，继续问道。

第六章
诗韵·泉韵

"遵照您的命令,我们对济南的一些书店进行了连夜搜查,搜到了一些诗集和诗选,并抓获了一些书店老板和职员。"日本宪兵队长回答道。

"书店老板和职员我不感兴趣,先把诗集和诗选给我拿来!"

"嗨!"日本宪兵队长一挥手,上来几个抬着纸箱的日本宪兵,他们将纸箱放在原苯侍郎面前,并打开了纸箱。

"哦,诗集和诗选还真不少。"原苯侍郎弯腰从纸箱里捡起几本诗集道,"中国是一个诗的国度,从孔子开始就用《诗经》教育弟子了。"

原苯侍郎打开一本诗集翻了几页:"可是今晚我们在这块充斥着枪炮、血渍和火药味的国土上,能静下心来欣赏这么多的诗歌集,这显得多么奢侈和不合时宜。"

"中国在宋朝时期,有钱、有诗,但却总是打败仗。北宋不能统一中原,南宋却又偏安于江南,以至于产生了靖康之耻、崖山之恨,直接导致了皇族覆没、国家败亡,这是为什么?"原苯侍郎盯着他的部下问。

"崇文却又抑武,压内胜于御外,苟且多于进取。这是支那人一败再败的根源所在!"原苯侍郎接着说道,"崇文无错,但是抑武却让军人感到地位和待遇降低,社会上也缺乏对军人职业的尊崇感。在日本,女孩子往往愿意嫁给军人,并以此为荣耀,尤其是在战争时期。但是在支那,女孩子却不愿意嫁给军人为妻,尤其战争期间。军人则缺乏对国家的责任感,缺乏效忠之心,这使得高素质的人不愿意投身军旅,为国效力,所以有许多痞子、二流子、品行低下、不务正业之人,甚至是土匪都混迹于军队之中;再加之军纪松弛,约束不严,人民对军队没有好感,以至于出现'好铁不打钉,好男不当兵'的民谣。

"而'压内胜于御外',又使得支那的老百姓对于本国政府不能抵御外辱、捍卫主权,却只会镇压本国人民、鱼肉百姓感到失望和不满,从而对于这样的政府产生疏离感、蔑视感,甚至仇视感。总之,他们中的许多人不把本国的政府当作自己的政府,一旦这样的政府遇到挑战和威胁,他们轻则观望、冷漠、无动于衷,甚者他们会引狼入室、为虎作伥。

"至于苟且多于进取的例子就更不胜枚举了。一时的战败、暂时的耻辱不可怕,可怕的是没有痛定思痛的精神、见贤思齐的品质、发奋雪耻的意志!北宋先败于辽，后亡于金；南宋先败于金，后亡于元，更别说清朝面对列强一败再败。其实支那人有的是反败为胜、重振国威、痛歼强虏、一雪前耻的机会，可是他们只知道苟且偷生、苟延残喘、蝇营狗苟、抱残守缺、不思进取。春秋时越王勾践打了败仗后，尚且经过卧薪尝胆，十年生聚，十年教训，终于振兴国家，打败强敌，一雪前耻。而现在的支那人呢，失去了多少个十年？'知耻近乎勇'啊，这是孔夫子的名言，可是你看看这些支那人，他们知道什么是羞耻吗？

"北宋亡于金，南宋亡于元，大明亡于清。总之，先进的、富裕的、文明的中原王朝一而再，再而三地被北方落后的、贫瘠的、野蛮的游牧民族所轻蔑、所击败、所羞辱、所灭亡，一个根本的原因，就是支那人有钱、有诗，却没有剑！"

"何况现在的支那人连钱也没有了，剩下的诗，还是古人留下的！"原苯侍郎说道，"这样，他们怎能保护好祖宗留下的万里河山！

"没有剑，钱再多有什么用，不是用于赔款，就是干脆被外族杀人越货、抢掠一空；没有剑，诗再多有什么用，最多抒发一下亡国之怨、灭族之恨，别离之苦罢了！

"还有什么新文化运动，竟然考证出'大禹是一条虫'。他们不但丢了自己的土地、自己的颜面，他们连祖宗也不要了！胜了则趾高气扬，败了则怀疑祖先。这些没有灵魂和脊椎的支那人！

"哈哈哈……

"如果说钱代表着财富，诗代表着文化，那么剑就代表着武力，三者缺一，国将不存！

"这些支那人辱没了祖宗先人，还辱骂祖先；殃及了子孙后代，还推责给后代，他们哪里有一点儿担当的精神，哪里有一丝自责的意识，哪里有一点儿重振的勇气！"

说话间，原苯侍郎又捡起几本诗集。突然，他叫宪兵队长和魏局长到跟前来，指着一本诗集的书脊道："就是这本诗集！——《百泉诗韵》。你们过来好好地看看。"

"书脊的字体和大小完全相符，非此书莫属！"副官确定道。

"太君，大大的高明！"魏局长忙不迭地赞赏道。

"这《百泉诗韵》把许多泉水镶嵌在诗中，这是支那诗人的一种嗜好，在诗中镶嵌的这么多的泉水中，必有近期他们的接头地点！"原苯侍郎大胆缜密地做出推测，接着问道，"可是到底哪个是他们的接头地点呢？"

"太君，我们立即对今晚抓获的反日分子进行审讯。"魏局长回答道。

"你们打算怎样审讯？"

"只要询问泉水或者《百泉诗韵》的事，他们中就会有人认为他们当中有人已经招供，已经把他们出卖了，于是他们的意志就会崩溃，他们就会以为再为保守这些秘密而接受严刑拷打，使得自己皮肉受苦而感到不值，这样秘密就会吐露。"宪兵队长回答道。

"再就是他们此次聚会，与北海银行的秘密地下运金渠道，以及北海银行为解决印钞问题而要输入印钞机、印钞纸张和油墨有关，一定要发现线索，将其彻底捣毁。"原苯侍郎命令道。

"嗨！"宪兵队长和魏局长双脚跟并立，敬礼回答道。

"呦西，立即给我提审那些反日分子，一定要从他们的嘴中把接头地点和时间给我抠出来！"原苯侍郎命令道，"另外，立即在这些泉水的周边密布便衣侦探，对于嫌疑分子，立即予以逮捕！"

"可是济南城区加周边地区有数百处泉水。"

"我们的人员全部出动，我马上协调军队予以支援和配合！"

"嗨！"宪兵队长和魏局长再次双脚跟并立，打了一个敬礼后退出三楼客厅。

原苯侍郎目送部下退出客厅后，心里感到有些放松。他走到窗户前双手拉开窗帘，一轮皓月当空，大明湖的水波在月光下粼粼闪烁，周边一片寂静。唐代诗人赵嘏的诗句突然映现在原苯侍郎脑海中。

独上江楼思渺然，月光如水水如天。

"好诗，真可谓境界辽远，韵味无穷，清丽绝俗，美不胜收。用这样的诗句来描绘眼前这个用近百处泉水汇聚成的湖，真是再贴切不过了。"原苯侍郎感慨道。此时他又想起自己刚才抒发的宏论："一个高素质的民族和国家，要有钱、有诗、有剑。没有锋利的宝剑，再多的钱也是异族的财富，再优美的诗也只能抒发亡国之痛，咏叹国破家亡之恨。"原苯侍郎从放在茶几上的刀鞘中抽出刀来，在灯光和月光下眯起眼睛打量着。

突然，原苯侍郎的脑海中又浮现出另一首诗，据说此诗出自曾经主政山东的中国军阀张宗昌之手：

大明湖，明湖大，大明湖里长荷花，
荷花上面蹲蛤蟆，一戳一蹦跶。

"这些支那人呀！"原苯侍郎眺望着月光下的大明湖，透过夜色，依稀可以分辨出明湖北岸的沧浪亭。"像这样的支那人真是辜负了这样一片好山水啊！"原苯侍郎把窗户打开，一股清风夹杂了淡淡的荷香从窗外流淌进来。"如果说大唐以前的中国人有钱、有诗、有剑，那么大宋之后的中国人只有钱、有诗，却没有了剑。而现在的中国人既没有钱，也没有诗，更没有了剑！"原苯侍郎心想，"把这样的好山水从这帮劣等民族手中夺过来，难道不是理所应当的吗？"原苯侍郎耸耸肩膀，把手中的指挥刀猛地推进刀鞘，嘴角浮出一丝冷笑。

第七章 曲巷·恋峰

FENG HUO YIN HUA

　　古城的一个铺着青石板的弯弯曲曲的小巷,那个"撑着油纸伞的,丁香一般的姑娘"孤独的身影已经远去。她却来了,浅浅的酒窝上挂着微笑,机灵的眼睛扫描着四方。

　　一对大学同窗,青年才俊,为了钞票再次相逢在古城,多年未见,一旦相见却反目为仇,刀光血影中最终有一人倒地。

　　刚刚的那个女孩,转瞬间却换下了裙装,头带礼帽,身着深蓝色西服的她伸手接过从空中抛来的手枪,在手指上转了几转,顺势插入裤袋中,回眸一笑,像极了一位英俊的王子。

月光如水，贺玉婷披衣起床来到阳台上，用喷壶就着月光将水洒向阳台上的花瓣。此时已经是夜半时分，整个城市沉睡着，站在阳台上可以看到南面千佛山上兴国禅寺里彻夜不息的烛光，阳台北边则是映月洲。那年，她于春天和齐鲁大学的同学们在千佛山上写生及秋天的某一个晚上在这个书房里和卢晓航相互题诗惜别的场景历历在目，恍如就在眼前。

但是，贺玉婷记忆更深的是那一个冬夜，日本鬼子的炮声响了一夜。夜空中飘着雪花，记得是后半夜了，凌晨3点多钟，她和卢晓航及他的几个战友正在一起交谈，突然传来一阵急促的脚步声，然后就是"砰砰"的敲门声。贺玉婷连忙打开屋门，张佳欣和几个桃李剧社的学生闯了进来。

张佳欣张口就问："婷婷姐，晓航哥在吗？晓航哥在吗？"

"小欣，怎么了？发生什么事了？"

"婷婷姐，我就是想问晓航哥在哪里？"

卢晓航走了过来："小欣，你找我有事吗？"

张佳欣看到卢晓航西装革履，吃惊地睁大眼睛道："晓航哥，你不是一身戎装吗？你的那身戎装哪里去了？"

卢晓航道："小欣，你听我说……"

张佳欣道："你不要解释什么，你知道吗？今晚日本鬼子已经进城了！日本鬼子不放一枪就占领了山东省会济南府！你能解释一下这是为什么吗？你不是韩复榘司令的少校侍卫副官吗？"

张佳欣张口念道：

此去硝烟滚滚来，枪林弹雨何惧！
男儿挥剑荡魔障，为国！为家！为你！

"这诗是出自你卢晓航的笔下吧？"张佳欣不无讽刺地问。

"是我写的。"

"是你穿着军装写的吧？"

"是的。"

"是你在这个房子里写的吧？"

"是的。"

"不错，这个你还记得。可是现在日本鬼子进城了，卢晓航，请问你的军装呢？"张佳欣突然双目放电，加重了语气。

"卢晓航，今晚小妹我求求你了，请把你脱下的军装拿来，你不穿我穿！"张佳欣愤怒的眼里已经溢出了泪水。

"小欣，你听我说几句好吗？"

"我不听！我不听！我不爱听！"张佳欣大声吼道，心中积压的怒气像火山的岩浆一样喷发出来，"平日里你们搜刮民脂民膏，作威作福，花天酒地，还高唱着爱国爱民的高调。现在日本鬼子来了，你们几万、十几万、几十万的大军不是不抵抗，就是撒丫子跑，你们还要脸吗？你们还是军人吗？你们还是男人吗？"张佳欣平复了一下情绪，继续说道："卢晓航，你还要解释什么呀？！"

"你，不仅仅是你，你的那个司令韩复榘能向山东人民做个解释吗？能向全国人民做个解释吗？在全国，他把我们山东人的脸丢尽了；在世界上，他把我们中国人的脸丢尽了！"

"小欣，你能平静一下听我说几句吗？"

"我不想听，我不爱听，都到这个时候了，难道还需要说什么吗？"张佳欣疾步走过客厅，来到书房，拉开临街的窗帘道，"看见了吗？那在路灯下闪烁的就是一排排行进在济南城内的日本鬼子的刺刀和钢盔，你们过来看呀！"

"……"

"卢晓航，小欣我不才，你和婷婷姐都知道，我没有哥哥，可是我一直把你当我亲哥哥看。我崇拜你、仰慕你，今天让我再叫你一声哥哥啊，好哥哥！请你把你脱下的军装拿出来给我好吗？"张佳欣放下窗帘走到卢晓航的面前，直视着卢晓航的眼睛道："晓航哥，这军装你不愿意穿，我穿！"

卢晓航显然是蒙了，他呆呆地盯着张佳欣那锐利似箭的目光，不知该说些什么好。

可是此时的张佳欣已经打定了主意，她看到卢晓航西服里面别着的手枪，突然冲了过去，从卢晓航的腰间拔出手枪，然后转身往门外冲了出去，并丢下一句话:"今晚我就叫日本人知道,济南虽然有不抵抗的国军军人,但却也有甘愿为国捐躯的女人!"

卢晓航回过神来,大喊道:"快!拦住她!"他急忙和他的战友们冲出去追赶,贺玉婷和桃李剧社的学生也一起冲了出去。

张佳欣的速度特别快,此时在她的眼前不断浮现出妈妈的笑容和妈妈被日军炸弹炸死后满身鲜血的残躯,妈妈死不瞑目。张佳欣在心中默念着:妈妈呀,妈妈!你不要走远,今晚,我要让你亲眼看着你的小女儿小欣为你报仇!为无数被日军残害的中国妇女报仇!妈妈呀,你没有走远,你不会走远,今晚你看着我,我要为你报仇!报仇!!妈妈,你等着我!可是,张佳欣又明明听到妈妈急切阻止的声音:"小欣!小欣!你不能这样,你不要这样!"可是张佳欣已经顾不上那些了,在拐过几道弯后,她冲出小巷,朝着行进中的日本军队连开数枪。

"砰砰砰"的枪声划过夜空,打破了冬夜的寂静。

仿佛是妈妈的手臂挽住了张佳欣的腰,卢晓航等人此时已经赶过来抱住了张佳欣。

卢晓航一把抢下张佳欣手中的枪,对战友说道:"快!我掩护,你们立即将她转移到安全地点!"

说完,卢晓航朝着冲过来的日本军人连开数枪,然后转身闪入另一个小巷。

在贺玉婷家的客厅里,卢晓航的战友七手八脚地将张佳欣架了进来。

"你们不打日本鬼子,为什么还不让我打?"张佳欣睁圆双眼,大吼道。

贺玉婷突然抱住了张佳欣,跪了下来,她抬眼看着张佳欣,双眼噙满泪花:"小欣,我的好妹妹!我知道你心中的伤、你心中的痛。你晓航哥也知道你的一切。你的好妈妈,也是我们上湖畔中学时最好的老师,我们每一个同学都不会忘记她的,不会忘记她的学识、她的人品、她的风采,她对我们每一个同学的关爱和期待。她教育我们要热爱自己的国家,她告诉我们中国有希望,男儿女儿当自强!我们从来不在你的面前提起你的母亲,是因为怕你伤心难过。可是从见到你的那一刻起,我就在内心里把你当作自己的亲妹妹,你晓航哥也把你当作亲妹妹来疼你。你妈妈被鬼子炸死了,我们不能让你这样无谓地去送死,你妈妈也不会让你这样死去的。好妹妹,你今天听你姐姐一声劝,好吗?"此时,贺玉婷已经呜咽得再也说不下去了。

张佳欣也连忙跪了下去,抱住贺玉婷问:"婷婷姐,刚才我在小巷里跑的时候,是你在喊我吗?"

贺玉婷哭泣着点了点头。

"可是我分明听到是妈妈在喊我呀!妈妈向我喊道:'小欣!小欣!你不能这样,你不要这样!'"张佳欣激动道。

贺玉婷道:"是我在喊你。"

张佳欣猛地搂住贺玉婷的肩膀哭了起来:"姐姐!我的好姐姐!!"

……

张佳欣哭了一会儿,擦干了泪水问:"姐姐,晓航哥他们手中明明是有枪的,可他们为什么不打鬼子?"

"小妹妹,不是我们不打日本鬼子,也不是不让你打日本鬼子。"这时传过来一个天津口音,"是因为你对我们、对晓航兄弟有误会,我们得跟你讲清楚。"

"我怎么误会他了?我看够了有些人言行不一的嘴脸!"张佳欣此时的语气显得强硬起来。

"小妹妹,你是误会你晓航哥了,他可不是怕死鬼!"卢晓航的战友对张佳欣解释道,"记得今年10月初,我们在德县附近桑园火车站打了一仗,那次我们一个团和日本鬼子1000多人激战4个多小时,收复了火车站,缴获日本鬼子30多门大炮和一辆装甲车。我们亲眼看到你晓航哥端着机枪一边喊着,一边冲锋扫射,最后也是他从倒下的旗手手中接过国旗,冲了过去。他接连砍掉好几个日本鬼子的脑袋,将国旗插在日军的阵地上,身上的军装都被日本鬼子的血染透了。

"今年11月中旬,韩复榘司令率领的手枪旅在黄河北边的济阳县城被日军装甲部队包围,是你晓航哥带领警卫营驾驶摩托车拼死搏杀,才终于将韩司令救回济南的。"

"那他现在为什么把军装脱了?"

"就是因为韩复榘准备不放一枪就放弃济南,你晓航哥得知情况后,在反复陈说无效的情况下,才和我们手枪旅的十几位弟兄脱下军装,离开了韩复榘的队伍,准备北渡黄河,参加范筑先的抗日队伍。"

"那他现在在哪儿?"

"为了掩护你,他把日本鬼子引到别的街巷上去了。这不,现在还有枪声呢。"

"不行,我得过去看看!"

"小妹妹,算我求你了,你就别再去了!"那位天津人说道,"你想打鬼子的热情我们理解,我们也佩服你的勇气,可是你现在出去只能给我们添乱。我们是大老爷们,你认为我们就不想打鬼子?可是鬼子也不是你这样一时冲动就可以打的。打鬼子要会打,不会打就是白白地去送命。自从日本鬼子进入山东境内,我们和他们整整纠缠了一个多月,十万多人马已经损失近半,多少好兄弟牺牲在战场上。"

"那就这样一枪不放地让日本鬼子占领了济南?"

"小妹妹,我们也不愿意让日本鬼子就这样占领了济南,底下弟兄们要和日本鬼子拼命的多得是。这不,我们这十几位兄弟就没有跟着韩复榘撤退,而是留下来准备跟你晓航哥一起去参加范筑先的队伍。"

"各位大哥,对不起,小妹我误会你们了。"张佳欣问,"晓航哥现在会怎么样,有危险吗?"

听到楼梯上急促的脚步声,贺玉婷忙上前把客厅的门打开,卢晓航闪了进来。

"晓航哥,对不起,对不起,小妹我误会你了,你没事吧?"张佳欣连忙上前询问道。

"没事!"

"你是怎么回来的?"

"有七八个鬼子被我引入西边的小巷,我开枪打死了两个,又不知从哪里冲出几个人,拿着大刀片、红缨枪、流星锤、三节棍的,把剩下的那几个鬼子全干掉了,然后取了他们的枪,又打了一声呼哨,全部跑了。"

"你没事吧?"

"我没事,这里的地形我熟悉。不过,那几个和日本鬼子用冷兵器格斗的兄弟,有三位负伤了,都被他们自己的人背走了。"

"那些人一定是这一带练武术的兄弟!"

"我们不能在这里继续待下去了,趁着天黑,我们必须立即出城!"卢晓航道。

"晓航,你把这些食品和衣物带着。"不知何时,贺玉婷已经擦干了泪水,从卧室里拿过一个皮箱递给了卢晓航。

"晓航兄弟,你离开韩司令时不是给他留了一首诗吗?你说给这位小妹妹听听,这也是我们兄弟的誓愿。"卢晓航那位天津口音的战友说道。

"晓航,你就写在这上面吧。"贺玉婷递过来一个本子和一支笔。

卢晓航拿过本子和笔唰唰地写完后递给贺玉婷,贺玉婷将本子递给张佳欣。张佳欣低头看到了本子上面的诗:

生为男儿即敢当,誓携赤刃赴国殇。
驰骋血雨英杰气,只为神州放彩光。

"弟兄们,走吧!"卢晓航道。

"晓航!"贺玉婷走过去和卢晓航紧紧地拥抱在一起。

"婷婷,你多保重!"

张佳欣也扑了过去,她含着热泪紧紧地抱住卢晓航道:"晓航哥,刚才是小妹我不对,我错了,我错怪了你,晓航哥。为了婷婷姐,为了我,你要多多保重!总之,为国为家,你都要多保重!"

转眼五年过去了,卢晓航现在在哪里呢?

"婷婷姐,你是在想晓航哥,是吧?"不知何时,张佳欣已经来到贺玉婷的身边。

"你怎么不睡了?"贺玉婷问。

"婷婷姐,你睡不着,我也睡不着。"张佳欣道。

"这么些年了，咱们当初那些同学好友都不知道怎么样了？"贺玉婷问道。

"夏洪波后来到了叶城县，名字改为张继明，是县委书记。听说后来他去了延安学习，毕业后在延安陕甘宁边区的银行工作。"张佳欣道。

"哦，我听晓航说起过，他们曾经在西安见过面。"贺玉婷道，"还有那个跳舞的叫冷红的女孩，先是去了南京，南京沦陷后，又跟着家人去了九江、武汉，后来又去了重庆。"

"在我们那儿，也有你们齐鲁大学的同学。"张佳欣列举了好几个同学的名字。

"我很奇怪，你们那里的条件那么差，又随时面临着日本鬼子的扫荡，不像在大后方那样生活有保障，又安全，更不像出国那样惬意自在，像你这样的银行行长的三小姐，是怎么待得住的？"贺玉婷问。

"婷婷姐，你这样猛然一问，我也说不出来，这可能就是信念吧！"

"你说的那种信念是什么？"

"在这场战争中，中国绝不能输，中国一定要赢，中国一定会赢，中国一定会强大起来、富裕起来、民主起来，向巍巍泰山那样昂首九天外，一览众山小！而我们每一个人，作为她的儿女，在母亲最危难的时刻，都不能离开她，都要和她在一起，和她风雨同舟，生死与共！"张佳欣说着，眼里溢满了泪水。

"是啊，看到你和史芸、晓静年龄都不算大，可是身上却都有一股子劲儿，热情、自信、勇敢、单纯，这些气质在国民党人的身上怎么就看不出呢？"贺玉婷显然被感染了，稍微思索了一会儿，再次问道。

"哎呀，婷婷姐，你这个问题我可回答不出来。"张佳欣道。

"也许在官场上混得太久了，他们酒喝得太多。"贺玉婷自问自答道，"成天只知道争权夺利、尔虞我诈、大吃大喝、结党营私，搞得乌烟瘴气，你晓航哥在那边有时就感到好苦闷。"

"婷婷姐，我们中国是有希望的。"

……

西斜的月亮将影子投在映月洲的水面上，波光粼粼，荷叶亭亭。此时，三楼阳台上的两个女孩子，一个微笑着观赏着城市里的月色，一个则在深潭般的眸子里闪射出略带忧虑的光。

紫云宫路是济南古城一个很普通的街巷，路面是用青石板铺就的，只有五米多宽，两边是低矮的平房，间杂有几栋两层或三层高的涂有红色油漆的古色古香的店铺，来来往往的行人络绎不绝。

　　中午时分，史芸、张佳欣和沈晓静就像一般的市民一样来到这里，她们依然按照季文佳的吩咐，以不等边三角形的方式拉开了距离。她们一边走着，一边用双眼的余光观察着周边的情况。离接头地点只有十几步远，张佳欣远远地已经看到了那个钱号，"福茂源"的旗幡悬挂在屋檐下面，随风飘荡着。

　　突然，不知从街巷哪里蹿出几个人来，由张立钊领着，堵住了张佳欣的去路。

　　"小妮子，长得不错呀，还认识你大爷我吗？"张立钊问道。

　　"对不起，我不认识你。"张佳欣回答道。

　　"昨天还见面呢，怎么今天就不认识了？"

　　"对不起，大哥，你认错人了吧？我真的不认识你。"

　　"昨天是谁把你大爷我撞得踉跄了一下子，还往我的脸上弹水的？"

　　"原来是你呀，大哥。对不起，当时我认错人了。"

　　"你认错人了？就这么简单！"

　　"真的认错了，我还以为你是那位同学呢。我向你道歉好吗？"张佳欣道。

　　"道歉？晚点了吧！当时你怎么不道歉？"

　　"当时那个同学不是追我吗？"

　　"追你？追你干什么？"

　　"他，当时我不是把他推泉水里了吗？"

　　"无缘无故，你就把他推泉水里了？"

　　"他往我脸上撩水……"

　　"别再狡辩了，你以为靠着你那点儿花言巧语，就可以打发你大爷我呀？"张立钊道，"小妮子，你还是太嫩了点儿。"

　　"你想干什么？"

　　"干什么？你这就别问了，跟我走一趟吧。"张立钊道，"五年前，你在千佛山上跳的那个什么狗屁舞蹈，我就看出你是个反日分子了；昨天你又跑去九女泉，还往我脸上弹什么桃花水，拿你大爷开什么心？我看你是活得不耐烦了！我当时就后悔没把你抓起来。没有想到今天在这里又碰上你了，怎么样，我看咱们还是有缘分的哈，跟我走吧！"

张立钊一挥手，立即上来几个人把张佳欣的胳膊扭到背后。

"干什么你，青天白日的你凭什么抓人？！"张佳欣大喊起来。

"凭什么？就凭这个！"张立钊把一个蓝本子打开，在张佳欣的面前晃了一下，"把这小妮子的嘴给我堵起来，带走！"

"老弟，好好的，你抓人家干吗？"高琪把张立钊拉到一边问。

"呵呵，老兄，你不是说我要交桃花运了吗？看来你说的话不假呀。"张立钊道。

"老弟，我那不是和你开玩笑吗，你还真要抓人家？"

"老兄，你想吧，昨天我们在警戒的地方就碰见过这妮子，今天一早又在我们警戒的地方遇见这妮子，你以为这是巧合吗？这妮子就是一个反日分子，何况五年前她还在千佛山上跳舞宣传反日。"

"你是那时候就对人家动心思了吧？谁不知道你。"

"老兄，你就别咧咧了。"张立钊明显不耐烦了，一挥胳膊下令道，"给我把这妮子带到我的办公室去，我要好好审审这妮子！"

"老弟，你怎么不把她交给日本宪兵队呀？"

"有什么好事，也总不能叫日本人先得到呀！是吧，老兄。"

"我觉得老弟你还是悠着点儿吧。"高琪提醒道。

"你怎么没完没了，婆婆妈妈的啊？！"张立钊对弟兄们摆了一下手道，"给我把这个小妮子押走！"

"咱们也不能老是这么辛苦，也得乐呵乐呵，对吧？"张立钊转头对高琪道。

史芸和沈晓静见到这一情况，立即把藏在口袋里的手枪的扳机打开，两人凑在一起。史芸道："紧紧跟上，看我的眼神儿行动，宁愿拼个鱼死网破，也绝不能让小欣被他们抓走！"

"好！"沈晓静道。

季文佳此时正在福茂源钱号里等待接头，突然发现情况有变，立即叫来店小二对他说道："告诉凯子兄，五年前他们在半壁街附近打死日本鬼子的事儿，不但军统知道，我们共产党人也清楚。我们敬佩他们的爱国气节，那三个负伤的兄弟，就是我们共产党人出资把他们转往齐鲁大学医学院接受治疗的。今天我们有同志受到那些卖国小人的暗算，还希望凯子兄出手相救。"然后伏在他的耳边低声吩咐了几句。店小二听完吩咐后转身离去。

季文佳把茶杯一推，立即从旁边过来三个人，季文佳命令道："我们想办法赶到那些汉奸特务前面，不惜一切代价，必须把小欣救下来。走！"

前寨门街九华楼二楼的一个雅间内，陆凯正在和弟兄们一起喝酒，桌面上一片狼藉。突然，一个小兄弟匆匆来到他的身边，对着他耳朵嘀咕了几句。陆凯听完后，猛地一拍桌子，站起来道："弟兄们，跟老子走一趟，准备抄家伙！"

张立钊带领着他的手下押着张佳欣刚刚走到岱宗宫街和后宰门街的交叉路口，突然听到有人向他打招呼："哎，那不是劣枣儿嘛！干吗呢？"

张立钊抬头望去，原来是陆凯走了过来。他赶紧打招呼道："凯子兄，好久不见，你发财了吧？"

"哪里呀，这年头儿，上哪里发财去？"陆凯说话间，已经站到张立钊的面前，"听说劣枣儿你小子发迹了啊，在哪儿谋上什么官差了吧？"

"哎呀，哪是什么官差呀？也就给人跑跑腿。"

"给谁跑腿呀？"陆凯问，"劣枣儿，你可是中国人，对不住中国人的事儿，咱可不能干！"

"是呀，是呀，咱不能干对不住中国人的事儿。"张立钊此时有些心虚，连忙给他手下使眼色。

"这小妮子是从哪里弄的？"陆凯指着张佳欣问道。

"凯子兄，这个你最好别问。"

"怎么还不让问？"

"你问了可不好。"

"怎么个不好法？"

"……"张立钊一时语塞。

"哎，劣枣儿，你怎么不说话了，做贼心虚了是吧？"陆凯的目光变得咄咄逼人起来。

"不是，凯子兄，小弟看你今天是喝多了，不要闹出点儿什么事儿来。"

"怎么，我还会喝多了？你劣枣儿看见我什么时候喝多过？"

"凯子兄，您看这样好吧，小弟我今天有点儿公务，不能奉陪大哥了，改天我请大哥喝酒。"

"劣枣儿，你这小子要什么滑头，大哥今天还就得叫你小子陪老子喝点儿酒。"陆凯转身对小兄弟吩咐道，"叫掌柜的把最好的酒给我拿几瓶上来，老子今天要和劣枣儿喝上几壶！"

"别，别，大哥，小弟今天真的有公务在身！"

"什么公务啊，就是抓人家小妮子回去领赏吧。"

"大哥，这个小妮子可是反日分子呀！"

"你怎么知道的？"

"五年前，在千佛山上，她就演出过反日的舞蹈。"

"千佛山上？我怎么不记得这回事儿？"陆凯道，"再说了，人家小妮子跳个舞都不行了，非得把人抓起来？"

"这……"

"哦，我想起来了。"陆凯拍拍脑袋，"你看我这记性，五年前在千佛山上的那次，不就是你嚷嚷着节目不好看，要换一个吗？"

"是，是……"

"还记得不记得，是谁把你打得趴在地上，像死狗那样？"陆凯问道。

"大哥，五年前那事，你把小弟打得趴在床上好几天起不来，这个小弟我就不和你计较了。现在你看好了，这可是日本人的天下。"张立钊想起往事，满脸恼怒，说话中带有威胁的意思。

"我看你这小子还有你们这帮子人，真正的反日分子你们不敢去抓，也抓不来，就是会朝着手无缚鸡之力的小妮子使劲，因为这样既没有风险，还能升官领赏，对吧？"陆凯道，"我真不明白，你爹娘是怎么弄出你这么没出息的，你还有点儿中国人的味儿吗?"

"大哥,你就少来这套吧,你今天要是非得挡着你兄弟我的道,就别怪兄弟我新账旧账一起算,对大哥不客气了。"张立钊说着掏出手枪,抵在陆凯的胸前。

"哎呀呀,兄弟,你怎么较真儿了?"陆凯道,"我哪里敢坏兄弟你的好事儿呀?我撤,我撤还不行吗?"说着,陆凯已经捏住张立钊的手腕,将他的手枪下了下来。

"劣枣儿,我告诉你,"陆凯捏住张立钊的手腕道,"知道五年前日本鬼子开进济南府的那天晚上,县西巷死了七八个日本兵吗?"

"怎么,那是大哥您干的?"张立钊问道,脸上立马渗出豆大的冷汗来。

"算你小子聪明,不过你小子总是为非作歹,现在也算是恶贯满盈了。今天,你也跟你的那些日本老子去吧!"说完,陆凯将张立钊的胳膊扭过来,朝着他的屁股一脚踹了过去。

"妈呀!"张立钊大叫一声,一个踉跄栽倒在一家商铺的石柱上,登时口鼻流血,双眼翻白,气息全无。

张立钊的手下立时慌了,东奔西窜。其中一个掏出手枪还没有来得及开枪,就被站在旁边的人来了个双风贯耳,立时倒地不起,手枪被下掉。

陆凯和他的兄弟们将张佳欣带到一个偏僻的胡同里,摘下她口中堵着的手帕,松了绑。张佳欣不知道遇上了什么人,心里还是很发慌。

陆凯道:"小妹妹,五年前你在千佛山上跳的舞特别好,我们好几个兄弟都看了,就凭这个,我们兄弟几个也得救你。现在你安全了,可以回去了。以后有事就找我凯子就行。"

"大哥,冒昧问您家住何方?"

"不必问了,你只要说出我的名字,总会有人找到我。"陆凯说完就准备离开。

季文佳走过来,抱拳道:"凯子兄,谢谢您了!刚才除了那个劣枣儿外,还被干掉了两个,有几个小喽啰逃跑了。我们抓住了那个叫高琪的人,找地方教训了一顿,问了那几个人的姓名,让他立即转告跑掉的那几个人,不许他们向日本鬼子说是你做的。如果事后你有点儿偏差,我们会要他们的脑袋!"

"知道你们是共产党。"陆凯道,"幸会,幸会!江湖无界,后会有期!"说完,陆凯一抱拳,带着几个弟兄们飘然而去。

贺玉婷家的客厅里。季文佳对在座的史芸、张佳欣和沈晓静道:"我是昨天晚上接到的上级指示,今天一早来到这里。我们现在执行的是一项十分重要的任务,行动方案叫作'浚泉行动'。这是针对日本鬼子加紧对我们根据地的经济封锁展开的专门行动。

"近几个月以来,我们印钞用的纸张和油墨供应线路多次被掐断,有的供应商被日本人逮捕、刑拘、被日本人放狼狗咬,还有的被杀头。渤海分行采购科的吕科长被捕后英勇就义,清河印钞厂遭到敌人的袭击被全部炸毁,工作人员有的被活埋,有的被敌人的狼狗活活咬死。为了保证前线供应和后方生产的需要,我们必须千方百计地解决印钞用的纸张和油墨,还有设备问题,争取多印钞票。"

季文佳接着说道:"前段时间你们的任务完成得非常好,可是昨天晚上情况突变,正在举行秘密会议的地方受到日本宪兵的突袭,许多同志被捕,有的牺牲。今天中午张佳欣遇到的情况绝对不是偶然的突发现象。为了保证任务的顺利执行,我带三位同志连夜赶到这里,就是为了和你们会合。那三位同志现在正在楼下担任警戒任务,你们先把情况说一下。"

史芸三人将情况说了一下后,季文佳道:"今天上午我们没有费一枪一弹,就营救出小欣,除掉了劣迹斑斑的汉奸地痞'劣枣儿',完成了接头任务,这很好。由于没有开枪,所以大大延误了日军得知这一情况的时间;再加上营救小欣的行动是由凯子兄出的面,日军即使得知了这一情况,也容易将其判定为混迹街头的两帮团伙由于历史积怨而进行的火并,是难以下定实施全城戒严的决心的,这就给我们实施新的行动方案赢得了许多宝贵的时间,创造了极好的条件。史芸姐和晓静面对情况的突然变化,保持沉着冷静的心态,没有急于贸然开枪营救小欣,直到条件成熟又立即出手,将'劣枣儿'的手下用枪逼住,给予严厉警告,表现了极好的素质和面对突发情况的默契配合,这也很好。我已经遵照上级指示,和济南市工委取得了联系,他们已经派人前往南部山区,联络当地的游击队配合我们的行动,所以我们绝不是孤立的。"

"那我们现在应该怎么办？"史芸问道。

"你们对下一个联络地点百脉泉的认定，是有道理的。在短时间内，日本宪兵还不会准确掌握我们的计划及变动方案。我们一会儿还要和济南市工委联系，确定今晚的行动安排。你们不必等我回来，要立即抓紧时间赶往百脉泉，和那里的同志取得联系。"

"午饭还没吃呢。"沈晓静嘀咕了一句。

"来不及了，百脉泉在城外，到那里还有100多里呢！"张佳欣说道。

"那就抓紧吧。"季文佳也知道沈晓静有胃病，此时虽然感到心疼，但是情况紧急，也只能这样安排了。

"我得想办法要一部车。"张佳欣说道。

"要车？你跟谁要？"沈晓静问道。

"交通银行济南支行司机队的头儿，是我爸爸的老部下。"

"那好。"季文佳同意道，"中午你们没有顾得上吃饭，一定别忘了带点儿东西在路上吃。晚上的任务将会更加危险、更加繁重，你们一定要保持好精力和体力。"

"慢点儿，我们得换一下衣服，这么晚去那里，我们这身穿戴一旦碰上巡逻和检查的不好解释。"史芸提示道。

"好！你们赶快抓紧时间换衣服吧！另外，小欣你马上用贺玉婷家的电话给那个交通银行的司机队长打电话！"季文佳说着，走到临着后街的窗户前，打开窗户，把一盆红月季端放在窗台上。

不一会儿，一个人力车夫打扮的小伙儿跑上楼来。季文佳递给他一张纸条，并向他低声交代了几句，那人就飞速跑下楼去。

史芸、张佳欣和沈晓静从卧室里换好衣服出来，季文佳已经离开了这里，只见客厅的桌子上放了一个包、一杯温开水和一个打开瓶盖的药瓶。

史芸打开放在桌子上的纸条，只见上面写着："桌子上的包里装的是食物，你们带着在路上吃。桌子上的胃药让晓静抓紧吃了，我在约定的地方等你们。任重道远，务必保重！文佳字。"

张佳欣瞥了沈晓静一眼，只见沈晓静的眼圈已经红了。

张佳欣说道:"晓静,你真是好福气。"

沈晓静端起杯子喝了几口水吃完药,说道:"史芸姐、小欣,我们走吧。"

此时,楼下响起了汽车的鸣笛声。

史芸、张佳欣、沈晓静告别了贺玉婷后,从楼梯上往下走。刚刚来到楼洞口,突然从旁边拐出一个人,抓住张佳欣的手就走,史芸、沈晓静立时警觉地将手伸进口袋里扣住手枪的扳机。

那人脚步极快,把张佳欣拽得跟跄了几步。

"你是谁?"张佳欣问道,"你想干什么?"

那人把手指伸向嘴唇"嘘"了一声,然后摘下墨镜。

"晓航哥,你怎么来了?"张佳欣大吃一惊,预感十分不好。

"今天那个地方你不能去!"卢晓航斩钉截铁地说道。

"什么地方?"张佳欣问道。

"百丈崖。"

"是谁告诉你百丈崖的?"张佳欣满脸迷惑。

"据可靠情报说,你们有个'浚泉行动'的计划已经被日军掌握了。"

"什么?他们什么时候掌握的?"张佳欣大吃一惊,额头上渗出了滴滴冷汗。

"他们很快就会掌握的。"

"什么,他们很快就会掌握?"张佳欣一愣,"你这是什么意思?"

"这个你就不要问了,听哥一句话,你不要去了!"卢晓航道。

"我要是去了会怎样?"

"你要是去了,就必死无疑!"

"哦,如果我不去,她们去了会怎样?"

"你说的是谁?"

"刚才和我在一起的姐妹。"

"小欣,都什么时候了,你还管她们?"

"我们都是好姐妹,几年来情同手足,在生死关头,我绝不能抛弃她们,独自苟且偷生。"张佳欣一字一顿地说道。

"那你通知她们最好不要去了。"

"不行,参加这一行动的还有我们很多同志,我们必须一起去,要死也得死在一起。"

"小欣,你怎么这么固执呢!"

"晓航哥,我明白了,咱们好几年没有见面,昨天晚上我还和婷婷姐谈起你,现在终于相见了,可是我们竟然成了敌人,对不对?"

"小欣,你怎么这么说话?"

"晓航哥,那你告诉我,你现在到底是蒋氏还是汪氏?"

"小欣,你是怎么看你哥的?我怎么会是汪氏!"

"这么说你是重庆派来的?"张佳欣问道。

"是的。"

"晓航哥,我以前听婷婷姐说起你,说你参加了很多次对日作战,后来又深入敌后,出生入死,干掉了许多凶残的日特和汉奸,你知道小欣我是多么敬佩你、想念你吗?我为你感到骄傲!可是现在我见到的你却要和日寇联手,共同对付站在抗战前线的共产党和爱国同胞,你怎么敢说你不是汉奸?"

"戴老板说过,抗日锄奸和限共铲共都是我们的重要任务。"

"晓航哥,这么说你现在是军统。"张佳欣问道。

"小欣,你就不要再问了,快终止你的行动。"

"晓航哥,我已经说了,我们的行动现在已经是箭在弦上,不得不发。哪怕完不成任务,我宁愿把我的一腔热血和我的同志们洒在一起,也绝不会苟且偷生!"

"小欣,你怎么这么任性呢!"

"对,晓航哥,难道直到现在你才看出我的任性?"张佳欣神态坚定地说道,"晓航哥,你推心置腹地想一想,如果和我一起执行'浚泉行动'计划的同志们都牺牲了,而我却毫发无损地活着,我将如何向人们解释这一切?"

卢晓航这时候方寸全乱了,一时手足无措:"日军已经调动起千军万马,一旦得到准确情报,就将铺起一张由军队、警察、宪兵、特工几千人组成的大网,将卷入这'浚泉行动'的北海银行、济南市工委、南部山区的十几支抗日游击队和贵党的其他银行机构,诸如陕甘宁边区银行、冀南银行等一网打尽!"

"照老兄这么说,日军到现在还没有掌握准确情报?"季文佳不知何时出现在张佳欣和卢晓航之间,双眼紧紧地盯住卢晓航问道。

卢晓航一愣,立刻将手伸进裤袋。

季文佳也瞬间将手伸过去,紧紧攥住卢晓航的右臂道:"别紧张!请允许我先自我介绍一下,我叫季文佳,这次我和小欣一起执行任务,我是小欣的铁哥们儿。"然后紧盯着卢晓航道:"我们之间也应该成为最要好的铁哥们儿。"

"小欣,你也给我介绍一下这位兄长。"季文佳道。

"这位是以前齐鲁大学的才子,他那时候和夏洪波是最好的搭档,他们都同是我们这些学弟学妹们崇拜的偶像,我直到现在还叫他'晓航哥'。"

"怎么,你就是卢晓航?"季文佳看着卢晓航惊讶地问道。

"你怎么知道我的?"卢晓航也感到吃惊。

"我经常听小欣念叨你,她一再说你爱国正直、勤奋上进、博学多才,在齐鲁大学的同学中间威信很高,还说你和贺玉婷是金童玉女,天造的一对,地设的一双。呵呵,我季文佳对你可是久仰大名,没想到今天竟然在此相见,这可真是缘分呀!"季文佳说着,向卢晓航伸出了右手。

"……"卢晓航面对突如其来的变化,显然缺乏思想准备,他没有伸出手去,他对季文佳的出现充满了戒备之心。

"小欣,你介绍一下我吧!"季文佳转过头对张佳欣说道。

"好的,这位是季文佳,我们在一起工作有两年多了,他是我的领导,我们这次来,就是为了执行'浚泉行动'计划的。"张佳欣说道。

"……"卢晓航一时懵了,他显然没有考虑过现在这样的局面。但是直觉告诉他,现在他必须要在极短的时间内,根据眼前有限的信息做出重大的决断。

"晓航兄,你刚才说日军一旦得到准确的情报,就将调动起几千人马采取重大行动,这是否可以理解为日军直到现在都还没有得到准确的情报?"季文佳问道。

"是的。"卢晓航点了点头。

"那么这份准确的情报在哪里,是否在你的手中?"季文佳问道。

"是的。"卢晓航又点了点头。对于季文佳接连抛出的两个问题,他感到无力招架,只得先点头承认,心里却在寻觅着反攻的契机。

"请问你是怎么得到的?"季文佳的第三个问题随即提出,不给卢晓航半点儿喘息的机会。

"贵方上次的财经会议遭到日军的袭击后,我们事后到过现场,在一堆垃圾中发现了一个没有完全被销毁的密码本,我们据此破译了贵党的部分往来电报。我们把其中一些内容汇报给了重庆。"

"这么说你们是军统?"

"是的。"卢晓航说完,突然掏出手枪对准了季文佳的额头。

张佳欣大吃一惊,连忙道:"晓航哥,你这是干什么!"说着,张佳欣瞬间从提包里掏出枪对准卢晓航的太阳穴。

季文佳连忙用手拦住道:"小欣,你不要这样!你晓航哥不是汉奸。"然后季文佳继续问道,"你们戴老板是否想要借刀杀人,用日本人的手实现他的目的?"

卢晓航没有想到季文佳会在额头被敌对一方的手枪抵住的情况下,竟然置个人生死于不顾,紧接着提出了第四个问题。卢晓航回答道:"这个我不管,你们北海银行没有经过国民政府的批准,乱发钞票,扰乱了金融,必须予以取缔!"

"晓航兄,你这话说得几乎和日本鬼子没有什么两样。"季文佳继续说道,"我们北海银行成立于敌后抗日根据地,那里是被国民政府丢弃,并且曾经被日本鬼子占领的地方。我们收复了失地,并在这块地方上创办银行,发行票子,促进经济,造福民生。要说扰乱,扰乱的也是日本鬼子的金融,粉碎的是日本鬼子以战养战的阴谋。北海银行在极其严酷的条件下坚守敌后的金融战线,明显是有功于抗战,有利于民国,怎么会有罪呢?"季文佳随即提出第五个问题。

"……"卢晓航一时语塞,只好转移话题道,"我们知道你们北海银行还有几个秘密的黄金通道,每年通过这些通道收购数万两黄金,再将这些黄金通过银行及其他秘密渠道辗转输送到延安,有这事儿吧?"卢晓航反问道。

"晓航兄,这难道也有错吗?你们国民政府不对驻在延安的抗日民主政府和抗日武装发饷不说,还派几十万大军对延安实行经济封锁,企图把我们困死、饿死。这难道不是做着日本鬼子想做的事情吗？延安是中共中央所在地，我们向延安输送黄金，这明明也是对全国抗战的支持，对国共合作、共御外辱的支持，这到底何错之有？"季文佳提出了第六个问题。

"这位季先生说起话来倒是头头是道，但是一丝不苟地执行上级颁发的命令，这是我作为一个军人的本分！"卢晓航说道。

"那么你知道你的好朋友夏洪波是共产党人吗？"

"我当时不知道，后来才知道的。"

"你知道你小欣妹妹已经提交了加入共产党的申请书了吗？"

"这、这，小欣！"卢晓航急了，掉头指责张佳欣道，"你也太轻率了！"

"你错了，小欣她是一个十分聪明的女孩子，她出生在一个银行家的家庭，她选择了自己的人生道路。你可不要看不起你这个小妹妹，她在我们根据地里是一个美好的传奇，她是我们北海银行的宝贝，她并不轻率！"季文佳丝毫不让道。

"还有……"卢晓航竟然一时找不到合适的话语了。

季文佳继续他刚才的话题："晓航兄，事到如今，你面临着两个选择：一个是把情报按照你们戴老板的命令交到日军手中，那么你就立下了大功，你会进一步得到戴老板的赏识，踏着小欣妹妹及我和其他同胞们的尸骨与血迹，步步高升。一个就是断然取消你们原来的计划，不要把情报交到日本人的手里。这样一来，你们戴老板会对你不满意，可是'将在外，君命有所不受'也很正常，改变计划的事情多着呢，戴老板是很难对此进行深究的。"

"我们是有严格纪律的……"卢晓航反驳道。

"慢点儿，晓航兄，你听我把话说完。"季文佳制止了卢晓航的解释，"我多次听小欣说起你，她没有哥哥，却总是把你当作亲哥哥看。她经常把她从婷婷姐那里听到的你杀敌锄奸的故事讲给我们听。在我的心目中，对你仰慕已久，可是现在你却要把枪口对准我和我的同志们、对准你的同胞们。"

"你听我说……"卢晓航想继续辩解，可是又被季文佳制止了。"借刀杀人，这是多么聪明的办法呀，你们军统擅长使用这种办法，因为这样既可以除掉对手，又不会玷污自己的双手。但是这种如意算盘并不会让拨弄这个算盘的人最终如意。面对如此多的在日本宪兵的枪口下遇难同胞的血和尸骨，终究会有人站出来揭露真相的。你卢晓航和你们戴老板将来敢于面对这一切吗？"

"我……"卢晓航急欲插话，却又被季文佳的手势第三次制止住了。"我知道贵党和社会上有些人对我们共产党有成见，也有偏见。但是，在爱国抗日的问题上，我们两党还是曾经达成过一致的呀！现在大敌当前，难道我们就真的要互相残杀吗？"

"那么，我希望你们听我一句劝，不要去了。"

"不行，小欣刚才也说了，我们现在已经是箭在弦上，不得不发。我们已经别无选择，我们必须去！我们北海银行就是在日本鬼子残酷的绞杀中成长的，'扫荡'与'反扫荡'的战斗我们曾经经历过无数次，我们现在必须去把这一消息通知给我们的同志。别看日伪军会出动好几千人，但是你们的阴谋不见得会得手。可是你卢晓航和军统作为民族罪人的罪名，将永远被中国人所不齿。"季文佳盯着卢晓航道，"刚才小欣也说了，她现在还是叫你'晓航哥'的，至于今后她还能不能叫你'晓航哥'，你自己看着办吧。"

"小欣，还有这位兄弟，你们是否担心你们参加这次行动的同事都牺牲了，而你们自己如果毫发无损的话，就没办法向别人解释自己？"卢晓航道，"据我所知，我的弟兄们有时会通过自伤的办法来证明自己。"

"什么叫'自伤'？"季文佳一愣，紧接着问道。

"就是自己照着自己的胳膊或者是腿部等非要害部位开一枪……"话还没有说完，卢晓航就后悔了，因为他看到张佳欣和季文佳的脸色已经变了，那是一种愤怒中还带有些许鄙视的眼神。

"晓航哥，你怎么能说出这样的话呢？"张佳欣脸色苍白，她睁大了眼睛盯着卢晓航，一字一顿地说道，"你刚才的话是对我们的玷污，也是对你自己、对婷婷姐的玷污！请你把刚才的话收回去。"

"小欣，我错了，刚才的话我全部收回。"卢晓航连忙道。

"晓航哥，我们五年没有见了，你怎么会变成这样。你知道吗？你和婷婷姐是我们同学们的偶像，也是我心中的偶像。你得珍惜你自己！"张佳欣的情绪无法平静。

"是、是，我刚才的话全错了，我全部收回。"卢晓航发誓道。

张佳欣勉强抑制住自己的情绪，接着说道，"今天晚上，在济南南部山区的百丈崖，枪声会响一夜。到了明天天亮的时候，枪声可能会平静下来。晓航哥，如果你还愿意做我哥哥的话，到时候你别忘了去给小欣我收尸，也算是我们兄妹没有白做一场。"

"小欣，你们……"

"晓航兄，过去我们打了十年的仗，结果是把一个日本帝国主义打进了中国。如果在日本鬼子已经占领了我们半壁河山的情况下，你们还是执意要做那些手足相残的事情，让亲者痛、仇者快的悲剧重演，那么你就会成为民族的罪人！晓航兄，在下不才，但是该说的话今天都撂在这里了。不管是从良心上，还是从理性上讲，请你自己掂量掂量吧！"季文佳说完，转过头来对张佳欣说道，"小欣，时间紧急，我们马上过去吧！"

"慢点儿！小欣，还有这位兄弟，难道你们一点儿都不怕吗？"卢晓航急了，大声追问道。

季文佳回过头来一字一顿地说道：

生为男儿即敢当，誓携赤刃赴国殇。
驰骋血雨英杰气，只为神州放彩光。

卢晓航和张佳欣听到这首诗顿时都愣住了。

"晓航哥，这不是五年前济南沦陷的那个夜晚，你写的那首诗吗？"张佳欣吃惊地问卢晓航。

"对，那是五年前的一个深冬的夜晚，我和十几位决心抗战的弟兄们在反复劝说韩复榘司令坚守济南府，抗击日寇进攻的建议没有被采纳的情况下，离开他时给他留下的誓言。"卢晓航道。

"晓航兄，这首诗虽然出自你的笔下，但是却反映了我们无数中华热血男儿的心声。"季文佳道，"两年多以前，那是一个北风呼啸、雪花飘飘的晚上，在下第一次听到小欣动情地念起这首诗的时候，我就被感动了。这首诗这么贴合我的心意，它道出了我的心声，从此我就在心里记住了这首诗，也记住了这首诗的作者。"

"……"卢晓航一时无语。

"荣幸的是，今天我终于见到了我仰慕已久的诗人；遗憾的是，这次相会是在这种情况下结束的，并且成了我和诗人所见的最后一面。"季文佳继续说道。

"季文佳，你真的是过目成诵、出口成章呀！这首诗两年前我只念了一遍，你怎么就给记住了！到现在都两年多了，你这简直是……"张佳欣看着季文佳脸上现出一脸惊愕的样子。

卢晓航的内心也受到了深深的震撼，一腔热血在胸中起伏着，像一股一股的涌浪拍击着他的胸腔。他的眼前仿佛又浮现出那个北风呼啸、雪花飘飘的晚上，他带着十几个弟兄脱下军装，装在行李袋里，秘密离开正在往微山湖地区撤离的韩复榘的队伍，暂时隐蔽在济南贺玉婷家里，后来辗转来到李宗仁麾下参加台儿庄大战的场景。

那天晚上，张佳欣对他的声声质问，仿佛又在耳边响起：

"晓航哥，你的军装呢？"

"晓航哥，今晚日本鬼子不放一枪就占领了山东省会济南府！你能解释一下这是为什么吗？你不是山东省政府主席韩复榘司令的少校侍卫副官吗？"

"晓航哥，小妹我求求你了，请你把你脱下的军装给我，你不穿，我穿！"

"你们还要脸吗？你们还是军人吗？你们还是男人吗？"

……

卢晓航摇摇头道："真拿你们这些共产党人没办法，我错了，我投降好吗？"说完，他微微地举起了双手。

"这么说，你不会把情报交给日本人了？"季文佳问道。

"不了，我承认我说不过你们。"卢晓航道。

"晓航哥！"张佳欣立即扑了过去，拥抱着卢晓航，"你真是我的好哥哥！我要谢谢你！"

"那你怎么办？"季文佳关切地问道。

"老弟，这事儿可轮不到你操心，这区区小事一桩，我无论怎样都会摆平的，你们快去吧！"卢晓航朝季文佳和张佳欣挥挥手，显得胸有成竹。

季文佳和张佳欣正欲转身离开，卢晓航又叫住了他们，把一个小纸包递给他们道："这就是贵党在那次秘密财经会议上没有完全来得及销毁的密码本，还有那份准备交给日本人的情报。你们放心吧，这些东西我没有经过第二个人的手，现在我们这笔账两清了！"

季文佳接过那个小纸包，揣入怀中道："谢谢你，晓航兄！"

"老弟呀，怪你大哥有眼无珠，刚才你把手伸过来的时候，我不和你握手，现在你大哥把手递给你了。咱们兄弟虽然是第一次见面，但是我还是很欣赏你这位老弟，刚才我一见到你，就感觉到我们好像在哪里见过似的，现在看来，你老弟可真是我的知音，很高兴认识你，让我们握个手吧！"卢晓航说完，就把手伸了过去。

季文佳高兴地伸出了自己的一双手，将卢晓航的一双手紧紧地握住，上下摇动着。

卢晓航打量着季文佳和张佳欣说道："你们两个可真是天造的一对，地设的一双，倒是蛮般配的。"

"晓航哥，你在说什么呀！"张佳欣的脸上顿时飞起了红晕。

季文佳也脸红了起来："晓航兄有所不知，小欣已经有男朋友了，他是八路军的骑兵排长。那小伙子马术精，枪法准，机智勇敢，杀敌无数，在我们根据地方圆百十里之内，也是一个传奇的英雄。"

"哦，是这样呀，怪我失言，怪我失言，愚兄我这里给小欣妹妹赔礼了。"卢晓航也感到太唐突了，有些抱歉地笑了笑。

他随即抬起手腕看了看手表，说道："还有十分钟，日军的接头人员就到了，你们抓紧离开这里吧。"

"晓航哥，谢谢你了。"张佳欣和季文佳一起说道。

"不用谢了，抓紧走吧。"卢晓航说道，"祝你们的行动圆满成功，祝北海银行越办越好！"然后他就转身朝着基督教堂的方向走去。

卢晓航经过一家商铺，买了一盒烟，然后从中抽出一根烟点着。他在教堂门口来回踱着步，透过墨镜观察着周围的景物。略有些偏西的太阳照在他严峻的面孔上。

卢晓航今天遇到的事情，给予他的刺激太强烈了。他没有想到张佳欣对于他的劝告会采取这种态度，更没有想到季文佳的出现。他总觉得好像在哪里见过这个人，这难道是他多年来苦苦期待和寻求的知音吗？可是他竟然是共产党。

他的心情一时难以平静下来，五年多没有见到的小欣、初次相逢的季文佳都给他以深深的震撼。这次是他第一次放弃执行上级的命令，这在纪律严格的军统系统中会给自己造成怎样的后果？自己该怎样逃避军统纪律的处罚？这都将是不得不面对的问题。

还有，这次和日本谍报机构的合作将怎样结束？

当他再次点燃一根香烟时，那个人出现了，当对方摘下墨镜时皮笑肉不笑地看着他时，更大的震撼来了。

"怎么会是你？王世平。"卢晓航惊愕地睁大了眼睛。

"晓航同学，别来无恙乎？"王世平还在笑着。

"世平，你来干什么？"卢晓航问道。

"晓航同学，你不是有一个宝贝要……"王世平用手比画着问道。

"怎么，原来你是特高课的？"卢晓航更加惊愕了。

"晓航同学，就像你在军统一样，不都是混碗饭吃吗？"王世平说道。

"你胡说！"卢晓航火了。

"是、是，老同学你爱国、你清高、你忧国忧民，可你现在不是也在和日本人合作吗？"王世平道。

"你无耻！"

"是、是，礼义廉耻，我王世平现在既是无礼，又是无义，而且还无廉，这又加上了无耻。可是你卢晓航同学现在不也卖国求荣吗？"王世平道，"那些高调就不要再唱了，老同学，还是早点儿把货给我吧。"

"原来你就是那个外号'野狸'的日伪特工的头目。"卢晓航强忍住怒火道。

"晓航同学，你不要叫那个'伪'字好吗？"

"怎么，你也觉得不好听？"卢晓航面带讥讽道。

"逐鹿中原，鹿死谁手？这几乎没有什么悬念了，你又何必还抱着传统的正统理念痴人说梦呢？"

"王世平，你不要看日本鬼子一时嚣张，就认为自己抱住了一条大腿，人可不能太缺德。"

"晓航同学，你看现在日本海军在珍珠港痛歼美国太平洋舰队，日本陆军占领了香港、越南、柬埔寨、菲律宾、马来西亚、缅甸，打得英美几十万大军尸横遍野，剩下的不是竖起白旗投降，就是落荒而逃。这你还看不出吗？早点儿改弦易辙，投靠大日本皇军，今后升官发财的路广着哪！"王世平整理了一下领带，继续说道，"晓航同学，都到现在了，你还看不清大势，你竟然说我缺德，我看你是缺心眼儿吧？"

"缺德的人，才是真正的缺心眼儿呢！"卢晓航针锋相对道，"老同学，你别看在珍珠港你的日本主子得手了，并且打得很漂亮。而后日本人又在东南亚各地对英美的战争中屡屡得手。其实日本人失败的命运已经变得不可遏止了，而珍珠港事件恰恰就是在这次世界大战中，日本和它在欧洲的德意盟国一起走向失败深渊的转折点，形势向着德日意法西斯所不情愿的方向逆转是必然的，不信你就走着瞧吧！"

"好了，好了，我们就别讨论诸如'缺德'还是'缺心眼儿'这些属于玄学的话题了，也别再高谈阔论形势了，这不是大学的校园，也不是茶馆。"王世平催促道，"老同学，还是快点儿交货吧。"

王世平接过卢晓航递过来的纸包装到口袋里，另一只手从皮包里拿出一个鼓鼓的信封递给卢晓航。

"这是什么？"卢晓航掂量着王世平递给他的纸包问。

"大日本皇军给你的酬劳呀。"王世平道，"皇军是不会亏待你的。"

"知道这是酬劳，但是我要问的是你这给的是什么钱？"

"联银券。"

"不行，这个钱我不要。"

"为什么？"

"你听听，'联银券''联银券'，就像碰上了连阴天，这无休无止的连阴天，谁受得了？他妈的晦气！"

"要不给你法币？"

"老同学，你是在糊弄我吗？"卢晓航道，"别人不知道你是干什么的，我能不知道吗？你那日本主子占领香港后，发现了我们设在香港九龙中华书局的印钞厂，发现了大量的钞票成品和半成品，缴获了上百架的印钞机，并且破获了制造法币的密码。现在市场上到处充斥着日军伪造的法币，你还想糊弄我吗？"

"那你想要什么？"

"听说现在在山东的市面上北海币紧俏，你就给我北海币吧。"卢晓航带着点儿戏谑的表情道。

"老同学，你在开玩笑吧？持有或隐藏北海币的一律加以缉捕，处以严刑，这你不会不知道吧？"

"哦，那就算了，算了，我就拿着联银券吧。"卢晓航做出很不满意的样子，无可奈何地摇摇头道，"你这个联银券呀，我们那里叫作伪钞，孔子曰：'名不正，则言不顺；言不顺，则事不成。'"

王世平道："晓航同学也太多虑了。"

"这可不是多虑，联银券就是给人晦气的感觉。俗话说，'手里捏着联银券，出门总逢连阴天'。呵呵，不吉利。"

"怎么，还有这个俗语吗？"

"有啊，你怎么连这个都不知道。"卢晓航一脸惊愕的样子道。

"哦，老同学，不说这些没谱儿的话，我们已经好几年没见了，握一下手吧。"王世平伸出手来道。

"你看你的手太脏了，这次就不握了吧，下次再说。"卢晓航挑剔道。

"下次要等到什么时候呢？"

"那当然是等到我们胜利的时候。"

"你们？胜利？哈哈，还在做梦呢！"王世平收回了右手，鄙夷地笑了，"那好，再会！"

看到王世平转身离去的背影，卢晓航也转过身，往教堂大门内走去。在刚刚跨进大门的时候，卢晓航突然有一种预感，连忙向左侧的门后闪去。随即，伴着一声枪响，有一颗子弹贴着他的耳边飞过。

卢晓航趴在教堂门后侧目观察，只见王世平及其手下的五六个人正在和他带来的随从互相射击，有几个人已经倒在了血泊中。

双方正在相持中，从旁边的街巷中突然冲出几个穿深蓝和灰色西装的人，连开数枪，将王世平的手下全部打倒。王世平见局势不妙，转身就想跑。卢晓航抓住时机，一枪击中王世平的小腹，将其放倒在地。

"刚才第一枪是你开的吧？"卢晓航大步走了过去，一把抓住仰躺在地上的王世平的领口，追问道。

"嗯。"王世平捂着肚子痛苦地道。

"是你的上司叫你杀死我的吗？"

王世平先是点点头，后又摇摇头。

"那你为什么要开枪杀我？"卢晓航十分不解。

"前年夏天，我的舅舅李继茂在给日本人投递情报的过程中，被你一枪从汉口码头的驳轮上击中，栽进了长江……当年我上学就是我舅舅资助的。"

"李继茂身为党国高官，担负着长江上游防务的重任，但却将党国的高级机密出卖给日本人，他死有余辜！"卢晓航道，"还有——"

"还有婷婷……"

"哈哈，婷婷，你还在做梦呀！"卢晓航看着王世平的脸，发出鄙夷的笑。

"当时我舅舅带着许多礼物去过她家。"

"可是贺伯伯和伯母并没有收下他的礼物。"

"都是因为你……"

"好了，不要提这个了！"卢晓航不耐烦地说道，"你擅自对我开枪，难道就不怕违反特高课的纪律而受到严惩吗？"

"晓航，你执行过很多任务，杀死了许多日本人和我们的很多高层与中层干部，这个日本人是知道的，所以就算我杀了你，相信日本人也不会惩处我。"

卢晓航恍然大悟道："哈哈，老同学，原来今天我们两个都违反了我们组织的铁纪律。"他一边说着,一边下掉了王世平手中的枪,又从王世平的口袋里搜出刚刚递给他的纸包,装进了自己的上衣口袋:"对不起,这个情报不能让你带走了。这次日本人会认为他们计划的失败完全是由于你的公报私仇造成的,这样一来,他们就会对你执行纪律。"

"你……你……老同学……"王世平呻吟着。

"放心吧,看在以前是同窗的份儿上,我不会要了你的命!可是如果你再在这条路上走下去,你的下场如何,就你自己掂量吧!"

卢晓航放下王世平,再次往教堂大门口走去。突然,身后传来一声枪响,卢晓航回头看去,只见王世平右手又出现了一只手枪,瞄向他的方向,可是王世平并没有来得及扣动扳机,因为在他扣动扳机前不到一秒钟的时间里,他的右脸已经被另一支手枪打得稀烂。

对面茶馆里的一个人来到王世平的身旁,用手探了探王世平的鼻息和心跳,取下了王世平右手上的枪,然后摘下礼帽对卢晓航打了一个手势。

是季文佳!卢晓航大吃一惊道:"你们怎么又回来了?"

"我们不放心,怕晓航兄你出什么意外,所以就回来看看。"季文佳说道,"果然没有白跑一趟!这家伙在左腿裤管内侧还藏着一把手枪呢,晓航兄你刚才有点儿太大意了!"

"谢谢啦!"卢晓航双手作揖道,"救命之恩,无以相报!"

"晓航兄,你从这位汉奸手中取下的另一把枪,也借给我们一用如何?你们又不缺枪。"

"好的,兄弟,拿去吧,就别说借了!"说着,卢晓航就把刚才从王世平手中下掉的枪从上衣口袋里取出扔给季文佳。

季文佳接过那支手枪,顶在手指上转了几转,突然往左边高高抛起,一个穿深蓝西服的人接过了手枪,顺势插入裤袋中,对着卢晓航一拱手,莞尔一笑道:"谢谢啦,晓航哥!"

怎么回事?这穿着深蓝西装,接过手枪的人竟然是张佳欣!他们是什么时候更换的服装?而且张佳欣和季文佳之间配合得如此默契,堪称天衣无缝,难道他们二人之间会真的没有私情?卢晓航的心里不由一动。

一辆轿车疾驰而来，在茶馆的门前停下，季文佳、史芸、张佳欣、沈晓静立刻跳上轿车。

季文佳打开车窗喊道："晓航兄，上车吧！"

"不啦！你们快走吧！"卢晓航挥挥手，问道，"哎！你们不是还有好几个人吗？"

"你怎么知道的？"季文佳问。

"我就是干这行的，早就看出来了，你们在这里至少是两拨人马。"卢晓航说。

"哦，你晓航兄真是不简单，好眼力！我让另一拨人马先走一步，我只带着她们几个回来了，主要是你小欣妹妹不放心你这个晓航哥，我也不放心。"季文佳说，"现在看来，这一趟果然没有白来。"

"谢谢你们啦！"卢晓航在胸前拱着手道，"祝你们成功！"

轿车疾驰而去，在车后翻滚起一阵黄尘。

太阳渐渐西沉，夜色越来越浓了。史芸、张佳欣和沈晓静三人来到明水镇的一家小饭店里，要了三份米饭和两份菜，她们一边吃着，一边小声商讨着接头的事情。刚才她们刚刚从百脉泉那里过来，除了看一看景色外，还观察了周边的地形地貌，为晚上的接头做准备。

饭店里的客人不多，除了掌柜的在马灯下一边打着算盘，一边翻阅着账本外，还有两个商人和两个伙计打扮的客人在另一个角落里喝着酒。

接头的时间快到了，三个人正准备结账往外走，坐在角落里的一个客人却转过脸来问道："现在兵荒马乱的，不知三位女眷要到哪里去呀？"

"我们是从柿子园来的，到鹁鸽崖看亲戚去。"史芸道。

"这么晚了，也没有人来接吗？"

"就是说嘛，急死人了。"

"一时半刻的来不了人，你们不如去那边的百脉泉看看。今晚月光晴好，看一看清澈的泉水，可以消除烦恼。"商人道。

"我们就是刚刚从百脉泉那里过来的，风景虽好，但是有夜风袭扰。"张佳欣答道。

"好风景可不是到处都有的,有的风景错过了,那就是永远的懊恼。"商人道。

"可是再好的风景也不能过度迷恋,新的风景也可以边走边找。"这一次是沈晓静回答的。

"哈哈,这位小姑娘话说得轻巧,还不是因为芳龄尚小。"商人道。

"这位大哥可是话中有话,对我家小妹的心思动得也未免太早。"史芸回答道。

商人心里一动,心想:"这三位女眷分别回答三句暗语,完全符合上级的规定,这绝对是自己人!"想到这里,他笑了:"呵呵,看出你们这三位女眷回家探望的心情急切,我家就住在鹁鸽崖北边的甘泉庄,我们是赶着马车来的,一会儿可以给你们捎一下脚。"

"鹁鸽崖的梁家明你们可认识?近期可好?"这时,另一位商人说着来到她们的面前。还有更隐秘的暗语,他要做一下核实。

"认识,不就是那个私塾老先生吗?虽然年事已高,但有着硬朗的身板、麻利的腿脚。"

"对,学生焦明没空去看望他老人家,见了他代我问个好。"那个叫焦明的商人说着,招呼着另外三个人,同时对史芸等人道:"你们抓紧吃,我过去看一下那些山货是否放好。"说完,就向史芸三人拱拱手,离开了。

桌上留下了一张纸条,史芸连忙捡起来打开,上面写着:"屋外有狼,出门后右拐,顺小路直行,有人断后,不必惊扰。"

"暗号全部对上了,我们应尽快赶脚。"张佳欣提醒道。

"嗯,自己人,情况紧急,我们要赶快离开这里。跟紧我,螳螂捕蝉,小心身后有鸟。"史芸下令道。

张佳欣和沈晓静对视了一眼,"扑哧"一下笑了:"怎么成了'螳螂捕蝉,小心身后有鸟'了。这一系列带有韵脚的暗语再说下去,我们是否会显得有些无脑。"

史芸对张佳欣瞪大了眼睛道:"这都什么时候了?不要胡闹!"

"怎么是我胡闹呢,是编制这套暗语的季文佳在逗笑。"张佳欣说道。

沈晓静严肃地说道:"这怎么是逗笑呢,这是革命工作的需要。"说完,沈晓静拿着钱朝柜台上掌柜的走了过去："掌柜的，我们结账，给你这些钱，不必再找。"

张佳欣走到正在柜台前交钱的沈晓静身边，悄声说道："晓静，你现在就知道偏袒季文佳了啊。"

沈晓静听了，脸上腾地就飞起了红晕。

张佳欣一瞧，"扑哧"笑了，连忙转身往门外跑。

这是一片稀稀疏疏的小树林，在月光的照耀下，透出斑斑驳驳的光影。

史芸她们三个来到这里时，发现焦明早已牵着马在此等候。

他们打过招呼后，不一会儿，和焦明一起喝酒的三个人也跑了过来。

"快，我们抓紧赶路！"焦明说道。

"不是屋外有狼吗？"沈晓静问道。

"已经被他们干掉了。"焦明用手指着后面跑来的三个人，转头对史芸等人道，"介绍一下，我们是锦屏山游击队的，这几条野狼不够我们收拾的。我们抓紧走吧。"说完就跨上了马。

"我们这是去哪里？"史芸问道。

"百丈崖。"焦明说道。

月色中，他们纷纷骑上马，向着南边隐隐约约淡云一般的群山中疾驰而去。

此时，原苯侍郎正在大明湖南岸官邸中焦躁不安地来回踱着步。他太后悔了，怎么会启用王世平这样的卑劣小人去完成与军统驻济南情报站的接头任务。平时看着这小子还是有几分聪明劲儿的，几次任务完成得还算漂亮，结果这次却在关键时刻因为公报私仇，不但搭上了自己的性命，还毁了一次破获北海银行往延安输送黄金秘密通道的大好机会。

"八嘎！"原苯侍郎愤怒地拍着桌子。虽然他此时还不完全知道山东省战工会制订的"浚泉行动"计划的大体内容，但是他从自己所得到的情报中，已经得知上次他们被胶东八路军根据北海银行的情报所截获的三百两黄金，已被北海银行特勤分队在上个月输送到济南南部山区的一个秘密山洞里，并将和其他五百多两黄金一起于近期送往延安。

正是基于彻底捣毁北海银行往延安输送黄金的秘密通道,切断延安的经济血脉,摧毁北海银行采购印刷物资的秘密通道,为下一步彻底消灭北海银行考虑,他所领导的日本驻济南宪兵队和特工部门才在请示上级后,决定和军统合作的。可是这次合作还没有迈出实质性的一步,就被王世平这小子给毁了!

"这些卑劣的支那人呀!"原苯侍郎拍着桌子,对副官、宪兵队长及伪警察局长发泄着怒火。

"太君!对于卢晓航、季文佳、张佳欣等人的活动,我们已经寻觅到了一些蛛丝马迹!"伪警察局长向前一步,谄媚地双手向原苯侍郎呈上几份文件。

原苯侍郎一把把这些文件打落在地,大吼道:"蛛丝马迹、蛛丝马迹!你们这些支那人呀,就会搞这一套,有什么用?有什么用?!"

"据我们所知,军统驻济南联络站站长卢晓航中校的夫人贺玉婷就住在映月洲附近!"伪警察局长说道。

"贺玉婷?"原苯侍郎突然想起了什么,"难道就是齐鲁大学贺教授的女儿?"

"是的!"伪警察局长答道。

"这可是一个气质像公主一样的女孩子。听说她是齐鲁大学的校花?"原苯侍郎问道。

"是的,太君!她大大的漂亮!"伪警察局长说道,"以前我们投鼠忌器,总是不敢动她,可是这次我们完全可以以此为理由——"伪警察局长伸出右手,用力地做出化掌为拳的手势,眼神里却流露出猥亵的目光。

"那你还待在这里做什么?立即派人把她抓到我这里来!我要严加审讯!"原苯侍郎下令道。

"嗨!"伪警察局长转身就要退下。

"慢着!"原苯侍郎说道,"你亲自带人去,今天晚上一定要给我把人带来!"

"嗨!"伪警察局长转身退下。

圆月升起在高空中,雄峻起伏的山峦上仿佛笼罩着一层轻烟,淡淡地弥漫着。史芸、张佳欣抵达百丈崖时,已经接近午夜。季文佳等人已经等候在这里了,并且还得知总行副行长丁波、保卫局长程海涛和济南市工委负责同志都已经来到了这里，具体指挥这次行动。参加这次行动的还有济南南部山区七支游击队的数百名游击队员。

他们相互握手介绍了情况后，焦明和当地的地下党组织负责人领着大家趁着月色穿过一条荆棘丛生的山路，来到一个地方。他们把一堆堆枯枝抱开以后，一个洞口豁然出现。

丁波、陈海涛和济南市工委负责人布置游击队在险要路段进行警戒，并构筑工事，然后安排人指挥调度一个个牵着骡子和毛驴的人到洞口前装货。参与的人数虽多，但是一切却进行得井然有序。史芸、张佳欣和沈晓静也在一旁指挥疏导着运送印钞纸张、油墨和器械的人员和牲口。

这时有人走来对张佳欣道："前边有人找你。"

张佳欣走了过去："是谁找我？"

那人问道："你是北海银行的吗？"

"我是。"

"我找一个叫张佳欣的同志。"

"就是我。"

"张继明你认识吗？"

"那是我学兄呀！"

"我是陕甘宁边区银行的，我叫范建强，是银行副行长，也是这次带队的队长，张继明同志是分管我们工作的区委副书记。他听说我们要来，特意写了一封信让我捎给你。"

听说是陕甘宁边区银行来的同志，并且给她带来了张继明的信，张佳欣特别激动。她过去和那人紧紧握手，并牵着那人的手说道："谢谢你！谢谢你！范行长。"张佳欣接过信，在月光下看了一眼，就装到贴身的衣兜里，然后对范建强副行长介绍道："张继明同志那时候在齐鲁大学是学生会主席，也是我们桃李剧社的社长，他那时候叫夏洪波，人特别好，我们都叫他洪波哥，一会儿我给他写封回信，拜托你给他捎回去好吗？"

"好的，好的，没有问题。"

"来，我领你见一下我们负责的同志。"张佳欣说着，就牵着范建强副行长的手来到丁波、陈海涛和济南市工委负责人的身旁进行了介绍。

几人紧紧握手后，丁波问道："你们来了多少人？"

"七十多人。"

"携带什么武器？"

"有机枪两挺，步枪五十支，还有手枪。"范建强副行长介绍道。

"好！"丁波悄声交代道，"这次你们除了运回印钞用的纸张、油墨和器械外，还有就是鲁中分行和胶东分行的同志们携带来的一部分黄金，这是许多同志流血牺牲换来的贵重物资。有一部分黄金，我们的同志前天通过在济南和青岛的银行系统转走了，还有一部分你们要亲自携带着带回延安。我们还安排有一百二十多个同志和你们一起走，他们也携带有黄金，带有武器。当然，你们要昼伏夜行，相互策应，分批前进，图稳不图快，坚决避免一切损失。"

"我们在临行之前，张继明书记也特意给我交代过，除了我们携带的武器外，他另外还安排了一个连的兵力在太行山区的黎城一带接应我们。"

"还有，冀南银行这次也安排了一部分同志来这里运送物资，他们也有三十多人。冀南银行的总行就在山西黎城，这次你们一起走，也好有个照应。"

"好！"

丁波突然想起了什么，他转头和济南市工委负责人小声协商了一会儿，然后掉头对范建强道："济南市工委也接到山东省战工会的通知，安排两支游击队约三百多名游击队员护送你们到黎城。"

"哎呀，山东的同志们考虑得太周到了，我代表我们陕甘宁边区银行表示最诚挚的感谢！"范建强副行长说完，向丁波和济南市工委负责同志打了一个敬礼。

"哎，冀南银行和鲁西银行的同志在哪里？小欣，你赶快去找一下。"丁波下令道。

"是！"张佳欣立即向外跑去。

此时，在济南映月洲畔正在进行一场激烈的枪战，卢晓航率领军统济南联络站的人员，和日军宪兵及伪警察局长带领的人马进行着对射。卢晓航将贺玉婷从三楼阳台上用绳子坠下，可是敌人追击得紧迫，枪弹密集地射来，打得卢晓航和他的同事们一时抬不起头来。

卢晓航躲在墙后，正在思索着对策，突然有人拍了一下他的肩膀道："这位兄弟，你就是卢晓航吧？"

卢晓航大惊道："你是？"

"我是朱大海，是北海银行保卫科的副科长，季文佳派我来和你联络。"那人说道。

"季文佳？"

"是的！"

"有什么凭证吗？"

"有这个！"那人递了一个纸团给卢晓航，"是你的一首诗。"

卢晓航打开纸团，只见上面写着：

生为男儿即敢当，誓携赤刃赴国殇。
国共携手兄弟谊，只为神州放彩光。

纸条上张佳欣娟秀的笔迹清晰入目。

"怎么是小欣的字？"卢晓航问道。

"季科长说你不认识他的字，所以叫小欣写的，这样你就会认识了。"

"那么这首诗的第三句原本是'驰骋血雨英杰气'，是谁改成'国共携手兄弟谊'的？"

"也是季科长改的，他说中国人再也不能做那些兄弟相残，让敌寇欺辱、亲痛仇快的事情了！"

"谢谢你，谢谢季文佳老弟！"卢晓航把手伸过去，和朱大海紧紧地握手，"文佳老弟想得太周到了！"

"我再介绍一下，"朱大海将旁边的一个人推出来，说道，"这位名叫陆凯，也是季科长介绍让他和我一起来的。他家就住在附近，老济南了，地形特别熟。"

"你们想得太周到了，谢谢你们！"卢晓航和陆凯紧紧地握手。

"好了，我们抓紧行动吧！"朱大海和陆凯对视了一眼，只见陆凯将手指放入嘴中，长长地打了一个呼哨。

一时枪声大作，日本宪兵和伪警察突然在身后遇袭，措手不及之下，纷纷倒地。朱大海掩护，陆凯拽着卢晓航和贺玉婷等人道："快走！"转身就往旁边的胡同里跑去。

他们刚刚闪过一个胡同，对面又碰上了日本宪兵和伪警察，只听到又是一声长长的呼哨，不知从哪里冲出了几个人，拿着大刀片、红缨枪、流星锤和三节棍，把剩下的那几个鬼子全都干掉了，然后取了他们的枪，又一声呼哨全都跑了。

卢晓航突然想起济南沦陷的那个晚上出现的那一幕，盯着陆凯道："五年前也是你吗？"

陆凯盯着卢晓航道："五年前也有你呀？"

卢晓航激动地抱住陆凯道："谢谢你，中国不灭，是因为有你们！"

陆凯对卢晓航道："也得谢谢你和季文佳、小欣这样的人，中国不灭，也是因为你们！"

朱大海此时已经提着枪赶了上来，对卢晓航和陆凯道："赶快抓紧时间转移吧，让我们都记住这一天，只要国共携手，将来中国强盛，同样因为我们。"

昏暗的办公室里，桌子上放着一盏马灯，北海银行总行党委的工作会议此时正在进行。

主持人曲书记看了一下在座的各位与会人员，说道："好了，工作就研究到这里。下面由各个分行的支部书记汇报一下，这次党员发展对象的情况，大家一起讨论通过一下。"

罗庆瑞首先开始汇报，谁知刚刚汇报了第一个，就引起了不同的争论："张佳欣的父亲是银行的行长，那是什么出身呀？大资产阶级呀，这个可不能发展！"

有人附和道："对呀！长得这么漂亮，她不是资产阶级谁是资产阶级呀！"

罗庆瑞怒道："资产阶级家庭出身的子女就不能入党了吗？这是个什么规矩！我们共产党是以解放全人类为宗旨的，资产阶级家庭出身的子女能为我们党的事业而奋斗，不正表明了我们党的理想遵循了社会发展规律，代表了广大人民群众的愿望吗？另外，是谁把漂亮归为资产阶级的专利？难道无产阶级就长得丑吗？无产阶级就不漂亮了，就反对漂亮吗？在这里怎么会有这么不严肃的话题？照此逻辑，我们共产党作为无产阶级的先锋队，其成员都非得是丑八怪才行吗？"

会场里响起了一阵笑声。

又有人说道："好像听人反映小欣的生活作风有问题。"

"什么什么呀！"罗庆瑞恼了，他站了起来，"张佳欣的男朋友是八路军骑兵排长赵云秋，人家都谈了好几年了，这是大家都知道的事，到底是谁在捕风捉影，胡说八道！再有胡说的，看我不把他的嘴巴抽歪了！"

"好了，好了，罗行长不要激动，"曲书记说道，"对于张佳欣同志的情况，同志们还是了解的。一个出身资产阶级家庭的人来到我们革命的队伍里，在如此艰苦的条件下做出了许多优异的成绩，这是值得赞许的。但是既然有不同的意见，我们就暂时把张佳欣同志入党的问题搁置一下，继续进行考察。"

"又得搁置，又得考察，这都第几次了？"罗庆瑞有些不高兴。

"哪位是冀南银行的同志？"张佳欣在百丈崖一边跑着，一边问道。

"我们是冀南银行的！"旁边传出了一个天津口音。

张佳欣一愣，循声望去："哎呀，大哥，怎么是你呀？你不是和晓航哥在一起吗？怎么到冀南银行去了？"

"你这个倔强的小丫头不是一心想着要当兵吗，怎么去了北海银行？"

"哎呀，大哥你快说吧，到底是怎么回事呀？"张佳欣记挂着卢晓航，急忙问道。

"那是前年秋天，我们团和八路军合伙伏击日本鬼子的一个运输队，我负了伤，就被安排在当地的一个八路军医院里疗伤。不久，你晓航哥遵照上峰的命令，带队撤回了洛阳。我伤好了以后就留下来了，正好赶上冀南银行成立，需要警备人员，他们看我能打仗，就把我留下来当警卫连长了。"

"哦，今天下午我刚见过晓航哥，晚上就见到了你，真是太巧了。"张佳欣高兴道。

"你晓航哥怎么样？"天津口音关切地问道。

"挺好的。"张佳欣道，"唉，我本来也不想来北海银行，谁不想上前线打鬼子呀，可就是捞不着我去。"张佳欣叹了口气。

"我们那里的年轻人也是，都喜欢上前线轰轰烈烈地和鬼子干一场，很少有喜欢做业务工作和技术工作的，有的学生知道自己被分配到我们冀南银行来，还偷偷地哭鼻子呢。"

张佳欣一听就笑了，她当时也因为没有当上女兵，偷偷地哭了好几回鼻子："没有办法呀，得服从命令。"

记得有一次她和沈晓静一起找到领导，嘟囔着要离开北海银行去前线，领导生气了，本来挺和气的一个人，这时一下子虎起脸来，对着她和沈晓静大声地吼道："不许胡闹，服从命令！"把她和沈晓静吓了一大跳，连忙躲一边去了。

可是后来听人说，那位领导在那些日子也因为没有去成前线而一个劲儿地发牢骚呢！那位领导的领导也是这么板着脸对领导大声吼道："不许胡闹，服从命令！"把那位领导也吓了一大跳，也连忙躲一边去了。

"你找我们头儿吗？"那人说道，"走，我带你去。"

那人牵着张佳欣的手来到一个人的面前，说道："石行长，北海银行的同志找你呢。"

张佳欣一看，立即睁大了眼睛："这不是兴海哥吗？"

"怎么是小欣呀！"石兴海也特别高兴。

"那次我们北海银行筹建时，到天津去采购物资，还多亏你父亲帮忙呢。还有你和你妹妹冒着风险给我们跑了多少腿，我们领导到现在还经常念叨此事呢。"

"对呀，你说说，都这么多年了，不算本金，就光这个利息该怎么结清呀？我们可是认钱不认人的。"

"是这样吗？这么说你已经不认识我了，那么这笔账你们就挂陈年老呆账注销了吧。"小欣打着哈哈。

"还是那么调皮！"石兴海道，"你爸爸和唐伯伯都还好吗？"

"他们都很好。"张佳欣道，"你父母和你姑父都还好吗？兴华小妹好吗？"

"都好，都好。"

"我们领导叫我来找你们。"

"我这不正想过去呢，走吧，你带路。"

"还有鲁西银行的同志在哪里？"张佳欣问道。

"我们是鲁西银行的。"一个聊城口音的同志回答道。

"这位是我们鲁西银行的行长吕兴成。"

"欢迎，欢迎，吕行长，来吧，我们一块儿过去。"张佳欣紧紧握着吕兴成的手说道。

张佳欣牵着石兴海的手，把他和吕兴成带到丁波、陈海涛和济南市工委负责人的身旁进行了介绍。丁波紧紧地握住石兴海的手，又把范建强、吕兴成的手紧紧拉住道："我们根据地的四家银行①这次算是一次大会师吧。"

在场的人激动得把手紧紧地握在一起，然后彼此紧紧地拥抱在一起。

原苯侍郎站在大明湖官邸的地图前琢磨了一番，对副官和宪兵队长道："直觉告诉我，共党此次的行动就在这几天，甚至可能就在今天晚上！地点有极大的可能是在济南东南部山区的葫芦峪、七星台、百丈崖、莲花山、锦屏山一带。我们要立即派出部队往那里搜索前进，一旦发现情况，也好聚而歼之。"

"可是这一带地域广阔，群山连绵，交通不便，我们不可能派出那么多的队伍，同时向几个方向前进。"副官提醒道。

"这个，我知道。可是我们一旦失去了这个晚上，我们将失去切断北海银行向延安输送秘密黄金通道的最后机会，也会失去捣毁北海银行印钞物资运输通道的最佳时机！"原苯侍郎说道，"立即叫各队指挥官来我这里开会！"

这时，伪警察局长抱着受伤的胳膊，满身血迹，歪歪斜斜地跑了进来："报告太君，他们的人太多了，我们正在进行抓捕，他们突然来了援兵，对我们进行夹击，我们料想不到……"

"八嘎！"原苯侍郎全都明白了，他从枪套里拔出手枪，对着伪警察局长连

---

① 六年以后，即1948年12月1日中国人民银行成立，上述四家银行都作为中国人民银行的奠基行，参加了中国人民银行的创建过程。

发三枪。看着伪警察局长倒下的尸首，厌恶地骂道："支那猪！"立即上来几个人，七手八脚地把伪警察局长的尸首抬了出去。

看着愣在一边的副官，原苯侍郎挥了挥手，说道："立即召集开会！"

"嗨！"副官马上来到旁边的桌子旁，拿起了话筒。

会后，日军加上伪军共2000多人乘坐汽车驶出济南南门和东门，往济南东南部的山区疾驰而去。但是由于目标不明，兵力分散，道路崎岖，又是夜间，这些队伍有的遇到游击队的伏击，有的碰上了地雷，有的中了冷枪，他们像无头苍蝇一样忙活了一个晚上，最后只得丢下几辆被炸毁的汽车，抬着几十具尸体，于第二天中午拖着疲惫不堪的身躯返回济南城区。

期间，原苯侍郎启动了埋伏在济南东南部山区的201号电台，给原苯侍郎先后发过来几封电报，第一封电文是："百丈崖有八路大的行动。"第二封电文在半小时后发至："八路已经移至百丈崖南部。"第三封电文又在半小时后发至："笔架山发现八路活动。"第四封电报又在半小时后发出："白云湖发现八路。"看得原苯侍郎一头雾水，发回电文进行核实，其结果都不了了之。最后发给原苯侍郎的一封电文是："原苯侍郎，你等着死吧！"

到了这时，原苯侍郎才知道，这一电台其实已经被共产党破获了。原来季文佳在和当地党组织接头后不久，就在当地民兵、游击队的带领下，来到一个被盗挖的西汉古墓旁边，发现了墓里透出的那缕微弱的灯光和滴滴的发报声。此电台刚刚发出第一封电文，那特务就被抓获了。以后的电文都是那个特务为了保命，应季文佳的命令而发的。

夜色更深了，百丈崖上，史芸、张佳欣、沈晓静等人还在跑来跑去地忙活着。这时，从西北方向传来一阵阵枪声，听说那是泰安、莱芜等地的游击队在省战工会领导下为了掩护"浚泉行动"而连夜发起的联合攻势，为的就是把鬼子的注意力吸引到长清县境内。

张佳欣从挎包里拿出本子和笔，在上面写道：

洪波哥：

你的来信我收到了，我特别特别高兴，虽然在月光下我看不清楚你写的是什么，但是我知道你的心意、你的心情。我特别羡慕你、敬佩你、感谢你。在抗日救国事业上有你的指引，在实现梦想的征途上有你的伴随，我深感欣慰。

祝愿你健康快乐！祝未来的嫂子好！

小欣
1940 年 7 月 28 日于月光下

月光像银子一样洒落在群山当中，洒落在张佳欣的脸庞上。雾气像飘柔的轻纱，挂在山峦之间。溪流在潺潺地流淌，好像演奏着曼妙的小夜曲。

第八章 水乡·山村

　　河边草地上燃起了熊熊的篝火，河面上流淌着苏联民歌和江南民歌动人的乐曲。

　　新四军首长面对员工侃侃而谈：巴黎公社失败的重要教训之一：就是工人阶级没有自己的银行。革命人民要赢得胜利，就必须创办人民自己的银行。

两岸的垂柳夹着一条弯弯曲曲的小河，岸边有着一眼望不到边的稻田。碧绿的草地上，水牛挺着弯弯的犄角，嘴里嚼着新鲜的嫩草。几个牧童有的骑在牛背上，有的则在草地上玩耍。芦花轻轻地飘拂着，像一朵朵落地的白云。

季文佳、张佳欣、沈晓静来到村口，欣赏着眼前的景色，他们终于可以舒一口气了，所以心情特别的好。这几天来，在枣庄铁道游击队联络员的带领下，他们陪着江淮银行在北海银行实习归队的同志昼伏夜出，连续赶了几个晚上的路，终于绕过了敌人的几道封锁线，进入了新四军的根据地。据江淮银行刚刚派来接应的同志介绍说，如果没有什么意外的话，当天晚上就会到达江淮银行总行——他们此行的目的地。

他们怎么也忘不了和江淮银行实习同志辞行的那天晚上，总行的人事科长和分行的罗行长、单厂长、郭科长也都出席了辞行宴会。宴会上，领导一再盛赞江淮银行实习同志们的精神、作风、品质和对北海银行业务发展的贡献，并希望友谊长存。江淮银行前来实习的同志也都很激动，那几个实习的女孩子和张佳欣、沈晓静等人抱成一团，全都哭了。

宴会结束时，总行的人事科长和分行的罗行长、单厂长特意把季文佳、张佳欣和沈晓静叫去办公室，一再叮嘱他们：一定要不负使命，尽职尽责地将江淮银行的实习同志安全护送到目的地，并将北海银行在江淮银行实习的9位同志安全顺利地接回来。另外，还交代他们一路上具体的注意事项，以及和各有关单位的联系方式。

黄昏时分，他们经过三个多小时的长途跋涉，终于来到羊赛镇的虹庙——江淮银行总行所在地。远远地看去，那就像是一座庙宇，江淮银行前来接应的同志领着他们来到正面的小门楼，跟警卫战士打了声招呼，然后就带着他们进了院子。

院子很大，正面是一个坐北朝南、青砖到顶的庙堂，有三间大殿，东西两侧还有几栋房屋，有的门口有贴着监印股、检票股、收发股等字样的条幅。

几位同志从大殿里迎了出来，为首的是位女同志，穿一身灰色军装，腰间系着武装带，别着小手枪，扎着绑腿，留着短发，身材颀长，显得十分英武神气。

她自我介绍说叫邵斌,是江淮银行的人事科长。她上前和季文佳、张佳欣、沈晓静握了握手,表示感谢和慰问;又亲切地和江淮银行实习归来的同志们握手,表示欢迎归队。她说:"现在江淮银行新建的印钞厂刚刚开工生产,特别需要有文化的年轻人。"

说话间,旁边围观的同志们都拥上前来,高兴地和实习回来的同志打招呼、握手、拥抱。看得出来,他们以前许多都认识,这次是久别重逢,因此都特别激动。

季文佳、张佳欣和沈晓静随着邵斌的引领来到办公室,把北海银行的介绍信递了过去,然后一边喝着茶水,一边介绍了江淮银行实习同志的表现情况,并办理了相关的人事档案和交接手续。邵斌也将北海银行实习同志的情况一一做了介绍。交谈时,季文佳、张佳欣和沈晓静发现邵斌特别注意询问徐静怡的情况,最后才得知徐静怡原来是邵斌的表妹,由于徐静怡性格内向,又娇生惯养,因此他对这个表妹特别牵挂。现在好了,邵斌觉得可以对徐静怡的父母有个交代了。

在这期间,许多同志把实习归来的同志的背包行李都提到宿舍里去了,有一些同志还把自己睡觉的铺板腾出来,让给实习归来的同志,而把自己的被褥则放在用稻草铺的泥土地上。

晚上,邵斌和印钞厂的厂长等人请季文佳、张佳欣、沈晓静及实习归来的同志们吃饭,还高兴地说道:"你们赶得真巧,新的印钞厂马上就要正式开工了,明天首长还要到这里来看望大家。大家这十几天旅途劳顿,今晚就早点儿休息吧。"

这天晚上,季文佳、张佳欣和沈晓静他们都激动得久久无法入睡。季文佳从屋子里走出来,看到印钞车间里仍然点着油灯,人们还在忙碌着。

第二天一早,季文佳、张佳欣和沈晓静从村外散步回来,突然听到小门楼里传来喧闹声,连忙跑过去打听,果然是新四军的首长来慰问大家了。季文佳、张佳欣和沈晓静急忙跑进印钞车间,只见首长正在热情地和印钞工人们打招呼,询问他们的工作和生活情况,鼓励大家克服困难,做好工作。

见张佳欣从拥挤的人群中把手伸了过来，首长也把手伸过去和她握手，并问道："小鬼，你是哪里的呀？"

旁边的人介绍道："她是山东北海银行的，来这里是送我们实习的同志归队的。"

首长听了以后很感兴趣，也询问起张佳欣的工作情况。

张佳欣道："我们那里和这里有一样的地方，也有不一样的地方。"

"怎么个一样，又怎么个不一样呀？"首长很有兴趣地问道。

"就是这样乓乓、乓乓，哼哧、哼哧，嗯嗒、嗯嗒。"张佳欣回答道。

"哦，你说的这是什么意思呀？"首长不解地问道。

"乓乓、乓乓印票子，哼哧、哼哧搬票子……"

"怎么叫哼哧、哼哧搬票子呀？"

"就是说，票子印出来以后，为了保证质量，要有一道工序，叫成品检验工序，这个工序男同志粗心干不好，主要由我们女同志干。我们检验票子，就得把票子搬到桌子上来，票子一箱一箱的很沉，我们女同志搬起来很费劲儿，可是有时候男同志很忙，我们就只好自己搬，于是就哼哧、哼哧搬票子。"

首长笑了起来："干那个票子的检验工作是不是很累眼睛？"

"是呀，我上学的时候眼睛都没事，现在都成近视眼了。"

"怎么没有看到你戴眼镜呀？"

"人家说戴眼镜时间长了脸会变形，不好看。于是只要不做那项工作，我就尽量不戴眼镜。"

"你刚才说的嗯嗒、嗯嗒是什么意思呀？"

"我们北海银行的印钞车间和这里不一样，这里是在庙宇里，我们是在地下室里。地下室里空气流通不畅，于是过一段时间，我们就得用衣服嗯嗒、嗯嗒扇风透气。"张佳欣说着，就把搭在胳膊上的外衣取下来，用双手嗯嗒嗯嗒地扇了几下，可是这几个简单的动作却有点儿像舞蹈的样子，给人很优美的感觉。张佳欣说道："就是这样子。"

大家都笑了。

首长也笑了起来，说道："这个'嗯嗒、嗯嗒'的样子很好看嘛。小鬼你一定演过戏吧。"

这时，薛晴林在旁边向首长和大家大声地介绍道："首长、同志们，她叫张佳欣，我们都叫她小欣，她跳舞可好看了！"

"噢。"首长说，"那我们大家呱唧呱唧，让这位小鬼给大家表演一下嘛。"

车间里立刻响起了一片掌声。

张佳欣有些不好意思了，说道："那我就献丑了，首长和同志们不要笑话我。"

"不笑话，不笑话。"首长说道。

在大家掌声的鼓励下，张佳欣表演了一段舞蹈后，向首长和同志们鞠躬行礼，又赢得大家的一片掌声。

首长握着张佳欣的手道："小鬼，看不出你也不简单呀。年纪这么小，还是个女同志，但是环境如此严酷也压不倒我们，在条件如此艰难的情况下却仍然这样开朗、乐观，这真是不简单。你刚才的舞跳得好啊！刚才这个舞蹈说明了什么呢？说明我们共产党人的金融事业是大有可为、大有前途的。北海银行有许多好的做法值得江淮银行去学习，我们只要携起手来，就一定会赢得对日货币战争的胜利！"

首长到各个车间转了一圈后，来到院子里大殿前的高台上发表讲话。他先是向大家分析了当前抗战的形势，并说："同志们，你们的工作十分艰苦，也十分光荣，印刷抗币是抗日战争的重要组成部分，要彻底打败日本帝国主义，我们不但要有自己的武装、自己的政权，还要有自己的银行，有自己的钞票！

"法国当年轰轰烈烈的巴黎公社为什么失败了？一个很重要的原因就是公社的领导人没有认识到银行工作的重要意义，没有把法兰西银行牢牢地掌握在工人阶级的手中。他们没有自己的银行，没有自己的钞票，所以，他们解决不了诸如军备采购、财政经费、市场供应、物资储备等一系列的问题。巴黎公社时期法国的工人阶级用生命和热血告诉了我们许多宝贵的真理，这其中就有一条是：革命的人民要赢得革命的胜利，就必须创办人民自己的银行，发行人民自己的票子！现在我们成立了江淮银行，开始印刷自己的钞票，这是一项有着重要意义的工作。我们新四军的后勤供应需要钞票，抗日民主政府搞经济建设、改善民生需要钞票，粉碎敌伪顽对我们的经济封锁和金融掠夺，同样需要钞票。这即将开印的抗币，就是我们自己的钞票，抗币的发行受到了老百姓的拥护，我们的抗币是有信誉的。同志们一定要努力工作，尽快地印出新的抗币来，争取抗日战争的早日胜利！"

台下响起了一片掌声。

首长说："我们新四军以前有了个大胖儿子，他就是兵工厂，这是一个百宝箱，要什么有什么。现在又有了一个千金闺女，她就是江淮银行的印钞厂。这可是一棵摇钱树呀！同志们，我们现在可是家大业大、儿女双全了。以后如果没有武器了，我就到兵工厂里取；如果没有钱花了，我就来你们江淮银行的印钞厂里拿——同志们说，好不好呀？"

大家一起说："好！"

下面传来一阵笑声和掌声。

首长接着说："好就行！今天我给你们带来了五头大肥猪，还有几条大前门香烟，还有两大车蔬菜和大米，慰劳慰劳大家，慰劳慰劳印钞厂的同志们，同志们辛苦了！我在此代表新四军军部，向大家致礼！"

首长抬起右手向同志们敬礼，台下又响起一片热烈的掌声。

晚上，河边草地上燃起了一堆堆篝火，江淮银行的同志们在为实习归来的同志举办欢迎晚会，同时也为北海银行来江淮银行实习的同志举办欢送晚会。大家围着篝火坐成了一个大大的圆圈，圆圈外面还有许多村民搀着老人、抱着孩子来这里观看。

邵斌和印钞厂的厂长分别讲话以后，季文佳也代表北海银行讲了几句话，然后开始演出节目。

晚会上歌声和掌声一阵一阵的，不断传来拉歌的口号声。后来邵斌、季文佳、田保国，以及北海银行来江淮银行实习的同志都被拉上来表演节目。薛晴林、徐静怡演唱的江苏民歌《茉莉花》，映衬着她们姣好的脸庞和窈窕的身姿，陶醉了无数的人。

张佳欣当然是躲不掉的，她在大家的簇拥下来到场地中央，在高洁的手风琴伴奏下，她为大家表演了一段精彩的独舞——《红莓花儿开》。

篝火燃烧着、映照着她的脸红红的，身上刚刚换上的新四军军装也被篝火映得红红的，这身新四军的军装是薛晴林、徐静怡送给她做纪念的，而别在胸前的江淮银行徽章则是邵斌特意赠送给她的。

最后的节目，是由张佳欣、沈晓静和薛晴林、徐静怡一起用江南民歌的曲调演出的由季文佳作词的小合唱——《银行并蒂莲》。

烽火起连天呀，银行大兴建；
山东是北海呀，江苏有江淮呀！
两家呀银行呀同一呀情怀呀，
一心呀要在货币战上把小日本踹呀！

北海和江淮呀，一对并蒂莲；
风雨中根连着根呀，战火中花盛开呀！
吸存呀放款呀名满呀天涯呀，
结算呀算珠如穿梭呀，日夜织锦霞呀！

中华好儿女呀，正值好年华；
青春献金融呀，热血沃中华呀！
笑对呀荆棘呀雷雨呀交加呀，
只为那呀神州呀未来呀飞彩霞呀！

悠扬婉转的歌声伴随着熊熊的篝火，把正在演唱中的几个女孩子的脸庞衬托得更加秀气多情，河滩上不时响起一阵阵热烈的掌声。

一轮圆月高高地挂在深蓝色的天幕上，河水泛起了淡淡的银光，广袤的田野上悄悄升起了一片白雾。夜深了，在河边篝火旁聚会的人们却还迟迟不肯散去……

津浦线上，一列北上的火车在疾驰着。季文佳和张佳欣在车厢里一边交谈着，一边警惕地注意着周边的动静。他们是在枣庄和郭科长等人接头的，郭科长等人接走了沈晓静和五位自江淮银行实习归来的同志；另外四位同志，则计划由季文佳和张佳欣带着乘坐火车前往禹城，自那里下车后，大家分别去冀鲁边分行和清河分行报到。

　　"注意，现在情况有变化。"季文佳悄声地对张佳欣说，

　　"火车经过邹县以后，上来了几个人，他们注意到了我们，尤其是你。"

　　"那怎么办？"

　　"我们必须得找地方下车，否则他们有可能在泰安，最迟在济南待增援的敌人到达后，就会对我们形成瓮中捉鳖之势。"季文佳分析道。

　　"那四位实习的同志情况怎样？"张佳欣问道。

　　"他们还没有被怀疑。"季文佳说着，拿起笔来写了一张纸条："小心有狼，注意提防。尽量不要和我们联系，听从指挥。"他把纸条给张佳欣看了看，然后递给后面实习的同志。

　　"我们必须改变计划，中途下车。"季文佳对张佳欣说道。

　　"在哪里下车好？"

　　"丽峰。那里是个小车站，停车时间短，我们下车时有可能甩开敌人；即使甩不开敌人，车站附近就是山，我们可以立即进入山区，和尾追的敌人周旋。"一个行动方案已经在季文佳的头脑中形成。

　　"那四位同志怎么办？"

　　"他们没有引起敌人的注意，可以按照原计划继续乘坐火车到达禹城下车，和那里的同志接头。"季文佳说着，继续写下一张纸条："我们在丽峰提前下车，你们没有引起敌人的怀疑，不必紧张。我们下车后引开敌人，你们按照计划在禹城下车，暗号依旧，有事可以和本车厢11号座位的人联系，他就在你们左边，你们看完纸条后递给他即可。"给张佳欣看了以后，递给后面的同志。

　　丽峰车站到了，季文佳和张佳欣提前下了火车。刚刚走了十几步，就听到身后有人一边喊："站住！"一边追了上来。

　　季文佳转身"砰砰"几枪，打倒一个便衣特务，其他的特务纷纷躲避。趁

此工夫，季文佳拽着张佳欣紧跑几步翻过车站围栏，爬到附近的山上。

此时在车站附近巡逻的日本兵也跑了过来，朝着季文佳和张佳欣射击。季文佳和张佳欣一边还击，一边往山林深处跑去。

季文佳和张佳欣在山林里跑着，终于甩开了敌人的追捕，这时候才发现太阳已经挨近了西山。

季文佳和张佳欣累得瘫坐在地上。

歇了一会儿，季文佳问张佳欣："饿了吧？"

"能不饿吗？都一整天没有吃东西了！"

"咱们找点儿吃的吧。"

"哪里有吃的？到处都是鬼子。"

"你看看，这你就不懂了。你呀，在家成天娇生惯养的，锦衣玉食，饭来张口，衣来伸手，好多东西都不知道。其实这山上就有很多东西可以吃。"

"咦，你比我多懂多少呀？那天你还拿着鸭蛋问：'这个是鸭蛋吗？这鸭蛋怎么不是咸的呀？'你还以为鸭蛋都是咸的呢！"张佳欣嘲笑道，"所以，要教训我？你还没有资格！"

"好了，好了，就知道犟嘴，你那三寸不烂之舌，还是留着吃点儿东西吧。"

"这还差不多，赶快抓紧时间，给本姑娘找点儿吃的！"

"可不见得能找得到啊。"

"要是找不到，本姑娘就把你给吃了！"

"厉害的你！我把你吃了还差不多！"

"怎么，看你那表情还真想吃我呀？"

"哪里哪里，看你身上那点儿肉，还不够我塞牙缝的呢。"

"好了，好了，越说越饿，快给本姑娘找吃的去吧！"

天色已经渐渐暗了下来，季文佳带着张佳欣来到一处灌木丛旁："看到了吗？这些带着刺的树上结一种果子，当地人都叫它黑枣，很好吃的，特别甜，而且还有营养，含维生素，可以润肺养颜乌发，特别适合女孩子吃。"

"看不出来，你懂的真不少呀，到底是有学问，没有白看那么多书。"

这时，季文佳从地上捡起一些黑黑的、圆圆的东西："就是这种东西，这就是黑枣，这年头树上的都让人给采完了，这些掉到地上的，擦干净也可以吃，你先尝尝。"

张佳欣接过来看了看，拿起几个就塞到了嘴里，刚刚嚼了几口，突然脸色大变："啊！这是什么味道呀！"一边说着，一边"噗噗"地往外吐。

"怎么了？"

"这是黑枣吗？怎么这个味道不对！"

季文佳从张佳欣的手上拿起一个来，仔细地看了看，又用手揉了揉，那东西碎成了一些粉末。季文佳又把手放在鼻子上闻了闻，突然笑了。

张佳欣问："你笑什么呀？"

"告诉我，你刚才咽下去了没有？"

"没有呀，我怎么觉得不对劲呀！"

"没有就好。"

"这到底是什么东西？你快说呀！"张佳欣着急地问道。

"这是兔子屎……"季文佳还没说完，就一下子笑了起来。

"啊？！"张佳欣一阵恶心，连忙趴着往地下吐了起来，"好坏呀你，我都饿成这样子了，你竟然给我吃兔子屎！"说完，又趴在地上捂着胸口吐了起来。

"对不起，对不起，我没有看清，怪我，怪我。"季文佳连忙跑过去给张佳欣捶背。

月光洒满了山林，季文佳和张佳欣在山上高一脚、低一脚地走着，又饿又乏，肚子饿得咕咕乱响。看到前面有一座破庙，张佳欣说道："我们到庙里去歇歇吧。"

季文佳道："敌人现在正在搜山，庙宇是最容易引起敌人注意的地方，我们不能进去，否则进去了就有可能出不来了。"

"那怎么办？"

"我们先找个隐蔽的地方休息一下，然后我去找一下吃的。现在是秋天，遍地是地瓜、花生、玉米，吃的东西应该不会难找。"

山风袭来，带来了一阵凉意。

季文佳和张佳欣在山上高一脚、低一脚地走着，旁边不时传来日本军犬的狂吠声和日伪军劝他们出来投降的叫喊声，十几个手电筒的光柱在山林上空晃来晃去。

"为什么要往山下跑，那里安全吗？"

"这个谁也不敢保证，但是越往下面溪水越多，我们至少可以通过蹚水，搞乱鬼子军犬的嗅觉，使得其军犬的侦查能力受到削弱。否则，我们是不可能摆脱敌人的追踪的。再有就是越往下面庄稼地越多，这个时候，我们可以到地里找东西吃。人是铁，饭是钢，没有东西吃，我们怎么可能保持体力，摆脱掉敌人呢？"

张佳欣被季文佳牵着手，跌跌撞撞地往山下跑着，不一会儿，果然传来小溪的流水声，季文佳连忙牵着张佳欣的手从溪水中蹚了过去。

季文佳借着月光来到一块地里，用手从地里挖出几块地瓜，在溪水里洗了洗，递给张佳欣道："这个时候地瓜应该熟了，你尝尝味道怎么样？"

张佳欣此时早就饿得肚子咕咕乱叫了，她拿起地瓜就咬，发现果然香甜可口。

张佳欣和季文佳吃了几个地瓜后，感觉好受多了。此时，又远远地传来了军犬的狂吠声。

他们连忙又牵起手向山下跑去。

跑着跑着，季文佳突然越来越感到一种莫名的恐惧，他定下心来往四周看去，却看到前方闪烁着一对对绿莹莹的光。

"那是什么？是萤火虫吗？"季文佳自问道，"不！那是狼！"他虽然没有见过狼，但是自小在农村老家听到过不少关于狼的故事，因此知道那一定是狼！

季文佳觉得头皮都炸开了。他使劲地攥住张佳欣的手，悄声说道："你听我的，不要乱动！"

"怎么了？"张佳欣问道。

"你看到前面的那些绿光了吗？"

"嗯。"

"那是狼，至少有十几条！"

"啊！"张佳欣吓得一头扑到季文佳的身上。

"听我的，千万不要跑，要慢慢地一步一步地往回撤。"

"可是后面有鬼子。"张佳欣牙齿打起战来。

"不管怎样，我们先慢慢地向后移动。千万不能跑，我们是跑不过狼的。"季文佳强作镇定，紧紧地攥着张佳欣的手一步一步地往后挪着。

他伏在张佳欣的耳旁轻轻地说道："狼是一种贪婪、残忍而又狡猾的动物。这个时候，它们在观察着我们，只要我们表现出一星半点的慌乱，就会被它们窥视到；到了那时，它们就会肆无忌惮地向我们扑过来。"

"这可怎么办？这可怎么办？"张佳欣此时的牙齿都打起战来。

"现在只有镇定，才可能救我们。"季文佳又紧握了一下张佳欣的手，想由此传导给张佳欣一份信心和力量。季文佳小声地嘱咐道："小欣，你只要听我的，别慌乱，就可能有一线生机。否则，我们将死无葬身之地！"他一边说着，一边牵着张佳欣的手一步一步地后退。

"可是后面有鬼子。"张佳欣道，"要不我们开枪打死它们！"

"不行，夜这么黑，我们根本就看不清它们。而且一旦开枪激怒了它们，它们就会扑上来的。如果它们扑上来的话，就这段距离看，可能不需要一分钟的时间。现在我们只剩下不多的几颗子弹，何况到时候我们连扣动扳机的机会都没有，你这是在自寻死路呀！"

"那怎么办呀？"张佳欣问。

"记住，这个时候你必须听我的。"季文佳此时的心中，在逐渐地聚集着勇气。他对张佳欣也是对自己说，"现在我们前边是狼群，后面是鬼子，我们可真是到了九死一生的地步了。这时候，只有镇定，才是死中求生的唯一出路。"

季文佳握着张佳欣的手，又往后退了二十几步，狼群也在步步紧逼。看到那绿莹莹的光越来越多，越来越近，季文佳紧张得就好像感觉到心脏就要跳出心口。突然，张佳欣的脚步没有踩稳，滑倒了，脚下的石块叽里咕噜地滚了下去。季文佳大吃一惊，立刻拉开弓步。他知道，此时他和张佳欣的手枪里都没剩下几颗子弹了，他叮嘱张佳欣道："千万不能开枪，一旦开枪，不是招来鬼子，就有可能招来狼群！"

张佳欣蹬下的石头往山下滚动着，忽然传来了"咚咚"的响声，石头掉到水里了！听声音，水好像比较深，这难道是一个水潭？季文佳分析道。

突然，季文佳的头脑中出现了一个方案，他拽着张佳欣的手说道："快！跟着我往下走。"

他们一边摸索着，一边往下面移步。移了十几步后，季文佳看到脚下果然是一个水潭，方圆有六七十亩地大，潭中的月影随着水波悠荡。此时，一个脱险方案基本在季文佳的脑海中形成。

后面日伪军搜查队的身影也在逐渐逼近，军犬在狂吠着；前面又是闪烁着的狼群的眼睛。

"你会游泳吗？"季文佳问道。

"不会。"张佳欣说道。

"不会也得往下跳！"

"往哪里跳？"

"你看到下面了吗？那是一个水潭，我们得往下面的水潭里跳。"

"啊！这怎么行？我不会游泳，淹死了怎么办？"张佳欣慌了。

"现在看来，只有跳到水潭里，才能最好地隐蔽自己，而且水不见得淹没人；如果不跳下水潭，我们前面是狼群，后面是敌军，我们是必死无疑的！"季文佳分析道。

"……"

"哎，这边有两个八路！"季文佳突然对着敌军的方向大声喊起来，"快来抓八路呀！"

声音在夜色中显得格外响亮。

"八路在哪里的干活！"那边传来日伪军的问话声。

"这边，这边，快点儿呀！别让八路跑了！"季文佳用右手卷成话筒状，大声喊道。

"你干什么呀！"张佳欣蒙了，她睁大了眼睛看着季文佳，大声地质问道。

季文佳不理睬张佳欣，仍然大声地喊道："快来呀，抓住他们，别让这两个

第八章 水乡·山村　311

八路跑了！"然后回过头对张佳欣说："快，你下去吧，你要抓牢我的手，不要叫嚷。"

张佳欣此时也只能听从季文佳的。她抓着季文佳的手，将身子坠了下去。

"小欣，你听我的，千万别叫嚷啊，我松手了。"季文佳说完一松手，张佳欣掉入了水潭中，发出"扑通"一声响。季文佳随即跳入水潭中，摸到张佳欣后，将她拽到一个靠着绝壁的岩石上。

"八路哪里的干活？"有日伪军喊道。

"在这里——"季文佳对岸上喊道。

"季文佳，你在搞什么呀？！"张佳欣恼怒地质问道。

季文佳对着张佳欣竖起指头在嘴唇上，"嘘"了一声道："别说话了！"

"出来吧，都看到你们了，你们跑不了了！"季文佳和张佳欣听到岸上日伪军的喊叫声。

"快投降吧，皇军这里有好吃的！"

突然，日本军犬叫声大作，狂吠了起来。

"嗷——""嗷——"随即，狼群的号叫声凄厉地划破了夜空。

"这是怎么了？"张佳欣又冷又饿又怕，她紧紧地贴在季文佳的身上。

"不要担心，这里可能要上演一出好戏！"季文佳道。

"狼！狼！"山上有人惊惶地叫了起来。

"这里有狼！"

"好多的狼！"

"哎呀,妈呀,快跑吧！"季文佳和张佳欣听到岸上日伪军撕心裂肺的喊叫声。

"八嘎！逃跑的不要，死啦死啦地！"日军指挥官咆哮着，紧跟着响起了砰砰的枪声和日伪军的惨叫声。军犬的叫声也变得凄厉了起来。

狼群越聚越多，它们终于忍不住了，先是和几只狂吠的军犬撕咬成一片，然后成群地向当面的日伪军扑了过去，用它们长长的尖牙死死地咬住人的咽喉、脖颈、大腿和胳膊。日军中队长在拔出指挥刀连劈了两只野狼后，两条大腿、胳膊和肩膀已经被狼群死死地咬住，失手掉到地上的指挥刀的刀尖又插进了他的皮靴中。他知道自己的死期已到，拼死拔出手枪，瞄准自己的太阳穴开了一枪。

12个日军分成四组,背靠着背,向狼群射击和劈刺,但是很快就被狼群团团围住,咬住胳膊,扑上肩膀,叼住咽喉。日伪军的惨叫声和枪声此起彼落。

不知过了多长时间,枪声、日伪军的惨叫声和狼与狗之间的撕咬声逐渐平息了,夜幕中传来"咯吱咯吱"的狼群牙齿撕裂皮肉、啃吃骨头的咀嚼声。

张佳欣吓得毛骨悚然,紧紧地抱着季文佳,牙齿不停地打战。季文佳心中也和打鼓一样急剧地跳动着。

天空开始逐渐泛起亮色,季文佳借着晨光,牵着张佳欣的手来到水潭边,然后拉着她爬上了岸。此时,山上一片寂静,狼群也已经无影无踪。

"走,我们过去看看。"季文佳说道。

"不行不行,我不敢看。"张佳欣慌乱地说道。

季文佳看到浑身湿透的张佳欣捂着眼睛不敢看的样子,再看看前面遍地的血迹,就对张佳欣说:"你不要过去了,就在这里等着我。"

季文佳走了过去,只见那里到处都是被狼群啃吃殆尽的断骨和人的内脏,遍地的血腥味使得季文佳胃部一阵恶心,他忍不住弓身吐了起来。

好不容易忍住了恶心,季文佳在曾经发生过人狼大战的现场上来回走着,粗略地数了数,最少有三十几个日伪军遭到了狼群的撕咬而死。那脖颈上带有颈圈的一定是军犬,粗略数来,在此毙命的军犬也有六七条,而倒毙的狼群数来数去也有二十几条。这倒出乎了季文佳的意外,他想:如此训练有素、装备精良、有着武士道精神、嗜血如命的日本鬼子,在狼群面前也是如此的不堪一击。当然这和在夜间有关,如果是在白天,这些狼群不见得敢攻击人群,尤其是不敢攻击拿着武器的军队。

想到此处,季文佳的身上不由得又起了一层鸡皮疙瘩,感到毛骨悚然。

季文佳捡了几把手枪,又捡了几盒手枪子弹、几十颗手榴弹、十几盒罐头,翻了几个人的衣兜,发现里面竟然也有北海币,不由感到好笑。

季文佳捡了三四个军用的挎包,将这些东西装进去,然后挎在身上,向张佳欣那里走去。

"怎么样了？"张佳欣问道。

"三十多个鬼子和伪军、特务，以及七八条军犬全部被狼群咬死了。"季文佳说着，来到张佳欣的身边道，"你把外衣脱下来吧！"

"为什么呀？"

"叫你脱，你就脱，别问那么多！"季文佳说。

张佳欣只好把外衣脱下来递给季文佳。

季文佳拿起张佳欣的外衣，几下子就撕成好几片，再次来到狼群撕咬的现场，把撕成碎片的外衣扔掉。然后他把自己的外衣脱下，也撕成好几片，又找了一个地方扔掉。

"好好的衣服你怎么把它撕掉，你这是想干什么呀？"等到季文佳回到身边后，张佳欣问道。

"如果这里只有被狼群撕裂的日伪军的军服，没有我们被撕裂的衣服，来到这里勘查现场的鬼子就会认为我们已经逃脱了，会继续派人追捕我们。"季文佳回答道，"如果他们也看到我们撕碎的衣服，就会认为我们也被狼群吃了，就不会再继续派兵追捕我们了。"

张佳欣愣了：这季文佳是个什么人？！其心思那么细密，考虑那么超前，逻辑那么严谨，即使是在这种危险的场合下，也显得从容不迫。

"哎哎，你发什么呆呀？现在那些压得我们喘不上气来的大批'不良资产'终于被甩掉了，我们可以轻装上阵了！"季文佳掩饰不住的高兴。

"到底是怎么回事？"张佳欣还没有完全从恐惧中回过神来。

"没什么，简单地说，就是那些像狼群一样跟踪追捕我们的日伪军，和像日伪军一样想吃掉我们的狼群发生了火并，三十多个日伪军和军犬全部毙命！"

"那些狼呢？它们在哪儿？"张佳欣问道，语气中还带有几分怯意。

"那些狼被打死了二十几只，剩下的狼在吃饱喝足后跑到远处撒欢去了。"

张佳欣高兴地跳了起来，她抡起两只小拳头捶打着季文佳的肩膀道："小季，你可真是不简单，你好伟大呀！"

季文佳连忙躲闪道："好了，好了，你这两只小拳头，不是追着晓静打，就是追着我打。我和晓静到底哪里得罪你了？"

张佳欣一听就愣了，一时不知该说什么好。

"好了，好了！发什么愣呀？作为一个女孩子，昨晚你的表现也不简单，换作是别的女孩子，可能早就被吓瘫了。夜长梦多，我们现在得抓紧时间吃点儿东西,赶快离开这里！"季文佳一边将用日本的军用匕首起开的罐头递给张佳欣，一边提醒道。

"我刚才想到了一个地方。"吃了些食品后，张佳欣感到肚子不怎么饿了，身上也暖和了，一时兴致很高，她忽闪着大眼睛对季文佳说道。

"什么地方？"

"离我们村子七八里远的一个小镇子，那里有一个小学校，风景特别美。那里有山、有水，有树、有书，有月亮门、有绣楼，等将来抗战胜利后，我和小秋子就找这么一个地方住下，你和晓静也搬过来，我们做一对好邻居……"

连绵的秋雨连续下了三天，沈晓静和高庆勇、吴丽娟也刚刚到村里拉存款回来，卷起的裤腿上满是泥水。高庆勇带着账本去了他的宿舍，沈晓静和吴丽娟迈着像灌了铅一样的腿走进屋子里，然后收起雨伞，把身上挎着的一挎包钞票往炕上一扔，就一屁股坐在了炕上。

本来他们是可以在晚饭前回来的，但是当走到北窑村时，听说这里有三家农户刚刚在集上卖掉了生猪和花生，就顺路拐了个弯来到这里。其中有两家以前在北海银行办理过存款，工作很好做，但是来到最后一家就不行了。沈晓静和高庆勇、吴丽娟三个人反复告诉那位大叔在北海银行存款是支援抗战、支援经济建设，是响应政府的号召，存款有利息，有安全保证，还给储户保密，要用钱的时候，只要事先给村里代办员说一声，保证给送款上门，利国利己，等等。可是人家就是不放心，总觉得钱还是攥在自己的手里好。场面一时有点儿尴尬。

"大叔你想想，你把这么多钱放在家里，肯定不安全呀，轻了点儿说，会让虫子咬了、老鼠啃了、不小心让火烧了、让小偷偷了、让鬼子抢了……"沈晓静说道。

"啊呸！你这小嫚年纪轻轻的，怎么说话这么难听呀！我们庄户人赚个钱容易吗？怎么又是让虫子咬了、老鼠啃了、小偷偷了、鬼子抢了的，说话这么不中听！去去去，你们快给我滚！"农家汉子站起来就要摸起扫炕的笤帚疙瘩撵她们出去。幸亏大婶眼疾手快，拦住了大叔。

沈晓静他们也吓得连忙站了起来，想要往外面跑，看到大婶拦住了大叔，才稍稍稳定了一下情绪道："大叔，这个我们真的不是骗你的，离这二十多里的刘家村，有个刘富贵刘大伯可能您也认识，去年春上要给儿子娶媳妇的时候，把埋在屋后墙根底下攒了好几年的钱拿出来，结果坛子进了水，票子都泡坏了，拿到我们行里来，大家突击帮助他清点了一个晚上，五万多块钱只剩下六千多块钱是整装的还能用，其他的钱都泡坏了，不能用了。你说这该有多可惜呀？如果存到我们行里，既支援了抗战，还能保证钱的安全，另外，还有利息呢！那五万多块钱，存了这几年，利息最少得有三千多。大叔，你是个聪明人，这笔账你静下心来仔细算算到底合不合算呢？"

可是不管怎么说下大天来，大叔就是不肯把钱拿出来存银行。吴丽娟和高庆勇早就不耐烦了，互相使着眼色就要离开这家。还是沈晓静脾气好，继续有一搭无一搭地和大叔聊着天。

后来在继续聊天中，不知怎么突然提到了张佳欣，那家大叔急忙问："小欣是你们北海银行的人吗？"

沈晓静说道："是啊。我们是特别好的好姊妹，我和她住在一个屋子里，睡觉还在一个炕上呢。"

"你说的是那个跳舞跳得很好的那个小嫚？"

"对，就是那个小嫚。她前几天去南方出差了，这两天就回来。"

那人连忙叫媳妇过来，吩咐她将钱从炕席下取出，很高兴地交给了沈晓静。大叔则自己拿了个板凳踩在上面，从屋梁上又取出不少钱。

沈晓静一看："嚯！钱还不少呢！"他们接过钱，清点了好大一会儿，才终于清点完毕。他们给那家大叔开了存单，反复叮咛大叔一定要保存好订单，并告诉大叔说这是存款的凭证，不能丢失。沈晓静道："即使丢了也没有关系，我们这里还是有凭证备查的，但是就是手续要麻烦一点了。"然后她起身告别了大叔。当时，他们感到很奇怪：这么难说话的大叔，怎么一提起小欣，就变得爽快起来了呢？真是"山重水复疑无路，柳暗花明又一村"。

过了几十年，实行改革开放和市场经济以后，早就办理了离休手续的沈晓静他们回想起此事来，才终于明白了一个新词，那就是"明星效应"。那个大叔原来就是一个地道的"追星族"，起一个时尚的名字，就叫"夹心（佳欣）粉"吧。

沈晓静和吴丽娟在炕上歇了一会儿，外面传来了敲门声。沈晓静穿上鞋打开门一看，高庆勇从食堂里端来了一些热饭热菜，并对她们说道："食堂还留着饭呢，赶快抓紧吃吧。"

吴丽娟躺在炕上说道："饿劲早就过去了，现在只想睡一觉。"

"那可不行，饭还是要吃的，抓紧起来，洗洗脸。"沈晓静说着，就端起脸盆，用瓢在水缸里舀水，"吃过饭还得清点票子对账呢。"

吴丽娟只得懒洋洋地从炕上爬下来舀水洗脸。

她们洗完脸后，就和高庆勇一起来到小炕桌上，挑明了油灯，一边吃着饭，一边把挎包里的票子倒出来清点着对账。等到三个人清点完票子，对完账和凭证，已经是夜间10点多了。

"最后再核实一下。"沈晓静说道。

吴丽娟拿着工作笔记念了起来："今天一天，我们一共去了16家农户，办理存款10笔，共计93875元整；办理取款的6笔，共计69722元整，支付利息531.73元，结余23621.27元。"沈晓静一边听着吴丽娟念，一边噼里啪啦地打算盘核对着，高庆勇则看着账本检查着。

"好了，完整无误。"听吴丽娟念完后，沈晓静说。一天的工作到此终于画了一个句号。

"最后拉来的那家大叔的钱，光他一家的，就占了今天拉来的存款的一半。"吴丽娟说。

"呵！那么一番口舌，看来没有白费。"高庆勇感慨地说。

"这就叫越是难的，越是值得的。"沈晓静略有所悟地说。

"人家都说这家大叔可能干了，又这么会过日子，你看攒了这么多钱，将来家境一定会越来越好的。"吴丽娟说。

"是呀！都快成财主了。"高庆勇也说。

"对呀，咱们流血牺牲干革命，不就是为了让老百姓不再受苦受穷，都过上富裕的好日子吗？"沈晓静说。

"咦，好像哪本书上讲过，这财主好像都是革命的对象呀？"吴丽娟问。

"啊？对呀！确实是有这么说的。"高庆勇附和。

"咦？"大家都很纳闷，"那是指的地主吧，不是指的财主。"

"噢。"高庆勇略有所悟地说，然后收拾好账簿准备回宿舍，忽然听到院门有敲门声，觉得很奇怪，"这么晚了，谁还会来？"

沈晓静忽然产生了预感，连忙大声喊道："可能是季文佳和小欣他们回来了，快去开门！"

门开了，果然是季文佳和张佳欣回来了。沈晓静和吴丽娟立即跑过去搀扶起张佳欣回到屋里，高庆勇则赶紧通知食堂师傅捅开锅灶做饭。不一会儿，罗行长、单厂长和郭科长也都赶来了。罗行长特意吩咐高庆勇通知炊事班多烧一些姜汤，多打几个鸡蛋。

沈晓静则立即到院子里抱回一捆柴火，续进灶膛里，往锅里舀上水，划火柴点着，然后"咕哒咕哒"地拉开了风箱。

罗行长、单厂长闻讯也赶过来了，他们仔细地询问了他们的情况，才得知他们下了火车后，在山上和敌人周旋了三天两夜，才终于摆脱了敌人，顺利地回到了这里。

尤其是季文佳和张佳欣在山上遭遇狼群的事情，最让罗行长他们揪心，但是后来的结局，又太让人感到意外。

"那些狼群怎么没有对你们下口，反而对着人数那么多，端着大枪，还牵着军犬的鬼子下起口来了？"沈晓静忍不住问。

"是呀，我也再三考虑过这件事儿。现在看起来，可以这样解释：由于我和张佳欣虽然紧张，但是却能一直保持着镇静的外表，按部就班地往后徐徐而退，所以引起狼群多疑的心态，它们需要进一步观察我们，一旦发现了我们的破绽，它们就会毫不犹豫地攻击我们。"季文佳说道，"而那些鬼子和伪军一看见狼群，就立马慌了，跑的跑，叫的叫，顿时乱了阵脚。遇到这种情况，狼群是不需要丝毫犹豫的。"

"对，有道理，这就是知识和智慧的力量！再加上狼群跟踪了你们半天，早就饿了，而那些日本鬼子身上的膘比你们多得多，肉也比你们厚，于是就把日本鬼子当成猪了，光看见他们的肉，看不见他们的枪，于是就不管不顾地扑上去大吃一通。"

"可是，此时我和季文佳已经跳到了水潭下面，紧贴着崖壁，坐山观虎斗呢。"张佳欣得意地说道。

罗行长他们也笑了："哈哈！这些狼呀，它也知道爱国！"

高庆勇挤上前道："大家慢点儿慢点儿哈，我这里要作一首诗。"然后，他站在板凳上，用手按住胸脯，朗诵道：

"啊——
山林里的狼群啊，好心肠。
专吃日本鬼子啊，不思量。
前赴后继啊，冲上前，
磨牙霍霍啊，向东洋。
把日本鬼子啊，吃光光！
保卫了北海银行员工啊，功德无量！"

"哈哈哈哈，这也算一首诗吗？"大家笑了起来。

"算诗，算诗，它表达了大家对那群豺狼咬死日本鬼子、保护银行员工的感激之情，以及对季文佳和张佳欣胜利归队的欣喜之情。"单厂长笑道。

"大敌当前，中国狼不吃中国人，专门吃日本鬼子，比那些狼心狗肺的汉奸、卖国贼要强一百倍！"高庆勇说。

"什么狼心狗肺呀？现在我们可不能再诬蔑那些狼了。"沈晓静说完，偷偷地瞥了季文佳一眼。

"哈哈哈哈！"大家一边笑着，一边拿起季文佳从挎包里倒出来的手枪、手榴弹、罐头等物品观看着。

"不过,话也可以这么讲,是日本鬼子的到来救了小季和小欣。"单厂长说道,"你们想想,如果在那个时候,不是这帮日本鬼子及时赶到,吸引了狼群的注意,那些饿狼能够轻易地放弃小季和小欣吗?我看呀,到时候他们就是躲在水潭里也不一定安全,狼要是饿极了,肯定会想办法到处找他们。"

"对呀,单厂长分析得有道理。"

"这个不管是狼群救了小季和小欣也好,还是日本鬼子救了小季和小欣也好,反正呀,狼和鬼子当时都不是出于好心。另外,不管怎么说,我们的小季和小欣终于回来了,既没有让日本鬼子抓走,也没有让狼群吃掉,这就值得大家好好地庆贺一番。"吴丽娟说道。

"来,让我们打开几个罐头,庆贺一下吧!"罗行长提议道。

"太好了!坚决拥护罗行长的指示!"大家一阵欢呼,然后拉开了桌子,摆好椅子。

沈晓静挽起袖子,借着月光来到后院里摘了许多西红柿、茄子、黄瓜、芸豆和辣椒等,炒了几盘菜端上了桌子。

这时,门口又响起了敲门声,高庆勇打开门一看,原来是房东大爷和大娘过来了,进了屋子后,他们说道:"听到你们这边这么热闹,猜着可能是小季和小欣回来了。这些天呀,大家都一直惦记着他俩呢。你看,这会儿我们杀了一只鸡,炒了几个菜,还把储藏了多年的老酒拿过来了,大伙儿一块儿庆贺庆贺!"

季文佳和张佳欣连忙过去,拉住房东大爷和大娘的手,连声表示感谢。

大家分别落座以后,罗行长端起酒杯提议道:"同志们,来!让我们大家举起杯子,为小季和小欣圆满完成任务,胜利归来,干杯!"

席间,季文佳和张佳欣询问从江淮银行实习归来的同志的情况,罗行长和单厂长说,不管是到总行,还是到滨海分行、胶东分行、冀鲁边区分行和清河分行的同志都已经顺利地归队。大家都很牵挂季文佳和张佳欣的情况,已经派人出去寻找。现在季文佳和张佳欣终于在圆满完成任务后,胜利归来了,他们要立即打电话向总行汇报,还请求总行给季文佳和张佳欣记功呢。

张佳欣这一觉睡得特别香，竟然一觉睡到第二天的黄昏。吃了晚饭后，她本想去印钞厂上班，谁知身子一歪又睡着了，一直睡到第三天上午。

　　吃过早饭后，张佳欣换上工作服，来到位于后院地下室的印钞车间。来到车间后，大家都纷纷和张佳欣打招呼："小欣，怎么好几天没有见你？大家都好想你呀，你都干什么去了？"

　　"我和季文佳去南方办事去了。"张佳欣一边说着，一边从工作台底下拿出套袖往胳膊上套。

　　"怎么，办事还得去南方呀？难道在北方就办不了事了吗？"有人关心地问道。

　　"那个事还就得去南方办！"张佳欣说道。

　　"噢，怪不得好几天没有见着你，原来是去南方办事去了。怎么是和季文佳一起办的呀？不是应该和小秋子办吗？"那边有人似乎关心地问道。

　　"这还不是领导给安排的吗？再说小秋子在部队上哪儿有工夫呀？就是有工夫也没办法安排呀！"张佳欣一边说着，一边把头发塞进帽子里面，又从上衣口袋里掏出眼镜带上。

　　"噢，原来是领导安排的。那么你和季文佳把事办成了吗？"

　　"那还用说，肯定得办成了！"张佳欣坐在工作台前，拿起一叠刚刚印刷好的钞票，准备进行验钞工作，"办不成我们能回来吗？"

　　大家忍不住"轰"地笑了起来。

　　"噢，事办不成还不回来了？"

　　"那当然了！"张佳欣不假思索地答道。

　　"那事是怎么办的呀？"

　　"什么，还问这事怎么办的呢？"张佳欣感到好疑惑，"那还不是该怎么办就怎么办嘛。"

　　"小欣，既然大伙儿这么关心你，你怎么着也得讲给大伙儿听听，这事到底是怎么办成的。"有人笑着问道。

　　"这可就麻烦了，这事要讲起来好长呢，至少得三天三夜，够写一部小说的，大家还干不干活了？"张佳欣说。

"大家今天都不想干活了,就想听听你和季文佳是怎么办事的呢。大家说是不是呀?"旁边一人询问大伙道。

"是呀!"大家七嘴八舌地回答道,"要不大家老是在地下室里干活,该多寂寞呀!"

张佳欣觉得好奇怪,总之,好像气氛不对劲儿,就把嘴一撇:"不讲了,这个得保密!"

"你看看,你看看,怎么又保密了呢?你刚才不是要开讲了吗?大家正准备好好地听呢。"有人调皮地说道。

"是呀,小欣刚才还说够写一部小说的呢。"

"属于什么样的小说呀?是《红楼梦》呀,还是《俊友》呀?"

张佳欣觉得今天大家都怎么了,感觉有点儿怪怪的。突然,她眼睛一瞥,看到沈晓静和吴丽娟在旁边捂着嘴偷笑,张佳欣突然隐隐约约地有些明白了:"怪不得我觉得你们刚才的那些话都问得怪怪的呢!"张佳欣道:"我好感动,还以为你们真的是关心我呢!原来你们呀——我和季文佳都差点儿死了,你们知道吗?我和季文佳都差点儿让敌人打死,让狼群吃掉,让潭里的水淹死,要多危险有多危险。你们知道吗?"

"看来办事还是在家安全,在外面办事很危险呀!"有人感慨道。

"就是呀。"

"哈哈哈哈!"大家笑得更厉害了。

"?!……"张佳欣瞥了他们一眼,嘴张了一张,"哎……"就不再说了,眼神中流露出几分生气,几分不解,还有几分无奈。

晚上,张佳欣在煤油灯下看书,沈晓静则在旁边缝补袜子,想起张佳欣和季文佳在外面待好几天的情景,再想起白天上班时同事们的玩笑话,沈晓静不由得心乱如麻,不小心让针给扎着手了。吴丽娟则把脚泡在脸盆里,想着洗完脚早早睡觉。

屋外传来了敲门声,张佳欣放下书,打开门一看:"哎呀,原来是季大科长驾到。"

季文佳道："什么季大科长啊，多不自然，还是叫我小季吧。"

"叫'小季吧'就好听了吗？"吴丽娟一边用手搓着泡在脸盆里的脚丫，一边调皮地问道。

季文佳道："我是说你们还是像以前那样称呼我就好了。"

"季大科长光临寒舍，有何指示呀？"张佳欣问道。

"不是说了吗，你们不要这样称呼我，否则我会不高兴的。今天晚上吃过饭，没有什么事，我来看看你们。"

"来看谁呀？"

"来看你们呀。"

"嗯，不实在！"张佳欣撩开门帘，让季文佳进来，"来，快到屋里坐吧。"

沈晓静没有动，还是在那里缝着袜子，心里却怦怦乱跳起来。

张佳欣陪着季文佳说了一会儿话后，掉过头对吴丽娟说道："小娟，你那个臭脚丫怎么还没有洗完呀？"

吴丽娟抬起脚丫，拿到鼻尖上嗅了嗅，抬起头来对张佳欣说道："我的脚丫根本就不臭呀。"

张佳欣道："好了，好了，不管臭不臭，都赶快把你的臭脚丫擦干净，我领你去个好地方。"

"大晚上的，哪里有什么好地方？"

"咱们去姜因那里打牌。"

"我可不喜欢打牌。"

"哎，房东那里这几天刚刚从地里收的花生，咱们去帮忙剥花生米吧，捎着尝尝新鲜的花生米。"

"真的有花生米吃吗？那我去。"吴丽娟说道。

"哎哎哎，三大纪律、八项注意怎么说的呀？我们去那里是帮助房东干活的，还真的去吃呀？"

沈晓静说道："等等，我也跟你们去。"

"哎呀，你刚刚还在缝你那臭袜子呢，怎么帮房东剥花生呀，快在家里待着吧！"张佳欣说着，就牵着吴丽娟的手跑了出去。

回头远远地喊了一句："季大科长，失陪了。"

沈晓静把袜子放到鼻尖前仔细嗅了嗅，自言自语道："我的袜子哪里臭呀，真是胡说八道！"

张佳欣和吴丽娟牵着手走出屋外，关上了房门。

吴丽娟说道："小欣，我知道你把我支出来是想给他俩腾个谈情说爱的地方，可是你也不要说我的脚臭好吗？"

"为什么呀？"

"你这么说，人家季科长对我的印象该多不好，再说我的脚真的不臭啊，我刚才闻过了。"

"你怎么这么在乎季科长对你的印象啊？"张佳欣问道，"咦，你是不是对人家有想法呀？"张佳欣看着吴丽娟突然笑了。

"你才对人家有想法呢！"吴丽娟不好意思了，她突然抡起小拳头追着张佳欣打去。

……

"小欣，我不是说你，我发现你的嘴不太好。"

"怎么讲？"

"你喜欢败坏人。"

"为什么这么说呀？"

"好比说，你刚才还当着季科长的面儿，说人家晓静在缝什么臭袜子。"

"她的袜子臭吗？"

"不臭呀。"

"就是嘛，那还怕说吗？我是不让她跟我们出来嘛。"张佳欣道，"晓静这人真虚伪，本来心里是想留下来的，却偏要说我也跟你们去。"张佳欣学着沈晓静的样子说道。

"当时就应该叫她来！"吴丽娟笑着说，"不让她找借口再缝那双臭袜子。"

"好了，好了，人家晓静的袜子就是真的好臭，人家小季也不会嫌弃她、不会怪她，照样喜欢她，并且会捧着那双臭袜子闻起来没个够。这就是臭味相投，这就是情人眼里出西施，懂吗？"

"哎，你猜，他们现在在屋里干什么呢？"吴丽娟问道，"这么大的屋子，那么大的炕。"

"你猜呢？"张佳欣回问道。

"季科长这么有劲儿，可别把人家的炕给弄塌了。"吴丽娟说道。

"咦，这可真是奇怪了，你怎么知道人家季文佳劲儿大？"张佳欣认真了，"难道他欺负你了？"

"没有呀。"

两人互相对视了一眼，忽然抿着嘴笑了起来。

张佳欣和吴丽娟敲开房东家的门，和房东大哥先到东屋，见到大爷大娘和两个大一些的男娃女娃在剥花生，她们打了招呼说了一会儿话后，就一起来到西屋。进了屋，张佳欣就踩着鞋后跟把鞋子脱了，一偏腿上了炕。炕上堆了一大堆带壳的花生，房东大嫂和三个小一点的娃娃都在炕上就着油灯剥花生呢。

张佳欣俯过身子，把手伸过去捏了捏那两个胖小子的脸，说："叫我什么呀？"

两个胖小子说："小欣——"

张佳欣说："啊，你们怎么也叫我小欣？快叫我阿姨。"

两个胖小子叫道："小欣阿姨。"

张佳欣说："哎，这就对了。"张佳欣随后从口袋里掏出了一个黑黑的、圆圆的东西给他们看："大石头、小石头你们看，阿姨给你们带来什么礼物了？"

大石头和小石头看了看，摇了摇头。

张佳欣又从口袋里掏出一把子弹壳，问他们："这个是什么？"

大石头、小石头一起回答说："是子弹壳。"

张佳欣说："你们再看——"

说着，就用那个黑黑的、圆圆的物件一下子把放在炕上的子弹壳吸附了起来。两个胖小子的眼睛顿时亮了起来。

张佳欣举起那个黑黑的、圆圆的物件告诉他们："这个是吸铁石，只要是铁的东西，它都能吸住。如果你奶奶、你妈妈以后不小心掉了个针呀、顶针呀、头发夹呀什么的，你们就可以用这个找，好玩吗？"

两个胖小子说:"好玩——"

张佳欣说:"哈哈,好玩我就送给你们了。还有这些子弹壳,你们一块儿拿去玩吧。"

两个胖小子说道:"谢谢小欣阿姨。"

张佳欣说:"哈哈,真有礼貌,不客气,不用谢!"

张佳欣此时才看到了炕的角落里的那个看起来只有两三岁的女娃,就笑着问:"小莲,你在干吗呢?"

小莲把一只手揣在口袋里说:"小欣阿姨,我也要送你一个礼物。"

张佳欣笑了:"哈哈,小莲不简单呀,你要送阿姨个什么礼物呀?"

小莲来到张佳欣的跟前,从上衣口袋里掏出手来,然后郑重其事地放在张佳欣的手心里。

张佳欣张开手心一看,是一个手电筒的小灯泡,感到很奇怪,就问:"小莲呀,这个东西在农村里可是很少见到的,你是怎么搞到的呀?"

小莲说:"是小高叔叔送给我的。"

大嫂说:"哎呀,小莲拿着这东西可宝贝了,谁要都不给,连她哥哥、姐姐想要来看看,她都不舍得给呢。"

小莲一字一句地说:"妈妈,这是我给小欣阿姨的礼物。"

张佳欣很感动:"好,谢谢小莲的礼物。现在阿姨也要给你个礼物。"说着,张佳欣脱下鞋子爬到炕上来,然后从口袋里掏出一个发卡。

张佳欣问小莲:"这个漂亮吗?"

小莲说:"漂亮,上面还有两个蝴蝶呢。"

张佳欣说:"对,上面还有两个蝴蝶呢,这是阿姨给你的礼物,赶快戴上吧。"

张佳欣说着,就给小莲戴在了头上。

张佳欣说:"漂亮吗?快过去给妈妈看看。"

小莲来到大嫂面前说:"妈妈,这是小欣阿姨给的发卡,上面有两个蝴蝶,漂亮吗?"

大嫂说:"真漂亮,快谢谢小欣阿姨。"

张佳欣说:"不用谢,不用谢。我这里还有一个礼物送给小莲。"

说着，张佳欣又从口袋里掏出一个花手帕。

张佳欣对小莲说："小莲，你看阿姨又给你带来一个花手帕，好看吗？"

小莲说："好看。"

张佳欣问："你看看上面有什么呀？"

小莲说："有柳树，有荷花，有蜻蜓，有燕子，还有蝴蝶。"

张佳欣问："还有吗？还有小船、小桥、小院子、小房子，对吧？"

小莲说："对。"

张佳欣把手帕折叠了几下，问小莲："你看这是什么呀？"

小莲说："小老鼠。"

张佳欣问："对，这花手帕一下子变成了小老鼠，你看，这是小老鼠的身子，这是两只耳朵，这是尾巴，对吗？"

小莲说："对。"

张佳欣把用手帕叠的小老鼠放在右手心上，然后用左手指挠着右手腕说："小莲你看哈，别动别弄别动——嗖——哈哈，小老鼠跑到你怀里去了。"

小莲连忙抓住跑到自己怀里的小老鼠，开心地笑了："哈哈——"

小莲拿着手帕做的小老鼠爬到炕沿上就要下炕。

大哥问："小莲你下炕干什么去？"

小莲说："我要到那个屋子，把小欣阿姨给的东西拿给爷爷奶奶和大哥大姐看看。"

大嫂笑了："嗯，又去显摆去了。"

张佳欣把脚伸进放在炕上的被子里，拖来一个花生簸箩，一边剥着花生，一边和房东聊天。

过了一会儿，张佳欣看见吴丽娟坐在炕沿上剥花生，就说道："小娟，你这样多不得劲儿，快脱了鞋到炕上来吧。"

"我不脱鞋，我脚臭！别把你们熏死哈。"

"哈哈，小娟原来还挺记仇呢。"张佳欣笑了，"好吧，把你的鞋子脱掉，快把你那双香脚丫子塞到被子里来。"

"那是脚，不是香蕉。"吴丽娟一边说着，一边笑着脱了鞋子，爬到张佳欣的身边，把她的那双"香蕉丫子"塞进了房东炕上的被子里。

突然，房东的门开了，风风火火地跑过来七八个小孩子，他们站在炕下，看着张佳欣和吴丽娟剥花生。

"小朋友，你们叫什么名字呀？"张佳欣问。

"我叫小山子。"一个圆圆脸的男孩回答道，"他叫强子，还有那是小敏子，那是小英子，还有小豆豆……"

"你们刚才干什么了，脸上这么多汗？"张佳欣继续问道。

"我们刚才玩捉迷藏呢！看见你们过来了，我们就来看看你们！"

"来看我们？为什么呀？"张佳欣问道。

"小欣姐姐，我们想问问你银行是干什么的。"小山子问道。

"银行呀，其实是好大的学问，现在说多了你们也不明白。"张佳欣想了一下说道，"就好像过年吧，你爹娘都给你们压岁钱了对吧？这个压岁钱你们都怎么用呀？要是用来买糖吃，压岁钱就没有了，一次花光了，对吧？如果用来买米喂小鸡，小鸡长大了就可以生鸡蛋，鸡蛋可以吃，也可以再生小鸡，对吧？这样慢慢地你家的鸡就会越来越多，你们家就会越来越富裕的。"

"对，这样我们就能变成大财主、大地主了，有很多很多的钱。"小孩子开心地说道。

"不对，不能变成大财主、大地主，那都是坏人。要变就变成富裕的农民。"张佳欣刚讲到这里，突然觉得也不对，"富裕的农民"是不是就是"富农"呀？有书上说富农在中国革命中好像不如贫苦农民吧？张佳欣感到疑惑了，唉，头疼。

"小欣姐姐，你在银行里上班，所以你就是属鸡的，你就能下蛋，是吧？"那个叫小强的小孩子问道。

"嗨！这都是哪儿跟哪儿呀？真是会瞎联系！"张佳欣看了孩子们一眼，笑了。

"晓静姐姐怎么没有来呀？"最小的那个女孩小豆豆怯怯地问道。

张佳欣说道："我们都来了，家里就没人了，对吧？总得留人看门吧？所以呀，我们就把晓静姐姐留在家里看门了。"

"对了,晓静姐姐是小狗!"

"哎,小山子,你怎么骂人呀?这可不好,要挨批评的。"

"哈哈,小欣姐姐,我其实是想说,晓静姐姐是属小狗的,对吧?"

"这个可是不错,你是怎么知道的?"张佳欣问道。

"我也是听人说的。"小山子回答道。

"哈哈,真是巧合呀!你们这个小欣姐姐和晓静姐姐呀,一个是银行下蛋的小母鸡,一个是看家的小母狗!"吴丽娟笑得前仰后合道。

"那你呢?你比晓静小一岁,是属猪的吧,那你就是小母猪。"

"你就会说我!"吴丽娟看了张佳欣一眼,有些不高兴了。

张佳欣说道:"咱们罗行长有时候喜欢用动物做比喻,讲一些现象特有意思。"

"对呀,对呀,比如罗行长一次在会上批评某些同志呀,学习业务呀,是猴子的屁股坐不住;安排他工作呢,是大象的屁股推不动;如果批评他呢,那就是老虎的屁股摸不得,笑死人了。"吴丽娟笑着说道。

"还有,还有,罗行长说,某些同志吃起饭来像头野猪,睡起觉来像头死猪,干起活来像头老母猪,哈哈!"张佳欣看着吴丽娟笑着说道。

"好呀,好呀,原来你绕来绕去,又是在拿我的属相开心对吧?"吴丽娟噘起了小嘴。

看出来吴丽娟不高兴了,张佳欣连忙改口道:"哎,不知怎么搞的,一说起这鸡呀狗呀的,我就想起季文佳那些什么鸡犬不宁、鸡飞狗跳、鸡飞蛋打的那些话了。"张佳欣若有所思地说道。

"那就是金融危机,你知道吧,什么时候鸡犬不宁、鸡飞狗跳、鸡飞蛋打了,什么时候就闹金融危机了。知道吧?"吴丽娟刚刚听说金融危机这个词,这会儿正好用上了。

"这个谁不知道?"张佳欣一边手里剥着花生,一边说道,"不过这话好像应该这么说:什么时候闹金融危机了,什么时候就鸡犬不宁、鸡飞狗跳、鸡飞蛋打了!"

"对呀,我就是这么说的呀?"

"哪里呀,我说的是金融危机在前,鸡飞蛋打在后。而你讲的是鸡飞蛋打在前,金融危机在后。"张佳欣提示道。

"它们不是一个意思吗？"

"当然不一样,金融危机是因,所以在前；鸡飞蛋打是果,所以在后。它们是因果关系。"

"什么是因果关系呀？"

"就是到底是先有鸡还是先有蛋这么个关系。"

"行了,行了！我真受不了你了,小欣。说来说去,无非总是离不了鸡呀、蛋呀、猪呀、狗呀的,还有完没完了？把我的头都搞大了。"

"哈哈,连我自己的头都大了。"张佳欣笑了,"算了,算了,这事咱不琢磨了！让季文佳去琢磨吧！"

"就是,就是,这个季大科长天生就是个肯专研的人。"吴丽娟笑着说道。

"小欣姐姐,你跳舞好漂亮,我们都喜欢看你们跳舞！"炕下的小孩子说道。

"对呀,小欣姐姐你们跳的什么舞呀？"

"有小燕子、小鸭子、喜鹊、布谷鸟。"

"还有蜻蜓、蝴蝶。"

"还有红的、黄的、蓝的、紫的,好多好看的花。"小孩子七嘴八舌地问道。

"那是关于春天的舞蹈,等到打败了日本鬼子,我们就会把国家变得越来越美丽,越来越漂亮,越来越好。就像是一个大花园！"张佳欣说。

"那么你们穿的是什么衣服呀,那么好看！"一个叫豆豆的小女孩问道。

"那是裙子呀,有背带裙,有连衣裙。"张佳欣问,"好看吗？"

"好看！"小孩子的眼睛里放射出羡慕的光。

"你们的衣服好像还有一个名字呢？"那个叫小碾子的男孩问道。

"哦,那叫演出服。"张佳欣说。

"你说什么什么服？"小男孩显然没有听明白,继续追问道。

"你懂什么呀？那是蝴蝶衣！"那个叫小英子的圆脸尖下巴的女孩抢答道。

"还有燕子衣！"

"还有蜻蜓衣！喜鹊衣！花朵衣！"

小孩子七嘴八舌地答道。

"不对，那是跳舞衣！"小强认真地纠正道。

"哈！蝴蝶衣？燕子衣？花朵衣？跳舞衣？"张佳欣和吴丽娟看着天真淳朴的乡下孩子们，对视着笑了，"姐姐以后有时间的话，教你们唱歌跳舞好吗？"

"好！"几个女孩子显然十分开心，七嘴八舌地问道，"小欣姐姐，我们跳舞的时候也能穿蝴蝶衣、燕子衣、花朵衣吗？"

"能！"张佳欣笑着回答道，"姐姐先教你们几个动作，你们看着。这个动作是什么呢？哎，是蝴蝶，它在花丛里飞翔着。漂亮吗？哈哈，漂亮对吗？那这个动作呢？是蜻蜓。对了，你们真聪明！你们看，这时候胳膊就像身后的一对翅膀，是吗？哈哈，那是燕子。还有这个动作呢？在春风春雨里幸福地开放着、摇曳着，对，这就是一朵花，好看吗？"张佳欣坐在炕上一边说着，一边用胳膊和双手比画着对孩子们做出各种好看的姿势。

孩子们在炕下模仿着张佳欣的各种动作，嘻嘻哈哈地笑弯了腰。

在门外堂屋里正在烧水的房东大嫂对刚刚进屋的房东大哥说道："你看看这小欣，到了哪里，哪里就叽叽喳喳的好不热闹。"

"这小嫚小时候肯定更能闹。"大哥说道，"肯定也没少挨打。"

"打她？你要是她爹，你舍得打她？"房东大嫂问道。

"对呀，打她哪里呀？她这么能闹，是先生，就打她的手心；是爹娘，就得打她屁股！"大哥刚说完，就被大嫂在大哥的腿上狠狠地扭了一把，不由得"哎呀"叫了一声。

下午，罗行长和单厂长正在办公室里议论着近期的工作，突然门卫喊了一声报告，进门后说道："国民革命军五三七团第三营营长唐志勇求见。"

罗行长刚说完："请进。"唐营长已经带着魏副官和作训主任跨进门来，一屁股坐在八仙桌旁问道："请问哪位是罗行长？"

"本人就是，请问唐营长和诸位长官远道而来有何公干呀？"

"罗行长,在下不明白的是这北海银行到底是怎么回事呀?"

"北海银行已经成立五年多了,信誉卓著,闻名遐迩,唐营长作为长期驻守一方的国军长官,怎么会不知道呢?"

"这个我不管,今天我要看的是国民政府的批文!"

"唐营长,蒋委员长在著名的庐山讲话上指出:'如果战端一开,那就地无分南北,人无分老幼,无论何人,皆有守土抗战之责。'面对日本帝国主义通过疯狂地发行日币和伪币而开展的对中国的经济侵略和掠夺,我们山东的金融界人士在抗日根据地发起成立了北海银行,正是为了捍卫我们中国的金融边疆,收复我们中国的金融国土,拓展我们中国的金融边界,抵御并粉碎日寇的金融蚕食、鲸吞与扩张,这难道有什么不对吗?"罗行长质问道。

"废话不要多说!我们的抗战是在蒋委员长的领导下进行的,凡是不经过国民政府批准设立的机构,统统都是非法的,必须予以取缔!"

"那么请问,日本发动侵华战争以来,在他们的占领区内成立了那么多的金融机构,以推行其实行金融侵略、经济掠夺、以战养战的阴谋。这些金融机构的成立经过国民政府的批准了吗,你们为什么不去取缔?"

"日伪政权所设立的金融机构当然都在取缔之列,但是,我们目前只能分阶段一步一步地来。"

"那就是说'攘外必先安内',贵军是否又要挑起内战,为日本的金融侵略做马前卒呀?"

唐营长一时语塞,这时魏副官插上话了:"唐营长,我们完全不必和他们理论什么,我们这次来,就是因为贵党在其管辖区域内,乱设金融机构,乱印乱发票子,扰乱金融,所以必须加以取缔!这是上峰的命令,没有讨价还价的余地。"

"所以,你们就把军队调转了枪口,又想重演同室操戈的悲剧,是吗?"单厂长一拍桌子站了起来。

"北海银行成立这么多年了,日本帝国主义把它当作眼中钉、肉中刺,千方百计非欲除之而后快,但是由于人民群众的支持,他们的阴谋没有得逞。可是今天你们竟然也要这样做,贵军的所作所为,难道不感觉是要把自己和汉奸画上等号了吗?"罗行长也愤怒地拍了一下桌子,站了起来。

魏副官看着唐营长，只等他一声提示，就下令等候在外面的军人冲进来。唐营长也把右手按在腰间的手枪上，准备拔出手枪，下达命令。

行长室内一时剑拔弩张，气氛十分紧张。

"罗行长、单厂长！"张佳欣远远地喊了一声，笑着从门外跑了进来。

"小欣，你有什么事情吗？"罗行长问。

"没有什么事情，听说你这里有贵客来，我来看看。"张佳欣笑着说道。

"哦，我来介绍一下吧。"罗行长心想：这小嫚怎么这时候来，这不是来闯龙潭虎穴吗？罗行长一边犯着嘀咕，一边将国民革命军五三七团第三营唐营长、魏副官和作训主任一一做了介绍，也把张佳欣介绍给他们。

张佳欣连忙热情地和他们一一握手，说道："欢迎欢迎啊，各位长官大驾光临，我们有失远迎，失礼之处，得请贵军各位长官多多包涵！"

张佳欣这里正在握手，唐营长和魏副官的眼睛突然一亮，互相看了一眼，对张佳欣说道："你这位小姑娘，我们好像在哪里见过。"

张佳欣一愣，一时想不起来。

"对对对，那是六年多前的五六月份吧，在济南的千佛山上，就是我们见到的那个跳舞跳得特别好的女孩！"唐营长说道。

"哦，是她，是她。"魏副官用手拍拍前额，也想起来了。

"原来你们就是那些东北军的大哥！"张佳欣也想起来了，她连忙摆起挺胸昂首，举起左臂，展开右臂，将抬起的右腿落地伸向后方那个停顿的瞬间，再加上圆圆的脸庞上忽闪着的大眼睛，做出一头像在森林里受到惊吓的小鹿的样子。

大家都笑了。

"你们后来怎么样了？"张佳欣收起姿势问道。

唐营长和魏副官就把他们这些东北军的弟兄们后来怎样进了韩复榘的军事人才短训班，抗战爆发后又怎样辗转抗战，后来怎样进入鲁中、胶东和滨海山区打游击的情况简单地讲了一遍。

"大哥，你们真不简单，你们都是民族英雄呀！"张佳欣说道，"知道你们的驻地离这里只有三十多里远，我们罗行长和单厂长老早就念叨着想和贵军搞一下联欢呢。"

罗行长和单厂长交换了一下眼神：这小嫚倒挺会说话的。

"两位好大哥，小妹我是不知道你们就在那个部队，如果知道的话，小妹我一定老早就去看望你们了。这几年，小妹我经常想起你们、牵挂着你们。当时发动济南市民捐助和帮助你们的洪波哥，也是共产党员。这下正好，你们自己来了！这不就是人们常说的缘分吗？这次来了，你们就不要走了！我们可一定得借此机会摆上几桌席，好好地犒劳犒劳你们，犒劳一下我们的民族英雄呀！"张佳欣转头对罗行长道，"罗行长，今天一大早，我就看到院子里的柿子树上喜鹊一个劲儿地叫，老百姓都说是'喜鹊叫，喜事到'。你看看，果然吧，我多年不见的大哥来了。凑巧，村东头老李家又刚刚宰了一头猪，这样吧，我看咱们就买下吧。唐大哥和魏大哥来得真是太巧了，今天晚上，小妹我得敬你们两位大哥喝个酒，喝就喝个够！还有罗行长、单厂长，咱们和东北军的长官一起喝一个'同心酒'怎么样？从今往后，咱们就是要齐心协力打鬼子，同心同德救中国！再也不能像以前那样打内战了。"

张佳欣拿过茶壶，一边转身给唐营长和魏副官续上茶，一边说道："两位好大哥，以前有段时间咱们中国人总是手足相残，让祖先蒙羞，让后代脸红，让外人贻笑大方，结果打着打着，把东北打丢了；再打着打着，把中国更多的地方给打丢了。现在大敌当前，以前那种让亲者痛、仇者快的事情再也不会发生了！你们说对吧？"

"对，对，我们不能再打内战了！"唐营长和魏副官互相看了一眼，连忙说道。

张佳欣接着说道："两位好大哥，咱们到底这么些年不见了，这真是山不转水转，水不转人转，今天我们一定要一醉方休。还有，罗行长不是叫我们排练节目，宣传北海银行的业务吗？我们今天晚上先提前演出给你们看，也好叫两位大哥和诸位弟兄们给我们的节目多提宝贵意见。"

"对于文艺我们可不懂，哪里能提什么意见呀！"唐营长连忙说道。

"两位好大哥，见到你们后，我一高兴，话就特别多，如果说得不对，你们可得多多包涵呀。"

"哪里，哪里，刚才你说得很好。"唐营长和魏副官连忙说道。

"两位好大哥，这样吧，你们先坐着喝点儿茶，我马上去安排！"张佳欣说完，就笑着跑了出去。

房间里剩下的五个人顿时面面相觑，尴尬地笑了起来。

唐营长道："魏副官，我看咱们还是回去吧，至于公务，我们以后再说。"

"不行，不行，"罗行长灵机一动，趁坡上马，连忙起身劝阻道，"唐营长，这可不行，公务你们该怎么办就怎么办。可是既然来了，不吃饭就走，这也太瞧不起我这个东道主了。你们大老远地来了，我们这里就是再穷，也管得起客人一顿饭呀。这不，早就想请你们一起坐一坐，搞一个联欢，喝喝小酒什么的。我们这里虽然穷，但是山里有一种野菜叫六月红，特别有味道，吃了强身健体，滋阴壮阳，益寿延年呢。这你们没吃过吧？还有，我们这山底下那条小河，也有一种特产，叫麒麟鱼，味道鲜美不可多得呀，这次你们也一并尝尝。这里老百姓还会酿酒，他们自酿的一种土酒叫什么'山妹子特酿'，我喝过，滋味清洌醇厚，绵软悠长，蛮不错的，不亚于北平'二锅头'什么的。不瞒你们说，我也有小半年没有过过酒瘾了，这次你们既然来了，我看我们也就不用专门上门去请了。你们听到小欣刚才说了吗？今天一大早，喜鹊就在柿子树上喳喳叫，喜鹊叫，喜事到，柿子树什么意思呀，就是事事如意呀。你们看，择日不如撞日，就是今天了！就像刚才那个小欣提议的，今天我们一起喝一个'同心酒'，大家来个一醉方休！"

这时张佳欣跑出来找到季文佳，和他说道："刚才我进去的时候，气氛确实紧张，现在我看好多了。那个国军的营长和副官我们原来都是见过的。"

季文佳道："我已经安排人骑马去史家泊，把前去那里执行任务的两个警卫排火速调回，另外安排人接通了被剪断的电话线，把这里的情况向总行做了汇报。总行已经请求军分区立即派军队来，目前军分区的一个团正在向这里跑步行军。再就是县政府已经得知了情况，安排县大队和周边的区小队包围了他们的营部，只要他们敢动手，我们就立即端掉他们的营部，断掉他们的后路。"

"现在看来，这些都已经没有必要了，但是防患于未然总是好的。不过这个营大部分都是原来东北军的弟兄们，耿直、豪爽、仗义，身负家国之恨，爱国爱乡，知恩图报。在抗日救国的问题上是比较容易和我们合作的。"张佳欣说道，"还有就是请示区政府通知一下抗战剧社的同志今晚务必到我们这里集合，准备演出。叫食堂马上杀一头猪，并到供销社里买几瓶好酒，几条好烟，准备招待五三七团三营的弟兄们。"

季文佳在安排好以上事宜后，就来到行长办公室，一方面向罗行长做了汇报，一方面热情地挽留唐营长和魏副官，告诉他们晚宴已经安排就绪，叫他们晚上一定不能离开。季文佳对唐营长和魏副官说道："我们北海银行的全体员工和乡亲们听到东北军的弟兄们来到这里都很高兴，一定要留你们吃顿便饭，表达一下心意。总行领导刚才也打电话来，交代我们一定要做好接待工作，让弟兄们吃好喝好。总行行长让我们多置办点好烟好酒，费用就挂在总行账上，并让我们代问三营的弟兄们好，以后有机会，他们要去看望你们。"

办公桌上的电话铃响了，罗行长忙抄起电话通报了姓名，一听原来是总行领导来的电话，总行行长很关切地询问了罗行长这里的情况，并督促一定要想方设法克服困难，完成本季度的印钞计划、融资计划和秋粮及棉花收购资金的筹措任务，保证党政机构和八路军的后勤供应。当听到罗行长汇报说东北军的唐营长和魏副官执行公务来到此处时，总行行长很高兴，叮嘱罗行长一定要做好接待工作，费用由总行买单，并要罗行长代他们向唐营长、魏副官及各位弟兄们问好，说他们辛苦了，有时间总行领导一定会去看望东北军弟兄们的。总行行长讲完后，告诉罗行长：从延安刚刚来到山东接任省战工会财政金融部的夏主任今天前来北海银行总行视察工作，他很关心你们那里的情况，现在你们可以直接通话了。

罗行长在电话中简略地汇报了分行的情况，并在笔记本上记下了夏主任的指示。

"罗行长，单厂长！"张佳欣跑了进来，"唐大哥、魏大哥都在吧？"张佳欣跑过去拉着唐营长、魏副官的手笑着说道："今天晚上你们一个都不准走，我们一定让你们在这里吃饱、吃好！"

张佳欣的话音刚落,罗行长就递来话筒道:"从延安刚来的省战工会财政金融部的夏主任在电话里听到你的说话声,问我说话的是不是张佳欣同志,我说是呀,他说现在要和你通话。"

"延安?夏主任?……好奇怪,不认识这样一个人呀?"张佳欣感到好奇。

"你快点儿吧!首长要和你说话呢,你怎么搞的?磨磨唧唧的。"罗行长催促道。

张佳欣接过话筒道:"您好!夏主任,我是张佳欣,您是在找我说话吗?"

"哈哈哈哈,"话筒里传来笑声,"小欣,你猜猜我是谁?"

"您是……延安来的夏主任呀。"张佳欣说道。

"我是夏洪波呀!"话筒里的声音明显大了起来。

"啊?洪波哥?好呀!你个夏主任,你可吓死我了!"张佳欣兴奋地跳了起来,"我还以为是延安来的哪个大干部呢,原来是你呀,洪波哥!"

"不过,洪波哥,你以后不要姓夏天的'夏'字了,改成吓人的'吓'字吧。"

"为什么呀?"

"因为你每次出现都吓我一跳!"

"这话我还真的不明白,我出现怎么就会吓着你了?"

"比如上次我回叶城县老家,突然冒出来一个大县委书记,吓了我一大跳!后来一看,这个大县委书记原来是你。这次我在这个小山村里待着好好的,突然间又冒出一个延安来的大干部,又吓我一大跳。洪波哥你说,你是不是改成那个吓人的'吓'字更贴切呀?"

"小欣妹妹,你的意思是不是不欢迎我呀?"

"哪里哪里呀,你小欣妹妹还不是让你吓大了呀?洪波哥,你以后继续吓我哈。"

夏洪波和张佳欣两人寒暄了一阵后,张佳欣说道:"洪波哥,真是太巧了,你猜今天还有谁来我们这里了?"

"谁呀?"

"五年前我们桃李剧社在济南千佛山上演出抗日节目时,碰到的东北军唐大哥、魏大哥呀!"

"啊？是他们呀。"话筒那边的夏洪波高兴地说道，"快叫他们和我说话！"

张佳欣连忙把话筒塞到唐营长的手中："这就是当年发动济南市民捐助和帮助你们，让你们解决吃饭和住宿问题，以及去军政短训班的齐鲁大学学生会主席洪波哥！真是太巧了！唐大哥你还愣着干吗？你们快说说话吧。"

"唐大哥，你们还好吗？"电话里传来夏洪波的声音。

"还好，还好！你挺好吗？"唐营长说道，"原来老弟你是共产党？当年没有你们的帮助，我们这些弟兄们就惨了，当时我们弟兄们有两三天没有吃饱饭了！"

"大哥客气了，抗日救国是我们每一个中国人的责任，当初我们这样做也是应该的。"

"我们可忘不了，是你们让我们吃饱饭，弟兄们都到济南最好的铭新池里洗了一个澡，理了发，换上新衣服。谢谢你们！谢谢你们！"

"别再言谢了！"夏洪波道，"在抗日救国的问题上，我们都是一致的，我们永远都是好兄弟。"

"大哥，跟着你的那帮东北军兄弟，有许多都是好样的。有的参加了黑铁山抗日武装起义，有的参加了天福山抗日武装起义。你知道那个潘旭杰兄弟吗？"夏洪波接着问道。

"知道，知道，就是那个挺高挺壮挺憨的。兄弟你见到他了？"

"见了见了，我们见了许多次了。"夏洪波道，"不过唐大哥，你现在可不能说人家憨了。他后来领着几个弟兄参加了徂徕山抗日武装起义，然后参加了八路军二二七团，当过排长、连长、营长、副团长，现在在延安抗大学习呢。我们在延安经常见面，说起大哥当年对他的关照，他是深怀感激啊。"

"小意思，小意思！难得这位兄弟还惦记着呢。"

"他马上就要回山东了，委任状很快就下来了，任八路军二一五团团长，到时候我们就可以经常见面了。"

"那好！那好！"唐营长连声说道。

"唐大哥，魏大哥，我们什么时候也不能忘记我们的情谊，更不能像前段时间贵党的某些人那样，不顾民族大义，做出亲者痛、仇者快的事情来。"

"那是，那是。"

"大哥你说兄弟我说得对吗？"

"兄弟你说得对，说得对。"

"我们党中央对山东的工作很重视，仅这次就从延安派来了一百多个党政军及金融干部，加强对山东工作的领导。我们党中央还对山东北海银行当前的工作以及今后的发展，提出了专门的指导意见。"

"哦、哦……"

"小欣妹妹她年龄小，不懂事，在家里娇生惯养的。她就在北海银行工作，难得你们两位大哥驻地离得近，可要常去看看小欣妹妹，常去帮帮她呀。"

"应该的，应该的。"

"书本上有句话叫作耳提面命，大哥一定知道。"

"哪里哪里，大哥可不知道那是什么意思呀。兄弟你可别笑话你这两位大哥没喝过多少墨水，也没有多少文化。"

"那句话的意思就是，小欣妹妹如果调皮不听话，你们两位做大哥的就可以拽着她的耳朵，揪着她的辫子，狠狠地教训她。"

张佳欣一听这话，立即撇了撇嘴，狠狠瞪了话筒一眼，"哼！"

"夏老弟，这可使不得，使不得。"唐营长慌忙道。

"小欣妹妹特别想你们两位大哥，没事的时候经常念叨你们呢。"

"哦、哦……"

"她常牵挂着你们、惦记着你们，有时候提起你们两位大哥，她都禁不住掉眼泪呢。"

"哦、哦……"

"还有，就是护送我们这批一百多干部回山东的八路军二二八团的驻地就在雁栖湖，离你们那儿很近，也就半个多小时的路程，没事的时候你们要常来往，搞个联欢呀什么的，遇到鬼子袭击等险恶情况时，你们可以请求他们的支援，也可以向他们靠拢。你就对他们的团长说，这是我夏洪波说的，因为你们是我的大哥。"

"兄弟想得太周到了。"唐营长说道。

"二二八团可是八路军的一支精锐部队,这个唐营长一定知道吧。"夏洪波问道。

"这个谁不知道呀?这可是一支响当当的部队呀。提起这支部队来,小日本鬼子还怕三分呢。谁不知道那次摩崖岭伏击战,打得小鬼子鬼哭狼嚎。"唐营长说道。

……

唐营长和夏洪波在电话上又聊了一会儿,总觉得意犹未尽。刚挂上电话不久,村长、村青救会主任、妇救会主任、民兵队长也都走了进来,对三营弟兄们的到来表示热情欢迎和挽留。他们递烟的递烟,续茶的续茶,一时搞得唐营长、魏副官等不知所措。

晚上,国民党五三七团三营的弟兄们在村里接受了一顿丰盛的晚宴,乡亲们热情地款待他们。区长和区青救会主任、妇救会主任、民兵中队长也带人骑着马驮着好烟、好酒特意来看望他们,向他们敬酒。

罗行长、单厂长及区长、区青救会主任、妇救会主任、民兵中队长等则在北海银行分行食堂里宴请唐营长、魏副官和作训主任等,张佳欣、季文佳也在场。

宴会开始时,罗行长和唐营长一起举杯提议一起喝个"同心酒":"为精诚团结、共御外侮而干杯!"在座的各位也互相敬酒,交谈甚欢。席间,罗行长问唐营长道:"眼下天气已经转凉了,我怎么看到贵军兄弟们的军装却略显单薄呀!"

唐营长道:"罗行长,真人面前咱也不说假话,谁不知道这个蒋委员长待人不公平呀!同样是抗日救国,妈拉个巴子,他中央军黄埔系就兵员充足,装备精良,军饷足额发放,而像我们东北军这样的杂牌军不是动辄就被撤销压缩编制,就是拖延发放军饷,要不干脆就克扣军饷,这怎么不叫弟兄们寒心呀!"

魏副官接过话道:"是呀,军马未动,粮草先行,保证不了后勤供给问题,这个仗怎么打?还是你们共产党、八路军有办法,蒋介石不给你们发饷,想困死你们、扼死你们,你们就自己办银行、发票子,发展生产,搞活流通。结果根据地越打越大,军队越打越多,民心越来越向着你们。"

罗行长道："其实我们这个办法也是被逼出来的，我们抗日救国要拉队伍，队伍拉起来以后，每天的吃饭、穿衣、住宿、训练等一系列问题接踵而至，而要解决这些问题，都是需要钱的。国民党不承认我们，不给我们发饷，我们的上级领导又没有钱发给我们，我们还不能向老百姓要钱，怎么办呢？于是就想起了自己办银行、发票子这个办法。这个办法还是小欣的爸爸张玉吉先生和青岛中鲁银行总经理唐启贤先生的主意呢。在银行筹办时期，他们可是出了大力的。没有他们的艰辛努力，我们北海银行是建立不起来的，我们绝对不会忘记他们。"罗行长讲到这里，突然想起一件事情，于是拍拍单厂长的肩膀，向他交代了几句，就起身离开了。

"唐营长，我们能不能也学学共产党、八路军的办法，办一家自己的银行，印自己的票子，也好解决部队长期以来供给不足的问题。"作训主任说道。

唐营长哈哈大笑了起来，指着作训主任对罗行长说道："这位老弟认为只要是办起银行，发了票子就能解决供给问题。其实，哪里有这么简单呀？噢，你费了好大的劲儿，印了票子，拿到市场上要采购物资，买粮食呀、布匹呀、烟酒呀等东西，可是人家老百姓认吗？他会用自己流血流汗生产的东西，换回这些花花绿绿的票子吗？这里还有个东西，叫什么来呢？"

"信誉！"罗行长这时又回到了座位上，继续说道，"在世界各国，货币的发行是要有黄金、外汇储备做保证的，我们根据地虽然没有黄金、外汇储备，但是也要有重要的物资储备来保证货币的信誉，同时要有计划地印制钞票，根据市场情况吞吐货币，以防止物价通胀或紧缩。"

"看吧，看吧，听懂了吗？这里是有大学问的。"唐营长环顾着四周说道，"不要以为用张纸印出票子来，就可以到老百姓那里买到东西，老百姓傻吗？"

罗行长说道："唐营长说得对，没有信誉的钞票，就等于一堆废纸，印得再多也没有用。"

"听听，听听！"唐营长对作训主任道，"跟着本长官出来长学问了吧，好好学着点吧！"

……

酒过三巡，大家都有了点儿醉意。

唐营长对罗行长说道："我看你们北海银行这里城市娃很多呀，还有很多是从学校里出来的吧。"

罗行长回答道："这个是跟军队及一般的农业、手工业、制造业等行业不一样，做银行工作的，没有一定的文化是绝对不行的。"

"这些城市娃四体不勤、五谷不分、娇里娇气的，到这山沟沟里能过得惯吗？"唐营长问道。

"怎么能过得惯呀！在家里都是父母的宝贝疙瘩，宠着、惯着的，食来张口，衣来伸手的。初来乍到这里，这个吃不下，那个吃不来的，想家哭鼻子的，有的是。"罗行长继续说道，"看到刚生下来的小老鼠，觉着好玩；看到大老鼠，吓得尖叫。拿着麦苗当韭菜。"

唐营长听了哈哈大笑起来。

"这一位季大科长，拿着个鸭蛋，还问这是鸭蛋吗，怎么不是咸的呀？"罗行长指着季文佳道，一下子把季文佳说得脸红起来。

"小欣有一次被鬼子撵得满山跑，几顿捞不着吃饭，饿极了，竟然把兔子屎当作黑枣吃了！"罗行长指着张佳欣说道。

"哎呀！罗行长，你喝多了！"张佳欣这下子坐不住了，她跳了起来，用小拳头捶打着罗行长的肩膀道，"两位大哥可不要听我们行长胡说呀！"张佳欣指着季文佳道："都怪这个季大科长，他拿给我吃的！"

"哈哈哈哈！"大家笑得更开心了。

"笑话多着呢！"罗行长说道，"他们有的以为南瓜是长在树上的。"

"哈哈哈哈！"

"他们有的以为地瓜是长在地里的。"罗行长继续道。

"哈哈哈哈！"大家继续笑着。

这时唐营长反应过来了："不对呀，罗行长，地瓜其实就是长在地里的嘛，你是喝多了吧？"

"对呀，是长在地里的呀？你说它不长在地里，还能长在蓝天上吗？"罗行长说道。

"罗行长喝多了，赶快给他喝点儿醋醒醒酒。一会儿还得陪着唐营长、魏副官看节目呢！"单厂长对下面人说，然后掉过头对唐营长、魏副官道，"罗行长是高兴的，从来没见他喝这么多过。"

"没事、没事，我还能喝。"罗行长红着脸说道。

晚宴接近尾声了，罗行长和单厂长出去了一趟后，再次走了进来。罗行长对唐营长道："关于贵军被拖延和克扣军饷的事情，我们刚才向总行进行了汇报，总行在请示省战工会后，特批给贵军三万五千元北海币，贵军平均每人一百元略多点儿，用以在我们根据地购买棉花、布匹和颜料。总行领导说，用这些钱给贵军弟兄们每人制作一身冬装绰绰有余。"

"这怎么行！这怎么行！！"唐营长一下被感动得不知说什么好。

"我们两党是亲兄弟，过去北伐的时候我们就战斗在一起，现在大敌当前，我们就更不必客气了。北海币就在外面的五头骡子身上，你们走的时候牵着就是，外面有我们的警卫排站岗警卫，你尽管放心！"罗行长道。

晚宴后，弟兄们在唐营长、魏副官的带领下，列队来到村头操场前观看了抗战剧社的精彩演出。

演出时，掌声一阵接着一阵，演出中临时增加了赞扬国民党军浴血抗战的节目——《台儿庄大捷》，尤其是最后张佳欣领舞的舞蹈——《故乡——永不忘》，更是感动得三营兄弟们热泪盈眶，泣不成声。

"打倒日本帝国主义！"
"誓死不当亡国奴！"
"还我河山！"
"国共合作，一致抗日！"
口号声此起彼落，人们群情激昂。

节目结束后，唐营长、魏副官和区长、区青救会主任、妇救会主任、民兵中队长一起走上舞台和演员们一一握手，人们注意到唐营长、魏副官眼里含着泪花。

当来到舞台中央和张佳欣握手时，唐营长大声说道："小妹，今后如果再有人为难你们北海银行，就来找唐大哥和魏大哥！"然后，他转身对五三七团三营的弟兄们说道，"弟兄们，今天晚上吃得怎么样？"

"吃得好香呢！"

"酒喝够了没有？"

"喝够了！"

"节目看得好不好？"

"好！"

"北海银行和老乡们对我们好不好？"

"好！"

"那好，弟兄们，听我的口令！全体起立，立正！向左向右转！向北海银行的兄弟们和全体乡亲们敬礼！——礼毕！"

"全体注意，每人给我留下五十发子弹，两颗手榴弹，放在自己坐过的板凳上！"

"是！"弟兄们齐声答道。

"弟兄们，放好了没有？"

"放好了！"

"好，听我口令：向左向右转，左后转弯跑步——走！"

区长、区青救会主任、妇救会主任、民兵中队长、罗行长、单厂长、季文佳、张佳欣以及乡亲们，一直将东北军的弟兄送到村头的路口上，双方一再挥手致意。

看着五三七团三营弟兄们的身影逐渐消失在地平线上，罗行长掉过头来对季文佳道："立即通知总行领导，通知县委县政府，警报解除。北海银行，平安无恙！"

季文佳回答一声道："是！"立即转身往分行办公室跑去。

罗行长好像突然发现了什么："小季，你给我站住！"

季文佳转身问道："罗行长还有什么交代？"

罗行长道："你这小子衣服里是不是塞了好多东西，怎么会鼓鼓囊囊的？"

季文佳解开了衣扣，只见里面挂满了手榴弹，大家顿时都愣了。

罗行长问道："小季，你这是干什么？"

季文佳回答道："当时，如果他们真要对我们北海银行动手的话，我就解开衣扣，用手拉住导火索，站在他们长官的旁边，看他们谁敢！"

……

1942年元宵节，尽管已经是下午三点多钟，但古城的街道上人依然熙熙攘攘，到处都挂满了红红的灯笼和各种色彩的动物生肖灯，鞭炮声不绝于耳。

在距离钟楼50多米远的一家饭店里，张佳欣和沈晓静、吴丽娟一边吃着饭，一边焦急地等待着接头人的到来。

这时，一个穿着中式学生女装的姑娘突然闪了进来，对着在旁边餐桌前就餐的人跪倒在地，一边不停地磕头，一边在嘴里诉说着什么。那个餐桌上的人都愣了。

紧接着，那个姑娘又跪倒在另一个餐桌旁边，一边磕头，一边在嘴里念念有词。当这个姑娘跪倒在第三个餐桌旁边时，有人睁大眼睛，惊呼道："这是个日本女人！"整个饭店的气氛登时仿佛凝固了一般。

张佳欣此时也听到了那个姑娘说得一些话，大意是："求求各位先生女士救救我！救救我！"

街市上此时也突然发生了混乱，随着几辆疾驰而来的日本军车的停下，一队队日军士兵也纷纷从汽车上跳了下来，进入临街的商铺开始大规模搜查。

张佳欣立刻意识到了什么，她用日语对那个姑娘说道："姑娘，你快跟我来！"

那个姑娘循声望去，连忙向张佳欣跪下磕头："求求您，救救我！"

张佳欣拉起那位日本姑娘对她说："你先跟这位姑娘进去。"然后吩咐沈晓静道，"你快立即跟老崔说一声，把她领到里面藏起来！"

"小欣！这？"

"快点儿吧！先救人要紧！"张佳欣催促道。

张佳欣接着对就餐的客人们说道："这是个日本女人，但她是个好人，就是因为这个,日本人才来抓她的。你们大家千万不要说出她来过这里,否则不但她有麻烦,可能你们在座的会更加麻烦!大家听清楚了吗?"

"清楚了,清楚了!"在座的人纷纷点头道。

"好了,大家该吃饭的就继续吃饭,谁也不要多嘴!"张佳欣说。

张佳欣话音刚刚落地,日本宪兵就冲了进来。为首的那个日本兵指挥着在楼上楼下各个房间搜查了一番,然后问大家道:"最近,有这么几个不良的贱人跑到这里来了。在座的各位,如果有发现的,要立即向皇军禀报,皇军赏金地大大地!明白?知情不报的,大日本皇军将格杀不论!大家的明白?"

"明白,明白。"在座的各位客人连忙喏喏着答道。

看到日本鬼子离开饭店以后,张佳欣叫上吴丽娟收拾东西,准备马上离开这里。这时,张佳欣用眼睛的余光突然发现邻桌有一位客人正在悄悄地往她这里打量。张佳欣一边不动声色地整理衣物,一边继续用眼睛的余光观察那个人的动向。只见那人趁人不注意的工夫已经悄悄地移步到了门口,开门出去后,快速向已经离去的日本兵的方向跑去。张佳欣见状立即拔出手枪,朝着那人连开数枪。随着"砰砰"几声枪响,那人头部、胸部接连中弹,踉跄了几步后,大叫一声,栽倒在地。

正在行进中的日本宪兵回头发现倒在地上的尸体大惊失色,连忙一边吹哨召集人马,一边端起枪来四处张望。街市上登时炸了营一般,人们惊慌地到处乱跑,一片混乱。

张佳欣和吴丽娟趁着混乱来到饭店后院的一个柴草房里,见到了沈晓静和那个日本姑娘。

沈晓静问道:"小欣,你看为了救这个日本姑娘,我们的接头任务没有完成,回去该怎样向领导交代呀?"

张佳欣道:"先不要问这么多了。趁现在日伪军还来不及封锁县城大门,你马上出城到九里铺想办法和咱们的人取得联系。那里有八路军和咱们北海银行的秘密联络站,暗号是:收成,县城,荷花亭;星星,梧桐,请慢行。两组六个关键词，必要时可以重复。记住了吗？"

"记住了！"

"再就是记住我和小娟最迟天黑后出城，让他们在离城门一百米左右的地方隐蔽，准备接应我们。"

"好的。那这个日本女人怎么办？"沈晓静问道。

"你快去吧，这个日本姑娘一定有着重大的隐情，在这里我先和她聊聊，具体怎么处理，看情况再说吧。"张佳欣说道。

"我现在真的很担心这个日本女人，她到底是怎么回事？小欣，你得注意呀！"沈晓静道。

"好的，我知道了，你快去吧。"张佳欣吩咐道。

"我走了，小欣，你们一定要注意。"沈晓静说完，就打开屋门走了。

那个日本姑娘坐在柴草房的炕上，身上满是灰尘，浑身瑟瑟发抖，显然还没有从惊惧中完全解脱出来。张佳欣端过一碗水递给她，看她喝了几口后，就用日语对她说道："你请放心，我们现在所处的位置还是比较安全的，你有什么话要赶紧说，要不我们怎么帮助你？"

"你们是什么人？"姑娘疑惑地问道。

"我们是共产党、八路军，我们是北海银行。"张佳欣说道。

那个日本姑娘点点头道："早就听说过你们，听说你们宽待俘虏？"

"是的，我们对一切放下武器的日本人，都不杀、不虐、不羞辱他们。"

那个姑娘的情绪开始有些平复，她说道："我叫俊贤维美子，我家住日本熊本，我是去年来到贵国的，来之前我在熊本女子二中高中部一年级上学。为了上前线打仗，学校每年都要专门组织我们女生进行军事训练，比如瞄准、打枪、刺杀、扔手榴弹、战场包扎、抬担架、救护、战场护理等，好多好多。为了练习这些，我们许多女孩子的胳膊和膝盖都练痛了。

"从前几年开始，军部每年都要从我们学校招收好多女生参军来前线。那时候同学们对能来前线为大日本帝国征战，为在前线征战的日本帝国军人服务感到骄傲和光荣。"

"你家里都有什么人？你是怎么到这里来的？"张佳欣问道。

"我家里有五口人，爸爸是医生，妈妈是小学音乐教员，家中还有一个弟弟正在上小学。哥哥前年大学毕业后就应征入伍，前年不幸在一场会战中阵亡。我是去年在广岛乘船来到贵国的，和我一起来的还有我们高中部的三十几位同学。刚刚从青岛下船，我们就被分配到了好几个地方。

"我和几个同学来到了山东省的省会济南。我们本来认为会被分配到前线作战，或者做战场救护，谁知我们被分配到了宪兵队……"说着说着，俊贤维美子肩膀抽搐起来，再也说不下去了。

……

半年之后，她们又被从济南调配到烟台，由于那里的作战行动特别多，所以慰安妇也特别多。最叫人意想不到是，她到烟台慰安所后竟然遇到了她的学姐，当时高中部二年级的松下翔子。

俊贤维美子很吃惊地问道："你不是在信中说你在前线吗？怎么也来到了这里了？"

"信上说的都是假的，我们写信都是要经过检查的，我们现在做的工作，军部是不许可告诉家人的。"

"没有人不想离开这地方，但是，每次偷偷跑出去的人都有被抓回来的，有的被活活打死，也有的被打得昏过去，好几天醒不过来。"

"这次你是怎么跑出来的？"

"我们大家早就商量好了，大家是趁着夜深人静的时候，偷偷从一个事先挖好的墙洞里钻出来跑掉的。"俊贤维美子说道。

"你是怎么到这里来的？"

"幸亏有一个支那姑娘，她家在南京，跑出来以后，她想办法给我们换了衣服，买东西给我们吃。后来雇上大车，来到了这个县城，并让我们住上了旅馆。"

"那个南京姑娘叫什么名字？"张佳欣问道。

"她最初一直不肯告诉我们，后来偶然一次听她讲，她叫苏芳。"俊贤维美子一边说着，一边用笔在纸上写下了苏芳的名字。

张佳欣看到这个名字感到很熟，心里一动，心想这难道就是薛晴林常常提起的她的大学闺蜜吗？紧接着问道："现在她们几个在哪里？"

"不知道，大家正在房间里休息，碰见宪兵正在挨个房间里搜查，吓得大家就往外跑，那些人就追我们。大家就都跑散了。"

"现在，在这里就安全一些了。你先休息一会儿，吃点饭，喝口水，一会儿洗个澡，换一下衣服。"看到俊贤维美子的情绪逐渐平静下来，张佳欣对她说道。然后让吴丽娟叫老板做了几份饭菜给她端上来，并烧好了热水让她洗了一个澡，再找到一件新衣服让俊贤维美子换上。

刚刚洗完澡，吃完饭，换上新衣服的俊贤维美子顿时面貌一新，透露出文弱娴静的气质。

"好漂亮的女孩子！"张佳欣不由得赞叹道。

俊贤维美子笑了，一再鞠躬致谢："您的日语说得这么好，请问你是日本人还是支那人？"

"我是中国人！"张佳欣给她纠正道，"以后不要再说'支那人'好不好？就叫我们中国人。"

"对不起，对不起！"俊贤维美子连忙鞠躬致歉，"谢谢您，谢谢中国人！"

"不要客气。"张佳欣问道，"你吃好了吗？"

"吃好了，吃得很香，好长时间没有吃到这么香的饭菜了。谢谢你们！谢谢中国人！"

"你不要总是鞠躬致谢。你先坐一会儿，休息一下，天黑之后，我们必须离开县城，到我们抗日根据地去，你要保存好体力，知道吗？"

"我的知道。"俊贤维美子说。

"在这之前，我先有几句话想问你，可以吗？"张佳欣问道。

"请问，请问，凡是我知道的我一定会告诉您的。"俊贤维美子答道。

"请问，你是怎么知道北海银行的？"

"原苯侍郎大佐案头上放着的许多文件上，都能看到关于北海银行的内容。"俊贤维美子说道，"这次我们刚刚来到这个县城，在一家饭店吃饭时，也听到几个日本人聊起北海银行的话题。"

"他们具体聊的是什么？"

"好像是他们从青岛带来了许多假的北海币，要趁着当地收购麦子的时候分批投放到当地市场。"

"他们怎么会当着你们的面讲这些？"

"他们可能看到我们穿着支那人的装束，认为我们是支那人，听不懂他们的话，所以他们说起话来，丝毫没有顾忌。"

"那几个人住在什么地方？"

"县城西门附近的一家旅馆里。"

"那个旅馆叫什么名字？"

"叫'荣昌旅馆'。"

"你是怎么知道他们住这个旅馆的？"

"因为当时我们也住在那里。"

"住在哪个房间。"

"这个我就不清楚了。"

"他们投放过北海币了没有？"

"好像在几个集市上投放过一些。"

"他们有几个人？"

"四五个人。"

"什么打扮？"

"就是中国商人的那副打扮。"俊贤维美子答道。

"小娟！走，不要再等了，我们马上走。"张佳欣下令道，"有重要情况，必须马上汇报行领导。"

"那个日本女人怎么办？"吴丽娟问道。

"我们带着她一起走！"张佳欣很果断地说道。

"可是到处是鬼子兵在盘查路人，我们能混过去吗？"吴丽娟犹豫着。

对呀，对呀，这可怎么办是好？张佳欣也特别没数。

"鬼子在县城门口布置大批人马加强了警戒，现在许多街道都出现了日伪军和警察进行挨家挨户的搜查！"在外面望风的人急匆匆地跑进来说道。

人们都愣了，怎么才能躲开鬼子的搜捕，安全出城成了一个迫在眉睫的大问题。

门开了，季文佳带着沈晓静和高庆勇急匆匆地闪身走了进来。

"哎呀！你真是送货上门的及时雨呀，来得太及时了！"张佳欣高兴地说道，"怎么想起进城来找我们的？"

"还怎么想起进城来找你们？"季文佳说道，"那么长时间了，你们没有接上头，我能不着急吗？怎么听说你们又救了一个日本姑娘？你张佳欣真的是节外生枝、引火烧身呀！现在又是鞭炮，又是枪声，鬼子汉奸满城跑着抓人，我能放心吗？我在城外能待住吗？难道我能眼看着日本鬼子把你们逮住吗？看看吧，你们一个个就像呆猪似的！"

"好了，好了，都知道你多看了一些书，在这里又掉起书袋来了！什么待住、逮住、呆猪的，别再卖弄了好吗？"张佳欣笑着说道，"看起来你季大官人已经成竹在胸了，你就说说我们该怎么离开这里吧！"

"怎么又想起叫季大官人了呢，你不会是看了《水浒传》想起那个西门大官人了吧？那个西门大官人可不是什么好东西，他的帽子可不能随便戴呀。"

张佳欣笑了："再说看我不拧你的嘴！"

"看到外面那支庆祝元宵节的游行队伍了吗？里面有几个是我带过来的。"季文佳指着窗户外面说道。

"哦，好几支游行队伍呢，到底是哪一支呀？"张佳欣问道。

"那个有着粉色的旱船的就是。还有，就是城里的地下组织出了叛徒，几个地下工作人员必须马上撤离，我们也要想办法把他们编入游行队伍里出城。"季文佳连忙吩咐高庆勇道，"你去叫前面两个船娘过来，再叫几个艄公呀、采药仙子呀的什么的过来。"然后转过头对张佳欣、沈晓静和吴丽娟说道："你们赶快化妆，也给那个日本姑娘化上妆。"

一会儿工夫，她们都打扮好了，季文佳和俊贤维美子换上船娘的衣服，沈晓静则换上采药仙子的衣服，去化了一下妆，过来了。季文佳看了不由得笑了："嚯，只见那些小妖精摇身一变,竟然变成了温润娇羞的船娘和稚气可爱的采药童子。"

"行了,这会儿《红楼》《水浒》《西游记》的都凑齐了,就缺《三国》了。"张佳欣说道。

"谁说没有《三国》呀?当代版的赵子龙,八路军骑兵连长赵云秋正率领本部人马在城外集结,准备接应新娘子张佳欣进洞房。"

"啊!——"张佳欣一拳捣在季文佳右臂上,"再叫你胡说八道!"

大家都笑了。

吴丽娟道:"那我扮演什么呀?"

季文佳看了一眼,对吴丽娟道:"对呀,怎么没想到你呀?这样,你扮演哪吒吧,你看小哪吒多俊呀!"

吴丽娟一看:"哪吒是男的还是女的?"

"当然是男孩啦!"沈晓静说道。

"你看哪吒是男的,怎么还穿裙子呢?裙子这么短,还露着大长腿,羞死人了,我可不干。"吴丽娟有点儿害羞。

"这个扮演哪吒的就是个女孩子,有什么好害羞的,时间紧急,快抓紧吧。"季文佳说道。

"大冷的天还露着大长腿,这不得冻死了?"吴丽娟嘟囔着。

"哈哈,人家那是穿着用貂皮和狐皮特制的肉色的紧身衣,暖和着呢,哪儿能让你冻着呀。"季文佳说道。

无奈之下,吴丽娟只好和那个扮演哪吒的女孩子进了里面的屋子。

不一会儿,吴丽娟换好衣服化完妆从里屋出来,有点儿羞怯地笑着问大家道:"看看我这样的装扮行吗?"

"哈哈!真漂亮,不错!小娟的腿真够长的呀!"大家七嘴八舌地说道。

吴丽娟偷偷地瞄了季文佳一眼,心想:"哼,都是你,让这么多人看我的腿!看吧,看吧,看到眼里拔不出来。"

"好了,大家都准备好了是吧?"季文佳站起来说道,"刚才我说了几句笑话,是因为气氛太紧张了,给大家放松一下心情解解压。马上我们就要出城了,现在日本鬼子和伪军都出动了,满城搜捕,我们大家一定要做好准备,应对各种突发事件的出现。记住了吗?"

"记住了!"

"好了,大家都多喝点儿姜汤,扳机都给我打开,子弹都给我上膛,准备进入闹元宵的游行队伍出城!"季文佳命令道。

街道上,日伪军和伪警察成群成对地到处跑动,挨家挨户地进行搜查。

元宵节游行队伍里,化妆成船娘的张佳欣与俊贤维美子肩并着肩,站在各自的旱船里。张佳欣告诉俊贤维美子跑旱船的动作要领:"听口令,按照锣鼓点,走碎步、小步、快步,先往前七八步以后,再往后退三四步,呈S形前进。记住了吗?"

"记住了。"俊贤维美子点点头回答道。

"眼皮要耷拉着不要抬起来,用余光看着周边和脚下,别到处乱看。"张佳欣道。

"为什么呀?"俊贤维美子不明白地问道。

"不为什么?"张佳欣道,"船娘一般都选漂亮的女孩子,一旦化上妆就更美了,在抬起眼皮将眼珠子再到处乱瞅,不知道怎么就撩上了那个臭小子,还以为你看上了他,在对他抛媚眼呢!然后就犯魔怔,丢魂失魄地缠上你了。这可是有教训的啊!"

"哦,知道了。"俊贤维美子回答道。

"还有就是前进的时候,船头要昂起来;后退的时候,船头要低下去。记住了吗?"

"记住了。"

随着锣鼓声敲起,鞭炮声炸响,唢呐声阵阵,耍龙舞狮的队伍先行进起来,然后是旱船的队伍开始启动,俊贤维美子按照张佳欣的嘱咐,用眼睛的余光看着脚下和周边,前进几步,后退几步地成S形行进着。

季文佳挂着垂至胸前的长髯扮作艄公挥舞着船桨,在俊贤维美子的左侧时进时退,一边行进着,一边观察着周边的动静。

后面则是扮作采药仙子、哪吒、孙悟空、唐僧、猪八戒、沙僧,以及醉八仙、白娘子、关公、包公、天兵天将的数十人,四个一排地踩着高跷做出各种造型走过,再后面是秧歌队伍。

一声高亢沙哑的嗓音掠过:

　　正月十五月儿圆,
　　耍龙舞狮嗨起来!
　　旱船里船娘儿脸蛋儿俏,
　　船儿行处百花儿开起来。

然后是一阵婉转柔软的女声:

　　正月十五不夜天,
　　八仙过海闹起来!
　　艄公哥划船身板儿壮,
　　情妹妹我随哥踏浪来。

在游行队伍里推着旱船行进的俊贤维美子心里虽然还是很忐忑,但是又忍不住笑了,她虽然听不懂歌词,但是这样热闹的节日氛围显然感染了她,使她体验到一种未曾体验过的异国风情。何况以前从来没有走过的旱船步,她已经开始走得熟练了起来,越来越感到进退自如了,她在为自己这次在中国元宵佳节中意外的"客串",感到了几分新奇和惬意。

婉转柔软的女声飘来:

　　正月十五彩灯儿炫,
　　妹陪哥哥城里面转;
　　只盼早点往妹家中走,
　　妹妹我给哥煮汤圆。

紧接着又是一阵洪亮粗犷的嗓音：

正月十五汤圆儿甜，
再甜甜不过情妹妹的脸！
紧紧握住情妹妹的手，
千言万语说不完。

游行队伍刚刚转过一个街巷，突然喷出的缤纷火焰引起了一片叫好声。俊贤维美子循声瞧过去，正在为绚丽的烟火赞叹着，此时一个穿着日军军服、腰间挎着日本指挥刀的身影出现在她的眼前，特别当那个人转过头来，俊贤维美子的心突突跳了起来——闵仁雄夫！一个她朝思暮想、爱恋了、期盼了多年的郎君，竟然在这里！

张佳欣也看到了，这个日军指挥官正是当年在她乘坐青岛去往天津的客轮上遇到的那位率队巡逻的日军士官闵仁雄夫，心里也突突跳了起来，更为可怕的是她无意间看到了俊贤维美子的表情，那是一种掺杂着惊奇、惊喜和悲痛的脸庞，俊贤维美子的瞳孔也因此放大，变得更黑了，放射出一种别样的感情。

"你们是恋人？还是亲人？"张佳欣连忙打破旱船行进的秩序，来到俊贤维美子旁边问她。还没有等到俊贤维美子回答，张佳欣便加重了语气，用日语告诉她："不管是什么人，如果你现在要和他相认，我们就在第一时间里打死他！别忘了，为了保护和救助你逃出虎口，我们许多同志是冒着生命危险的，我们付出了巨大的努力，一旦失败，我们都得死！"俊贤维美子点点头，张佳欣继续说道，"另外，闵仁雄夫在中国犯下的累累血债也将在你们相认的瞬间，得到彻底清算！"

"知道了。"俊贤维美子点点头，此时眼泪已经溢满了她的眼眶，噗噗滴了下来。

"咱们互相换一下位置，这次走 X 形，你到我的左侧来，我到你的右边去！"张佳欣命令道。言外之意就是告诉俊贤维美子：一旦闵仁雄夫真的要跑过去和你相认，就得看看他能否有本事先通过我张佳欣这一关！

"嗯。"俊贤维美子意会地点点头，压下旱船的船头和张佳欣互换了位置后，又扬起了船头。

　　闵仁雄夫正在指挥队伍到处搜捕逃跑的慰安妇和共产党的地下情报人员，在游行队伍里的推行着旱船的两位船娘也使得他眼前一亮，出现了似曾相识的感觉，他连忙停住步伐揉一下眼睛想仔细辨认一下，可是此时的张佳欣和他的恋人俊贤维美子已经互换了位置，并且很快把他甩在身后，他所能看到的只是两个美丽船娘窈窕动人的背影。

　　当天晚上，闵仁雄夫的梦中出现了俊贤维美子，他那活泼美丽的邻家女孩，他的学妹，他的恋人。

　　此时，在船头戴着宽沿红缨布盔、穿着剑袖长袍、挂着长鬓、扮演划桨艄公的季文佳早已经把一切看在眼里，张佳欣走近俊贤维美子身边说的什么话他尽管听不到，但是看到她们二人互换位置后，季文佳一切都明白了：张佳欣再也不是当初那个娇弱、天真、活泼又率真、时而热泪盈眶的娇娇女了，她变得越来越成熟，面对各类突发的危机事件也越来越沉着、越来越胸有成竹、应对自如了。不过他还是要给张佳欣传递一份信心，于是他亮开嗓子唱了起来：

　　　　　哎——
　　　　　叫声阿妹你心莫乱！
　　　　　山高挡不住哥登攀，
　　　　　浪大挡不住哥行船，
　　　　　若有恶魔它敢挡道哎，
　　　　　哥哥我挥剑斩凶顽！

　　季文佳通过民歌传递的信息，也被张佳欣领悟到了。她也唱了起来：

　　　　　哎——
　　　　　叫声哥哥你放宽心，

攀峰跟哥去摘彩云,
行船跟哥取定海针,
若有恶魔它不识相哎,
阿妹我挑断它三根筋!

唱完后,张佳欣感到挺开心,以前曾经为自己不会作诗烦恼过,这回这首民歌虽然是临时起兴随口编的,是不是有这么点诗味呀?

正月十五闹新春,
十里灯火景象新,
瑞雪纷飞铺锦绣,
元宵闹后百花新——

随着歌声,闹元宵的队伍在锣鼓和唢呐声中愈行愈远……

周边的鞭炮声此起彼落,时有焰火呼啸着照亮夜空。在城外郊区九里铺的一个四合院子里,罗行长、单厂长、季文佳、张佳欣、沈晓静等人正聚在一起开会,有坐在椅子上的,也有坐在炕头上的,一碗碗热腾腾的元宵放在桌子上,但却没有人顾得上吃。

罗行长道:"这是一个很重要的情况,对这个事情我们已经侦查了很久,之所以迟迟没有下手,就是因为没有找到他们的老巢。现在怎么样,文佳同志?"

"俊贤维美子谈的这些情况,和我们这一段时间的侦查线索基本吻合,事不宜迟,夜长梦多,必须马上动手,铲除这一毒瘤!"季文佳说道,"我这就组织人手,再次打入县城,争取夜半时分收网,然后撤离!"

"好!"罗行长道,"说干就干!"

"哎,那个日本什么维美子上哪儿去了?"

张佳欣笑了:"她担惊受怕,东跑西颠地已经好几天没有睡好觉、吃好饭了,现在在东厢房里,早已经睡熟了。"张佳欣紧接着提议道,"那个叫苏芳的南京女孩，很可能是薛晴林的大学同学，我们应该想办法找到她和另外几个女孩子。"

罗行长道："我们一定要把这件事报告给上级领导，争取早日找到这几个女孩子。"

"快,快！大家还没有吃饭呢！"炊事班长急了，一边端起元宵往大家手里塞，一边一个劲儿地催促道，"先不管别的，都抓紧给我吃元宵！"

夜半时分，县城荣昌旅馆的某个房间的门被悄悄地打开了，季文佳、张佳欣等率领着几个人摸了进来，把在里面喝得酩酊大醉的几个假币制作和贩运者捆绑得结结实实，扔到停放在院内的车上，并且把几个大箱子也抬到卡车上。

卡车大摇大摆地驶近城门。在穿着日军军服的张佳欣用日语进行大声呵斥和恐吓下，守城伪军乖乖地打开城门，让卡车疾驰而去。

不久，几个制作和贩运假北海币的日伪人员被公审枪决，几个大箱子里装的票面价值上亿元的假北海币被当众销毁。

又过了一个多月，张佳欣、沈晓静和吴丽娟来到烟台码头，送俊贤维美子乘船返回日本的熊本。

第九章 烽火·远行

FENG HUO YIN HUA

烽烟四起，黑云压城；
战旗猎猎，战马嘶鸣！
——田间村舍到处是铁与铁的撞击，茫茫山野经受着血与火的洗礼。
——狭路相逢勇者胜，巅峰亮剑怯者亡！

告别了，那片热土；面对着，无边的海洋，她将系在颈上红红的纱巾取下，向着海岸挥舞着，巨轮在劈波斩浪，驶向远洋。

1942年初夏时节，山林和田野都沉浸在绿油油的色彩之中，河里的鸭子不时地扑打着翅膀发出欢快的"嘎嘎"叫声，正是城里的人们赞叹"好一幅农家乐"的时候，天空中不时飞过的小鸟却发出了不祥的鸣叫声。日寇调集了数万兵力、数百辆汽车、数十架飞机，采取多路分进合击、密集平推的方式对抗日根据地发动了空前规模的拉网大扫荡。敌人所到之处无山不搜，无村不梳，无屋不烧，无人不杀。八路军、游击队和民兵整装待发，奔赴各个战场，战斗进行得异常残酷。

在村头的打谷场上，在熊熊的火把前，军分区司令员兼政委许海鹏正面对全体指战员以及政府机关、北海银行的员工和乡亲们发表讲话：

"敌人已经把我们合围了，一场场激战在等待着我们，一场场拼搏在迎接着我们。同志们，这一次我们必须通过血战才能杀出重围，每一个同志都要做好流血牺牲的准备，用生命和鲜血为反扫荡的胜利奠基。

"同志们必须相信，胜利一定属于我们。我们就是那泰山，翘首天外，迎接曙光；我们就是黄河，源远流长，千回百折，奔向大海，任何力量都挡不住我们！

"我再问一遍：同志们！胜利属于谁？"

"胜利属于中国！"

"胜利属于谁？"

"胜利属于中国！！"

"胜利属于谁？"

"胜利属于中国！！！"

声音一次比一次高亢洪亮。

"好！同志们、乡亲们！今天就让巍峨的群山为我们做证！让苍茫的大海为我们做证！我们必胜！"许海鹏端起酒碗，面向全体指战员大声说道，"群山苍苍，大海茫茫，中华必胜！日寇定亡！"

全体指战员也在手中端着酒碗，齐声喊道：

群山苍苍，大海茫茫，
中华必胜！日寇定亡！

许海鹏把手中的酒碗举起，仰起脖子一饮而尽，然后往地上猛地一摔，跨上战马，从警卫员手中接过机枪，高擎着下令道："同志们，出发！"然后策马驰向前去。

八路军指战员们纷纷把端在手中的酒一饮而尽，把碗摔碎在地上，持枪跑步进入前方阵地。北海银行的员工和政府机关人员一起，编入不同的梯队，分头进入出发阵地，乡亲们也在村干部的指挥下，手持钢叉、铁锹，用尖尖的黑铁箍着两头的扁担进入相应的地段。

不一会儿，突然枪声大作，迫击炮、手榴弹的爆炸声响成一片，人们呐喊着向冲过来的日军迎面扑去。

日军显然是被这突然的进攻打蒙了，纷纷溃退。张佳欣亲眼见到邻居邓大哥将裹着尖头的扁担戳进一个满脸络腮胡子的日军脖颈上，然后又抡起来将一个日军指挥官的肚子划开一道血雾。牛二愣子提着祖传的两把大板斧，一斧子砍断了一个日军指挥官坐骑的后腿，又一斧子将从马背上栽下来的日本指挥官的头颅剁了下来。青云寺九个和尚的浑铁九龙禅杖在夜色中上下翻飞，禅杖到处，不时地传来鬼子的惨叫声。

枪声不断，杀声震天，包围圈顿时被撕开了好几个口子，八路军、北海银行员工和政府人员以及乡亲们趁势突围，冲了出去。

经过一番恶战，北海银行的员工们终于冲出日军的包围圈，来到一个满是灌木丛和高耸山岩的山顶上。他们在奔往云顶山的途中，经过了许多村庄，那里的房屋被成片地烧毁，到处是冒着青烟的残壁瓦砾，被鬼子杀害的乡亲们随处可见。他们的尸体有的被吊在树上，有的被扔在火中，有的被砍掉头颅，有的被划开肚子，有的被扒光衣服……

可是，战斗远没有结束。在山顶上可以发现，日军正在频繁调动，并围绕着此山形成新的包围圈，而且这个包围圈正在逐渐加厚，逐渐收紧。

数不尽的篝火中，来来往往的涂着太阳旗的汽车、摩托车、炮车和来回奔驰着的鬼子骑兵，都意味着这里将发生一场更加空前规模的血战。

原苯侍郎拿着望远镜注视着对面的山头。

一股股八路军掩护着乡亲们朝着敌人冲过去，枪声、爆炸声、呐喊声此起彼落，枪刺、钢盔、铁锹、钢叉、大刀在月光下闪亮。

一轮弯月斜挂在山岩树梢上，把清丽的光线洒向起伏的山峦中。罗行长、单厂长和警卫连长清点完人数，了解了一下情况后，把季文佳叫来，商量着将所有的人员分成四队，他们四人中每人带上一队，相互策应，寻机突围。

全体人员集中了起来，他们中有的挂着树枝，有的挎着胳膊，有的用绷带包扎着头部，有的搀扶着伤病员。

罗行长做了动员讲话："同志们，我们今天所面临着的是一场生死较量，日本鬼子这次是下了血本了，如果在黎明之前还不能突出重围，我们将全军覆没！形势万分危急！所有的共产党员，所有的共青团员，凡是中华民族的优秀男儿，此时此刻都应该站出来，用我们的生命铸造民族复兴的坚固基石，用我们的热血浇灌中国银行业的璀璨之花。

"现在日本鬼子已经封堵了所有的突破口，并且在许多地段向我们发起了进攻，我们绝不能坐以待毙，更不能束手就擒！中国绝不会再出现第二个南京城。所有能战斗的人都必须拿起家伙来，有枪的用枪，有手榴弹的用手榴弹，有刺刀的用刺刀，没有武器的用石头、用木棒、用拳头、用牙齿、用膝盖、用胳膊肘和鬼子拼命！

"这些小鬼子欺人太甚，到如今不是鱼死就是网破！我们北海银行现在连同新华社、大众日报社前来采访的记者同志兵分四路，其中每一路队伍都由共产党人打头冲锋，都由共产党人断后掩护，都由共产党人救死扶伤！

"我们必须主动出击，我们必须紧密配合，拼尽全力杀出一条血路，冲破重围。即使我们不能成功突围，全部殉国，我们也能够吸引敌人的部分火力和兵力，消耗敌人的部分有生力量，用我们无畏的胆气和为国捐躯的精神证明自己的信念和忠诚，并为周边的人们树立起活生生的榜样。用我们的灵魂激励和伴随着他们，激励他们继续和鬼子搏斗、缠斗、血拼。总之，一句话，我们要用我们的热血和生命展示出中华民族的崭新形象，在战火中矗立起人民银行的巍峨丰碑！"

此时，枪声大作，爆炸声声，山下又有几支队伍分头冲向日军。

罗行长下令道："同志们，我们从现在起兵分四路，各就各位，立即向日本鬼子发起进攻！舍身报国在今夜，岂容日寇牛哄哄；不破楼兰心不死，壮士因此敢称雄！"

张佳欣被硝烟迷住了双眼，她抬起头来，连忙叫起了被炮弹震昏过去的沈晓静和吴丽娟，拽着她们的手和同志们一起往山下冲去。可是刚刚转过一个山口，对面又出现了大批的日本鬼子，他们吼叫着扑上来。她们又转身往山上跑去，到了山顶才发现，四周都是鬼子兵。眼见着日本鬼子的刺刀在月光下闪着寒光，眼看着身边的同志一个个地倒下，张佳欣知道最后的时刻到了，她牵着沈晓静和吴丽娟的手道："晓静、小娟，我的好姊妹，我们平时约好了，到了这个时候我们是绝对不能当俘虏的，对吗？"

"是的。"

"这次反扫荡时，我们再一次约定，我们绝不会当俘虏，对吗？"

"是的。小欣你不要多说了，过去我们不求同年同月同日生，今天我们但求同年同月同日死！小欣你快点吧，今天我们姊妹们一起上路，互相做个伴！"沈晓静、吴丽娟坚定地说道。

张佳欣、沈晓静在用手中的匣子枪接连干掉了几个鬼子后，发现子弹打光了。张佳欣深情地看了沈晓静、吴丽娟一眼，然后她们张开双臂互相紧紧地抱在一起。

张佳欣打开手榴弹的后盖，看着渐渐逼近的日本鬼子的刺刀，扯掉了导火索，看着手榴弹尾部的引信在手中嘶嘶地冒着青烟，张佳欣眼前出现了一幅幅画面……父亲、母亲、姊妹们、小秋子、千佛山。

随着"轰"的一声巨响，手榴弹爆炸了。待烟雾散去以后，山顶上遗体狼藉。

小秋子率领骑兵连冲了进来，一百多名骑兵从滨海区赶来。他们刚刚完成了护送黄金到延安的任务，来不及休整就立即投入了战斗。小秋子和他的骑兵连在奔赴战区的路上，在途经各个村庄时看到的一系列惨状，使得他和战友们热血沸腾，双眼血红。

骑兵连兵分三路向鬼子冲杀过去。小秋子骑在马上，手持机枪一边指挥着冲锋,一边朝着鬼子猛烈地扫射。随着骑兵连呈扇形猛烈推进,一条血路在瞬间被打开了。部队、机关和乡亲们等成千的人趁势从山里涌了出来,冲出了包围圈。

小秋子指挥骑兵连朝着鬼子最密集的地方冲了过去。一个鬼子军官匆忙中跨上战马,刚刚抽出指挥刀,就被小秋子的战刀一挥,哀号着栽下尘土。有两个日军机枪手刚刚把机枪架在壕坑上,突然听到身后的喊杀声,来不及回头瞭望,就被疾驰而过的骑兵连的马蹄踏成肉饼。有几个日军迫击炮手刚刚架设好迫击炮,调试好射击诸元素,蹲在边上准备装填炮弹,骑兵连飞驰而过,那几个炮手甚至都没有来得及站起来逃跑,就身首异处。

这无疑是一支有生力量,骑兵连突然出现在战场上,彻底打乱了日军原来的合围计划,再加上在日军包围圈中的八路军部队、机关及乡亲们的奋力突围,使日军的包围圈顿时被撕开了几个大口子,日军一时慌了手脚。

紧接着,日军的军火库被骑兵连炸掉,爆炸声延续了半个多小时,滚滚浓烟一时遮盖了月亮。

不一会儿,日军的指挥部受到骑兵连的冲击,日本指挥官一时慌了手脚,急调周边部队前来围堵,掩护指挥部仓皇撤离。

又过一会儿,日军的炮兵阵地被骑兵连夺去,二十几门大炮在震耳欲聋的爆炸声中变成十几堆废铁。

不久,日军的战地医院受到骑兵连的袭击,数百个日军伤病员被烧得唧哇乱叫,鬼哭狼嚎般地跑出燃烧着的帐篷。有十几个伤病员被烧得连衣服都顾不上穿,就跑了出来,气得日军指挥官脖颈上青筋直冒:"死啦死啦的,成何体统!"
……

"其疾如风,其徐如林,侵掠如火,不动如山,难知如阴,动如雷震"。从抗大分校学习三个月归队的小秋子,此时在战场上把中国古老的《孙子兵法》运用得炉火纯青。

小秋子在马上一边端着机枪狂扫日本鬼子,一边指挥着骑兵连冲锋。突然,他的脑海里浮现出一张甜甜的笑脸,两个浅浅的笑窝,一对黑黑的眸子。

"小秋哥，自古美人爱英雄，我一看到你，就知道你一定有出息。"

"赵云秋，这名字真帅！你就是在曹操百万军中七进七出的赵子龙，我最喜欢、最敬佩的男人就是赵子龙！"

"穆桂英就得嫁给杨宗保，我是花木兰，就得嫁给你赵子龙！"

"等打败了日本鬼子，有了我们的新国家，我们就一定永远永远地在一起，每一年、每一月、每一天、每一小时、每一分、每一秒在一起，永远不分开，你愿意吗？"

……

小秋子突然勒住马头，用双眼扫视着周边，当他看到山顶上的激战时，心里一动，立即下令道："二排向左，干掉日军的机枪阵地；三排向右，掩护机关转移；一排给我来，目标——山顶……"

话还没有说完，一排长怒目圆睁，制止了他："赵连长，这次不能由着你了！"

一排长大喝一声："骑兵连二排、三排都他妈的给我回来！"

正在准备按照连长指示开展新的冲锋的二排、三排的战友听到一排长一声大喝，纷纷调过马头。

"弟兄们，你们看，那个山顶上被日本鬼子包围的女孩子是谁？"一排长用马鞭指着山顶上大喝道，"那就是小欣！"

"小欣！——"大家惊呼一声，紧接着就是如春雷爆发一般地齐声狂呼，"兄弟们，一定要救出小欣，冲啊！"

骑兵连一百多匹战马顿时卷起了一阵狂飙，海啸般地向山上涌去，一路上挡道者纷纷殒命。

有一个在刺刀上挑着膏药旗的鬼子，朝着骑兵连开枪，小秋子手起刀落，鬼子的头颅立刻横飞数米，最后滚落在地上，挂着膏药旗的三八大盖也颓然落地。

小秋子战马的后蹄踏着日本的膏药旗，长嘶一声，站立起来，前腿弯曲直立，马首高昂，直冲云霄。

小秋子战马的雄姿震慑了其余的鬼子，他们纷纷掉头逃跑，但是已经来不及了，他们跑了没有几步，就通通在骑兵连的马蹄下化为肉泥。

在半山腰一个接近山顶的地方,日军的一位指挥官指挥着十几个士兵,其中包括六个机枪手,他们刚刚构筑起一个简易的工事,将三挺机枪架了起来。在指挥官的叫嚣声中,日军的机枪手移动着黑洞洞的枪口,瞄准了小秋子的骑兵连,正要扣动扳机,将子弹雨点般地发射出去的时候,耳边突然响起炸雷般的喊杀声,他们还没有来得及掉头看明白,就被几把刺刀插进了胸脯、小腹和面颊。于是,鬼子们惨叫着,口吐鲜血,面目狰狞地见了阎王。

原来北海银行兵分四路成功突围以后,在树林里清点人数时,发现还有五十多人没有归队。罗行长心急如焚,立即命令警卫一排等三十多人随他原路返回,季文佳见状,立即伸手拦住罗行长道:"罗行长,您是一行之长,您不能去,这个事得我去!"

单厂长道:"要论打仗,还是我最有经验。罗行长,您在这里继续收拢队伍,还是我带队返回,一定将掉队的同志找回来!"

季文佳道:"单厂长,您也不能去,您刚刚已经受了伤,您必须先在这里等着。"

"什么,我受伤了?我哪里受了伤?"单厂长满脸疑惑,恼怒地盯着季文佳道。

"单厂长,您看您胳膊上那些血是怎么回事?赶快过来人帮忙包扎一下!"季文佳赶快招呼人拿来绷带,给单厂长包扎起来。

单厂长这才发现自己的伤口,他哈哈大笑了起来:"这点儿伤算什么?它撂不倒老子!老子受的伤比这厉害得多了去了,都撂不倒老子。何况这点儿小伤!"

季文佳对罗行长道:"罗行长,我看还是我去最好。"

单厂长道:"小季,你这小子才打过几回仗,就看不起老子了?像这种事情,还是得我老将出马,一个顶俩!"

罗行长见状,对单厂长道:"这样吧,单厂长、小季,这次我们兵分三路:我带一路,单厂长带一路,小季带一路。小季你带警卫一排杀回去,找回失踪人员;我带警卫二排和二十几个没有负伤的员工在这里准备接应你们,接应到你们以后,我们一起返回原驻地;单厂长你带警卫三排和其他员工先走一步,立即返回我们以前的驻地,将我们掩埋在那里的印钞机和印好的北海币,以及油墨、纸张等全部挖出来,转移到安全地点安装好,准备开印钞票。"罗行长对单厂长强调道,"这个任务十分艰巨,现在雨季即将来临,我们必须在雨水到来之前，将我们的机器设备及印刷好的北海币从埋藏的地方挖出来，否则大雨一到，山洪暴发，我们埋藏在河边沙滩上、芦苇荡里，以及河里沙洲上的印钞机、北海币等重要物资就有可能被洪水冲走，或是被泥沙及山上滚下来的巨石掩埋，或者被洪水冲得河床面目全非，一些标志物无法查找，这样损失就太大了。"

罗行长说着，从上衣贴身口袋里取出一个油布包，递给单厂长道："这里有埋藏印钞机和北海币及油墨纸张的五处三十一个地点，你把它带着，务必要赶在雨水到来之前，将它们挖掘出来，转移到安全地点进行安装。这里离我们以前的驻地有三百多里路，你们的任务很艰巨，必须要保证完成此项任务！"

单厂长立正行礼答道："是！不过，罗行长、小季，你们都要多保重！"说完，和罗行长、季文佳握握手，转身组织北海银行的部分员工及警卫三排集合去了。

这时候，季文佳也已经将警卫一排集合起来，听候罗行长的指示。

罗行长看着季文佳年轻而坚毅的面孔，不禁有些动容："小季，我们好不容易杀出来了，此时你还得杀回去，营救我们失散的同志。敌人是那样的凶残，战斗将无比的残酷，我相信你一定会圆满完成任务的。"说着，罗行长从口袋里掏出一壶酒来说道，"小季，我知道你平时不喝酒，可是这次我敬你一杯酒，这酒你必须喝！"

罗行长随手拿过两个大碗，斟满酒，他端起碗来递给季文佳。季文佳端起碗来说道："谢谢罗行长的信任，我保证完成任务！"然后和罗行长两人碰了一下碗，仰脖一干而尽。

季文佳转身对集合好的警卫一排说道："同志们，我们北海银行还有一部分员工在往外冲的时候失散了，我们怎么办？"

"我们冲回去，把他们救出来！"警卫一排的同志纷纷喊道。

"好！我知道经过几番冲杀，大家都疲惫不堪，很多同志挂了彩，还有的同志牺牲了。但是，只要有一个同志在敌人的包围中还没有冲出来，我们就必须把他们解救出来，履行好我们警卫部队的使命。敌人虽然猖狂，但是我们要比敌人更猖狂，大家说对不对？"

"对！"警卫一排的同志齐声回答道。

"好！俗话说得好：狭路相逢勇者胜，巅峰亮剑怯者亡！"季文佳说着，挥动手枪高喊道，"同志们，跟我冲！"他第一个冲了回去，警卫一排的同志紧跟着也冲了回去。

季文佳率领警卫一排的同志在冲杀的一路上又接应回了二十几人，在继续向山顶进发时，他们终于发现了张佳欣、沈晓静、吴丽娟等人正在遭到日本鬼子包围的情景，也看到了十几位日军扛着三挺机枪转移至新的阵地，准备阻击八路军骑兵连的场景。季文佳连忙指挥人从敌军背后抄了过去，日军机枪手怎么也没有想到，已经冲出包围的北海银行的员工又重新杀了回来，他们如神兵天降，只在一瞬间就扑到他们的身后，高声叫喊着用刺刀将他们送进了地狱。

夺过阵地后，季文佳连忙命令警卫一排的战士掉转机枪，向两侧运动中的鬼子猛扫过去，在季文佳和警卫一排战士们的掩护下，骑兵连以闪电般的速度冲上了山顶。

就在手榴弹爆炸前的瞬间，小秋子从马上一个鱼跃扑了过去，推开张佳欣三人，再来一个鲤鱼打挺，用脚将冒着青烟的手榴弹踢到悬崖边上，悬崖边上两个攀爬到悬崖顶部刚刚露头的日本军人随着手榴弹的爆炸声，惨叫着跌下了悬崖。

随即，山顶上的日军被骑兵连砍杀殆尽。战士们将昏迷中的张佳欣和沈晓静、吴丽娟分别驮上战马，疾驰而去。这一切仅仅用了不到半分钟。当硝烟散去的时候，山顶上只留下横七竖八的日军尸体。

此时，敌人也发现了半山腰上狂喷的机枪火舌，立即命令炮兵部队掉转炮口，向这个阵地发射出一排排炮弹。

一阵阵爆炸声在北海银行警卫一排的机枪阵地周围轰响着，升腾起了一团团火球和硝烟。正在指挥对敌人骑兵进行拦截的季文佳，就是在此时被日军山炮的弹片击中，捂住胸部倒在了机枪阵地上。

小秋子立即命令骑兵连将缴获的日军马匹牵了过来，布置好掩护的火力后，将季文佳及其他几个受伤的战士扶上军马，往山下奔去。

从山顶冲下来后，小秋子指挥着骑兵连二排和三排继续冲击敌人机枪阵地，营救机关的同志转移，自己亲率一排的同志掩护北海银行、新华社、大众日报社记者和后方医院的医护人员和伤病员，以及部分群众冲出包围圈，力图摆脱日寇的追兵，向附近山区安全地带转移。

小秋子率骑兵连一排来到一个三岔路口，正在观察周边地形。此时在右翼山腰上的灌木丛中，突然出现了十几个士兵的身影，小秋子他们立即调转枪口，瞄向这些士兵。谁知这些士兵却挥舞着枪支朝着他们喊道："快到我们这边来，快到这边来，我们是国民革命军五三七团第三营的！快过来吧！"那些士兵一边喊着，一边奔跑过来。

营长唐志勇拿着手枪和魏副官赶过来，紧紧握着小秋子的手道："你们八路军打得好漂亮啊！现在你们立即穿过我们的阵地向山后转移，下面该看我们的了。"

小秋子他们把张佳欣她们从自己的马背上扶下来，又命令下属牵过驮着季文佳和几个负伤战士的军马，将他们全都交给了国民革命军五三七团第三营，然后向唐营长打了个敬礼道："唐营长，我们听说过您，打日本鬼子，你们也是好样的！以前我们也曾经配合过作战，现在我们把战友们就交给贵军了，拜托了！另外，我们许司令员就在附近指挥反扫荡作战，他们让我向您和贵军的弟兄们问好！"

"请转告贵军许司令员，请他们放心！"

唐营长和小秋子互相致礼后，小秋子又率骑兵连一排的同志再次策马冲进了日军的包围圈。唐营长除了拨出一个连，由魏副官带领着护送北海银行的伤员往安全地带转移外，自己亲自率领两个连，向日军阵地的侧后方发起了猛攻，在夺取了日军两个机枪阵地后，艰难地坚守了三个小时，在打退日军五次进攻后，才率部转移。

仿佛又看到了妈妈，透过穿过窗户照进房间的那温馨的阳光，张佳欣看见妈妈正俯首看着她微微地笑，那弯弯的眼睛、圆圆的脸庞、月牙般翘起的嘴唇，带给张佳欣无尽的柔情蜜意。这难道是真的吗？

是真的，是妈妈！

"妈妈。"张佳欣嚅动着嘴唇说道。她看见妈妈开心地笑了,笑得那样好看。张佳欣睁开眼睛,一动不动地盯着妈妈,妈妈对她笑着说:"孩子,你醒了。"

"妈妈。"张佳欣看着妈妈,眼泪不由得簌簌而下,顺着腮边淌下。

妈妈见状,忙拿起毛巾擦拭着张佳欣腮边的泪花:"孩子,不要哭,你很快就会好的。"

"我这是怎么了,我这是在哪里?"张佳欣问自己。

此时,她想抬抬头,却只觉得头也痛,胳膊也痛,身上到处都痛。

"好孩子,你躺好了,不要动!"妈妈说道。

"啊,小欣醒了!"张佳欣听到一个声音欢快地说道。眼前又出现了一张脸,这不是沈晓静吗?还有小娟,她们正在对着自己笑呢,"小欣,你怎么样了,你快醒醒!你看见我们了吗?"

张佳欣看着妈妈,又看看沈晓静和吴丽娟,她感到有些晕,嘴唇嚅动着说道:"妈妈。"

"孩子,你是不是难受,你好好躺着,我这就叫大夫过来。"妈妈看见张佳欣醒了,开心地说道。

"妈妈,你不要走。"张佳欣慌忙伸出手来,拽住妈妈的衣襟,任泪水在腮边流淌。

"好孩子,妈妈不走,妈妈就在小欣的旁边,陪着小欣。"妈妈一边说着,一边擦拭着眼泪。

张佳欣看见妈妈流眼泪了。

张佳欣努力地睁开双眼,打量着眼前的人,心里不仅有些疑惑:"眼前坐着的这不是阿姨吗?她怎么会在这里?"

"孩子,你好些了吗?"可这分明是妈妈的声音。

"快!小欣醒了!"在"妈妈"的旁边现出了两个漂亮女孩的笑脸,她们穿着白色的护士服装,笑盈盈地看着张佳欣。

"我这是在哪里?"张佳欣看到周边洁白的墙壁,粉色的窗帘,绣着仕女画的围屏疑惑地问道。

两个护士连忙答道:"这是在青岛市立二院。"

"这不是沦陷区吗？"张佳欣更晕了。

一个女护士连忙把手指放在嘴唇上"嘘"了一声道："小欣，你受伤了，是你爸爸、妈妈在云顶山下接你到这里来治伤的。"然后她俯下身子，贴近张佳欣的耳边悄悄地说道："这是地下党安排的，刚才青岛市工委负责同志还特意来看望你呢。"

"你们是谁？你们怎么认识我？"张佳欣喃喃地问道。

"啊，你怎么不认识我们了？我们是晓静和小娟呀！"两个穿着白大褂的女护士说道。

"晓静？小娟？"张佳欣问道，"她们在哪里？她们好吗？"

"哈哈，我们就是晓静和小娟，你怎么不认识我们了？"两个护士笑得更厉害了，她们连忙摘下洁白的口罩和护士帽，露出了一头短发。

张佳欣问道："你们怎么这么个样子？"

沈晓静说道："你受伤了，都三天三夜没有醒了，可把我们急坏了，是罗行长和单厂长特意安排我们两个换上护士服来照顾你的。"

此时，张佳欣才逐渐回忆起她们在日军的包围下，聚集在一起拉响手榴弹导火索的情景，沈晓静、吴丽娟向她发誓"不求同年同月同日生，但求同年同月同日死"的情景仿佛就在眼前。现在劫后余生，又是沈晓静和吴丽娟在精心照料着自己，看着她们两个疲惫的面容，张佳欣的眼睛开始变得湿润起来，嘴唇嚅动着说道："两个小坏蛋！"

吴丽娟忙对沈晓静说道："快看，小欣说话了。她刚才说什么呀？"

"她刚才好像说：'你是一个小坏蛋！'"沈晓静对吴丽娟说道。

"什么？说我是个小坏蛋？！"吴丽娟有些吃惊道，"这可怎么得了？她是在说你吧？"

"不是！小欣在说你！"

"说你！"

"说你！"

"快别吵了，我们直接问问小欣好吗？"吴丽娟提议道。

"不用问，小欣确实是在说你。"

"还是问一问好了。"吴丽娟把脸凑近张佳欣,问道,"小欣,你刚才说谁是小坏蛋呀?"

张佳欣笑了:"我刚才说,你们两个都是小坏蛋!"

"啊?我们两个都是小坏蛋?我们这几天真是白伺候领导了,领导对我们没有好印象,这可怎么得了?"沈晓静问吴丽娟,很认真的样子。

吴丽娟也懵了:"对呀,这可怎么办?"

"不过,领导也不能骂人是小坏蛋呀,对吧?"沈晓静说道。

"现在我骂你们,等我好起来有了力气,看我怎么打你们。"张佳欣说道。

"啊!领导还要打我们?"沈晓静和吴丽娟的嘴唇立时变成了O形,沈晓静说道,"这可怎么得了,人家小欣会武功,又钻研过《木兰剑谱》《穆桂英刀法》什么的,到时候要打起我们来,我们怎么会是人家的对手?"

张佳欣笑了:"你们真会编排我,我什么时候钻研过《穆桂英刀法》了?听都没有听说过。"

"就光是那本《木兰剑谱》就蛮厉害的,够我和小娟喝一壶了。"沈晓静说道。

"那本《木兰剑谱》我也只是翻了翻,随便照着比画了几下,哪里谈得上什么钻研?"张佳欣解释道。

"看见了吧,我们领导不但看了那本《木兰剑谱》,而且还照着比画了几下。这可怎么得了?"沈晓静看着吴丽娟说道。

"是呀,我们今后的日子可怎么过呀?"吴丽娟忙接过话来。

沈晓静和吴丽娟对视了一会儿,突然用手捂住眼睛,嘴里发出"呜呜"的声音,假模假样地哭了起来。阿姨见了此情此景,不由得笑了:"你们三个淘气鬼,真是比亲姐妹还要亲。"

这时,一个小男孩领着小女孩跑了过来,男孩有六七岁的样子,女孩则只有三四岁的光景。阿姨对两个孩子说:"快看,姐姐醒了!快叫姐姐!"

那个男孩跑到张佳欣的跟前,把手里拿着的大苹果递给她道:"姐姐,你不疼了吗?给你吃大苹果。"

那个女孩手里抱着一个娃娃,抓着一把糖也跑过来对张佳欣嚷嚷道:"姐姐,给你吃糖;给你布娃娃陪你睡觉!"

"他们是谁呀？"张佳欣看着阿姨道。

阿姨忙道："这个大点儿的男孩，是你的佳俊弟弟，今年六岁了；那个小女孩是你的佳英妹妹，今年三岁。他们刚从外面玩耍回来。你爸爸和你的哥哥、姐姐上街给你买营养品去了，也快回来了。"

"你们怎么到这里来了？"张佳欣问道。

"自从你离开重庆后，我们就特别挂着你，整天念叨你。后来没办法，就回到青岛找朋友租的房子，全家都搬过来了。前些日子听说日本鬼子要对根据地发动大扫荡，我们和你哥哥、姐姐就四处打听消息。那天凌晨赶巧了，正赶上你们北海银行刚从云顶山突围出来，看到担架上你受伤的样子，大家都心痛得要死。正好罗行长和单厂长也赶来看你，我们就提出将你接回青岛疗伤的事情。罗行长当即表示同意，并给青岛市工委写了封信让我们带着，让晓静、小娟陪着你乘坐你爸爸的车和我们一起赶回青岛。到青岛后，晓静和小娟急忙拿着罗行长的信设法联系到青岛市工委。到这里来疗伤就是青岛市工委安排的，因为这里的医疗条件好，医生的技术和服务也十分优秀。"

原来是这样，张佳欣一切都明白了。她一只手紧紧攥住沈晓静、小娟摞在一起的手，一只手轻轻抚摸着弟弟佳俊、妹妹佳英的小脸，眼睛注视着坐在床前的阿姨的脸，越看越觉得这好像就是妈妈。

"孩子，你能不能稍微欠一下身子，坐起来喝口水？"阿姨笑着问张佳欣。

张佳欣在阿姨和沈晓静、吴丽娟的搀扶下坐了起来，端起阿姨递过来的杯子喝了几口水，感到全身不再像以前那样疼了。

"小欣，感觉好些了吗？"沈晓静问道，张佳欣点点头。

"刚才青岛市工委的负责同志来看过你，他说他叫夏洪波，曾经和你一起工作过。他说他现在刚刚从陕甘宁边区调往青岛市工委主持工作，让我们有事可以随时找他，还把医院的副院长介绍给我们呢。"

"哦，洪波哥？！"张佳欣听了似乎不敢相信自己的耳朵，兴奋地张大眼睛。她再次接过阿姨递过来的水杯，又喝了几口水，然后端详起周边的环境。

床头上放着盛放的康乃馨和水果，沈晓静把康乃馨捧到张佳欣的面前道："这就是刚才那位市工委领导送给你的，你看好看吧？"

张佳欣看着眼前的花，笑着点点头。

"我们临来时，罗行长写了一个纸条，你现在可以看一下吗？"沈晓静问道。

张佳欣点点头，接着问道："罗行长、单厂长他们都好吗？"

"他们都挺好的，这是罗行长给你写的纸条，你快看看吧！"沈晓静说着，把纸条递给张佳欣，然后又从旁边拿出一副眼镜给张佳欣戴上。

小欣：

　　能看到这个纸条，相信你已经好了起来。这次随你父母去青岛疗伤，是经我们支部研究决定的，你一定要遵守这一决定。沈晓静、吴丽娟也随你一起去，一是为了便于和当地的地下党联系，二是为了陪伴和照顾你。

　　党组织已经批准了你的入党申请，从现在开始，你已经是光荣的共产党员了。沈晓静、吴丽娟也刚刚在烽火硝烟中递交了入党申请书。多年来血与火的考验证明：你们都不愧是我们北海银行的骄傲，是我们绚丽的银行之花！

　　你这次去青岛，一定要把伤治好。相信你不会让我们失望的，我们大家都盼望着你早日健康归来。

罗庆瑞字
1942年初夏于烽火硝烟中

张佳欣把罗行长的纸条反复看了好几遍，激动得心情难以抑制，眼泪溢满了眼眶。

沈晓静道："小欣你知道吗？你已经昏迷了整整三天三夜了。这三天三夜，阿姨忙着给你擦身按摩、喂饭喂药，还得照顾你的弟弟妹妹，给他们做饭穿衣，还没有睡过一个囫囵觉呢。"

张佳欣端详着阿姨疲惫的脸庞——带着红丝的眼睛，亲切的笑容，越看越觉得像妈妈。

终于，张佳欣的眼泪止不住地倾泻而落："妈妈——"张佳欣轻轻地呼唤着，伸开双臂和她紧紧拥抱在一起。

又是几天过去了,这天沈晓静和吴丽娟扶着张佳欣在病房里散步,阿姨则是在收拾着张佳欣病床上的被单。

张佳欣问:"季文佳不是也在这家医院里吗?"

沈晓静说:"是的,当时他的伤势也特别严重,罗行长见到以后很担心,怕我们自己医院的医疗条件不行,就跟你爸爸说了说,你爸爸就用汽车把他一起接过来了。"

吴丽娟说:"你爸爸知道他是为救我们三个负的伤,所以对他的治疗也很上心。"

张佳欣说:"走,我们去看看这个季大官人。"

沈晓静问:"你的体力行吗,小欣?"

张佳欣说:"行,没事儿,慢点儿走。"

季文佳正在病床上看书,见到张佳欣、沈晓静和吴丽娟三人走过来很高兴,就扶着床边搬来的椅子让她们坐下,自己则坐在病床上,和她们聊了起来。

季文佳说:"我看我可以出院了,争取这两天就出院。"

张佳欣说:"你还没好利索呢。"

季文佳说:"没关系,回去以后慢慢调理吧。在这里我是一天也不想多待了。"

查房的大夫和护士走了进来,向季文佳询问了一些情况,然后又叮嘱了几句话,正准备离开,季文佳从床头柜上拿起一份化验单,问道:"大夫,拜托您给看看,这化验单是否搞错了?"

大夫从季文佳的手中接过化验单,认真地看了半天,对季文佳说:"你不是叫刘华吗?"

季文佳说:"是呀,我是叫刘华。"

大夫满脸疑惑地说:"没有错呀,这化验单就是你的。"

季文佳问:"肯定吗?"

大夫说:"当然肯定了!"

季文佳紧皱着眉头说:"拜托了护士长,这肯定是搞错了呀,我明明是男的,您看看那张化验单上的血液化验写的啥?写的是阴呀,阴不是女的吗?"

大夫和护士互相看了一眼,顿时全都哈哈大笑起来,张佳欣等人也跟着笑得前仰后合。

季文佳一看,先是蒙了,然后恍然大悟,臊得他扶着墙赶紧逃出了病房。

又是几天过去了,沈晓静和吴丽娟扶着张佳欣在病房里散步,阿姨则在给张佳欣削着苹果。

张佳欣说:"我看我也可以出院了。"

阿姨说:"先别着急,还得需要两个疗程才行。"

张佳欣说:"不用了,人家季文佳的伤势那么重,都已经出院两天了。"

沈晓静说:"你的情况和小季不一样的。"

这时,楼下突然传来一阵嘈杂的声音,一个大夫匆匆赶来说:"突然来了一群日本宪兵,正在挨个病房进行搜查。"

沈晓静问:"这种情况以前有过没有?"

大夫说:"以前虽然有过搜查,但是不像这次这样,好像大有来头。"

沈晓静对大夫说:"你领我去看看。"

沈晓静临走之前,嘱咐吴丽娟说:"你和阿姨在这里守好,要做好立即转移的各项准备工作。"

说完,沈晓静和大夫匆匆下了楼。

不久,楼下突然传来"砰砰砰"的枪声。顿时,医院里乱了起来,大家都很紧张。

沈晓静气喘吁吁地跑了回来,对阿姨和吴丽娟说:"印钞厂的刘立新当了叛徒,差点认出我来,被我伺机击毙,我们必须趁着混乱马上离开这里!"

沈晓静询问大夫:"出院用的救护车准备好了吗?"

大夫回答说:"准备好了,正在楼下后门停着呢。"

沈晓静问:"司机在吗?"

大夫回答说:"司机已经等在那里,车辆随时可以启动。"

沈晓静命令道："好，我们立即转移！"

一个月后的中午，小山村的四合院里十分热闹，张佳欣、沈晓静、吴丽娟正在和其他单位来排练节目的女孩子一起吃饭，季文佳走了过来："嚯！怎么感觉像到了大观园中的女儿国，有这么多漂亮的女孩子？"

大家都笑了，张佳欣说道："这些女孩子都是各个单位抽调来排练节目的。小季呀，这里美女如云，你是不是有一种贾宝玉的感觉？"

季文佳指着自己挂彩的胳膊说道："我怎么会像贾宝玉？贾宝玉其实就是一个纨绔子弟，除了眼里老盯着的几个漂亮女孩外，他心里还有别人吗？别说是国家，就连对家庭的责任感，他都无从谈起。像这种人以后出家，伴随着青灯古卷了此一生，也算是不错的结局。你们说，当国家或者民族有事的时候，他会像我现在这样吗？"

"那《红楼梦》里你喜欢哪个男人？"张佳欣问道。

"读遍《红楼梦》，也找不到我喜欢的男人。哪里像《三国》，连貂蝉、孙尚香这样的女流之辈，也都有着家国情怀，都具有担当意识。看了叫人提气。"

"哈哈。"张佳欣笑了起来。

季文佳接着说道："所以说：《三国演义》皆豪士，《红楼梦》里无男人。'"

张佳欣一琢磨："别说，你说的这些确实也有些道理。"

季文佳走到张佳欣、沈晓静、吴丽娟吃饭的桌前，问道："怎么样了，姑娘们，这些日子身体没有问题吧？"

"没问题。"姑娘们纷纷站起来说道。她们都知道季文佳是为救她们而挂彩的。据后来骑兵连给省战工会和北海银行总行上报的报告讲述的：骑兵连在往云顶山冲击的时候，受到日军在隐蔽角落里一机枪阵地的阻击。由于日军的机枪阵地设置在射击死角，消灭它很不容易。在危急时刻，是季文佳率领警卫一排冲了过去，用刺刀和枪托砸烂鬼子机枪手的脑袋，夺过鬼子的机枪向四周的鬼子猛扫，给骑兵连赢得了宝贵的战机。否则骑兵连在往云顶山进攻的时候必将付出巨大的代价。在报告中，骑兵连郑重提出为季文佳请功的要求。

张佳欣、吴丽娟等都很关心季文佳的伤势，但是碍于沈晓静在场，又感到不便于多说些什么。

沈晓静问季文佳："你身上的伤怎么样了？"

"炮弹皮已经取出来了，没什么大碍。"季文佳说道。

"我看看嘛！"沈晓静说道。

季文佳将胸前的纽扣解开，露出缠着的绷带："大夫说，取出了炮弹皮，再恢复半月二十天的，就好了。"

"那你还不好好歇着，跑这里来干什么？"沈晓静说道。

"听说你们这些日子正在利用业余时间排练节目。"

"是啊，这次反扫荡战斗的胜利来之不易，牺牲了那么多同志，但同时也挫败了敌人的计划，给日军造成了重大打击。军分区领导指示要召开大会，进行隆重的庆祝。"张佳欣道。

"这次排练的节目单中有没有《骑兵舞》？"

"当然有啦，这次小秋哥的骑兵连为反扫荡战斗的胜利做出了这么大的贡献，军分区还要给他们授奖，进行隆重的表彰。"吴丽娟说道。

"是啊，在上次演出中，这《骑兵舞》一举成名，大家都念念不忘，这次一定要重新排练演出。"

"这《骑兵舞》确实好，但是我觉得这舞蹈从曲调上来看，不能更加真实地反映这次反扫荡战斗的激烈和残酷程度，也难以真实地反映骑兵连骁勇善战、一往无前的气势和精神。再说了，也没有歌词，这总是一种缺憾。所以，我写了一个东西，你们看看。如果还行的话，你们试着排练一下。"说着，季文佳从口袋里掏出一张纸递给了张佳欣。

张佳欣打开纸，看了一下说道："《中国骑兵之歌》？这名字好！"

"小欣，再过10分钟，我们还得接替早班的同志验钞呢。"吴丽娟插话道，"你吃饭慢，还不抓紧点时间？"

"好的。"张佳欣连忙把稿子装到口袋里，对季文佳说道，"有空我一定抓紧看看，可是马上就要演出了，不知道能不能安排上。"

"你们最好能够安排上，这歌词虽然不能说写得很好，但是这个词所抒发的不仅仅是我一个人的感受，也是大家的心情。"

"好的，我一定抓紧拜读，争取安排上。"张佳欣说着，发现沈晓静和吴丽娟已经吃完饭刷碗去了，就连忙用暖瓶往碗里倒上水，仰脖喝了下去，然后擦擦手，对季文佳道了声"再见"，就跑到屋子里换工作服。

趁人们不注意，沈晓静拿起放在挎包里的一个用手帕包起来的包，迅速跑到门外，追上季文佳，硬往他口袋里塞。

三天后，在村头操场上架起了舞台，舞台上悬挂着"隆重庆祝反扫荡战斗胜利表彰大会"的横幅。

军分区司令员兼政委许海鹏、区党委书记、区长和罗行长等都坐在主席台上。各位领导发表了讲话，然后请在反扫荡战斗中涌现出的战斗英雄、民兵模范等英模人物上台领奖。骑兵连则被授予集体一等功，小秋子代表骑兵连全体指战员登台领奖。

演出开始了，男女二重唱《五月的鲜花》庄严婉转深情，讴歌了爱国志士们为了民族独立和解放，不惜流血牺牲的高尚情怀；大合唱《大刀进行曲》气势磅礴，表现了中国人民不惜用落后的武器反抗装备精良的日本侵略军的战斗精神；男声独唱《延安颂》反映了抗日根据地军民对党中央的向往之情；山东快书《突围》则生动表现了北海银行的员工在反扫荡战斗中的一个经典场景……

"最后一个节目，由抗战剧团隆重推出，舞蹈《中国骑兵之歌》，作词作曲：季文佳；领舞：张佳欣。"热烈的掌声顿时响了起来，打断了报幕员的声音。

待掌声平息之后，报幕员接着说道："在反扫荡战斗中，在战斗最激烈、形势最严酷、敌寇最猖獗的时刻，八路军骑兵连的指战员们上百匹战马以势如破竹之势突入敌阵，东讨西伐，威震敌胆，旌旗指处，所向披靡！杀出了中国军人的威风，为反扫荡战斗的胜利，做出了突出贡献。舞蹈《中国骑兵之歌》，同时就是中国的英雄之歌！"

鼓点咚咚，军号声声，急促的弦乐，高亢的歌声，张佳欣率舞蹈演员们以雷霆之势冲向舞台中央，紧跟着一声"冲啊——杀"的呐喊，瞬间有十几个人摞了起来，张佳欣高擎红旗左右挥动的威武造型赢得了热烈掌声。

战旗猎猎，战马嘶鸣，
我们是英勇的中国骑兵。
战刀飞舞，战火纵横，
我们是无敌的中国骑兵。
长城巍峨，
映衬着我们矫健的身影；
江山锦绣，
浸染着我们血铸的忠诚。
挑灯看剑男儿血，
卫我河山死亦雄！
前进！前进！
我们是英勇的中国骑兵！
胜利！胜利！
我们是无敌的中国骑兵！

伴随着时而慷慨激越、时而低沉婉转的歌声和鼓乐声，张佳欣和舞蹈演员们高擎红旗，驰骋在舞台上，再现了骑兵连勇闯敌阵、怒劈日寇、赴汤蹈火、营救乡亲的种种场景。逼真的舞蹈语言，靓丽的身体造型，激起台下掌声阵阵，观众们不由自主地纷纷站了起来。

战旗似火，战马如风，
我们是英勇的中国骑兵。
战刀似雪，战火驰骋，
我们是无敌的中国骑兵。
保境安民，
履行我们的神圣使命；
高奏凯歌，
迎接中国的璀璨黎明。

为国前锋勇陷阵，

马踏敌旗气贯虹。

前进！前进！

我们是英勇的中国骑兵！

胜利！胜利！

我们是无敌的中国骑兵！

张佳欣的表情是严峻的，在激越高昂的歌声中，她忘不了在突围途中无数战友、同事和乡亲们辗转倒下的身影，忘不了敌寇在对根据地军民进行野蛮屠杀时那狰狞可怖的脸孔，忘不了被大火烧成一片片废墟的村庄，更忘不了骑兵连中她曾经十分熟悉，而今后则再也见不到的一张张亲切鲜活而又年轻的面容。

旌旗迎风招展，舞步急促多变，队形时分时合，随着演员身姿的起伏变化，演员们以精湛的演技将骑兵连指战员在战火纷飞中驰骋、在枪林弹雨中歼敌、在敌军围攻中破阵、在山岭起伏中进攻的身影淋漓尽致地呈现在所有观众的面前。

直到最后，当日寇的膏药旗被骑兵战刀劈碎，颓然委地，由骑兵连的战马践踏而过，最后再次做出由十几个人摞起来，张佳欣高擎红旗左右挥动的威武造型，招展的红旗瞬时由一面变成三面、五面……最后形成了满堂彩。

观众们陶醉了、眩晕了，最后沸腾了。人们情不自禁地涌向舞台，掌声如海潮般一浪接着一浪，久久不息。

春天到了，河边的柳树首先泛出了一片嫩黄色，山麓间的迎春花一簇簇地迎风摇曳着。行长室里，罗行长、单厂长和季文佳、张佳欣等人正在开会，研究第二季度银行业务的工作重点。罗行长说道："总行和当地地方行署昨日已经联合下文，批准了分行2000万元的资金投放计划。这些资金主要用于发放春耕贷款、渔业贷款、种子贷款、小本工商业贷款、无息贷款等。我们的具体计划是在东海区投放550万元，在西海区投放400万元……对于这些计划一定要抓紧督促，保证切实落实。"

另外还研究了反假币的问题。罗行长说道："根据总行通知,现在敌人在青岛、烟台等地继续伪造北海币,准备投放根据地市场,掠夺我战略物资,扰乱我金融秩序,对此必须有足够的警惕,一旦发现,必须坚决打击,绝不手软。前些日子,在威海、在乳山一带都发现了假币,我们对此项工作必须尽快布置落实。总行还准备了一些宣传材料,今天正好是逢五大集,我们要立即组织人员到集市上进行宣传。一会儿总行的检查组来,新华社、大众日报社记者也要前来采访我们北海银行支援春耕生产的贷款发放情况及反假币的工作情况,我要陪他们到处转转。你们看看,关于反假币宣传的事由谁来负责?"

"这事就交给我吧。"张佳欣说道。

"你?"罗行长道,"不行不行。"

"为什么?"

"这些日子你没有休息好,你要抓紧休息一下。再就是明天一大早你要去瀛洲一趟,今天抓紧休息吧。"

"没事的,我觉得还是我去比较好。"

"为什么呀?"

"因为我漂亮啊。"张佳欣笑了,大家也笑了。

"漂亮?"罗行长火了,"这算是什么理由?难道我和你单厂长都长得丑,就不用工作了?"

"罗行长,你和单厂长长得也不丑呀,也蛮漂亮的。"张佳欣说道,大家又笑了。

"你这个张大主任倒是蛮会说话的。"罗行长道,"孙秘书,你马上把沈晓静和吴丽娟给我叫过来!"

"罗行长,什么事情呀?"不一会儿,沈晓静、吴丽娟跑了过来,问道。

"今天交给你们个任务,把你们这个小欣大主任给我拽到屋里去睡觉!"罗行长道,"听到了没有?"

"听到了。"

"听到了还不执行吗?"

沈晓静和吴丽娟马上走过去,拽着张佳欣的胳膊道:"小欣大主任,走吧?"

张佳欣道:"正开着会呢。"

"散会!"罗行长说道。

中午时分，罗行长、单厂长陪同总行检查组的鲁组长及新华社、大众日报社记者等人吃过饭以后，就陪着他们来到集市上。此时，正是特别热闹的时候，集市上人来人往，熙熙攘攘。街道两边摆满了各种货件物资、干鲜果品、各种蔬菜、鞋帽衣物等。走着走着，罗行长看到一处挤满了人，旁边摆着"北海银行咨询处"的牌子，罗行长就陪着鲁组长及新华社、大众日报社记者走了过去。一看是沈晓静和吴丽娟正在那里解答乡亲们的提问，告诉他们通过何种方式识别假的北海币呢。

"你们怎么来了？"罗行长问道，"不是叫你们在家看着小欣休息吗？"

"人家小欣是我们的领导，我们可看不住她。"沈晓静说道。

"小欣再是你们的领导，但她也得听我的呀。你们怎么会看不住她呢？"

"小欣说，如果我们不听她的，她一生气，就不给我们加薪了。"

"加薪的事是我说了算啊，她哪里管得着？"

"她说她的名字就叫'加薪'，张佳欣嘛，就是管着'加薪'的。"

"咦？还有这样说话的，你们不用听她的！她不过是个小领导，她这个小领导还是要听我这个大领导的。"

"我们也这么说，她却说：县官不如现管，何况她的名字就叫'涨加薪'。所以，我们还是不敢得罪她的。"

"她现在在哪儿呢？"罗行长问道。

"再往前走50多米吧，你看那里有一堆人围着呢。"沈晓静说道。

"哦，你们在这里好好待着吧，你们没完成我交代的任务，看我回去不给你们扣工资！"罗行长道，"看你们还想着'涨加薪'不！"

沈晓静和吴丽娟两人面面相觑，顿时傻了眼，嘟囔道："小兵真是难当。"

"现在，除了济南、青岛、烟台等被日军占据的大中城市有日伪货币流通之外，山东省内广大的抗日根据地基本上就是我们北海币的天下。北海币还流通到周边其他省份，因为北海币的币值稳定，信誉高，得到人们的普遍认同，甚至很多日伪军政人员，也偷偷地隐藏起北海币，用于购物。为了破坏北海币，日伪军政当局想了很多办法，其中之一就是伪造假币，投入根据地，妄图扰乱金融，破坏根据地经济。"罗行长一边陪着鲁组长及新华社、大众日报社记者走着，一边说着话，"前些日子在卧龙泊就发现了有两个人用假币采购粮食和油料，幸亏油栈老板是个机灵人，一边想方设法拖住两个人，一边叫小伙计向我们政府报了案。抓住他们后，我们在他们住宿的旅馆里，共搜出了面值七万多的假币。"

"这两个人是怎么处理的？"

"其中一个人被抓住后，供出了其他线索，并交代了日本鬼子在青岛、烟台等地制作假北海币的机关单位，给予了从轻处理。还有一个顽固不化的，被公审后枪毙了。"罗行长说道。

"这个问题你们处理得好，既有原则性，也很讲究政策。"鲁组长很赞同地点头说道，"对于一个时期以来日寇安排专门机关制造假币，运往我根据地采购物资，扰乱金融，哄抬物价，损害人民利益，破坏北海币信誉的行为，总行党委十分重视，并在滨海、清河、渤海等许多分行也发现了这个问题。为此，我们已经草拟了《处理伪造及行使伪造北海本币案件暂行办法》，准备上报省战工会颁布。上级的决心很大，将要采取更加严厉的措施，坚决禁止假币流入根据地。另外，就上述事情，你们所写的材料以及所反映的问题，我也将立即上报。"鲁组长道："我这次来，领导本来想让我多住些日子，好好了解一下基层的情况，现在看来不行了，我明天一早就得返回总行，把这里的情况向总行领导做一个专门的汇报。另外，你这里要安排一个同志和我一块去总行，可以把情况汇报得更加详尽一些。"

新华社和大众日报社记者一边认真倾听着罗行长和鲁组长的谈话，一边匆匆用笔在采访本上记录。

"你看季文佳同志怎样？保卫、保密和反假工作都是他具体抓的。"

"可以。"鲁组长道，"他本来就在总行工作，这小伙子我了解他，爱学习，肯钻研，办事认真，肯动脑子，是个好材料。"

罗行长、单厂长陪着鲁组长及新华社、大众日报社记者等人在集市里走着，沿街墙壁上刷满了标语，其中就有和北海银行有关的标语，如：北海银行是山东抗日民众的银行！北海银行是培育山东抗战经济的摇篮！北海银行是安定山东金融的机关！北海币是山东人民自己的货币！北海币是山东人民改善生活的工具！提高警惕，反对假币！坚决拥护北海币！严厉打击日伪币！

大众日报社记者申博问道："罗行长，我在各个地方都看到了刷着的大标语，这是否得用不少油墨？"

罗行长说道："看出来申博同志以前没有注意过这件事，我们刷大标语可是从来不舍得用油墨的，那些白色的标语是用石灰粉刷的，这个几乎村村都有。那些比较多的黑颜色的字体，用的则是在老百姓锅底下刮下来的黑灰，这些黑灰质量高，有油性，刷在墙上多少年都不褪色。"

申博点点头，笑了："基层的同志真是会想办法。"

罗行长指着繁华的集市对总行的鲁组长及新华社、大众日报社记者等人说道："在日伪统治时期，由于敌伪压榨，物资统制，限制自由贸易，再加上遭受战争损失，这个曾经工商业比较繁华的乡镇有70多家商店关门，12家油坊、16家铁工厂、21家编织业、13家炉业、19家窑厂破产倒闭，致使3600多人失业。自从拔除了敌伪据点，建立了抗日民主政府后，我们分行首先贷款135万给各行各业，使其维持生产和经营；又贷款172万给虽然已经破产倒闭，但是产品有销路、有订单，复兴有希望的相关企业，扶持他们复工，恢复生产和经营。现在虽然仅仅只有两个月的时间，原来停业或破产倒闭的企业不但大部分恢复了生产经营活动，有许多还扩大了生产经营规模和范围，不但原先的失业人员基本上全部回到原有的生产岗位，而且还增加了1100多名新就业的人员。"

"你们看那河岸两边的120多个货棚，十字路口新增加的116个摊位，就是商人在得到我们北海银行的贷款后新设的。另外，还有56户农民贷款3万2千2百元，用于农业生产。我们还发放了37万低息优惠贷款，扶持抗日烈军属的生产经营活动。同时，我们还在沿海地区发放渔业贷款21万元，支持渔民购买渔船、渔具用于海洋鱼虾的捕捞作业。"罗行长兴奋地边走边介绍道。

罗庆瑞和单喜祥陪着鲁组长及新华社、大众日报社的记者等人来到匾额上书写着"鹊栖堂"三个大字的中药铺里。

罗庆瑞指着宽敞的药铺大堂说："这个药铺也是我们贷款扶持起来的。前几年，我们驻地的那个鹊翔村以前是个生产中药材的地方，后来由于战乱还有奸商等种种原因衰败了，我们到了以后不久，就发现了他们那里的土壤和气候条件比较适合药材种植，而且那里也出现过种植药材的能手，于是就设立了药材种植扶持贷款。这不，经过几年的努力，那里的药材种植业恢复和发展得很快，生产的药材不但供给了我们八路军的野战医院，缓解了我们药材紧张的问题，而且还满足了市场的需求，大大地提高了当地农民的收入和生活水平。"

罗庆瑞继续说："这个鹊栖堂是前年冬季我们行牵头，由鹊翔村的药农及本地和外地的十二家药材制作、加工和销售企业合资组建的营销公司，以前我们那个房东任公司的副董事长，现在药材的销路已经遍及全省二十多个县，还有济南、青岛、烟台、徐州等城市。"

鲁组长说："这是个好经验，你们应该好好地总结一下，确实值得宣传推广。"

新华社、大众日报社的记者等人立即将罗庆瑞围起来，想询问、了解更加详尽的情况。

鲁组长说："罗行长，你看这样吧，你们先整理份材料，报总行一份，同时报送新华社和大众日报社怎样？"

罗庆瑞和新华社、大众日报社的记者等人都点头称赞，说："这是个好办法。"

罗行长、单厂长陪着鲁组长及新华社、大众日报社的记者等人来到那人群成堆的地方，听到里面传出了快板声，于是就挤了进去。果然，是张佳欣和北海银行的其他同志在里面，正在打着快板做宣传呢。

　　三月初五赶大集，各位乡亲听仔细，
　　大哥大嫂停下脚，小娃小嫚莫淘气，
　　赶集顺便看演出，听我说说北海币。

　　北海币是爱国币，诞生在抗日烽火里，
　　排除日币和伪币，保护好民族的利益！

北海币是爱民币，支援农民种好地，
支援工商大发展，支援前线灭日帝！

北海币是幸福币，打破日寇囚笼计，
流通四方促繁荣，建设好民主根据地。

北海币是坚挺币，币值稳定有信誉，
兜里揣着北海币，日子过得有底气！

山也青，水也丽，根据地人民好福气。
要问福气哪里来？只为咱有北海币！

彩霞飞，彩虹丽，各位乡亲听仔细，
为了未来的好时光，拥护咱们的北海币！

北海币好处说不完，日本鬼子来了气，
抓耳挠腮生诡计，制造假的北海币。

日本鬼子太卑鄙，制作假币入集市，
掠取抗战的物资，扼杀百姓的生计！

大家一定要警惕，擦亮眼睛识假币；
坚决不上敌人当，保护好自身的权益。

正告大家要注意，千万莫贪小便宜。
使用假币是犯罪，处置一定特严厉！

发现假币快报告，提供线索有奖励！
抓捕敌人交政府，保护好咱们的北海币！

说完快板后，张佳欣突然在人群中发现了罗行长和鲁组长及新华社和大众日报社记者等一行人，赶紧笑着迎上来说道："罗行长、鲁组长、各位记者同志，你们刚吃过饭就过来了？工作抓得蛮紧的，也不休息一下。"

"别光知道咧嘴笑，一会儿你给我回去，看我怎么训你。"罗行长道。

"你们这个快板书是谁写的？"鲁组长连忙问张佳欣。

"是上午我们散会以后，季文佳根据总行的宣传材料并结合当地的实际情况写的。"

"不错，不错，季文佳同志不但文笔好，出手也快，你抓紧告诉他一下，让他把这个快板词抄得工整一些。你们行其他相关的反假做法和经验也要他抓紧整理一下，我们正需要这种材料，明天一早我回总行时，他要跟我一块儿走。"鲁组长转身对罗行长道，"你们分行的工作经常走在前头，应该好好地总结一下。"

"拥有如此优秀的员工，是命运对我的眷顾，我们的工作走到全行前头是理所当然的。我衷心地为我的员工感到自豪和骄傲。他们不仅仅是我们北海银行的光荣，也是中国金融界的光荣。"罗行长说道，"将来我们的银行业要走向全国、走向世界，要迎接国际金融资本的挑战，我相信，我们的员工将会给出无愧于时代的辉煌答卷的。尤其是现在，我日益强烈地感受到这一点。"

说到这里，罗行长转头看去，新华社和大众日报社记者已经把张佳欣围了起来，就北海银行开展的支援春耕生产的贷款发放问题和北海币反假工作等问题开展了采访提问。

1945年8月15日，日本投降的消息传遍了城乡，到处是秧歌队、舞狮队、高跷队在游行，鞭炮声此起彼落，北海银行的员工们也和乡亲们一起分享着胜利的喜悦。

入夜，一弯新月从山上升起，皎洁的月光透过窗棂洒在张佳欣的脸上。此时，张佳欣望着天上的月亮，一行行泪水挂满两颊。

沈晓静眼里也噙满了泪花，她对张佳欣说道："小欣，我知道你在想谁，咱们去看看史芸姐吧。"

张佳欣点点头，和沈晓静拿起毛巾擦了擦脸上的泪，收拾了一篮子东西，就走出门外。在村外三四里路的地方，立着十几座墓，其中一个墓碑上写着六个大字：史芸同志之墓。张佳欣和沈晓静跪在地上，将祭品摆上，点燃了三炷香。她们在墓前把印有日本天皇投降诏书的纸张焚烧掉。

张佳欣、沈晓静跪在墓前，泪水流遍双颊道："史芸姐，我们的好姐姐，今天，我们看你来了。你看到了吗，我们在你墓前焚烧的是日本天皇的无条件投降诏书。你听到了吗？在周边村庄此起彼落的是庆祝胜利的鞭炮声。我们来就是要告诉你，我们的好姐姐，你的血没有白流，经过艰苦的抗战，我们终于迎来了这一天，我们胜利了！

"在庆祝胜利的喜宴上，我们举杯痛饮；在欢庆胜利的大会上，我们放声高歌！可是在这个时候，你知道吗？我们的眼睛总是在到处寻觅你的身影、你的笑容。我们是多么希望你在这个场合中出现在我们面前呀，和我们一起举杯庆祝，和我们一起放声欢唱！可是残酷的现实在提醒着我们，你已经离开我们整整三年了。

"三年来，我们一直思念着你。你那谦和、干练、睿智、慈祥的面容，从来没有离开过我们。困难时，想起你，我们就充满力量；孤独时，想起你，我们就变得坚强；苦恼时，想起你，我们不徘徊惆怅。可是现在胜利了，我们想起你，却不由得泪流满面，因为你没有等到这一天就牺牲了。

"我们相处这么些年来，你就像大姐姐一样教我们学政治、学业务，教我们洗衣服、做饭，还教给我们许多做人的道理。

"每次我们加班回来晚了，你都给我们准备好热饭热菜；每次我们不开心有烦恼的时候，你都耐心地开导我们。

"你知道小欣我爱吃巧克力，一次你在出差青岛时，就把自己给孩子买奶粉的钱省下来，买来巧克力给我吃；你看到晓静她的棉衣单薄，就从自己的被子上扯下棉花，偷偷地给晓静的棉衣续上。

"史芸姐，你是为了掩护我们，为了保卫北海银行而牺牲的，我们大家都忘不了你。那天早晨你骑着马去外地开会，走到离村庄三四里路的地方，看见了鬼子扫荡的队伍，你完全可以隐蔽自己，躲开鬼子的视线，可是为了我们的安全，你毅然向鬼子开枪，把鬼子引到十几里路外的悬崖峭壁上。我们安全转移了，你却身上挂着由日本鬼子新添的十一个弹洞跳崖英勇牺牲了,留下了两岁的孩子。

"史芸姐,你牺牲以后,全行的同志悲痛欲绝,大家都十分怀念你,以至于连续三天都没有人吃得下饭。炊事班的同志把饭做好了端在大家面前,可就是没有人动筷子。直到最后行长急得下了命令,号召共产党员带头吃饭,大家才在第四天早晨端起了饭碗。

"史芸姐,今晚我们来告诉你的还有,就是你的小女儿莹莹长得很好,她很可爱,大家都喜欢她;大家每次从外地出差回来,都要买很多好吃的、好玩的带给她。今天,她疯玩了一天,早早睡着了,明天我们一定把她领来让你看看。我们还要告诉你的,就是要请你放心,你的孩子,也就是我们的孩子,我们一定会把孩子抚养成人的。史芸姐,我们说得这些你听见了吗?"

张佳欣和沈晓静一边述说着,一边忍不住地流泪。此时,她们仿佛感到些异样,回头一看,才发现周边已经来了很多人,罗行长等行领导也都到了。

罗行长将大家排队集合起来点名,然后说道:"我们刚才清点了一下人数,一共127人,也就是说,除了还在岗位上坚持工作的同志,大家都来到了烈士墓前。在残酷的抗日战争中,我们共有37位同志为国捐躯。埋葬在这里的,有19位同志;散落地埋葬在别处的有7位同志;还有11位同志尸骨无存。可是我要说,这些同志并没有死,他们永远活在我们心目中,他们永远和我们战斗在一起、工作在一起、生活在一起。"罗行长转过头来下令道:"杜恒华同志!请你把烈士的花名册拿来给我!"

"是!"分行秘书杜恒华跑步上前,将花名册递给罗行长。

罗行长面容严峻地说道:"下面我每念一位烈士的英名,我们的队伍中就得有一位同志站出来高声答'到'!并点燃手中的火把。大家听到了吗?"

"听到了!"同志们齐声说道。

"好!"罗行长翻开了烈士花名册,"韩爱平!"

"到!"一个同志站出来,高声喊道,并点燃了手中的火炬。

"郝洪文!"

"到!"又一个同志站出来,高声喊道,并点燃了手中的火炬。

"宋宗华！"

"到！"

"崔文胜！"

"到！"

"任双燕！"

"到！"

……

随着罗行长的点名声，一个个同志应声站了出来，高声喊"到！"，并点燃了手中的火炬。

点名结束后，罗行长说道："今天晚上，在举国欢庆胜利的时刻，大家自发地来到烈士墓前，是因为大家有一个共同的心愿，就是要向烈士们报告抗战胜利的喜讯，向先烈们表示我们继承先烈遗志，振兴中国金融事业的决心。"

"现在，我提议大家点燃手中的全部火炬。"罗行长说道，"让我们举起右手，向烈士们庄严宣誓！"

上百把火炬点燃了起来，将夜空照得一片通明。高昂的宣誓声在夜空中回荡。

回到村子里，欢庆胜利的锣鼓和鞭炮响彻夜空，乡亲们把北海银行的员工都拉到了扭秧歌和舞狮的队伍里，北海银行员工和乡亲们一起载歌载舞，度过了一个狂欢之夜、不眠之夜。

1945年10月的一天清晨，天空泛起了鱼肚白。青岛港和往常一样，平静而忙碌，各国的船舶出出进进，不时发出阵阵的汽笛声。

卢晓航着一身笔挺的咔叽布绿色戎装，携着穿月白色衬衫、橘黄色百褶裙的贺玉婷走来。张佳欣连忙跑过来，一边叫着"晓航哥"，一边蹦跳着和卢晓航亲热地握手，然后转过身去与贺玉婷紧紧地拥抱在一起。

张佳欣今天穿的仍然是一身蓝白相间的水手服，闪烁的大眼睛里流露出无比兴奋和深深的眷恋。海风吹起蓝色的裙摆和披肩，衬托着她圆圆的脸蛋，使得她全身洋溢着青春的气息。她向卢晓航和贺玉婷介绍了小秋子，也介绍了季文佳和沈晓静。小秋子今天穿的是深灰色的中山装，季文佳穿的是白色的西服，

第九章 烽火·远行

沈晓静则穿着一身绿色的连衣裙，海风撩起了她额前的短发，流露出一种迷人的气质。

他们今天是来给张佳欣送行的。张佳欣的父亲张玉吉通过海外的朋友联系了去哈佛大学金融学院进修的名额，北海银行总行为了将来国际金融业务的开展，研究批准了张佳欣的申请报告，并特意拨出了经费，同时安排季文佳和沈晓静代表北海银行全体员工前来送行。军分区则特意批给骑兵营长赵云秋七天假期，给张佳欣送行。

他们把精心准备的礼品送给张佳欣，张佳欣十分感动地接过礼物，抱在胸前。贺玉婷说道："小欣，快把礼物放行李箱里吧，总抱着干什么？"

"好。"张佳欣把礼品递给小秋子拿着，然后打开了行李箱。先从里面拿出几本书来放在地上，准备整理一下行李箱，腾出些空间，好放礼品。

季文佳看到一本书的书皮上写着《货币学原理》，突然心里一动，蹲了下来，拿起书翻了翻。

张佳欣说道："季文佳你也太爱看书了，这么会儿工夫，还得翻翻书看。"

季文佳说道："不是你说的那样，这时候我突然想起薛晴林来了。"

"哦，好长时间不见她了，好想她呀。"张佳欣说道。

"我还想起她告诉我的一件事。"季文佳说道。

"什么事儿？"张佳欣连忙问道。

季文佳笑了："说了你可别不高兴呀！"

"什么事儿呀，我还会不高兴？"张佳欣连忙问道。

季文佳终于忍不住笑了："薛晴林说，当初你去一个小学老师那里借来了一套《红楼梦》，怕别人看到反映不好，就跑到行长办公室偷来几张旧的《大众日报》给《红楼梦》包上书皮，然后在书皮上写上《货币学原理》《银行会计须知》等书名，整天捧着看，装作很用功的样子。还学着把偷旧《大众日报》的嫌疑栽赃给我。哈哈！"

季文佳话音一落，沈晓静弯腰笑了起来："是呀，是呀，当时我还真以为她很用功呢，后来还是薛晴林告诉了我们她的秘密，要不我们不知要被她骗多久。但是我们都没有戳穿她就是了。"

沈晓静刚说完，卢晓航和贺玉婷也笑得直不起腰来了。

张佳欣的脸上终于挂不住了："好呀，你个季文佳、你个晓静，你们真是哪壶不开提哪壶呀，看我不打死你们！"说着，就抡起小拳头追赶起季文佳和沈晓静来。

季文佳连忙一边倒退着招架，一边说道："不过，说句实在话，小欣这次这个《货币学原理》可是真的。"

"是呀，是呀，后来小欣可是真的知道学习了。每天下了班以后，都倚在高台上看书看到很晚，记了好多学习笔记，要不被大家评为学习标兵了吗？她还给我们讲心得体会呢！"沈晓静接着说道。

季文佳说道："现在人家小欣大主任还是薛立宵先生的高徒呢。"

沈晓静说道："这可是真的，要不怎么能派她去美国留学呢。这绝对不仅仅是小欣她爸爸的意思，这也是北海银行领导的意思。"

此时，张玉吉和他的夫人、子女们，D.安德森和他的女翻译一起走了过来。张佳欣见了高喊着："爸爸！妈妈！"跑过去紧紧地抱住张玉吉及他的夫人，两行眼泪情不自禁地流了下来。张玉吉和夫人端详着自己长久不见的女儿，眼眶里溢出了泪水，连忙掏出手帕擦拭。在彼此说了一些话后，张玉吉将D.安德森介绍给张佳欣。

张佳欣说道："我们见过。"

张玉吉问在哪儿见过，D.安德森耸耸肩膀，两手一摊道："我和贵府千金确实是见过面的，记得最早那是在八年以前，在济南的千佛山上，你的千金跳舞跳得特别漂亮，迷倒了一大批观众，也包括我本人。所以说，我们是老朋友了。"

大家都笑了起来。

D.安德森接着说道："最近，也就是在今年春天，我们也见过面。那是在沂南一个普通的村落里，在那个看起来再普通不过的农家小院里，鄙人巧遇了贵府的千金，也在这里遇到了那个富有传奇色彩的年轻的中共货币理论学家薛立宵先生。听说就是他指导了山东抗日根据地的货币斗争，并将这场旷日持久的货币战争引向胜利。"

张佳欣对父亲张玉吉说道:"那次是我到总行参加银行经营管理培训班,薛立宵老师负责货币理论课的讲授。那天,我去薛立宵老师那里请教了关于货币理论的几个问题,回来时,看到村口路边上有一个金发碧眼高鼻梁的外国人正在通过翻译向路边上放哨的儿童团比比画画地打听什么。我走过去一看,哈哈!没有想到竟然是他!"

"我也想不到,怎么会在离大都市那么遥远的农村,在穷乡僻壤的乡下,会邂逅贵府的千金!"D.安德森也笑了,"当时贵府的千金一身戎装,英姿飒爽地站在面前和我打招呼:'哈喽,D.安德森先生!'我都愣了。直到她摘下帽子,做出那个小鹿儿的动作,我才想起她来,那时候满脸稚气的小丫头,现在已经是北海银行一个方面的负责人了!"

大家都笑了起来。

"看到贵府千金英姿飒爽的样子,使我想起了贵国流传好久的女将军——花木兰、穆桂英!"

张玉吉说道:"D.安德森先生很会说话,我家小欣从小就有一个梦,做一个像花木兰、穆桂英那样的女英雄,铁马金戈,驰骋疆场,报效国家。先生刚才说到小欣像花木兰、穆桂英,小欣一定会很开心,这话真说到她心里去了。可惜,做女将军、女英雄的这个梦,小欣是实现不了了。"

"张玉吉先生,恕我把您刚才的话纠正一下,贵府千金的故事,在根据地也是流传很广的,那也是一个女英雄的传说,一个在货币战争中冲锋陷阵的女将军、女英雄。只是我们很久以来没有把那位货币战争中的女将军、女英雄和贵府的千金画上等号罢了。"D.安德森接过张玉吉的话,纠正道。

那是一个春天的午后,张佳欣离开薛立宵居住的四合院,走了有二三百米的距离,看到村口有一个金发碧眼的外国人正在比比画画地向路边放哨的儿童团打听着什么,张佳欣觉得这个外国人好像在哪儿见过,连忙走过去自报家门。看到D.安德森那因为惊奇而睁大的眼睛,她"扑哧"一声笑了出来。她连忙挺胸昂首,举起左臂,展开右臂,摆起抬起的右腿落地伸向后方的那个停顿瞬间的动作,再加上那圆圆的脸庞上忽闪着的大眼睛,使她像一头在树林子里受到惊吓的小鹿。

"怎么会是你,小欣!"D.安德森吃惊地问道。

"怎么不会是我,尊敬的美国货币学家。"张佳欣调皮地反问道。

D.安德森高兴地张开双臂,和张佳欣拥抱在一起。

"你怎么自己跑这里来了?"张佳欣问道。

"我有腿有胳膊的,为什么不能自己来?"D.安德森反问道。

"我的意思是,你怎么不叫我们北海银行总行的领导或者是接待科、保卫科的工作人员陪同你一起来?这样你还用那么费事地到处打听吗?"然后,张佳欣学着D.安德森刚才的样子比画起来。

"No,No!"D.安德森不满地睁大眼睛道,"中国的老百姓都很聪明,很有思想,可是一旦有官员在场,他们的聪明就变了味道,就得说几句话,看看领导的眼色,怕领导不满意。如果领导满意,他就继续说;如果领导不满意,他就不敢说了。所以,我宁愿多跑跑路,多吃点儿苦,也不愿意让领导陪同,或者让领导安排人陪同。"

张佳欣说道:"你说的那是在国统区。在我们根据地是不会这样的,大家都敢说心里话!"

"No! No!"D.安德森不相信地摇着头道,"中国的老百姓怕官,一见到官员,他们的思维模式就会转换到和官方的频道一致。这样我就了解不到我想知道的真实的东西,我就会失去一个学习的机会,失去一个大智慧场。"

"D.安德森先生,您说的那是国统区!"张佳欣说道,"您看看这里,天空是晴朗的,河水是清澈的,这里辽阔的土地孕育着勃勃的生机,人民安居乐业,充分发挥着自己的想象力、创造力。"

"小欣,你变了,你再也不是当年那个天真无邪的小鹿儿了。"D.安德森说道,"你变得也像一个官儿了,不过这是一个共产党的官儿。"

"真的吗?"张佳欣说道,"那好,这样我也不陪您,您就随便到处走一走、看一看好吗?"

"那我真是求之不得。"D.安德森说道,"不过,这会儿你还得陪陪我。"

"为什么呀?"

"一来，我们好长时间没有见面，我们得好好聊一聊。"

"嗯，我也这么想。"

"二来，你也知道我要会一会贵党的货币理论专家薛立宵先生，听说你刚从他那里过来，你得领着我去。"

"这也没有问题。"张佳欣笑了，"我正想听听您这位著名的美国货币学家的货币学说，好好地学习学习呢。美国纽约的华尔街是世界金融中心，从那里走出来的货币学家可是一个大宝贝。以后我还得要求我们北海银行总行的领导，请您来给我们讲讲课呢！"

薛立宵正在东厢房的炕上盘着腿写东西呢，此时传来了敲门声。薛立宵趿拉着鞋走到门口打开门一看，愣了："小欣，你才走了多大一会儿，怎么又跑回来了？"

"薛老师，我在回培训班的路上遇到了一个来自美国的洋教授，他正在打听您呢，正好让我给碰上了，我就把他领到您这儿来了。"

薛立宵往外探了一下头，不由得一怔，果然是一个金发碧眼的美国人带着他的翻译站在门外等着呢。薛立宵立即请他们进了屋里。可是到东厢房一看，炕上、桌子上到处都摆满了书籍。薛立宵有点儿尴尬地说道："你看看，你看看！屋子里乱得连个插脚的地方都没有。"

D.安德森道："没有关系，没有关系！薛先生是做学问的。没有想到，薛先生就是在这样的农家土炕上做学问的。"

"要不这样，我们到屋外院子里谈吧，那里比这里宽敞。"薛立宵看着D.安德森和张佳欣，有点儿尴尬地建议道。

"很好，很好！我们就在院子里谈。"张佳欣正在犹豫这样接待远道而来的客人是否有些不妥，没有想到D.安德森先开腔了。于是，他们就把薛立宵放在土炕上的小木桌上的书籍清理了一下，然后把小木桌搬到了院子里。张佳欣跑到隔壁院子里拿来几个小板凳和马扎，又端来几个茶杯和一把暖瓶放在树荫下。

一场关于货币理论的高峰论坛，就这样在没有任何事先准备的情况下，在沂蒙山区的一个普通而僻静的农家小院子里开始了。

听了张佳欣对 D. 安德森先生的介绍以后，薛立宵笑了："先生的大作我曾经拜读过，就是那篇《货币价值理论的比较研究》。真没有想到，今天竟然能一睹先生的风采，真是三生有幸。"

"这可真是想不到，薛先生是在哪里读的？"薛立宵的话一下子拉近了他和 D. 安德森先生这位远道而来的著名美国货币学家的心理距离。

"那是 1927 年，蒋介石发动'四·一二政变'以后，我在上海被捕入狱，在国民党的监狱里蹲了三年。在那里，我看了很多中外学者的政治经济学论著，也曾经读了您的论著，感到受益匪浅呀！"

"1927 年到现在都快二十年了，薛先生的记忆力可真是非同常人呀！"D. 安德森不由得感叹道。

"也就是在那个时候，先生的著作激发了我探讨货币理论的兴趣，所以从某种程度上说，您也是我的老师。"

"哦，那太有趣了。"D. 安德森一耸肩膀，笑了起来，"我总认为你们共产党人是不懂经济的，更不懂金融和货币。"

"那先生您是把我们共产党人的胸怀、视野和境界看得太狭窄了。"薛立宵接着说道，"我们共产党人是以建立世界上最完美、最理想的社会为目标的，要实现这一崇高的目标，就应该汲取世界上所有的知识来丰富自己的头脑，开阔自己的视野，指导自己的实践，否则，岂不将南辕北辙，贻笑大方？"

张佳欣提起茶壶给 D. 安德森和薛立宵等人先后续上水，就又跑到隔壁院落，安排人去北海银行总行通知一下：D. 安德森先生和他的翻译现在薛立宵的住处，让他们不要找不到人的时候着急；再就是过一会儿派人牵着马来接 D. 安德森先生及翻译，但是不要进到院落里，就在隔壁院子里等着，什么时候他们谈完了，什么时候张佳欣来通知他们接回客人。

"薛立宵先生，本人长期以来以货币研究为己任。这些年来,我去过许多国家,发现在战争期间的通货膨胀，几乎是不可避免的普遍现象，但是在同样的情况下，北海币却保持了币值的基本稳定。在一段时间里,我注意到在贵方的根据地，北海币和法币的比价由 1∶2 变成了 1∶6，使得人们纷纷抛出法币，北海币逐渐占据了市场，根据地的物价也出现了大幅回落。这简直是一个奇迹！我对此现象已经关注了一个不短的时期了，在此我想请教薛先生，贵方是怎样创造这一奇迹的？"D.安德森问道。

薛立宵道："谢谢 D.安德森先生的关注，这说明了科学是没有国界的，货币科学同样是没有国界。但是，在这里我要补充一点，那就是近期为了防止根据地物价的继续下跌，损害生产厂家和供货方的利益，我们加大了北海币的市场投放量，大力购进物资，从而扭转了物价持续下跌的局面，保持了根据地物价的稳定。"

"据我所知，贵党在山东发行的北海币一无金银做保证，二无外汇储备，三无美元、英镑等强势货币的支持，这可是和世界各国的货币都不一样的。这样的货币是怎样在动荡的战争环境中保持了币值的稳定的？太不可思议了！"D.安德森继续发问道。

"我们根据地的货币是有物资做储备的，而在根据地，物资的重要性要远远大于黄金、外汇。我们每发行一万元北海币，至少要用五千元来购买粮食、棉花、棉布、花生等重要物资。如果物价上升，我们就出售物资，回笼货币；反之，则增加货币的投放量，收购物资。"

……

月亮升起来了，小小的四合院里洒满了一片月色，既明亮，又清新，淡淡的夜来香散发出一阵阵香气。

薛立宵和 D.安德森的谈话还在进行，张佳欣早就把摆在小桌子上的餐具撤下，重新给他们续上茶水。

交谈不知进行了多久，此时看来已进入了尾声。

D.安德森看看手腕上的手表，有些依依不舍。

薛立宵概括地说道："总之，我们北海币发行的原则可以概括为三条：第一，货币发行的数量要适度；第二，货币发行要有重要的物资支持和保障；第三，要依据市场的情况来吞吐货币，实现货币和物资间的良性互动。"

D.安德森说道："薛先生的货币理论，我是第一次听到，令人有耳目一新的感觉。我们这一趟不虚此行呀，谢谢薛先生。同时，我还有最后一个问题要请教薛先生。"

"D.安德森先生有问题就尽管提出来，本人不才，但是也会尽我所能，给D.安德森先生以满意的答复。"薛立宵说道。

"请问薛先生，在我们美国能否也采用你们这个办法？"D.安德森诡异地笑着问道。

"哈哈哈哈！"薛立宵也笑了起来，"这个问题我暂时回答不了。美国是金元帝国，纽约的华尔街是全世界的金融中心。D.安德森先生，你可是给了我一个世界性的顶级课题呀！"①

D.安德森也大笑了起来，他站起身来，握着薛立宵的手，和他一起来到四合院的门外。北海银行总行派来的人已经在此等候多时了。

D.安德森回过头对薛立宵说道："薛先生，今天的交谈令我感到特别愉快。回去后，我要把贵党的这个货币学说向我的同行进行介绍。下一次国际货币理论研讨会，我将邀请您来参加。"

D.安德森和薛立宵、张佳欣紧紧握手、拥抱，然后跨到北海银行总行同志牵来的马背上，策马而去。

停泊在港口上的客轮鸣响了汽笛，张佳欣连忙把大家招呼过来，先是和家人围在一起拍了一张全家福，然后又拉上赵云秋、卢晓航、贺玉婷、季文佳、沈晓静、D.安德森和他的女翻译及她家人一起合影。

然后，张佳欣在恋恋不舍中——拥抱告别了送行的人，和张玉吉、D.安德森和他的女翻译登上了客轮。

张佳欣和张玉吉、D.安德森登上客轮后，只见客轮上人群熙熙攘攘。他们看到了在客轮左侧甲板上，坐着二三百人的日军伤兵。他们有的拄着拐，有的吊着胳膊，一副十分狼狈的样子。张佳欣转身到客轮的一侧，向岸上送行的小秋子等人挥手。忽然，从日军伤兵队伍里走出了一个人，他来到张佳欣的面前，

---

① 1971年8月，美国政府公开宣布放弃实行了100多年的金本位制，用控制货币数量来保持美元币值的稳定。随后，世界各国均废止金本位制，"货币币值取决于货币发行数量"已成为公认的原理。

双腿并拢，鞠躬致礼道："哈伊！晋谒良子小姐！"

张佳欣吓了一跳，转过身怔怔地打量着眼前这个人。

"良子小姐，难道您不记得我了吗？在下闵仁雄夫，七年前的一个夏天，曾经和良子小姐在青岛至天津的客轮上有过一段巧遇，那个下午的那段旅程，对于在下来说，一直是一个浪漫而美好的回忆。"

"哦，闵仁雄夫，我想起来了。真想不到七年后的今天，我们会在客轮上再次相遇。"张佳欣询问道，"你脸上那一道很大的伤疤是怎么回事？"

"那是在云顶山战役中，我指挥机枪手在山腰上架设机枪阵地，阻击前往山顶营救北海银行的八路军骑兵连时，受到北海银行警卫连来自身后的攻击后留下的纪念。"

"你当时伤得很厉害吗？"张佳欣问道。

"当时在下身上多处受伤，在医院养了一年多，才终于保住了性命，但是却再也不能回军队效力了。"

"那你现在要去哪里？"

"乘坐这艘客轮回日本横滨。"闵仁雄夫回答道，"良子小姐这次是去哪里？令尊晋谒怡雄是否安好？"

"我不是日本人，我是中国人，我叫张佳欣，是北海银行的员工。"张佳欣回答道。

"那么那次是……"闵仁雄夫不由得睁大眼睛问道。

"那次是我和北海银行筹备组组长，也是北海银行第一任行长唐启贤伯伯坐船前往天津，采购创建北海银行必需的印钞设备、纸张和油墨。"张佳欣说道，"还有，我们在客轮上要和行驶在海洋中装载着北海币票版的渔船保持联系畅通。"

"……"闵仁雄夫感到惊讶，他想开口询问什么，却被张佳欣用手势制止了。

"那次之所以鼓动你开枪，是为了让你的枪声把已经登上那艘装载着北海币票版的渔船并在上面进行检查的日本巡逻艇吸引回来。"张佳欣说道，"闵仁君果然不负我望，这也得谢谢你。"

"……"闵仁雄夫的脸已经涨成了青紫色，强烈的自尊心和羞耻心使得他感到胸口发闷，他怎么也没有想到，他和北海银行打了这么多年的交道，竟然一开始就栽在了一个小姑娘的手上。张佳欣后来又说了许多,但他却一个字都听不进去了,他的脑子里就像被捅开的马蜂窝一样,一直嗡嗡地乱响。

直到张佳欣说道:"闵仁君要回横滨,先回去休息一下吧。"闵忍雄夫才清醒过来,慢慢地返回了原处。

在客轮的甲板上,张佳欣向张玉吉和D.安德森讲述着刚才的故事,他们谈笑风生。D.安德森说道:"想不到张家的千金不但人长得漂亮,舞跳得好,而且足智多谋。"

"她呀,小聪明是有一些的。"张玉吉说道。

"No,No!"D.安德森连忙接过话道,"这贵府的千金可不仅仅是有小聪明,这也是大智慧。OK?"

张佳欣和张玉吉笑了起来。张佳欣说道:"D.安德森先生过奖了,今后我还得跟着您好好学习国际金融业务呢。"

"No,No,No,张小姐,你应该去好莱坞当大明星,像玛丽莲·梦露,OK?"D.安德森夸张地耸起双肩。

张佳欣和张玉吉笑了起来。

"我们美国人自由、开放、崇尚个性,每一个人都大胆地展示着自己的才华,不像贵国的人,都是那样内敛、谦虚、低调。"D.安德森接着说道,"不过张小姐如果真的要去好莱坞当大明星,我又会非常的舍不得,因为不管是什么人,都会愿意让玛丽莲·梦露这样的漂亮女孩子天天来听自己讲课。"

张佳欣和张玉吉又笑了起来。

大家正说笑着,突然看到闵仁雄夫竟再次来到大家的面前,鞠躬对张佳欣说道:"对不起,张小姐,如果没有记错的话,我们好像还在哪儿见过一次。"

张佳欣表情显得有几分严峻,转身问道:"哦,你说的是什么时候呀?"

"对不起,我一时回忆不起来。"闵仁雄夫说道,"但是我见过你的照片,在长官的办公桌上。"

"闵仁雄夫先生,你没有记错,期间我们确实见过一面。"张佳欣说道,"我跟你说一个人，你可能会知道的。"

"谁？"闵仁雄夫问道。

"俊贤维美子。"张佳欣说完，紧紧盯着闵仁雄夫。

"俊贤维美子？！她、她在哪里？您是怎么知道的？"闵仁雄夫震惊得睁大了眼睛，追问道。

张佳欣长叹了一口气，说道："就是因为这场战争呀，这场战争不但使我们两个在那种场合下相识，而且还使我认识了你的恋人，那个秀美温柔得像一朵花儿似的女孩子——俊贤维美子。"

"你们是怎么认识的？"闵仁雄夫问道。

"也是在中国，在海城县的县城。那天你应该记得，是三年前正月十五元宵节的晚上，有几个逃跑的慰安妇，其中有别国的，也有日本的，为了抓到她们，你们白天黑夜地派人搜捕了一天。"

"啊！"闵仁雄夫震惊了。

"就是在那天晚上，你们吆三喝四地到处搜捕她们的时候，俊贤维美子和我在一起，在庆祝元宵节的晚上，在游行的队伍中，大家为了保护她不受到你们的残害和杀戮，让她扮演成船娘和我在一起划着旱船，在你们的眼皮底下行进着，最后终于躲开了你们的搜捕，来到了我们的驻地。"

"什么，什么？你说俊贤维美子来到了中国，还做了慰安妇？"闵仁雄夫震惊了，"不可能！不可能！绝对不是这样的！"

"三年前正月十五元宵节的那个晚上，你的队伍是否在海城？你是否领着队伍在海城搜捕那几个慰安妇？你是否记得有这么一支游行队伍？你是否记得游行队伍里的两个划着旱船的船娘？"张佳欣问道。

"记得。"闵仁雄夫想起来了。

"我和俊贤维美子扮演船娘，划着旱船走在队伍的前面，你当时还多看了我们俩一眼呢。"张佳欣说道。

闵仁雄夫终于想起来了，那个元宵节的晚上，爆竹阵阵，龙腾狮舞，锣鼓喧天，灯火辉煌，游行队伍里走着那么一对划着旱船的女孩子，那么靓丽，又仿佛面熟，于是就情不自禁地多看了两眼。但是他没有想到，其中一个是张佳欣，另一个竟然是自己朝思暮想的恋人俊贤维美子！

闵仁雄夫朝思暮想，竟然没有想到在三年前的那个元宵夜，自己和自己的恋人竟然在那样的场合下擦肩而过，而自己竟然没有认出来！

"我和她当时都认出你了。"张佳欣说道，"看到你的第一眼，俊贤维美子小姐一时竟泪水盈眶，但是她到底忍住了。因为她知道，一旦被你们认出来，她会被逮捕杀害，而我们这些为了保护她而不惜涉险的人，也将遭到你们的杀戮。"

"她何时来的中国？又怎么会当上慰安妇的？"闵仁雄夫问道。

"她是四年前来到中国的，一开始在济南的日本宪兵队服役，不到半年，在一次晚宴后，受到其上司原苯侍郎的侮辱，然后又被打发去当慰安妇，最多时一天竟然接待了你们五十多个鬼子！"张佳欣直视着闵仁雄夫道。

"啊！怎么会？！怎么会？！怎么会？！"闵仁雄夫的眼睛瞪得像铜铃，"这绝对不可能！"

"是我们在危险的境地里，为了保护跪在地上苦苦向我们求救又素昧平生的她，才不惜以身涉险，想出种种办法掩护她逃出虎口，来到了根据地，又是我们治好了她浑身的病。"张佳欣说道，"这个病不仅仅是身体上的，还是心灵上的。"

"哈哈哈哈！"闵仁雄夫狂笑起来。

"这是她回国后给我寄来的信，还有她的照片。"张佳欣打开了手提包，取出了几封信，"你看看吧。"张佳欣把信和照片全都递给了闵仁雄夫："这照片上写的是：亲爱的佳欣姐姐惠存。"

闵仁雄夫拿过照片，看到那熟悉的面庞、甜甜的笑容，一时竟热泪盈眶。他跪了下来，面向东方，用沙哑的嗓音哀号道："俊贤维美子，我错了！我错了！我们不该来到这里，我没有保护好你——"

在闵仁雄夫的面前出现了俊贤维美子和他在樱花下追逐的场景，她那甜甜的笑容，婀娜的身段，痴情的目光……

闵仁雄夫曾经无数次梦见他和俊贤维美子再次相会的情景，可是他想不到，他们竟然会在中国的一座小小的古城里见过面，而且竟然是在那种场合下。

"我这是到美国留学，到了那里后，我就给俊贤维美子回信。"张佳欣说道，"中日两国一衣带水，有着几千年友好的历史，我希望中日两国应该永远友好下去，但是我们中国首先要强大起来！"

在冈仁雄夫的眼前，仿佛又出现了在南京城里那个被他一枪击中脑门惨死的女孩，在豪华的客轮上张佳欣穿着海魂衫打着遮阳伞的倩影……

看着张佳欣几人转身而去的身影，冈仁雄夫如遭五雷轰顶一般，他怔怔地愣了好半天，好久才回过神来，趔趔趄趄地返回原处。

已经升任北海银行总行副行长的罗庆瑞及新任北海银行总行印钞厂厂长的单喜祥带着几个北海银行的工作人员登上客轮，赶了过来。

看到罗副行长和单厂长特意登上客轮，匆匆赶来为自己送行，张佳欣又是震惊，又是感动，她把张玉吉和D.安德森向罗行长和单厂长一一做了介绍后，询问道："两位领导不是已经在欢送宴会上给我饯过行吗，怎么又过来了，领导的工作这么忙。"

罗行长说道："小欣，我们在一起工作了六年，我们是亲眼看到你是怎样从一个天真烂漫的小嫚，成长为我们北海银行的重要业务骨干和中层干部的。这些年来，小欣你吃了不少苦，遭了不少罪，也受到了不少委屈，这些我们的同志们都看在了眼里、记在了心里。大家都从心里喜欢你，也从心里敬佩你，你敬佩古代巾帼英雄穆桂英和花木兰，为了练习《木兰剑谱》，你还曾经打碎了房东家的青瓷花瓶和暖壶；在一次行军路上，你由于长期缺觉，总是打盹儿，就拽着马尾巴走路，结果不小心撞在马屁股上，让受到惊吓的马把你一蹄子踹到二十几米深的山沟里，摔得脸颊乌青，满嘴泥土，还在呼呼大睡；还有一次，因为躲避日本宪兵的追捕，你好几顿没有吃上饭，竟饿得把山上的兔子屎捡起来当作熟透了的黑枣往嘴里塞……"

"小欣，大家经常笑话你、取笑你，但是大家也都疼你、爱你、关心你、敬佩你。记得你刚刚来到我们行，大家私下里都嘀咕说，这个娇小姐待不了三天就得走人，结果你一干就是五六年。那次你陪护重病的父亲去重庆治病，许多人都肯定地说你再也不会回来了。结果几个月后，你竟然不知用什么办法找到了在反扫荡中已经转移了许多次的我们。"说到这里，罗行长眼圈红了。

张佳欣想起来了，那次她经过多次周折找到北海银行以后，见到罗行长当时正在和同事们安装印钞机,她惊喜地喊了一声"罗行长"!本以为罗行长会回过头来热情地欢迎她呢,谁知罗行长只是缓缓地转过头来,淡淡地问候了一句:"哦,是小欣回来了?先到井边洗把脸吧!"就回过头去继续安装机器。

张佳欣一时愣在那里,不知道说什么好。旁边的姐妹们早就赶过来围住她叽叽喳喳地拥抱起来了。

张佳欣被姐妹们拥到了自己的屋里,放下了行李和提包,拿起脸盆和毛巾正准备去洗脸,却见到沈晓静走了进来,而她的眼圈红红的,张佳欣问道:"你这是怎么了?"

"没怎么。"

"那你怎么这个样子?"

"你见到罗行长了吗?"

"见到了,他那个样子好冷淡哦。"张佳欣学着罗行长的样子道,"哦,是小欣回来了?先到井边洗把脸吧!"

"你再去看看罗行长。"沈晓静说道。

张佳欣走到窗口前,朝斜对面的屋子里看了看,问道:"咦?他刚才还在安装印钞机呢,现在怎么不在了?"

"罗厂长回办公室了,好多人都看见他见到你眼圈红了,他哭了!"沈晓静话音刚落,张佳欣的眼泪立马溢满了眼眶,簌簌地落了下来。

"知道你那次从重庆返回后意味着什么吗?以前我从来没有提起过,现在我可以告诉你。"罗行长继续说道,"当时,正是我们特别艰苦的时候,我们经历了日本鬼子的几次扫荡,损失很大,同志中有的牺牲了,有的挂彩了,有的被捕了,有的失散了。剩下的二十几个人风餐露宿,衣衫褴褛,蓬头垢面,饥不果腹,一个多月都没有吃过一顿饱饭。有的人向我请假,说是老母亲病了,要回家探望;还有的请假说是家里的房子透风漏雨,需要翻修了,得回家搭把手。这还是好的,还有的干脆就偷偷地溜了。可是就在这个时候,你一个行长家的女儿竟然回来了,从醉生梦死、花天酒地的大重庆中回来了,从锦衣玉食般的大小姐家中回来了,漫漫几千里山高水远,途中多少风吹雨淋,你是怎样走来的?你没有说,但是大家都心知肚明。就在那天晚上,我们有四五个同志重新归队了!"

"他们有看见你在弯曲的羊肠小道上一路打听着寻找北海银行的身姿,看见你在颓败的村落里行走的步伐是那么的坚定,那么的义无反顾;也看见你浅浅的酒窝里洋溢着自信的风采、必胜的信念,他们震惊、他们感慨、他们羞愧、他们自责,他们终于迈不动回家的步履,他们最终打消了逃跑的念头,他们归队了!"罗行长越说越激动。

罗庆瑞动情地说:"无论是在北海银行的创建伊始,还是在艰苦卓绝的峥嵘岁月里,你的工作、你的执着、你的坚强、你的身影、你的舞姿、你的笑容、你的功绩、你的歌声都在伴随着我们、鼓舞着我们、激励着我们的员工努力学习,发奋工作。"

张佳欣说:"罗行长,请您不要再这样说了。这几年来,我能为北海银行做点工作并做出点成绩,是和您及我们分行党组织的领导分不开的。在那个烽火纷飞的艰难岁月里,您就是一杆旗,您就是一把火。每当困难的时候,每到关键的时刻,您就站在那里,您的语言、您的身影、您的坚强、您的睿智在无形中激励着我们所有的人义无反顾、奋斗向前!面对敌人时,您身先士卒、冲锋在前;平时工作中,您起得最早,睡得最晚,经常通宵达旦;同志们遇到困难时,您关怀备至,想方设法地予以解决;遇到上级表彰时,您却总是把指标让给同志们,自己不占名额,这一切我们大家都是看在眼里、记在心里的。这是什么?这就是共产党员的感召力、凝聚力和战斗力。我忘不了工作如此繁忙的您还多次找我谈话,朴实无华的言语中透露出无尽的关爱,使得我多次在迷茫中看到了曙光,在徘徊中坚定了信念。我内心里深深地感谢您,还有许多好同志、好姐妹,他们教我洗衣服,教我做饭,行军时,他们抢过我的背包和携带的器械。有一次在反扫荡中我摔伤了腿,是他们轮流背着我,用担架抬着我,一连行军十几天,跋涉上千里。得病时是他们辛勤地照料着我,一口一口地喂着我饭、喂着我药;吃饭时,他们总是借口自己不爱吃鸡蛋、不爱吃肉、不爱吃鱼等,把好吃的让给我,使我感到了家的温暖。在那次云顶山突围战中,季文佳同志为了我身负重伤,晓静和玉娟本来已经突出了重围,为了寻找我又返回原地,她们义无反顾,要和我生在一起、死在一起,你们还为此保密,我是前几天才刚刚知道此事的。"说着说着,张佳欣已经热泪盈眶。

罗庆瑞说："谢谢你，小欣，我们今天的谈话使我得知了许多新的事情，并由此产生了新的感悟。党组织和同志们的帮助当然很重要，但是你本人的忘我工作和所取得的显著成绩，大家也是看在眼里、记在心里的。北海银行总行的领导了解了你的情况以后，他们通过各种渠道得知你的表现。"

罗庆瑞继续说："现在抗战胜利了，北海银行总行准备大张旗鼓地表彰一批对北海银行事业的成长、壮大有着重大贡献、做出突出成绩的员工。现在，这项工作还没有布置下去，但是，总行党委已经特批提前授予小欣你北海银行功勋奖章一枚，并要求我们在你离开祖国之前，亲手把勋章送到你的手中。这是北海银行的最高荣誉勋章，你也是第一个获得此项荣誉的北海银行员工。现在，我和单厂长代表北海银行党委特意赶来，将这枚勋章授予你。"

罗庆瑞从手提包里取出一个木匣子，郑重地递到张佳欣的手中："小欣，你现在可以打开看看了！"

张佳欣打开木匣子，看到铜质勋章上鎏金的大字、精美的图案，不由得流出激动的泪水。她握住罗行长和单厂长的手，一再地重复着"谢谢"两个字。

罗行长又从手提包里拿出一个厚厚的信封，递给张佳欣道："小欣，这是北海银行用贷款支持的外贸公司，通过农副产品出口换回的一部分外汇，总行领导特批给你八千美元，作为你出国留学的经费。"

"谢谢总行领导！可是现在外汇额度这么紧张，我怎么能心安理得地领取这样一笔宝贵的外汇呢？这个我绝对不能收！"张佳欣推却道。

"小欣，去美国哈佛大学金融学院学习国际金融业务，这并不仅仅是你个人的事情，这也是北海银行业务发展的需要。中国的银行业要在将来的世界上，要在与国际金融资本的激烈角逐中站稳脚跟，发展壮大，力挽狂澜，展示风采，就必须从现在起培养和储备具有国际视野的现代金融人才。我们全体同志都对你抱有厚望，希望你早日学成归国，和大家一起投身到新中国的金融事业中，为实现中国几代人的梦想而奋斗！"

"罗行长，您说的这些我都记住了。"张佳欣感动地说道。

"你走后不久，季文佳也要走了。组织上已经研究决定几个人去苏联学习，季文佳是第一个被组织确定的人选。他将去莫斯科大学学习国民经济管理专业。"

罗庆瑞对张佳欣说道。

"季文佳知道吗？"张佳欣感到很突然，心里咯噔了一下。

"不知道，我还没有通知他呢。"罗行长顿了一下，说道，"我通知人事部门七天后再和他谈话，因为现在的工作需要他。说实在的，你们谁走我都舍不得，现在抗战胜利了，我们本应该高兴，因为我们将迎来一个大的发展阶段，有多少工作需要我们去做，但是这个时候你们却走了，你们的离开又让我备感惆怅和失落。多么怀念我们在一起的那些日子呀！"罗行长摇了摇头，"但是没有办法呀，新中国的金融事业和经济建设需要大批的青年人呀！我老罗可不是鼠目寸光、小肚鸡肠的人，对吧？"

张佳欣看着罗行长点了点头。

"还有，小秋子可能也快接到命令了，他将被任命为副团长，下一周率部从瀛洲乘船渡海进军东北。从苏联红军手中接管日满政权和各种军械及物资仓库。"

"哦，小秋子他行吗？"张佳欣心里一紧，感到很突然。

"小欣呀，你这话问的，就好像当年讨论提升你为分行部门主任的时候，有人问到的那样。"

张佳欣不好意思地笑了。

"小欣，你看形势发展得多快呀，仿佛是一眨眼，你们就从当年青涩的学子，成长为祖国金融界的栋梁之材，肩负起了时代的重任。这次出国留学，一定得加倍努力呀！"

张佳欣点了点头，她紧紧握着罗庆瑞的手，心里充满了不舍和依恋："罗行长放心，您的话我记住了。"

"现在是1945年，等到你们四年后学成归国，那就是1949年了。此后，我们将进入20世纪的下一个五十年，在20世纪的第一个五十年，我们这个民族经历了多少战乱和屈辱？"罗行长抑制不住激动道，"现在好了，过去我们经历了那么多的艰难困苦，付出了那么多的生命和鲜血，终于战胜了凶恶的民族敌人，为祖国的和平发展扫平了道路、奠定了基础。这20世纪的下一个五十年将是我们这一代人为祖国崛起、民族复兴、建功立业、大显身手的时代，是我们中国的经济和社会建设飞速发展、大展宏图的时代，也是我们中华巨龙凌空而起，腾飞环宇的时代。任重而道远啊,我们无论怎样,都不应辜负了这个时代。"

张玉吉和D.安德森看到这一幕,也深受感动。D.安德森对罗行长等人说道:"抗战时期,我曾经到过重庆考察,也曾经到过延安。在延安,我见到了夏洪波先生,听他说张小姐在共产党山东根据地的北海银行工作,我曾经听到过你们的故事,也见到过并使用过你们的北海币。你们能在日本的占领区创办银行,发行货币;能在如此残酷的战争环境中,设立金融机构,发展金融业务,坚守金融防线,收复金融失地,保持币值稳定,促进经济发展,改善人民生活,解决财政问题,并最终把日本及伪政府发行的货币排挤出山东的大多数区域,在山东这个东部沿海大省中实现了北海币的统一流通,粉碎了日寇以战养战的企图,这是一个历史上的奇迹,是一个伟大的传奇!"

D.安德森先生的话题打开了,他激动地对罗行长说道:"我在沂南县北海银行总行所在地访问过你们的货币专家薛立宵,他所提出的货币学说,可谓是别开生面,独树一帜,很有意义,真正体现了博大精深的中国文化以及其中源远流长的金融智慧。贵国人民在敌后根据地所创造的货币战争奇迹,书写了世界金融史上前所未有的光辉一页,这是一笔弥足宝贵的财富,必将给予世界上的货币学家以新的启迪。"

D.安德森先生掩饰不住他的兴奋,眼前浮现出他难以忘怀的一天。海风吹来,D.安德森的领带飘了起来。他拽住飘飞的领带放进西服里,接着说道:"八年前,那次在千佛山上,我和前来贵国讲学的纽约梅隆银行的首席财务官J.D.詹姆斯博士第一次听到你们的专家学者和银行家在谈论管子、孔子和孙子,谈到管子的货币战争理论和实践,我们都非常感兴趣。回国后,我千方百计地从朋友那里搞到了一套英文版的《管子》,不错,很有意思。我感觉进入了一个从未有过的世界。中国人两千多年前的货币论述,竟然达到了如此高的地步,在当时是无人可以比肩的,在今天、在未来,也能给人以新的启迪。"

D.安德森看着张玉吉道:"听说您和唐启贤先生都参加了北海银行的创建工作?"

"是这样的。"张玉吉道,"日本人的入侵,使得我们十几年来所创办并辛苦经营的金融产业毁于一旦,但是在城里不行了,我们就辗转来到了乡村。"张玉吉说到此处，也变得激动起来："我和启贤兄都没有想到的是，我们竟然在乡村找到了金融事业新的起点，我们由此看到了新的希望。"

"那段岁月是异常艰苦、异常危险的，那是我们从没有经历过的人生体验。"张玉吉道，"现在看来，我们所有的牺牲、所有的付出都是值得的。"

D. 安德森接过话题道："看来抗日战争不但激发了中国人的战争智慧，而且还激发了中国人的金融智慧。我想这种智慧一旦迸发，就将会不可遏止地绽放、盛开！"

罗庆瑞若有所思地道："是的，北海银行在敌后发展壮大的事实，不可辩驳地证明中国人可以是一个金融民族，这票子不玩则罢，要玩起来照样是世界一流！谁说我们中国人是'老土'？"

"现在，我想起八年前那场和贵国专家学者在千佛山上的对话，仍然感到意味深长。"D. 安德森说道，"千佛山是泰山的余脉。山东的中部有泰山，她代表了源远流长的中国传统文化；山东的东部是大海，大海代表着世界，也代表着开放的胸怀。我们的对话从泰山到大海，经过了漫长的八年，这是一场山与海的对话，它所体现的是天与地的情怀。"

突然，船尾有人喊："快救人，有人跳海了！"

客轮上的人纷纷往船尾跑去。过了三十几分钟，跳海的人虽然捞了上来，但最终却不治而亡。张佳欣和张玉吉、D. 安德森挤过去一看，死者竟然就是那个刚才还在和他们交谈的日军军官闵仁雄夫！

张佳欣正感到惊愕不止时，张玉吉突然紧紧地攥了一下张佳欣的手，将她拉出人群，说道："你看见对面那个圆头圆脑，穿着深色西服，打着紫色领带的人了吗？"张佳欣转过头看了看。"他就是你唐启贤伯伯的死对头，原来公开身份是横滨正金银行青岛支行的副行长、日本驻青岛商业联谊会的副会长，其实是日本特务原苯侍郎。他现在也要乘坐这条船去横滨。"

"为什么不逮捕他？"

"抗战胜利后，国民政府曾经逮捕过他，后来不知是什么原因，竟然又把他放了。"

原苯侍郎此时也看到了张玉吉和张佳欣父女俩，他整理了一下西服和领带，夹着公文包笑容可掬地向他们走了过来，说道："如果我没有认错的话，阁下该是张玉吉先生和您的女儿张佳欣小姐吧？"

"你是怎么知道的？"张玉吉问道。

"阁下也许知晓，本人的工作就是搜集贵国的经济金融情报，为天皇陛下效力的。张玉吉先生在山东的金融界大名鼎鼎，在下焉有不知之理？"

"据我所知，所谓在下的你作为坐镇山东的日本特务头子，不仅仅是搜集情报吧？！"

"张先生质问得有道理，中国有句老话，真人面前不打妄语。在下确实也曾采取过一些对贵国金融界有某些针对性的举措。"

"你这位先生说的话我就不明白了，什么叫举措？你能给个解释吗？"张玉吉强压住愤怒，不失风度道。

"这、这——"

"在青岛龙口路对唐启贤先生执行的刺杀行动，在叶城县对我和我女儿的绑架，并且要予以杀害的行为，是不是就是你所策划的那种所谓的举措呀？"张玉吉终于愤怒了。

"张先生果然是精明强干、耳目灵通呀！可是这一切对于在下来说，也是公务在身，不得不为呀。望张先生海涵。"

"哼！"张玉吉斜瞥了原苯侍郎一眼，"当年作恶时，怎么没有想到会有今天，还祈求什么海涵？"

站在一旁的罗庆瑞问道："你是什么人？"

"如果没有认错的话，阁下您是北海银行总行的副行长罗庆瑞先生。"

"嗯，不愧是特务头子，你的情报工作做得不错，所言不虚！"罗庆瑞点了点头。

"幸会幸会，在下原苯侍郎，曾任大日本帝国驻华使馆经济参赞的私人助理。"

"那是他抗战前期的职务。"张玉吉说道，"原苯侍郎，你何必避重就轻呢，你应该无须避讳你在全面侵华战争中所履行的职位吧！"

罗庆瑞抬起手制止了张玉吉的提问，对原苯侍郎问道："原苯侍郎先生以战败国战俘的身份来到我们的面前，是否要说些什么？"

原苯侍郎说道："我和北海银行打了七年交道，现在终于见到了阁下，深感荣幸。只不过当我最终见到阁下时，我已经成为战败国中等待遣返的一员了。"

"不错，在这几年中，你在履行自己的职责时，一定会有不少的感悟吧？"罗庆瑞问道。

"不敢说是感悟，不过在下认为，中国人确实是一个十分优秀的、勤劳智慧的种族，一个不可战胜和征服的民族。"原苯侍郎接着说道，"如果说存在着一个能够征服中华民族的国家的话，那这只能是中国人自己！"

"哦，对此我们愿闻其详。"罗庆瑞说道。

"纵观历史，给中华民族造成严重灾难的五胡乱华，不是由于五胡，而是源于在这之前西晋王朝的八王之乱。"

"嗯，接着说。"罗庆瑞追问道。

"宋和金之争，打败南宋的并不是金，而是秦！"原苯侍郎说道。

"你说的是南宋丞相秦桧！"罗庆瑞道。

"明和清之争，灭亡明朝的并不是清，而是祯！"原苯侍郎继续说道。

"你说的是明朝皇帝崇祯！"罗庆瑞回答道。

"阁下说得正是，如果不是南宋丞相秦桧冤杀岳武穆，明朝皇帝崇祯冤杀袁崇焕，金是打不败宋朝的，清也灭不了明朝。所以，历来的中国战败亡国，归根结底都是败亡在自己人的手里。"原苯侍郎说道。

"想不到原苯侍郎先生对中国的历史还蛮有研究的。"罗庆瑞说道。

"不敢，不敢，这只是鄙人读史中的一点儿感悟。"原苯侍郎说道，"所以贵国之敌其实并不是在长城之外，而是在萧墙之内！秦始皇何等英明，在统一六国之后，他大兴土木，修筑万里长城，以防胡人南下亡他的大秦天下，但他却没有想到的是亡秦者，乃其子胡亥也。总之，历史上的中国败亡总是和国家内部的内战、内斗、内乱、内讧、内残、内奸、内贼、内鬼相关。"

"说得不错，如果没有那些汉奸内鬼为虎作伥、引狼入室，任何觊觎我国土者都休想踏入神州大地半步！"罗庆瑞说道。

"中国人最大的特点就是不齐心，也就是说你们中国人勇于并善于内斗，怯于并拙于外战。"原苯侍郎道。

"你是说中国将来还会有内战、内乱和内奸是吗？"罗庆瑞问道。

"在下拙见，考虑会有的，一场大规模的内战和内乱。当然，这只是在下的一点浅见，不当之处，还望诸君多多指教。"原苯侍郎说道。

"寄希望中国会发生大规模的内战和内乱，这只是你的痴心妄想。"罗庆瑞说道，"你回国后又有什么打算呀？"

"在下不敢有任何计划，只是要效法中国的先人勾践的故事。"原苯侍郎鞠躬说道。

"十年生聚，十年教训，卧薪尝胆，企图东山再起。"罗庆瑞表情严峻了起来。

"另外，在下这里还有张先生的令爱张佳欣小姐的几幅写真玉照，特意奉还。"原苯侍郎说着，从公文包里拿出一份文件夹递给张玉吉。

张玉吉打开了文件夹，看到了女儿张佳欣的照片，其中有在舞台上演出的，有在山野中奔走的，也有在集市上办理业务的。

"这些照片是怎么回事？"张玉吉问道。

"这不过是在下的部属在执行收集情报的任务时拍下的照片，本人看到阁下令爱的写真玉照后，特意保留下来的，借此机会当面奉还。"

"你们当时为什么没有开枪？或者绑架呀、劫持呀？"

"我们的特工人员在贵方根据地里执行的主要任务是搜集情报，没有接到明确的指令是不会行刺的。另外，本人也有意结交张先生这样的中国金融才俊，只是没有找到机会罢了。"

"你是想拉我做汉奸吧？"

"张先生此话言重了，在下不过是想和张先生、罗先生交个朋友而已。"

"哈哈哈哈！"张玉吉笑了起来，"笑话！"

原苯侍郎道："作为一衣带水的邻邦，我想在下和诸君一定会有机会再次相遇的，让我们记住这个时刻吧，后会有期！"说完，原苯侍郎把手伸过去，可是却没有人和他握手。原苯侍郎只好把手缩回去，向罗庆瑞、张玉吉及张佳欣深深地鞠了一个躬，转身离开了。

罗庆瑞、单喜祥、张玉吉、张佳欣和 D.安德森回到客轮前面的甲板上，看着青岛港口上熙熙攘攘的人群和前方浩瀚无际的大海,罗庆瑞心潮起伏,他转过头,意味深长地对在场的各位说道:"现在看来,这场货币战争并没有画上休止符。但是,我们至少可以愈加坚定地相信,中华民族在本次抗日战争中所迸发出的金融智慧之光,必将转化为巨大的动能,推动着民族复兴的巨轮劈波斩浪,驶向辉煌!"

辽远的地平线上,彩霞似锦,初升的太阳将霞光洒在波光粼粼的海面和起伏的群山上,把天地装扮得分外美丽。

开船的时间快要到了,在客轮侍者的提醒下,罗庆瑞、单喜祥和北海银行的几个工作人员与张佳欣、张玉吉和 D. 安德森依依不舍地握手拥抱,然后挥手走下了客轮。

张佳欣扶着扶手来到了客轮最顶端的地方,回首眺望这一片山和海,她的内心充满了不舍之情。她忘不了这一片土地,这里是她曾经洒下热血、洒下热泪,并将最美好的青春年华奉献在此的地方。

她忘不了那天北海银行员工们不舍的深情、红红的眼圈和真诚的祝愿,忘不了那些朝夕相处、生死与共、情同手足的同事们的拳拳之情,在送行的宴会上,大家抱头哭成了一片……

她忘不了那些淳朴、热情的乡亲对她的关爱,当早晨起来,她打开屋门看到小院内外密密麻麻地站满了前来送她的同事们和乡亲们的时候,顿时激动得热泪挂满了双颊。

"祖国,再见了,我会回来的。"张佳欣在心底默默地说道。

"呜——"汽笛拉响了,客轮在缓缓地驶离海岸,驶向远洋。

张佳欣连忙往客轮的最高层跑去,在那里她会看到罗行长、单厂长、小秋子、卢晓航、贺玉婷、季文佳和沈晓静等前来为她送行的人。

她站在客轮的最高处,海风鼓起了她的水手服。

面对着海港,张佳欣将系在脖颈上红红的纱巾取下,向对面挥舞着。

在海港上送行的人看到张佳欣这一系列动作,心里暗暗赞叹道:"真美!"

季文佳突然略有所悟，说道："小欣是在告诉我们什么呢？"

小秋子说道："小欣通过肢体语言在告诉我们说：'亲爱的领导、亲爱的同志、亲爱的朋友，我爱你们，祝你们平安无恙！北海银行，人民的银行，我爱你！祝你平安无恙！'"

张佳欣双臂向上伸直，又左右放平，连续数次。

张佳欣将双腿跳开，又并起，红色的纱巾上下翻飞。

小秋子继续忠实地履行着他的翻译职责："小欣通过这些肢体语言，转告我们的是她蕴藏在心底最强烈的心声：'中国，我爱你！中国，祝你平安无恙！你的女儿，我一定会回来的！'"

"来吧！让我们牵起手高高地举起来，向小欣致意。"罗庆瑞提议道。

于是，张佳欣在客轮的最高处，看见海港上有十几个人站成一排，向她挥手致意。此时，张玉吉和D.安德森也登上了客轮的最高处。

海风扬起了张佳欣红色的纱巾，热泪挂满了她的两颊。

1938年12月1日，北海银行在山东省掖县（现莱州市）宣告正式成立。

1948年12月1日，由北海银行、华北银行和西北农民银行组成的中国人民银行在河北省石家庄市正式宣告成立，中国金融业从此揭开了崭新的篇章，此时距离北海银行成立已经整整十年了。

2015年12月1日凌晨1点，国际货币基金组织（IMF）正式宣布：人民币2016年10月1日加入SDR（特别提款权）。这是中国金融业由此迈向国际舞台的具有里程碑意义的辉煌时刻。此时距中国人民银行成立整整六十七年。